KB275009

여운형 편

조선독립의 당위성(외)

책임편집 강준식

한민족 정신사의 복원
—범우비평판 한국문학을 펴내며

한국 근현대 문학은 100여 년에 걸쳐 시간의 지층을 두껍게 쌓아왔다. 이 퇴적층은 '역사'라는 이름으로 과거화 되면서도, '현재'라는 이름으로 끊임없이 재해석되고 있다. 세기가 바뀌면서 우리는 이제 과거에 대한 성찰을 통해 현재를 보다 냉철하게 평가하며 미래의 전망을 수립해야될 전환기를 맞고 있다. 20세기 한국 근현대 문학을 총체적으로 정리하는 작업은 바로 21세기의 문학적 진로 모색을 위한 텃밭 고르기일뿐 결코 과거로의 문학적 회귀를 위함은 아니다.

20세기 한국 근현대 문학은 '근대성의 충격'에 대응했던 '민족정신의 힘'을 증언하고 있다. 한민족 반만년의 역사에서 20세기는 광학적인 속도감으로 전통사회가 해체되었던 시기였다. 이러한 문화적 격변과 전통적 가치체계의 변동양상을 20세기 한국 근현대 문학은 고스란히 증언하고 있다.

'범우비평판 한국문학'은 '민족 정신사의 복원'이라는 측면에서 망각된 것들을 애써 소환하는 힘겨운 작업을 자청하면서 출발했다. 따라서 '범우비평판 한국문학'은 그간 서구적 가치의 잣대로 외면 당한 채 매몰된 문인들과 작품들을 광범위하게 다시 복원시켰다. 이를 통해 언어 예술로서 문학이 민족 정신의 응결체이며, '정신의 위기'로 일컬어지는 민족사의 왜곡상을 성찰할 수 있는 전망대임을 확인하고자 한다.

'범우비평판 한국문학'은 이러한 취지를 잘 살릴 수 있도록 다음과 같은 편집 방향으로 기획되었다.

첫째, 문학의 개념을 민족 정신사의 총체적 반영으로 확대하였다. 지난 1세기 동안 한국 근현대 문학은 서구 기교주의와 출판상업주의의 영향으로 그 개념이 점점 왜소화되어 왔다. '범우비평판 한국문학'은 기존의 협의의 문학 개념에 따른 접근법을 과감히 탈피하여 정치·경제·사상까지 포괄함으로써 '20세기 문학·사상선집'의 형태로 기획되었다. 이를 위해 시·소설·희곡·평론뿐만 아니라, 수필·사상·기행문·실록 수기, 역사·담론·정치평론·아동문학·시나리오·가요·유행가까지 포함시켰다.

둘째, 소설·시 등 특정 장르 중심으로 편찬해 왔던 기존의 '문학전집' 편찬 관성을 과감히 탈피하여 작가 중심의 편집형태를 취했다. 작가별 고유 번호를 부여하여 해당 작가가 쓴 모든 장르의 글을 게재하며, 한 권 분량의 출판에 그치는 것이 아니라 작가별 시리즈 출판이 가능케 하였다. 특히 자료적 가치를 살려 그간 문학사에서 누락된 작품 및 최신 발굴작 등을 대폭 포함시킬 수 있도록 고려했다. 기획 과정에서 그간 한번도 다뤄지지 않은 문인들을 다수 포함시켰으며, 지금까지 배제되어 왔던 문인들에 대해서는 전집발간을 계속 추진할 것이다. 이를 통해 20세기 모든 문학을 포괄하는 총자료집이 될 수 있도록 기획했다.

셋째, 학계의 대표적인 문학 연구자들을 책임 편집자로 위촉하여 이들 책임편집자가 작가·작품론을 집필함으로써 비평판 문학선집의 신뢰성을 확보했다. 전문 문학연구자의 작가·작품론에는 개별 작가의 정신세계를 보다 구체적으로 살펴볼 수 있는 한국 문학연구의 성과가 집약돼 있다. 세심하게 집필된 비평문은 작가의 생애 · 작품세계 · 문학사적 의의를 포함하고 있으며, 부록으로 검증된 작가연보 · 작품연구 · 기존 연구 목록까지 포함하고 있다.

넷째, 한국 문학연구에 혼선을 초래했던 판본 미확정 문제를 해결하기 위해 최선의 노력을 기울였다. 특히 일제 강점기 작품의 경우 현대어로 출판되는 과정에서 작품의 원형이 훼손된 경우가 너무나 많았다. 이번 기획은 작품의 원본에 입각한 판본 확정에 특별한 노력을 기울여 근현대 문학 정본으로서의 역할을 다했다.

신뢰성 있는 선집 출간을 위해 작품 선정 및 판본 확정은 해당 작가에 대한 연구 실적이 풍부한 권위있는 책임편집자가 맡고, 원본 입력 및 교열은 박사 과정급 이상의 전문연구자가 맡아 전문성과 책임성을 강화하였다. 또한 원문의 맛을 최대한 살리기 위해 엄밀한 대조 교열작업에서 맞춤법 이외에는 고치지 않는 것을 원칙으로 했다. 이번 한국문학 출판으로 일반 독자들과 연구자들은 정확한 판본에 입각한 텍스트를 읽을 수 있게 되리라고 확신한다.

'범우비평판 한국문학'은 근대 개화기부터 현대까지 전체를 망라하는 명실상부한 한국의 대표문학 전집 출간을 목표로 한다. 따라서 권수의 제한 없이 장기적이면서도 지속적으로 출간될 것이며, 이러한 출판 취지에 걸맞는 문인들이 새롭게 발굴되면 계속적으로 출판에 반영할 것이다. 작고 문인들의 유족과 문학 연구자들의 도움과 제보가 지속되기를 희망한다.

2004년 4월

범우비평판 한국문학 편집위원회 임헌영 · 오창은

일러두기

1. 이 책에 실은 모든 글은 발표 당시의 잡지나 신문에 난 원전을 저본으로 삼
   았다.

2. 본 전집의 편집 원칙에 따라 한글표기를 원칙으로 삼고 필요에 따라 한자
   를 병기하였다. 맞춤법을 원문의 의미를 훼손하지 않는 범위에서 현대어
   표기로 전환하였고, 인물의 성격을 드러내는 표현 등은 현대어 뒤의 괄호
   안에 원래 사용되었던 한자를 병기하였다.

3. 한문적 표현이나 시구 또한 현대어 해석을 먼저 실은 뒤 괄호 안에 원문을
   병기하였다.

4. 본래는 한글 또는 한문으로 된 글이나 원본은 소실되고 당시 미군정 G-2
   가 영어로 번역한 것만이 남아 있는 경우에는 영문으로 번역된 문장을 독
   자의 편의를 위해 편자가 다시 한글로 번역했다.

제1부 해방 전

나의 청년시대 (자서전1)

　나의 고향은 경기도 양주다. 나는 풍광이 맑고 아름다운 이 양주 땅에서 소년시대를 순전히 조부의 사상적 감화를 받으면서 자라났다.

　조부는 이름을 규신圭信이라 하여 그 당시에 있어 우리 반도를 일종 정치상 속령으로 알고 취급하는데 분개하여 중국정벌을 정부에 건의하고, 또 몸소 그 계획 이루기를 일생의 신조로 삼고 조정의 관리와 초야의 동지들과 결탁한 뒤 무슨 결사인가 맺고서 동분서주하며 모사하다가 그것이 발견되어 수령이던 아무개(某)는 3족멸족의 참형에 처한바 되고, 나의 조부는 유배가기로 정죄되어서 평안도 영원寧遠의 산 높고 인적 드문(山高人稀) 막다른 골짜기(窮谷)에 갔던 것이다.

　그곳에서 여러 해를 지내시다가 내가 열 살 되던 때 돌아오셨는데 그렇게 좋던 풍채도 여러 해의 고초로 초췌하여지고 머리에는 이미 서리 같은 백발을 이고 있었다. 집안의 모든 사람들이 소리 없는 눈물(暗淚)을 흘리며 조부의 모습을 바라볼 뿐이었다.

　그렇지만 변하지 않은 것은 오직 그의 기개였다. 그리고 중국을 응징하여야 한다는 생각엔 조금도 변함이 없으셨다. 또한 서재에는 병서와 산학[1]

---

1) 算學 : 옛날의 산술. 수학.

이 쌓여 있었다. 병서라 하여도 지금의 전술이나 병기학은 아니고 '육도삼략[2]' 등이었으며, 산학이란 우리들이 지금 쓰는 아라비아 숫자도 아니면서 한문의 일이삼一二三을 가지고 가감승제의 사칙四則, 분수 등을 하고 있었는데, 이 숫자를 가지고 축성법 등을 항상 연구하고 있었다.

33, 4년 전에 벌써 이러하였던 점으로 보면 조부는 신학문에 비교적 조예가 있었던 것으로 추측된다. 비록 이와 같이 펴지 못한 뜻을 위하여 병서를 읽고 산학을 연구하셨을지라도 유배 갔다 온 뒤로는 정부의 감시와 경계가 심하여 사람과 만나 말씀하시는 자유조차 별로 없으신 듯하였다.

그 뒤부터 조부께서는 유학을 숭상하시기 비롯하여 운양 김윤식[3] 씨나 지금의 문중 여규형呂圭亨 씨들에게 그 소양이 못지않았다고 한다.

이렇게 불우한 뜻을 유학에 돌리시고 여생을 보내시던 조부님은 흔히 맏손자 되는 날더러 중국과 조선의 근세사를 이야기하며 북정北征의 경륜이 결코 그릇된 국책이 아니란 것과 그 경륜을 펴기 위하여 이러이러한 국가적 준비와 민족적 계획이 있어야 한다고 늘 말씀하셨다.

연소할 뿐더러 하등 소양이 없는 나를 안으시고 여북하면 나에게까지 이런 말씀을 반복하셨을까 함에 나는 지금도 가슴이 막히어짐을 깨닫는다. 장차 이 아래에 기록하겠지만 조부의 그때의 감화가 나의 청춘시대의 사상에 큰 영향이 되어서 1912년 우리들이 모두 국외로 떠나버릴 때, 아우 운홍은 아메리카로 갔지만 나는 오직 곧장 중국 상해로 향하였던 것이다.

나는 열네 살 되던 해에 부모가 시키는 대로 아내를 맞았다가 이내 상처하였으므로 열아홉 살 되던 해에 다시 장가를 들었다. 그이가 지금의 내 아내다.

나는 그때 이렇게 열아홉 되던 때까지 고향에 있으면서 사숙에 다니며 사서오경 등의 한학을 배우고 있다가 이렇게 시골구석에서 초목으로 더불

---

2) 六韜三略 : 고대 중국의 병법서로 '육도'와 '삼략'을 합친 책.
3) 金允植 : 호는 운양雲養. 구한말의 문장가. 관료. 1884년 갑신정변을 종식시킨 후 외무대신이 되었다.

어 썩을 것이 아니라 각오하고 상투 튼 몸이 하루아침에 여장도 없이 서울을 찾아 올라갔다.

서울에 와서 신학문을 배워야 하겠다는 생각으로 그때 최초로 된 배재학당에 입학하였다. 배재학당은 미국인 아펜젤러[4]의 창립으로 신흥우[5] 씨 등 실로 많은 신진인재를 양성하였던 것이다.

그곳에서 얼마를 공부하다가 그때 마침 흥화학당이란 새 학교가 수진방곡[6]에 창설되었음으로 다혈질의 여러 학우들과 함께 나는 그 학교에 입학하였다.

흥화학당은 근세교육사상 대서특필하여도 좋을 곳으로 처음 미국공사로 가 있던 충정 민영환[7] 씨가 귀국하여 서양문명을 수입하여야 한다는 뜻으로 설립하고, 그러고는 구라파(유럽)에 유학 갔다가 돌아온 신진학자들을 초빙하여 생전 들어도 못 보던 물리, 화학이나 영어 등을 가르쳤다.

그때의 동창으로 기억나는 이는 지금 동일은행의 윤고병과 그 외 여러분이 있었다.

그러다가 그때 시국은 대단히 긴장된바 있어서 이 학교는 오래 가지 못하고, 마침내 어떠한 이유 때문에 학생들과 선생들은 서로 통곡하고 갈라졌고 학교는 폐교되고 말았다.

그 뒤 구舊 한국학부에서 설립한 우정학당과 전무학당이란 것이 있었다. 서구문명을 수입하기에 가장 지름길인 우편대원을 편제키 위함이라 나는 그곳에 들어갔다. 거기에서 만국우편공법을 프랑스 원문대로 배우고, 또 새로 제정된 우편업무 규정을 순한문으로 배웠다. 그리고 외국 여러 나라

---

4) H. G. Appenzeller : 미국 선교사. 구한말 한국에 와서 정동제일교회와 배재학당을 세웠다.
5) 申興雨 : 교육가, 정치가. 배재학당을 나와 서재필과 함께 협성회를 조직. 배재학당 교장. 제7대 조선체육회장 역임. 이상재 등과 신간회 조직. 1932년 YMCA총무. 해방 후 주일대사. 1952년 대통령 입후보.
6) 壽進坊谷 : 서울 청진동.
7) 閔泳煥 : 구한말의 문신·순국지사. 예조판서, 병조판서, 형조판서 등을 지냈다. 일본의 내정간섭을 비판하다 이미 대세가 기운 것을 보고 자결했다.

의 우편제도 등을 혹은 외국인 교수의 입으로 혹은 해외에 다녀온 선진학자의 입으로부터 배우기에 분주하였다.

이럴 때에 러시아와 일본의 풍운은 급하여 바야흐로 극동 일대에는 포연이 날리려 하였다. 그때 정부에서는 무슨 까닭인가 한국의 우편기능을 일체 일본에 위임한다는 조약이 체결되었다. 이 조약은 후일의 5조약[8]이나 모든 조약에 가장 앞섰던 조약으로 대단히 의미가 깊은 변혁이었다.

우리들 수십 명의 학생은 궁궐 앞에 멍석을 펴고 거기에 가서 울며 상소하려다가 경관에게 더러는 잡혀가고 더러는 쫓겨 나왔었다.

그때 그 우편행정의 업무인계 위원장이 죽은 정운복이었다. 이리하는 바람에 우무학당도 폐쇄되고 마침내 러일전쟁은 만주의 평온을 중심 삼아 전개되었다.

나는 대세가 흔들리는 것을 보고 서울을 떠나 고향 양주에 이르러 후진이나 교육한다고 광동학교를 붙들고 있다가 다시 생각한 바 있어 강원도 강릉에 이르러 초당의숙에서 교편을 들었다. 그때 내 나이 스물넷이다.

나는 마흔일곱 먹은 오늘에 앉아 과거 청소년 시대를 회상할 때 가장 감개가 깊은 것은 초당의숙의 수삼년 간이었다.

중국유신을 일으켰던 영재들—가령 양계초[9] 등의 새롭고 기백이 날카로운 지사와 학자를 많이 배출하던 강유위[10]가 주재하던 그 학당도 초당의숙이었다. 나는 그 이름이 마음에 당기었을 뿐더러 그 학당의 여러분들이 간곡히 붙잡음으로 그곳에서 교편을 들기로 하였는데, 학도들은 모두 34,5세의 선비들로 한문은 사서오경 급의 창달한 한학자들이었다.

---

8) 五條約 : 1905년에 일제가 구한말의 외교권을 빼앗기 위해 강제적으로 맺은 '을사(보호)조약'을 가리킨다. 을사늑약乙巳勒約이라고도 한다.
9) 梁啓超 : 청나라 말기의 계몽사상가. 문학가. 정치학교의 개설 등 혁신운동과 변법자강운동에 힘쓰며 중국을 개화시키는데 공헌했다.
10) 康有爲 : 청나라 말기 및 중화민국 초의 학자, 정치가. 무술변법戊戌變法이라 불리는 개혁의 중심적 지도자이며, 양계초와 함께 '변법자강책變法自彊策'으로 개혁을 지도했다.

나는 여기에서 학술에 주력하기보다 추이推移하는 세상사를 말하여 주기에 급하였다. 그래서 자리를 편 방안에 그 학생들이 쭉 들어앉고 나도 그 틈에 껴서 국가의 현상과 동양의 대세를 논하였는데, 논하고 나면 학도들은 모두 격하여 울었다. 그때는 사제의 구분이 없이 서로 팔을 붙들고 울고는 이야기하였다.

이렇게 긴장된 몇 해를 보내다가 강릉 경찰서장으로 있는 안락安樂이라는 사람과 명치 연호 사용문제로 마침내 정면충돌 되어 학교는 폐쇄되고 말았다.

나는 그로부터 금강산을 중심 삼고 영동팔경을 이리저리 찾아 명승지에 놀러 다니며 몸을 추세고 몇 해 뒤에 다시 서울에 올라왔다. 그때는 이미 병합 후이다.

1914년에 마침내 세계1차대전이 발발할 조짐이 보였다. 안에서 이미 뜻을 얻지 못한 몸은 외지로 나갈밖에 더 길이 없을 것을 각오하고, 가재를 팔아 학비를 만들어 아우 운홍이가 먼저 미국으로 가고, 나도 뒤따라 봉천을 거쳐 상해 금릉대학에 여장을 풀었던 것이다.

그것이 내가 스물여덟 나던 때이다.

(ー《삼천리》, 1932년 9월호)

[이 글이 발표된 것은 1932년이지만, 글의 내용으로 보아 몽양 선생의 유소년기와 청년기를 다룬 것이기 때문에 가장 먼저 소개한다ー편자]

나의 상해시대 (자서전2)

나는 이와 같이 상해로 향하기 전에 중국 땅을 한 번 밟아본 일이 있었다. 그것은 바로 그 전년인 1913년이다. 그때 생각에 중국으로 간다면 만주가 좋을까 남중국이 좋을까 함을 결정하기 위함이었다.

가본 결과 나는 이러한 결론을 얻었다.

서간도(만주) 일대로 말하면 토지가 광막하고 한편으로 러시아를 끼고 있어서 무슨 큰일이든지 일으킬 무대로는 좋지만 교통이 심히 불편하다. 그러기에 세계 대세를 따져볼 때는 장차 시국에 관심을 가진 자일진대 문화가 앞서고 인문이 개발되었고 또 교통이 편하여 책원지策源地로서 가장 값이 있는 상해 남경 등지가 좋으리라고 단정하였던 것이다.

이리하여 내 동생은 아메리카로 갈 때에 나는 행장을 꾸려가지고 곧장 남경으로 향하였던 것이다. 그렇지만 나는 어학을 모른다. 우선 영어와 중국어를 배워야 할 터인데……하고 오래 생각한 결과 미국 사람이 경영하는 남경 금릉대학에 입학하였으니 그때 내 나이 28세였다.

금릉대학의 일반 학생의 연령은 대개 20세로부터 22, 23에 달하였는데, 원래 나만한 학생은 나이 어린 학생 측에 끼어 지내기가 퍽 거북하고 잘 어울리지도 않지만은 나는 운동을 통하여 그네들과 잘 어울렸다.

운동이란 주로 육상경기와 야구였다. 조선에 있을 때부터 운동에만은 늘 마음에 두어 왔던 까닭으로 각종 경기에 자신이 있었다. 그러기에 나는 대표 팀에 들어가서 어린 학생들과 경기를 하였던 것이다. 그때 생각을 하면 실로 유쾌하다. 그러는 한편 중국의 새로 자라나는 신진청년들의 사상과 감정을 흡수하여 받아들이기에 힘썼다.

내가 금릉대학을 다니던 28, 29, 30살의 3년간은 가장 유쾌한 시일이었으니, 이렇게 이 나라 청년들과 어울려 노는 한편 주야로 필사적으로 공부를 하였다. 그래서 그렇게 어렵게 여겼던 영어와 중국어를 자유로 말할 수 있게 되었다.

그렇지만 3년이 지나도 나는 졸업증서를 못 받았다. 남경 금릉대학의 학제는 그 학교 소정의 모든 학과를 다 마쳐야 졸업증을 준다. 심지어 신학 같은 학과도 마쳐야 된다. 그렇지만 나는 그때 생각이 졸업증서 받는 것이 목적이 아니었으니까 그저 입학은 영문과에 하여 가지고 영문학과 철학을 힘써 공부하였다.

학비는 내가 집 떠나갈 때에 돈을 조금 쥐고 나갔기 때문에 대학 기숙사에 들어 첫 해와 둘째 해는 과히 고생 없이 지내다가 제3년에 이르러는 학비가 없어서 부득이 학교에서 학비를 빌려 가지고 학교를 마쳤다. 이때 빌렸던 돈은 그 뒤 상해에 와서 취직하여서 곧 갚아버렸다.

그런데 금릉대학에 다닐 때 한 가지 잊혀시지 않는 일이 있다. 1915년에 대大연내각과 원세개 사이에 21개조약이 체결되었다.

그때는 세계대전 중이라 동양에서도 청도青島에서 일독日獨 양국이 병화兵火를 바꾸고 있었다. 이때 금릉대학에서는 이 조약 반대의 첫 봉화를 들었다. 이것이 삽시간에 전국적으로 확대되었다.(중략) 그때 금릉대학생들은 일본과 싸움이 일어나면 의용군으로 나가겠다고 모두 준비하였다. 나도 학우들과 같이 의용군이 되려고 결심하였다. 그때 일은 퍽이나 파문이 많았지만 대개 여기에서 그치기로 한다.

금릉대학을 마친 나는 곧 상해로 왔다. 그때 상해에 미국사람이 경영하는 협화서국이란 기관이 있었는데 나는 생활을 위하여 그곳에 고용으로 들어갔다.

이 협화서국이라 함은 대개 여행권 없이 미국으로 가려는 사람이나 또는 사진결혼으로 미국으로 건너가려 하는 사람들을 미국 기선회사와 관계 당국에 교섭하여 주는 일종의 알선기관이었는데 매년 수백 명씩 지원자가 있어 일이 몹시 분주하였다.

(—《삼천리》, 1932년 10월호)

중국경륜이 발단되어 (자서전3)

나는 열아홉 살 때 서울로 올라왔다. 상투 틀고 갓 쓰고 행전을 치고, 보잘 것 없는 행색이 초췌한 한 시골 청년의 몸으로!

내가 서울로 올라오게 된 동기는 지금 회고하여 보아도 흥미가 있다. 나는 소년시대를 순전히 조부의 감화로 사상을 닦았다. 조부는 규신圭信이라 하여 일종의 들에 있는 강개지사慷慨之士라 함이 적평이겠다. 그분의 사상은 '중국을 치자'함이다.

중국은 우리 반도를 속국인 듯이 치부하고 모든 정치상 테제를 보낼뿐더러 사사건건 간섭하고 조공을 강요하며, 통상무역에 자기네 편 편리만 주장하는 등 우리 족속을 전통적으로 무시하여 왔디. 당당한 국가로서 이렇게 큰 모욕이 어디 있느냐 하여 몸소 중국 정토의 장문의 건의를 조정에 올릴 뿐더러 뜻을 같이 하는 재야의 정객들과 서로 손을 맞잡고, 크게 일을 이루기 위하여 무슨 결사를 만들고 동분서주하고 계시었다. 그러다가 일이 아직 열매를 맺기 전 그 비밀이 탄로되어 평안도 영원寧遠이란 산 높고 골 깊은山高谷深 무인지처無人之処로 정배 갔던 터이다.

그래서 울며 자손들과 갈라져 멀리 떠나신 조부는 그래도 생명만은 완전히 가지시고 몇 해 만에 돌아오셨다.

돌아오신 날 우리들이 동구 밖에 나가보니, 그리 좋던 풍채는 이미 간

곳이 없고 이마에는 헤아릴 수 없는 주름살이 여러 가닥 흘렀으며 기력도 몹시 쇠하셨다. 우리들은 풀밭에서 소리 놓아 울었다.

그렇지만 조부께서 오직 한 가지 변하지 않으신 것은 흰 눈 속에서도 오히려 푸른 장송녹죽(長松綠竹:큰 소나무와 푸른 대)과 같은 그 기개였다. 그 사상이었다. 그 지조였다.

돌아오셔서도 지나(중국)를 어서 응징하여야 하시겠다는 계략과 생각을 조금도 버리시지 않았다.

그분의 서재에는 병서가 가득 쌓였다. 그리고 주판 살가지를 가지고 산학(수학)을 연구하셨다. 그때는 유치한 때였으니까 산학이라 하여도 지금과 같은 아라비아 숫자를 가지고 하는 것은 아니다. 일이삼一二三하는 한문 글자를 가지고 가감승제의 4칙을 하셨다. 그 숫자를 기초삼아 축성법 등을 연구하셨으니 지금부터 33,4년 전에 그 분의 머리와 회포를 가히 짐작할 수 있다.

그렇지만 이렇게 연구와 사색에 여념이 없으시되 정부의 감시가 자못 심하여 사람과 더불어 의논하는(與人會議) 기회조차 별로 없으신 듯했다. 이렇게 불우한 감금생활을 하시는 터라, 조부께서는 흔히 맏손자 되는 나를 불러 세우고 중국과 조선의 근세사를 말씀하여주시며, 또 북정北征의 경륜이 결코 그릇된 국책이 아니란 말씀을 늘 들려주셨다.

십여 세밖에 아니 된 나이 어린 내가 그때에 이 말씀을 어떻게 알아들었으랴만은 중국과 조선의 관계가 심절深切하여 어쨌든 중국에 대한 경륜이 막연하게나마 내 가슴에 떠올랐다.

이리하여 나는 조부의 감화로 이 산골구석에 묻혀 있을 때가 아니란 자각을 얻고 앞서 말한 고향 양평을 떠난 것이 열아홉 살 때였다.

서울에 와서는 배재학당에 입학하였다. 여기에서 눈을 뜨기 시작하였다. 그 뒤 수진방(청진동) 골에 세워진 흥화학당과 이 배재학당은 실로 근세 조선의 개화사 가운데 중요한 페이지를 차지할 것이니, 배재학당은 미국인 아펜젤러 씨가 창립한 것이고, 흥화학당은 미국공사로 가 있던 민영환 씨가 서양문명을 수입하여야 한다고 손수 창립한 학교이니, 후일 우리 사회의 동량이 된 다수의 인재가 그때 그곳에서 배출되었던 것이다.

그 뒤 여러 가지 파란을 겪고, 동생 운홍이 아메리카로 가자 할 때에 나는 조부 때의 감화로 미국행을 중지하고 중국 상해로 갔던 것이다. 청년시대의 뜻을 품고 동경 오르던 전말은 대략 이와 같도다.

(―《삼천리》, 1933년 9월호)

맹서 (한시)

誓海魚龍動 (바다에 맹서하니 어룡이 움직이고)

盟山草木知 (산에다 서약하니 초목이 아는구나)

―강준식 역

(―이만규,《여운형투쟁사》, 1946)

[여운형은 1914년 중국으로 유학을 떠나는 길에 개성에 있는 친구 이만규의 집에 들렀다. 이때 이만규는 《삼국지》에 나오는 유비·관운장·장비가 도원에서 의형제를 결의한 것에 빗대어 여운형과 같이 중국 유학을 떠나는 조동호와 자기 자신을 도원3걸에 비유하면서 다음과 같은 한시를 썼다. "도원3걸桃園三傑은/의를 잃지 않았네(義不失於)/바람과 먼지가 휘몰아칠 때(風塵之際)/죽림칠현竹林七賢은/서로간의 취미를 깊였네(趣相深於)/산과 물 사이에서(山水之間)" 이에 여운형은 위와 같은 한시로 화답하였다고 한다―편자]

윌슨 미국 대통령에게 (편지)

천지창조 이래로 인류발생 이래의 대참극·대쟁투인 세계의 대전쟁(1차 세계대전)은 반드시 멈추니 악마가 전멸되고 사악이 세계에서 제거되었음을 하나님께 감사하는 바는 정의와 인도와 자유의 목소리가 하늘에 달하여 완전한 승리로 응답이 내렸습니다.

그러므로 연합국의 대성취를 축하하며 특별히 미국이 대전에 참가한 후 전쟁의 목적이 점점 정의와 인도와 자유로 바뀌었으므로 귀국과 귀국인의 고상한 정신과 웅대한 사업을 이에 우리들의 정성을 다하여 치하합니다.

세계의 역사는 새로운 페이지를 열게 되고, 전 세계는 새 정신과 새 경영으로 무한한 발달의 정도에 이르렀습니다. 유럽에서 열릴 평화회의에서 대통령 윌슨 씨가 옹호하는 국제연맹 곧 세계의 평화를 유지할 유일기관이 토론에 부쳐질 것이니, 이는 세계사에 하나의 새로운 기원을 만들 것입니다. 이를 계기로 한국과 일본이 동양평화 곧 세계평화와 어떤 관계가 있음을 깊이 있게 상세히 생각해보는 것이 아주 무익한 일은 아닌 줄로 생각합니다.

먼저 일본을 연구함

일본은 2천5백 년의 역사를 가진 나라로 종교·도덕·미술·공예 등 여러 문명을 한국에서 전수 받은 것은 일본 자신도 인식하는 바입니다. 일본도 최초에는 문인이 정치하였으나 점차로 무인이 정권을 잡아 소위 관백[11] 시대가 1천여 년을 장악하였으며, 50년 메이지유신 시기까지 군벌전횡 하에서 생활한 일본의 국민성이야 어떠하겠습니까.

전제주의 · 군벌주의 · 관료주의 · 제국주의에 관습되어 현대의 자유주의 인도주의 · 평화주의와 같은 고상한 사상은 그들의 두뇌에 들어갈 여지가 없었고, 더욱 국제연맹이란 것이 신성한 기관임을 이해하지 못할 것입니다. 일본은 입헌정치를 표방하고 있음에도 불구하고 왕의 신권을 확신하면서 자기들이 세계에서 가장 발달되고 제일 문명한 국민으로 자부하며, 러일전쟁 전에는 일본의 진상을 세계에서 몰랐으니 일본인은 다만 꽃과 아름다움의 숭배자가 결코 아니요, 아시아의 스파르타인이니 곧 싸움을 좋아하는 제국주의 국민입니다.

그들의 목적은 어디에 있습니까?

아시아의 패왕이라 자칭하고 중국 본부에 일장기를 높이 세우려 하니, 만주는 이미 일본의 수중에 들었고 몽고는 지금 일본의 세력 하에 있으며 아시아에 몬로주의[12]를 오용하려 하고 있습니다. 구미열강이 세계대전에 분주한 시기를 이용하여 중국에 제출한 21개조와 이시이[13]가 체결한 미일 공동선언의 진의는 어디에 있습니까? 중국에 대한 우월권을 획득하려 함에 불과하며, 일본은 문호개방주의 · 기회균등주의를 역설하나 일본의 신의는 믿기 어려우니 한국의 합병은 그들의 불신을 입증하는 백가지 예의 하나에 불과합니다.

일본은 그들의 세력을 확장하는 곳에 외인의 경쟁을 불허함은 한국과

---

11) 關白 : 감파쿠. 일본 중세에 천황 대신 나라를 통치하던 최고관리. 쇼군(將軍)이라고도 한다.
12) Monroe Doctrine : 1823년 미국 몬로 대통령이 주창한 고립주의. 이때의 고립은 유럽으로부터의 고립을 가리킨다.
13) 이시이 기쿠지로(石井菊次郎) : 일본 외교관. 1915년 일본 외상으로서 대중對中 21개조 요구를 추진했고, 1917년 '랜싱-이시이 협정'을 성립시켜 중국에 대한 일본의 권익을 미국이 인정토록 했다.

대만이 그 예가 될 수 있으며, 한마디로 말하면 외인의 세력을 아시아에서 전부 축출하려는 것이 일본의 정책이요, 아시아뿐 아니라 대만을 근거지로 삼고 남양군도를 다 그들 손에 들게 하고자 하니, 그들은 남양군도를 그들의 조상들이 살던 땅이라 하여 언제든지 정복하고야 말 것입니다. 맹세코 최근 해군확장의 목적은 실로 여기에 있습니다.

이러한 정책으로 일본은 세계적 제국을 꿈꾸며 그들은 이를 성취하기 위하여 족히 미국과도 혈전을 하겠고 영일동맹도 족히 무시하리니, 데라우치[14]의 일독동맹설도 일시 우연의 일이 아니라 이 몽상에서 출발한 것이외다. 위에서 말한 바로 추리하면 국제연맹에 대한 그들의 반대는 그 효과와 이익을 이해 못함이 아니요, 실로 이런 야심이 있기 때문이니 일본이 세계평화에 장애가 되는 것은 그들의 국민성이 확실히 증명하는 바이외다.

그들의 대륙확장 정책은 한국을 점령함에서 그 계보를 시작하였으니 한국의 합방을 세계가 묵인한 것은 실로 큰 불행입니다. 그 후 일본은 동양평화의 장애물이 되었고, 한국이 그들의 수중에 있을 때까지 그러할 것이오. 그러면 한국은 동양평화에 대하여 어떤 관계를 가졌겠는가.

한국은 아시아 대륙에서 태평양으로 뻗쳐 있는 작은 반도로 아주 중요한 위치를 차지하여 '아시아의 발칸반도'라는 칭호를 얻으니 이곳의 점령은 아시아 정복을 쉽게 합니다. 또한 한국은 일본의 목을 쥐는 것과 같아 한국이 없는 일본 해륙군은 민활한 활동과 원만한 능률을 발휘하기 어려우니 청일, 러일전쟁이 이를 증명합니다.

한국인은 4천2백여 년의 역사를 가진 국민으로 고대부터 중국으로부터 동양문명을 받아들였고 일본의 스승이 되었습니다. 한국은 만주에서 발흥

---

14) 데라우치 마사타케(寺內正毅) : 일본 군인 정치가. 1910년 조선통감으로 부임했고, 한일합방 후 조선총독이 되어 무단정치를 이끌었다. 1916년 10월 내각총리대신이 되어 러시아 제국의 시베리아로 출병할 것을 주장했다.

하여 일대 제국을 건설하고 그 영토는 중국 동북해안을 점령하여 그들은 고대 로마인과 같이 용감하나 단군 및 열성의 교훈으로 인자하고 겸손하여 군자국의 칭호를 얻고 평화를 매우 사랑하는 민족입니다. 그런데 그들의 자유까지 박탈당했습니다. 러일전쟁 후로 한국과 일본 간에 3개조약이 체결되니 이는 곧 병합의 계기가 되었습니다. 일본은 동양의 평화를 위하여 한국의 독립을 보증한다고 강변했지만, 그 결과는 한국인의 멸망이니 그들의 입은 꿀이요 속에는 칼을 품었습니다.

한국의 현재 정세를 3가지로 간략히 말하고자 합니다.

1. 정신적인 면

국가의 기초는 그 국민의 정신에 있음을 알고 일본은 천방백계[15]로 한국인의 정신적 발전을 방해하고 있습니다. 기독교를 한국의 국교로 생각하고 민주주의와 자유의 가치가 기독교와 같이 한국에 들어왔습니다. 미국 선교사가 처음으로 한국 민족을 하나님께 소개한 후로 신자의 수가 나날이 증가하여 현재는 50만 명이 생명의 빛 아래서 생활하니 이런 기독교가 한국에서 정신적 발전의 최대기관이 됨으로 이것 역시 불교 및 신교를 믿는 일본인의 유린 대상이 됩니다.

예를 들면 1911년에 가장 독실하고 유력한 기독교신자 2백여 명을 데라우치 총독을 암살하려 한다고 온갖 악형으로 폭행하여 다수가 참사하고 거의 전부가 폐인이 되었으며, 교회마다 2~3인의 탐정을 파송하여 목사의 설교를 무섭게 감시하고 반대로 불교·유교 신도는 극히 장려하려 하나, 시대의 착오로 그 계책을 이루지 못하였기에 다수의 일본인 목사를 고용하여 한국과 일본 양쪽의 동화에 전력하며 심지어 그들의 왕을 신으로 숭배하라고 강박하고 있습니다.

---

15) 千方百計 : 온갖 방법과 계책.

한국 내에 한글로 발행되는 신문은 겨우 1종이요, 이것도 일본인의 관리 하에서 발행되고 총독부의 반半 관보가 되었습니다. 잡지의 발행은 불허하고 혹 허가할지라도 일본인의 기관이 있어 어떤 효과를 사회에 줄 수 없으며, 공개연설은 어떤 상황을 막론하고 절대 불허하며 한국 전국에 대학교와 도서관은 하나도 없게 하며 전문학교 4개가 있습니다.

정부의 관리 하에 문학·사학·정치학 등은 수업을 절대 불허하고 다만 직원의 교육에 불과하며 4개 학교 합하여 8~9백 명의 학생 외에는 받아들이기가 불가능하며, 중학교는 3개소가 있었는데 일본인 중학교에 비하면 정도가 너무 낮고 또한 수업을 일어로 하니 우리들을 교육하는 그들의 목적은 왕에게 충성하고 노역자를 양성함에 불과하여 상당한 시민이 되고 문명한 민족이 됨은 그들이 절대로 바라는 바가 아닙니다.

세상이 주지하는 바와 같이 성경 수업은 교회학교나 비非교회학교를 막론하고 불허하며, 세계 대세를 알까 두려워 영어는 활용을 금지하므로 세계의 대세에 귀머거리가 된 자는 한국 민족뿐입니다. 이런 형편 하에 처한 한국인의 발전향상을 어찌 바랄 수 있겠습니까.

2. 정치적인 면

한국은 전혀 경찰과 군인의 행성국이라 하여도 괴언이 아니니 한국인은 자유도 권리도 없고 다만 납세하는 의무뿐으로 재산의 안전과 서신의 비밀도 없으며, 의회도 시회도 없음으로 일본 폭정 하에서 받는 원한을 호소할 길이 없습니다. 법률은 몇 명의 일본 관헌이 제정하고 실행하며 한국인은 낮은 직원 외에 행정에 참여가 없으니 이로서도 한국인 생활의 여하를 추측할 수 있습니다.

3. 경제적인 면

협력은 경제학상 근본적 원칙이나 일본은 한국인의 협력을 절대로 방해하여 자본의 최소한도를 높게 정하여 보통 사람은 착수도 불가능하게 하고, 자본이 있다 하더라도 백방으로 방해하여 한국인이 전문경영 하는 대규모 회사는 없으니 그럼으로 한국인은 전혀 농사로 생활할 뿐이어서 해마다 다수의 일본인이 들어와 우리 논밭이 미구에 그들의 소유가 되게 하며, 한국인은 자본의 유무를 불문하고 채굴을 불허하는데도 일본은 세계에 선포하기를 자기들이 한국을 경제상으로 원조한다고 합니다.

하나 실은 한국인에게 중세를 과하여 한국의 부는 일본으로 건너가게 하니 이처럼 한국은 재원을 약탈당하여 생활난이 극도에 달하였으며, 일본은 한국을 일본 같이 만들기가 불가능함을 알고 포악무도한 정책으로 한국 민족을 멸종하려 드니 한국은 어떠한 대책을 취해야 좋을지 미로에 빠져 앞길을 모르고 있습니다.

그러나 그들은 결코 낙담하지 아니하였으며, 천하의 그 무엇으로도 그들을 좌절시키지는 못할 것입니다. 그들은 독립과 정의와 평화를 위하여 전심전력으로 용감히 앞으로 나가며, 세계양심의 심판을 구하고 대통령 윌슨 씨의 높고 큰 이상 곧 '국가는 반드시 그 국민의 뜻에 따라 다스려야 한다'는 주의를 옹호하는 미국 국민의 동정을 청하고자 합니다. 일본이 이러한 폭정을 실행하는 한 우리들이 간절히 원하는 세계평화는 수포로 돌아갈 것입니다.

마지막 한 마디는 우리 한국인은 결코 일본에게 정복된 것이 아니요, 일본의 교활과 기만에 빠진 것뿐이니 이 기만과 제국주의는 장차 전 아시아를 침범하여 대통령 윌슨 씨의 평화주의 · 민주주의를 정복하려 함으로 한국은 반드시 독립을 회복하여야 하며 민주주의가 반드시 아시아에 정착되어야 합니다.

30년 전 미국과 미국 국민이 한국의 독립을 담보하였으니 그 독립을 위하여 귀국 및 귀국 국민은 모든 원조를 불사하시기를 갈망합니다.

1918년 11월 28일

신한청년당 대표 여운형 근배

(―《신한청년》, 1918년 창간호)

[이 편지는 여운형이 중국 상해에서 창당한 신한청년당의 기관지 '신한청년' 창간호에 실린 것을 옮긴 것이다. 여운형은 이 편지를 당시 상해로 파견되었던 윌슨 미대통령 특사 찰스 크레인에게 전달했고, 이어 김규식을 파리강화회의에 조선대표로 파견하였는데, 이 소식이 일본 동경과 조선에 전해짐으로써 동경유학생들의 '2·8독립선언'이 나왔고, 조선에서 3·1운동의 불길이 솟았다. 따라서 3·1운동의 불씨를 지핀 당사자는 바로 여운형이었으나, 그동안 정치적인 이유 때문에 이 사실이 역사학계에서조차 부각되지 않아 왔다―편자]

조선독립의 당위성 (대담1)

고가 : 조선민족을 부강케 하여 세계에 자랑케 하는 것이 조선인이 할 일이라 생각합니다. 그리고 그 방법에 대하여는 의견이 일치하지 않으나 종교적 남의 나라에 머물면서 고심·참담하시는 조선의 우국지사 여러분에 대하여 성심으로 동정합니다. 그러나 민족에게 실효 있게 활동하시기를 바랍니다. 다시 말하면 조선의 독립 또는 자치를 얻으려면 불가불 그 요소를 먼저 구하여야 하겠소. 요소는 부富와 강强이지요. 부는 민부·국부요, 강은 지강智强·체강體强이니 교육을 개량하고 실업을 발달시켜 이를 증진케 하는 것이 필요하다고 생각합니다. 실업적·교육적으로 총독부와 일치 협력하는 것이 옳을 줄로 생각하오. 일한합병에 대하여는 나 개인은 이에 반대하였소.

그러나 양 정부가 이미 합병한 이상에는 나 개인의 의견은 소멸된 것이오. 그러나 조선이 실력이 충분해진 뒤에 일본과 정치를 같이 하기를 바라지 않거나 자치를 요구하거나 함에 대하여는 나의 의견이 미칠 수 없는 바이외다. 요컨대 오늘에 있어서 조선을 부강케 하는 것만이 최선의 요건으로 생각합니다. 또 일한합병은 두 회사의 합병과 같으니 가령 실력이 조금 부족한 어떤 회사와 실력이 충분한 어떤 회사가 쌍방의 이익을 위하여 합한 것과 같소이다. 그러면 서로 동일한 권리를 공유하게 되고 동시에 합한

힘을 가지고 다른 회사에 대항 경쟁할 수 있게 되듯이 일한합병이 조선과
일본 양방의 이익이 아니겠습니까. 그런데 다만 종래는 사실상 평등한 관
계가 되지 못하였음을 유감으로 생각합니다.

여운형 : 당신의 나라를 위한(爲國) 열성과 노구에도 건강하신 것을 기뻐
합니다. 또 말씀을 잘 들었습니다. 조선을 부강케 하라는 말씀 또는 당신의
일한합병 관(觀)에 대하여는 절대로 의견을 같이 하지 않습니다. 그런데 이
것을 답변하기 전에 먼저 우리 독립운동의 주장을 말할 필요가 있습니다.

1) 우리민족의 복리 즉 조선의 부강을 위하여
우리민족은 건국 이래 반만년 동안 한 번도 다른 민족의 내정간섭을 받
은 일이 없고 항상 스스로 치리하고 스스로 발전하여 동양문명에 적지 않
은 공헌을 하였소. 그렇게 자주성이 풍부한 민족이므로 다른 민족의 간섭
은 물론 협조도 원치 않습니다. 그 뿐 아니라 한 민족이 다른 민족을 통치
하는 데는 자연히 정치상 또는 경제상 충돌로 인하여 서로 용납하지 못함
은 역사적 · 사회학적 · 경제학적으로 증명된바 분명하지 않습니까. 우리
는 과거 10년 동안만 하여도 자유발전에 대한 손실이 적지 않았소. 지금 우
리는 과거의 역사를 계승하기 위하여, 자유의 발전과 세계문명에 공헌하기
위하여 자손만대에 영속할 행복을 주기 위하여 독립을 주장하는 것이오.

2) 일본의 신의를 위하여
사람으로서 신의가 없으면 "저런 사람은 어찌 일찍 죽지도 않느냐" 하는
옛 말이 있소. 개인도 신의가 없으면 그러하거늘 어찌 국가리오. 역사상으
로 보면 일본은 조선에 대하여 문화의 부채자요. 일본은 문학 · 미술 · 공
예 기타 여러 분야에서 문명을 조선으로부터 배워가지 않았나요? 그런데
일본은 때때로 전쟁(兵役)으로 보답하였지요.

또 일본은 일청, 일로 양 전쟁은 조선의 독립을 위하여 하였다고 말하면서 조선독립의 보장을 세계에 대하여 성명하였지만, 그 결과는 조선을 합병함으로써 사기로 드러났지요. 그래서 우리 2천만 조선민족의 골수에 사무친 원한은 물론이거니와 세계 각국은 일본의 신의 없음을 꾸짖고(唾罵) 시기猜忌하지요. 지금 중국(支那)의 4억인 전 민족은 일본을 원수로 여기고 배척이 날로 혹심해져 가고 있지 않습니까. 일본은 다만 국토가 넓어지는 것만을 기뻐하겠습니다만 실상은 극히 위험한 지경에 이른 것이요. 그러므로 일본이 조선의 독립을 승인함은 일본의 신의를 위해서 뿐 아니라 일본 장래의 국리를 위하여 크게 유익한 것이라 생각합니다.

3) 동양의 평화를 위하여

동양하면 일본·중국·조선 등 3국을 우선 꼽지 않습니까. 일한합병의 형식을 유지하고자 하는 동안 두 민족의 상쟁은 물론이거니와 중국(지나)의 일본배척(排日)이 끊일 날이 없을 것은 자명하오. 중국의 일본배척은 산동문제나 또는 21개 조약으로 인함이라 생각할지 모르나 그 실은 일한합병으로 인하여 분노심·공포심·적개심을 불러일으킨 것이오. 중국은 일본과 마관조약으로 조선의 독립을 승인하였는데 일본은 중국에 대하여도 사기하지 않았습니까? 이러므로 일한합병은 동양평화의 파괴의 근원이 되었소. 그러므로 조선독립은 동양평화의 보장이 되는 것입니다.

4) 세계평화를 위하여 또 세계문명에 공헌키 위하여

세계라 함은 동서양을 총칭하는 것인 만큼 동양에서 쟁란爭亂이 일어나면 비록 서양이 평온(平靜)할지라도 세계평화라고 할 수는 없지요. 그 뿐만 아니라 한 쪽의 세력이 약하면 다른 쪽의 세력이 범람하는 것은 공리公理인즉 만일 동양이 상쟁하기를 마다하지 아니하면 필경에는 저절로 멸망할 뿐 아니라 서방의 동양침략(東侵)이 하루가 급할 것이오. 그러므로 동양 자체의 평화를 위하여 세계 대세의 균형을 확보하기 위하여 또 동양이 단결하여 세계문화에 공헌하기 위하여 하루바삐 조선은 독립하여야 할 것이오.

5) 일한합병은 회사의 합병과 같다는 데 대하여

일한합병에 이른 것은 결코 우리민족의 의사가 아니요 소수의 당국자 즉 매국노들이 한 짓이며 또 당시 주권자의 진정한 의사도 아니었소. 일본인은 합병이 양 국민의 호의好意로 되었다 하나 조선국민은 이에 대한 원한이 뼈에 사무쳤소. 요컨대 이것은 강제로 된 정치적 불공정이오. 즉 합병이 아니라 병탄倂呑이오.

일본인은 일한합병을 가리켜 한인의 행복이요 동양의 평화라 하나, 그 실상은 한인의 재앙殃禍이고 수치요. 따라서 동양의 환란과 시의猜疑를 불러일으킨 원인입니다. 이른바 선정과 덕정을 표방한다는 현 총독정치로 보아도 우리 민족적 요구인 독립운동을 압박하지 않소? 민족의 희망을 압박하면 자유는 어디에 있으며 평등은 어디에 있소? 또 선정과 덕정德政은 다 무엇이오? 일본인에게 유리한 운동이면 원조하고, 우리 국민에게 유익하고 우리가 원하는 운동이면 저해하지 않소?

어떤 사업을 막론하고 다 이러하지 않소! 그러므로 단순히 이해관계로만 보더라도 조선이 합병 하에서 낳하는 것은 대大 불이익, 전면적 부자유, 정신적 압박, 세계에 대한 쇄국鎖國 등 절통한 손해뿐이요. 회사는 자못 이해만으로 성립되는 것이지만 국가는 그렇지가 않소. 이익 이상의 그 무엇을 요구합니다. '하필 이익을 말하는가, 또한 인의가 있지 아니하냐何必曰利亦有仁義而已矣)'란 옛말이 있지 않습니까.

국가라는 것은 사회의 실체요, 역사의 장성長成이요, 도덕의 존재요, 사법의 실체이며, 또 일시적인 것이 아니고 영구적인 것이오. 영구적이란 말의 의미는 자손만대를 뜻함이니 개인은 죽어 없어지지만 사회는 영속하지 않습니까. 그러므로 사회를 개량·발전시키는 것은 우리의 의무요, 국가는 사회를 위하는 사회임으로 따라서 애국을 하게 되는 것이오. 국가를 유지하고 국가를 개량하는 것은 우리 선조에 대한 의무요. 그러므로 국가를 위함은 의무이지 이익이 아닐 뿐 아니라 국가를 위해서라면 이익을 희생하기까지 하는 것이오.

또 두 회사가 합병하면 작은 회사는 반드시 큰 회사로부터 손해를 당하는 법이오. 미국의 스탠더드 석유회사가 일찍이 상업정책에 따라 무수히 많은 작은 회사들을 병합하여 치부한 실례가 있지 않습니까. 일한합병이 이미 이렇게 대불공大不公·대부정大不正을 드러내고 있으니 동양의 단결 또는 동양의 평화를 생각할진대 조선의 독립이 첫 번째로 가장 중요하고 가장 시급한 문제가 아니겠습니까? 또 실력을 양성하려면 자유로이 발전하도록 하는 것이 최대요건이오. 또 그렇게 하는 것이 성공의 첩경이라고 생각합니다.

(─《독립신문》, 1920년 1월 11일자 제37호)

[일본 정부는 조선민중의 3·1운동에 크게 놀란 뒤 조선의 독립운동을 자치운동으로 바꾸기 위한 책략의 일환으로 1919년 11월 상해에 있던 여운형을 동경에 초빙했다. 당시 하라 다카시(原敬) 내각의 척식국 장관이던 고가 렌조(古賀廉造)는 여운형에게 자치운동으로 전환할 것을 권유하였다. 7회에 걸친 이때의 양자회담에는 통역으로 장덕수, 속기사로 최근우가 동석했고, 이 대담 내용은 중국 상해에서 발간되던 임정의 《독립신문》에 게재되었다─편자]

조선독립의 당위성 (대담2)

고가 : 일본 내에서는 당신 일행에게 불편한 일이 일어나면 어떤 일이든지 내 힘을 다 하겠지만, 상해에서는 반대소리가 격렬하다는데 거기까지는 내 힘이 미치지 못하니, 돌아가신 후에 만에 하나라도 당신의 일본방문을 반대하는 일파로부터 위해를 당하는 일이 있으면 심히 미안한 일이오.

여운형 : 상해에 있는 인사들 중에 나의 일본 방문이 불필요하다 하여 일시 반대할지라도 돌아가서 그 이유를 설명하고 또 당신과 나눈 얘기의 전말을 보고하면 넉넉히 이해할 줄 믿습니다.

고가 : 당신의 성의에 대하여는 깊이 감사하며 기쁘게 생각합니다. 원래 노다·미즈노·다나카[16] 등 제씨와도 함께 얘기를 나누기 위하여 초대하였으나 바쁘다는 이유를 들어 참석하지 않아 매우 섭섭합니다. 오늘 담화를 시작하기 전에 먼저 당신의 가르침을 받고자 합니다. 조선을 통치하여 부강케 하려면 장차 어떻게 해야만 그 효과를 거둘 수 있을지 당신의 고견

---

16) 노다 우타로(野田卯太郎) : 당시 일본 체신부 장관(遞相).
　　미즈노 렌타로(水野鍊太郎) : 당시 조선총독부 정무총감.
　　다나카 기이치(田中義一) : 당시 일본의 육군장관.

을 말씀해 주시오.

　　여운형 : 정치는 반드시 민의에 순종하고 시대에 적합해야 됩니다. 조선 정치 또한 마땅히 그래야 되지, 민의와 시대에 적합지 아니하면 안 될 것이오. 만일 민의가 일본통치 하에 있기를 원하고 시대도 그것을 허용할 것 같으면, 일본통치 하에 있으면서 부강책을 추구하려니와, 전 민족의 요구가 독립에 있고 시대의 형세가 한국의 독립이 필요하다고 하는 오늘일 것 같으면 독립이 선결문제요, 부강책은 그 다음으로 강구할 문제입니다.
　일전에 당신이 우리나라의 부강에 대하여 말씀을 많이 하셨고 나도 이에 대하여 개괄적으로 말하였습니다. 그러나 오늘은 담담하게 토론을 해보고자 합니다. 일전의 말씀에 '평화의 신의 위력만 믿고, 평화를 보장하는 실력이 없으면 안 되겠다. 신의 뜻과 정치적 현실은 합치하지 않는다. 또 당신의 독립 주장은 이론에 불과하고 내가 부강을 주장하는 것은 실질적인 것이다'라고 하셨소. 그러나 오히려 당신의 말씀은 소극적이요, 나의 주장은 적극적인 것입니다. 인생은 불행하게도 모두 다 선한 것이 아니어서 장래에도 반드시 신의에 반대되는 현상이 일어날 것이 분명한 만큼, 평화보장의 실력이 있어야함은 물론이지만, 생각건대 힘이란 정신적인 면과 물질적인 면이 있는데 평화보장의 실력 중 병력과 부력은 물질의 힘으로서 소극적 실력이라 할 것입니다.
　어째서 그러냐 하면 이는 평화가 파괴된 이후에 방위하는 힘에 불과하여 평화를 파괴하지 않도록 하는 힘은 아닌 만큼, 소위 무력적 평화는 평화를 오게 하고 또 평화를 유지시키는 것은 아니요. 그러므로 소극적인 것이오. 반면 적극적 힘은 정신력인데 이것은 인류의 의식과 감정을 청결하게 하고, 또 세계의 사회조직을 현재보다 더 이상적으로 화평케 하고, 신의 뜻을 현세에서 실현케 하여 평화를 근본적으로 파괴치 않게 하는 것이외다. 조선 문제에 대하여서도 근본적으로 하늘의 뜻과 민의에 순응하여 원만한 평화를 구하지 아니하고 고식적으로 무력과 정략으로 현상유지만을 꾀하여 임시적 평화를 얻으려고 하는 소극책이므로 이것은 절대로 성공하지 못할 것이외다.

현실에 걸맞지 않는 이상은 공상에 그칠 뿐이며, 이상과 관계가 없는 현실은 곧 죽은 것에 지나지 않습니다. 그러므로 정치론은 실제적 세밀細密을 요구하며 공상적 개괄을 불허합니다. 종래 일본인들은 "합병은 호의로 된 것이다, 한인은 동화가 가능하다, 한인은 선정에 기뻐 복종할 것이다" 하는 오해를 품어 왔는데, 오늘에 이르러서도 아직까지 미몽에서 깨어나지 못하고 오히려 '일선日鮮 일체주의'니 '일선동화주의'니 하는 것으로 창도(唱導:앞서 주장함)하고 있습니다. 그러나 이것은 현실에 맞지 않는 이상 즉 공상입니다. 그러니 오늘 여기서는 현실에 맞는 세밀한 의논을 합시다.

평화란 무엇이오? 평화의 진수는 정신적 평화 즉 투쟁이나 시기나 분노나 원한 등이 없는 그야말로 새가 노래하고 꽃이 웃고 햇볕 따스하고 바람이 온화한 활동적 자연과 자유의 기상氣像에 있는 것이지 결코 죽은 바다(死海)와 같이 평정平靜만을 유지하는 것을 일컫는 것이 아니외다. 모든 생존의 희락과 희망과 자유와 평등과 존귀가 있는 가운데 평화가 있는 것이지, 위험과 걱정(危虞)과 절망과 압박과 차별이 있는 곳에는 평정도 없을 것이거늘 하물며 어찌 평화가 있을 수 있겠습니까!

이와 같은 의미를 바탕으로 하여 평화를 논의해 봅시다.

(1) 대내적 동양 평화 즉 동양 각국이 상호 평화하고 (2) 대외적 동양 평화 즉 서양의 동양침략을 방어하여 동양의 평화를 보장하면 그만일 것이요, 동양에 나라가 많이 있다고 하지만 그 중에서 조선과 일본과 중국이 서로 불목不睦하면 동양에 평화가 있다고는 못할 것이 아니오? 또 대내적 동양평화가 없이는 대외적 동양평화를 유지할 수 없는 것도 사실이 아니오? 그런데 남의 나라를 강제로 병합해 놓고 그 나라 인민이 내 나라의 통치하에서 만족하기를 바라는 것은 그야말로 근거 없는 공상이며 망상이

아니고 무엇이오. (이때 점점 어조가 격렬해지다)

민족적 자존심, 독립심이 풍부한 우리나라 사람들은 일한합병을 분개하고 한탄하며 나라 잃은 국민이 된 것을 비탄하다가 참고 견딘 지 10년, 이제 와서야 거국일치 민족적 독립운동을 개시하였으니 이 자존심과 독립심은 인격의 요소요, 진화의 근본인 것이요. 그런데 이것을 압박하여 소멸시키고자 하니 그것이야말로 인류로서 할 수 없는 죄악이 아닐까요? 이 자존심과 독립심에 바탕한 민족적 자각인 독립운동을 무력으로 진압코자 합니다. 무력으로 과연 이 벌거벗은 알몸(赤身)까지 누를 수가 있을는지요? 또 일본의 중국에 대한 정책을 보더라도 동양 평화라는 미명 하에 종래의 제국주의 침략을 여지없이 감행함으로써 4억만 중국 인민으로 하여금 일치하여 일본을 원수로 여기게 하였으니 이것 또한 동양 내부의 평화를 파괴함이 아니고 무엇이오.

그리고 대외적인 동양 평화에 이르러서는 내부에 분열과 쟁투가 있어서 단결이 불가능한 마당에 서양의 동양침략을 어떻게 견뎌내겠소. 그런데 중국의 내분을 속으로 웃으면서 이를 기화로 삼는 일본의 소위 총명한 정치가들은 입으로는 동양 단결의 필요성을 역설하면서도 속으로는 중국 내분의 근원이 되는 야심·탐욕·권모술수 등 온갖 수단을 중국에서 행하지 않습니까? 또한 우리나라에 대하여도 같은 모양이 아닙니까? 요컨대 내부의 동양 평화가 없이는 대외적 동양 평화는 기대할 수 없습니다. 또 한국이 독립하지 않고서는 동양 평화를 바랄 수 없음으로 우리는 이런 의미에서 한국의 독립을 주장하는 동시에 일본의 회개를 바라는 것이 일전에 말씀드린 바이다. (어조의 격렬함이 극에 달함에 따라 탁자를 치는 소리까지 들려 곧 무슨 일이 일어날 것 같음)

(조금 낮은 음성으로) 당신은 또 국방력이 없는 오늘의 조선에 독립이 주어져 방임된 채 돌보아주지 않으면 마치 열대지방의 식물을 한대지방에 이식해놓고 아무런 보호도 하지 않는 것과 같은 결과를 면치 못하리라고 기

우하셨소. 그러나 그 말씀은 전혀 당치도 않는 비유의 말씀이오. 원래 우리 조선의 주위는 일본의 침략만 없으면 어떠한 위험도 볼 수 없으며, 혹시 불행히도 위험을 본다 하여도 국가의 실력이 이미 넉넉하여 남의 보호를 받지 않고 자립하여 발전하는 데 부족함이 없을 것이오. 한대지방에 이식된 열대의 초목은 유리 온실 안에서 수증기에 의지하여 잠시 생명을 유지한다 하더라도 생존의 가치와 의미는 이미 벌써 상실한 것이며, 다시는 자연의 공기에서 비와 이슬의 혜택을 향수할 기회를 얻지 못할 것이니, 그럴진댄 차라리 한풍냉설寒風冷雪에서 열 번 죽는 것이 낫지요. 그런 상황에서 사람이라면 타인의 보호 아래서 자기생존의 의의를 상실한 기생적 생활을 즐길 자가 어디 있겠소?

역사적으로 볼 때 일본의 명치유신 이후에 우리 정부 당국자들은 모르겠소만 청년 개량가改良家 김옥균[17]·박영효·서재필·유길준 등 여러 선생들께서 일본과 일치하여 신문명을 하루바삐 수입하여 국정을 유신하려고 하였습니다. 완고당頑固黨들은 혹은 원세개[18] 혹은 러시아와 통하여 일본을 반대하였소. 그리하여 김옥균·박영효 등 제씨는 한때 일본의 힘을 빌려 정치의 혁명을 도모하다가 실패한 일도 있습니다.

일청, 일러 양 전쟁의 원인이 한국에 있었다함도 옳은 말씀이며, 또 이 전쟁에서 다대한 희생을 하였다함도 사실이라 믿습니다. 또 이 전쟁에서 승리한 것은 일본이 힘의 우위에 있었기 때문이라 함도 틀림없는 동시에 한국의 조력이 적지 않았음도 부인할 수 없지요. 러시아 세력이 유럽으로 팽창할까 우려하는 독일은 러시아를 꾀어 그 세력을 동으로 이동케 하였고, 또 러시아가 동양의 패권을 혼자 차지(獨專)할까 시기하는 영국은 일

---

17) 김옥균金玉均 : 구한말 정치가. 1884년 갑신정변을 주도했다. 박영효朴永孝 : 구한말 정치가. 철종의 부마. 김옥균과 함께 갑신정변을 거사했다. 서재필徐載弼 : 구한말 정치가. 갑신정변에 가담했다가 후에 도미하여 독립운동을 했다. 유길준兪吉濬 : 구한말의 개화사상가. 미국과 유럽을 시찰한 뒤 '서유견문'을 집필했다.
18) 元世凱 : 청나라 북양군벌의 수뇌. 청나라가 망한 뒤 중화민국 초대총통이 되었다.

본을 권유·원조하여 러일전쟁을 일으키게 하였지요. 이 전쟁에서 일본이 승리한 것은 일본 자신의 행복임은 물론이거니와 동시에 한국도 기뻐하였고 열강도 축하하였소. 그때 일본이 한국에 대하여 성의를 가지고 있었다는 것을 다른 사람들은 모두 믿지 않지만, 나는 이것을 시인합니다.

그러나 말씀하시기를 일한합병에는 이러이러한 상당한 이유가 있었다 하였습니다만, 합병한 결과가 어찌 되었으며 현상은 어떻습니까? 또 합병의 형식을 유지하려고 할 때 앞으로 쌍방에 어떠한 화란禍亂이 일어날 것으로 생각하십니까? 그러니 최초에 성의가 있었음을 무엇으로 증명하실 수 있소? 시대가 변천하였으니 일본도 지난날의 악몽에서 깨어나야 할 것이며, 강권시대는 이미 지났고 평화의 신이 정의의 나팔을 불고 있습니다. 우리는 다툴 때가 아니라 화목할 때가 아닙니까?

이것이 오늘 이 자리의 본의가 아닙니까.

무력이 없는 조선이 독립하는 것은 동양의 평화를 파괴할 위험이 있다 하나 그것은 구실에 불과한 것이외다. 지금 러시아나 독일이 조선을 엿볼 겨를이 없음은 물론이오. 이번 전쟁에서 교훈을 얻은 그 국민들은 반드시 자기 주권의 침해를 허용하지 않을 것이오. 만에 하나라도 그런 위험이 있을 것 같으면 우리는 더욱더 공평한 지위에서 정치적으로 대립하여야 할 것이오. 필요에 따라 단결함이 옳지 않겠소? 또 당신은 합병한 것은 조선이 약함으로 무력과 부력富力을 충실케 하여 제3국이 감히 침입치 못하게 하기 위함이라는 뜻으로 말씀하지 않았습니까? 그렇다면 과연 무력과 부력을 얼마나 충실케 하였습니까?

우리나라는 합병한 후로 무력·부력 그밖에 모든 것이 전보다 오히려 약하여짐이 극에 달하여 외세방어의 힘이 전보다 줄고 또 줄어들었을 뿐 아니라, 금후로는 우리 양 민족의 쟁투가 일심하여 종식할 날이 없으리라 믿소.

금번 구주전란에서 독일이 프랑스에 패한 것이 독일이 프랑스(法國)보다

약하였던 것이 결코 아니요. 벨기에의 혈전으로 인하여 프랑스는 보존하였고 체코의 내란으로 인하여 프랑스가 패한 것이요. 그러므로 담 안에 두는 것보다 이웃에 친구를 두는 것이 좋지 않을까 생각하오.

실력이 없는 한국이라는 말은 당신만이 아니라 일본인은 누구나 하는 말이오. 그러면 그것이 과연 정당한 관찰인지 잠깐 얘기해 봅시다. 실력은 1)정치적 실력 2)군사적 실력 3)경제적 실력 세 가지로 나누어 말씀드리지요.

1) 정치적 실력은 내치와 외교가 될 것이오.

① 먼저 내치로 말하면 우리 민족은 반만년 동안 국가적 생활을 계속하여 자치능력이 풍부하고 또 도덕적 훈련에 강하고 그밖에 언어 문자 풍속의 통일이 완전하며, 국토가 좁고 인구가 적어 중국과 같은 내정의 분란紛擾은 전혀 없다고 할 수 있으며, 또 망국의 경험을 가지고 있어 일치단결이 용이하고, 더욱이 새로 자라난 우리 청년들은 충의와 이상이 신선하여 일본 청년들의 그것보다 몇 배를 넘을 것으로 자신하오. 일본에서도 공평한 학자는 그렇게 평하는 것이 사실이오. 그러므로 우리는 내치의 힘이 충실하다는 말을 서슴지 않소.

② 외교로 말하면 우리는 침략을 하려는 야심은 없고 다만 정의와 인도주의에 굳게 서서 세계 평화의 선봉이 되어 문화로써 세계에 웅비하고자 하는 욕심밖에는 아무것도 없으므로 밖으로부터 시기를 받지 않을 것이오. 또 지리적·전략적으로 보아도 한국의 독립은 동양 평화와 세계 평화의 요새가 되기 때문에 다른 나라들의 존중과 옹호가 있을 것이며, 또 그뿐만 아니라 우리나라 사람들은 모두 예의를 존중히 여기고 외국인을 공경하여 친절히 대우하는 특성이 있으므로, 정치상의 외교는 그만두고 국민외교로 만도 넉넉합니다.

2) 군사적 실력 이것이 당신의 요점이지요?

① 내란을 지정하려면 이에 필요한 군비를 충분히 유지할 수 있는 재財·지智·인人을 두루 갖추어야 함은 당신도 이의가 없을 줄 믿소.

② 외적을 방어할 군사력 준비는 가상적국의 군사력 여하에 따라 달라질 것이오. 가상적국이 일본인가 중국인가 혹은 영·미·러·독 등의 단독인가 또는 그들의 연합인가 등에 따라 달라지지요. 만일 일본이나 중국이 우리의 적이 된다면 동양의 평화는 파괴되지오. 영·미·러·독의 연합 또는 단독이라면 우리 3국은 연합하여야 될 것이요. 물론 현재의 형세로는 한국이 단독으로 어떤 강국의 침략을 막아내지 못함을 사실이오. 그러므로 가상적국 여하에 따라서 군사준비가 다른 것처럼 정치적 관계에 따라서 군사준비도 달라져야 할 것이니, 한국과 일본 또는 한국·일본·중국은 동맹식 연합이란 정치관계를 맺는 것이 마땅할 줄로 믿고, 또 우리도 독립 후 2~30년 동안 준비하면 여하한 강적이라도 방어할 실력을 갖추게 되리라고 확신하오.

③ 또한 말씀에서 한국이 실력이 없기 때문에 독립을 승인할 수 없다고 하시지요? 옳습니다. 일본의 무력과 그 밖의 여러 가지 형세에 비하면 미미한 힘일지도 모르겠습니다. 그러나 일단 일본이 외국과 전쟁에 들어가는 그날에도 그렇게 미미하게 될까요? 우리는 현재 일본과 싸워서 승리할 수 있는 무력이 없음이 사실이오. 그러나 소극적으로 일본의 세력을 분리시키고 군사행동을 방해하는 데는 위대한 힘이 있을 것을 잘 기억하시오. 그러므로 합병 형식을 유지코자 함은 동양 평화를 파괴함이요 또 실력이 없는 한국의 독립을 승인하는 것은 평화를 파괴하는 것이라 하나 그 말씀은 기우에 지나지 않는 것이오."

고가 : 그대의 의지에 나는 동의하오. 내가 만일 조선에 태어났다면 나도 그대와 같이 했을 것이오. 만일 뜻대로 되지 아니하면 총독부에 불이라도 질렀을 것이오. 내 계책이 성공하지 못했다는 점에서 나는 그대에게 가장 깊은 경의를 표하오.

(―《독립신문》, 제42호, 1920년 2월 3일자)

일본 고관들과의 대담

다나카[19] : 우리 일본은 천하무적의 막강한 3백만 병력이 있다. 해군 함대
는 사해를 휩쓸고 있다. 조선은 일전할 용기가 있는가? 만일
조선인들이 끝까지 반항하면 2천만 정도의 조선인쯤은 일시
에 없애버릴 수도 있다.

여운형 : 그대도 글을 읽은 사람이라면 '삼군지수三軍之帥는 가탈可奪이언
만 필부지지匹夫之志는 불가탈不可奪이라('3군의 장수는 빼앗을 수 있
어도 필부의 뜻은 빼앗을 수 없다'는 뜻)'는 말의 참뜻을 알 것이오. 2천
만 명을 일시에 다 죽일 수도 있고 여운형의 목을 벨 수도 있을
것이오. 그러나 2천만 명의 혼까지 죽일 수는 없을 것이고, 여운
형의 마음까지 벨 수는 더욱 없을 것이오. 하물며 여운형이 지닌
굳은 조국애의 일편 단심과 독립정신까지 벨 수야 있겠소?

다나카 : 조선은 자치를 하여 일본과 손잡는 것이 제일 현명한 일이다.
(중략) 조선이 일본과 손잡으면 부귀를 누릴 것이요, 그렇지 아
니하면 무자비한 강압이 있을 뿐이다. 만세 부르는 일 하나로
독립이 되겠는가? 또 일본이 이를 허락할 줄 아는가?

---

19) 다나카 기이치(田中義一) : 당시 일본의 육군장관.

여운형 : 연전에 파일스타라는 배가 대서양에서 물위에 십분지일 밖에
　　　　아니 나온 빙산덩이를 작다고 우습게보고 물속에 든 10 배 이상
　　　　의 큰 덩이가 잠겨 있는 것을 생각지 않고 돌진하다가 빙산에
　　　　부딪혀 배가 침몰하고 말았다. 조선인이 부르짖은 독립운동 만
　　　　세는 물위에 나온 작은 부분의 빙산이다. 무시할 수 없는 것이
　　　　다. 무시하면 세계 인류의 정의에 부딪혀 일본은 망할 것이다.
다나카 : 일본이 망하면 동양 전체가 다 망한다.
여운형 : 조선 속담에 초가삼간이 다 탄대도 빈대 죽는 것이 시원하다는
　　　　말이 있다. 동양이 다 망해도 일본이 망하는 것을 통쾌히 생각
　　　　하는 것이 우리 조선민족의 솔직한 심정이다.
다나카 : 그렇게 생각해서는 안 된다.
여운형 : 일본은 남방의 손문[20]과 악수하라.
다나카 : 우리 일본은 북방의 단기서[21], 장작림[22]과 악수한다.
여운형 : 자라나는 남방의 손문과 손잡지 않고 무너져 가는 북방의 수구
　　　　파와 손을 잡는 것은 일본 정책의 큰 오류다.
유히[23] : 그대가 자치운동을 원치 않거든 청도[24]로 와서 일중 양국의 조
　　　　화를 위하여 일을 해주기 바란다.
여운형 : 일본이 침략근성을 버리지 않는 한 어떤 사람이 간다 해도 중
　　　　일양국의 조화란 바랄 수 없다.
미즈노[25] : 그대는 조선을 독립시킬 자신이 있느냐?

---

20) 孫文 : 신해혁명을 일으켜 1912년 중화민국을 발족시키고 임시 대통령이 되었다.
21) 段琪瑞 : 중국 군벌정치가. 원세개袁世凱의 심복으로 북양신군北洋新軍을 창설했다.
22) 張作霖 : 만주에서 활동하던 중국 군벌.
23) 유히(由比) : 일본의 청도군 사령관.
24) 淸島 : 중국 산동성 동쪽에 있는 도시 이름.
25) 미즈노 렌타로(水野鍊太郎) : 조선총독부 정무총감. 당시 미즈노는 일본 의회 예산회의에 참석하기 위해
　　동경에 와 있었다.

여운형 : 그대는 조선을 통치할 자신이 있느냐? 지난번 경성역에서 강우
규[26] 동지의 폭탄이 얼마나 무서웠더냐? 일본이 조선을 합병한
것은 동양 평화를 파괴한 것이오.

노다[27] : 솔직히 말하면 그대의 하는 일은 쓸데없는 짓이다. 조선을 합병
한 것은 일본이 살기 위한 것이다. 조선을 내놓으면 일본은 죽
는다. 일본의 생사가 달린 조선을 일본은 그대로 내놓을 수 없
다. 그대의 일은 망상이다. 그대의 연설이 아무리 웅변적이고,
그대의 이론이 아무리 철저하여도 일본은 조선독립을 승인할
수 없다. 조선이 독립을 하려거든 실력으로 싸우라. 생명을 희
생해서 찾으라. 거저는 안 준다.

여운형 : 내가 동경에 와서 오늘까지 낙망했다. 아무것도 볼 만한 것이
없어서 헛걸음을 하게 되었다고 하였더니, 오늘 이 자리에서
비로소 인물을 하나 발견한 것이 내가 동경에 온 소득이다. 그
대는 과연 인물이다. 일본인 중에 오직 그대가 인간적이요, 양
심적인 거짓없는 참말을 하였다. 내 마음이 상쾌하다.

노다 : (고개를 흔들며) 내가 밑졌다.

(―이만규, 《여운형투쟁사》)

---

26) 강우규姜宇奎 : 독립운동가. 1919년 9월 2일 사이토 총독이 부임할 때 경성역에서 폭탄을 던져 일본인
37명의 사상자를 내게 했다.
27) 노다 우타로(野田卯太郎) : 정치가. 당시 일본 체신부 장관(遞相).

기자회견

기자 : 아카사카 이궁을 참관하신 소감은?

여운형 : 맹자에 보면 예전에 주나라 문왕이 70만 리의 동산이 있었는데, 꼴 베는 이가 들어가고 꿩 잡는 이가 들어가서 왕이 백성과 함께 즐거워하니 백성이 동산이 작다고 하였고, 제나라 선왕이 사방 40리의 동산을 가졌는데 죽인 놈을 살인죄와 같이 벌하여 임금이 혼자 즐겨하니 백성이 동산이 너무 크다고 하였다고 했다. 만일 일본에서 성군의 정치가 있다면 이런 것을 모든 백성에게 개방하여야 할 것이다.

[일본 정부는 조선의 독립운동을 자치운동으로 바꾸기 위한 회유책의 하나로 1919년 11월 24일 여운형에게 아카사카 이궁을 참관시켰다. 당시 이곳은 일본인이라도 장관급이 아니면 들어갈 수 없는 궁전이었다. 궁 뜰에서 오찬 대접까지 받고 나오는 여운형에게 기자가 참관 소감을 물었다—편자]

동경 제국호텔 연설 (요지)

내가 이번에 온 목적은 일본 당국자와 그밖의 식자들을 만나 한국독립운동의 진의를 말하고 일본 당국의 의견을 구하려고 하는 것이었다.

다행히 지금 내각 각료들과 식자 제군들과 간격이 없이 의견을 교환하게 된 것은 유쾌하고 감사한 일이다. 나에게는 독립운동이 평생의 사업이다.

구주전란(1차대전)이 일어났을 때 나와 우리 한국이 독립국가로 대전에 참가치 못하고 동양의 한 모퉁이에 쭈그리고 앉아 우두커니 방관만 하고 있는 것이 심히 유감이었다.

그러나 우리 한민족의 장래가 신세계 역사의 한 페이지를 차지할 시기가 반드시 오리라고 자신한다. 그러므로 나는 표연히 고국을 떠나 상해에서 나그네로 있었다.

작년 11월에 대전이 끝나고 상해의 각 사원에는 평화의 종소리가 울리었다. 우리는 신의 사명이 머리 위에 내린 듯하였다. 그리하여 활동을 시작하였다. 먼저 동지 김규식을 파리에 보내고 3월 1일에는 국내에서 독립운동이 발발하여 독립만세를 절규하였다. 곧 대한민족이 모두 각성하였다. 주린 자가 먹을 것을 찾고 목마른 자가 마실 것을 찾는 것은 자기의 생존을 위하여 당연한 요구이다.

이것을 막을 자가 있겠는가?

일본인에게 생존권이 있다면 우리 한민족만이 홀로 생존권이 없을 것인가? 일본인에게 생존권이 있다는 것은 한인이 긍정하는 바이요, 한인이 민족적 자각으로 자유와 평등을 요구하는 것은 신이 허락하는 바이다.

일본 정부는 이것을 방해할 무슨 권리가 있는가? 이제 세계는 약소민족 해방·부인 해방·노동자 해방 등 세계개조를 부르짖고 있다. 이것은 일본을 포함한 세계적 운동이다. 한국의 독립운동은 세계의 대세요, 신의 뜻이요, 한민족의 각성이다. 어느 집 새벽닭이 울면 이웃 닭이 따라 우는 것은 닭 하나하나가 다 울 때를 기다렸다가 때가 되어서 우는 것이지 남이 운다고 우는 것이 아니다.

때가 와서 생존권이 양심으로 발작된 것이 한국의 독립운동이요, 결코 민족자결주의에 도취한 것이 아니다. 신은 오직 평화와 행복을 우리 인생에 주려 한다. 과거의 약탈·살육을 중지하고 세계를 개조하는 것이 신의 뜻이다. 세계를 개척하고 개조로 달려 나가 평화적 천지를 만드는 것이 우리의 사명이다. 우리의 선조는 칼과 총으로 서로를 죽였으나 이후로 우리는 서로 붙들고 돕지 않으면 안 된다. 신은 세계의 장벽을 허락하지 않는다.

이제 일본이 자유를 부르짖는 한인에게 순전히 자기 이익만을 가지고 한국합병의 필요를 말했다.

첫째 '일본은 자기 방위를 위하여 한국을 합병하지 않을 수 없다'고 한다. 그러나 러시아가 이제 무너진 이상 그 이유가 성립되지 않는다. 한국이 독립한 후라야 동양이 참으로 단결할 수가 있다. 실상은 일본의 이익이 될 것이다.

둘째 '한국은 독립을 유지할 실력이 없다'고 한다. 우리는 과연 병력이 없다. 그러나 한민족은 이제 깨어났다. 열화 같은 애국심이 이제 폭발하였다. 붉은 피와 생명으로서 조국의 독립에 이바지하려는 것을 무시할 수 있겠는가. 일본이 한국의 독립을 승인하면 한국은 다시 적이 없다. 서쪽 이웃인 중화민국은 확실히 한국과 친선할 것이다. 우리의 건설국가는 인민이 주인이 되어 인민이 다스리는 국가일 것이다. 이 민주공화국은 대한민족의 절대요구요, 세계대세의 요구다.

평화란 것은 형식적인 단결로는 성공하지 못한다. 이제 일본이 아무리 거침없이(喋喋利口) 일중친선을 말하지만 무슨 유익이 있는가? 오직 정신적 단결이 필요한 것이다. 우리 동양인이 이런 경우에 서로 반목하는 것이 복된 일인가? 한국의 독립문제가 해결되면 중국문제도 쉽게 해결될 것이다. 일찍이 한국독립을 위하여 일청전쟁과 일로전쟁을 했다는 일본이 그때 공언한 것을 무시하고 스스로 약속을 어겼으니 한화韓華 두 민족이 일본에 대해 원한을 품지 않을 수 있겠는가.

한국의 독립은 일본과 분리하는 듯하나 원한을 버리고 동일한 보조를 취하여 함께 나아가는 것이 진정으로 하나가 되는 것이요, 동양평화를 확보하는 것이며, 세계평화를 유지하는 제일의 기초이다. 우리는 꼭 전쟁을 하여야 평화를 얻을 수 있는가?

싸우지 아니하고는 인류가 누릴 자유와 평화를 못 얻을 것인가?

일본 인사들은 깊이 생각하라.

(−박은식, 《한국독립운동혈사》)

(−이만규, 《여운형투쟁사》)

[일본의 지식인 약 5백 명이 모인 이날 연설은 일본에 큰 반향을 불러 일으켰다. 뒤에 일본 국회는 하라 다카시 수상 이하 관계 장관들을 소환하여 "조선의 자치라는 졸렬한 구상을 가지고 불령선인(不逞鮮人:불온한 조선인) 여운형을 내지(內地:일본)에까지 초빙한 하라 총리는 물러가라." "고가 척식국 장관은 불령선인 여운형에게 자치의 위임을 애걸하고 육군장관 다나카는 큰 절을 해가면서까지 그를 환대했는데도 제도(帝都:동경)의 한복판 제국호텔에서 불순한 조선독립을 선언하고 있으니 하라 내각은 그래도 여운형을 국빈으로 대접할 것인가?" "배를 삼키는 물고기(呑

舟之魚 : 여운형)를 그대로 놓아준 이유가 무엇인가?” 하고 격렬히 추궁했다. 국회 안에서의 여론
이 이처럼 비등하자 하라 내각은 이후 얼마 안 가 붕괴하고 말았다—편자]

몽양 환영연에서

여운형 : 조선 독립운동은 일시적인 감정적 폭발이 아니다. 이는 오직
　　　　조선인의 영구적 자유와 발전을 위해서이며, 나아가서는 동양
　　　　과 세계의 영원한 평화를 위해서이다.
야마자키 : 여선생의 말을 듣고 우리는 안심이 된다. 조선독립운동이 민
　　　　족적 감정으로 된 것이라면 일본과 조선의 관계는 불안을 면
　　　　치 못할 것이다. 진실로 여선생의 말과 같이 조선독립이 인
　　　　류 전체의 평화를 위한 것이라면 조선이 독립함으로써 일본
　　　　과 조선이 서로 화평할 수 있다. 일본인 중에도 조선독립을
　　　　기원하는 사람이 있다는 사실을 알아 달라.

　[제국호텔 연설이 있는 뒤 동경제대 교수 요시노 사쿠조(吉野作造)가 주최한 몽양 환영연
에는 오오스기(大杉米), 모리토(森戶), 야마카와(山川均), 사카이(堺利彦), 야마자키(山崎竜介)
등 당대 일본의 지식인 1백여 명이 모였는데, 이 자리에서 몽양은 위와 같은 말을 했다. 이
날 연회는 폐회에 앞서 '종의 기원' 등을 번역 소개한 일본의 저명한 사회주의자 오오스기
사카에의 선창으로 '조선독립만세!'를 불렀다고 한다. 이 연회가 끝난 뒤 요시노 교수는《중
앙공론》1920년 1월호에 여운형에 관한 글을 실었는데, 다음과 같은 구절이 눈길을 끈다.

　"여 씨의 주장 가운데는 확실히 하나의 침범하기 어려운 정의의 섬광이 보인다……. 나

는 한낱 젊은 신사인 그의 견식과 품격에서 드물게 보는 존경할 만한 인격을 발견했다. 중국ㆍ조선ㆍ대만 등지의 많은 사람들과 회담했지만, 여운형은 교양 있고 존경할 만한 인격자로서 그중 가장 뛰어난 한 사람이라는 것을 단언한다."-편자]

우리 독립운동의 과거·현재 및 장래

근일 우리의 시국문제에 대하여 여러 가지로 해결 방법들을 말하고 있습니다. 과연 우리의 시국은 분규가 그 극에 달하여 속히 해결하지 않으면 운동 자체가 정체될지도 모릅니다.

나의 소견에는 이 문제의 해결을 논함에는 차라리 우리 운동의 방향을 확정하고 궤도를 설정하는 것이 도리어 절실하고 타당하다고 생각합니다.

다시 말하면 우리 운동의 진행방침을 결정하고자 함이외다. 진실로 이같이만 된다면 분규 문제는 자연히 해결될 줄로 믿습니다.

만사가 다 그 원인 여하에 따라 결과를 거두지 아니합니까? 금일 우리의 운동이 적의 압박으로 방해를 받기보다는 자체 동요가 일층 더 심해진 것 또한 우연한 일이 아니외다. 까닭에 지금 우리들이 시국을 해결하려고 백방으로 고심한다 할지라도 원인이 있는 결과를 어찌 하겠습니까? 설혹 일시적으로 미봉한다 할지라도 얼마 안 가 더욱 심한 난국을 당하게 될 것이외다.

이에 이른바 원인을 규명하기 위하여 우리 운동의 과거를 간단히 말하고, 장래의 방침을 정하기 위해 지금 먼저 착수할 일이 무엇인가를 말하고자 합니다. 연설의 제목은 '우리 독립운동의 과거·현재 및 장래'이외다.

우리의 운동은 (독립)선언서에 명기되어 있는 바와 같이 반만년 역사의 권위에 의하여 일어났고, 2천만 민중의 충성심을 모아 일어났으며, 인류 양심의 발로에 기초하여 세계개조의 기운에 따라 일어났소이다.

국민 전체는 지방과 계급과 교파의 구별이 없이 합쳐 동일한 소리를 외쳤소이다. 자기 집을 건설하는데 바쁘니 적의 죄악을 원망할 틈도 없다 하였소이다. 새 운명을 개척하는 지금 감정을 말하지 않겠다고 하였소이다. 그리하여 과거 수년간 그 지독한 적의 압제 하에 거대한 희생을 내면서 세계를 움직인 유사 이래 초유의 대광휘를 발휘하기에 이르렀소이다.

그러나 이는 10년래 적의 채찍질 아래 참혹한 경험을 가진 국내동포들의 업적이외다. 이에 반하여 해외를 말하면 수십 년간 고심, 참담한 여러 (독립)지사들의 사업은 물론 그들의 절개와 충성, 즉 조국을 사랑하는 뜨거운 마음은 누구나 감격치 않는 바는 아니지만, 나라를 잃고 남의 노예가 되고, 고향을 등지고 이역을 떠돌며, 포부와 경험을 가지고 시대를 잘 못 만나고 허다한 불평을 풀 곳이 없어 그러한지는 몰라도 동지 간에 부단히 싸움질을 일으키어 국내 동포가 적의 학대를 받는 10년 동안에 해외지사는 서로 내홍만을 계속하여 내려 왔소이다.

이리하여 해외의 10년 사업은 실업實業이나 교육은 물론, 조국의 광복을 꿈꾸면서도 이에 상응한 통일기관을 성립하지 못하였고, 개인 간이나 단체 간에 마음과 뜻을 서로 통하는 연락조차 없었소이다. 따라서 국내의 인심과 사정에 극히 어두웠소이다.

그러다가 구주대전(1차대전)이 끝나 평화회의가 개최된다 하니까 그제서야 눈을 부비고 게을리 일어나더니, 무엇을 한다는 것이 평화회의에 나가 국제도의에나 호소하여 보려고 소련 땅(俄領)에서는 대표를 파송하되 대륙을 통과하여 8, 9개월이 지나 평화회의가 끝난 다음에 비로소 도착되고, 중국 땅(中領)에서는 노자도 부족하여 겨우 한 사람만 혼자서 가고, 미국 땅(美領)에서는 미적거리다가 여행권도 얻지 못하고 마침내 지금 문제시되고 있는 위임통치 사건이나 연출하여 여러 가지로 급급한 가운데 불완전하고 불철저한 사태가 발생하였소이다.

이러다가 국내 동포가 만세운동(3 · 1운동)을 일으킨 후에야 비로소 통일적 기관이 있어야 되겠다 하고 임시정부 조직론이 발생하여 마침내 여러 선배들을 지도자로 하고 어떤 모양으로 정부가 조직되었소이다.

33인도 국민이 선출한 것은 아니지만 2천만 민중이 다 같이 원하는 독립을 선언한 것임으로 그들을 대표로, 또 영수로 추대하고 신임하였으며, 또 바라고 원하던 우리의 정부가 조직된 것이 너무 기뻐 어떻게 조직되었든 정부 그 법인을 신성스럽게 영광스럽게 생각하며 그 자연인들까지도 역시 천사같이 믿고 부형같이 사랑하여 항상 모모선생이 질병이나 없으신가 하고 빌고 바랄 뿐이요, 조금도 시비와 장단점을 논치 않고 다만 여러분이 한 자리에 모여 화기애애하게 모든 일을 공개적으로 논의하여 속히 대업을 완성하기만 기도하고, 죽으면서도 잡히면서도 금전을 보내며, 심지어 부녀들은 장식품까지도 빼어 보냈소이다.

그런데 이와 반대로 해외에서는 기회와 구실만 얻으면 싸움판을 벌이기 시작하였소이다. 독립선언에는 적의 죄악도 말할 겨를이 없이 자기 집의 건설에 힘쓰자고 했지만, 외지의 우리들은 조그마한 과실이라도 동지 사이에 발견되면 전보로 문자로 정부와 의정원은 합법적이지 않다, 소수가 모여 만든 것이라 하여 이를 부인하고 성토하니, 가련한 동포는 기슴만 치고, 외국인들은 조소하고 적은 기뻐하게 되었소이다.

또한 공은 가로채고 죄는 떠넘기려는 자들은 이렇게 된 것이 강령 탓이다, 문창범[28]과 원세훈[29] 등이 이렇게 만들었다, 박용만[30]이가 북경에서 총

---

28) 文昌範 : 독립운동가. 1919년 고려공산당을 조직하고, 1921년부터 만주에 독립유격대를 편성하여 항일운동을 했다.
29) 元世勳 : 독립운동가. 1919년 대한국민의회 부의장. 블라디보스토크, 만주, 북경 등에서 독립운동을 하다 일경에 체포. 해방 후 조선농민당 창당. 6.25때 납북.
30) 朴容萬 : 독립운동가. 미국에서 독립운동을 하다가 1919년 임시정부 외무총장. 독립노선의 문제로 이승만과 반목하였으며, 1928년 북경에서 저격당함.

사령이라 자칭하며 됫박만한 크기의 은도장을 새겨 협잡해서 이렇게 되었다, 이동휘[31]가 처음에는 취임을 주저하다가 임원의 위신을 추락시키고, 그 뒤에도 들락날락하여 이렇게 되었다, 안창호[32]가 자기의 야심을 부리어 입으로 통일을 부르짖으며 속으로 딴짓을 한 까닭이다, 무엇보다도 이승만[33]이가 위임통치를 청원한 까닭이며 또 이런 난국을 당하고도 조금도 해결할 성의가 없고 자기주장만을 고집하여 이렇게 되었다 하여 여러 가지로 우리의 선배들을 비평합니다.

그러나 냉정한 두뇌로 공평히 관찰해보면 다 마찬가지요, 공이 있어도 같이 있고 죄가 있더라도 같이 있소이다.

그런데 공이 있고 죄가 있는 것은 여하하든지 독립운동이 원만히 진행하지 못하게 된 그 책임은 누가 질 것인가. 우리 모두 함께 같이 져야 할 것이오. 걸핏하면 국내 동포의 말을 많이 합니다. 국내 동포들이 임시정부를 신임하느니 부인하느니 하지만 다 헛소리요. 국내 동포는 가부간 말을 할 수 없는 처지에 있습니다. 이는 전혀 외지에 있는 인사들 간의 문제이외다. 다만 현금의 행위를 묻지 아니하면 미구에 국내 동포의 평가와 판정을 받아 처량한 생애로 일생을 해외에서 마치게 될 뿐이외다.

국내의 일가친척이나 친구들이 바라고 사랑하는 그들까지 끊어지게 되오. 설사 타인의 힘으로 조국의 땅을 회복한다 하더라도 무슨 면목으로 압록강과 두만강을 건너려 합니까. 한번 통절히 생각해 볼 일이외다. 구주대전이 끝난 것보다 평화회의가 개최될 때 보다 더욱 크고 광명한 기회가 우리 눈앞에 임박하였소이다. 이제도 서로 간에 헛된 시비만 논하고 있겠습

---

31) 李東輝 : 독립운동가. 구한국 육군 참령. 합방후 만주로 망명하여 1915년 한인사회당을 조직, 1919년 임시정부 군무총장, 국무총리 역임. 레닌의 조선독립기금을 유용한 것이 발각되어 실각. 이후 블라디보스토크 국제혁명자후원회 책임자로 활동했다.

32) 安昌浩 : 독립운동가. 미국에서 흥사단과 대한인국민회를 조직. 1919년 임시정부 내무총장 겸 국무총리 서리. 1937년 동우회 사건으로 수감되었다가 병원에서 사망.

33) 李承晩 : 정치가. 미국에서 동지회 조직. 임시정부 초대 대통령. 대한민국 초대 대통령.

니까. 과연 무슨 변법으로 우리의 장래 방침을 정하려 합니까.

혹자는 말하기를 제일 쉬운 방법은 모두 정부 안으로 들어가 정부를 옹호하면 된다고 합니다. 그리고 또 절규합니다. 그러나 이 말이 말은 좋은 말이나 지금까지 된 사실은 어떠합니까? 공상만으로 일이 되는 것은 아니요. 반드시 실제에 부합해야 되겠습니다.

또 혹자는 말하기를 문제는 정부의 자연인 변경, 헌법개정, 관제개정 등에 불과한 것인즉 의정원으로 모여서 고치면 된다 합니다. 그러나 이것도 앞에 말한 바와 같이 우리의 문제는 그처럼 단순하지가 않습니다. 지금까지 의정원과 대치하여 온 기관도 있지 않습니까.

그런즉 내 생각에는 이러합니다. 우리의 과거의 운동은 대외적으로는 불과 국제 도덕에 호소한 것뿐이요, 대내적으로는 부분적으로 계통 없이, 조리 없이, 책략 없이, 다시 말하면 아무 두서없이 지내왔습니다. 이제는 비로소 진정한 운동을 시작할 때이외다. 그러므로 시국이 요란하거나 조용한 것은 고사하고, 일차 각지에 산재한 동지를 회합하여 장래 대계를 완전히 정해야 하겠습니다. 현금 문제 중에 있는 대통령께서 일체의 분규를 책임지고 간절한 문자를 발하여 해외 동지에게 사죄하고 한 자리에 서로 모여 흉금을 털어놓고 간담을 토하며 과거의 일 모두를 잊고 장래의 큰일을 도모할 것 같으면 충분히 시국을 수습하고 능히 커다란 방침까지도 완전히 정할 수도 있을 듯합니다. 그러나 불행히도 대통령이 이런 아량이 없을진대 우리들끼리라도 속히 이 방법을 취해야 하겠습니다. 이제 우리끼리라도 이를 원만히 하기 (이하 자료 부족)

(―《독립신문》, 1921년 5월 14일자)

[이 연설은 여운형 선생이 1921년 5월 12일 상해의 한 식당에서 교포 4백여 명이 모인 가운데 행한 '독립운동 진행책과 시국문제 해결책'에 대한 대연설회에서 행한 연설문 중의 일부이다―편자]

나의 회상기 (여행기1)

1

머리를 숙이고 눈을 감는다. 상념의 촉수觸手는 지나간 생애의 추억과 회상의 실마리를 붙잡아 마치 주마등처럼 가지가지의 형상과 장면이 때로는 뽀얗게 흐려져 아득하게, 때로는 눈앞에 일어나고 있는 사실인 것처럼 번듯하고 명료하게 나타나고 사라져간다.

그리하여 바쁘게 전개되고 사라져가는 이 회상의 흐름이 이제는 지나간 옛날의 나의 생활 그 기쁨과 설움 그 감격과 차탄[34]의 자욱한 자취를 마치 그리운 환영처럼 상념의 눈앞에 펼쳐놓을 때 이 팬톰(환상)을 의식하고 있는 나의 의식과 정념은 알지 못하는 사이에 먼 과거의 세계로 이끌려간다.

그리하여 이제는 벌써 사라지고만 그리고 앞으로도 아마 영원히 돌아오지 못할 그 무엇에 대한 아픈 사모와 애도의 정서가 안타깝게도 가슴을 누른다. 이러할 때에 나의 혼에는 일순간 열정의 불이 타오른다. 진실로 젊고 날씬한 어린 버드나무가지와 같이 생명에 충일한 청년적 기백과 열정이 나의 마음을 잡아 흔든다.

그러나 때로는 이러한 젊은 열정의 충동 대신에 정적靜寂하고 침착한 관

---

34) 嗟歎 : 한숨지어 탄식함.

조자의 보드라운 안식에 편안히 숨 쉬면서 지나간 생활의 기록을 한 페이지 한 페이지 젖혀놓기도 한다.

이제 여기에 쓰는 '나의 회상'은 이렇게 나의 상념의 시야를 흘러가는 추억과 회상을 아무런 왜곡도 없이 그려보려는 한 개의 시험이다. 나는 아무런 의식적 구성도 가하지 않고 다만 생각에 떠오르는 대로 회상과 추억의 충실한 기록자가 되기를 원한다.

2

그러나 나의 생애의 과거가 이제 나의 상념의 세계로 보내어주는 추억과 회상의 흐름은 너무나 황량하고 적막하다. 이 단조롭고 우울한 회색의 흐름을 밝게 하여줄 아무런 꽃다운 빛도 찬란한 광채도 없다.

그리하여 마치 황혼의 모색이 그림자를 던지고 있는 쓸쓸한 폐허나 바라보는 듯이 나는 나의 눈앞을 흘러가는 지나간 생활의 기억을 바라본다. 기쁨과 유락의 자취는 그곳에 없고 다만 곤란한 사명과 의무에 충실하려는 끊임없는 초조와 우려의 연속을 발견할 따름이다.

이 땅에 생을 타고난 젊은이 누구에게나 이 땅의 ＸＸ 운명이 한가지로 부과하는 곤란하고도 준엄한 그러나 또한 생명을 바치기도 오히려 아깝지 않은 ＸＸＸＸＸＸＸ 한번 젊은 나의 가슴에 영원히 끌 수 없는 불을 붙였을 때에 벌써 이 땅의 양심 있는 민중의 운명인 험난한 가시덤불의 길은 나의 전 생애의 방향과 운명을 결정하고 말았던 것이다.

그리하여 이래 이십여 성상의 세월은 마치 한날같이 이 최초의 열정과 희망의 실현을 위한 끊임없는 노력 속에 지나갔다.

만일 나의 이러한 단조롭고 유락 없는 과거의 생활에도 기쁨과 미소와 함께 상기할 만한 추억이 있다면 그것은 아마도 이 생활의 피할 수 없는 필요에서 수행된 헤아릴 수도 없을 만큼 빈번하였던 가지가지의 여행에 대한 회상일 것이다.

실로 여행에 관한 추억이야말로 황량한 광야의 이곳저곳에 점철되어 있는 꽃밭처럼 나의 지나간 생애의 색채 없는 벌판을 장식하여 주는 것이다. 그리하여 추억의 실마리를 풀기 시작할 때에 항상 나의 이마에 모여지는 침울과 우수의 구름은 지나간 여행의 기억이 한번 머릿속에 떠오를 때에 자취도 없이 사라지고 아직도 젊고 청신한 유락의 미풍이 뺨을 스쳐주는 것을 느낀다.

눈을 감는다. 마치 바다 속이나 들여다보는 듯이 맑고 새파란 남양의 하늘, 눈이 부실 듯이 내리쬐이는 백열한 태양의 광선, 야자수 그늘을 산들산들 불어가는 가벼운 양풍에 이마의 땀을 식히면서 벤치 위에 타는 열정을 진정하고 있는 젊은 선진자의 그림자가 떠오른다.

우울한 회색 하늘 그 아래 전개된 망막한 광야의 위안 없는 풍경을 차창 밖에 바라보면서 적이 가슴속을 배회하는 향수의 설움에 말없이 탄식하는 젊은 망명객의 침울한 면영面影이 눈앞을 지나간다. 어느 것이나 다 지나간 시대의 내 자신의 그림자이다!

3

여행의 추억도 즐거우나 여행 그것은 더욱 한층 즐거운 것이다. 사람은 기쁨을 가지고서 당한 일만을 진실한 기쁨으로 회상할 수 있는 것이다. 여행의 추억이 오는 나에게 다시없는 즐거움과 기쁨을 주는 원천이 되고 있다면 그것은 내가 일찍이 그 여행을 진실한 마음속으로부터 유락으로서 경험하였기 때문일 것이다.

여행은 나의 가장 사랑하는 취미이며 오락이다. 세상에서는 스포츠를 나의 가장 좋아하는 취미로 생각하는 모양이나 나는 스포츠보다도 훨씬 더 여행을 사랑한다. 아니 여행이야말로 가장 종합적인 가장 건전하고 인간적인 스포츠일 것이다.

만일 인류가 장래 맞는 시간의 어느 일점에서 그들의 영구한 역사를 통하여 꿈꾸고 열망하고 또 그를 위하여 차탄하고 눈물 지워오는 저 유토피아의 실현을 획득하는 날이 온다면 그때 인간생활의 가장 뚜렷하고 특징적인 조건은 만인이 다 같이 제한 없는 여행의 자유를 가지고 있는 점일 것이라고 말한 저 웰스에게도 지지 않을 만큼 나는 여행의 애호가이며 예찬자이다.

아득한 옛 시대에 이미 우리의 조상들이 지내온 저 유목민 생활의 동경과 희구가 아직도 우리의 혈관 속에 따듯한 피가 되어 흐르고 있는 것 같다. 저 주된 문명생활이 일정한 규모에의 고착과 권위에의 복종이라는 멍에로 인류를 얽어맨 수십여 세기의 훈련도 지나간 먼 시대의 이 방랑자의 노래를 인간의 가슴속에서 완전히 지워버리기 전에는 아직 모자란 모양이다.

그리하여 조직된 문명의 세계에 이 조직과 떨어질 수 없이 서로 맺어져서 생활하면서도 우리는 가끔 우리의 혼을 뿌리로부터 잡아 흔드는 맹렬한 열망 어디인지 모르나 먼 곳 지금 살고 있지 않은 아주 다른 곳으로 떠나가고 싶은 억제할 수 없는 저 열정을 느끼지 않을 수 없는 것이다.

이 동경과 정열이 나로 하여금 그렇듯이 여행을 사랑하고 즐겨하게 만들어 준다. 그러나 현재 자기를 에워싸고 있는 생활환경을 일시나마 떠나고 싶어 하는 이 여행에의 사모를 만일 한 개의 위험한 정서인간에게서 조직성과 현실에의 충실성을 거세해 버리려는 좋지 못한 경향으로만 인정하는 자가 있다면 그는 너무도 인간생활의 다양한 발전성과 풍부한 굴신성에 무지한 사람일 것이다.

여행의 정념에야말로 인간적 교훈과 교양의 무한히 풍부한 원천이 숨겨져 있는 것이다.

여행은 가장 전체적이며 근본적인 인간 교양의 방법일 것이다. 그것은 인간에게 필요한 온갖 가르침을 공허하고 건조무미한 문자의 나열에서는 구할 수도 없는 생기와 흥미로서 우리의 정신 속에 주입하여준다. 그러나

보다 더 중요한 것은 여행이 우리에게 이상과 동경에의 허구를 가르쳐주는 점이다. 우리를 얽매어 있는 밉살스러운 현실의 생활 조건을 떠나볼 때에 우리의 해방된 이지와 정서는 일층 대담해지고 아무 거리낌도 없이 우리에게 젊은 꿈을 불타는 희망을 가리켜준다. 현재 가지고 있는 생활에의 경멸과 장차 가질 수 있는 그것에의 대담스러운 희망의 불로서 우리의 걸핏하면 어두워지려는 마음을 환하게 비추어 준다.

4

나는 비교적 일찍 집을 떠났다. 열네 살 적에 벌써 아버지의 집을 떠났던 것이다. 그 후 다시 짧은 시간을 가정에 돌아가 있었을 때에도 나는 항상 현실의 조그마한 집안일에 매여 달려 있으려는 소극적이고 타협적인 아버님을 위하여 좋은 아들이 될 수는 없었다.

그보다도 남아의 의기와 기개를 고취하기에 게을리 하지 않는 어머니와 뜻이 맞았으며, 항상 무릎 위에 나를 안고서 중원의 천하를 논하고 중국에의 길을 가리켜주시는 불우의 혁신가인 조부의 감화가 나를 많이 지배하였던 것이다.

그뿐만 아니라 나의 청소년시대를 그 속에서 보낸 19세기 말엽의 조선의 정세는 더욱이나 나의 성장하는 정신을 강렬하게 자극하였던 것이다.

나날이 쇠망하여가는 조국 땅(祖土)의 암담한 형세와 다만 개인적 영달 이외에는 아무런 이상도 없이 공연히 국민의 지도권을 붙잡고 있던 당시의 부패한 정치가에 대한 불평과 분노는 일찍부터 나의 마음속에 외국에의 동경을 씨 뿌려주었던 것이다. 그리하여 외국을 생각하게 될 때마다 나의 머리에 떠오르는 곳은 중국이었다.

어릴 적부터 자나 깨나 귀에 익숙해온 저 중원의 땅, 조부의 주름 잡힌 손가락이 지도 위에 몇 번이나 그어지던 그 땅에의 길 그것이 나의 마음을 희망과 기대에 높이 고동치게 하였던 것이다.

그리하여 마침내 때가 이르러 허물어져가는 고토의 생활을 일단 버리고 해외로 나의 새로운 생활의 출발을 구하게 되었을 때에 나는 서슴지 않고 중국을 택하였던 것이다. 나는 스물일곱 살이었다.

그 후 마침내 나의 의사에 반하여 자유를 잃은 몸으로 다시금 고토에 발을 놓기에 이르기까지 이 10여 성상을 나는 한 개의 나그네 ‘영원히 방황하는 유태인’이었다. 이리하여 이제 나의 회상의 펜을 들을 때에 우선 나의 추억과 회상의 전경에 떠오르는 것이 여행임을 나의 생활의 필연성이 결정하여주는 가장 자연스러운 순서일 것이다.

이제 지구의 한 모퉁이에 엄연히 존재하고 있는 소비에트 러시아는 인류생활의 새로운 진리를 발견하려고 대담한 실험을 하여 나가는 중이고, 이제는 어떠한 권력도 그를 침범할 수 없는 나라가 되었다. 그 무한한 발전성과 풍부한 약속과 희망에도 불구하고 그때 그것은 아직 어렸으며 개척을 요구하는 처녀지였다.

나는 이제 그렇게도 나의 젊은 열정과 성심을 기울이면서 바라고 빌던 이 처녀지의 발전과 성장이 가장 유감없이 완전히 성취되어 가는 것을 눈앞에 보면서 무량한 감개와 함께 이 땅이 아직 황량하였으며 근심스러웠을 그때에 이 땅을 처음으로 찾아가던 그리운 회상의 여행을 써 보려고 한다.

떠나게 되기까지

대정大正 10년(1921년) 늦은 가을 나는 상해에서 머지않아 붉은 러시아의 수도 모스크바에서 열리게 된 원동 피압박민족 대표자대회의 준비에 여념이 없었다.

이 대회는 프롤레타리아트의 운동과 약소민족의 운동을 유기적으로 결합시키기 위한 제3인터내셔널의 실천적 사업의 하나로서 이미 개최되었던 근동 피압박 민족대회의 계속이며 후계이었을 뿐만 아니라, 때를 같이 하여 아메리카의 수도에서 열리게 된 저 소위 워싱턴회의 곧 세계대전을 통하여 강탈한 수획의 분할을 중심으로 하여, 제국주의 국가관에 이러한 알력과 모순을 조정하고 전리품의 분배를 다시 한 번 고찰해보려는, 자본주의 국가의 회합에 대항하는 새로운 의미와 사명을 띄우게 된 극동의 피압박 약소민족의 소임이었었다.

나는 X X(조선) · 일본 · 중국 · 몽고 · 자바 등 이 대회에 참가할 극동 피압박 각국대표들을 위하여 여권의 수속 기타의 모든 주선의 사명을 맡고 있었다. 그리하여 이들의 동지들을 차례차례로 다 출발시켜 보내고 나서 마지막으로 상해를 떠나 만주 경유로 러시아에의 잠입을 계획하고서 마침내 천진에 도착한 것은 11월 초였다.

그리하여 즉시 여행의 모든 준비를 갖춘 다음 천진을 떠나서 몇 시간도 되기도 전에 나는 불안을 느끼게 되었다. 중국 옷을 입은 어떤 조선사람이 유심히 나를 바라다보기도 하고 내가 앉아 있는 앞을 공연히 갔다 왔다 하기도 하다가 나중에는 조선말로 나에게 수작을 걸기까지 하게 되었다. 물론 나는 중국인으로 변장을 하고 있었다. 나는 그가 하는 조선말 인사를 모르는 체하고 불안한 마음으로 가만히 앉아 있었다.

그런즉 얼마 안 있어 이번에는 다른 차간에서 양복쟁이 하나가 들어와서 아까 나에게 수작을 걸던 작자와 수군거리기도 하며 나를 바라보기도 하였다. 벌써 의아하고 주저할 필요는 없었다. 확실히 X(밀)정이었다.

기차가 산해관[35]만 지나 그들의 세력범주인 만주에 들어서기만 하면 일각의 여유도 없이 그들의 손은 나의 덜미를 잡을 것이 틀림없었다. 나는 충분히 고려한 다음 마침내 천진서 머지않은 거리에 있는 탕산에서 차를 내리고 말았다.

이리하여 최초의 출발을 도중에 중지한 나는 천진에 돌아와서 사흘을

---

35) 山海關 : 중국 동쪽의 만리장성이 시작되는 곳.

지난 후 다시 고쳐 봉천행의 기차를 타게 되었다. 먼젓번 경험이 있었으므로 이번에는 일등차실을 이용하여 보았다. 그러나 그것도 무효였다. 다시 먼젓번의 그 이상한 사나이가 나타났다.

이번에는 그 역시 말쑥한 중국 신사로 차리고서 일등실로 들어서는 것이었다. 나는 두서너 정거장도 못 가서 주저할 것 없이 다시 차를 내리고 말았다. 그 후 주의하여 매일 천진역에 나가 보니 거의 매일 같이 이 괴상한 인물이 정거장을 배회하고 있는 것을 발견하였다. 틀림없는 인간 사냥꾼 스파이였다.

이 두 번째의 실패는 나로 하여금 완전히 예정한 경로를 포기하게 하고 말았다. 코스를 바꾸어 달리 길을 취하지 않고는 여행의 목적은 도저히 달해질 것 같지 않았다. 이리하여 마지막으로 나는 가장 험난한 코스 곧 북경서 장가구[36]로 가서 거기서 몽고를 거쳐 러시아로 가는 길을 선택하게 되었다. 이 길은 교통상의 곤란이 큰 대신에 스파이의 위험은 비교적 적었다. 나는 이 계획을 실행하기 위하여 장가구에 이르러 그곳에서 몽고 상사 회사를 경영하고 있던 콜맨이라는 미국인의 자동차를 세낸 다음 십일월 하순경에야 겨우 동지들이 기다리는 모스코바로의 길을 떠나게 되었다.

(-월간 《중앙》, 1936년 3월호)

[이 글과 이하 4편의 글은 1936년 3월에서 7월에서 잡지 《중앙》에 실린 것으로서 몽양이 원동 피압박민족대표자대회에 참석하기 위해 1921년 상해를 출발하여 1922년 1월 중순 시베리아 횡단철도 편으로 모스크바에 도착하기까지의 여정을 그린 글이다. 본문에 X X 표시를 한 부분은 검열에 걸려 삭제된 부분이고, ( )속의 글자는 삭제된 글자를 추정해서 집어넣은 글자다―편자]

---

36) 張家口 : 중국 하북성의 도시 이름. 현재 인구 52만.

몽고사막 횡단기 (여행기2)

준비

외몽고 경유 모스크바행의 여정을 앞두고 나는 장가구에 5일간을 머물렀다. 같이 떠나게 되어 있던 중국 상인들의 준비를 기다릴 필요가 있었을 뿐만 아니라 나 자신을 위하여서도 각가지의 준비가 이 여행에는 요구되었던 것이다.

당시의 외몽고 일대는 여행자를 위하여 가장 곤란한 상태에 있었다. 볼세비키의 붉은 세력 앞에 쫓겨 나온 러시아 제정파의 거두 웅겐 남작의 2만여 반혁명군이 외몽고 일대를 전야로 하여 완강한 반항전을 1개월 이상이나 계속하다가 마침내 전멸된 바로 직후였으며, 또 외몽고 자체로서도 재래의 중국에 대한 낡은 예속관계를 파기하여 독립자주를 선언하고 외몽고의 수도 고륜(울란바토르)에 있던 중국의 지배관료를 모조리 내쫓은 뒤였으므로 중국 변경과 외몽고 일대는 마치 무정부상태에 빠진 것 같아 혼란과 무질서가 지배하고 있었으며, 마적단의 출몰은 여객의 안전한 통행을 위협하여 약 3개월 동안이나 중국 외몽고 간의 교통은 두절상태에 있었던 것이다.

그리하여 우리 일행의 출발은 이 위험지대 돌파의 첫 시험이나 다름없는 것이었다.

원래 우리가 떠나려는 외몽고의 길에는 보통 밤이 오면 그대로 한천에서 잠을 자며 여행을 계속하는 카라반 이외의 특별한 행정적 사명을 띄우고 여행하는 중국의 관료 계급을 위하여 적당한 지점마다 일정한 숙사의 설비가 있었던 것인데, 우리가 떠날 그때에는 벌써 이러한 평화시의 시설은 그림자도 없었다. 역시 밤이 오면 야천에 노영을 해가면서 여행을 계속해야 할 형편이었다. 이러한 관계를 고려하여 내가 준비한 여행의 필수품은 대개 아래와 같은 것이었다.

털내의, 가죽옷, 낙타털로 안을 받친 장화, 깃털이 그대로 붙어있는 늙은 양가죽으로 만든 방한모자, 털가죽 제조의 장외투, 털가죽으로 가장자리를 싼 셀룰로이드 안경, 늙은 양의 털가죽으로 만든 자루 이불—이러한 것들이 대개 내가 준비한 방한구였었다.

벌써 늦은 가을이 다 가고 북지나 일대에 엄혹한 겨울이 어두운 그림자를 던지기 시작한 때였다. 닥쳐오는 엄한을 눈앞에 두고 노천 야영의 만리 여정을 떠나려는 자의 관심과 우려의 집중되는 초점은 무엇보다도 위선 방한구의 준비였던 것이다.

방한구 다음에는 식료품 준비가 문제였다. 오랜 여행기를 통하여 부패하지 않을 음식을 그러면서도 여행 중의 피로를 회복하고 원기를 보존하기에 충분할 만큼 영양가치가 풍부한 음식물이어야 할 것이었다. 우선 중국식 만두와 서양식 빵을 주식물로 구하여 놓고 부식물로는 통째 삶아 오랜 저장에 견딜만하게 해놓은 닭 서너 마리, 시베리아식 오이지, 비스킷, 초콜릿 등 또 음료로는 커피차 두서너 수통, 우유 몇 통, 그리고 음료라기보다도 약용으로 위스키 한 병— 이것이 식량품의 거의 전부였다. 음식물의 필요는 아주 최소한도의 불가결한 범위에 국한하였던 것이다.

이리하여 입을 것과 먹을 것은 그럭저럭 거반 준비되었으나 먹고 입는 것뿐이라면 그것은 철도와 기선을 이용할 수 있는 문명 세계의 관광여행에도 요구되는 보통의 조건일 것이다. 이외에 다시 한 가지 조건이 피할 수 없이 요구되었다. 그것은 험난한 전도를 앞두고 이길 수 없는 생명의 위험에 갖추기 위한 몇 가지 보신용 무기의 준비였다. 피스톨, 기병용 소총, 예리한 비수 등이 그것이었다. 이외에 밤의 어둠에 갖추기 위한 양초 몇 자루를 더 넣으면 장가구 출발에 당하여 내가 준비한 일체의 비품목록은 완성될 것이다. 이밖에 자동차의 각종 부속품과 가솔린 등을 자동차 책임자인 외몽고 상사회사의 콜맨 씨가 누락 없이 준비하였던 것은 말할 것도 없다.

출발

이리하여 각반의 준비도 완성되고 동행의 중국 상인들도 모두 한곳에 모여 마침내 5일간의 체류에 정들었던 장가구 시가에 이별의 말을 던지고, 외몽고 벌판의 망막한 사막을 향하여 만리원정의 길을 떠난 것은 벌써 영하 10도 이하의 추위가 북중국 일대에 몰려온 11월 하순의 어느 오후였다.

벌써 중천을 지나 서쪽으로 기울어지기 시작한 태양은 우울한 초겨울 하늘 회색 구름 속에 흐려졌는데 우리 일행을 실은 3대의 자동차는 서로 전후하여 허물어진 성문을 나서니 멀리 망막하게 보이는 누런 들판에는 눈 닿는 곳 어디나 누런 나무 그림자 하나 없이 이미 황량한 사막에나 들어선 듯한 느낌을 주는 것이었다.

자동차 바퀴 바람에 휘날리는 황진 사이로 보이는 것은 아무런 변화도 없이 무한히 전개되어 있는 잠자는 듯이 흐릿하고 생기 없는 벌판뿐이었다. 이곳저곳에 가끔 나타나고 사라져 가는 나지막한 구릉은 그 흐릿한 서토색과 그 너무나 나직하고 유순한 곡선으로 이 망망한 평원에 변화와 활기를 주는 대신에 오히려 이 벌판의 특색인 무감각한 침울과 단조를 더 한층 강조하여 줄 따름이었다.

멀리 장가구의 시가를 싸고 있는 낡은 성터가 아득한 지평선 저쪽 시야

밖에 희미하게 사라져가고 일별무애의 광야에 한참 동안이나 황진을 휘날리며 질주하더니 자동차는 아지 못하는 사이에 적이 굽이진 경사를 올라가기 시작하였다. 우리의 제 1의 목적지 외몽고의 수도이며 중심도시인 고륜에의 길에 가로누워 있는 유명한 고비사막의 고원지대가 이제야 그 한복판을 우리의 차륜 아래 가로 놓이기 시작한 것이다.

나는 묵묵히 보드라운 자동차 쿠션에 허리를 깊게 파묻고서 비스듬히 앉아 뒤로 뒤로 날아가는 황야의 풍경에 한참 동안이나 시선을 보내고 있었다.

그러나 변화 없는 단조한 풍경은 가슴에 육박하는 그 거대하고 부착할 수 없는 인상에도 불구하고 오래지 않아 나의 시각을 피로하게 하고 말았다. 흐릿한 황토색의 망망한 벌판, 평범하게 기복한 구릉의 나직한 곡선 이외에는 나의 시각의 흥미와 주의를 포착할 만한 아무런 변화도 나타나주지 않았다. 알지 못하는 사이에 나의 두 눈은 스스로 감겨지고 흥미와 관심의 촉수는 어느 듯 상념의 세계를 더듬기 시작하는 것이었다.

기대가 하도 많은 대망의 여행 그것도 출발의 첫날이다. 유쾌하게 흥분된 나의 뇌리를 마치 주마등처럼 가지가지의 상념이 달음질치고 지나가, 시간 가는 것도 모르고 자동차 밖에 전개되는 대륙풍경의 변화에도 일체 무관심한 중에 어느 듯 사막에 해가 지고 어둠이 사방에서 몰려오기 시작할 즈음에, 우리 일행은 일망무애의 사막 가운데 조그마한 부락을 발견하였다. 그리하여 그 부락에 있는 어떤 덴마크(T抹) 선교사 집 앞에 하룻밤의 유숙을 청하게 되었다.

사막의 밤

노크 소리에 문을 열고 우리를 맞아들인 집주인들의 기쁨은 실로 예상 이외였다. 귀찮은 여객들에게 하룻밤의 잠자리를 제공한다는 것이, 무엇이 그렇게 기쁠까 생각하면서 그들이 두 손을 벌리고 눈을 빛내면서 떠들고 지껄이며 멀리서 온 손을 환영하는 말에 나는 감사의 뜻을 표하였다. 그러나 생각해 보면 그것도 오히려 자연스러운 일이었다. 마치 절해 고도에 귀양 온 사람들 같이 이 광막한 사막에 외로운 살림을 해 나가는 그들에게 그들과 한가지로 구라파 말을 하는 사람들이 반갑지 않을 리가 없었다.

우리 일행 중에서도 물론 콜맨 씨와 그 다음에는 영어를 자유롭게 쓸 줄 아는 몇 사람이 가장 환영을 받은 것은 말할 것도 없다.

건물의 외양은 몽고식과 구라파식을 절충한 조잡한 양식이었으나 내부의 설비와 장식 등은 상당히 정비된 서유럽식 문화를 보여주었으며 주인 측의 네 사람도 모두 교양 있는 선교사들이었다. 그 중 둘은 여인네 둘은 남자였다. 그러나 그들이 두 쌍의 부부이라고 속단해서는 안 된다. 모두 독신자 노총각에 노처녀들이었다.

우리 일행을 위하여 그들이 준비해준 만찬도 꽤 훌륭한 것이었다. 신선한 우유, 보드라운 양고기, 새로운 빵 등 간단하나마 깨끗하고 풍미 있는 식탁이었다.

식탁의 화제는 우리가 가지고 갔던 영자신문을 중심으로 하여 다음에서 다음으로 그칠 줄을 몰라 그야말로 목마른 사람이 물을 구하듯이 이 사막의 고도의 주인공들은 외부 세계의 최근의 모든 사건에 쉴 줄 모르는 질문의 화살을 던지는 것이었다.

크라이스트(그리스도)의 진리를 믿고 그 전도를 위하여 속세의 생활을 버려 그야말로 사막의 광야에 거룩한 고행을 하고 있는 그들이었으나, 그들의 온갖 관심과 흥미는 모조리 그들이 버리고 온 인간속사에 휩쓸리는 것이었다. 기독교에 관한 편언척구도 우리는 귀에 접할 수 없었던 것이었다. 그들의 이러한 태도는 나에게는 심히 자연스러웠으며 또 그렇기 때문에 퍽이나 기쁘고 유쾌한 것이었다.

우리는 가지고 있던 10월, 11월분의 영자신문을 모두 그들에게 제공하고 그들과 함께 밤이 깊어가는 것을 잊어버리고 담소하다가 침대에 몸을 던진 것은 새벽 두시가 지나서였다.

실로 유쾌한 밤이었다.

이튿날 아침 우리는 이 유쾌하고 고마운 선교사들의 집에 작별을 고하고 다시 끝이 보지지 않는 사막의 바다에 새로운 나그네의 발을 내놓지 않으면 안 되었다. 하룻밤의 신세를 갚기 위하여 숙박요금을 지불하겠다고 하였으나 주인측은 굳이 사양하였다. 그리하여 그들이 경영하는 몽고 아동의료교육기관에 약간의 기부로 사의를 표할 뿐이었다. 고색이 창연한 자그마한 벽돌집 교회당과 그 옆에 5,60명의 몽고 아동들을 교육시키기 위하여 세운 간결한 학교 건축이 떠나는 나의 가슴에 이상스럽게도 그립고 애달픈 정서를 자아내어주었다.

네 선교사는 교회당 문 앞에 서서 서로 아득히 안 보이게 될 때까지 손수건을 흔들어 주었다.

사막

여정의 제2일에 들어서니 고원의 경사는 점점 높아지고 기온은 급속히 한랭하여지며 바람이 몹시 일어나 누런 모래가 때로는 앞길을 가릴 만큼 어지러이 날렸다. 마치 거대한 누런 기둥이 사막 한복판에서 하늘에 닿도록 서 있는 듯이 선풍에 휘날리는 모래 떼를 바라보는 것은 실로 장관이었다.

이날은 아침부터 제3일에 들어서니 고원의 경사는 점점 높아지고 기온은 급속히 한랭하여 바람이 몹시 일어나 누런 모래가 때로는 앞길을 가릴 만큼 어지러이 날렸다. 마치 거대한 누런 기둥이 사막 한복판에서 하늘에 닿도록 서있는 듯이 선풍에 휘날리는 모래 떼를 바라보는 것은 실로 장관이었다.

이날은 아침부터 해가 질 때까지 만 하루를 달렸으나 우리의 자동차는 마침내 부락의 그림자조차 발견하지 못하였다. 하는 수 없이 비교적 바람

없는 사구의 비탈에 조그마한 우물이 있는 것을 발견한 것이나마 천행으로 여기고 그 옆에 하룻밤의 노숙을 준비할 수밖에 없었다.

식사를 가지고 온 커피와 차만 자동차용의 가솔린 불에 끓인 까닭에 벌써 꽝꽝 얼어붙은 식료품을 몇 가지 꺼내어 근근이 흉내만 내고 밤에 들어 갑자기 추워지는 사막의 기온에 떨면서 잘 준비를 하였다. 준비라고 해야 가지고 온 자루 이불을 모래 위에 펴놓은 것밖에는 별 신통한 도리가 있을 리 없었다.

이불과 요를 겸하여 두꺼운 양털 가죽으로 만든 말하자면 커다란 자루 처럼 되어 있는 이 침구야말로 우리 사막의 여행자를 위하여 다시 없는 유 일의 잠자리였던 것이다. 피스톨을 베고 소총은 옆에다 끼고서 가죽옷 입 고 장화 신고 방한모 안경 그대로 자루 속으로 쑥 들어가는 것이 무릇 사 막 여행자의 취침 의식의 전부인 것이다.

잘 때도 총을 손에서 떼지 않는 것은 사막을 횡행하는 표한한 도적의 떼 를 두려워해서 그러는 것보다도 먹을 것을 찾아 밤 벌판을 방황하는 잔인 무비한 맹수 떼에 대비하기 위해서이다.

방한모로 머리와 뺨을 가리고 방한 안경으로 눈을 가리었으나 그래도 머리를 이불 밖에 내어놓을 수 없을 만큼 사막의 밤은 추웠다. 한란계를 들여다보니 영하 20도를 훨씬 내려가고 있었다. 나는 자루 이불 속에다 머 리까지 쑥 파고 들어가 눈을 감았다. 그러나 호흡이 곤란하여 이따금씩 자 루 밖에 머리를 내놓고 숨을 쉬지 않으면 안 되었다.

그때마다 나는 나의 주위에 전개된 밤 사막의 무겁고 침울한 광경을 바 라다볼 수 있었다. 멀리 어둠 속에 희미하게 보이는 평탄한 지평선에서는 끊일 새 없이 마치 무서운 괴수의 독기처럼 새카만 구름이 뭉게뭉게 떠올 라 그것이 보는 사이에 넓은 하늘을 다 덮어갔다.

그리하여 나중에는 다만 한가운데 하늘의 절정만이 검푸른 야색을 남기 고 그 나머지는 완전한 암흑 속에 그림자를 잃고 마는 것이었다. 이 침울하고 처참한 자연의 조화를 바라보는 것은 마치 무슨 불길한 징조나 당하는 것처럼 괴롭고 불안하였다.

그러나 몇 번이고 자루 이불을 들락날락 하는 사이에 불길한 자연의 조화는 차차 그 협위의 손을 거두었다. 새카맣던 밤하늘은 차차 그 본래의 검푸른 빛을 회복하고 암흑 속에 자취도 없이 사라졌던 먼 지평선도 이제야 그 암시와 약속을 품은 희미한 선으로 대지와 천공을 나누어 놓는다.

그리하여 하나둘씩 반짝거리기 시작한 별들은 삽시간에 온 하늘을 덮고 그 영원히 젊은 눈동자로 밤의 땅을 향하여 영구히 풀지 못할 수수께끼를 속살거리기 시작하였다.

나는 추위도 잊어버리고 한참 동안 이불 밖에 머리를 내어놓은 채 이 한없이 아름답고 거룩한 사막의 밤하늘을 바라보았다.

아! 얼마나 장엄하고 얼마나 삼엄한 광경이었으랴.

그 광경은 이제 먼 옛날의 아득한 추억 속에 희미해졌으며 또 나의 마음도 벌써 그때의 새롭고 보드라운 젊은 감수성을 많이 잃었으련만 그래도 이 밤의 기억만은 언제까지나 나의 마음속에 새롭다.

이 사막을 생활 무대로 하고 이 밤하늘을 생활 배경으로 하는 저 유목민들의 정열과 감격이 어떠한 것인가를 나는 처음으로 아는 듯싶었다.

세계를 석권한 저 칭기즈칸(成吉思汗)의 뒤를 이은 이민족의 지도자들이 전통과 습관에 전 정주문명에 대하여 보여준, 저 완화할 수 없는 적대감과 가차 없는 박해와 파괴의 역사도 이 특수한 자연의 분위기 속에 잠길 때에는 극히 단순한 자연스러운 현상처럼 생각되는 것이었다.

이 한없이 장엄하고 자유로운 자연의 품속에 호흡하고 생활하는 인종이 한줌의 흙과 한주먹의 씨로 삶을 농사짓고 귀찮은 속박과 아니꼬운 복종의 쇠사슬로 얽매인 정주문명의 번잡한 생활형태와 타협되고 융화되기를 누가 감히 상상이나 할 수 있으랴!

고륜庫倫에로

이 감명 깊은 밤을 새고 나니 목적지인 고륜(울란바토르)까지는 사흘의 여정이 남았을 뿐이었다. 아득히 보이는 먼 지평선에서부터 시작된 희미한 여명의 빛이 차차 넓은 천공을 일제히 덮기 시작하니 검푸른 밤빛은 어느덧 사라지고 처음에는 맑은 은회색이 다음에는 투명한 담청색이 하늘을 물들이기 시작하였다.

그리하여 젊은 아침 태양의 황금빛 햇발이 그 타는 듯한 반영을 아득한 지평선 저쪽에서 보내기 시작할 때 우리는 벌써 간단한 아침식사를 마치고 제 3일의 여정을 시작한 뒤였다.

우리의 여행은 이날로 전일과 다름없이 단조로운 풍경의 바뀜 이외에는 이무런 풍파도 없이 무사히 계속되었다. 다만 고원지대의 절정이 가까워짐에 따라 온도가 점점 강하될 따름이었다. 이날의 여행에서 본 기이한 현상을 구태여 들어본다면 그것은 사막의 고원지대에 곳곳마다 있는 일종의 분지가 그 연변에 하얗게 천연의 소금(X)을 붙 X X X다는 현상일 것이다.

아마도 이것은 우수雨水 X X X함되고 있는 염분이 몇 번이나 이 분지에 내렸다. X X 증발되는 우수에서 마침내 분리되어 이렇게 분지의 가장자리를 희게 장식해주고 있는 것이려니 하고 생각하면서 나는 그 현상을 보았던 것이었다.

이날 밤도 역시 전야와 마찬가지로 야천에 노숙을 하여 지내었다. 추위는 훨씬 더 심한 듯하였다.

다음날 오정쯤 되어 우리는 비로소 망막한 사막 가운데의 풀밭을 발견하였다.

풀은 다 시들어 누렇게 되었다. 그곳에는 천막의 형적도 있고 유목민이 오랫동안 생활의 근거지로 하였던 것을 표시하는 여러 가지 흔적이 많이 보였다. 아마도 도적의 횡행이거나 그렇지 않으면 전쟁의 화가 그들을 이 근거지에서 다른 데로 쫓아 보내고 만 것이다.

이 초원이 있는 장소는 일종의 비스름한 산비탈을 이루어 이 산비탈에서 우리는 수백 마리 떼를 지어 달려가는 영양의 무리를 만났다. 사막지방에 흔한 사슴의 몸뚱이에 양의 뿔이 돋은 짐승이다. 우리는 환호 소리를 지르면서 자동차에서 소총을 들어 되는대로 함부로 이 짐승 떼를 향하여 탄환을 보내었다.

인적이 드문 광야에 맘대로 뛰놀던 짐승들은 이 불의의 공격에 그만 정신을 잃고 황망하게 도망하고 말았으나 그래도 그들이 다 도망하고 난 자리에는 네 마리의 희생자가 피에 묻어 쓰러져 있었다.

이 뜻하지 않은 산양은 이날 밤 우리에게 진미의 만찬을 제공하였다. 마른 음식에 질렸던 우리는 국을 끓여먹기에 의견이 일치되어 모래 위에 쌓여있는 눈을 녹여 물을 만들고 가솔린 통으로 솥을 삼아 이것 또한 요행이 사막 한복판에 여기저기 서 있는 풍우에 썩는 대로 내버려둔 전신주를 발견하여 가지고 온 보신용의 비수로 깎아 불사를 나무를 구하니 이만하면 요리 준비는 충분하였다.

간은 물론 가지고 있는 소금이었다. 가솔린 냄새는 이 훌륭한 스프의 훌륭한 가미를 조금도 방해하지 않고 오히려 일종 미묘한 향료로서의 작용을 해 주는 짓도 같았다. 이날 밤의 국처럼 맛있는 음식을 나는 그전에도 그 후에도 맛본 일이 없다.

고기는 덩어리째 꺼내 소금에 찍어 먹고 국물은 훌훌 들이마셨다. 만일 의외로 얻은 이 훌륭한 국이 아니었던들 이날 밤의 노숙은 실로 견디기 어려웠을 것이다. 한란계는 영하 30도 이하의 저온을 가리키고 있었다. 그러나 뜨거운 국을 양껏 먹은 기운으로 우리는 모두 비교적 많은 시간을 자루이불 속에 파묻혀 있을 수 있었던 것이다.

이튿날 아침 잠을 깨니 어제 저녁 국에 입속을 데인 사람이 나 혼자뿐이 아니었다. 입천장 데어 벗어진 엷은 가죽을 모두 뱉었다.

장가구를 떠나 나흘째 되는 날부터는 사막 이곳저곳에 유목민의 천막과 가축 떼를 발견하게 되었다. 때때로 우리는 음료수를 얻기 위하여 이들 유목민의 부락에 들르기도 하였다. 자동차가 멈추기만 하면 그들은 와 하고 몰려들어 차안을 들여다보기도 하고 호기심에 눈을 빛내면서 우리에게 그들의 몽고말로 무엇이라고 수작을 걸기도 하였다.

그들은 사양 없이 우리에게 물건을 요구하였다. 담배와 술을 그들은 가장 탐내었다. 담배를 한 개 꺼내 주면 그들은 그것을 몇 사람이거나 모두 한 모금씩 돌려가면서 빨았다. 나는 그들에게 가지고 있던 위스키를 주었다. 그들의 마치 어린애와 같은 기쁨을 보니 나는 술과 담배를 사랑치 않는 탓으로 술과 담배를 충분히 준비하지 못한 것을 애석하게 생각한 것이 아마 이때에 한 번뿐일 것이다.

장가구를 떠난 지 닷새 되는 날 우리는 마침내 목적의 지점 고륜에 다다랐다. 고륜 미처 못가서 멀리 왼쪽 구릉 위에 장대한 사원 건물을 발견하였는데 그것은 몽고민족의 생활에 마치 아편이나 다름없는 해독을 흘려보내는 저 라마교 사원이었다.

이 절은 약 5백여 명의 신도를 그 지배하에 두고 있는 외몽고 유수의 거대한 라마교 사원이었다. 여행의 제3일부터 내리기 시작한 눈은 고륜에 다다를 때까지 계속되어 우리 일행이 고륜의 시가에 들어섰을 때는 새하얀 눈이 사막의 벌판, 몽고식의 웅장한 사원 건축 또는 허물어지는 인가, 대상들의 천막 모든 것을 덮고 있었다.

(―《중앙》, 1936년 4월호)

적색구인도시赤色區人都市 고륜 (여행기3)

첫인상

고비 사막 횡단의 이 여행은 그 후 십여 성상이 지나간 오늘날에도 무슨 신기한 기적 같이 넉넉히 나의 기억에 살아 있다. 그것은 마치 넓은 캔버스에서 찢어낸 한 조각의 그림처럼 나의 전 생애의 가지가지의 추억과 회상의 망막한 안개 속에 그렇게도 뚜렷하고 선명하게 떠오른다.

나지막한 구릉의 우울하고 단조한 기복, 적회색의 광막한 풍경, 아득한 지평선의 안타까운 암시 혹은 석양을 등지고 선, 라마사원에 웅장한 고탑高塔과 저물어 가는 사막에 초라하게 서 있는 한 모닥의 수풀, 그 그늘에 버리고 간 유목민의 천막 자취의 산란하고 쓸쓸한 광경 또는 놀랜 짐승들의 황겁한 일주와 총알에 넘어져 모래를 물들이는 그 붉은 피, 이러한 모든 것이 서로 얽히어 때로는 다시 비할 데도 없이 아름답고 황홀하게 가지가지의 순간을 잊을 수 없이 나의 뇌리 깊게 새겨 놓은 것이다.

장가구를 떠나서 닷새째의 석양 사막에 지는 해가 그 최후를 화려한 색채로 온 하늘을 물들이기 시작할 즈음에 우리 일행을 태운 자동차는 멀리 울란바토르 곧 혁명정부에 의하여 '적색구인의 도시'라는 새 이름을 얻은 고륜의 시가를 바라보면서 탄탄한 경사를 시원스럽게 한숨에 달음질쳐 내려갔다.

사방을 산에 에워싸인 분지의 한복판을 흐르고 있는 이 아시아식 도시
는 우선 구릉 사이에 뾰족 솟아 때마침 황혼의 장미색에 곱게 물들여진 하
늘에 그 금빛 찬란한 광채를 마음대로 자랑하고 있는 라마사원의 고탑으
로서 우리에게 환영의 인사를 보내었다. 낡은 세력과 새 세력의 교대, 파
괴와 건설의 교착이 필연적으로 요구하는 일시적 황량과 문란이 이 도시
를 점령하고 있었음에도 불구하고, 또 하얀 눈이 다양한 변화를 모조리 그
단조로운 흰 보자기 아래 쓸어 덮고 말았음에도 불구하고, 눈앞에 나타난
옛 도시의 아름답고 불가사의한 매력은 결코 상상한 바에 떨어지지 않는
것이었다.

유쾌한 우라! 소리로 높이 시가의 중심으로 들어선 우리의 자동차는 몽
고상사회사 지점 문 앞에 그 긴 여정에 최후의 종결을 짓고 머물렀다.

고륜에서 보낸 최초의 밤을 기념할만한 특별한 일은 아무것도 없었다.
긴 여행의 피곤도 있었거니와 그보다도 일단의 목적 지점에 무사히 도달
하였다는 안도가 지금까지의 긴장을 풀어놓아서 아무데도 움직이고 싶지
않았을 뿐만 아니라 이곳에서 만나기로 되어 있는 동지도 내일이 아니면
찾아보기가 어려웠던 것이다. 동행의 중국 상인들도 모두 외출을 하지 않
고 다 같이 하룻밤을 이 몽고상사회사 지점에서 지내었다.

특히 이 밤의 기억을 들쳐 낸다면 그것은 도중에 사냥한 산양이 한 마리
남은 것이 있어서 그것을 본식으로 요리해서 저녁을 먹었다는 일일 것이
다. 그러나 우리는 이 요리에는 낙망하였다. 이곳에는 세련된 요리인도 있
었고 완전한 설비와 충분한 원료도 구비되어 있었건만 식탁에 나온 음식
의 맛은 가솔린 통에서 해먹은 사막의 요리에 도저히 따르지도 못할 것이
었다.

편안하고 깊은 한밤의 잠에 고달픈 심신을 쉬이고 잠을 깬 이튿날 아침
나는 시가지로 나가 보았다. 아직 때는 일렀으나 벌써 사막도시의 주민들
은 그 일상생활의 활동을 시작하고 있었다. 라마사원의 하얀 고탑 그늘을

붉은 옷을 입은 라마승이 머리를 숙이고 수심에 쌓여 걸어가는 이면에는 이 나라를 찾아오는 새로운 운명에 눈 뜨기 시작한 청년들의 떼가 활발스럽게 거리를 지나가는 것이 보였다.

어린 소년이 낙타 털실을 실 바퀴에 감고 있는 일터 옆에는 내왕하는 행인들을 위한 음식가게가 벌어져 있었다. 간단한 식탁이 노상에 벌여 있고 바로 그 옆에 화덕에서 요리하는 음식물을 넉넉지 못한 계급의 행인들이 사 먹으면서 이야기하고 웃고 헤어지는 것이었다.

몽고인의 천성을 이루고 있는 풍부한 다양성은 그들의 복색에도 나타났다. 중국인의 의복 빛이 단순한 청·흑에 그치는 것과는 아주 뚜렷한 대조를 이루어서 몽고인은 실로 다종다양한 갖가지의 색채를 대담하게 자유롭게 그들의 의복에 채용하였다. 당당한 신사와 고이 늙은 노인들이 우리나라에서라면 어린애밖에는 입지 않는 울긋불긋한 극채색의 옷을 입고 평연히 거리를 활보하고 있는 것을 눈앞에 볼 때에는 벌써부터 잘 알고 있는 풍속이었으나, 이양異樣한 놀라움을 느끼지 않을 수 없는 것이었다.

"차—무르, 잡수찌!"

일단 숙소인 상점에 돌아온 후 나는 오정 때 쯤 되어 예정대로 이곳에 와 있는 소비에트 대표 옥흘라 동지를 방문하기 위하여 나섰다.

가지고 온 주소록이 가리키는 대로 찾아간 그의 저택은 시가의 한 모퉁이에 거리를 떠나 한적한 곳에 그 깨끗한 순유럽식 건축 양식을 자랑하고 있었다. 노크 소리와 함께 문밖에 맞아주는 그에게 나는 이름을 말하였다. 커다란 따스한 손으로 나의 손을 쥐면서 그는 쾌활하게 나의 도착을 매일같이 고대했다는 말과 고륜에서 떠나기로 되어 있는 동지들도 동행할 예정으로 떠나지 않고 기다리고 있다는 말을 하였다. 이런 말을 황급히 하면서 현관을 지나 응접실에 들어서니 거기에는 벌써 먼저 와 있는 방문객이 있었다.

옥흘라의 소개에 내가 인사를 나눈 그는 모스크바에서 오랫동안 법률을 연구하고 돌아온 후 당시 혁명정부의 최고 고문의 한 사람으로 있는 에린 치노프라는 부리야트족(몽고족의 일부)의 청년이었다.

그의 부인 되는 마류사 남은 해삼위[37] 태생의 조선부인 남만춘의 둘째 매씨로 소위 '얼마재'라 한다. 모스크바에서 미술을 연구하고 있을 때에 에린치노프와 서로 알게 되어 마침내 국제결혼을 한 후 부군을 따라 이곳에 왔다 한다.

원시적 유목의 생활에서 한꺼번에 역사의 가장 새로운 열매인 새 생활 체제로 뛰어 넘으려는 광휘 있는 노력이 시험되고 있는 곳에 생활과 투쟁의 무대를 발견하게 된 것이었다. 광막한 고비 대사막 한복판 옛 도시에서 자기와 같은 민족의 한 사람을 대하였다는 느낌은 일종 기묘하고 이상스러운 것이었다. 우리들은 서로 교환한 말은 몇 마디 되지 않으나 서로 쳐다보고서는 몇 번이나 의미도 없이 웃었던 것이다.

주위에 있는 사람들은 도무지 알 수도 없는 무엇을 우리들만이 잘 알고 있다는 듯한 그러한 웃음이었다. 그러나 실상은 그러한 특별한 사연은 아무것도 없었다.

나의 여행담이 화제가 되어 한참동안이나 벌어졌던 담소가 끝나고 각각 집으로 헤어질 때에는 우리는 십년지기같이 가깝고 따뜻한 사이가 되어 있었다. 몽고상사회사 지점으로 돌아온 나는 콜맨 씨를 만나 회계를 마친 다음 고륜에 체재하는 동안의 숙소를 따로 정하였다. 새로 정한 숙소는 천진에 있는 중국 부호가 경영하는 미풍공사 고륜지점이었다.

당시의 소연한 정세로 말미암아 일시 상업이 두절상태에 빠진 이 공사는 넓은 점포에 집 지키는 노인 한 사람과 심부름꾼 두 사람을 남겨 놓고 모두 중국 본부로 돌아가버린 뒤였으므로 나는 교묘히 천진 본점에서 온

---

37) 海蔘威 : 소련의 블라디보스토크.

사람처럼 행세하고 고륜 체재의 8일간을 이 집에서 편안하고 호화스럽게 지내었던 것이다.

고륜 도착의 첫 밤을 몽고상사회사 지점에서 같이 지낸 후로는 동행한 중국 상인들과도 다시 만나지 않았다. 고륜 도착 후 제3일에는 옥흘라의 만찬 초대가 있었고 그 다음날에는 에린치노프 부부의 초대연이 있었다.

마류사 남은 이날 밤 초대연에는 조선 저고리와 치마를 입고서 나를 맞았다. 미술을 연구한 사람인만큼 예술방면에 취미와 교양이 넓고 깊은 그는 러시아 민요의 훌륭한 가수였다. 나는 그에게서 몇 곡의 감명 깊은 노래를 들었다. 그 중에 동해 백두산과 남러시아의 코사크들이 부르는 노래라는 것은, 그 가사와 곡조를 모조리 잊어버린 지금도 그 노래의 정서와 분위기만은 아득히 기억에 살아 있어, 그날 밤을 상기할 때마다 맘속에 적이 배회할 만큼 깊은 감동을 나에게 주었던 것이다.

마류사 남은 난 지 두어 달 된다는 어린애를 유모에게 안겨서 나왔으나, 그의 젊은 빛이 붉게 타오르는 뺨과 맑게 검은 눈동자는, 그의 목에서 흘러나오는 멜로디에 따라 놀랄 만큼 자유롭고 대담한 변화를 표시하였다.

가슴을 높이 내어 놓으면서 길게 내뽑는 목소리가 고조와 감동의 절정에 달하여 거기서 질식이나 할 듯하다가는 별안간 돌연히 먼 지평선에서 들려오는 한숨소리나 같은 나지막하고 그윽한 탄식이 이 고조된 감정을 솜씨 좋게 조요한 영탄으로 이끌어 내리는 것이었다.

때로는 승리의 고양이 때로는 패배의 절망이 마치 서로 도망하고 쫓아가고 하는 듯이 얽히면서 실로 변화 많은 멜로디의 세계를 유감없이 전개하여 주었다. 황량한 사막의 여행에 며칠을 두고 시달려온 나에게 그것은 다시없이 고맙고 귀중한 대접이었다. 유쾌한 흥분에 두 뺨을 보기 좋게 홍조시킨 마류사 남이 노래를 마치고 났을 때 나는 무의식 중에 감탄의 긴 한숨을 쉬었다.

마류사 남이 조르는 판에 하는 수 없이 나도 두어 곡 조선 노래를 하였

다. 에린치노프도 노래를 불렀다. 부리아트족의 노래라는 목가풍의 민요
를 두서너 가지 들었다.

이날 밤의 유쾌한 야회가 다 마칠 즈음 마지막으로 홍차를 나의 앞에 가
져왔을 적에 나는 처음으로 마류사 남의 입에서 한마디의 조선말을 들었
다. 차무르 잡수찌!(찻물 잡수세요) 러시아에서 낳고 러시아에서 자라난 이
'얼마재' 여인이 할 수 있는 이것이 오직 한 마디의 조선말이었다. 그전에
나 그 후에나 우리의 대화는 물론 구라파 말을 빌려서 교환되었던 것이다.

싸우는 두 세력

에린치노프의 집 야회 다음날 나는 옥흘라 동무의 소개로 혁명정부의
외교부에 외교부 최고고문이요 외몽고의회 의장인 단싱(丹增)이라는 몽고
동지를 방문하였다.

그는 구정부 시대부터 외교관으로 있던 사람인데 이 넓은 몽고 땅에 일
본을 다녀온 사람이라고는 그밖에 없어 그가 야쁜 단싱 곧 일본 단싱이라
는 별명까지 얻고 있는 것도 그 까닭이라 한다. 시가의 중심지대에 있는 붉
은 벽돌 이층집 외교부에 이르러 안내를 청하니 마침 단싱이 와 있어서 곧
만날 수 있었다. 우리의 용건은 러몽 국경에 있는 소도시 트로이카 삽스크
까지의 여권과 또 몽고 정부시설인 역마의 편의를 얻으려는 것이었다.

트로이카 삽스크까지 약 4일간의 여정은 도중 곳곳마다 있는 역마을(駄
站)에서 말을 갈아타는 정부시설인 역전마차의 힘을 빌지 않고는 도저히
갈 길이 없는 것이었다.

황량한 넓은 응접실 탁자를 둘러싼 몇 개의 쿠션이 다 떨어진 안락의자
와 장의자 등이 단순한 실용적 목적 이외에는 아무런 고려도 보이지 않고
살풍경하게 이곳저곳에 버려있는 데서 우리는 초대면의 인사를 나누었다.

단싱의 흥미와 관심은 곧 조선에서 전개되고 있는 새 운동에로 화제를
쏠리게 하였다. 나는 그에게서 몽고의 새로운 정권의 포부와 사업을 들을

수 있었다.

용어는 중국어였다. 원시적 유목 생활과 오랜 세기의 신비로운 종교와 미신에 뼈 속까지 적신 뒤 떨어진 대중을 가장 발달된 인간생활의 과학적 질서인 사회주의적 계단으로 이끌려는 신정부의 노력이 얼마나 곤란스럽고 장해 많은 것인가를 그는 변화 많은 표정과 함께 누누이 설명하는 것이었다. 그의 말 가운데서도 특히 나의 흥미를 강렬하게 끄는 것은 라마교에 대한 신정부의 대책이었다.

거친 사막과 광대한 천지를 그 생활 무대와 배경으로 삼는 이 쾌활하고 자유분방한 유목민족의 선천적으로 가지고 있는 대담한 능동성과 다양한 창조적 천분을 싹 돋기 전에 잘라내고 거세한 황소처럼 미련하고 무기력한 인민으로 만들고만 저 '인민의 아편'에 대하여 새 시대를 대표하는 신흥 세력이 얼마나 맹렬하고 철저한 제재의 손을 내리고 있을까 하고 나는 귀를 기울였다. 그러나 단싱의 설명은 좀 더 다른 코스를 신정권의 대표자들이 취하고 있는 것을 가르쳐 주었다.

"민중을 지도하려는 자는 그렇습니다. 무엇보다도 참을 줄을 알아야 됩니다. 그들은 더욱이나 그들의 정신생활의 낡은 습관에 대하여서는 무섭게 보수적입니다. 십수 세기를 통하여 그들의 정신생활을 지배하여 온 후둑두 칸(活佛)의 영향을 일조일석에 뿌리 뽑으려고 하는 것은 도저히 불가능한 공상이외다. 민중을 항상 벗으로 삼으면서 그러면서도 그들이 가지고 있는 낡은 편견과 미신은 도무지 온갖 그들의 정신적 질병을 깨끗이 씻어내려면 끈기 있게 서서히 꾸준하게 그들을 가리키고 계몽하는 길밖에 없습니다. 이리하여 혁명정부가 취한 종교적 정책은 라마교 사원의 파괴도 아니고 그 재산의 몰수나 승려의 추방도 아닙니다. 오직 '순결무후한 원시적 불교로 돌아가라!'는 슬로건뿐이었습니다. 원시의 불교도는 순결하였습니다. 그들은 정치적 권력을 요구하지 않았다고 가르침으로써 우리는 민중과 함께 종래 후둑두칸의 수중에 장악되고 있던 정권을 탈취하였습니다. 이제 그들은 몽고 민중의 정치적 생활에는 완전히 몰교섭하고 또 무력합니다. 사원 내의 예배나 근행勤行은 그들의 자유에 아직 맡겨두고 있습니다. 그러나 원시의 불교도는 청렴하였고 가난하였습니다. 그러니까 지금 라마승이 차지하고 있는 거대한 재산도 물론 옳지 못한 것이지 이렇게 대중에게 가르치면서 우리는 민중과 함께 이 거대한 적의 손에서 그 경제적 기반까지도 탈취하고 말 예산입니다. 그러나 이것은 아직 앞으로 수행될 프로그램입니다. 어떻습니까, 우리의 종교정책은?"

단싱의 말을 다 듣고 나서 우리는 위층에 있는 사무실로 올라갔다. 사무실은 응접실보다 더 한층 황량하였다. 넓은 방 한편 구석에 널판으로 만든 나지막한 선반이 있어 그 위에 벼루 상 · 벼루 · 먹 · 연적 · 붓 그리고 당지 한 첩 이것이 외무부 사무실의 비품 일체였다.

우리가 들어가는 인기척에 옆에 방에서 나온 이가 신정부의 외교부장이었다. 단싱의 소개로 용건을 듣고 나더니 그는 그 자리에서 여권 작성에 착수하였다. 커다란 당지에 붓으로 그림도 같고 글자도 같아 보이는 몽고 문자를 2, 3자 적는 것이 아마도 20분은 넉넉히 걸리는 것 같았다.

이 기묘한 글자를 다 그리고 나자 그는 커다란 말 만큼이나 한 도장을 그 위에 번듯이 찍고서 만면의 웃음과 함께 그것을 나에게 주었다.

나는 그와 굳게 악수하고 헤어졌다, 헤어질 적에 단싱은 자기도 모스크바 대회에 출석하기 위하여 출발하겠는데 준비가 채 못 되었으니 3,4일만 더 기다려 달라는 부탁을 하였다. 이리하여 나는 뜻하지 않게 8일간이나 이 낡은 아시아식 도시에 머물게 되었던 것이다.

동포의 무덤

준비는 마쳤다. 남은 일은 오직 기대하는 일 뿐이었다. 단싱 뿐만 아니라 몽고서 떠나갈 청년대표 유학생들을 모두 합하면 10여 명이 넘는 동행이 생겨서 그것만은 유쾌하고 기뻤으나 그들의 출발 준비를 기다리는 4,5

일간은 꽤 심심한 나날이었다.

나는 이 무료의 맘을 위로하기 위하여 하루는 이곳에 있다는 조선 사람의 무덤을 찾아보았다. 이 땅에 있는 오직 하나의 이 조선 사람 무덤은 이 땅의 민중을 위하여 젊은 일생을 바친 한 조선 청년의 거룩한 헌신과 희생의 기념비였다.

그는 이태준이라는 청년 의사로 몽고서 보낸 5,6년간의 생활을 오로지 저열한 문화수준과 불완전한 위생시설 탓으로 민중 사이에 만연되는 가지가지의 질병 박멸에 바치고, 마침내 이 이역의 흙에 그 짧은 일생의 최후를 마친 청년이었다.

웅겐 남작의 패잔군이 고륜을 노략할 때에 고륜의 주민뿐만 아니라 이태준 병원을 탈략하고 이군을 학살한 것이었다. 부근 부락의 주민들까지도 이 유명한 까울리(고려:조선) 의사를 모르는 사람이 없다고 동무들은 나에게 설명해 주었다.

몽고 민중의 생활을 망치는 정신적 질병이 라마교라 한다면 그 가장 고약한 육체적 질병은 화류병이었다. 전 주민의 7,8할이 화류병 보균자라는 놀라운 이야기를 들을 때는 나도 그것이 설마 사실일까? 하고 의심치 않을 수 없었다. 그러나 그것은 움직일 수 없는 엄연한 사실이었다. 이태준 의사의 노력은 이 화류병 전멸에 많은 공헌이 있었던 것이다.

투명하게 맑은 새파란 하늘에 따뜻한 정오의 태양이 걸린 겨울날에는 드문 청량한 일기였다. 시가를 나서 모래 섞인 적토의 탄탄한 가도를 사뿐사뿐 걸어가는 발길도 가볍게 나는 멀리 보이는 나지막한 구릉의 비탈을 향하여 출발하였다.

태양의 반사에 빛나는 먼 산복에는 전신을 눈같이 새하얀 보드라운 털에 덮인 양들이 두서너 마리씩 떼를 지어 우물거리고 있는 것이 아물아물 보이고 서늘한 바람은 보행에 상기된 이마의 땀을 상쾌하게 씻어 주었다. 가도가 차츰차츰 산기슭에 가까워지자 가볍게 구부러지는 것을 느끼면서 나는 잠깐 발을 멈추고 사방을 둘러보았다.

멀리 말 그대로 끝이 안 보이는 대평원이 꽤 큰 고륜 시가를 마치 조그만 콩알같이 그 광무 속에 담겨 있어 아득히 보이는 희미한 지평선 가까이는 떠도는 광선처럼 산야의 떼가 출몰하고 있었다. 기묘한 걸음걸이의 낙타도 여기저기 보였다.

이러한 가축 떼에는 흔히 목인牧人이 따르지 않았다. 혹 따른다고 하더라도 오직 한사람이 말을 타고 멀리 떨어져서 망을 보고 있었다. 그들 중에는 보고 선 나에게 인사나 하려는 듯이 일부러 말을 달려서 뛰어오는 자도 있었다.

그러나 채 다 오기 전에 그는 적당한 거리에 말을 멈추고서 빙그레 웃으면서 나를 보았다. 그리고는 다시 황진을 날리면서 돌아갔다. 그러할 때에 그들의 행동과 태도에 나타나는 소박한 선의와 강렬한 호기심, 발랄한 흥미와 쾌활한 성격은 다시없이 유쾌하고 기쁜 것이었다. 더욱이나 그들의 승마의 묘기에는 다만 입을 벌리고 감탄할 따름이었다.

"부엌에서라도 말만 태우면 밥도 잘 짓겠다"고 (몽고인은 양을 삶아 소금도 안 쳐 먹음으로 음식 만드는 법이 제일 발달되지 못했다 한다) 이 민족을 평한 구라파인의 말을 생각하면서 나는 미소와 함께 이 승마의 쾌한快漢을 보았던 것이다.

벌거벗은 산비탈을 빈약한 왜림이 이곳저곳 덮고 있는 경사지의 한복판에 찾아간 나는 묘지를 발견하였다. 간소한 분묘였다.

이곳에서 건너 쪽에 보이는 이 근처의 오직 하나의 울창한 숲을 가리키면서 안내해 준 몽고 동무는 (그 숲은 고륜의 남산 몽고인이 거룩한 산이라 일컫는 곳이라 한다) 아름답고 신비로운 그 경치를 설명해 주었다.

낮에도 오히려 어둠침침한 울창한 숲속으로 헤쳐 들어가 울창한 수림 사이에 갑자기 극채색의 화려한 꽃밭을 발견하였을 때의 돌연한 경이와 환희를 그는 고조된 어조로 말하였다. 이곳에 피는 한대寒帶의 화초는 대개가 극히 화려한 양력 6월 하순이 만개라 한다.

동포의 묘지를 방문하기 위한 이 교외 산책 외에도 나는 고륜에 있는 동안 대개 매일같이 교외로 나갔었다. 승마 연습도 했고 또 산보도 했다. 그리하여 이 땅이 가지고 있는 저 매력 있는 풍경을 마음껏 만끽하였던 것이다.

고륜 도착 8일 후 준비가 모두 끝나 일행 십여 명은 마침내 서로 전후하여 대망의 모스크바를 향하여 떠나게 되었다.

십여 명의 다수가 한꺼번에 길을 같이 하는 것이 불리하다 하여 우리는 서너 번에 나누어 떠나기로 하였다. 우선 제1출발대의 선진은 나하고 단싱 두 사람이 맡았다.

새로 만든 튼튼한 양두마차에 여행에 필요한 하물을 가득 싣고 국빈 대우의 우리는 의기당당하게 출발하였다. 바닥에는 건초를 깔고 그 위에는 양피를 깐 차실(車室)에 준비한 여행복을 입고 비스듬히 앉은 우리로 날아가는 풍경을 바라보며 동북쪽으로 고원의 경사를 시원하게 달려 내려 갔다.

곳곳에 기복한 구릉이 사막의 단조한 평탄을 완화하고 있는 외에는 여전히 일망무제의 대평원이 다시금 눈앞에 한없이 전개되기 시작하였다.

(―《중앙》, 1936년 5월호)

모스크바의 인상 (여행기4)

빈 차실車室의 일야—夜

우리들 사이에 흔히 원동공화국遠東共和國이라 불렸으나, 엄밀히 말하면 '부리아트 몽고자치공화국'의 수도인 우진스크에서 사흘 동안 묵은 후 우리 일행 10여인은 마침내 목적의 땅 이르쿠츠크를 향하여 떠나게 되었다. 결국은 러시아의 수도 모스크바에서 열리고 만 우리의 대회는 아직 그때까지도 이르쿠츠크에서 열릴 예정으로 있었던 것이다.

모스크바를 종점으로 하는 시베리아 횡단의 북행열차가 우진스크를 떠나는 전날 밤, 우리 일행은 이 소도시의 정거장—음산하고 어두컴컴한 낡은 차량의 행렬 속으로 숨어 들어갔다. 그리하여 화차들 사이에 있는 어떤 헌 차간에 자리를 차지하고 하룻밤을 새우게 되었다.

아직도 어리고 약한 당시의 러시아 세력으로는 원동의 도시에 맘대로 도량하는 각국의 스파이 떼에 대하여 적극적 탄압의 정책을 취하느니보다는 소극적으로 주의 깊은 자위의 방법을 더 현명한 정책으로 선택케 하였던 것이다. 그리하여 극동 각 민족의 대표를 추천하는데 있어서도 가급적 신중한 비밀주의를 채용하였다. 우리 일행이 떠나는 전날 밤 정거장의 낡은 차량 속에 숨어 새인 것도 이튿날 아침의 출발을 극비밀리에 숨기려는 그곳 동무들의 세심한 주의의 결과였던 것이다.

일부러 역부 대신 우리를 차간으로 안내한 러시아 동무가 준비해 가지고 온 초에 불을 켜니 어른거리는 누런 광선의 희미한 조명이 그려내는 차실 한복판의 광경은 자못 황량하기 짝이 없는 것이었다. 의자의 쿠션은 다 떨어져서 밑바닥의 나무가 보기 싫게 노출되어 있고 천장에는 거미줄까지 보였다. 마루판에는 물론 두꺼운 먼지가 우리의 발자국을 번듯하게 새겨 주었다.

일행이 먼지를 툭툭 털며 한복판에 모여 앉아 자리를 잡고 나니 곧 저녁 식사가 시작되었다. 우리보다 훨씬 뒤떨어져서 들어온 다른 러시아 동무가 검은 나무토막을 하나 가슴에 안는 듯이 하고 들어오더니 가지고 온 도끼로 패기 시작하였다.

우리는 스토브에 땔나무인 줄만 알았더니 그것은 의외에도 검정 빵이었다. 밀가루뿐만 아니라 지푸라기 가루까지도 다분히 섞인 이 검정 빵을 워낙 오래 묵힌데다가 추위에 꽁꽁 얼어서 나무 패듯이 도끼로 찍기 전에는 도저히 쪼개낼 수가 없었던 것이다.

이 검정 빵 외에 연어알과 무엇인지 이름 모를 소금에 절인 생선이 우리에게 급여된 저녁음식의 전부였다. 물론 차도 있었으나 때 묻은 양철 찻잔과 짚이나 삶은 물 같은 누루텁텁한 찻물 빛은 그다지 식욕을 끄는 것은 되지 못하였다.

양고기밖에 먹지 않는 몽고 동무들은 물론 조선 동무들도 모두 이 심히 살풍경한 반찬에는 손도 대려고 하지 않았다. 그러나 나는 연어 알 조금하고 검정 빵을 찻물에 충분히 축인 것을 조금 먹어 보았다. 내가 먹는 바람에 다른 동무들도 차물을 마시기 시작하였다. 각사탕도 오직 한 개씩밖에는 차례가 오지 않았다.

그럭저럭 저녁밥의 흉내를 내고 나니 이 뜻밖에 황량한 저녁식사는 우리들 일동의 활발한 이야기꺼리가 되었다. 내일도 모레도 여행하는 동안에 때마다의 식사가 늘 이러면 어떨까 하는 불안이 누구의 말 틈에도 새어 보이는 것이었다.

　그러나 물론 당시 러시아를 전국적으로 휩쓸고 지나간 저 대기근의 뒤를 이은 극도의 식량결핍에 대한 충분한 이해와 또 그 조악한 식량에 의하여서도 능히 역사가 그들의 어깨 위에 얹어주는 모든 짐을 하나로 거절하지 않고 씩씩하게 지어나가는 이 땅의 새로운 민중 정신의 감화력이 우리의 이 따위 불안 같은 것은 오직 웃음거리에 지나지 못한 것임을 잘 알게 하여 주었던 것도 사실이다.

　초가 다 타서 불이 꺼지니 우리는 캄캄한 빈 차간에서 눈을 감게 되었다. 난방장치라고는 아무것도 없는 차실은 영하 30도의 외기外氣나 다름없는 추위였다. 우리는 노천의 야영에 쓰였던 침구를 꺼내어 잠자리를 채웠다.

바이칼의 가경佳景

　뼈를 찌르는 듯한 추위에 몇 번이나 고달픈 잠을 중단 당하면서도 이 한밤을 빈 찻간에 새이고 나니 이튿날 이른 아침 사빠이칼현의 치타를 떠난 모스크바행의 광궤廣軌열차가 바퀴소리도 우렁차게 달려들었다.

　이 새 열차로 옮긴 우리는 이제야 좀 안도의 숨을 쉴 수 있었다. 보통의 난방장치도 있었고 더구나 단싱과 나는 특별히 2등 차실에 초대를 받았다. 식료품도 역시 검정 빵은 검정 빵이었으나 도끼 없이 먹을 수 있는 것이었으며, 시베리아 특유의 칼바스 사탕 고기 등이 차실에 준비되어 있는 것을 보았을 때는 더욱이 안심의 기쁨이 가슴속에 숨어드는 것을 어쩔 수도 없었다.

　기차는 우진스크를 떠난 지 몇 시간이 못 되어 원동공화국의 국경을 이루고 있는 세렌가의 강을 건너게 되었다. 국경인만큼 공화국의 헌병들이 찻간에 들어와 여객과 화물을 검사하였으나 우리들에게는 별로 말도 묻지 않았다. 이 강을 건너고 나니 객차 내의 분위기는 훨씬 밝아졌다.

지금까지 긴장했던 여객들은 안도의 숨을 쉰 듯이 적으나마 도중의 정 거장마다 플랫폼에 나서려 지껄이기도 하고 3분이나 4분의 짧은 정차 시 간을 이용하여 산보도 하고 하였다.

러시아 사람들의 특색의 하나는 그들이 무던히 산보를 즐겨하는 점일 것이다. 트로이카 삽스크에서 우란스크에서 숨이 입술과 수염에 하얗게 얼어붙을 듯한 무서운 추위에도 기어코 거리를 산보하고야 마는 러시아 사람들을 보고 이제 다시 겨우 2~3분의 짧은 정차 시간을 기어코 플랫폼 산보에 보내지 않고는 견디지 못하는 그들을 볼 때에 나는 일종의 경탄을 느끼지 않을 수 없었던 것이다.

음울한 북극 겨울의 황혼이 어슬어슬 땅을 덮기 시작할 즈음 우리는 여 객들의 '바이칼' '바이칼' 하는 환호소리에 멀리 차창 밖으로 마치 바다의 원경처럼 아득히 보이기 시작한 유명한 바이칼호수를 바라보게 되었다.

우리들도 아 바이칼! 하고 거반 무의미하게 남들의 탄성에 화하였다. 그 것은 호수라기보다도 완연히 그대로 바다였다.

마침 날이 거의 어두워 갈 때가 되어서 우리의 시각은 이 호수가 가지고 있는 이름 높은 매력에 마음껏 도취할 수는 없었으나 그래도 단조한 구릉 의 권태로운 연속과 살풍경한 스텝의 황량에 또는 음울한 밀림의 위안 없 는 침묵 속에 오랜 여행을 계속해 온 우리에게는 이 끝이 보이지 않는 바 다와 같은 호수가 주는 광활한 전망과 오직 물만이 가지고 있는 저 일종 특별한 자유롭고도 보드라운 감정은 확실히 고맙고도 희한한 선물임에 틀 림없었다.

호수는 마침 결빙기에 들어서 육지 가까운 부분에는 벌써 얼음이 수면 을 덮고 또 이 호수에 흘러드는 30여 하천이 고산과 심곡에서 싣고 온 얼 음덩어리는 이곳저곳 떠돌아다니며 호수의 결빙을 도와주고 있었다. 그리 하여 끊임없이 오르는 물김은 결빙기 특유의 자욱한 안개가 되어 이 호수 의 전망을 극히 아득하고 좁은 것으로 만들고 있었다.

바이칼이 가지고 있는 그 한없는 매력을 조금이라도 바로 볼 수 있었던 것은 기차가 온밤을 이 호수를 끼고 돌아 그 이튿날 아침 대안의 지점에 도달하였을 적이다. 대안의 어떤 자그마한 정거장에 머문 기차는 이곳에서 연료의 장작나무를 싣기 위하여 약 30분간 정차하였던 것이다.

현재는 극동에서 모스크바까지의 여행에 불과 일주일밖에는 안 걸리나, 그때만 하더라도 적어도 그 황폐의 시기를 마쳤을 뿐인 그때에는 극도의 연료공황으로 기차는 모두 석탄 대신에 장작을 때면서 운전을 하였다. 삼림지대에 차를 세워놓고 도끼를 든 운전수 차장들이 생나무를 찍어다가 기관을 때어가면서 기차의 운전을 계속하는 것이 보통이었다.

우리는 삼십분 정거 시간의 심심풀이를 겸하여 장작나무를 기관실에 싣는데 같이 모여들어 조력하기로 하였다. 서늘한 아침 공기는 기차의 동요에 완전치 못한 수면이 남겨놓은 텁텁한 기분을 한꺼번에 머릿속에서 씻어버리고 노동의 상쾌한 흥분이 우리의 여행에 시달린 파리한 뺨에 보기 좋은 홍조를 주었다.

지껄이고 떠들며 한참 동안이나 나무를 싣고 나서 우리는 정거장 구내의 한 모퉁이에 높이 쌓인 재목 위에 기대기도 하고 앉기도 해서 제멋대로의 자세를 취하여 오른편 가까이 수려 광활한 바이칼의 가경을 말도 없이 제가끔 깊은 감탄과 유열에 잠기면서 마음껏 향락하였던 것이다. 실로 가슴이 열리는 듯한 유쾌하고 시원스러운 조망이었다.

오랫동안 바다라는 것을 보지 못하고 단조하고 우울한 대륙 풍경 속에 질식할 듯한 우수의 압박을 무의식 중에 느끼면서 긴 여행을 하여 온 우리의 눈앞에 이제 아무런 예고도 없이 돌연히 나타나, 그 광활한 푸른 가슴을 겨울 아침의 젊은 태양 아래 마음껏 벌려놓고 우리를 맞아주는 이 바이칼호수는 마치 넓은 바다나 같았다.

짙푸른 호수 수면에는 잔물결이 아침 미풍에 춤추고, 둥실둥실 떠돌아다니는 얼음덩이는 그것이 이 자유롭고 유쾌하게 몸부림치고 춤추고 아양을 부리는 보드라운 수면을 무감각하고 침묵한 한 장의 얼음판으로 변하게 할 것이라고는 도저히 상상도 하지 못할 만큼 경쾌하게 물결 사이에 부동하며 태양의 반사에 이따금 다시없이 고운 광선의 희롱을 시험하는 것이었다.

흰 돛을 단 어선의 미혹은 벌써 이 호수를 차지하기 시작한 겨울 앞에 그림자를 숨긴지 오래 되었으나 그래도 하얀 갈매기의 나지막한 보드라운 울음소리는 그 펄럭펄럭 떠도는 흰 날개의 깨끗한 빛과 아울러 고단한 나 그네의 감회를 정답게 어루만져 주기에 충분한 것이었다.

이 인상 깊은 소역은 오제르나야 정거장이었다. 이 소역을 떠난 기차는 바이칼호수에서 흘러 나오는 앙가라 강에 연하여 굴러갔다. 이곳의 기차 연선에서 우리를 놀라게 한 조망은 부근의 농촌에 사는 동포들의 형상이었다. 다 쓰러질 듯한 시베리아식 농가에서 물동이를 이고 조선옷을 입은 부인네가 가까이 있는 우물로 물을 길러 가는 것을 보았을 때에는 할 수 있는 일이라면 당장 뛰어나가 붙들고 이야기하고 싶었다. 이날 오후에 기차는 마침내 대망의 도시 이르쿠츠크에 다다랐다.

이르쿠츠크

이르쿠츠크 역에는 기차가 닿기 전부터 벌써 먼저 가 있는 조선 동무들과 이곳에 있는 러시아 동무, 중국 동무들이 환영을 나와 있었다. 성대한 환영 모임이 역두驛頭에서 있은 다음, 우리 일행 중 조선 동무들만은 몽고 동무들과 갈려서 우리를 위하여 준비되어 있는 숙소를 향해 자동차를 몰았다.

중국 대표와 조선 대표의 공동 합숙소로 지정된 그 집은 2층 양옥이었다. 이곳에서 비로소 다 함께 모이게 된 30여 명의 조선 동무들 사이에는 밤이 깊은 줄도 모르고 이야기꽃이 피었다.

우리는 이튿날 아침 이곳에 있는 코민테른 원동부장 슈마스키를 방문하여 대회의 개최를 재촉하는 일방, 바쁘게 대회에 대한 우리의 준비를 시작하였다. 각 분과위원회를 구성하여 조선운동의 각반 정세보고서를 작성하는 것이 그것이었다.

대회준비에 망살되어서 (바쁘게) 보낸 이르쿠츠크의 며칠 동안 기억에 강렬하게 새겨둘 만한 인상 깊은 일은 아무것도 없었던지 이 도시에 대한 나의 기억은 극히 아득하다. 다만 그 동안 지내온 다른 도시에 비하여 훨씬 번화하였다는 기억과 직업적 가극단이 있어서 하룻밤 구경을 한 기억이 있을 뿐이며, 이 도시 부근으로 흐르는 하천이 모두 바이칼호수의 맑은 물을 닮아 지극히 투명하였다는 것, 또 시가에서 만나는 러시아 여인들이 특별히 어여뻐서 그들의 아름다움이 모두 바이칼의 고운 물 탓이라는 동무의 설명에 감심하였던 것 등이 떠오르는 단편적 기억이다.

이르쿠츠크에 도착한 지 며칠 안 되어서 나는 다른 동무들과 함께 세상에 나서 처음으로, 그리고 아마도 이후에도 나의 일생을 통하여 다시없을 일이겠지마는 재판관 노릇을 하게 되었다. 사건은 조선의 운동사에 유명한 저 소위 흑하사변[38]에 관련된 반동분자의 처벌이었다.

흑하사변 이후 연해주와 북만주 일대에 있는 조선의 무장단을 모조리 이르쿠츠크에 불러들여 1개 사단으로 조직해 놓은 《고려 XX(독립)군단》에서 열린 이 군법회의에 재판장은 저 유명한 의병대장 홍범도. 우리들 조선 대표단의 일단은 배심원 자격으로 배석하였던 것이다.

초창기의 조선운동사상에 일대 오점을 남겨놓은 이 소위 흑하사변은 그 후 오랫동안 조선의 민중운동을 망쳐온 저 파벌투쟁의 선구였으며, 또 가장 부끄러운 표현이었던 것이다.

주로 소위 상해파의 영향 아래 있던 군단의 일단이 동만주에서 북만주

---

38) 黑河事變 : 자유시사변自由市事變이라고도 한다. 1921년 러시아령 자유시(알렉세예프스크)에서 한국독립군 부대와 러시아 적군이 교전한 사건. 흑하黑河란 중국식으로는 헤이룽(黑龍)강, 또는 러시아식으로는 아무르강을 가리킨다.

로 몰려와 흑하지방에 이미 결집되어 있던 소위 이르쿠츠크파 영향하의
무장단과 합작되었던 것이 분파적 갈등과 충돌로 인하여 다시금 분리하고
탈주를 계획한 것이 이 잔인한 분파투쟁의 도화선이 된 것이었다.

곧 뒤를 추격한 흑하군단은 이 탈주대를 모조리 원대로 복귀시킨 다음
교묘한 수단으로 일제히 무장해제를 시킬 계획이었던 것이다. 그러나 계
획을 실행하려고 이른 아침 상해파 군대의 진영에 갔을 적에는 벌써 참호
를 파고 응전 준비를 튼튼히 한 그들 상해파군이 총부리를 이쪽으로 향하
고 있었던 것이다. 여하간 정통적 지위만은 보장하고 있던 이르쿠츠크파
는 마침내 블라디보스토크에서 러시아 정규의 적위군을 청해다가 이들을
강제로 무장해제 시키고 말았다. 물론 유순하게 무기를 버리는 자 보다도
완강하게 대항하는 자와 탈주를 꾀하는 자가 많았다.

근백명의 피가 흐르고 고귀한 목숨이 동지 간의 암투에 의미 없이 낭비
되고 말았던 것이다. 우리 앞에서 재판을 받은 수십 명은 반항하거나 또는
탈주를 계획한 상해파 군단의 사람들이었다. 먼 지방에의 유형流刑 몇 해
동안의 징역 또는 단순한 징계처분 등 각종 처벌이 오랫동안 감옥에 갇혀
있는 그들에게 각각 정해진 운명이었다. 이 재판은 말할 수 없이 안타까운
애석의 정과 암담한 우울로 나의 마음을 몹시 누른 사건이었다.

재판을 마친 며칠 후 나는 이곳 X X X(독립군) 군단에 가서 중국 각지
에 우리 운동 상황의 보고연설을 한 후 장교들의 초대를 받아 그들과 저녁
식사를 같이 하고 밤늦게 집으로 돌아왔다. 사관후보생 두 사람이 안개 낀
밤거리를 합숙소까지 바래다주었다. 나는 아까 장교들과 고조되고 흥분된
담화 그 내용이 모두 멀리 떠나온 X X X X X X X X X, 또 그 땅에 사는
형제들의 아픈 고통에 관한 그 모든 담화의 감격에도 불구하고 전날에 있
었던 재판에서 느낀 우울한 기분을 억제하기가 매우 곤란하였다.

12월 하순 한창 바쁘게 대회준비에 분주하고 있던 우리에게 뜻밖의 명
령이 내렸다. 그것은 이곳 이르쿠츠크에서 열릴 예정이던 원동피압박민족

대표자대회를 모스크바에서 열겠으니 모스크바로 오라는 것이었다. 원래 11월의 워싱턴회의에 대항하여 열려고 계획되었던 것이 기왕 시일이 늦어지고 했으니 모스크바까지 이 극동 대표자들을 초청하여 건설기에 들어선 새 러시아의 발랄한 공기를 충분히 호흡케 하려는 기쁜 소식이었다.

모스크바! 레닌이 살고 있는 곳, 신흥 러시아의 XXX 지도자들을 눈앞에 볼 수 있는 모스크바! 우리는 뛰는 가슴을 누르면서 행리(짐가방)를 다시금 수습하였다.

모스크바로!

코민테른 원동부장 슈마스키의 지도 하에 우리 일행은 모스크바에의 길을 떠났다. 10일 이상 걸리는 차중의 시간을 우리는 대회 준비에 이용하기로 하고, 이르쿠츠크에서 구성한 분과위원회 별로 차실을 배비하였다. 슈마스키와 그의 역원과 나와 그 외 몇 동지는 1등실에 총사무소를 차리고, 전체회의는 식사시간 이후의 식당차를 이용하였다. 10여일나마의 이 여행을 통하여 매일 밤마다 저녁식사를 마치고나면 우리는 반드시 회의를 열었다.

대러시아의 중앙을 남북으로 꿰인 우랄대산맥은 거대한 테이블 형의 고원을 형성하여 우리의 앞길에 가로 누워 있었다. 기차가 이 고원의 경사를 올라 갈 때에는 전후에 기관차를 달았다. 앞에서 끌고 뒤에서 밀고 해도 기차의 속력은 실로 미미하여 안타까울 정도였다. 이 우랄산맥을 지나니 연선에 보이는 촌락과 도읍에는 훨씬 농후한 구라파색이 지배하는 것을 볼 수 있었다.

그러나 정거장마다 눈에 띄는 것은 이 광대한 나라를 한가지로 뒤덮고 있는 처참한 빈궁과 결핍의 상태였다. 역사의 새로운 궤도 위에 이제야 그 XXXX 운명을 태워놓기는 하였으나, 또 무한한 발전의 가능성과 경탄할 비약의 약속이 이제야 그들의 시야 앞에 뚜렷이 전망되기 시작하기는 하였으나, 그럼에도 불구하고 목전에 우뚝 서서 그들의 생명을 위협하고 있는 대기근의 검은 그림자는 이 위대한 인민 러시아 민중에게 확실히 참을 수 없는 고난과 시련인 것을 창밖에 발견하는 하찮은 광경까지도 충분히 엿보여주는 것이었다.

농촌의 어떤 자그마한 정거장에 차가 머물기만 하면 커다란 양철 우유통을 든 주린 농부가 손님을 구하러 다니는 것을 볼 수 있었다. 우유 한 통을 거진 그 커다란 우유 통에 지지 않을 만큼 큰 지폐 뭉텅이와 바꿔 가슴에 안은 채로 플랫폼에 쓰러지는 늙은 농부를 목도한 일도 있었다. 그는 그렇게 주렸던 것이다.

화폐의 가격을 극도로 끌어내려서 화폐의 완전한 절멸을 기하려던 당시의 경제정책으로 말미암은 화폐의 저락低落은 이 불쌍한 농부의 가슴에 그가 그렇게도 미워하고 그리워하던 그의 원수이며 그의 구세주이던 1백 루블 지폐를 한 아름 가득히 안아 보게 한 것이었다.

그러나 이것이 오직 이 늙은 농부의 곤란 많은 생애가 얻을 수 있었던 최후의 선물인줄 알아서는 안 된다. 이제야 그의 자손 앞에 전개되기 시작한 저 광휘 있는 새 역사가 있지 않은가?

구주대전과 함께 이 광대한 국토를 휩쓸기 시작한 저 비할 데 없이 심각한 파괴와 황폐의 폭풍은 아직도 그 여세를 거두지 않고 있었다. 전쟁의 뒤를 이은 혁명, 그 뒤를 이은 극도로 험악한 전시 공산주의시대, 그리고 전국적인 대흉작이 밀어닥친(襲來) 것이었다. 차르의 전제 하에 그렇지 않아도 극도로 피폐하였던 민중생활을 8~9년간이나 계속된 이 극도의 암흑기가 얼마나 가차 없이 짓밟았을까 상상만 하여도 가슴 아픈 일이었다.

그러나 그럼에도 불구하고 러시아의 민중은 이 역사의 시련을 ⅩⅩⅩⅩⅩⅩ 겪은 것이었다. 중세기적 야만에의 후퇴도 문명 일반의 암흑화도 이 나라를 덮지는 못하였다. 그리하여 보다 높은 발전 단계로 그들은 그들의 생활체제를 끌어올리는 데 훌륭하게 성공하였던 것이다.

　나는 모스크바까지의 이 긴 여행을 통하여 눈에 아프게 보이는 모든 민중의 고통과 궁핍을 볼 때마다 이 ＸＸＸＸＸＸ 곤란의 짐을 묵묵히 등에 지고 역사의 고개를 걸어 넘어가는 러시아 민중의 ＸＸＸＸＸＸ 자태와 그들의 ＸＸＸＸＸＸ 지도자들의 ＸＸＸＸＸＸ 노력 앞에 머리 숙이지 않을 수 없었다.

　이 시대의 러시아 인민의 영웅적 노력은 그들의 극도의 금욕생활에도 나타나고 있었다. 지극히 엄중한 금주·금연이 일반적으로 실행된 것도 그 한 가지 예일 것이다. 더구나 민중을 지도하는 당 멤버에게는 금주는 범할 수 없는 금제였다. 만일 술 취한 것이 발견되면 그 자리에서 총살을 당하여도 항의할 권리가 없었다.

　우리를 실은 기차는 대기근의 광포한 파괴와 살육의 물결이 휩쓸고 지나간 자취의 황폐를 승객의 눈앞에 한없이 전개시키면서 모스크바에로의 길을 달음박질치는 것이었다.

포효하는 거인 트로츠키

　설을 기차 속에서 맞은 우리 일행이 러시아의 심장 모스크바에 다다른 것은 나의 기억이 틀림없다면 대정 11년(1921년) 1월 7일 아침이었다.

　우리는 기차가 정거장에 들어서기 전에 벌써 성대한 환영을 예기하여 환영에 대한 답사연설을 할 사람까지도 선출하여 놓았다. 선거의 결과는 결국 내가 이 중임을 맡게 되었었다. 기차가 멀리 현저한 그 반동양적 양식에 의하여 벌써 우리의 주의와 호기심을 끌기 시작한 모스크바의 시가를 바라보며 정거장 가까이 갔을 때부터 모여든 수만의 군중이 환호하는 만세소리가 우렁차게 들려와 벌써 포도주처럼 우리의 피를 끓게 하여 주는 것이었다.

　실로 상상도 못할 굉장한 환영이었다. 군악대를 앞세운 일대의 군대 각 조직과 기관의 수많은 대표들과 노동자·시민·학생 등 모든 계층의 민중이 넓은 광장과 플랫폼을 그야말로 입추의 여지없이 뒤덮고 있었다.

멀리 극동의 피부 빛 다른 동지들이 온다는 것이 이 군중 대부분의 호기심을 자극한 모양이었다. 악수의 비가 한창 우리를 습격하고 나서 환영 나온 각 기관과 조직 대표들의 환영연설이 시작되었다. 소비에트 각 기관의 대표가 10여명, 모스크바에 체재하고 있는 코민테른 각국 지부의 대표자가 역시 그만한 수효로 그들이 번갈아가면서 한 사람 한 사람 임시로 꾸며놓은 연단 위에 올라섰다.

그들의 열렬한 환영사가 끝난 다음 나는 이 거의 영광에 가까운 환영에 대한 우리들의 마음속으로의 감사와 기쁨을 전하기 위하여 연단에 올랐다. 정거장이 무너질 듯한 박수와 환호가 좀 진정된 틈을 타서 나는 영어로 우리들의 답사를 말하기 시작하였다. 말을 다 마치고 났을 때에는 영하 30도의 추위였으나 나는 전신에 상쾌한 땀이 촉촉이 젖은 것을 느꼈다.

군중이 헤어지고 각 기관과 조직의 대표들도 차차 돌아가기 시작하였다. 우리들도 마중 나온 자동차에 몸을 싣고 우리 숙사로 미리 정해진 곳을 향하였다.

제정시대의 희랍교(그리스정교)신학교 제3기숙사가 우리의 합숙소였다. 이 숙사 외에 호텔 룩스에 사무소를 둔 우리는 시가 구경도 할 겨를 없이 즉시 대회준비를 계속하였다. 우선 신임장 조사위원회가 구성되었다. 코민테른 위원 한 사람과 각 민족대표 한 사람씩으로 구성된 이 위원회의 기능은 모여온 대표자들의 자격을 심사하는 일이었다. 아직 완성되지 못하였던 각종 보고서는 그 완성을 서두르지 않으면 안 되었다.

'마투슈카 모스크바' 곧 '어머니 모스크바'의 이름을 일찍이 러시아 인민이 바친 이 옛 도시는 전 구라파에도 비할 데 없는 그 대규모의 하얀 벽과 울긋푸릇한 지붕이 즐비한 사이에 우뚝우뚝 솟아 있는 가지가지 양식의 교회, 사원건축의 이상스럽게도 농후한 반동양적 특색에 의하여 처음 보는 순간부터 나에게 최대의 친밀과 매력을 느끼게 하는 것이었다. 확실히 장엄하고 아름다운 도시였다.

'모스크바를 모르는 자는 미美를 모르는 자'라고 한 러시아 속담도 결코 공허한 과장은 아니었다. 나는 이따금 토론과 집회에 시달린 머리를 쉬려고 거리를 산보할 적마다 하얀 벽의 웅장한 건축 그늘에 서서 높이 우러러 뵈는 황금색의 원정(圓頂:둥근 꼭대기)이나 또는 십자가에 찬연히 희롱하는 아침 태양과 저녁 황혼에 몇 번이나 감탄사를 내뱉었는지 모른다.

대회를 앞둔 며칠 전 어느 날 나는 이 도시 제일의 대극장에서 거행된 어떤 식전式典에 참가하였다. 외몽고공화국 정부에서 소비에트의 적위군에게 보낸 군기를 받는 식전이었다. 내가 회장 안으로 들어갔을 때에는 벌써 3층, 4층의 갤러리(관중석)까지도 꽉 차 있었다. 거의 1만에 가까운 이 대군중을 앞에 보고 정면 중앙의 무대 위에 수십 명의 적위군 장교를 거느리고 나선 위풍당당한 장군이 말로만 듣던 트로츠키, 그 사람이란 것을 안내해 준 동무에게 들었을 적에는 벌써 식전은 시작되고 있었다.

외몽공화국 내무총장에게서 군기를 받아든 트로츠키는 반쯤 뒤로 돌아서서 군기를 장교 중의 한 사람에게 전하면서 날카롭고 굳세고 우렁찬 목소리로 간단히 짧은 연설을 하였다. 그것이 외몽공화국에서 보낸 이 군기를 받는 적위군의 광영과 사명을 고조하는 훈시라는 것을 안내한 동무는 영어로 나에게 알려주었다. 이 짧은 훈화를 마치자 그는 그대로 정면의 대중을 향하여 약 3시간이나 되는 웅변을 토하는 것이었다. 그 너무도 열렬하고 고조된 어조로 보아 나는 처음에 그것이 역시 5분이나 10분의 촌철살인적인 선동연설일 것으로 생각하였던 것이 그대로 꼭 같은 힘과 열과 고조된 흥분이 조금도 식어짐 없이 30분, 1시간, 2시간 계속되어 가는 것을 눈앞에 보았을 때 나는 마치 무슨 기적이나 보는 것 같았다.

러시아말을 모르는 나는 이야기의 내용은 하나도 모르면서도 그의 우렁찬 목소리, 그 열렬한 성음의 억양, 흥분된 제스처가 자아내는 일종의 고조된 분위기 속에 아지 못하는 사이에 휩쓸려 들어가 다른 대중과 함께 열광을 나눌 수 있었다. 나는 그렇게 훌륭한 웅변은 처음 들었다. 대중들은 손뼉을 치고 소리를 지르고 발을 구르면서 그야말로 사자처럼 포효하는 이 거인 앞에 미친 듯이 흥분하는 것이었다.

그의 6척이나 될 듯한 거대한 체구, 새카맣고 풍부한 머리털, 커다란 눈과 높은 코, 깊게 새겨진 입이 모두 한곳에 모여들어 만들어진 강렬하고 급격한 표정은 누구에 비할 수 없으리만치 우렁차고 날카롭고 굳센 성음의 좋은 특색과 함께 보기 드문 위대한 웅변가의 소질을 보증한 것을 나는 관찰할 수 있었다. 나에게 통역을 약속한 같이 간 동무도 연설에 취하여 연설이 다 마칠 때까지 한 마디도 번역해주지 않았다.

회합이 해산된 후 숙사로 돌아오는 길에야 그는 연설 내용을 말해 주었다. 지난 지 얼마 안 되는 워싱턴회의의 비판, 가까운 장래에 제네바에서 열릴 경제회의에의 전망 등이 그 연설의 내용이었다.

나는 그 후에 반하는 여러 가지 행동을 취할 때마다 이날의 기억을 상기하면서 이 위대한 인물을 잃은 것을 안타까워하지 않을 수 없었던 것이다.

(―《중앙》, 1936년 6월호)

시베리아(西伯利亜)를 거쳐서 (여행기5)

새 여정

고륜을 떠난 뒤의 여정은 벌써 지금까지 지나온 망막한 사막의 자취도 없는 그러한 길이 아니었다. 처처에 기복한 구릉과 광대한 고원의 경사를 점철하고 있는 초장(풀밭)은 지금까지 지나온 단조하고 변화 없는 풍경에 비하면 아주 다른 세계와 같은 인상을 주는 것이었다.

길도 일정한 교통에 의하여 완전히 개척된 도로였다. 우리를 실은 마차는 가끔 열, 스물씩 집합되어 자그마한 유목부락을 형성하고 있는 천막 떼를 바라보며 달음질쳤다.

그리고 이들의 유목민에 속한 양이나 마소(牛馬)도 수백 수천의 대군을 이루어 부락 부근에 방목되고 있었다. 벌써 광막한 사막의 여행이라는 기분은 사라지고 인간생활과의 끊임없는 관련을 늘 의식하면서 우리는 길을 가게 된 것이다.

고원의 경사는 거의 한없이 계속되었다. 오정 때쯤 고륜의 시가를 출발한 마차는 이날이 다 저물 때까지 줄곧 내리막길의 질주를 계속하는 것이었다. 고원을 내려감에 따라 기온은 더욱 추워졌으나 바람은 없어 여행은 훨씬 곤란이 적어졌다. 석양 때쯤 우리는 도중의 어떤 역마을(駄站)에 도착하였다. 스무나문 쯤 되어 보이는 천막 집단으로 형성된 유목민 부락의 하나였다. 다른 천막들보다 훨씬 큰 한 천막은 얼핏 보아서도 이 부락의 가장 으뜸 되는 추장의 천막인 것을 짐작 할 수 있었다. 우리는 그 천막 앞에 마차를 멈추고 내려섰다. 우리 마차가 멀리 보이기 시작할 때부터 흥미와 호기심에 긴장되어 몰려나왔던 부락민들은 악의 없는 의아疑訝의 눈을 빛내면서 와하고 벌써 우리의 마차를 에워싸는 것이었다.

천막의 출입구인 긴 포장을 들어 헤치면서 나온 장대한 홍안의 노인은 우리가 내놓은 고륜정부의 여권과 공문을 받아 보더니 모여든 사람들에게 무엇인지 쾌활하게 설명하는 듯하였다. 아마 우리 두 사람 단싱(丹增)과 내가 어떤 사람이라는 것을 설명하여주었던 것 같다. 단싱은 노인과 인사를 하면서 몽고어로 무엇이라고 말하였으나, 나는 안으로 들어오라고 청할 때까지 미소를 띤 눈으로 노인을 바라보기만 하고 서 있었다. 우리가 천막 속으로 들어가니 부락민도 모두 따라 들어왔다. 천막 안은 7~8평이나 되어 보였다. 월추형月錐形으로 친 천막의 맨 꼭대기 정점에는 구멍이 뚫려 있어 천막 안 한구석에 세워둔 긴 막대기로 열고 닫게 되어 있었는데, 이것이 말하자면 이 천막가옥의 연돌煙突인 것이었다. 맨 한가운데 땅에는 구멍을 파서 거기에 커다란 쇠 냄비가 걸려 있고, 연료는 모두 우마나 양의 똥을 바싹 말려둔 것을 쓰는 것이었다. 이 지대에 나무가 귀한 것은 말할 필요도 없거니와 풀도 막대한 가축을 기르는 유일한 사료였으므로 그것으로 불을 땐다는 것은 도저히 생각도 하지 못할 일이었다.

이들 유목민은 하루에 식사를 한 끼밖에 하지 않는 것이었다. 소금이 극히 귀하여 간도 맞추지 않고 맹물에 그대로 양고기를 삶아서 고기는 칼로 베어 먹고 국물은 차 대신 먹는 것이 그들의 천편일률적인 식사였다. 추장도 칼 같은 것을 허리에 차고 있는데, 이것이 그들의 나이프이며 포크였다. 채소와 어육魚肉의 갖가지 식료품에 식상하여 조리법의 강좌를 그들의 신문과 잡지의 필수 기사로 하고 있는 문명인들은 상상도 할 수 없는 이 단조무미한 식사는 나에게도 하나의 경이였다. 나는 단싱에게서 몽고 유목민들의 이러한 식사 풍습에 대한 설명을 들으면서 혈색이 좋고 활기에 충일한 얼굴들을 주위에 보면서 실로 경탄하지 않을 수 없었던 것이다.

우리도 이 특색 있는 식사에 참례하였다. 그러나 섣불리 정주문명定住文明의 물에 몸을 씻은 우리는 준비해 가지고 온 면포麵麭, 초콜릿, 닭고기 삶은 것 등을 꺼내 이 무미단조한 음식을 정정訂正하지 않고는 못 견디었던 것이다. 그들은 고기를 실컷 다 먹고 나서도 그 긴 칼로 뼈다귀를 깎아 먹었다. 천막 안에 모여 앉은 10여명 넘는 그들이 한결 같이 뼈다귀를 한 조각씩 들고 앉아 깎아먹는 그 모양과 또 그 뼈다귀 깎는 소리는 일종 기묘한 것이었다. 단싱의 설명에 의하면 이것은 그들의 식후에 가장 중요한 뺄 수 없는 취미라고 한다. 이 뼈다귀 깎기가 끝나자 다음에는 양고기를 삶은 국물을 마시는 말하자면 차(茶)가 시작되었다.

그러나 국물을 마시는데 쓰는 그릇이라고는 오직 한 개의 나무잔이 있을 뿐이었다. 이것을 차례차례 돌려가면서 이 유목민식 차茶를 마시게 되는데, 먼저 먹고 난 사람은 지극히 깨끗하게 그야말로 물 한 방울 남지 않게 그 잔을 닦은 다음이 아니면 결코 다음 차례로 돌리지 않는 것이었다. 그러나 내가 놀란 것은 잔을 닦는 방법이었다. 실로, 혓바닥을 가지고서 이 예의 있는 의무를 그들은 실행하는 것이었다. 국물을 다 마시고나면 몇 번이나 그 커다란 넓은 혓바닥으로 나무 잔 속을 남김없이 곱게 핥아 닦은 다음, 이 의무의 충실한 수행을 감시하고 앉아 있는 다음 사람에게 잔을 돌리는 것이었다. 만일 이 대단히 깨끗한 잔을 필요로 생각지 않는 사람이 있다면 그는 염치 불구하고 먼저 덤벼들어 제일 처음에 이 잔을 사용하여 버리는 수밖에 없을 것이다. 이것은 생각다 못하여 다음날 아침 내가 취한 방법이다.

말은 서로 통하지 않았으나 모여든 사람들은 오랫동안 우리 옆을 떠나지 않고 더욱 나의 얼굴을 호기심과 흥미에 가득 찬 눈으로 바라보는 것이었다. 천막 한쪽 구석에 설치되어 있는 침상 비슷한 것과 석유 상자로 만든 궤짝 두 개가 이 훌륭한 부락 장로의 주거를 꾸미고 있는 가구의 전부였다.

나는 다시금 그들의 단순하고 계박(繫縛:속박)없는 생활 기분에 강렬한 미혹을 느끼지 않을 수 없었다.

주인 부부는 침상 위에, 우리는 사막에서 야영하던 때에 쓰던 침구를 꺼내 땅바닥에 펴놓은 다음 그 위에 드러누워 깊은 수면 속에 밤을 보내었다. 말똥 타는 냄새가 몹시 코를 자극하여 처음에는 퍽 불쾌하였으나, 그것도 얼마 안 되어 깊은 잠 속에 잊어버리고 그 이튿날 아침 잠이 깨었을 때에는 다시 없이 상쾌한 기분이었다. 확실히 노천에서 야영하던 때에 비하여 자고 난 다음의 기분과 신체의 상태가 훨씬 좋았다.

황마荒馬

다음날도 거의 같은 풍경을 바라보며 여행하였다. 다만 이번에는 차차 경작된 토지가 보이기 시작하였다는 것이 다르다면 다른 일이었을 것이다. 그리하여 경작지대가 귀리(燕麥), 메밀 같은 것을 농사짓는 중국인들을 볼 수 있었다. 그리고 곳곳마다 있는 이들 농경 중국인의 소부락에는 상점 같은 것도 보였다. 이러한 소부락을 지나고 구릉과 초장을 지나서 우리의 마차는 한가하게 굴러갔다.

오정 때쯤 되어 점심요기를 하려고 도중에 있는 역마을에 들리기 조금 전 우리는 이곳에 동양 제일이라는 소리를 듣는 금광산金鑛山을 멀리 바라보았다. 단싱의 설명에 의하면 구주대전 이전에 미국의 모 재벌이 이 광산을 99년간 조차하여 철도 부설을 준비하던 중 마침 구주대전이 터져 사업은 그대로 보류되었던 것이 전쟁이 지나고 보니 이제는 소비에트의 세력이 무서워 좀처럼 손을 대지 못하고 그대로 그 무진장에 가까운 매장량을 방치하고 있다는 것이었다.

역마을에 도착하여 점심을 먹고 마차의 말을 바꾸게 되었다. 우리의 희망대로 역마을에서는 이 부락에서 가장 강하고 날쌘(慓悍) 말을 2필 구하여 왔다. 그중 한 마리는 마차를 끌어본 일이 있는 말이나 다른 한 마리는 전연 제어制御를 받아보지 못한 야생마였다. 모두 보기만하여도 탐스러운 훌륭한 준마였다. 그러나 이 두 말을 우리의 마차에 달고 길을 떠나자마자 곤란이 생겼다. 훈련 없는 한쪽 말이 다른 말과 보조를 맞추려고 하지 않고 그만 제멋대로 뛰기 시작한 것이다. 그리하여 그 야성적 강력으로 함부로 동무 말의 반항하는 것도 헤아리지 않고 길 옆으로 빠져나가서 가까이 있는 산비탈을 향하여 마차를 끌고 뛰어가는 것이었다.

원래 몽고 마차는 우리가 흔히 보는 보통 마차와는 달라서 긴 끈으로 말을 마차에 맨 다음, 마부(馭者: 말을 부리는 사람)는 마차 위에서 말을 제어하는 것이 아니라 따로 혼자 말을 타고 마차와 함께 달리면서 마차 말을 코치하는 것이었으므로 우리의 마차가 그만 이 생마에 끌려 달아나게 되자 마부는 어떻게 해 볼 수단도 없이 다만 뒤에 따라 달려 올 뿐이었다. 그러는 사이에 마차는 점점 산비탈로 길도 없는 곳을 높이 올라가다가 마침내 전복되고 말았다. 이럴 경우 원래부터 익숙한 단싱은 몸 가볍게 마차가 전복되기 전에 뛰어 내리고 말았지만, 나는 그대로 마차에 매달려 있다가 마차가 뒤집히는 바람에 차 밖으로 튕겨나가 그만 근 10여 미터나 되는 절벽 아래로 떨어지고 말았다.

그러나 마침 두꺼운 의복을 많이 입고 있었고 또 긴 양가죽 외투가 날개처럼 펼쳐져서 떨어질 적에 파라슈트 역할을 해준 덕에 아무데도 상하지는 않았다. 가벼운 두통과 현기증은 느꼈으나 이것은 2마일 가까운 거리를 혼비백산하게 마차가 뛰어 구르는 바람에 그렇게 된 것이었다.

우리 마차가 이 모양이 되는 것을 보고 뛰어온 역마을 사람들의 손으로 마차는 다시 꾸며졌다. 이번에는 아까 제멋대로 날뛰던 그 야생마 한 마리만을 매고 떠나게 되었다. 이리하여 저 혼자 마차를 끌게 되니 말은 쏜살처럼 속력을 내어 길을 달리는 것이었다. 그리하여 도중의 고장으로 늦어진 여정을 충분히 회복하고 3~40 마일의 길을 단숨에 달려 해지기 전에 다음 역마을에 도착할 수 있었다. 혼도 나고 고생도 했으나 이 야성 그대로의 한마(悍馬: 사나운 말)의 기억은 생각만 하여도 시원스럽고 유쾌하였다. 이 역마을에서도 전일과 마찬가지로 제일 큰 천막의 손님이 되어 소박한 호의로 맞이하는 사람들과 함께 밤을 보냈다.

이번에는 주인이 굳이 권하므로 우리가 침상 위에서 주인의 침구를 그대로 쓴 채 잠을 자고, 주인은 땅바닥 위에 잠자리를 만들어서 잠을 잤다. 이것이 봉변의 원인이었다.

다음날 아침, 잠이 깨니 웬일인지 전신이 이곳저곳 근질거리기 시작하였다. 다음 역마을에 도착하기까지 오전 중의 여행은 정신을 차리지 못할 만큼 갈수록 전신의 가려움이 심해 갔다. 원래 의복을 두껍게 입었으니 긁어 보아야 소용도 없거니와 장갑을 벗어서는 손이 당장 얼 터이니 긁어볼 수도 없었다. 발광이 날 듯한 이 가려움을 조금이라도 덜하게 할 방법으로 나는 오후 여행에는 승마를 하였다. 마차에는 단싱과 마부를 타게 하고 나는 마부가 타고 가는 말을 대신 탔다. 마침 같은 길을 가는 어떤 승마 여인이 있어 서로 언어는 통할 수 없었으나 서로 전후하여 말을 달리는 흥미에 몸의 가려움을 조금 잊어버릴 수도 있었다.

저녁 때 우리는 부리야트족의 어떤 부락에 도착하여 이곳에서 밤을 묵게 되었다. 이곳에는 벌써 러시아 문화의 영향도 있고 또 근처에 산림도 있는 탓으로 목조 가옥이었다. 숙소에 다다라 조금 뒤떨어져온 마차가 오기 무섭게 짐 가방에서 새 내의를 꺼낸 나는 방안으로 뛰어 들어가 난로불 앞에 서서 벌거벗은 다음 전신이 발갛도록 긁고 나서 내의를 갈아 입었다. 그리하여 묵은 내의는 방밖에 내놓아 두었더니 이튿날 아침에 보았을 때에는 얼어 죽은 이가 하얗게 내의를 덮고 있었다. 나는 이 동사한 착취자의 큰 무리(大群)를 브러시로 다 털어내 난로에 태운 다음 다시 상쾌한 기분을 회복하고 여행을 계속하였다.

트로이카 삽스크(賣買城)까지 하룻길을 남겼을 뿐인 우리는 아침 일찍 길을 떠났다. 시베리아의 삼림지대는 벌써 그 풍모를 나타내기 시작하여 경색절승(景色絕勝: 빼어난 경치)한 풍경이 곳곳마다 우리의 시각을 즐겁게 해주기 시작하였다.

도중 역마을의 한곳에서 점심을 먹고 나서 다시 길을 계속한 우리는 광대한 대평원 한복판에 우뚝 솟아 있는 3백 미터가량 되어 보이는 산에 빠른 웅겐의 백색 반혁명군이 처참한 최후를 마친 전적戰蹟을 발견하였다. 산꼭대기에는 일찍이 백군이 최후 발악을 하던 포대의 자취도 보이고, 사람과 말 시체, 파괴된 차량과 다른 가지가지의 유기물遺棄物의 산란한 파편이 넓은 평원을 덮고 그 위에 우울한 겨울 하늘에는 주린 독수리가 사람의 주검을 뜯어먹을 기회를 엿보느라고 배회하여 자못 참담한 광경은 이곳에서 멸망되어간 수만의 혼이 구할 길 없는 절망과 저주를 상징하는 듯싶었다.

트로이카 삽스크

해가 거의 저물었을 때 우리는 목적 지점인 국경도시 트로이카 삽스크에 도착하였다. 인구 약 5천을 헤아리는 이 변경 도시는 벌써 오래전부터 러시아와 중국의 교역 중심지였으며, 중국인들이 이 도시를 매매성賣買城이라 부르는 이유도 거기 있는 것이다. 중국 상인들의 수백호의 상점이 즐비한 중국 시가지와 서구라파식 러시아 시가지가 이 도시를 양분하여 러시아 사람들의 시가지에는 백양목, 낙엽송 같은 고목이 울창한 소공원도 있었다.

옥홀라에게서 소개 받아 우리는 이곳에 와 있는 소비에트 대표 사파로프를 찾아 러시아 시가지로 들어섰다. 시가지의 한 모퉁이에 방갈로 풍의 조그마하면서도 깨끗한 주택에서 그를 만난 우리는 그의 마음속으로의 환대를 받고 다음 여정인 우진스크까지의 길을 떠나기 전 3일간을 그의 집에 머물렀다. 당년 30세의 유태계 러시아인인 그는 쾌활하고 친절한 인텔리겐치아로 특히 유창하게 영어를 쓰고 있으므로 나하고는 다시없는 좋은 말벗이었다. 아직 결혼 전이었으나 이 국경도시 제일가는 미인이라는 젊은 처녀와 약혼을 하여 이 여인은 아침 저녁으로 찾아와서는 식사나 의복 등 모든 일을 돌보아 주는 것이었다.

당시 이 도시의 인구는 약 5천이었으나 전쟁 전에 훨씬 더 번화하였던 것이다. 이 도시에 도착한 지 사흘째 뒤떨어져서 고륜을 떠난 다른 동지들이 모두 도착하여 마침내 시베리아 철도 연선의 상우딘스크를 향하여 사파로프와 그의 연인은 이 적막한 도시에는 드문 가극회歌劇會를 열어주었다.

그들의 알선으로 이 도시 일류의 어여쁜 색시들을 모조리 모아 놓고 오랫동안 쓰지 않아 낡아빠진 극장을 임시로 수리하여 천명이나 수용할 수 있는 큰 홀을 꾸며 놓았던 것이다. 무대를 바라보는 홀에는 식탁까지 준비되어 있어 신선한 우유와 흰 빵이 놓여 있었다.

상연된 각본은 상당히 치기만만한 것이었으나, 그것을 연출하는 기술에 있어서는 놀랄 만큼 세련된 점을 가끔 발견할 수 있었다.

평범한 시골이었으나 원래가 예술을 사랑하는 민족이라는 것을 나는 절실히 느꼈다. 각본의 내용은 구주대전 당시에 니콜라이 황제가 독일 측 밀정인 황후의 미모에 탐닉하여 국정을 도무지 돌보지 않고 주야로 주색에 파묻혀 있는 징황과 당시 리시이군의 총사령관이었던 황제의 숙부 니콜라이비치가 이 꼴을 보고 애가 타서 황제 앞에 나와 간한다는 것이었다. 황제 앞에 나선 니콜라이비치가 "군기의 비밀이 모조리 그대로 적군에게 새어나가니 스파이를 경계하소서" 하고 말하면, 술에 취한 황제는 "그래 스파이는 어디 있느냐?"고 묻는다. 니콜라이비치는 두 주먹을 쥐면서, "황제의 가장 가까운 곳에 있습니다" 하고 은근히 황후를 지목하나 어리석은 황제는 도무지 눈치를 채지 못하는 장면 같은 것은 소인극(아마추어극) 특유의 소박하면서도 유머 미가 풍부한 연기로 연출되었다.

이 오페라의 밤을 마지막으로 하고 이튿날 우리 일행은 이 국경도시를 등지고 마침내 러시아의 영역에 발을 넘겨놓게 되었다. 고륜을 떠날 때에 도중의 위험을 우려하여 준비해 가지고 왔던 38식 일본 소총 한 자루와 탄환 20발씩을 나눠 가진 우리는 조그마한 군비처럼 무장을 든든히 한 다음 트로이카의 대열을 바로하고 의기당당하게 떠났다.

아직도 반동 백색군대와 도적이 시베리아의 삼림지대를 위험한 지대로 만들고 있었기 때문이다. 우리는 단싱을 총사령 격으로 추천하여 어떤 때라도 적을 만나면 그의 지휘 하에 전원 일치하여 싸울 각오와 약속을 든든히 하였다.

트로이카는 바퀴를 떼고 겨울 것으로 만들어 썰매 식으로 꾸민 것이었다. 한 차에 두 사람씩 분승하였다. 이로부터 우리 여행의 배경은 일변하였다. 이제는 사막도 광야도 다 없어지고 다만 하늘이 아득하게 서 있는 울창한 처녀림 속을 뚫어 긴 띠처럼 한없이 뻗어 있는 길을 앞으로 앞으로 달리는 것이었다. 새하얀 눈은 얼마큼이나 두껍게 땅을 덮고 있는지도 몰랐다. 다만 눈 위로 나와 있는 나무를 보고 상당히 깊은 적설積雪임을 짐작할 수 있을 따름이었다. 이듬해 봄이 와서 눈이 녹으면 녹은 나뭇가지에 길 가던 나그네가 잊어버리고 간 장화 같은 것이 걸려 있는 것을 흔히 볼 수 있다고 단싱은 말하였다. 높은 나뭇가지가 길 가는 사람의 손에 닿도록 눈이 쌓인다는 말이다.

우리 마차에는 각각 커다란 도끼와 부삽을 준비해 놓았다. 풍설에 넘어진 거목이 때때로 길을 가로막는 일이 있는데, 양편을 밀림에 봉쇄당한 좁은 골목쟁이 길이니까 돌아서 갈 수가 없어 그런 때에는 이 장애물을 도끼로 처리하는 수밖에 없는 것이다.

북으로 북으로 감에 따라 해는 차차 짧아졌을 뿐 아니라 울창한 삼림 속의 길이라 해가 채 다 지기도 전에 벌써 길은 어두워버리고 아침도 아주 늦어서가 아니면 길을 갈 수가 없었다. 이리하여 이 삼림지대의 여행 기간을 통하여 매일 여행할 수 있는 시간은 아침 11시부터 오후 5시쯤까지 겨우 5~6시간에 불과하였던 것이다.

시베리아의 소읍

트로이카 삽스크를 떠난 그날 밤 우리는 어떤 촌락에 도착하여 시베리아 농가에서 보내는 밤을 처음으로 경험하였다. 도저히 모두가 한 집에 유할 수는 없으므로 서너 농가에 분숙하였다. 단싱과 내가 폐를 끼친 농가는 회색 눈썹이 유난히 길고 한자나 되는 은빛 수염이 루버시카의 가슴을 덮은 늙은 농부의 집이었다.

우선 세수하느라고 떠다 주는 물은 영하 30도나 되는 혹한이었으나 그대로 냉수였다. 세수를 하고 나니 러시아 특유의 유명한 '사모발'의 대접이다. 다음에는 커다란 통에서 김이 무럭무럭 오르는 날 우유를 떠놓고, 소고기와 검정 빵으로 차린 저녁 식탁이 우리의 허기진 배를 불려주었다. 더욱이나 소고기는 오래간만에 먹는 만큼 대단히 맛이 좋았다.

식사를 마치고나니 동리 집들에서 구경꾼들이 몰려왔다. 젊은 여인들이 대부분인 이 구경꾼의 떼를 모두 맞아놓고 주인은 손때 묻은 손풍금을 꺼내 민요를 타기 시작하였다. 여인들은 음악에 맞추어 서로 껴안고 춤을 추었다. 차츰차츰 음식도 무용도 본격적으로 되어 밤이 깊도록 유쾌한 기분에 잠겨 나는 그들의 음악을 듣고 무용을 구경하였다.

이튿날 아침 순러시아식의 쇠고기 수프와 빵의 조반식사를 하고서 우리는 다시 길을 계속하였다. 길은 여전히 하늘에 닿도록 높은 숲 사이로 길게 뻗쳐 있었다. 눈도 여전히 깊게 쌓여 트로이카는 자못 경쾌하게 그 위를 미끄러져 갔다. 이리하여 트로이카 삽스크를 떠난 지 사흘 만에 우리 일행의 트로이카는 멀리 상우딘스크를 바라보며 이 시베리아 소읍을 끼고 흐르는 셀렌가하河를 건넜다. 10여 마일이나 되는 거리를 거울 판처럼 미끄러운 얼음 위로 준마에 이끌려 미끄러져 달리는 우리의 트로이카는 그야말로 일찍이 러시아의 위대한 작가가 나는 새에 비하던 기분을 능히 상상하도록 하여 주었다. 하반河畔의 경치 역시 보기 드문 절경이었다.

오후 3시경 우리는 시가에 들어갔다. 그리하여 가지고 온 여권과 공문서를 기관에 제출하고 이곳에서 만날 동무를 찾아서 그가 지정한 숙소에 들어 모스크바 가는 열차가 통과하기까지 이틀 동안을 이곳에 머무르게 되었다.

이 우진스크 일대는 당시 원동공화국의 일부였다. 중앙에 성립된 소비에트공화국과 만주와 시베리아 일부 등에 몰려온 제국주의 세력과의 사이에 말하자면 일종의 완충지대로서 성립된 이 원동공화국은 소비에트 동맹의 강화, 제국주의 세력의 퇴각 등으로 이미 그 역사적 역할을 다하여 차차 소비에트 동맹 내로 해소되는 과정에 있었으나 그래도 아직 정세는 험악하여 국경지대인 우진스크는 계엄상태에 있었던 것이다.

내가 왔다는 소식을 어디서 듣고 왔는지 나는 이곳에 도착한 바로 그날 밤 두 사람의 조선 청년의 심방을 받았다. 그들은 러시아 태생의 소위 '얼마우자'였다. 그리하여 러시아 과부의 양아들이 되어 있어 러시아 사람들 사이에 상당히 넓은 교제를 가졌으므로 나는 이곳에 있는 이틀 동안의 밤을 이들의 안내로 러시아 사람들의 가정 구경에 보내었다.

우진스크뿐만 아니라 시베리아의 소읍은 모두 다 상상 외로 높은 문화수준을 누리고 있어 나를 놀라게 하였다. 제정시대의 전제정치는 모든 진보적 정신을 유형流刑 또는 기타의 박해로 이곳 시베리아로 쫓아 보냈는데, 이 추방당한 망명가·유형수들의 교양과 문화가 어느새 이곳에 씨를 떨어뜨려 이양異樣하게 높은 문화수준과 놀랍게 세련된 교양과 취미가 말하자면 일반적 몽매蒙昧의 광범한 초원의 이곳저곳에 화려한 꽃과 같이 점철되어 지나가는 나그네에게 그 높은 향기로 뜻하지 않은 기쁨을 선사하는 것이었다.

(─《중앙》, 1936년 7월호)

고비사막 기행소품

　지금까지 인상이 깊은 것은 1921년 11월 하순경에 고비사막에서 10일간이나 야숙野宿을 하며 그 사막을 지나던 기억입니다.

　고비사막이라고 하면 누구든지 잘 아시겠지만 그 넓고 끝없는 사막을 지나갈 때 밤이면 양의 가죽을 뒤집어쓰고 터벅터벅 걸어도 가고, 누워 자기도 하고 하였습니다. 고비사막은 북부 아시아의 일부요, 더욱이 때가 11월 하순이라 영하 30도나 되어 춥기도 여간이 아니지만 , 밤이면 푸른 별들이 누구를 부르는 듯 그 아래에 나 홀로 누워 있는 듯 쓸쓸한 사막의 밤은 가장 즐겁고도 유쾌하였습니다. 내가 시인이 되었던들 그 웅대한 사막의 밤을 한번 노래해 보았을 것입니다.

　낮이면 낙타로 사막을 지나가고, 밤이면 양의 가죽을 쓰고 그날 그날을 지나던 그때 생활은 그야말로 영원의 표랑객과 같아서 퍽이나 유쾌하더군요. 나는 그때 고비사막을 지나서 시베리아로 들어갔는데 먹고 입을 것이 없어서 기근에 허덕이는 러시아인들이 참담하기 짝이 없었습니다. 그러나 자기네의 건설을 위하여 꾸준히 노력하는 그네들도 볼 수가 있었습니다.

(―《중앙》, 1936년 7월호)

설산 장덕수[39]에게 (편지)

설산 형!

오늘은 11월 11일이올시다. 4년 전 오늘 새벽에 시산혈해[40]를 이루던 세계 대전쟁이 끝났음을 알리던 각 예배당 종소리에 깨어 일어나 우리도 무엇을 하여 보자고 의논하던 일이 어제 같이 기억됩니다.

과거 4년 동안에 세계 형세도 다소 변경됨이 없지 아니하고 우리 사업도 기록할 만한 것이 적지 아니하나, 평화의 소식은 아직 묘연합니다. 오히려 전쟁만이 더욱 격렬하여집니다.

종전부터 해 오던 짐승 같은 전쟁이 끝나지 않아 새로 일어나는 인적人的 전쟁은 전 세계에 불을 놓습니다.

항상 속아 사는 인생들은 이날의 평화를 기념하며 또 그것을 몽상합니다. 상해는 각 종족이 다 모여 사는 세계의 한 축도올시다. 승자와 패자, 그들이 이날을 어떻게 지내는 꼴을 구경하려고 나는 아침부터 나섰습니다.

먼저 10시 30분에 강서로江西路 중앙 예배당에서 거행하는 평화기념 예

---

39) 雪山 張德秀 : 독립운동가, 정치가. 일본 와세다대학을 졸업하고 상해로 망명하여 여운형과 함께 신한청년당을 조직하여 독립운동을 하다가 3·1운동 직전 귀국했다가 일경에 체포되었다. 이후 1919년 말 여운형이 동경회담을 위해 일본에 갈 때 통역으로 따라갔다. 동아일보 주필 등을 지냈으며, 해방 후에는 한민당 정치부장으로 활동하다가 1947년 암살당했다.
40) 尸山血海 : 시체가 산같이 쌓이고 피가 바다를 이루다.

배회에 참석하였나이다. 회중은 모두 전쟁에 종군하였던 군인들과 또 그들의 가족들뿐이올시다. 아들들을 전쟁에 희생한 노인이 얼굴 가득히 흐르는 눈물과 목 메인 목소리로 성경을 낭송함과 11점을 땡 치자 회중이 기립하여 2분간 묵도하는 것과 그 외 모든 절차가 전승축하나 평화기념보다는 전사한 군인의 추도회 하는 것이 합당하겠더이다. 동시에 예배당 문밖을 내다본즉 거리에 X X의 행인까지 발걸음을 멈추고 조용히 서서 묵도하는 것이 내게 무한한 감상을 일으키더이다.

어떤 종군한 친구가 초청하여 '프렌치 클럽' 식사모임에 참여하게 되었나이다. 6시 반부터 모여든 각국 군복을 입고, 사람 많이 죽였다는 표징이 번쩍번쩍하는 훈장을 한 군인들이 거의 6백 명가량이나 모여드는데, 절뚝발이·곰배팔이 등 상이군인들이 반수 이상이나 됩디다. 8시가 되더니 오케스트라가 각국의 국가를 연주하고 간단한 식사가 있은 뒤에는 한쪽에서 먹고 마시고, 한쪽에서 춤추고 뛰기 시작하는 것을 보고 9시 반쯤 되어 집으로 돌아왔습니다. 돌아와 침상에 누워 가만히 생각한즉 예배당에서 어떤 목사가 연설하던 말이 다시 떠올랐습니다.

"해마다 광음은 의연히 지나가나 평화기념일은 평화의 세계보다도 전쟁의 세계, 생명의 세계보다도 퇴폐한 세계를 연상케 할 뿐이다."

잠은 아니 오고, 울적하고 답답한 마음에 형의 생가을 금할 수 없어 다시금 벌떡 일어나 마당 끝을 배회하며 구름과 달을 바라보니 가슴의 바다에 밀려드는 뜨거운 밀물(胸海熱潮)이 황포강의 저녁 밀물(黃浦晩潮)과 함께 떠오르고, 마음에 품은 생각(心中所懷)을 말할 곳 없어 하루 종일 본 바와 느낀 것을 기록하여 형에게 보냅니다. 붓대를 던지는 이 순간에 속옷 안의 가슴에 튀기는 무한한 회상을 형에게 알리려 합니다.

(―《동아일보》, 1922년 11월 21일)

[이 글은 여운형이 1차 세계대전 휴전 4주년 기념일에 상해에서 전몰군인 추도회를 보고 느낀 것을 설산 장덕수에게 보낸 편지로 장덕수가 동아일보에 전재한 것을 옮긴 것이다—편자.]

철도강탈사건 (기사)

　진포철로 임성역 토비[41] 사건은 세계가 떠드는 문제올시다. 그리하여 각국 영사관, 신문기자단, 중국 외교부 및 교통부 대표들이 이곳에 모여들고, 한편 사실을 조사하며 한편 토비 괴수와 교섭하는 중임은 이미 세상에서 잘 알고 있을 것이올시다.

　내가 이곳에 온 동기는 어떤 나라 사람이 이 사건에 비밀한 관계가 있다고 선전됨으로 일종의 호기심이 발하여 그 진상을 알아보고자 개인자격으로 어제 이곳에 도착하였나이다. 오늘 오전 9시에 떠나 토비의 소굴에 들어가 실황을 시찰하고 오후 10시에 돌아와 저녁밥을 기다리는 사이 객차 안에서 몇 글자 적나이다.

　임성역 부근에서 토비의 차량도둑 사건이 발생한 뒤에 산동 독군 정중옥, 교통총장 오철린 씨 등이 조장棗莊에 와서 토비 두목 손미요와 담판을 하다가 관비官匪 양쪽의 조건이 맞지 않음으로 오청장은 귀경하고, 전독군은 무력으로 괴멸을 주장하여 그간 12차의 공격이 있어 비적 5~6명의 사상을 발생케 하였음으로 토비 등은 포로 된 외국인을 포분산 위로 옮기고 요충지를 고수하며 존망을 외국인과 함께 하려 함으로 진퇴유곡에 처한

---

41) 土匪 : 지방의 도적.

외국인들은 할 수 없이 또 나서서 조정을 하여 금일 오후 7시 반에 미국인 파월 씨(포로의 한 사람, 《상해 밀러드 리뷰》 주간)가 토비 두목 한 사람을 대동하고 조장에 와서 다시 관비담판이 열리기를 알선하는 중인데, 파월 씨의 말을 들건대 포분산의 지세가 지극히 험준하고 방어가 견고하여 쉽게 궤멸키 불가능함으로 안무하는 외에 다른 방법이 없다고 역설하나, 정부 방면에서는 위신과 체면 관계로 토비의 요구를 응하지 않을 방침임으로 본지 인사들이 산위에 손 두목을 찾아가 조건 개수를 요구하였는데, 장차 어떠한 결과가 나올지 일반은 주목하는 중이외다.

방금 조장에 있는 내외 인사는 산동 교섭사 빙국훈, 독군대표 정사기, 하봉옥 교통부 대표, 사역선 남경 교섭사, 온풍책 진포철로 관리국장, 손봉조 영국·미국·프랑스·이태리 4국 영사, 적십자사 출장원, 미국 상무회 대표로 구제위원 칼 크로우 등 제씨 외에 영미 신문기자 6인이 상주하고 그밖에 잠시 내왕하는 사람들도 적지 않은데, 1천 5백 명의 관군이 이곳을 보호하여 5천 명 가량의 관군이 토비 무리를 포위하여 관군 도합 6천여 명이 주재하며, 토비 무리는 건국자치군이라 자칭하고 손미요가 제1로 사령관이 되어 사방에 산재한 토비를 산동으로 집중하며, 동시에 관병과 농민 가운데 새로운 토비를 모집하기에 노력하는 중인데, 토비, 관병, 농민 간에 관계가 심히 친밀하여 상호 간에 형제로 호칭함으로 사촌을 넘지 않는 친족과 흡사하며, 또 비밀히 사용하는 암호가 있어 교전시에도 포성으로 의사를 통하여 관병과 토비와 농민을 도저히 구별할 수 없이 되어 산과 들이 온통 토비 무리 같이 보이고, 현금 포로로 붙잡힌 수는 외국인 40명, 중국인 1천4백여 명(전후 각처에서 붙잡혀 현금 포분산 안에 붙잡혀 있는 자)인바, 중국인 포로는 먹을 것이 부족하여 아사자도 많고 거짓으로 미친 자도 무수하여 그 참상이 목불인견이라 합니다.

나는 내일 오후 이곳을 출발하여 개봉, 낙양 등에서 모모 주요인물을 방문하고 1주일 뒤에는 상해로 귀환코자 하나이다. (5월 25일 記)

(―《동아일보》, 1923년 6월 6일)

[1923년 5월 6일 새벽 중국 남경에서 북경으로 가던 열차가 임성역 부근에서 토비 손미요孫
美瑤가 이끄는 '산동건국자치군' 1천여 명의 습격을 받아 납치되었는데, 당시 이 열차에는 2명의
미 육군 중령, 미국 주간지(상해 밀러드 리뷰) 주간 파월, 미국 석유왕 록펠러의 며느리 루시 올드리
치 등을 포함한 미영불이, 벨기에 등의 외국인 39명과 중국인 등 1백여 명이 인질로 붙잡혀 미영
불이벨기에의 5국 공사가 자국민을 구하기 위해 발 벗고 나서는 등 세상을 떠들썩하게 했던 사
건이다. 토비를 이끌던 손미요는 당시의 북경정부와 37일간 대치하다가 붙잡혀 처형되지만, 이
사건이 터지면서 중국과 각국 신문들이 다투어 진상을 보도하는 가운데, 당시 상해에 있던 몽양
여운형도 일종의 객원기자로서 현장을 방문하고 1923년 5월 25일에 이 기사를 작성하여 동아일
보로 보냈고, 동아일보가 이 기사를 1923년 6월 6일자로 보도했던 것을 옮긴 것이다. 원문은 한
문 투의 문장이나 독자의 가독성을 위해 우리말로 푼 것이다―편자]

국민당대회에서의 연설 (수필)

내가 연설한 적은 한두 번이 아니었고 또 연설하는 중에 흥분되지 않은 때가 없었지만, 나로서 새로운 기록을 지었다고 생각하기는 1926년 1월 17일 광동에서 열린 국민당 제3차 대표대회에 초대받고 가서 연설한 때였다고 생각한다.

연제는 '중국국민혁명의 전 세계적 사명'이라는 것이었는데, 청중은 그리 많지 못하고 중국 각처에서 모아 온 화교 대표와 군정 요인 등이었으며, 그밖에 방청한 사람들 중에 아라사 사람, 월남 사람, 비율빈 사람들이 섞여 있었다.

겨우 2천 명에 지나지 않는 사람들이었으나, 한 시간 동안 계속하는 긴 연설에 처음부터 끝까지 몹시 감격과 흥분으로 끝을 마쳤다. 이야기는 영어로 했다. 영어가 아니면 일반 청중이 다 들을 수 없었던 까닭이다.

물론 내가 열성으로 했던 만큼 듣는 사람들도 몹시 긴장하였던 것이 지금도 눈앞에 보이는 것 같다.

원체 연제가 내 힘을 돋우고 열을 올리게 해주었던 까닭이겠지만, 많은 청중을 대하던 때보다 몇 배 이상 성의를 보이게 되었던 것이 생각난다.

그때에 한 이야기를 여기에 그대로 옮기려면 첫째로 검열 문제가 있을 것이고, 둘째로는 지면 관계로 부자유하다고 생각하기에 이제 그 요점만

들어 한마디 적어보려고 한다.

"중국은 혁명해야 한다. 그것은 단순히 중국을 위해서만의 사명의 아니고, 전 세계에 파급되는 커다란 문제이기 때문에 중국 국민은 무엇보다도 제일 먼저 그 사명을 깨달아야 한다. 다시 말하면 중국의 혁명의 완성은 세계의 완성을 의미한다"는 등등의 이야기였다.

(―《삼천리》, 날짜미상)

[이 글은 여운형이 1926년 1월 17일 중국 광동에서 열린 국민당 제3차 대표대회에서 초대를 받고 연설했던 기억을 술회한 것이다. 당시 여운형은 국공합작의 취지에 동조하여 국민당과 중국공산당 양쪽에 가입했었다. 이때 연사는 여운형을 위시하여 모택동, 월남의 호지명 등이었다고 한다―편자]

선상의 대결 (수필)

벌써 여러 해 전 이야기입니다.

내가 필리핀서 배를 타고 싱가포르로 가는 도중이었지요. 내가 탄 배는 미국 선박 푸레시덴 짠센호(丸)로 세계일주 유람선이었습니다.

이 배는 2만 톤이나 되는 큰 배로 각 항구에 대는 시간이 각각 예정되어 있습니다. 그러나 이 배는 원래 항속력이 빨라서 시간 전에 싱가포르에 닿게 되었지요. 그래서 함장은 항속력을 늦추어 배 뒤의 프로펠러만 슬슬 돌리며 완행을 하고 있었습니다.

마침 그 때가 여름이요, 여름 중에도 오후라 승객들은 너무 더워서 혹은 안락의자에서 누워 자고 혹은 그물 그네에서 누워 자고 있었지요. 그런데 어쩐 일인지 갑자기 선원들이 소리를 치며 와 떠드는구려. 그래서 자던 나는 번쩍 눈을 뜨고 갑판으로 뛰어나가니 고래 떼가 지나간다고 야단입디다.

자세히 바라보니 바다 위에 조금만 섬 같은 것이 흔들리며 한편으로 소방대의 펌프같이 물을 뿜는데 마침 저녁이라 그 분수가 황혼에 어울리며 일곱 색 무지개 같지 않습니까? 실로 보기에 장관이었습니다. 그리고 수십 마리의 고래 떼가 차츰차츰 달아나는데 얼른 보면 큰 섬이 달아나는 것 같구려. 그러더니 그 고래란 놈들이 물속으로 풍덩 기어들어가니 섬 같은 것도 역시 물속으로 자취를 감추지 않습니까? 참말 굉장한 풍경이었습니다. 마치 신밧드의 여행기에서 본 그 풍경을 사실 그대로 본 셈입니다.

그리고 자바 해상에서 영국 놈 경친 이야기를 하나 하겠습니다.

바로 10년 전 5월이었지요. 나는 지나(중국) 청년 한사람을 데리고 자바에서 필리핀으로 오던 길입니다. 내가 탄 배는 독일선 풀다호인데 동행하던 지나 청년이 맥주를 사먹다가 영국인과 싸움이 났습니다. 이 영국인은 본국을 떠난 지 오래된 모양이요, 또는 교양이 매우 적은 모양입니다.

나는 그 청년을 보고 "되지 못한 불량배 놈하고 싸우지 말라" 하고 고함을 쳤습니다. 이 청년은 복단대학 학생으로 나에게 교수를 받은 사람입니다. 그랬더니 그 영국인은, "불량배 어디 한번 그런 소리 더해 보아라" 하고 나를 쏘아봅니다.

"신사는 더러운 사람하고 더 이야기하지 않는다" 하고 나는 그 영국인을 바라보고 다시 말을 이어, "싸워보라면 술 다 먹고 싸우자. 그리고 칼 가지고 싸우든지 권총을 가지고 싸우든지 주먹을 싸우든지 네 맘대로 하자" 하고 한번 호기를 부렸구려.

그랬더니 그놈은 자기는 칼이나 총이 없으니 주먹으로 싸우자고 합디다. 나는 허허 웃으며, "그러면 시간도 지금 싸우든지 그렇지 않으면 저녁을 먹고 싸우든지 전혀 네 맘대로 하여도 좋다" 하고 여유만만하게 큰 기침을 하였습니다.

"그러면 시간은 저녁 먹고 하기로 하자"고 그자도 대꾸를 합디다. 나는 내 방으로 돌아와 저녁을 먹은 후 짧은 바지에 소매 짧은 와이셔츠를 입고 전혀 싸우기에 경쾌하도록 가벼운 옷을 입고 갑판으로 갔습니다.

이 배에는 인도인 독일인 네덜란드인, 필리핀인 등이 많이 탔습니다. 나는 갑판에서 먼저 여러 사람들에게 오늘 밤 결투하게 된 이유를 영어로 이야기하였습니다. 그랬더니 그들은 모두 영국인과 사이가 좋지 못한 국민이라 모두 박수입니다. 그런데 이 영국인은 어쩐 일인지 갑판으로 나오지 않는구려. 그래서 그 자의 캐빈으로 가서 왜 안 나오느냐고 소리를 쳤더니 곧 나가겠으니 기다리라고 합디다. 잠시 갑판에서 기다리니까 영국인은 넥타이에 양복에 의관을 정제하고 나오지 않습니까?

나는 댓바람에 그 자의 저고리와 와이셔츠를 벗기고 싸움을 하려면 옷을 벗으라고 호통을 쳤습니다. 그랬더니 이 자는, "싸움은 무슨 싸움이오. 아까는 웃음의 말이었지요. 내가 다 잘못했소" 하고 꼬리를 빼기 시작합니다. 나는 "동양인은 거짓말을 아니 한다. 영국 놈 같이 비신사적이 아니다" 하고 소리를 치며 그러면 사과를 하라고 하였습니다. 이 자는 겁이 덜컥 났든지 내 손을 잡으며 잘못했다고 고개를 숙이는구려. 나는 다시 호기를 부리며, "동양에는 사과하는 사람이 남의 손을 잡고 하는 법이 없으니 두말말고 기립을 한 후 먼저 지나 청년에게 사과를 해라" 하고 호통을 쳤구려.

그랬더니 우스운 것은 이 영국인은 기립을 하고 먼저 지나 청년에게 고개를 숙여 사죄를 했습니다. 어찌도 통쾌한지요. 갑판에 섰던 선원들은 박수를 하고 나는 의기양양하였습니다. 지금 생각해도 아주 통쾌합니다.

(-《조광》, 4권 8호, 1938년 8월호)

마닐라의 젊은 여성 (수필)

　내가 1929년 6월 초순경에 상해에서 복단대학 학생 약 20여 명과 비율빈(필리핀)엘 수학여행차 떠났었는데 그때가 바로 상해에서 피검되기 약 한 달 전 입니다.

　그리해서 우리 일행은 비율빈 각지를 여행하고 수도 마닐라에 돌아와서 어느 날 거기서 연설한 것이 말썽이 되어 여행권을 빼앗기게 되었습니다.

　그리하여 나는 우선 학생들을 먼저 돌려보내고 떨어져 있게 되었고, 당지 중국청년회에서 유숙하며 있게 되었는데, 이 사건으로 말미암아 각 신문은 그 정부에 대한 태도를 탄핵하였고, 그 중에 유력하고 민중의 신임이 두터운 비율빈 내의 XX(독립)운동계 신문 '빠가가이사'와 역시 같은 류의 신문 서반아(스페인)어로 발행되는 신문 '라 오피니온'은 일층 맹렬한 필봉으로 탄핵하였고, 기타 각 단체에서 궐기하여 한동안 소요하였습니다.

　그러는 한편 내가 유숙하고 있는 중국청년회에는 밀정을 심어 놓았습니다. 그런데 이 밀정이 일기도 덥고 또 귀찮았든지 동리의 15세쯤 되는 아이를 시켜 그저 아이스크림 값으로 하루 3~40전씩 주고 나에게 내왕하는 손님의 수효라든지 또는 기타의 감시를 맡겼습니다.

　그런데 다음날에 이 아이로 말미암아 의외의 여성을 만나게 된 동기가 되었으니, 이 아이로 말하면 원래 빈곤한 가정의 아이로 가세가 극히 어려운데다가 중병으로 인해 학교도 그만 두고 집에서 놀던 터인데, 3~40전 씩 생기니까 집에 가지고 갔었던 모양입니다.

후에 들으니 매일 그처럼 돈을 가지고 오니까 집에서 그의 누이 되는 이가 아마 물어 보았던 모양으로 그 아이는 사실대로 이야기를 함으로 그의 누이는 대단히 책망을 하고 곧 나를 좀 청해 같이 오라고 하였는데, 그 아이는 무안스러워 와서 말도 안 하고 집에 가서는 나가고 없다고 말함으로 급기야는 어머니 되는 분이 친히 찾아와서 전후 이야기를 하면서 사죄를 하고 자기 집으로 같이 가자고 간곡히 하기에 나는 쾌히 대답을 하고 곧 갔습니다.

그의 집에 가보니까 빈한한 가정이었으나 퍽 품위 있는 집으로 보였습니다. 그 아이의 누이는 반갑게 나와서 맞고 자기는 근일 신문지상에서 나의 국적이며 이력이며 체류에 대한 것을 자세히 알고 있다면서 그렇지 않아도 선생 같은 분을 한 번 뵈었으면 하던 차에 이런 불미한 일이 없다고 누차 사죄를 합니다.

나는 어린아이가 모르고 한 것을 무슨 잘못이겠느냐고 위로를 하였습니다. 어머니 되는 분은 다과를 준비해가지고 와서 이야기를 시작하였는데, 그 처녀는 23,4세나 되었고 아버지는 벌써 세상을 떠났는데 중국인으로 성은 황黃씨요, 어머니는 비율빈 여자였으며 이름이 황 무엇으로 지금은 잊었으나 퍽 쾌활하고 아담한 여성이었습니다.

그 처녀는 여학교를 마치고 즉시 어떤 미국인 은행에 근무하면서 일을 보고 있었는데, 하루는 동생의 병이 위급하다고 전화가 와서 그만 조급한 생각이며 동생을 생각하는 애정의 일념으로 지배인에게 아무 말도 안하고 왔더니 그 이튿날 지배인은 아무 말도 안 하고 갔다 하여 그만 면직을 시켜서 어쩔 수 없이 지금은 집에서 놀고 있다 하며 모든 이야기를 아무 기탄없이 잘 하였습니다.

나는 여러 가지로 그에게 현 사회제도며 국가 형태며 정치에 관한 이야기를 들려주었더니 그는 매우 긴장해지며 열심으로 듣고 있었습니다. 나는 그의 면직에 대하여 현금 지배계급이 노동계급에 대한 무리한 일과 그 면직에 대해서 그들의 심리를 말하였더니 그는 점점 흥분이 되며 울 듯한 표정으로 하는 말이 자기는 세상에 나서 이와 같은 옳은 말을 처음 듣는다 하며, 어려서 예수의 말이 유일한 인상이요, 옳은 것으로만 알았는데 지금 선생의 이야기는 과연 예수의 말 이상이라고 감탄해 마지않는 모양으로 오늘부터는 자기의 유일한 신앙으로 여기겠다고 하였습니다.

나는 한참 이야기하며 놀다가 그들 3모자를 동반하여 저녁을 간결한 음식점에서 같이 하고 부근에 있는 활동사진(영화)을 초대하여 구경을 시키고 그날은 헤어졌습니다. 그러자 몇 날 안 지나 나의 여행권을 다시 찾게 되었으니 그것은 아마 여론이 맹렬했던 탓인 듯합니다.

이같이 되었으므로 나는 또 중국을 향하여 돌아오게 되었음으로 작별을 할 겸 그 여성의 집을 방문하고 산보를 하려고 마차를 타고 그의 3모자와 나와 네 사람이 해안으로 갔었습니다. 그는 여러 가지를 조리 있게 묻고 나의 처지를 동정하고 또한 자기도 스스로 위로를 하며 나의 말을 일생의 신조로 알고 자기와 같은 사람을 위해서 일생을 활발히 일하겠다고 하며 일어서서 손을 들어 맹세를 하였습니다.

그때가 음력으로 4월 그믐께나 되었으니 달은 없으나 그리 어둡지 않았고, 흰 바다 물결은 고요히 쳤습니다. 그는 재삼 나의 건강을 빌며 어느 때나 지도를 하여 달라고 하였으며 이후로는 서신으로 종종 통신을 하자고 약속을 하고 헤어져 그 이튿날 나는 경계 리에 비율빈 섬을 떠나 상해로 돌아왔습니다.

그러자 상해에 돌아온 지 약 10일 만에 피검된 몸이 되어 조선으로 호송이 되었음으로 그 후엔 그의 서신을 한 번도 받지 못하여 지금은 그의 소식을 도시 들을 수 없게 되었습니다.

(―이기형, 《여운형 평전》)

　[이 글은 몽양이 상해 복단대학 교수로 재직 시 복단대학 축구단을 이끌고 동남아 각국을 원정하면서 영미의 식민정책을 성토했을 때, 우연히 어느 '밀정' 소년을 통해 만난 필리핀의 젊은 여성 이야기를 추억한 것으로 해방 전 어떤 여성지에 실린 것을 이기형 선생이 옮긴 것을 여기에 다시 옮긴 것이다. 여운형 선생의 비서였던 이기형 선생에 따르면 당시 필리핀에서 만났던 문제의 여성은 중국인 아버지와 유럽인 어머니 사이에 난 유라시안 여성으로 상당한 미인이었다고 여운형 선생이 술회하는 것을 직접 들었다고 한다—편자]

압송중의 기자회견

[수원까지 출영나간 기자가 호송되는 여운형에게 명함을 주니 그는 "네에, 조선일보요"라 하며 청하는 대로 기꺼이 명함 뒤에다 서명을 하여 주었는데, 호송 경관의 간섭으로 직접 긴 담화를 하지 못하고, 그의 계씨 되는 여운홍 씨를 통하여 대강 다음과 같은 담화가 기자와 여운형 사이에 교환되었다─조선일보 기자]

기자 : 당국의 말을 들으면 누차 검거된 조선공산당 사건에 몽양께서 관
　　　계되었다 하여 세상에서 추측이 구구한데, 사실은 어떻게 된 것입
　　　니까?
몽양 : 최근 만 5년 동안 나는 전혀 중국의 혁명완성을 위히여 노력히였
　　　소. 따라서 손문의 연아연공정책[42]에 의하여 중국의 공산당에는
　　　다소 관계가 있으나 조선의 공산운동에 대해서는 전혀 관계가 없
　　　었소.
기자 : 당신께서 중국의 극좌파와 깊은 관계가 있는 까닭에 장개석[43] 일
　　　파의 국민당의 중요간부들이 싫어한다는 말이 있더군요.

---

42) 聯俄聯共政策 : 손문이 중국 혁명을 성공시키기 위해서는 이를 지원하는 소련과 공산주의와도 손잡
　　는다는 정책을 가리킨다.
43) 蔣介石 : 장제스. 남경 국민정부의 주석으로 있다가 2차대전 후 대만 총통이 되었다.

몽양 : 내가 중국 국민당의 극좌파 수령이라 할 만한 왕조명[44]의 고문으
로 있으니까 혹시 그런 말이 났을는지도 모르겠으나, 그렇다고
현 국민정부의 간부들이 그렇게 나를 싫어하리라고는 생각지 않
소. 그 증거로는…….

기자 : 무슨 증거가 있나요?

몽양 : 내가 지난번 남양南洋을 시찰하고 돌아와서 미국인이나 영국인과
같은 자본주의 국가의 대표자라 할 만한 백인종들이 남양 일대
의 약소민족을 학대하고 착취하는 것을 본 결과, 금년 가을쯤 남
양에서 아세아 약소민족의 대동단결을 위한 아세아의 약소민족
대회 같은 것을 개최해 볼 생각 이 있었는데, 어떻게 알았는지 이
소문을 듣고 장개석이가 사람을 보내어 나의 그 계획을 함께 하
자고 제의해 온 일까지 있으나, 나는 왕조명과의 관계로 즉답을
피하고 고려 중에 이와 같은 일을 당하게 된 것이오.

기자 : 필리핀에서는 여행권을 다 빼앗기셨다지오?

몽양 : 네, 한 1주일 묵는 동안에 4차례 연설을 하였는데, 그 내용이 미
국 관헌의 귀에 거슬렸다 하여 여행권을 빼앗겼소.

기자 : 무슨 연설이길래 미국 관헌의 감정을 샀나요?

몽양 : (생략)

기자 : 상해에서 체포된 데 대하여 중국 측에서 항의를 제출하였다는 말
이 있는데 누가 항의를 하였을까요?

몽양 : 그것은 지금 처음 듣는 말이요. 그러나 중국 측에서 항의를 했다
하면 물론 국민정부의 왕정정[45]이가 하였을 줄 아오.

기자 : 상해에 있는 가족은 어떻게 하실 작정입니까?

---

44) 王兆銘 : 손문의 측근으로 일하다가 1923년 국민당의 요직에 있었다. 국민당 내의 좌파로 장개석과 반
목하였으나, 1940년 일본군이 남경을 점령하자 일본과 제휴하여 괴뢰정권을 세웠다.
45) 王正延 : 당시 중국국민당 정부의 외교부장.

몽양 : 글쎄 말이오. 운홍(계씨)이는 자기가 상해에 가서 조선으로 데려온
      다 하나 나는 당분간 그저 두라고 하였소. 산 사람들이 설마 굶어
      죽지야 않을 터이니까요.
기자 : 상해에서 체포되던 광경을 좀 …….
(이때 호송 경관의 간섭으로 상해에 관한 이야기는 하지 못하였음.)

(-《조선일보》, 1929년 7월 19일)

[여운형은 1929년 7월 10일 상해에서 일경에 체포되어 국내로 압송되었다. 위 인터뷰 기사는
서울로 압송되어 오던 여운형을 수원 부근에서 만나 이루어진 것이다-편자]

호송중의 인터뷰 (신문기사)

지난 26일 경성지방법원 제4호 형사법정에서 대정8년 제령 제7호 제1조의 위반죄로 징역 3년의 판결언도를 받은 조선 X X(독립)운동의 거두 여운형(48)은 그동안 형무소 철창 속에서 미래를 묵상하며 그 아우 여운홍 씨가 면회 오기를 고대하던 중 28일 오전에 전기 여운홍씨가 형무소 병감으로 그 백형을 찾은즉 따뜻한 악수를 교환하며 다음과 같이 말하였다 한다.

"나는 이미 처형을 각오한 바임으로 오늘이라도 하루 속히 공소권을 포기하고 복역할 터이니 집안사람들은 어린아이들과 같이 안심하여 주기를 바라며, 사건을 위하여 이번에 변호사 여러분과 재외 동지, 기타 신문기자 제군에까지 적지 않은 괴로움을 끼치게 한 것은 미안하다고 하여라. 그리고 나는 형을 복역하게 되면 공장에 들어가 평일에 배우지 못한 새로운 노동기술을 좀 배워 장래 나의 새로운 계책을 얻고자 한다."

(―《조선일보》, 1930년 4월 29일)

피의자신문조서 (제6회)

피의자 여운형

위 사람에 관한 1919년 제령 7호 및 치안유지법 위반 피의사건에 대해
1929년 8월 6일 경성지방법원 검사국에서
  조선총독부 검사 이토오 노리오(伊藤憲郎)
  조선총독부 재판소 서기 나카야마 겐지(中山元次)

착석한 후 검사가 전회에 이어 피의자에 대해 신문을 한 바, 그 내용은
아래와 갇다.

(문) 여운형인가?
(답) 그렇다.
(문) 너는 전회 심문에서 재거류민단과 임시정부는 전혀 무관하다고 변
    호했지만 임시정부는 조선독립 표방의 관청, 거류민단은 거류민을
    위해서 쌍방 모두 이익을 위해 설립된 단체인 이상, 거류민단은 임
    시정부의 명령이 있으면 복종해야 한다고 생각하는데 어떤가?
(답) 임시정부에 부탁해서 인구세를 1,2회 징수한 적은 있지만 조직에는

관계없다.

(문) 임시정부 조직과 마찬가지로 임시 거류민단제는 임시정부에 의해 제정된 종래의 거류민단과 병립해야 하는 것이 아니라고 생각한다. 즉 종래의 것은 여기에 따라야 한다고 생각하는데 어떤가?

(답) 임시정부는 각종의 관제를 내고 있기 때문에, 그러한 민단제가 규정되었을지도 모르지만, 그 관제에 의해 한 적은 한 번도 없고 처음 그대로의 거류민단제를 여전히 지키고 있다.

(문) 그렇지만 너의 명의로 거류민단에 대해 '상해 거류 동포에게'라는 제목을 단 12개조로 된 주의서를 상해 대한인 거류민 단장의 자격으로 발포하고 상해 거류민은 품위를 지켜야 한다고 하고 있는데 어떤가?

(답) 내가 그 주의서를 낸 것은 사실이지만, 그것은 만주, 시베리아 각지에서 상해로 모인 조선인이 조선인으로서 부끄러운 점이 많아, 하나하나 그들에게 면담, 주의시켜야 할 바를 서면으로 면담을 대신하여 낸 것이다.

(문) 민단은 제국 영사관으로부터 인정받은 적이 있는가?

(답) 없다.

(문) 너는 상해 고려공산당에 입당 후 규약을 만들었나?

(답) 고려공산당에 규약이 없었던 것은 알고 있지만, 나는 민단 사무에 바빴기 때문에 단지 주의에만 찬성하고 있었다.

(문) 동당의 선언서에는, 한일합방을 공격하고 민족해방을 고조시켜 자본주의와 제국주의를 소멸시키고 공산자 독재 한국소비에트 정치의 실현을 한다는 내용이 있는데 사실임에 틀림없는가?

(답) 틀림없다. 고려공산당의 선언, 당규는 강한택姜漢沢이 작성했는데, 동인은 강신부姜神父라는 이름이 있고 노령(러시아)에서 상해로 온 자로, 공산주의에 정통하고 당시 50세 정도였다.

(문) 원문은 러시아어로 썼는가?

(답) 원문은 모른다.

(문) 너는 마르크스의 《공산당선언》을 번역했는가?

(답) 그렇다.

(문) 원본은 어떻게 입수했나?

(답) 상해의 외국인이 경영하는 서점에서 영문으로 된 것을 살 수 있다. 맨 처음 번역했을 때에는 잘 몰랐지만, 나중에는 뒷 부분이 난해해서 내 번역과 상당히 틀린 곳도 있다.

(문) 위의 《공산당선언》의 번역문은 간도, 만주에도 갔는데 네가 번역한 것이었는가?

(답) 그렇다.

(문) 《공산당선언》 이전에 너는 무엇을 번역했는가?

(답) 《공산주의 ABC》(부하린[46] 저, 영문), 《직접행동》(영문) 2권을 번역했다. 《직접행동(Direct Action)》은 영국 노동당의 노동운동에 관한 기사, 즉 상디칼리슴[47] 적인 기사였는데, 위의 2권은 어느 것이나 전부 조선문으로 번역해서 상해의 독립인쇄소에서 인쇄했다.

(문) 배포 방법은?

(답) 이동휘[48]가 양헌이라는 자로 하여금 안동현 방면에 배포를 명하고 있었다. 양헌은 목하 귀순해서 선천에 거주하고 있다.

(문) 그밖에 너는 《노국露國의 묘번墓番》《물팔기》라는 제목의 영문서적을 조선어문으로 번역했는가?

---

46) Nikolai Ivanovich Bukharin : 러시아의 정치가. 2월혁명 직후 모스크바의 볼셰비키를 지도했으며 10월혁명 후 당 기관지 《프라우다》의 편집장이 되었다. 브레스트리토프스크 강화조약을 둘러싸고 N. 레닌과 대립했고 그 후 '우익 반대파'로 주류와 대립하다 실각했다.

47) sydicalism : 노동조합주의. 불어. 영어로는 신디칼리즘.

48) 李東輝 : 한말의 독립운동가로 1919년 상해임정에 참여하여 군무총장, 국무총리를 지냈다. 이때 공산당으로 전향, 이승만·안창호 등과 대립했다.

(답) 그런 서적은 모른다.

(문) 김립[49]을 모스크바에 파견한 것은 고려공산당의 조직 보고를 위해서인가?

(답) 김립은 이동휘가 개인적으로 파견한 것이지, 임시정부나 고려공산당에서 김립을 파견한 적은 없다.

(문) 임시정부 대표로 너, 안공근[50], 한형권[51] 3명을 모스크바에 파견할 때 한형권 한 사람만 모스크바에 가고 둘이 가지 않은 이유는?

(답) 이동휘가 한형권을 내밀히 먼저 모스크바에 보내고 1개월 후에 나에게 한형권을 모스크바에 보냈다고 말했다.

(문) 이동휘는 한형권을 임시정부 대표로 파견했는가?

(답) 그렇다. 한형권이 신임장을 갖고 갔다는 것을 이동휘에게 들었다.

(문) 한형권이 출발 당시는 고려공산당은 조직되어 있지 않았나?

(답) 그렇다. 아직 조직의 정도까지 가지 않았다.

(문) 김립은 언제 상해로 돌아왔나?

(답) 1920년 12월에 돌아왔다.

(문) 동인은 돈 1만 원을 극동공화국 총리로부터 받았다는데 그런가?

(답) 여비로 1만 원을 받을 모양이라고 말하고 있었다.

(문) 김립은 한형권의 일에 대해 아무것도 말하지 않았나?

(답) 아무것도 말하지 않았다.

---

49) 金立 : 별명은 김익용金翼容. 사회주의 운동가이자 독립운동가. 블라디보스토크에서 권업회 결성에 참여하며 독립운동을 하였다. 1918년 한인사회당을 결성하였으나 이후 해체하고 고려공산당 상해파를 결성하여 비서부장을 지냈다.

50) 安恭根 : 안중근의 친동생. 상해임정에 참여했다. 상해 한인교민단 단장을 지냈고 한국국민당을 조직해 독립군 양성에 힘썼다. 우익과 좌익계열의 독립운동단체 통합에 노력하였다.

51) 韓馨權 : 사회주의 운동가. 러시아에서 우리나라 최초의 사회주의 정당인 한인사회당에 입당하여 활동하였다. 이후 레닌으로부터 독립자금을 받아 임시정부에 전달하기도 했다. 1945년 동북한국인회연합회 간부를 지냈다.

(문) 박진순[52]의 일은 어떤가?

(답) 역시 아무것도 말하지 않았다.

(문) 한형권이 모스크바 정부로부터 40만 원을 상해 임시정부 대표로서 받아서 돌아올 때 치타에서 김립을 만나 다시 한형권은 모스크바에 되돌아가고, 김립은 한에게서 40만 원을 수취하여 그 중 20만 원을 박진순에게 주고, 김립은 몽고를 경유하여 상해로 돌아오고 박진순은 하얼빈을 경유하여 북경으로 돌아왔다는데, 그대로인가?

(답) 그렇다. 박진순은 고려공산당과는 아무 관계가 없었고 임시정부와도 관계가 없었다. 김립, 박진순은 개인으로 행동했던 것이다.

(문) 그렇다면 그들의 부정不正 운운할 경우가 아닌데 어떤가?

(답) 그 돈은 러시아 정부가 임시정부를 원조하기 위한 돈이었는데, 이것을 김립 등이 속이고 횡령했기 때문이다.

(문) 횡령 사실은 어떻게 판명되었는가?

(답) 모스크바의 러시아인 또는 조선인이 임시정부에 통지해서 알았다.

(문) 누가 그 일에 관해 떠들었는가?

(답) 한형권은 러시아 정부로부터 2백만 원을 받아서 이를 이동휘에게 주었던바, 이동휘가 이를 착복하고 임시정부에게 건네주지 않았다고 누구 할 것 없이 말했다.

(문) 러시아에서 그 일에 관해 조사하러 왔나?

(답) 그런 일은 없었다. 러시아가 조선 독립은 안 된다고 하여 잔금 140만 원의 교부를 중지한 사실을 내가 1922년 모스크바에 갔을 때 러시아인 유린에게서 들었다.

(문) 고려공산당은 그 사실에도 불구하고 조직되었는가?

(답) 임시정부 및 고려공산당 사람들이 자금 부정소비에 관해 이동휘에

---

52) 朴鎭淳 : 1918년 한인사회당 중앙위원을 지낸 사회주의 운동가. 1920년 코민테른 집행위원에 선임되었으며, 1921년 이동휘 중심의 고려공산당 상해파 결성에 동참하여 중앙위원이 되었다.

게 보고를 강요하자 그 자, 즉 이동휘는 분리를 선언하고 상해파 고
려공산당을 조직하였고, 상해파에 속하지 않는 자들은 이르쿠츠크
에서 대회를 개최, 이르쿠츠크파 고려공산당을 조직했다.

(문) 그렇다면 고려공산당은 해산되고 각각 두 파가 생겼는가?

(답) 그렇지는 않다. 당원 간에 내분을 일으켜 두 파로 분립한 것으로,
양파는 서로 자기파가 고려공산당이라고 주장하고 타파를 부인하
며 싸웠다.

(문) 이르쿠츠크 공산당은 이동휘가 시베리아에 거주 중에 이미 생겼나?

(답) 이동휘의 시베리아 당시의 일은 모르지만, 그런 일이 있었는지도
모른다. 그러나 이르쿠츠크공산당이라고 하면 앞서 물은 전로공산
당일지도 모르지만, 전로공산당에 대한 것도 나는 모른다.

(문) 이르쿠츠크파 공산당은 왜 상해에서 조직되지 않았나?

(답) 이동휘에 반대하는 당원이 소수인데다 자금이 없었기 때문에 이르
쿠츠크에 있는 자가 동시에 불러서 조직했던 것 같다. 그러나 상해
파에도 이르쿠츠크파에도 속하지 않는 소위 중간파라 해야 할 자들
은 상해에 있었다.

(문) 너는 이르쿠츠크파에 입당했는가?

(답) 그렇다. 원래 평양에서 변호사 개업을 하고 있던 안병찬[53]이라는 자
가 이르쿠츠크 대회에 갔다가 상해로 돌아온 후의 얘기에 의하면,
이르쿠츠크파는 인원이 적어서 나도 이르쿠츠크파에 넣기로 했다
고 하길래 승인했던 것이다. 안병찬은 그 후 모스크바에 갔다가 귀
환하는 길에 암살되었다. 동인은 이동휘의 소개로 임시정부에 입당
하여 법무부 차장에까지 오른 자이다.

---

53) 安秉瓚 : 한말의 의병장·독립운동가. 단발령이 내리자 의병을 일으켰고 을사조약이 체결되자 조약을
폐기하고 5적을 주참할 것을 상소했다. 이후 변호사가 되어 안중근 의사를 무료변론했다. 그후 공산당
으로 전향, 고려공산당 중앙위원이 되고 레닌 정부로부터 독립운동 자금을 지원받았다.

(문) 1918년 12월 29일 모스크바에서 제3인터내셔널 창립준비위원회의
회합 때 안이라는 조선인이 출석해 있었는데 안병찬이 아닌가?

(답) 그렇지 않다. 안병찬은 원래 민족주의자로 상해에 왔던 사정상 공
산주의자가 되었던 것이고, 어학, 특히 러시아어는 하지 못했으므
로 러시아에 가서 당당히 연설할 정도의 사람은 아니었다. 아마도
모스크바 거주 조선인 중 누가 대표자로 안이라고 이름을 대고 출
석한 것이라 생각된다.

(문) 제3인터내셔널 준비회는 상해에 통지해 왔는가?

(답) 통지 받은 적 없다.

(문) 1921년, 즉 대정 10년 7월 20일 이동휘가 상해를 출발하여 모스크바
에 갔다는데 사실인가?

(답) 그렇다. 이동휘는 중국의 중국공산당에도 김을 보내 조직하게 한
관계상 중국인 요작빈姚作賓 및 박진순과 함께 상해파 고려공산당의
승인을 구하러 제3인터내셔널로 갔던 것이다.

(문) 한형권은 언제 상해에 돌아왔나?

(답) 이동휘 출발 후 다음해, 즉 1922년 여름 상해에 돌아왔다. 제3인터내
셔널로부터 자금으로 받은 60만 원 중 나머지 20만 원은 고창일[54], 윤
해[55] 양인이 가지고 독일을 지나 상해로 돌아왔다.

(문) 이동휘는 프랑스 천주교 신부 하치안 미리에 의뢰해서 프랑스에 동
행할 것을 요청하여 기선으로 맹가孟買에 기항했을 때, 그 신부는 그
곳에서 객사했기 때문에 여행의 전도에 지장을 초래하는 등 여러 가
지 분주한 결과 겨우 파리를 거쳐 다음해 5월 20일 모스크바에 도착

---

54) 高昌一 : 한말의 독립운동가. 1919년 파리에서 개최된 국제연맹강화회의에 참석하여 한국의 자주독립
을 청원하였다. 중국 하얼빈에서 독립운동을 전개하였다.

55) 尹海 : 만주와 러시아에서 활약한 독립운동가. 북간도 간민회를 조직하여 교민자치와 독립운동 기반
조성에 힘썼다. 상하이 국민대표회의 부의장을 지냈고, 창조파의 일원으로 신정부인 조선공화국 창립
에 참여하기도 했다.

했다는데 어떤가?

(답) 그러한 것은 나는 모른다. 원래 이동휘가 모스크바에 갔던 것은 상담해서 간 것이 아니고, 언제 돌아올지도 몰랐다.

(문) 이르쿠츠크파와 상해파의 파쟁에 관하여 러시아 측이 이르쿠츠크파를 동정하여 상해파를 소외시키자, 이동휘가 상해파 대표로 모스크바에 담판하러 갔다고 하는데 어떤가?

(답) 그렇게 생각하지 않는다. 이동휘는 자기가 조직한 당(상해파)의 승인을 얻으러 갔던 것이라고 생각하고 있다.

(문) 너는 시베리아에서의 자유시 사건에 관해 알고 있는가?

(답) 그에 관해 논쟁한 적은 있지만 상세한 것은 기억하고 있지 않다.

(문) 자유시 사건은 간도지방에서 시베리아 오지로 퇴거하려던 무장단이 전로공산당의 김철훈[56], 오하묵[57] 등의 지휘 하에 놓이게 되자, 그 독립무장단의 사령관 이용은 전부터 이동휘로부터 은혜를 입고 있었던 관계상 전로공산당의 지휘 하에 들어가는 것을 싫어했기 때문이다. 즉 흑룡강성에서 전로파 때문에 무장해제당한 사실이 있고 이는 전로파와 상해파의 쟁패전이라 볼 수 있을 것으로 생각되는데 어떤가?

(답) 정말 그대로여서 조선 민족으로서 근심할 만한 것이었다.

(문) 1921년 12월 이르쿠츠크파 사람도 승인을 얻기 위해 모스크바로 향했던 것을 알고 있는가?

(답) 시베리아의 사건은 상해에서는 듣기가 곤란하므로 모른다.

(문) 너는 이르쿠츠크에서 김철훈, 오하묵 등이 스미야스키[58]와 함께 조

---

56) 金哲勳 : 사회주의 독립운동가. 대한국민회의를 이끌다가 1919년 이르쿠츠크에서 전로한인공산당을 창당한 주역의 한 사람이다.
57) 吳夏默 : 김철훈 등과 함께 이르쿠츠크에서 전로한인공산당을 창당한 주역의 한사람이다.
58) 보리스 스미야스키 : 러시아 혁명군 제5군단 단장. 그의 지도하에 전로한인공산당이 조직되었다.

직한 이르쿠츠크공산당(후에 전로공산당이라고도 불린다)에 관해서는 아무것도 모르는가?

(답) 그렇다. 나는 스미야스키, 오하묵 등의 인물은 전혀 모른다.

(문) 이동휘가 모스크바에 도착한 후의 행동은?

(답) 이동휘는 제3인터내셔널의 승인을 얻지 못했을 뿐 아니라 오히려 선전비를 사취했다는 이유로 제3인터내셔널로부터 체포될 뻔했지만 제3인터내셔널은 조선의 일당의 수령인 이동휘를 체포하면, 조선이 악감정을 갖게 되고 공산운동에 아주 불리하기 때문에 체포를 그만두었다. 동인은 제3인터내셔널로부터 진력하겠다는 뜻의 언질을 얻어 블라디보스토크로 돌아왔다.

(문) 제3인터내셔널이 이르쿠츠크파에 기울어진 것은 이르쿠츠크파 사람이 이동휘 일파보다 먼저 모스크바에 도착해 제3인터내셔널에 사정을 호소했기 때문인가?

(답) 그렇다.

(문) 그 후 양파의 문제는 어떻게 되었나?

(답) 1922년 여름 이동휘가 블라디보스토크에 돌아온 그 해 겨울, 제3인터내셔널이 각파의 의견을 듣고 양파의 대표대회를 치타 부근의 우이친스크에서 열어 협정하라는 지령을 발해, 1922년 10월 20일 우이친스크에서 양파가 회합하여 협정하려 했지만 의논이 분분하여 합일점을 찾지 못했고, 결국 양파가 모스크바에 출두하여 협의했지만, 역시 의견이 모아지지 않아 결국 양파 모두 해산 명령을 받았다.

(문) 1922년 10월 20일 우이친스크에 양파 대표대회를 개최했을 때, 양파의 대표 70명, 러시아인 20명이 참가했나?

(답) 그때의 상세한 것은 모른다.

(문) 제3인터내셔널이 해산 명령을 내린 것은 언제 어디에서 알았나?

(답) 1923년 봄 김만겸[59]이 가족을 모으러 상해에 왔을 때 동인으로부터
　　해산 사실을 들었다. 우이친스크 대표대회에 상해의 이르쿠츠크파
　　사람이 내게 갔다 오라고 종용했지만 나는 그것은 내 본의가 아니
　　라고 하여 사절했다.
(문) 고려공산당이 각파로 나뉘어도 그 내용, 즉 당규, 규약 등은 다르지
　　않은가?
(답) 동일하다고 생각한다.
(문) 제3인터내셔널이 고려공산당에 해산명령을 내린 것은 지부로서인
　　가, 또는 단체로서인가?
(답) 고려공산당을 단체로 보고 내린 것이다.
(문) 고려공산당은 국제적으로는 어떻게 표시하는가?
(답) 코리안 코뮤니스트 파티(Korean Communist Party) 또는 코뮤니스트 그
　　룹 오브 코리아(Communist Group of Korea)라고 한다.
(문) 그룹(Group)이라는 말은 아직 완성하지 않은 것을 말하는 것이 아닌
　　가?
(답) 그렇다.
(문) 제3인터내셔널은 그렇다면 무엇이라 인정하고 있었는가?
(답) 고려공산당을 그룹으로 인정했을 뿐 지부로 인정하지는 않았다.
(문) 그렇다면 고려공산당은 코뮤니스트 그룹 오브 코리아라고 해야 옳
　　지 않은가?
(답) 제3인터내셔널 입장에서 보면 그렇지만 우리는 보통 둘 다 사용하
　　고 엄격하게 구분하여 사용하지 않았다.
(문) 이동휘가 모스크바에 갔던 것도 지부가 되고 싶다는 이유로 갔던

---

59) 金萬謙 : 러시아의 블라디보스토크에서 출생한 사회주의 운동가로 러시아와 만주에서 주로 활동했다.
　　고려공산당 이르쿠츠크파 창립시 중앙위원으로 선출되었고, 대한민국임시정부 학무총장을 지내기도
　　했다. 1929년 소련공산당에서 제명된 후 체포되어 사망하였다.

것이 아닌가?

(답) 그렇다.

(문) 그러면 그가 모스크바에 갔던 것은 이르쿠츠크파가 아니라, 이동휘 일파의 상해파가 진정한 그룹이기 때문에 승인을 얻으러 간 것이 아닌가?

(답) 그렇다.

(문) 모스크바에서 레닌은 지부를 인정할지 않을지의 문제가 아니라 타협이 문제라고 하지 않았는가?

(답) 그에 대해서는 알지 못하지만, 윤자영[60]이 돌아가는 말로 해산에 관해서 레닌이 "고려공산당의 완전한 지부를 해외에 조직할 수 없으니까 해외의 '그룹'은 해산하여 조선에서 이것을 조직하라"는 지령을 내렸다고 했다. 또 위의 지령을 상세하게 말하면 조선에는 고려공산당 지부, 블라디보스토크에는 국제공산당 고려부를 조직하고, 조직에 관해서는 위친스키, 가타야마[61], 정재달[62], 한명성, 이동휘 5명을 위원으로 하며, 블라디보스토크의 고려부는 조선에서의 고려공산당 지부의 조직으로서 그 사명을 맡는다는 것이었다.

(문) 고려공산당은 언제 해산되었는가?

(답) 1923년 1, 2월경에 해산되었다.

---

60) 尹滋瑛 : 사회주의 운동가로 1921년 사회주의 사상단체인 서울청년회를 결성했다. 이후 상하이에서 고려공산당 상해파에 입당하여 활동했다. 1926년에는 조선공산당 만주총국을 결성하고 선전부장으로 활약했다.

61) 가타야마 센(片山潛) : 일본의 노동운동 지도자. 직공의용회職工義勇會를 조직하여 일본에서의 근대적 노동조합운동을 이끌었다. 도쿄 시전市電 파업의 배후인물로 지목되어 체포되었다가, 미국으로 망명 후 러시아혁명 성공의 영향을 받아 공산주의자가 되었다. 아시아 여러 민족의 공산주의 운동과 일본공산당의 결성을 지도하였다.

62) 鄭在達 : 사회주의 운동가로 1921년 일본에서 사회주의 단체인 적권단에 가입하였고, 귀국 후에는 무산자동맹회 등을 결성하여 활동하였다. 1931년 코민테른의 지시로 국내에서 적색노동조합 결성 활동을 하던 중 검거되었다.

(문) 당시 당원 수는?

(답) 어느 정도 당원이 있었는지는 모른다.

(문) 6천 명 정도 있었나?

(답) 그럴 리는 없다. 1925년에 중국 공산당원은 1천 명이었는데, 세계
유수의 당으로 인정되고 있었으므로 고려공산당이 그 정도 다수의
당원을 가지고 있었다면 러시아가 해산시킬 리가 없다.

(문) 이동휘가 상해를 떠난 후 고려공산당의 상황은?

(답) 이동휘가 떠난 후 김립이 대신했지만, 그가 암살당하자 상해파는
자연 삭감되었고, 이르쿠츠크파가 전부 시베리아로 가버리자, 이동
휘 이탈 후는 고려공산당은 부진했다.

(문) 이동휘는 상해에 있는 동안 어떠한 활동을 했는가? 2만 원을 교부
하는 등 공산운동에서는 상당한 활동을 했다. 그러나 이동휘가 응
원한 중국공산당은 얼마 안 되어 해산했다.

(문) 진독수가 조직했던 중국공산당은 별개의 것인가?

(답) 그렇다. 진독수[63]가 조직한 중국공산당은 언제, 어디서 조직했는지
모른다.

(문) 일본에서 곤도오(近藤栄蔵)를 상해로 불러 대동호텔에서 선전비를
교부한 사실을 알고 있나?

(답) 1921년 5월 이동휘가 곤도오에게 2만 원을 교부한바, 곤도오가 시
모노세키(下關)로 귀환 도중 체포되었다는 것을 신문을 통해 알고
있지만 과연 사실인지는 알 수 없다.

(문) 그 후 도쿠다(德田球一), 다카오(高尾平兵衛) 두 사람이 상해에 온 것

---

63) 陳獨秀 : 중국의 사상가, 혁명가, 정치가. 북경대학 문과대학장으로 1917년 호적胡適과 함께 백화문白話
文을 제창하는 한편, 유교사상을 비판하는 글을 발표하였다. 1921년 중국공산당 제1차 전국대회를 개
최하고 중앙서기에 피선되었다. 코민테른의 지시를 따라 중국국민당과 합작했으나 1927년 국공합작
이 깨지자 총서기직에서 축출당했다.

을 알고 있는가?

(답) 모른다.

(문) 영국인 글레가 상해에 온 것은 알고 있었나?

(답) 그것도 모른다.

(문) 이르쿠츠크파 고려공산당은 자금이 없어, 러시아인에게 돈을 빌렸다는데 그런가?

(답) 사실은 모르지만, 1921년경 김만겸이 러시아인 보이친스키[64]와 친교가 있어서 동인으로부터 빌린 것은 확실히 있는 것으로 생각된다.

(문) 상해에서 고려공산당 쇠퇴 후 너는 어떻게 했나?

(답) 이르쿠츠크대회에서 상해지부 위원으로 나, 조동호[65], 김만겸 3명이 뽑혔지만, 당시 상해에는 나뿐이었고 다른 2명은 다른 데 가 있었기 때문에 내 관계는 단지 위원이라는 이름뿐이었다.

(문) 한국노병회가 상해에서 조직되었는가?

(답) 그렇다. 1922년 11월경, 즉 고려공산당 해산 전에 조직된 것이다.

(문) 상해에는 당시 임시정부 및 고려공산당이 존재하고 있었음에도 불구하고 한국노병회가 조직되었는가?

(답) 그것은 임시정부나 고려공산당과 직접 관계가 없는 안창호 조직의 흥사단원 다수가 조직한 것으로서, 나에게 가입을 권했기 때문에 나는 공산당에 관계상 가입했던 것이다.

(문) 어디에서 조직했는가?

(답) 프랑스 조계 하비로 보강리 조상섭의 집에서 조직했다.

(문) 당시 한국노병회의 회헌會憲을 만들었나?

(답) 그렇다.

---

64) Georgii Voitinskii : 1920년 코민테른에서 특사로 중국에 파견했던 소련의 극동문제 전문가.

65) 趙東祜 : 독립운동가. 상해임정 수립에 참여하였고 고려공산당 상해지부를 조직하기도 했다. 귀국 후 조선공산당 창당에 가담했다가 체포되었다. 광복 후에는 조선건국준비위원회 선전부장으로 활약했다.

(문) 그 회헌 제3조에 ‘본회는 조국광복을 용이하게 제공하기 위해 향후
    10개년 이내에 1만 명 이상의 노병을 양성하고 백만 원 이상의 전비
    를 조성할 것을 목적으로 한다’고 되어 있는 그대로인가?

(답) 그대로이다.

(문) 너는 한국노병회의 어떠한 간부가 되었나?

(답) 교육부장이 되었다.

(문) 그 회의 자금은?

(답) 조직 당시는 돈이 드는 일은 없었지만, 조직자는 각 50원 내지 100
    원을 내고 회원의 입회금 등을 모아서 총 4백 원 남짓 모였다.

(문) 1925년 4월 17일 경성부 황금정 1번지 중국요리점 아서원雅敍園에서
    조선공산당이 조직된 것을 알고 있었는가?

(답) 그것은 후에 들어서 알게 되었다. 즉, 1925년 5월말인가 6월 초순경
    에 조봉암[66]이 내 집에 찾아와서, 4월에 조선공산당이 조직되어 제
    3인터내셔널의 승인을 얻으려고 모스크바에 가게 되었으니 러시아
    영사관에 여권 교부를 도와주도록 부탁한 사실이 있다.

(문) 그 후 1925년 4월 18일 경성 훈정동 박헌영 집에서 고려공산청년회
    가 조직된 것을 알고 있었는가?

(답) 그것은 신문을 통해 알았다. 별도로 누구에게 들은 바는 없다.

(문) 조선공산당은 이르쿠츠크파, 상해파, 재래파, 일본내지파 등 4파가
    합동 통일하여 조직된 것이라고 김약수가 진술하고 있는데 그런가?

(답) 국제공산당에서는 블라디보스토크에 고려부를 설치하고 조선에서
    만 공산당 조직을 인정하고 있었기 때문에 해외 공산당이 거기에
    관계할 리가 없다. 만일 있다고 하면 그것은 이르쿠츠크파, 상해파

---

66) 曺奉岩 : 독립 운동가 겸 정치가. 노농총연맹조선총동맹을 조직해 문화부책으로 활약하다가 상해에
    가서 코민테른 원동부遠東部 조선대표에 임명되고, ML당을 조직해 활동했다. 제헌의원·초대 농림부장
    관이 되고 대통령에 출마하기도 했다.

등에 속한 자가 조선에 들어가서 조선공산당에 가입한 것이라고밖에 생각할 수 없다. 그러나 만주, 시베리아에는 조선인이 백만 인이나 되기 때문에 제3인터내셔널에서도 총국만은 인정했지만, 마스가단은 인정하지 않았다.

(문) 제3인터내셔널은 종래의 고려공산당을 전혀 무시하고 그것과 관계없이 조선공산당을 조직하라고 명령을 내렸다는데 어떤가?

(답) 제3인터내셔널 규칙에서도 1국 1당주의─國─黨主義만을 인정하여, 조선에 거주하는 자는 조선공산당에, 해외, 예를 들면 중국에 거주하는 자는 나라의 여하를 막론하고 중국공산당에, 러시아에 있으면 러시아공산당에 입당하게 되어 있다. 그렇게 하지 않으면 파벌투쟁을 일으킬 우려가 있기 때문이다.

(문) 그러한 명령을 제3인터내셔널이 내렸는가?

(답) 별도의 지령을 내린 것은 아니다. 그것은 원래의 주의로서, 종래 사용해 오고 있는 것이다. 만일 그렇지 않았다면 비밀이 누설되었을 것이다.

(문) 제3인터내셔널이 해외에서의 조선인 파벌투쟁이 심해서 그렇게 했던 것이 아닌가?

(답) 그런 것은 아니다. 각 나라 모두 같은 것으로 조선만 특수한 것이라고 생각하지 않았다.

(문) 제3인터내셔널의 주의가 일국일당주의라고 한다면, 조선공산당 안에 설치된 만추총국, 일본총국 등은 인정할 수 없는데 어떤가?

(답) 일본총국은 처음 듣는 것이다. 만주총국은 전술한 것처럼 만주에 거주하는 백만의 조선인을 위해 특별히 인정하여 조직케 한 특별한 것이다.

(문) 조선공산당 규칙 제14조에는 만주, 블라디보스토크, 상해, 일본에 부部 또는 연락부를 둔다고 되어 있는데 어떤가?

(답) 그것은 해외에서의 당의 설치를 인정한 것이 아니다. 예를 들면 상
해에는 국제공산당 원동부가 있는데 동양 각국의 당에서 당원 1명
을 대표로 파견하여 각국의 공산당을 지휘 감독하거나 각국 공산당
간에 연락을 도모하는 것으로서, 상해연락부에는 조봉암이 계속 있
고, 블라디보스토크에는 남만춘[67]이 계속 있었다.

(문) 너는 조선공산당에 이르쿠츠크파로서가 아니라 상해파로서 관계했
던 것은 아닌가?

(답) 그런 일은 없었다. 나뿐 아니라 상해에서는 누구도 조선공산당에
관계한 자는 없다. 나는 조선공산당 조직 전부터 중국 혁명에 관계
하고 있었기 때문에 조선공산당에 관계할 여유도 없었고, 또 관계
하려 한 적도 없었다.

(문) 독고전[68]은 조선공산청년회 수뇌 박헌영이 너에게 보낸 서신을 자
기가 전해 주었다고 진술하고 있는데 어떤가?

(답) 독고전으로부터 편지를 수취한 적은 있다. 조선학생 15, 6명이 러시
아에 유학을 가던 중 상해에 들렀을 때, 독고전이 편지를 부탁받아
갖고 왔다고 하여 동인으로부터 편지를 받아보니, 러시아로 유학
가는 조선 학생들의 여권 교부와 그 외의 편의를 도모해 달라는 의
뢰장이었으므로 영사관에 종종 알선한 적이 있을 뿐이고, 지금 물
은 것 같은 통신을 받은 적은 없다.

(문) 독고전은 일찍이 여운형의 사자라 일컫는 자가 약 5, 6회 통신을 자
기 집에 갖고 왔기에 자기가 우편 또는 스스로 경성에 가서 박헌영
에게 교부했다는데 사실인가?

(답) 그렇지 않다. 김주金柱가, 조선일보 대표 김준연이 세스코에 감으로

---

67) 南萬春 : 사회주의 운동가로 러시아혁명군으로 활동하다가, 1919년 조선인들과 함께 고려공산당 이르
쿠츠크파를 결성하기도 했다. 스탈린의 대숙청 때 쫓겨난 후 1933년 옥사하였다.
68) 獨孤佺 : 화요파 조선공산당 창립 멤버의 한 사람.

카라한 공사가 상해영사관에 교섭하여 여권 교부를 도와달라는 편지를 가지고 왔다. 그 우편에는 안동현의 소인이 있었다. 또 박헌영이 동아일보 대표 이완용이 모스크바에 가니까 도와달라는 의미의 편지가 왔기 때문에 전처럼 여권 교부 등 일체를 도와주고 박헌영에게 편지로 답장을 보냈을 뿐이다.

(문) 독고전이 조선공산청년회의 비용을 네게 받으러 갔다가 단지 여비론 50원만을 받아 귀환했다는데 사실인가?

(답) 그런 것은 모른다. 나는 모스크바로 가는 학생을 도와준 적은 있지만 조선공산당이나 공산청년회에 관계한 적은 없다. 어쩌면 내 이름이 세상에 팔리고 있기 때문에 맘대로 그런 말을 하는 것이라 생각한다.

(문) 조선공산당 사건으로 신의주 경찰서에 압수된 통신문, 보고서, 학생명부는 박헌영이 네게 보내려던 것이라는 것을 알고 있는가?

(답) 아마 그것은 모스크바행 학생 15,6명의 명부일 것이다.

(문) 그렇지만 압수 조서에는 소유자가 상해 여운형이라고 기재되어 있는데 어떤가?

(답) 그것에 대해 나는 모르지만, 만약 내 것이라면 그런 곳에 갈 리가 없다.

(문) 그밖에 너의 이름이 조선공산당 사건에 상당히 나왔는데, 전혀 관계가 없다는 것인가?

(답) 그렇다. 전혀 관계없는 일이다. 아마 내 이름이 상당히 알려져 있고 또한 내가 오랫동안 상해에 있어서 일본의 주권이 이르지 않는 데 있으므로 체포될 전망이 없기 때문에 그렇게 말하는지, 혹은 김재봉, 강달영[69] 등이 나를 신뢰하지 않고, 나의 동생이 귀순했기 때문

---

[69] 姜達永 : 한국의 초기 공산주의운동가이다. 경남 일대의 노동운동을 이끌었으며 북성회北星會의 김약수 등이 조직한 국내 공산주의운동 지도부의 진주지역 책임자로도 활동하였다.

에 배신자라 보고 그렇게 말했는지도 모른다.

(문) 1926년 1월 조봉암이 모스크바에 가던 중 상해에 들러, 네게 여권 교부의 도움을 부탁했을 때 너의 집에 동인은 며칠 정도 체재했는가?

(답) 조봉암은 러시아인이 경영하는 하숙집에 있었고, 내 집에는 잠깐 들렀을 뿐이다. 김주는 내 집에 이틀간 묵었다. 조봉암은 상해에 2주간 체재했는데, 내 집에서 식사를 함께 한 적은 있지만 묵은 적은 없다.

(문) 동인에 대한 여권의 일은 어떻게 되었는가?

(답) 타스통신사 경영자를 통해 상해 주재 러시아 부영사인 와일드에게 소개했을 때 조봉암은 작은 필기장을 와일드에게 보여주었는데 거기에는 러시아 문자로 무엇인가 쓰여져 있었다. 아마 경성 주재 러시아 영사의 부탁을 받아 갖고 온 모양이라고 생각했다. 동인은 내가 교섭한 끝에 무임으로 블라디보스토크까지 승선할 수 있도록 도와주었다.

(문) 조봉암이 조선공산당의 승인을 얻기 위해 모스크바에 간 것은 알고 있었나?

(답) 그렇다. 동인이 상해에 왔을 때 그렇게 말했기 때문에 알고 있었다.

(문) 너는 조선공산당 승인에 관해 러시아 부영사 와일드에게 부탁하고 그 밖의 알선을 했던 것이 아닌가?

(답) 결코 그런 일은 없었다.

(문) 그렇다면 조봉암은 러시아 부영사의 서신을 갖고 왔으므로 별로 너의 알선이 필요치 않았던 것인가?

(답) 알선이 아니라 조曺가 상해의 지리를 통 몰라서 길 안내 정도를 했을 뿐으로, 동인이 부영사에게 소개를 부탁해서 게재했던 정도이다.

(문) 타스통신사는 노농러시아의 통신사라는 것은 알고 있는가?

(답) 충분히 알고 있었다.

(문) 네가 타스통신사에 있으면서 조봉암이 제3인터내셔널에 조선공산
당의 승인을 구하러 간 것을 알았다면, 그 뜻을 알면서도 종종 알선
했다고 볼 수 있고, 그렇다면 조선공산당에 관계가 있는 것으로 생
각되는데 어떤가?

(답) 조봉암은 조동호의 편지를 갖고 왔지만, 그 편지에는 박철환으로
적혀 있었다. 나는 조동호를 전부터 알고 있었기 때문에 도와주었
을 뿐, 조가 중앙 간부라는 것은 그 후에 알았다. 그때는 박철환이
라고만 생각하고 있었으며, 또한 영사는 타스통신사와 관계가 있었
지만, 그 통신사는 공개 통신만을 취급하고 있어 별로 비밀문서 등
의 통신을 취급하는 일은 없었다. 결코 묻는 것 같은 일은 없었다.

(문) 그렇다면 조봉암이 중앙 간부라는 것을 모르고 박철환이라 일컫는
자로 믿었다고 해도, 그가 조선공산당의 승인을 받으러 모스크바에
파견된 인물이라는 것은 동인의 얘기로 네가 들어 알고 있었던 즉,
너의 행위는 적어도 조선공산당을 원조한 것이 되는데 어떤가?

(답) 나로서는 단지 러시아 부영사에게 소개를 부탁받아 조봉암을 부영
사에게 소개했던 것에 지나지 않기 때문에 관계하거나 원조하거나
한 것은 아니라 생각한다.

(문) 너는 먼저 상해에서 모스크바에 유학 가는 조선 학생 15, 6명의 어
권 교부를 도울 때 그 학생들이 고려공산청년회원이라는 것을 알고
있었나?

(답) 전혀 몰랐다.

(문) 조선공산당 및 고려공산청년회가 불법단체라는 것은 알았는가?

(답) 그렇다.

(문) 조봉암이 모스크바에 갔다 온 후의 행동은?

(답) 상해에서 돌아오고 나서 조선공산당 대표로서 원동부 위원이 되었
지만 원동부는 1년 정도 후 본국으로 돌아갔다. 동인은 지금도 상해

에 있다.

(문) 조봉암이 모스크바에서 상해로 돌아왔을 때 동인을 만났는가?

(답) 1926년 1, 2월경 만났다. 그때 승인을 받았다는 것을 들었다.

(문) 조봉암은 제3인터내셔널의 승인장을 갖고 있었나?

(답) 그러한 것은 모른다. 조동호가 1926년 봄 상해에 왔을 때의 말에 의하면 제3인터내셔널은 일국일당주의를 주장하면서 고려공산청년회를 승인했다고 한다. 그와 동시에 동인은 고려공산청년회는 서울청년회의 대항 그룹으로 인정함으로써 생긴 것이기 때문에 이를 승인한 것은 부당하다고 했다.

(문) 너는 공산주의에 대해서는 어떠한 견해를 갖고 있었나?

(답) 마르크스의 이론에는 찬성하지만 실행은 불가능하다고 생각한다. 조선에서는 특히 폭력으로서 실행해야 할 것은 아니라고 생각한다. 마르크스주의가 러시아에서는 레닌주의, 중국에서는 삼민주의, 조선에서는 러시아, 중국과 사정을 달리 하고 있다.

(문) 레닌 등의 동방정책, 즉 민족 해방에 관해서는 어떠한 견해를 가지고 있는가?

(답) 나는 모스크바에서 레닌을 만났다. 그때까지는 러시아가 조선에 공산주의를 그대로 선전하는 것이 아닌가 하고 걱정했지만, 레닌이 조선의 교통·국어에 관해 물었을 때, 교통은 자동차로 하루 만에 달할 수 있는 정도, 국어는 1개 국어라고 대답하자, 레닌은 조선은 이전에는 문화가 발달했지만, 현재는 민도가 낮기 때문에 지금 당장 공산주의를 실행하는 것은 잘못이고, 지금은 민족주의를 실행하는 편이 낫다고 했다. 이는 나의 이전부터의 주장과 일치하는 말이었다.

(문) 그렇다면 너는 자본주의를 바라는가?

(답) 이상으로서는 공산주의에 찬성하지만, 실행에서는 조선에 그대로 갖고 올 수 없다. 조선을 우선 자본주의로 발달시키고, 그 후 공산

주의를 실행해야 한다고 생각한다. 세계 각국 어느 나라에서나 마르크스주의는 형태를 바꾸어 실행되고 있다. 러시아에서는 신경제정책이 이루어졌고 최근에는 5개년 계획이 이루어졌다. 즉 때와 장소에 따라서 달라지고, 러시아에서조차도 마르크스주의는 그대로 실행되고 있지 않다.

(문) 그렇다면 너의 생각은 조선은 아직 봉건주의 시대이기 때문에 우선 자본주의화하고 그런 후에 공산주의를 실행해야 한다고 하는 것인가?

(답) 그렇다. 현재의 조선은 봉건주의 시대라고 생각한다.

(문) 너는 마르크스의 유물사관과 같은 사상으로서 말하는 것인가?

(답) 유물론을 읽은 관계일지도 모른다. 그러나 나는 한편 기독교를 믿고 신이라는 관념이 사라지지 않기 때문에 망설이고 있다. 나는 유물론이 유일하다고 생각지는 않는다.

(문) 너는 민족주의로서 곧장 조선을 해방할 의견을 가지고 있는가?

(답) 시종일관 조선 전체의 이익을 위해 할 심산이다. 전체가 모두 공산주의가 좋다고 하면 당장 하고, 나쁘다면 즉시 실행하지 않는다. 일부를 위해 운동하는 일은 없는 것이다.

(문) 그러면 조선 독립의 날에는 의회주의를 실행할 심산인가?

(답) 그렇다. 민중 전체의 의사에 맡길 것이다.

(문) 유린(Yurin)을 만난 것은 어디에서인가?

(답) 1920년 9월인가 10월 북경의 육국반점에서 만났다.

(문) 회견의 전말은?

(답) 러시아로부터 처음 대표로 온 동인에게 나는, 러시아 혁명은 어떻게 됐는가라고 물었는데 잘 되어가고 있다고 하고 러시아는 원동의 일부이므로 서로 사이좋게 지내자고 했다.

(문) 욧페는 언제 만났나?

(답) 동인이 동경에 가기 전 상해를 통과할 때 상해 팔레스호텔에서 만
났다. 그때 신문기자단의 수가 많아서 말을 할 수 없었지만, 나는
모스크바에 가서 레닌, 트로츠키를 만나고 왔다는 것을 말했을 뿐
이다.

(문) 카라한[70]은 언제 어디에서 만났는가?

(답) 모스크바에서 면회한 일도 있다. 1925년 4월 5일경 북경의 러시아
대사관에서 2번 만났다. 그때 그와 중국 혁명에 대해 얘기했을 때,
혁명가는 자기만을 주장하는 일이 없으므로 내게 중국 혁명에 노력
해 달라고 말했다.

(문) 카라한이 대중국 러시아 선언을 발표했던 것을 아는가?

(답) 그렇다.

(문) 보로딘을 만났나?

(답) 상해 막애리로 29호 손문의 집에서 손문의 소개로 인사했다. 그것
은 카라한을 만나기 전이고 그 후 한구에서도 만난 적이 있다.

(문) 제3인터내셔널은 상해 사무소를 언제쯤부터 두었나?

(답) 1926년 4, 5월경 극동사무국(Far Eastern Bureau)이 설치되고, 보이친
스키가 극동위원에 임명되었다. 그러나 이전부터 보이친스키는 제
3인터내셔널 파견원으로서 상해에 주재하면서 모스크바와 상해를
왕복하고 있었다.

(문) 극동사무국, 즉 Far Eastern Bureau 근무자는 누구였나?

(답) 각국 대표자가 한 명씩 거기에 와 있었다. 내가 알고 있기로는 러시
아에서 보이친스키, 조선에서 조봉암을 파견하고 있었다. 일본내지
(內地: 본토), 중국에서는 누가 와 있었는지 모른다.

---

70) Lev Mikhailovich Karakhan : 아르메니아 출신의 러시아 외교관으로 1917년의 2월혁명 후 볼셰비키에
입당, 1918년 브레스트회의의 수행원을 거쳐 외무인민위원 대리가 되어 1934년까지 재직, 극동외교를
담당하였다.

(문) 러시아인 체리코프스키, 콘다스리치, 인도인으로 프리치세이라레, 중국인 장철생, 이황초, 일본인 가타기리(片桐德太)를 알고 있나?

(답) 아무도 모른다.

(문) Far Eastern Bureau의 사무는?

(답) 거기에 상주하는 각국 대표자가 결의를 하고 그 결의에 기초하여 지령을 내리고 있었던 것으로 생각된다.

(문) 너는 타스통신사에 있었던 관계상 잘 알 텐데 어떤가?

(답) 타스통신은 공개적이지만, 공산당의 Bureau 쪽은 비밀이기 때문에 모른다. 게다가 나는 업무상 각지를 여행했기 때문에 상세한 것은 모른다.

(문) 그 사무소의 주소는?

(답) 상해 러시아 영사관의 일부에 있었다.

(문) 위의 Bureau 외에 극동위원이 있었나?

(답) 그것은 Bureau에 주재하고 있는 각국 대표자를 말한다.

(문) 위의 Bureau는 중국에 무기탄약, 일본에 자금을 공급하지 않았나?

(답) 중국에게는 무기뿐만 아니라 수백만 원의 자금을 지급했다. 일본에게 무엇을 지급했는지는 모른다.

(문) 그 Bureau의 현재 상황은?

(답) 장개석의 추방 명령으로 사무국을 폐지한 것은 1927년, 즉 소화 2년 7월이지만 관계하는 러시아인이 철수한 것은 그 해 12월이었다.

(문) 너는 중한호조사를 조직했다는데 그런가?

(답) 그렇다. 1920년 상해 포석로 14호에 설치했다.

(문) 그 조직의 목적은 조선인은 중국 혁명을 원조하고 중국인은 조선 독립은 원조한다는 취지인가?

(답) 그런 목적이 아니다. 중국은 당시 조선 독립을 원조할 힘이 없었다. 그 목적은 단지 개인 간의 친밀을 단체로 했던 것에 지나지 않는다.

(문) 너는 손일선[71]에게 조선 혁명의 원조를 구하러 갔나?

(답) 그런 일은 없었다. 손일선은 중국에서 유명한 사람이기 때문에 처음에는 인사하러 갔고, 그때부터 친교를 맺게 되었다.

(문) 손일선이 직접 중한호조사에 관계했나?

(답) 동인은 조직에는 찬성했지만 원조한 적은 없다.

(문) 네가 중국 공산당원이 된 것은 언제였나?

(답) 중국 공산당의 당원이 된 적은 없다. 1925년 4월경 북경에 도착해 카라한을 만나 중국 혁명에 관해 의견 교환을 하고, 동년 5월 상해로 돌아와 중국공산당 간부 구추백[72]을 만나 중국 혁명에 관한 카라한과의 의견 교환을 알리면서, 러시아는 중국 혁명을 원조할 의향이 있고, 나도 중국 혁명운동을 원조 할 뜻을 알리자 동인은 나를 중국 공산당원으로 대우할 뜻을 비치고, 원조를 부탁하는 형편이었다.

(문) 1925년 제3인터내셔널이 중국 국민당의 가입을 승인한 것을 아는가?

(답) 그것은 알고 있다.

(문) 다음 해 1926년 1월 국민당 개조대회 때 네가 관계했는가?

(답) 당시 나는 상해 동방대학에서 영어교사를 하고 있었다. 손일선과 그것에 관해 서로 얘기한 적은 있지만 관계한 적은 없다.

(문) 1924년 7월 13일 반제국주의 운동 대연맹이 있었던 것을 아는가?

(답) 북경, 상해 등 당시 도처에서 조직되었지만 나는 관계하지 않았다.

(문) 네가 카라한과의 회견에서, 공산당이 중국 국민당에 입당하여 중국

---

71) 孫逸仙 : 손문孫文의 자는 일선逸仙이고 호는 중산中山이다. 중국 혁명의 선도자·정치가. 공화제를 창시하였다. 그의 정치는 삼민주의三民主義로 대표된다.

72) 瞿秋白 : 중국의 정치가, 문예평론가. 1922년 중국공산당에 입당하여 1927년 중국공산당 총서기로 취임하였다. 이듬해 개최된 중국공산당 제6차 전국대표대회에서 '좌경 모험주의자'라는 비판을 받아 중앙총서기직을 박탈당하고 모스크바로 소환되었다. 1930년에 중국으로 돌아와 당 지도부에서 활동하였으나, '조화주의자調和主義者'라는 비판을 받고 물러났다.

혁명을 실행하는 것에 관해 협의한 것은 틀림없나?

(답) 틀림없다. 그때 장작림[73]은 만주에서 일본과 결탁하여 제멋대로 정치를 하며 오패부[74]는 어리석고, 풍옥상[75]은 공산당과 합병할 생각이 있을지도 모르므로 그와 악수하고, 또 공산당은 국민당과 악수하고 러시아는 여기에 무기탄약을 공급하고 중국 혁명을 원조하도록 의견이 모아졌다.

(문) 그 이전에 이미 연로聯露용공정책이 있었던 것이 아닌가?

(답) 그 이전부터 국민당과 러시아는 친하게 지내왔지만 손일선이 죽었기 때문에 중국이 러시아와 계속 제휴할지 어떨지 모르겠다고 카라한이 염려하고 있었는데 나는 그런 것은 말하지 않았다.

(문) 1926년 프라셀에서 피압박 민족의 국민대회가 열렸다는데 그런가?

(답) 신문을 통해 알고 있었지만 상해에서는 별도로 대표를 출석시키려는 논의는 없었다.

(문) 1927년 3월경 일본 공산당원이 상해를 거쳐 모스크바에 간 것을 아는가?

(답) 모른다.

(문) 그 해 4월 6일 북경에서의 러시아 대사관 탐색사건이 있고 중국 관헌의 공산당 탄압이 있었던 것을 아는가?

(답) 잘 알고 있다.

(문) 그 해 4월 12일 장개석이 상해에서 반反공산 쿠데타를 일으켜, 소위

---

73) 張作霖 : 중국 군인 겸 정치가. 1919년경 만주의 실권을 장악하고 다시 군벌 전쟁을 통해 중앙 정계로 진출하였다. 1926년 민국 혁명군 북벌 저지에 임하였던 군벌.

74) 吳佩孚 : 중국 호북성을 기반으로 하는 영미계 군벌. 중일전쟁 때 일본군이 북경을 점령한 뒤 일본 괴뢰정부의 수정위원장이 되었으나 이름뿐이었다.

75) 馮玉祥 : 중국의 군인정치가. 민주화를 지향했고 1, 2차 봉직전쟁에 참가했다. 중국국민당에 입당하고 서북국민연합군 총사령관으로 북벌에 협력했으며, 반장反蔣운동을 펴다 실패했다. 항일전쟁 중 국공합작 이후 국방최고위원이 되었다.

청당운동을 한 사실이 있나?

(답) 그렇다. 그때 장개석의 병력 2천 명이 노동자의 무장을 해제하고, 학살했기 때문에 나는 장개석의 욕을 했던바, 헌병대장인 양호가 나를 체포하려고 했다. 나는 1개월 간 프랑스 조계에 숨어 지내는 형편이 되었다.

(문) 너는 당시 중국에서 어떠한 공산운동을 했는가?

(답) 공산당과 국민당의 합병에 관계했다. 또한 5·30사건 때는 상해에서 통신 사무를 맡아 결의 등에 참가하고 또 상해, 한구, 남경을 왕복하면서 노동자를 선동하고 국민당의 북벌을 원조했다. 나는 중국 공산당 및 국민당 어느 쪽에도 관계는 없었다. 손일선의 비서나 고문이 될 생각은 있었지만, 그 밖의 인물 아래에서는 조선 혁명가로 스스로 자임하는 내가 일할 리가 없다.

(문) 너는 경찰 및 검사실에서 중국공산당에 관계되는 내용을 공술했는데 어떤가?

(답) 손일선과의 관계상 중국공산운동을 원조했을 뿐이다. 당원이 되려면 상당한 수속을 요구하고 또 야체이카[76]에도 가입해야 한다. 나는 그러한 당원은 되지 않고, 국외에 있으면서 중국공산 운동을 돕기 위해 각지를 유세해야 하는 관계상 당원으로서의 대우를 받았던 것이다. 오국장吳國章, 정연달鄭演達 등도 당원이 아니라 나와 동일한 관계에 있던 자들이다.

(문) 너는 조선 혁명은 중국 공산주의의 완성에 의해 실현되는 것이라 믿고 중국 혁명에 진력했는가?

(답) 그런 생각으로 중국 공산운동을 원조했던 것은 아니다. 중국공산당이 세력을 얻어 중국 혁명이 완성되더라도, 민중의 참여에 의해 다

---

76) 야체이카 : '세포'라는 뜻의 러시아어.

수가 되기 때문에 공산주의 실행은 불가능하다. 그러나 완성하면 동양 평화를 지킬 수 있을 것이다.

(문) 그렇다면 장개석이 쿠데타를 단행했을 때, 네가 거기에 반대할 이유는 없지 않은가?

(답) 거기에는 이유가 있다. 국민당이 북경을 점령할 때까지는 국민당과 공산당이 제휴한다고 생각하고 있었던바, 그 전에 장개석이 그러한 것을 했기 때문에 반대했다. 국민당은 공산당을 배척할 뿐만 아니라 좌파의 왕정위까지도 배척하고 있었다. 왕은 지금 불란서에 가 있다. 나는 지금까지 동인과도 통신하고 있다.

(문) 1927년 11월 7일 상해 노농혁명 기념일의 소요 원인을 알고 있는가?

(답) 알고 있다. 나는 거기에는 아무런 관계가 없다.

(문) 그 다음날 상해의 공장 노동자의 총파업이 일어났을 때, 너는 어떻게 했나?

(답) 나는 아무것도 관계하지 않았다. 나는 학생, 노동자의 사태에는 관계하지 않았다.

(문) 너는 1927년 4월 5일경 임시정부 승인에 관해 국민정부에 조소인趙素印으로 하여금 탄원서를 작성 제출하게 한 사실이 있는가?

(답) 그렇다. 동인으로 하여금 국민정부에 탄원서를 제출히게 했지민 별 효과는 없었다.

(문) 공산당이 1927년 7월 무한정부에 의해 철폐되었다는 사실을 아는가?

(답) 그렇게 알고 있다. 그 때문에 보로딘 등은 육로로 몽고를 경유해 북방으로 갔다. 나는 그 결과 타스통신사를 그만두게 된 부영사가 떠나면서 2천 원을 주며 이 돈이 있는 동안 통신해 달라는 부탁을 받았기 때문에 작년 5월까지 통신을 계속하고 있었다,

(문) 국민정부는 너를 러시아 측 사람으로 보았는가?

(답) 그렇다. 그 후 장개석은 나를 자주 불러서 아시아 민족대회를 열 것을 상담했다. 나는 학생을 데리고 남양에 갔다가 그 해 6월 20일경 상해로 돌아가 나완민羅完民과 둘이서 상담한 후 남경에 건너가 장개석과 협의하기로 했는데 그때, 즉 7월 10일 일본영사관 경찰에게 체포되었다.

(문) 너는 체포되기 전에 다소 그 기미를 눈치 채고 있었나?

(답) 전혀 그렇지 않았다. 나는 일본내지 당국이 나를 체포할 것이라고는 생각도 하지 않았다. 5년 전부터 독립운동이나 공산운동에 관계하지 않았으므로 영사관의 야마자키(山岐) 영사와도 친밀하게 내왕했고 요시노(吉野) 박사가 내왕할 때도 그 환영회에 출석해 일본 관헌이 나를 체포할 기미는 없었다. 특히 최근 오다(尾田) 통역관과 우연히 만났을 때도 동인이 일본 관헌으로부터 체포되는 일은 없다고 확실히 말했기 때문에 나는 안심하고 프랑스 조계를 나와 있었다. 만일 체포를 예상하고 있었다면 프랑스 조계에서 나오지 않았을 것이다.

(문) 네가 생각하는 독립운동은 조선에 대한 일본의 정치가 나쁘기 때문에 조선으로 하여금 일본의 정치기반을 이탈하게 하려는 것인가?

(답) 거기에는 두 가지 목적이 있다.

　1. 조선에서도 인격을 인정받는 것. 즉 사람에게 인격이 있듯이 민족에게도 인격을 인정하게 하는 것.
　2. 유물사관으로부터 독립할 필요가 있는 것.
이처럼 민족자결주의로써 독립해야 한다. 조선에 대한 일본의 정치는 잘못되어 있다. 일본은 조선민족을 착취하기 위해 정치를 하고 있다. 조선민족은 살기 위해 어쩔 수 없이 독립해야 한다. 거리에서 피폐한 민중을 보면 이미 빈부의 문제가 아니라, 어떻게 먹어야 하는가의 문제로 바뀌어 감개무량에 참을 수 없다.

(문) 너는 장래 어떠한 태도로 조선에 임하려 하는가?

(답) 합법적으로 민족해방운동에 정진할 생각이다. 만일 그것도 용인되
지 않는다면 어쩔 수 없다. 고향에서 밭이나 일굴 뿐이다.

공술자 여운형 (무인)

본 신문訊問은 조선총독부 재판소 통역생 요코다(橫田数喜)의 통역에 의
해 이것을 행하고 위 조서를 통역생으로 하여금 공술자에게 읽어주니 틀
림없다는 뜻을 말하여 서명하고, 지장을 찍었다.
조선총독부 재판소 통역생 요코다(橫田数喜) (인) 1929년 8월 6일
경성지방법원 검사국
조선총독부 검사 이토(伊藤憲郎) (인)
조선총독부 재판소 서기 나카야마(中山元次) (인)

[이 판결서는 1929년 몽양 여운형이 상해에서 검거되어 조선에 돌아온 후 경성지방법원 검사
국에서 받은 조서의 일부로 전체는 책 한권의 분량이므로 그중 주요내용을 담은 6회 심문조서
만을 발췌하여 소개했다. 일제 검찰은 몽양의 공산당 관계를 집요하게 추궁했으나, 몽양은 ①기
독교인이기 때문에 유물론을 신봉하지 않는다 ②공산주의보다 민족주의가 우선이다 ③독립운
동의 한 방편으로 고려공산당에 관계했으나 세포조직 등 당원으로 활동한 것은 없다는 점 등을
진술하여 자신이 공산주의자가 아님을 밝혔다. 이에 따라 재판장은 치안유지법 위반죄로 징역
3년형을 언도했다. 당시 공산주의자는 국가변란죄에 해당, 형량이 훨씬 무거웠다. 검찰조서와
공판조서의 전문을 보고 싶으면 '경성지방법원검사국(조선총독부), (─呂運亨訊問調書判決書),
1930' 또는 '조선사상운동연구자료출판부, (─여운형 선생에 대한 판결서), 군서당서점, 1946' 또
는 '몽양여운형선생전집발간위원회, (─몽양여운형전집)1, 한울, 1991'을 참조하기 바란다─편자]

홍구에게 (옥중서신 1)

홍구야, 네 편지 보니 반갑다.

공부 잘하고 여러 남매 다 잘 있다니 더욱 기쁘다. 봉구 오거든 곧 비누 한 장이라도 차입을 하고 온 소식 알게 하여다고. 부父는 전과 같고 감기는 들지 아니 하였다. 염려하지 마라. 두 달 만에 네 편지를 처음 한 장 받았다.

자주 편지하여라.

(1930년) 1월 23일

부父 서書.

(―《몽양여운형전집》, 1991)

[이 편지는 몽양이 1930년 옥중에서 쓴 것으로 몽양여운형선생전집발간위원회가 펴낸 '몽양여운형전집'에서 옮긴 것이다―편자]

아내에게 (옥중서신 2)

마누라.

아이들 데리고 오느라고 얼마나 고생하였소. 가까이 와서 동생, 사촌과 친척들에게 의뢰하게 되니 든든하여 맘이 놓이오. 나는 몸 든든히 안심하고 있으니 조금도 염려 말고 잘 지내시오. 오래지 않아 반가이 만날 터이니 만일 속히 면회가 못 되면 어찌하여 그렇게 졸지에 온 것과 상해 일은 (금전이나 세간들) 어찌 처치한 것을 곧 편지하여 주오. 당신과 아이들이 보고 싶소.

봉구, 난구, 연구, 홍구, 명구 다들 잘 있거라. 쉬 보겠다.

(1930년) 9월 14일

부夫 운형

(―《몽양여운형전집》, 1991)

[이 편지는 몽양이 1930년 옥중에서 쓴 것으로 몽양여운형선생전집발간위원회가 펴낸 '몽양여운형전집'에서 옮긴 것이다―편자]

아우에게 (옥중서신 3)

9월 7일에 부친 편지는 11월에 접견하고 비로소 무사히 돌아간 것과 가족이 금일 도착되는 것을 알게 되어 좀 맘이 놓인다. 한 달이 넘도록 하도 막연하니 어찌 된 셈인지 궁금하여 미칠 듯하다. 범사에 근관謹慣하여라. 형은 여전하다. 근경에는 아침부터 저녁까지 가는 영어 글자를 너무 읽어 그런지 눈이 좀 아프다. 건강에는 관계없네. 전서에 말한 백白, 윤尹 양씨에게 돈 받을 것 말하여 보았나. 모든 일을 잘 주선하소.

1930년 9월 17일
현저동 101
여운형

(―《몽양여운형전집》, 1991)

[이 편지는 몽양이 1930년 옥중에서 쓴 것으로 몽양여운형선생전집발간위원회가 펴낸 '몽양여운형전집'에서 옮긴 것이다―편자]

이 밤도 네 생각에 (한시)

誰云憶弟白日眠 (동생을 생각하면 눈뜨고 잔다더니)
思君今夜不成眠 (네 생각에 이 밤도 잠들지 못하누나)

—강준식 역

(—이기형, 《여운형 평전》)

[이 한시는 몽양 여운형이 옥중에서 동생 여운홍을 그리며 쓴 작품이다—편자]

대전감옥에서(大田獄中吟) (한시)

擧頭望月色皎皎 (고개 들어 보자니 달빛이 교교하고)
側倚聽蟲聲朗朗 (벽에 기대 듣자니 벌레소리 낭랑타)
依鐵窓吐口鬱氣 (철창에 의지하여 울기를 토했더니)
滿腔血沸騰千丈 (온몸에 끓는 피가 천길로 솟는구나)

−강준식 역

(−강준식, 《혈농어수》, 2006)

[이 칠언절구의 한시는 몽양 여운형이 1929년 대전감옥에 수감되어 있을 때 지은 한시인데, 당초 몽양의 친구인 화가 김진우 옹이 갖고 있던 시고詩稿를 대구의 유한종 옹이 인계받아 소장해오던 것이었으나, 몽양의 비서였던 시인 이기형 선생이 1992년 5월 필사해서 세상에 알려지게 된 것이다−편자]

여운형의 옥중기

[여운형! 그의 이름은 조선인의 귀에 언제나 쟁쟁히 남아 있을 것이다. 때는 1919년. 여운형은 당시 상해에 나가서 ×× (독립)운동에 종사하다가 ××(독립)운동자를 대표하여 일본 정부와 직접 ×× (담판)과 의견교환을 하기 위하여 동경까지 건너갔던 사람이다. 그래서 그때 조선인으로는 누구나 여운형을 모르는 사람이 없게 되었다. ×× (담판)이 결렬되자 그는 다시 상해로 건너가서 이래 10년을 하루같이 ×× (독립)운동에 종사하였다. 여운형은 1929년 7월 8일 상해에서 일본 영사관 경찰에게 체포되어 동 17일 조선으로 호송되어 와서 치안유지법 위반으로 3년 징역의 형을 받고 이래 대전형무소에서 복역 중이다가 지난 7월 26일 가출옥이 되어 밖으로 나왔다. 형무소에서는 집필의 권리가 거부되어 있음으로 옥중기를 쓸 수는 없었다. 따라서 이 옥중기는 그가 출옥한 후 이야기한 것을 기자가 다시 옮겨 써놓은 것이다—동아일보 기자]

감옥에 처음 들어갈 때 얼떨떨하였다. 경찰서나 형무소에 관해서는 고생하고 나온 동지들로부터 그 생활이 얼마나 괴롭더라는 이야기는 많이 들었었으나 그 안 생활 절차와 풍속이 어떻다는 것은 전연 물어 알아 두지 않았었기 때문에 모든 것이 퍽 서툴러서 곤란하였다. 그런 것도 미리 좀 알아두었더라면 퍽 요긴히 쓰였으리라고 자탄하였다.

영어의 몸이 된다는 것은 나(여운형) 같이 성미 급한 사람에게는 참으로 괴로운 일이다. 첫 한 주일 동안은 밥 한술 떠 넣을 수가 없었다. 기가 막히고 안타까워서 심화만 나서 혼났다.

조선으로 호송되어 오자 날까지 몹시 더워져서 냉수만 자꾸 들이켰더니 그만 소화불량이 되었다. 그때 얻은 소화불량증을 이때까지 고치지 못하고 계속하여 앓았다.

감옥소 덕에 얻은 병이 다섯 가지이다. 맨 처음 상해서 잡힐 적에 운동장에서 경관과 격투하다가 귀를 몹시 얻어맞았는데 그때 고막이 상하여 한쪽 귀는 아주 병신이 되고 말았다. 그 다음에는 옥에서 주는 조밥을 먹다가 돌을 깨물어서 이 한 개가 그만 부러지고 말았다. 그리고 웬일인지 잇몸 전체가 상하고 염증을 일으키어 퍽 괴로웠다. 출옥한 후에 첫 날 한 20분을 계속하여 말을 했더니 턱이 아파서 혼났다. 차차 나아가기는 한다.

위에도 말했거니와 소화불량은 대단하다. 얼굴이 이처럼 수척해지고 늙어졌으며 나왔던 배가 쑥 기어들어간 것이 모두 그 때문이 아닌가 한다.

체중도 잡히기 전날까지 175파운드이던 것이 지금에는 135파운드 밖에 아니 된다. 그러니 40파운드를 잃어버린 셈이다.

옥에 갇힌 지 며칠 못 가서 신경통이 격렬하게 일어났다. 그 통에 머리와 수염이 이렇게 하얗게 세어버렸다. 들어간 지 6개월 이내에 이처럼 세어버린 것이다. 코 아래 수염은 흰 털이 많기는 많지마는 이전 모양으로 다시 자라 뻗치려고 한다. 신경 관계인지 불면증도 대단하였다.

하루 3시간 이상을 자본 적이 없어 퍽이나 애를 먹었다. 출옥 이후에도 별로 차도가 있는 것 같지 않다. 여전히 잠을 이루기가 참으로 힘이 든다. 그리고 마지막으로 감옥 안에서는 누구나 다 앓게 되는 치질에 걸리어 퍽 고생하였다. 네 번이나 수술을 했는데 그것은 완치된 모양이다.

그러고 보니 옥살이 3년에 나는 병쟁이가 되어버린 셈이다. 청년은 몰라도 성년기를 지난 중년급 사람은 옥에 갇히면 참으로 속히 늙어버리는 모양이다. 독방! 그것이야말로 옥 속의 옥이다.

독방이 사람을 늙히는 곳이다. 독방생활 1,095일.

우스운 일이 있었다. 한번은 교회사教悔師가 불러다놓고 훈계를 하는데 "당신 같은 사람은 학식도 많고 하니까 앞으로는 다카이 도쿠보오(高い獨房: 높은 독방)를 가지지 않으면 안 되겠다"고 하였다. 일본어 지식이 옅은 나는 그 말을 '높은 독방'이란 줄로만 알고 학식이 많은 사람은 어째서 높은 독방으로 가야만 하느냐고 항의를 하였었다. 사실인 즉 다카이 도쿠보오(高い 德望: 높은 덕망)이란 말이었던 것이다.

교회사 말이 났으니 말이지 형무소 안에서 가장 불쾌감을 주는 사람이 이 교회사이다. 더욱이 한 달에 한 번씩 하는 그 훈계는 딱 질색이다.

더욱이 수감자가 요구하는 서적의 차입 허가권이 이 교회사에게 있는데, 너무나 몰상식하기 때문에 어떤 때는 고소를 금할 수 없었다. 내가 들여다본 영문 서적으로 보더라도 란싱이가 쓴 평화회의, H. G. 웰스의 역사서 같은 것은 차입을 허락하면서 셰익스피어 전집은 도리어 불허한다. 게다가 구운몽이란 소설의 영역본을 불허하는 데는 기가 막혔다.

형무소에서 주는 책은 그 대부분이 불교서 종류였고 기독교 책 종류로는 예수 재림에 관한 책이 두어 권 있었다. 읽고 싶은 책을 마음대로 못 읽는 것도 안타깝지마는 읽기 싫은 책을 억지로 읽는 것처럼 기가 막히는 일은 또 없다.

감옥 안에서는 간수가 왕이다. 전옥이니 간수장이니 하는 사람들은 수감자들에게는 별무관계이다. 수인 생활의 편불편은 오로지 담당 간수와 간수부장의 손에 달렸다. 좋은 간수를 만나면 생활이 좀 낫고 몹쓸 간수를 만나면 그야말로 지옥이다.

대전형무소는 서대문형무소에 비하여 훨씬 상등이었다. 설비도 훨씬 잘 되었고, 간수도 비교적 유상식자이어서 좀 나았다. 운동도 하루 40분가량 허락되는데 마음씨 좋은 간수를 만나면 한 시간여씩 허락되는 때도 종종 있다. 특히 사상범 감방에는 간수도 좀 더 교양이 있는 이로만 임명한 모양인데, 조선인 간수는 한 사람도 없고 전부 일본인뿐이었다.

일은 그물 뜨는 일과 종이 꼬아서 치룽 만드는 일 두 가지를 배웠다. 그물도 남에게 빠지지 않게 잘 떴거니와 종이 꼬기에는 대전형무소 중 가장 잘하는 3인중 1인에 낄 만치 빨리 만들고 곱게 만들었다. 종이를 꼬아 가지고는 그것으로 활족을 담아두는 광주리며 아이들 책 꾸러미 같은 것을 만들었다. 일을 잘한다고 그 상으로 목욕도 남보다 좀 자주 얻어할 수 있게 되었었다.

저술을 해 볼 생각이 나서 붓과 종이를 두어 번 청구해보았으나 거절되어서 여의치 못하였다. 하도 심심할 때에는 한시도 몇 수 지어보았으나 어디 써 둘 데는 없고 그냥 기억해두고 몇 번씩 읊어보았다.

가을바람은 소슬하고
구슬픈 비 주룩 주룩 뿌리는데
그 빗물 감옥 마당에 흘러가고
그 빗소리 이내 가슴에 스며드네.

대강 이 비슷한 시를 생각해놓고 종이가 없으면 석판이라도 한 번 옮겨 써보고 싶어서 교회사에게 석판이라도 하나 차입해달라고 부탁했더니 그것 역시 거절되고 말았다.

그래서 무언가 생각한 것은 퍽 많았으나 하나도 글로 옮겨 놓지를 못했고, 독서도 순전히 차입 허가되는 것만 읽을 수밖에 없었던 고로 역사 서적만 많이 읽었다. 철학사·문학사 따위. 경제와 정치에 관한 서적은 절대 금물인 고로 청하기는 많이 하고도 전부 퇴각되어 버렸다.

(─《신동아》, 1932년 9월호)

[일제 검열에 의해 삭제된 X X 다음의 괄호 속의 글자는 추정한 단어임을 밝혀둔다─편자]

옥중서한

　나는 아직 형기도 남아 있는 몸이니까 내 일신의 장래에 대하여 구체적으로 생각할 시기가 아니라고 알고 있거니와, 다만 이렇게 제공된 기회에 한마디 하고 싶은 것은, 일은 이제부터는 해외에 있지 않고 조선 내지에 있다고 생각합니다. 그 이유의 설명은 피하겠습니다.

　이러한 까닭으로 나는 해외에 나가지는 않겠습니다. 그리고 모든 조건이 좋으면 끝나도 지금 해외에 나가 있을 때가 아니라고 봅니다. 해외에 나가면 첫째 경제적으로 큰 고통을 당합니다. 또 안에 있는 문화사업을 위하여 해외에서 돈을 거두어 보내라 하나, 해외에는 거두어질 돈이 별로 있는 것 같지 않습니다. 미주美洲나 포와(布哇: 하와이)나 상해나 모두 옛날같이 동포의 경기가 좋지 못한데 무슨 돈이 거두어지겠습니까.

　지금보다 훨씬 경기가 좋았던 10년 전 그때만 해도 그야 미주와 포와에서 수십만 불이 걷혔으나, 그 돈은 걷히는 비용에 얼마 소모되었지요. 그때만 해도 조선내지에서 걷힌 금액이 훨씬 많았습니다.

　요컨대 나는 해외로 갈 생각은 아직은 없으며, 나간대도 다른 일은 몰라도 외지 동포로부터 돈을 거두어들여 보내기는 어려운 일일 줄로 압니다.

（─《삼천리》, 1932년 10월호）

　[이 옥중서한은 1932년 당시 월간 《삼천리》의 주간이던 김동환이 앞으로 출옥하면 해외에 나가 활동하는 것이 어떻겠느냐고 여운형에게 보냈던 편지에 대한 답변서가 《삼천리》에 게재된 것으로, 김동환이 보낸 편지의 내용은 다음과 같다—편자]

김동환[77]의 편지 내용

앞으로 조선 안도 조선 안이려니와 외지外地가 몹시 중요시되는데, 과거에 있어서 친히 지내온 경력상으로나 어학에 창달하고 국제 지식과 외국 사정에 정통한 점으로 보아 귀하의 활동무대는 다시 외지가 아니 되리세 (되리까).

착잡한 국제 사정을 미루어 외지에서 활약하는 분이 꼭 있어야 할 터인데, 그러니까 귀하는 가출옥의 형기가 끝나는 금년 겨울(今冬) 12월 2일이 지난 뒤에 신체가 자유될 때를 타서 외지에 다시 나가 활약하는 것이 좋을 것 같습니다.

또 한 가지 조선 안에 있는 인물들은 대개 한 번씩 민중 앞에서 시험을 치르고 난 분들이외다. 이미 정가표가 붙은 분들인데, 그 사람들 틈에 끼여 무슨 일을 한다면 현하의 객관적 제 조건 아래서 창상(瘡傷: 상처)을 받는 일이 없이 귀하 종래의 인격과 절개(節)를 지켜가기 심히 곤란할 줄 아니 역시 해외에 유遊함이 어떠리까.

---

77) 金東煥 : 호는 파인巴人. 한국 최초의 서사시 '국경의 밤'의 시인. 향토적, 애국적 감정의 민요적 색채가
    짙은 서정시를 발표하여 이광수·주요한 등과 함께 문명을 떨쳤다. 일본 동양대학을 나온 뒤 조선일
    보, 동아일보 기자를 하다가 월간 《삼천리》, 《삼천리문학》을 발간, 한국 문학 발전에 기여했으나,
    일제 말기에 친일했다.

해외에 유한다 함은 내지(국내) 사정을 재외 동포에게 전하는 한편, 여러 가지로 힘을 쓸 일이 있겠지요.

그리고 될 수 있으면 내지는 지금 인재도 인재려니와 돈이 없어 교육 사업이나 기타 민중적 사업 한 가지도 잘되어 나가지 못하니 해외 동포의 기금을 받아서 국내로 보내주는 것도 떳떳하지 않으리까. 솔직한 의견을 듣고 싶습니다.

(―《삼천리》, 1932년 10월호)

출옥 당일의 인터뷰 (신문기사1)

치안유지법 위반으로 3년 징역의 처형되어 2년간 대전형무소에서 복역 중이던 여운형은 26일 동 형무소로부터 가출옥되어 동일 오후 7시 특급으로 경성에 올라와서 가회동 70번지 자택으로 들어갔다.

그는 지난 1929년 7월 8일 상해에서 검거되어 동 17일 조선에 호송되고, 동 27일 서대문 감옥에 들어가서 예심과 공판을 거처 작년 9월 대전형무소로 이감이 된 것인데, 감옥에 들어간 지는 하루도 틀리지 않는 만 3개년이 된다고 한다.

그리고 형의 만기는 오는 12월 3일이었었는데 앞으로 약 4개월의 기간을 두고 가출옥이 되었다.

대전까지는 그의 부인이 내려갔었고 역두에는 친척과 친우들이 많이 나왔었는데, 그는 다음과 같이 말하였다.

"감옥에서는 그물뜨기와 종이 기구 만드는 것을 해서 아주 익숙하게 잘합니다. 건강은 얼마 전 빈혈증으로 말미암아 졸도한 일이 있었으나 지금은 소화도 잘되고 해서 관계치 않습니다. 감상이란 것은 아무것도 없고 다만 앞으로 무엇을 해야 할지가 근심됩니다. 처음 조선으로 올 때에는 잡혀 오는 몸임으로 징역할 생각을 하여 아무런 근심도 없더니 지금 와서는 퍽이나 앞일이 근심됩니다. 조선에는 누년 동안이나 있지 않아 모든 것이 서

투릅니다. 지금 가족들도 모두 조선에 와 있으니까 다시 해외로 나갈 것 같지는 않습니다."

(─《동아일보》, 1932년 7월 28일)

출옥 당일의 인터뷰 (신문기사2)

　　몽양 여운형 씨가 체재 중인 가회동 73번지 여운홍 씨 댁을 방문한다. 마침 출감소식을 듣고 김병로[78] 씨를 위시하여 그 밖에 2,3인의 내객이 있는데, 선생은 반가운 낯으로 기자를 맞으며 아래와 같이 말하였다.

　　"이렇게 찾아주시니 감사합니다. 여러분이 염려하여주신 덕택으로 다행히 큰 병 없이 나왔습니다. 실상은 금년 12월 2일이라야 만기 출옥될 터인데 의외로 작일에 가출옥이 되었습니다. 감옥에 있을 때에는 금을과종[79]의 세공을 하였는데 졸업을 다하였습니다. 말하자면 기술을 하나 배운 것입니다. 이제부터 무엇을 할까 하는 것이오. 아직 그런 것은 생각하지 못하였습니다. 원래가 미성품[80]인데 그것조차 깨진 듯합니다. 여하간 경성에 한참동안 있으려고 하오며 여러분의 지도가 있다면 민족을 위하여 성심껏 하려 합니다. 귀지를 통하여 많은 동포의 편달과 가르침을 기다릴 뿐이외

---

78) 金炳魯 : 호는 가인街人. 일본 명치대학을 나와 변호사가 된 뒤 6·10만세운동, 광주학생운동, 원산파업 사건에서 무료변론을 맡고 1929년 신간회 중앙집행위원장을 역임했다. 해방 후 한민당 중앙감찰위원장, 건국 후 초대 대법원장이 되었다.

79) 金乙科種 : 일제가 분류해 놓은 금세공 을과乙科에 속한 종류.

80) 未成品 : 미완성된 인격이라는 뜻.

다. 안도산[81]이 체포되었다는 것은 재감시에 알았습니다."

(―《조선일보》, 1932년 7월 28일)

---

81) 安島山 : 본명은 안창호安昌浩, 호는 도산. 평남 강서 출신으로 일찍이 독립협회에 가담했다가 1902년 도
미하여, 샌프란시스코에서 흥사단을 조직했고, 상해임정의 내무총장·국무총리대리·노동총장 등을
역임하고《독립신문》을 창간했다. 1932년 윤봉길 폭탄투척사건으로 일경에 체포되어 국내에서 옥살이
를 하다 가출옥되었으나, 동우회사건으로 재투옥되었다. 그 후 보석으로 풀려나 요양 중이던 1938년
신병으로 사망했다.

왕정정 군의 회상 (수필)

중국인 왕정정 군이 서울에 오기는 1921년 겨울이다. 동경에 큰 지진이 나서 물정이 소연한 때에 중국 어느 사회의 대표자 격으로 동경으로 건너가던 길이었다.

군은 육로를 택하여 만주를 거처 경의선으로 서울에 왔었다. 올 때에는 서울에서 체재는 아니 하였다.

나는 군과는 상해시대부터 구교가 있었음으로 주경(駐京: 경성주재) 중국총영사들과 함께 남대문 정거장(서울역)에 나가 역두에서 몇 마디 말을 주고받았을 뿐 섭섭하게 갈라졌으나 며칠 후 왕정정 군은 볼일을 다 마치고 동경에서 서울로 왔다.

그때 그의 숙소는 명치정(명동)의 중국총영사관이라 그날 저녁 나는 윤치호, 송진우, 이관용 씨 등 3사람과 함께 그를 방문하여 장시간 담화하였다.

그날 저녁 좌석에서 가장 여러 가지 화제로서 그와 말을 많이 한 이는 송진우 씨였다. 담화의 내용은 벌써 여러 해 전에 지나간 일이기에 지금 새삼스럽게 서술하기가 건조하며 또는 구태여 말할 것도 아니기에 여기에선 피하거니와 어쨌든 왕군은 퍽이나 다부진 사람이다.

몸도 장신이 결코 아니고 얼굴도 위풍당당이라거나 용모도 크고 장대하다는 편도 결코 아니며, 전체로 보아 풍채가 그렇게 훌륭하게 생긴 분은 아니나 한눈에 '단단한 사람' '굳센 사람' '두뇌명석한 사람'이란 인상을 받을 만치 그의 몸 째임이 날카롭고 정기 있어 보인다.

그가 뒷날 국민정부의 외교부장에 취임하자 열국 공사들과 짜릿짜릿하게 응수하던 수완은 우리들이 아직도 기억하고 있는 바이다. 아마 열국 사신들도 왕군을 일견하기 바쁘게 "이 사람은 좀처럼 손아귀에 아니 들겠구나" 하는 각오를 가지게 그처럼 왕정정 군의 사람됨은 단단하고 정기 있게 되었다.

왕정정군은 금년에 약 50이 되었을 것이니 서울에 왔던 그때에는 아마 40 내외의 장년시였으리라.

그는 그날 저녁 조선의 산천풍물을 퍽이나 아름답다고 하였다. 그러면서 서울 시중을 돌아보던 인상을 의미 깊게 말하고 있었다. 그것이 벌써 10년 전의 옛일이다. 다시 이 빈객이 반도 산천에 내유할 날이 있을런가?

(—《삼천리》, 4권 12호, 1932년 12월호)

[이것은 여운형이 훗날 국민당 정부 외교부장이 된 왕정정이 1921년 겨울 서울을 방문했을 때를 회상하며 쓴 글인데, 목차에는 여운형, 〈—왕정정 군의 회상〉으로 되어 있으나, 내용에는 여운홍, 〈—왕정정 군의 입경〉으로 되어 있다—편자]

중국은 어디로 가나?

물으신 바 중국 장래에 관하여는 그 범위가 너무도 광범하고 또 복잡함으로 매 문제에 대하여 각각 상당한 지면을 쓰지(費) 않고는 도저히 그 개요나마 지적하기 불가능하므로, 독자로 하여금 이해할 만한 정도의 대답을 하기는 좀 곤란합니다.

그러나 님이 물으셨으니 각 문제에 대한 나의 생각한 바를 썩 간략히 대답하여 보려 합니다.

(1) 만주에 있어서의 일본 세력

금일 만주의 일본 세력은 일조일석의 단시일에 수립된 것이 아니고 일청·일로 양대 전쟁 이후 30여 년 동안 부식 발전하여 금일의 현상에 이른 것이오.

또 만주가 지리상으로 보아 일중로日中露 3국의 사이에 위치하여 군략적·경제적·정치적 각 방면으로 원동(극동)의 가장 요충지대가 됨으로 과거에도 그랬거니와 장래에 더욱이 동양 문제의 초점이 될 곳입니다. 그리하여 일본은 기십년 동안 애쓴 결과로 20억 엔에 가까운 거액의 투자와 근 8백 마일의 철도 부설 기타 군사상 여러 가지 시설이 두루 설치되었으므로 그 세력이 일시 동요되지 않을 것입니다.

(2) 만주의 국제 공동관리가 가능할까?

또 일본이 대륙정책을 방기치 않는 한 만주의 국제 공동관리를 일본이 결코 용인치 않을 것이고, 일중 분규문제 해결방법으로 보아도(…중략…) 국제 공동관리는 오히려 분규를 더할 것뿐이므로 그 실현성이 없다고 봅니다.

(3) 장개석 독재가 실현될까?

장개석 독재는 한마디로 불가능이라고 말합니다. 독재정권이 현하 중국 정세에 적절치 않을 뿐 아니라, 장씨의 세력이 미치는 지방이 강소성, 절강성의 2성과 기타 안휘성, 호북성, 강서성 등 성의 일부분씩 합하여 전국의 6분의 1에 지나지 못하고, 반反장개석운동이 전국에 편만하였는데 어찌 현실성이 있겠습니까?

만일 장씨가 그 독재정책을 고집한다면 자기와 가까운 동지와 부하까지 떠나버릴 위험성이 있음으로 장씨가 지혜로운 자라면 그 독재의 몽상을 버릴 것이오. 그렇지 않으면 결국 실패하고 말 것임으로 그 정책은 실현되지 못하리라고 생각합니다.

(4) 중국의 정치적 통일이 가능할까?

중국 내란의 최대 원인인 구미 제국주의의 검은 손이 물러가고 봉건잔재인 신구 군벌이 퇴치하기 전에는 통일은 보기 어렵습니다. 그러나 날마다 그 속도를 증가하여 발전하는 민중의 신흥세력은 불원한 장래에 그 통일을 성취하리라고 생각합니다.

(5) 중국공산당의 실세력 및 장래

각 신문잡지의 보도를 종합하여 보면 목하 중국 소비에트 통치하에 있는 지방이 호남성, 호북성, 강서성, 복건성 등지에 그 범위가 광대하여 또

공산당의 세력은 전 중국을 통하여 거의 무공불입[82] 상태에 있어 1X만에 가까운 군중과 1XX만이 넘는 무장군대를 가지게 되어 그 세력은 전 X X X X의 X X X X를 X X X X하고 있음이 사실 같습니다.

중국 공산주의 사상은 새로 발달되는 중국 자본주의가 일반 무산계급을 압박함에 대한 반항운동이라기보다도 오히려 가혹한 지방 관리의 악정에 견디지 못하는 농민과 또는 군벌 상호간에 해마다 일어나는 전쟁을 괴로워하는 군인들 가운데 퍼져나가고 있으며, 또 심심하면 움직이는 장개석의 공산군 토벌과(중략) 기타 모든 내전과 외환은 다 공산당 발달의 기회와 자료를 공급하는 것이라고 말하겠습니다.(이하 생략)

(―《신동아》, 3권 1호, 1933년 1월호)

---

82) 無孔不入 : 틈이 없어 들어가지 못함.

중국학생의 기풍 (수필)

　중국 학생생활의 내용을 이야기하라면 그만해도 4,5년이 지났으니까 오히려 새로운 맛이 없을 것입니다. 평소부터 학생에 대하여 많은 관심을 가졌던 터임으로 거기(중국)서 오는 신문이나 잡지를 통하여 최근의 소식도 보고 있습니다만, 실감을 얻어내기가 어렵지 않겠습니까?

　중국의 학생생활!

　그 특징을 말한다면 우선 중국에서는 소학교부터 대학까지 기숙사를 두고 학생생도로 하여금 단체생활에 대한 훈련이 은연중에 저절로 되게 하는 것, 그것이 특징일 것입니다.

　대개 중국의 학계를 말한다면 지리적으로 남경, 상해 등지가 북쪽보다도 중국지대라고 볼 것인데, 상해만 하여도 집이 학교와 격리해 있어 통학을 하는 일이 없고, 모두 기숙사에서 기숙을 하는 것을 보면 나는 그것이 퍽 좋다고 생각합니다.

　그리고 일본이나 조선에서 지금 시행하고 있는 교육제도의 안목으로 본다면 이상하게 보일 터이나, 개성을 양성하는 데는 우리는 좋으리라고 생각하는 것이 있으니, 그것은 다른 것이 아니라 정치가나 군벌들이 우리가 보는 바와 같이 부패한 것을 보아 중학이나 대학을 막론하고 그들 학생들이 엄연히 정치적으로도 한 지위를 차지하여 가지고 '내가 내일의 주인공이다’라는 마음을 가지고 학장에 있으면서도 정치의 비판을 하는 것이라든지, 대학쯤만 되면 그 관리에도 학생 대표가 교수회에 참여하여 학생으로서의 권리를 행사하는 그것이 바로 그것입니다.

요약해 가지고 중국 학생과 조선 학생의 특수한 점을 말하라면 풍기에 있어서 개인적으로 검소한 것이라든지 활발한 것이라든지 또는 체질이 잘 발육된 것이라든지 하는 것 등은 조선 학생이 훨씬 낫되, 사회 지도에 대한 자신감을 가지고 애써 그 임무를 스스로 나아가 찾아가지고 또 그것을 다하고자 하는 그 마음이나 행위는 중국 학생이 우월합니다.

대개 중국의 학생운동이라는 것은 5·4운동과 5·30운동이 있은 이후에 자리 잡은 운동이 되었으니 바꾸어 말하면 활기를 얻기는 5·4운동이었고, 그것이 확충되는 5·30운동 이후였습니다.

교육제도가 일본은 주입주의이기 때문에 가령 열! 하면 그 중에서 한 가지나 두 가지 자기에게 합당치 아니한 과목도 배우지 않으면 안 되게 되어 있지만, 중국은 그렇지 않고 자유주의인 까닭에 문자와 정치를 병행하여 배울 수도 있고, 또는 자기에 적당치 않은 것은 안 배울 수도 있는 것이 천재로 하여금 그 천재를 충분히 발휘할 수 있게 하여 주고, 둔재로 하여금 학과에 대한 압박을 받지 않게 하는 것이 퍽 좋아서 그렇다고도 할 것입니다.

그 전에는 중국 사람의 국민성을 일컬어 ‘오분련열정五分鍊熱情’이라 하여 욱하고 나오는 힘만 있을 뿐 뒷심이 없었으나 지금에 와서는 그 성질을 많이 고친 것도 전혀 신인들의 명심한데서 얻은 결과인즉 학생들의 결심에서 얻어진 결정結晶이 되는 것입니다.

5·30운동 이후로 학생들 사이에 큰 충동을 받아가지고 자발적으로 군사훈련을 받는 학생이 많고, 또 작년 상해사변 이후로는 또 충동을 받아서 학생항공연맹이 생기어 군사 항공 등에 관심을 많이 가지는 것을 볼 때, 조선 학생도 꼭 그러기는 바라는 것은 물론 아니지만, 충동을 느끼는 정도

가 중국의 학생보다 못하지 않은가 싶은 느낌도 없지 않습니다.

중국 학생계의 사상으로 말하면 마르크스주의의 학도가 제일 많고, 그 다음으로는 손문의 삼민주의를 따르는 학생이 많은데, 최근에 이르러 프랑스 유학을 마치고 돌아온 회기會琦라는 사람이 쇼비니즘의 극단적 국가주의 청년단을 모아가지고 '성사醒獅'라는 우익 중의 극우익 잡지를 발행하며 죽자하고 선전을 하지만, 공산주의와 삼민주의에 샌드위치가 되어 시들어 떨치지 못하는(萎靡不振) 형편인 것 같습니다.

중국 학생의 사회생활 내용을 말씀한다면, 대학 같은 데는 학내에 표현된 단체로는 기독교청년회, 국민당지부, 문학회, 향우회 등이 있어 이 실제적 사회를 형성하고 있으며, 그 중에 또 숨은 결사로는 '당단黨團'이라 칭하는 공산주의 프락치가 있어 매일 밤 모이는 회합이 있고, 간혹 가다가 학교 밖의 인물을 청해다가 주의사상에 대한 강연을 듣는 등 재미있는 일이 많습니다.

그 중에도 우리 조선 사람의 안목으로 볼 때 이채를 끄는 것은 여학생들의 눈부신 활동이 그것입니다. 중국은 전문학교 이상의 학교에서는 어느 학교나 모두 남녀 공학제를 10여 년 전부터 실시해왔기 때문에 여학생 기질도 여간 씩씩한 것이 아닙니다. 그래서 그들이 사회운동이나 정치운동 또 나아가서는 부인운동에 있어서도 남자 이상으로 활동하는 것이 가장 주목할 만한 일입니다. 그들은 어찌나 씩씩하고 활발한지 스포츠 같은 것을 하는데도 복장까지 남장을 하고 일체 학교 집회는 물론 학교 밖의 온갖 활동에 있어서 조금도 남자보다 손색없이 하는 것이 가장 그들의 내세울 만한 특징이라고 볼 것입니다.

남녀 공학 문제를 말씀한다면 조선서는 그것이 폐단 있을 듯이 생각하는 분이 있으나, 중국에서는 입대하는 것 그것으로 폐단이 생겨서 풍기에 해를 미쳤다는 것은 내가 들어보지 못하였습니다. 그것으로 본다면 폐단이라는 것은 남녀 간 피차의 인격 문제에서 생기는 것이지 공학한다고 생기는 것은 절대로 아니라고 나는 생각합니다. 단편적으로 몇 마디 말씀한 것이나 학생 제군에게 다소의 참고라도 되는 바가 있다면 다행으로 생각합니다.

(—《조선중앙일보》, 1933년 1월 1일)

[이 글은 여운형이 조선중앙일보 사장으로 있을 때 구술한 것을 그 신문사의 기자가 받아 적은 것이다—편자]

조선청년에게 부탁한다 (연두사)

연두에 일언을 청하니 몇 장의 원고지에 무슨 말씀을 하겠습니까? 또한 겸하여 의사 발표에 부자유한 몸임에 오히려 침묵함이 가할 것임에도 불구하고 구태여 한마디 하게 된 것을 양해해주시기 바랍니다.

모든 생물은 확장하기 위하여 꿈틀거리고 또 생을 보존하기 위하여 뭉친다. 단세포 생물은 아메바의 꿈틀거림도 그 생을 확장하려고 먹을 것을 찾는 것이요, 조그마한 개미와 벌들이 단결하여 사는 것은 그들의 생을 멸육滅育하는 회계의 침해를 방지하는 행위다.

이를 생물의 본능이라 하고 또 원칙이라 하여 자기의 먹을 것을 뺏거나 자기의 생존에 위해를 가하려는 적과 싸움하는 것을 생존권의 행사라 하고, 또 부단히 옛것을 혁신하여 새것을 여는 가운데서 그 생을 존속하는 것은 생의 진리라 한다.

그런데 조선 민족은 이 생물계에서 그 본능을 몰각沒却하고 원칙을 위배하며 생존권을 존중할 줄 모르고 또 진리까지 불신하며 오직 슬피 외치는 (悲叫) 것 같이 보인다.

하늘과 땅이 한번 돌아(乾坤一轉) 음이 다하고 양이 도래한(陰窮陽来) 새해 원단에 앞서 보내는 희망(前送希望)을 상징하는 효성을 바라보며, 한밤을 보내고 새벽(大夜將明)을 알리는 닭 울음소리를 들으며 뚜렷이 솟아오를 태양을 기다리면서 나의 사랑하는 동포들에게 일언—言을 보낸다.

인생의 역사는 무사태평으로 오늘에 이른 것이 아니고 허다한 광란과 노도怒濤의 부침을 경과한 것이다. 어려운 싸움에 져서 물러난 자와 협박에 머리를 숙인 자들은 다 절멸되었고, 다만 생물계의 본능을 잘 발휘하며 또 그 원칙과 진리를 따라 생존권을 잘 행사한 자들만이 생존되었고 발전하였다.

동포들이여!

갱생의 정신을 고취하고 신흥의 원기를 진작하여 마음과 힘을 합하여 활로로 함께 나아가라.

우리 민족과 사회의 생명인 청년들이여!

제군은 열성과 담용膽勇의 소유자다. 모든 사업의 성공은 오직 제군을 기다려 출현하려 한다. 퇴굴退屈·타락·안일 등은 제군의 생을 살라버리는 연료이요, 고난·압박·혹한은 제군의 역량을 일으키는 운동기구다. 제군의 앞길은 어려움도 많고 시름도 많겠지만, 제군의 사명은 무겁고도 귀하다.

제군들!

비상한 인물을 만들라! 비상한 인물이라야 비상한 사업을 이루나니 이 비상한 시기에 직면한 제군은 새로운 정신을 발휘하여 새 길을 당당히 걸어라.

(—《동아일보》, 1933년 1월 2일)

[이 글은 동아일보가 여운형에게 부탁하여 실은 그해 연두사이나, 독자의 가독성을 위해 한문투의 문장을 풀어서 옮긴 것이다—편자]

조선중앙일보 사장 취임사

세계의 풍운이 정히 급박한 이때에 내 감히 이러한 중책을 지게 되니 스스로 난감한 생각을 금할 수 없다. 본시 우리의 언론기관이란 그 경영의 어려움이 천인현애에 달리는 것보다 오히려 더 심한 바이거늘, 하물며 오늘날 이 고비에 당해서일까보냐.

그러나 이만한 모험을 감히 하는 것은 앞날의 희망이 있는 까닭이요, 또 희망을 달하기까지에 언론기관의 임무가 중차대한 것을 인식하는 까닭이다. 여기에 우리는 보도의 정확 신속을 도모하여 오늘날 긴장한 시국의 추이를 밝힐 것을 약속하는 바이지만, 그보다도 더 절실하게 느끼는 바는 공통한 환경 속에 있는 조선의 언론기관은 마땅히 우리의 생활, 우리의 요구에 부합하는 목표를 세워서 동일한 보조로 협력해 나갈 것이다.

우리 언론기관의 고귀한 전통에 비추어 더욱이 오늘날 세계 정국의 중대한 전환기에 임하여 우리의 목적을 재확인하여 우리의 역량을 총집중하여야 할 것을 누구나 다 공명하는 바이겠지만, 그러나 오늘날의 현상은 다소 기대에 어그러짐이 없지 않다. 이것을 뒤집어 사회의 진화로부터 나오는 분화현상으로 볼 것인가.

그러나 가사 그렇다 하여도 언론기관이란 언제나 대중의 감시 아래 있는 것이니, 대중의 요구를 표준삼아 거기에 충실하게 하지 않고는 도저히 존재를 허하지 않는다. 비록 고식적 존재를 용납할 만한 어떠한 환경이 있다 하자. 그러나 이것은 도리어 장구한 계책이 아닐 것이다. 고난한 환경 속에도 몇 개 안 되는 조선의 언론기관은 우리의 공통한 목표를 세워 일치한 논진을 베푸는 것이 우리의 자위적 견지에서도 초미의 급急임을 느낀다. 오늘날 중대한 시국에 처하여 우리 언론기관의 협력은 물론 나아가 대중의 모든 역량도 집중함으로부터 스스로 앞날의 희망을 달성할 것을 믿는다.

내가 이 자리에 임하여 복잡한 감회를 펼 길이 없으나, 항상 일반대중의 충복으로서 아침저녁으로 대할 것이 기쁠 뿐이다. 그러나 일찍이 해외에서 많은 세월을 보내어 조선의 실정에 익숙지 못하니, 이러한 중책에 임하여 어떻게 감당해 갈는지 매우 주저되는 바이다. 작은 정성이나마 진력을 다하고자 한다. 다행히 독자 제위의 편달을 힘입어 언론기관의 본연한 사명 대행隊行케 하기를 바란다.

(—《조선중앙일보》, 1933년 2월 17일)

[뜻있는 동지들이 《중외일보》를 사들여 《조선중앙일보》를 창간하면서 출옥한 여운형에게 사장자리를 맡겼다. 이 취임사는 그때 쓰여진 것이다—편자]

월간《중앙》 창간사

조선중앙일보 속간 1주년 기념사업의 하나로 본사는 이제 본지本誌를 창간하게 되었습니다. 동보同報 속간 직전 우리 언론계의 침체 황량한 상태를 회상해보건대, 동보를 선구로 지난 1년간의 그 비약적 발전은 실로 놀라운 바가 많습니다.

동보는 속간 1개월 남짓에 혁신의 열매를 들게 되어 우리 본연의 사명을 다하려고 일로매진해 온 결과, 다행히 사회의 돌봄(眷顧)도 분에 넘치도록 흡독洽篤하여 일취월장하여 왔습니다.

그리하여 지난 7월 1일부터는 사회에 대한 보은의 첫 시험으로 희생적 증면을 단행하여 언론계에 일대 충격을 준 것도 여러분이 잘 아실 것입니다.

일간지 6면이라면 우리 사회의 현상에 비추어 가치 있게 이용할 수 있는 지면의 극한이라 할 것이니, 일간지의 남은 책무는 민중의 편달에 따라 정한 바, 양의 한도에서 질의 향상을 꾀함에 있을 것임으로 이를 위하여 우리는 오직 최선을 다하기로 하고 이번 동보 속간 1주년을 기회삼아 또 새로운 보은의 한 계획으로 여러분께 월간《중앙》지를 제공하는 바입니다

신문과 잡지 사이에는 스스로 분계分界가 있어 사회에 공헌하는 바도 서로 다소의 차이가 있습니다. 신문에서 보는 바와 같이 주마등처럼 움직이

는 세태를 시각을 다투어 신속히 보도하는 공효功效는 없을망정, 잡지는 어떠한 사상을 종합 비판함에 비교적 여유가 있을 뿐 아니라 체계정연한 한 권의 성편成篇은 구체적 지식을 파악하게 함에 있어서 신문으로서 꾀하지 못할 점도 있습니다.

우리의 계획하는바 잡지가 여러 가지 어려운 조건 앞에 나아가는 것인 만치 소기의 목적을 완전히 달성할 수 없음을 유감으로 생각하는 바이나, 미치는 한도까지는 모든 사상에 대한 정확한 비판으로서 사회의 소향(所向)을 밝히며, 과학의 정신을 계발함에 유루遺漏가 없고자 합니다. 격변하는 세계정세며 발전해 마지않는 과학과 기술은 물론, 기타 우리의 관심을 요구하는 제반 사물에 대하여 극히 통속적으로 평이하게 소개하기에 우리는 일단의 노력을 더하려 합니다.

최근 민중의 독서력은 계몽운동의 번성에 따라 놀랄 만치 향상되어 왔습니다. 이에 적응하기 위하여 우리는 민중에게 그의 요구하는바 지식을 제공하려 합니다. "지식은 힘이다"라는 말은 우리에게 있어서 더욱 적절합니다. 때마침 등화가친의 시절에 우리는 《중앙》지를 여러분께 드리오니 이것이 여러분의 좋은 동무가 되어 우리의 소망이 만에 하나라도 달하게 되기를 간절히 바라는 바입니다.

(—월간 《중앙》 창간호, 1933년 1월호)

송년사

    지나간 1933년은 실로 세계사의 발전 방향을 확연히 결정하고 말았다. 국제 자본주의의 시금석인 세계경제회의는 무참하게도 실패하여 고립적 국가주의 경제로 박차를 더하게 하고, 제국주의 국가들이 수호신 같이 받들던 국제연맹도 일독(日獨) 양국의 탈퇴로 후광을 잃어 도리어 제국주의 국가 간의 본질적 모순을 폭로시키고 말았다.

    관세전[83]에서 위체전[84]으로 그 중에서도 미국의 친親통화정책인 해외 금金 매상의 영향은 미구에 프랑스 및 기타 수개국의 금본위제의 나머지 보루도 파괴될 듯하다. 금후의 위체전(환율전쟁)은 일단 맹렬해질 것이 분명하고, 낮은 환율 덕에 일본 상품의 세계적 침입, 더욱이 영국령 시장으로의 침입은 영국의 오타와협정[85]에 큰 위협이 되어 도처에 충돌을 일으키고 있으니 일본-인도협상(日印會商)이 지지부진함도 이 까닭이다.

    블록의 공방이 격렬해짐에 따라 국가권력의 정면충돌을 피하지 못할 위

---

83) 關稅戰 : 관세전쟁. 세계 각국은 1930년 이후 2차대전 직전까지 관세장벽을 쌓기 시작했는데 이러한 경쟁적인 관세율 인상현상을 관세전이라고 언급한 것이다.

84) 爲替戰 : 위체爲替란 당시 조선에서도 통용되던 일본어 '가와세(爲替)'의 한자 표기로서 우리말 '환換'의 뜻. 따라서 위체전이란 '환전쟁'이라는 뜻이 된다.

85) 오타와협정 : 경제 불황을 타개하기 위해 영국과 영연방 7개국 및 인도 대표가 1932년 7월 캐나다 수도 오타와에서 맺은 협정. 영국 파운드화의 가치 유지와 안정을 위해 맺은 협정이다.

기에 처해 있다. 파쇼의 로마 진군 10주년을 지내자 히틀러는 독일에 나치스 정권을 수립하고 패전국의 질곡을 벗어나기 위하여 군비 평등권을 요구하다가 국제연맹과 군축회의를 함께 탈퇴해버린 것은 전후 일관해온 열강의 군비확장에 비추어 볼 때에 상당한 이유도 서겠지만, 이로서 고취되는 군국주의는 국제 평화에 대한 위협을 증가시킬 뿐으로 벌써 이태리도 군축에 대하여는 방관자적 태도를 가지게 되고, 영불 기타 각국이 이에 대한 경계로 공공연하게 군비를 확장할 터이니 여기에 전쟁의 위기는 구주 일대에도 임박해 있다.

그러나 우리는 극동 방면에 더욱 주목하고 있다. 만주사변을 계기로 중국을 싸고도는 열국의 관계는 극히 험악해가는 터이니, 일미 간의 선박건조 경쟁은 대전 전의 영독 간의 그것과 다름이 없고, 일로 간의 육군 경쟁도 역시 당시의 독일 대 프랑스-러시아의 그것을 연상케 한다.

1936년은 워싱턴조약이 효력을 잃는 시기요, 1935년은 런던조약의 개정기인 동시에 국제연맹 탈퇴의 정식 성립기이다. 그리고 또 러시아의 제2차 5개년 계획도 거의 완성될 때이다. 이 한계선을 앞두고 열국이 군비를 최대한으로 확장하여 가는 품은 1914년의 대전 직전과 다름이 없다. 벌써 러시아-만주 국경에는 군사상 경계가 매우 엄중해 있으니 유럽의 분위기보다도 극동의 그것이 더욱 긴장함을 느끼게 된다. 폭풍전야 같은 1933년을 보내면서 우리는 스스로 단속하지 않을 수 없는 바이다.

(-《중앙》, 1933년 12월호)

신년사

온 세계의 험악한 풍운을 끝없이 자아내는 획기의 1년은 넘어갔다. 자본주의 공황의 그칠 줄 모르는 발전은 역사상 미답의 신 과정을 밟았고, 삐걱거리는 대립의 국제 관계는 오직 분규와 결렬로써 일관되게 세계사의 방향을 급회전하고 있으니 대전 이후의 위협으로 봉합해 놓은 힘의 균형의 띠를 복구하기 위한 독일의 폭동으로 인하여 터지기 시작하였고, 세계 협조를 단념한 국가주의의 대두는 열국의 반목질시를 유발하여 군비확장의 불가피한 신 정세를 만들어내었다. 군대의 국경 집결로서 방비의 허를 염려하게 되었으니 글자 그대로 비상시기임을 누가 부정하랴.

1933년은 지나갔거니와 그 난삽한 정세를 그대로 인계하는 1934년의 비상한 정세는 어떠할까?

마치 구주대전이라는 대풍운을 가득 싣고 1913년을 넘어 1914년을 맞이하는 듯한 감이 없지 않다. 13년을 33년이라 하면 14년은 34년이 될 것이니, 그 20년 후의 다 같은 4년 됨이 공교롭다.

그러나 14년의 위기는 구주에 국한한 것이었고, 34년의 위기는 전반적이고 세계적이라 규모 상에 큰 차이가 있다. 극동의 풍운이 일중미소의 각기 다른 실정 하에서 각일각 급박해지는 동시에 구주에서는 세계 제국주의의 공설시장인 국제연맹이 몰락 과정에 들어섰다.

　패전국의 X X X X X X을 방비하는 만리장성이 무너짐과 함께 프랑스와 독일의 전통적 항쟁이 아주 노골화하고, 열국의 합종관은 그 정상의 궤도를 일탈하여 어둠 속에서 방황하니 위기의 나아갈 길은 예측을 불허한다.

　요컨대 이와 같은 위기는 유출유기愈出愈奇로 한이 없으니, 세계의 유수한 악희자惡戲者의 작란作亂도 심함을 알겠다. 전 인류는 세계의 모든 악희자를 사로잡아 그 악희를 방지하고 절멸시키지 않으면 인간의 문화를 전복하고 역사를 중단하는 피의 참극은 끝이 없을 것이다. 이러한 의미에서 1934년의 과제는 크다.

　비상한 시기에는 비상한 인물을 요구하는 것이다. 우리《중앙》은 비상시기에 출생하였다. 비상한 공기를 호흡하면서 성장하여 또한 비상한 소질을 가졌다. 1933년의 위기 중에 나타나서 1934년의 위기를 맞이하면서 그 비상시의 비상한 임무를 수행하여야만 될 것이니, 첫 번째 새해를 맞이하면서 이를 천하에 공약하고 싶다.

(—《중앙》, 1934년 1월호)

새해의 새 약속

　제목을 수감록이라고 하였으니 이전의 어떠한 생각이나 감상보다도 이제 순간의 느낌을 가지고 몇 마디 말씀을 드려볼까 합니다.

　우리 조선 사람은 일반적으로 가장 큰 통폐가 있으니 그것은 일의 크고 작은 것과 또는 쉽고 어려움을 막론하고 그 일에 당면하는 이로서 먼저 그 뇌를 차갑게 하고 마음을 극히 덥게 가져야 할 터인데, 이와 정반대로 그 뇌는 몹시 더운 반면 마음은 몹시 차서 일의 착각 내지 인식부족으로 여러 가지 일을 잡치는 경우가 많습니다.

　그뿐 아니라 서로 간에 공경과 또는 상호부조가 없으며, 공연히 다른 사람 일에 오해와 시기를 갖게 되고, 좀 더 크게는 그 사회를 현혹 요란케 하는 일이 적지 않습니다.

　마음이 차기 때문에 자기가 발붙이고 있는 그 사회에 대해서 활동력과 열심이 부족하고, 따라서 지구성이 전연 없는 결함을 때때로 발견할 수가 있습니다.

　우리보다 훨씬 나은 선진 사회의 외관이나 그 내관이 충실하고 우리와 다른 민족에 있어 어떤 난국이라도 쉽게 타개해 나갈 수 있는 그 점은 오로지 뇌가 차고 마음이 뜨겁기 때문에 모든 일에 침착을 잃지 않고 그 활동력이 강하며 따라서 지구성이 풍부한 까닭입니다.

　1934년의 이 새해가 가장 풍운이 급하고 또한 일이 많은 때라고 하면, 우리는 이 한 해를 지내는 동안에 일반으로 목표 있는 운동을 하고 또 그 지도자층의 선배로 있는 분일수록 좀 더 그 뇌를 차게 가져 시국을 가장 똑바로 관찰하고 서로 사이에 충분한 이해를 가지고 일에 당면하여야 할 것이며, 파란과 알력이 많은 우리네 사회에 있어 되도록 뜨거운 마음으로 ×××××××× 우리의 광명을 찾기까지 분투하여야 할 것입니다.

　과거로 보아 우리는 앞으로 희망을 가지고 살아가는 민족인 만치 어려운 비상시기를 당할수록 침착한 생각과 비상한 활동을 해서 난국을 타개하고 갱생의 익으로 매진할 그러한 신조가 있어야 하겠습니다.

　새해 소감의 한 단면으로 이 몇 마디 말씀을 조선 동포에게 삼가 나누어 드리는 바입니다.

1934. 1. 15.

(―《별건곤》, 9권 1호, 1934년 1월호)

상해사변의 회고 (수필)

상해사변[86]도 벌써 2주년의 과거사이다. 중국문제에 있어 팔자가 무슨 인연인지 만주사변이 9월 18일, 상해사변이 1월 28일에 발생하였다.

구주대전 중에 버든의 격전을 능가할 만한 전투가 미상에 전개되었으나, 선전포고 없는 전투였으므로 하나의 사변에 그친 것이다. 세계적 도시인 상해에서 열국의 환시리에 일본과 중국의 충돌을 야기케 된 그 원인은 물론 하나 둘이 아니다.

장개석 씨는 항상 채연해蔡延楷 장군의 19로군을 미상에 주둔시키고 안심을 못하였다. 중일의 충돌도 피하려니와 장씨의 지반인 상해에 장구히 주둔한다면 양호위환(養虎爲患 : 호랑이를 키우는 걱정)의 의구심을 갖게 되어 2,3일내에 철퇴시키고 상해의 치안은 헌병과 교대하라는 내명이 있었다.

2,3일만 경과하여 19로군의 그림자가 상해에서 소멸되었다면 상해사변은 없었으리라는 관측도 없지 않다. 채연해 휘하의 19로군 군대가 당시 상

---

86) 上海事變 : 1932년 1월 28일 조계를 경비하던 일본 해군 육전대와 중국 제19로군 사이에 전투가 벌어지자, 일본은 2월 중순에 3개 사단의 육군을 파병하여, 3월 중순 중국군을 상해 부근에서 퇴각시켰다. 그 동안 당사국과 상해에 이해관계를 가진 영국·미국·프랑스·이탈리아 대표들이 정전협의를 추진하였으나 조인 예정일인 4월 29일에, 한국의 윤봉길 의사의 폭탄사건이 일어나 일본의 파견군 사령관이 사망함으로써, 협상은 난항을 거듭한 끝에 5월 5일 정전협정이 성립되었다. 이 사건은 일본이 내외의 주의를 만주국 건국공작에서 벗어나게 하려고 일부러 도발한 책략이었다.

해 주둔군이었더라면 상해사변이 일어났을까 의문이다.

따라서 철혈군을 인솔하고 19로군을 내원하려던 장발규張発奎 장군의 통과를 장씨가 윤허하였다면 상해사변이 월여 이상까지 계속되었을는지도 모른다. 환언하면 상해사변은 장씨의 명령보다도 채씨의 자발적 행동이라 할 것이다.

시라카와(白川) 대장의 신예가 유하 상륙과 아울러 남경후의 냉락冷落은 상해사건의 종말을 촉구한 것이다. 상해사변은 관전자에게 천재일우의 호기를 주었다. 육해공군의 근대식 전쟁이 상해가 아니고서는 완전히 또 무난히 관전하기가 불가능하다는 것이다. 조계租界관계로 중일 양군이 소주하 이북에서만 군사행동을 국한하였으니 실로 세계에 유래가 없는 제한전투였다.

또 상해사변은 중국 인민에게 일대 시금석이었다. 중국 인민의 심리에 만주 즉 동3성은 변방의 한가한 고장으로 신강이나 서장을 연상하나, 전국의 심장이라 할 만한 상해에서 실전이 외국과의 사이에서 행해졌다 함은 청일전쟁 이후 처음이고, 청일전쟁도 벌써 기억에서 분명치 못할 만치 오래된 사실이다.

혁명 이후 내란만은 단절된 바 없었으나, 외국인과 충돌하여 처음으로 전쟁다운 전쟁을 겪으며 정신상 큰 자극을 받았다. 그래서 근자에 항공열로 비행기 헌납식 등이 빈번함이 바로 이 상해사변이 증여한 바이다.

(—《중앙》, 1934년 1월호)

(—《천리마》, 1934년 1월호)

동상건립 기념사 (연설)

저 위에 한 휘장이 떨어지면서 장엄한 현상을 우리에게 나타내는 그는 고 원파 김기중[87] 선생이심을 다 아시는 바입니다.

이 세상에 왔다가 가는 이는 심히 많습니다. 그러나 인류사에 업적을 남기고 간 이는 극히 적습니다. 이런 의미로 선생의 사업과 자취는 우리에게 불가불 기념하지 아니할 수 없게 됩니다.

사람은 나면 반드시 죽습니다. 죽으면 고기는 땅에 썩으나 정신은 살아 만대에 계속되고 발전되어가는 것을 우리 원파 선생에게서 찾을 수 있습니다.

전 조선적으로 더욱이 영원히 기념하려는 우리의 성의로 이 기념동상을 세웁니다마는 이것은 선생의 필생에 원치 않으신 것입니다. 그의 사업은 그의 영사 김성수 군이 더욱더 발전시킬 것을 축복하는 의미로 이 기념동상을 세우는 동시에 이 집에서 배우는 무리들과 사회도 민중도 돌아볼 줄 모르는 수전노들의 눈앞에 나타나는 이 동상의 얼굴은 얼마나 엄숙하고 느낌을 크게 줄 것입니까.

---

87) 金祺中 : 호는 원파圓坡. 동아일보를 창간한 김성수金性洙의 백부伯父이자 양부養父이다. 1904년 용담(龍潭: 전북 진안)의 군수를 거쳐 평택 ·동복(同福: 전남 화순) 등의 군수를 역임했으며, 1917년 경영난을 겪고 있던 중앙학교를 인수하여 설립하였다.

이기적 생각이 날지라도, 게으른 생각이 날지라도 그의 자자손손이 이 동상을 대할 때에는 말을 새롭게 할 것입니다.

(-《동아일보》, 1934년 10월 28일)

[이 글은 김성수가 중앙학교를 인수할 때 전 재산을 내놓았던 김성수의 양부이자 백부인 김기중의 동상을 세우는 자리에서 몽양 여운형이 연설한 내용을 옮긴 것이다-편자]

추천사

우인友人 서상천 군이 체육 각과에 대하여 10여 년간 연구 실천한 결과 오직 서군 자신이 강장 건실한 체질과 활발 예민한 신경을 소유한 동방 대역사의 일인으로 될 뿐 아니라, 전 조선의 방방곡곡에 역기 운동에 관한 각종 기구와 철봉 운동구의 비치를 보게 됨도 또한 서군의 공헌한 바이라고 아니할 수 없다.

군은 다시 기계의 문헌에 관해서도 이미 '현대체력증진법'을 공포하였고, 이제 또 '심신단련 현대철봉운동법'을 간행함에 당하여 나에게 일언의 변사를 청한다.

반도 체육계를 돌아보건대 각종 운동의 사상과 기술이 상당한 발전을 보이고 있음은 참으로 경하불이慶賀不己하는 바이다. 그러나 운동가정신(스포츠맨십)과 과학적 지도 이론에 있어서 적지 않은 결함을 보게 되고 더욱이 이에 대해 참고할 서적까지 핍절하여 적이 일방의 유감을 면치 못하는바, 이제 본서가 출현됨을 사계斯界에 다대한 패익을 주리라고 믿는 바이다.

철봉 운동에 관하여 내 스스로 큰 취미를 가지고 있다. 내 일찍이 유년 시기에 체질이 가히 약하고 또 다병하다가, 지금으로부터 34년 전 처음으로 경성에 왔을 때 각 병영에서 군인들이 철봉 운동에 힘쓰는 것을 보고 나 역시 유희삼아 나의 처소에 철봉을 가설하고 조석으로 운동을 계속하였던바 의외의 효과를 얻게 되어 약간의 잔병이 다 없어지고 신체도 강장한 이 쾌유로 되어졌다. 내 생각에 철봉 운동은 모든 운동의 기본 운동으로 운동에 뜻을 가진 자는 반드시 철봉 운동에 통달하지 않으면 안 될 뿐 아니라, 일단 민중들도 이 운동에 주의하여 국민 체육에 이용하지 않으면 안 될 것이다. 이에 본서를 추천함에 주저하지 않는 바이오. 아울러 서상천 동무의 부단한 노력에 대하여 감사의 뜻을 표하는 바이다.

1933. 9. 1.
여운형

(−서상천 · 이규헌, 《현대철봉운동법》 서문, 1934)

[이 추천사는 1934년에 출간된 서상천 · 이규헌 공저, 《현대철봉운동법》의 서문에서 옮긴 것이다. 서상천은 1930년대 초 중앙체육연구소를 창설하고 휘문고보에서 교편을 잡고 있었던 사람으로 체육 발전의 큰 공로자이다. 몽양은 이때 조선체육회 회장으로서 스포츠를 통해 전투정신을 고취하고 독려하는 운동을 도모했다−편자]

창간 1주년을 맞으며 (축사)

우리 《중앙》은 1933년 11월에 창간하여 이제 만 1년을 성장하였다. 자에 1주년 기념호를 내게 되었으니 그 성장이 인간의 자연 성장과도 달라서 의외로 급속하였던 만치 우리는 자축의 환희를 금치 못하는 동시에 과거를 회고하여 성장 과정이 극히 험난하였음을 새삼스럽게 느낀다.

본지는 그 모체인 조선중앙일보의 속간 1주년 기념사업으로 탄생된 것이다. 그 모체의 발전이 건실한 동시에 중앙의 발전도 따라서 건실하여 1년의 성장으로서 금일의 흔들리지 않는 기초를 닦고 엄연한 위관(偉觀)을 이루었다.

이는 전연 사회의 지지가 절실함에 기인함이라. 사회의 공기가 사회의 절실한 지지에 의하여 장족의 발전을 하였으니 우리는 특히 사회에 감사할 필요까지 느끼지 않거니와, 그 1년을 성장하는 동안에 본지의 객관적 정세인 내외 시국은 시기각각 급전하여 마침내 금일의 급박에 이르렀다. 구아(歐亞: 유럽과 아시아)의 정세가 급박하고 중대화 할수록 이를 정곡히 비판할 필요는 가중하여 우리의 사명은 더욱 특수해짐을 느낀다.

그러나 본지는 그 과정이 성장기에 있었고, 또한 객관적 정세가 순탄(順便)치 못함에 기인함이었던지 그 본래의 약속을 지키지 못한바 많고, 자임하는 사명을 다하지 못한바 크다. 스스로 부끄러움을 금치 못하니, 이는 본지가 사회에 대하여 크게 사과하는 바이다.

그리고 우리가 만 1년의 경험을 쌓는 동안 얻은 바로서 애독 대중에게 의외의 느낌을 얻은 바가 있으니, 이는 대중의 말하지 않는 요구가 취미 읽을거리 방면으로 기울어진다는 것이다. 국제 정국을 기민하게 관찰하고 경제 사정의 완급을 척도하여 이 사이에 처한 우리가 취할 태도와 수단을 결정함에 필요한 방면의 읽을거리를 요하지 않을 수 없는 처지이다. 그러므로 우리는 독자대중이 정경政經기사를 등한시하는 경향에 대하여 우려를 금치 못하겠으니, 이는 문제가 《중앙》 독자에게만 한한 바가 아니라, 전 독서층 대중에 관한 문제이오. 따라서 전 조선의 장래에 대한 문제이라 무엇보다도 시급히 교정을 요할 사실인가 한다.

요컨대 과거 《중앙》의 만 1년간의 성장은 조선 잡지계의 신기록을 짓게까지 신속한 템포였다. 그러나 이는 과정이라 금후 분투의 기초를 닦는 것에 불과하였으니 그 동안에 우리가 본의 아닌 과오를 범한 것도 결코 적지 않았다. 비록 이가 불리한 환경 탓이라 하겠으나, 우리는 스스로 이를 부끄러워하여 마지않거니와 이를 아는 우리는 능히 과거를 용감히 청산할 줄을 안다.

사실을 재인식하고 장래를 향하는 희망은 이로서 다시 새로워지고 그 현실에 입각한 분투노력의 기대는 이로서 더욱 커지나니 우리는 지에 창간 1주년을 맞이하여 기뻐하는 동시에 금후의 《중앙》이 더욱 면목을 새롭게 하여 독자 대중의 더욱 굳센 지지를 받고자 노력하여 마지않을 것이다.

(―《중앙》, 1934년 11월호)

시국문제 토의

1) 전 조선 기자대회 개최의 요구

현재 우리 사회에 만연되어 있는 침체된 공기를 타개키 위하여 그 건설 공작의 제1보로 뭇 인재를 한곳에 모은다는 의미에서 전 조선 신문기자대회를 개최한다 함은 실로 시의적절한 안이라고 생각합니다. 물론 좋습니다.

그러나 그 실현에는 난관이 있습니다. 실제의 말씀을 하오면 3사 합동의 전 지국장 회합은 차치하고 우선 어쩐 까닭인지 서울에 있는 3신문사의 3사람끼리도 잘 만나지지를 않아요. 더구나 지방으로 돌아다녀보면 판매와 광고 얻기 위하여 민간 3신문 관계자가 협조한다기보다 서로 경쟁에 눈을 붉히고 있더이다.

여기에는 어떠한 선행 공작이 필요한 줄 아는 바 여하간 3신문사 합동 지국장대회 개최에는 찬성합니다. 그리고 경비 문제 등은 더 한번 연구할 거라지요?

이상은 아직 나 개인만의 의견입니다. 사시社是는 사의 간부회의가 있어 결정하는 터이니까 사의 의견이라고는 아직 알지 말아주십시오.

2) 2천 5백 개의 도서관 설치안

민립 도서관 2천 5백 개의 설치안은 물론 찬성합니다. 성의 있는(다시 말하면 직업적이 아닌) 경세가가 나와서 이 운동을 완성시켜주신다면 좋겠습니다. 지금은 초보의 문자 보급도 필요하지만 한 계급 더 올라가 계몽운동, 지식 보급운동이 필요한 때인 줄 아옵니다.

그런데 이것도 사의 중요기관을 거치지 않았으니 하나의 사견에 불과합니다만, 2천5백 매의 신문을 매일 기증하라는 것과 1년 경비 약 1만 원씩 보조하라는 것은 그런 성의가 없는 바는 아니나 실질적으로는 사의 재정문제도 고려하여야 할 터이니 여기에 대한 대답은 아직 유보하기로 하겠습니다.

3) 만주국 이주민의 국적귀속 문제

나는 만주에 대한 모든 문제는 말씀드리기를 피하겠습니다. 따라서 동족이 이주하여 간 뒤 일어날 국적문제에 대해서도 금일은 굳게 의견 말씀드리기를 피하겠습니다. 전일 미국 기자단이 만주에 갔다가 회로에 만나 이야기 들은 일도 있으나 나는 이 문제에 말하기를 당분간 피하고자 합니다.

4) 이재동포의 구제책

수해와 한해에 가산을 잃은 이재민을 무턱대고 해외로만 자꾸—하는 데는 나는 찬성치 않습니다. 그러나 나는 이 문제에 대해서는 좀 더 연구를 쌓은 뒤에 말씀드리기로 하겠습니다.

(—《삼천리》, 1935년 1월호)

[이 글은 《삼천리》 잡지사의 주필 김동환의 제안으로 당시 3대 신문 사장(조선중앙일보 여운형, 조선일보 방응모, 동아일보 송진우)들이 시국문제를 토의한 내용 중에서 몽양이 발언한 부분만을 옮긴 것이다—편자]

내 대신 싸운 봉구 (수필)

봉구는 재작년(1933년) 겨울, 아버지가 감옥에서 나와 서울에 있는 사이 상해에서 이 세상을 떠난 나의 맏아들입니다.

그가 여섯 살 먹었을 때, 하루는 경관들이 나를 잡으러 왔습니다. 그때 그는 가지고 놀던 생철 칼을 빼들고 쫓아나가면서 우리 아버지를 왜 잡아가려느냐, 못 잡아간다고 대들어 싸우려고 합니다. 여섯 살 먹은 그가! 나는 그를 껴안고 용감스럽다고 칭찬을 해주었습니다.

일곱 살 먹었을 때는 롤러스케이트장에서 불란서 · 영국 · 미국의 그 중 한 아이가 "너는 차이니즈(중국인)"라고 놀리며 업신여겼습니다. 그때 그는 분함을 참지 못하였습니다.

"무엇이냐? 나더러 차이니즈라고? 나는 코리언이다. 여태 코리언을 몰라? 코리언은 이 세상에서 제일간다"고 덤벼들어 서로 어우러져서 싸우는 것을 보았습니다. 나는 그가 나한테 역성을 들어 달라는 눈치를 보이므로 나무 뒤에 숨어 있었습니다. 삼십 명 가운데 조선인이라고는 봉구 하나! 그는 끝까지 용감하게 싸워 마침내는 그들을 물리치고야 말았습니다.

"싸워라! 네 힘껏 싸워라! 그리고 네가 너를 아낄 줄을 알아라!"

나는 6백만 어린 동무들 앞에서 이렇게 외치고 싶습니다.

(―《소년중앙》, 1935년 2월호)

[봉구는 몽양의 큰아들로 만보산사건 직후 울분을 못 참아 상해로 갔다가 1933년 중국 상해
에서 사망했다―편자]

봄이 왔다 (동화)

　지난 반공일날, 사무실에서 한창 바쁘게 일을 보고 있는데 집에서 아이들이 몰려와 어디로든지 놀러 가자고 졸라댔습니다.

　그들은 나를 자기네 동무 가운데 그 중 친하고 그 중 만만한 동무로 알므로 그날도 나는 그들의 청을 아니 들어 줄 수 없어, 장충단으로 가서 미끄럼도 타고 흙장난도 하고 재미있게 놀았습니다. 나는 다시 그들을 이끌고 산골 응달진 곳으로 들어가서 아직 덜 녹은 눈덩이를 찼습니다. 눈덩이를 들고 보니 눈 밑에서 새파란 풀이 솟아 나오고 있었습니다. 아이들은 "눈 속에서 풀이 나왔다"고 이상해서 떠들었습니다.

　그래서 나는 그들에게 자연의 교육을 시작하였습니다.

　"봄이 오니까 겨울이 도망을 하였단다."

　"봄이 그럼 기운이 세게?"

　"아암, 봄이 오면 언제든지 겨울은 쫓겨 간단다."

　"그럼 봄이 오니까 이 풀이 낫나?"

　"봄이 오면 으레 풀이 나지. 하지만 이 풀은 겨우내 눈하고 싸웠단다. 뿌리를 땅속에 든든히 박고 겨우내 눈과 추위와 싸워서 이제 눈이 지고 '내가 이겼다' 소리를 치며 눈을 뚫고 풀이 나왔단다."

　내 이야기를 듣고 그들은 좋아서 저이들이 이긴 것처럼 이리 뛰고 저리 뛰고 하였습니다.

"꼬리치누나. 꼬리치누나" 하고 노래를 부르니 큰 아이가 물었습니다.

"얼음이 얼었을 때는 고기가 어디 있었수?"

"얼음 밑 바위틈, 혹은 흙속에서 겨우내 자고 있었단다."

그러니까 일제히

"아이구, 오래 잤네."

하면서 눈을 크게 뜨고 서로 쳐다봅니다.

"자고 있는 게 아니란다. 얼음과 찬물과 싸우느라 참고 있었단다. 아까 눈 속 풀처럼 오래 동안 참고 힘 있게 싸웠으므로 이제 얼음은 녹고 고기는 '내가 이겼다!'고 꼬리를 치며 여기서 노는 것이란다."

하고 말했습니다. 그리고 나는 오래 참고 힘껏 싸우면 무엇이든지 이기는 법이라고 말했습니다.

그들은 손뼉을 치며 저희가 이긴 거나 다름없이 기뻐하였습니다. 온종일 즐겁게 뛰어놀다가 저녁 때 손에 손들을 맞잡고 집으로 돌아왔습니다.(2월 23일)

(─《소년중앙》, 1935년 3월호)

손문 선생의 서거 10주기를 맞아

금일은 3월 12일, 즉 중화민국의 국부 손중산[88] 선생이 북경에서 최후를 마친 날이다. 세월은 어느덧 빨리 그의 10주년 기일을 맞게 되니 그의 고결한 그림자가 다시금 추억되는 동시에 일편의 감상이 솟아오름을 금할 수 없다.

내가 선생을 최후로 만나기는 1925년 1월 초였는데, 선생이 단기서[89]의 초청을 받고 북경으로 향하던 도중 상해에 들렀을 때 부두에서 반가이 만났다. 자동차로 프랑스 조계 막애리로에 있는 그의 사저로 가서 한참 동안이나 이야기한 것이었다.

그것이 선생을 최후로 대한 것일 줄 어찌 뜻하였으랴? 그때에 상대하여 각 방면에 긍한 담화로 수 시간이나 보냈는데, 그 중에 한 가지 심각한 인상을 나에게 준 일절一節이 있으니, 그것은 즉 그의 백발이 성성한 것을 보고 "선생의 머리는 벌써 백발이 되었으나 선생의 혁명은 붉어졌소이다그려!"한즉, 그는 침착한 어조로 "인간의 머리털은 늙어지면 희어지고 혁명

---

88) 孫中山 : 손문孫文.

89) 段棋瑞 : 중국의 근대 정치가. 원세개의 독재정권 확립에 협조하였으나 원세개가 죽고 국무총리 겸 육군총장으로서 당시 군벌 장작림과 마옥상의 지지를 얻어 1924년 북경에서 임시집정臨時執政에 취임하였다. 이 무렵 그가 손문을 북경으로 초청했던 것이다.

은 늙어지면 붉어지는 것이다"라고 명료한 음성으로 한 말이 아직까지도 뇌리에서 사라지지 않는다.

그는 40년 동안이나 꾸준히 중국 혁명을 위하여 건투한 사람이다. 처음에는 만주족에 대하여, 다음에는 군벌과 제국주의에 대하여, 시종일관 불요불굴의 정신으로 매진하였던 것이니 그의 앞에는 무수한 난관이 도사리고 있었고 실패도 비일비재하였다. 그러나 그럴수록 그의 의지는 더욱 공고해졌고, 그의 수완 더한층 연마되었던 것이다.

그러나 선생이 서거한지 불과 10년에 중산류中山流의 혁명은 말살되어 편영조차 없이 되었으니, 그는 제국주의와 싸워가면서 혁명토대를 사수하였던 것이나, 그의 사후에는 중산류의 혁명분자는 분열되어 자본주의 내지 제국주의와 합류되고 말았으니 만일 손중산 선생의 영이 있다고 가정한다면 그는 얼마나 한심해 할 것이며, 현하 상태에 얼마나 분격할 것인가? 그에게는 물론 결점도 없지 않을 것이나 그의 장점을 든다면 ① 항구불변 ② 대담무비 ③ 고결시종高潔始終이라고 할 수 있으니 첫째는 40년 동안이나 초지를 관철코자 불요불굴의 강철 같은 마음으로 매진한 것이며, 둘째 열강의 제국주의가 연합공격 할 때에도 추호도 동요됨이 없이 떡 버티고서 모든 일을 처리한 것이요, 셋째 그가 사후에 남긴 재산이라고는 주택 한 채와 동지들에게서 기부 받은 서적 만여 권뿐이었다.

그는 자기를 위해서는 무한히 박하였던 것이다. 그 얼마나 고결 청정한 심경이랴! 그는 자기가 목적하던 사업을 이루지 못하고 마침내 60세를 일기로 화거(化去: 사망)하였다. 그러나 그가 심어놓은 혁명적 뿌리는 결코 없어짐이 없이 전 중국에 만연되어 있으니 그의 위공(偉功: 큰 공)이 얼마나 큰 것인가를 알 수 있다. (1935년 3월)

(─《몽양여운형전집》, 1991)

체육 조선의 건설 (수필)

인류의 생명은 힘이다. 대지를 비치는 광光도 만물을 태우는 열熱도 힘이다. 그러므로 인류사회에 힘이 뭉친 것이니 그 사회를 강하게 하는 것은 그 멤버인 인류의 힘을 강하게 함에서이다. 인류의 힘을 강하게 하는 방법은 여러 가지 교육이요, 여러 가지 교육의 기초는 오직 체육이다.

우리의 조상은 건전한 체질의 소유자이다. 건전한 체질을 가졌던 그 시대에는 동방문화의 가장 찬란한 공훈을 가지고 있었다. 그러나 이조시대를 통하여 문약에 흘러버린 결과는 결국 현상에 이르게 되었다.

우리가 다시 '찬란한 공훈'을 가지려면 먼저 체육적 갱생을 하여야 하고 다시 '그 광채'를 갖자면 먼저 건전한 체질을 찾아야 하고 X X X X X X X X X X X X X X.

억센 체육 조선의 건설을 위하여 나는 3가지 제의가 있다.

첫째로 체육의 보급. 과거에 있어 조선의 체육은 유한 청년의 소일거리처럼 되어 왔었다. 도회지에서의 한**거리처럼 되어 왔었다. 먼저 이 관념을 타파시켜 도시와 농촌, 삼천리 방방곡곡에 널리 펼치고 남자에게만 아니라 여자에게도, 청년에게만 아니라 노년 유년에게까지 전 계급 전 민족에게 보급시키고 X X하여야 할 것이다.

우리의 체육은 우수한 선수를 길러내어서 세계 신기록을 수립하는 데만 있는 것이 아니라, 전 민족의 체질과 의식을 X X케 함에 있는 것이다. 그 럼에 있어서 우리는 더욱 체육의 보급에 전력을 바쳐야 한다.

둘째로 X X X X X X X X X X X X X X X X X X X X 그 반면으로는 체 육의 근본정신에 배치되는 X X X X X 이 X출되고 있음이 크나큰 유산이 다. 가까운 예로 신성하여야 할, 명랑하여야 할 경기장에서 발생되는 불상 사도 X X X에서의 X X X X가 선수 양성에 편중되어 있음도 경기에 임하 여 체육 도덕을 짓밟고라도 승리를 탐함도 모두 한마디로 체육 정신을 망 각한 추한 오점이다.

여기에 있어 체육의 보급과 아울러 체육의 근본 정신을 고취하여 명랑 하면서 진지한 참된 체육적 경기와 운동이 되도록 해야 한다. 이는 체육의 발전만을 위해서가 아니라 거대한 조선민족의 면목과 의기를 위하여 가장 먼저 절실하다.

셋째로 '과학적 지도'.

현대는 과학의 세기이다. 체육의 각 부문을 통하여 과학적 지도는 가장 절실하고 현명한 방법이니 현재 조선 청년으로 체육계를 통하여 세계 무 대에 나아가 명성을 높이고 있음은 그들에게 가장 좋은 과학적 지도가 있 었음보다도 선천적으로 우리 선조의 좋은 체질을 받아 나온 데서 그 힘이 나타난 것이다. 만일 우리가 우리 청년들에게 보다 좋은 과학적 지도를 베 풀었다면 더 한층 세계적으로 단연 우수한 성적을 나타내었을 것이다.

뿐만 아니라 앞으로 조선의 체육을 보급 정화시킴에 있어 가장 좋은 과 학적 지도가 필요하고, 또 전 반도를 통하여 완전한 과학적 조직이 필요하 다. 그것은 X X X X X X X X X 함에서는 물론, 민중과 체육을 서로 X X X X X X X한 것이다. 소위 '악역'으로서 X X X X X 가장 우둔한 자나 택 할 것이다.

그러므로 앞으로의 체육 지도는 X X X X X X X X X X 여러 가지 과학 적 견지에서 가장 좋은 방법으로 X X X X X X X X 있는 지도를 하도록 연구 또는 노력하지 않으면 안 된다.

우리는 앞날 조선민족의 의기와 정신과 생활을 X X X X 있게 하기 위하여 '억센' 체육 조선의 건설을 X 절히 느낌과 X X X X X X X X 체육부를 신설하고 지면으로 이론적 X X X X X X X X X 때로 전 조선을 통하여 모범적 경기를 행하고 아울러 X X X X X X X X 체육 단체와 X X X X계의 권위자를 초빙하여 그들과 서로 X X X X X X 또 그들의 기량을 보고 배울 기회도 자주 만들려고 한다.

다시 한 번 말한다. 5백년 이래 '엄약'하고 '무 X X'하고 'X X겁'한데 젖어서 지내온 우리 민족의 새로운 면을 타개할 길은 먼저 건강하고 의기 있고 고매한 X X X X 있던 우리 조상의 X X 힘을 다시 찾는 데 있다. 억센 체육 조선을 건설하여 힘차고 X 진 민족이 되는데 있다. 힘을 기르고 기운을 돋우는 데 있다. 거기에 아름다운 문화도 아름다운 생활도 있는 것이다.

(―《중앙》, 1935년 5월호)

[본문에 들어 있는 X X 표시는 일제의 검열로 삭제된 부분이다―편자]

고비사막과 상해생활 (수필)

　나는 해외에서 20여년이라는 길고 긴 세월을 보내었고, 그 중에도 상해에서 14년이라는 세월을 보냈습니다. 그리고 내가 다닌 곳은 구주와 만주와 아세아 일폭―幅으로 그곳은 대개 다녀보았으나 미국만은 가보지 못하였습니다.

　해외생활에 있어서 가장 재미난 이야기요. 하도 많으니까, 다 말할 수 없지요. 그러나 지금까지 인상에 깊은 것은 대정 10년(1921년) 11월 하순경에 고비사막에서 10일간이나 야숙을 하며 그 사막을 지나던 기억입니다.

　고비사막이라고 하면 누구든지 다 잘 아시겠지만, 그 광막하고 끝이 없는 사막을 지나며 밤이면 양의 가죽을 쓰고 사막에서 지나던 기억입니다.

　고비사막은 북부 아시아의 일부요, 더욱이 때가 11월 하순이라 영하 30도나 되어 춥기도 여간이 아니지만, 밤이면 푸른 별들이 누구를 부르는 듯 반짝거리고 그 아래는 나 홀로 누워있는 듯 쓸쓸한 사막의 밤은 가장 즐겁고도 유쾌합디다.

　내가 시인이 되었던들 그 웅장한 사막의 밤을 한 번 노래해 보았을 것입니다. 낮이면 낙타로 사막을 지나가고 밤이면 양의 가죽을 쓰고 그날그날을 지나던 나의 생활은 그야말로 영원의 표랑객과 같아서 퍽이나 유쾌하더군요. 나는 그때 고비사막을 지나서 시베리아로 들어갔는데, 먹고 입을 것이 없어서 기아에 헤매는 그때 러시아인들은 참담하기 짝이 없습니다. 그러나 자기네의 건설을 위하여 꾸준히 노력하는 그네들도 볼 수가 있었습니다.

그 다음 해외생활에서 있어서 가장 고생한 이야기요?

고생이야 많이 했지요. 그러나 고생 중에도 먹을 것 없는 고생이 더 하더군요. 나는 상해에서 14년을 지냈는데, 이 사람 저 사람 객식구가 많아서 20여인이 먹고 살았지요. 일정한 수입이 없어서 고생한 때가 많은데, 어떤 때는 칼러나 넥타이 등 양품을 가지고 서양인 집을 돌아다니며 방물장사 노릇을 한 때까지 있었습니다. 하루에 2백 원까지 돈을 번 때도 있지만은, 어떤 때 허탕을 치는 날이면 20여 식구가 먹을 것이 없어서 딱하기 짝이 없더군요. 참말 기막힐 때가 많았습니다.

그 다음으로 통쾌한 이야기요?

그러나 여기서 말할 수는 없습니다. 장개석 씨의 북벌 당시에 조선인도 참가하여 승승장구하던 것도 유쾌하고, 한X에서 북벌 승리의 축하연회가 열렸을 때, 그때 그 석상에서 나도 한마디 통쾌한 연설을 한 것도 기억에 새롭습니다.

그 다음으로 가장 즐거운 에피소드는 내가 상해 복단대학 교수로 있으면서 비율빈(필리핀)체육회에 초대되어 갔던 이야기입니다.

나는 그때 중국인 행세를 하였으나 마침 전부터 알던 나바쓰라는 비율빈 신문기자를 만났는데, 그이는 내가 상해 있을 때에 조선을 지나는 씨를 위하여 당시 장덕수 씨에게 소개한 일까지 있고, 경성에서 장씨를 만나 명월관에서 조선 기생 구경도 하고 매우 환대를 받았다고 합니다.

그이는 나를 보고 매우 반가워하며 악수로 환영하고 그날 저녁에는 '조선명사 여운형 선생 필리핀 방문'이라고 굉장한 기사를 신문에 내고, 28단체의 환영회까지 있었습니다.

나는 짧은 바지에 넥타이도 아니 매고 일개 운동인으로 그 자리에 참석하여 답변을 하다가 비율빈에 대한 미국의 교묘한 정책을 공격하게 되었습니다. 이 이야기는 각 신문에 모두 게재되고 또는 비율빈을 맹주로 남양 공화국을 건설하라는 쓸데없는 나의 소견까지 게재되어 그 다음날에는 경찰에 취조를 받고 여행권까지 빼앗기던 이야기입니다.

그래서 그 다음날 학생들은 상해로 돌아왔으나 나는 일주일이나 더 있다가 비율빈 연설가들의 비호로 무사하게 되어 하루에 10원씩의 손해금까지 받고 무사히 상해에 온 이야기입니다.

(—《신인문학》, 1935년 6월호)

평양축구단을 천진원정에 보내며 (연설)

[금반 평양축구단이 상해 원정으로 향하는데 그를 보내는 기념강연회가 지난 2월 16일 오후 7시 반부터 평양 백선행기념대강당에서 개최되었다. 그 석상에서 여운형 선생의 '체육과 경기'란 제하의 열렬한 송별사가 있었는데 기자가 몹시 감격으로 들었기에 이에 필기하여 발표하는 바인바 여러 가지 사정으로 선생의 강연은 충분히 필기 못하였음을 사죄합니다—삼천리 기자]

오늘 저녁은 우리의 자랑할 만한 축구 조선의 의기를 국제적으로 스포츠 무대에 휘날려보려고 멀리 천진天津과 상해 방면으로 가게 된 '무적강군'인 평양을 대표한 평양축구단을 위해서 체육과 경기에 대하여 말씀하고자 합니다.

우리는 누구나 다 건전한 체격을 가져야 하겠습니다.

운동경기가 반드시 인간생활의 필수 조건은 아니라 할지라도 생활력을 증진시키는데 빼지 못할 한 수단임은 부정할 수 없는 사실입니다. 그리고 운동은 청년만 할 것이 아니라 아버지, 아들, 딸, 며느리 모두가 할 것입니다.

건전한 가정, 건전한 사회, 건전한 국민을 만들기 위하여 나이 많은 노인부터 어린 아이들까지 모두 다 운동을 하여야 할 것입니다.

나는 딸이 셋이고 아들이 둘입니다. 그래서 모두 일곱 식구입니다. 그런데 내가 회사에서 돌아가 대문에 들어서면 벌써 내가 오는 소리를 듣고 대여섯 살 내 아들 녀석은 인제 오시느냐고 인사를 하고 나의 모자를 받아주고는 오버를 벗깁니다.

나를 잡아 앉힌 후에 내 머리를 쥐고는 나를 잡아탑니다. 그리고는 '이랴!' 하고 몰고 다닙니다. 그래서 나는 내 아들 녀석의 말이 되어 노는 대로 한참 방 안을 휘휘 돌아다니곤 합니다. 한참 기어서 다니노라면 땀이 죽 빠지고 나를 탄 녀석도 말 타기에 힘이 들어 그만 우뚝하니 멈춥니다. 그렇게 하고 나면 퍽 마음이 유쾌합니다.

그것이 운동이 상당히 됩니다. 그러나 나의 아내는 아이들과 무엇을 그러느냐고 좀 점잖게 굴라고 합니다. 그러나 점잖은 것보다도 유쾌하고도 좋은 가정적 실내운동이 얼마나 좋은지 아십니까.

우리는 어른 아이 할 것 없이 제 몸을 위하여 체육을 위해서 운동을 해야 할 것입니다.

체육과 경기

이 체육과 경기는 국민을 만들기 위하여 운동을 아니 하여서는 못씁니다. 건전하게 하는 것이 그 목적입니다.

우리는 역사상에서 고대 희랍(그리스)사람의 건강한 그 체격을 살펴봅시다. 그 얼마나 건전한 체격을 가졌는지요. 우리도 아침저녁 단련시켜 이렇듯 건강한 체격을 가져야 할 것입니다. 대체 아름답다는 그 미 중에는 곡선미가 제일 좋은 것입니다. 그런데 이 곡선미를 잊어버리고 양도야지 같이 된다든가 수숫대 같이 가늘게 되어서야 무엇에 쓰느냐 말입니다.

그리고 늘 하는 말이지만은 정신을 건전히 가지기 위해서 운동이 필요합니다. 만사에 건전한 정신을 가지지 못하면 사업에 성공치 못합니다. 그러므로 건전한 정신을 가지기 위해서 제일로 우리의 몸을 건전하게 가져야 할 것입니다.

둘째로 어째서 체육을 장려해야 하겠느냐 하면 그는 건전한 신체를 자지기 위하여 꼭 해야 합니다. 이 운동이 아니고는 도저히 튼튼할 체구를 얻어 가질 수 없는 것입니다.

그리고 셋째로는 우생優生을 낳기 위하여 체육을 장려해야 합니다. 말하자면 좀 더 나은 사람을 낳기 위하여 좀 더 훌륭하고 튼튼한 국민을 만들기 위하여 운동을 아니 하여서는 못 씁니다. 우생학적 견지에서 체육이 필요합니다.

넷째로는 위생을 위하여 필요합니다. 우리들이 날마다 살아가는데 있어 질병은 위생을 잘하고 못함에 생기는 것입니다. 우리가 병 없는 튼튼한 몸을 가지려면 위생이 필요합니다. 이 위생에 제일 조건은 운동입니다,

다섯째로 오래 살기 위하여 또한 운동이 필요합니다. 우리가 오래 살려면 백 살을 살아도 오히려 약하여질 줄 모르는 튼튼한 몸을 가져야 합니다. 오래 살려는 사람이 튼튼한 몸을 아니 가지고는 도저히 오래 살 수 없으니 우리는 오래 살려거든 운동을 해야 합니다.

이상 다섯 가지로 나누어 운동이 필요한 것을 말했습니다. 이때에 생각이 남은 지금부터 약 20년 전에 나는 상해에서 극동경기대회에 참가하였는데 그때 보니 참 그 정신이었더라는 것을 가히 알 수 있었습니다.

세계의 우수한 각국 나라 선수들이 모인 그 경기대회는 규모도 크고 출장선수도 많고 각국 인민의 열렬한 환호리에 개최되었는데 참으로 잘하여 갑디다. 그런데 운동을 했으면 했지 왜 경기를 하느냐고 하십니까. 그냥 운동만 하면 취미가 적으니까 그러지요. 경기는 즉 취미를 재미를 붙이기 위해 내기를 하는 것입니다. 이 내기는 남보다 이기려는 즉 투쟁심을 양성하여냅니다.

우리 조선에만 있다고 볼 수 있는 철학인 "남에게 져라. 때리거든 맞아라. 남을 때리지 마라" 하는 이런 놈의 철학이 어디 다시 있겠소? 오직 망

할 조선만 있는 철학입니다. (만장박수)

그리고 운동은 판단력을 양성하여 줍니다.

진평이가 중국에서 유명하다 하지만 우리가 가진 자랑할 이번 축구 선수는 비단 풋볼을 잘 찬다고 하여서 뿐이 자랑이 아니라 진실로 건전하고도 피가 끓는 정신을 가진 청년 선수들인 까닭입니다. 이 청년 선수에게 천하를 맡겨 봅시다. 반드시 하늘 공중 높이 공을 차 던지듯 천하를 잘 운전하여 갈 것입니다. 남보다 뛰어난 건전한 체격을 가지고 그 위에 건전한 정신을 가진 그가 무엇인들 못하며 무엇인들 어려워하랴!

또한 운동은 책임감을 양성하게 됩니다. 제 앞에 오는 볼을 남에게 주지 않고 제가 지켜야 할 장소에 제가 찬 볼을 죽자고 한사코 차고야 마는 그런 책임감을 운동이 아니고는 도저히 길러낼 수 없는 것입니다.

여러분! 저 로마 나라 어떤 곳에서 천년 묵은 고적을 발굴하여 보았더니 로마 병정 하나가 총칼을 들고 기착한 대로 조금도 움직임 없이 그대로 그 자태대로 화석이 된 것을 발굴하였다 합니다. 그 속에서도 오직 제 자리를 사수한 그런 놀라운 책임감을 가졌던 증거외다.

여러분! 우리 축구 선수 여러분을 대하여 봅시다. 우리 운동 선수는 화목해야 합니다. "네버마인(염려마라)" "내가 잘못했다" 저편에서 잘못한 것도 "야! 염려마라, 내가 하마! 내가 잘못해서 그렇게 되었다" 이렇게 실수하더라도 서로 잘못했다고 하여야 이것이 운동의 정신일 것입니다. 나는 잘했는데 "네가 왜! 그럭했니?" 하고 서로 잘못한 것을 남에게 미루는 정신을 응시하여야 할 것입니다.

너는 경기도, 나는 평양 이렇게 지방관념(지역감정)을 버리고 한번 씩씩한 젊은이가 단합해서 모든 난관을 싸워나가면 어떻겠나 말입니다. (만장박수)

독일에 어떤 수영 선수가 파선한 배에서 죽어가는 사람을 보고 자기의 입었던 의복을 벗어치우고 파도가 심한 바다 사이에서 죽을 사람을 구원코자 뛰어들어 한 사람 구원하고 두 사람 구원하여 10여 명이나 구원한 그는 기진맥진해진 것을 곁에 있던 사람이 인제는 그만두라고 하니 아니다, 아직 더 구해야 한다, 그래서 또 두 사람을 구출하고는 인제는 그만 죽게 되어 있으면서도 하는 말이 하나만 더 구해 냈으면 하고 죽었다고 합니다. 과연 그가 죽을 자리에 있으면서 최후에 두 사람까지 마저 건져낸 그 의용심이 그를 위대케 한 것입니다.

내가 한 번 청탄 나룻배를 타고 가다가 배가 전복되었을 때 나는 배운 수영으로 의복을 벗어버리고 뛰어 들어가 세 사람을 구해냈습니다. 내가 수영술이 용해서 그런 것이 아니라 그 사람은 나는 죽어도 좋다 하고 내가 하는 대로 내버려두어 그랬지 만일 자기가 살겠다고 나를 붙잡았으면 나도 죽고 그도 죽었을 것입니다. 그러나 요행 그는 나는 죽어도 좋다 하고 넘어져 있으니 나는 그를 구출하게 된 것입니다. 이와 같이 서로 희생심이 있으므로 모두 다 살게 된 것입니다.

그리고 우리 사회에는 조로병早老病이 있습니다. 실은 흑사병보다 호랑이보다 더 무서운 것은 이 조로병입니다.

나이 많다고 운동을 못한다는 것이, 이것이 무엇이냐 말입니다. 아무리 많더라도 나이 많을수록 운동은 해야 합니다. 신사 체면 찾고 무엇 차리고 그래서 조로하고 마니 이런 무서운 병이 어디 있습니까.

이런 조로병은 하루 바삐 고쳐야 할 것입니다.

우리 조선 여자는 대문 밖에도 못 나오던 것이, 지금 보아요, 공중에 여비행사로, 육상 경기로, 수상에 수영 선수로 점점 나아가지 않는가? 더구나 건전한 자식을 얻자면 건전한 어머니가 되어야 합니다.

마지막으로 경기는 깨끗하게 하는 신조를 지켜야 합니다. 모든 경기는 깨끗하게 합시다. 나는 근래에 가끔 운동장에서 불쾌한 일을 봅니다. 일전에도 축구대회 어떤 곳에서 야비한 행동과 언사를 하는 것을 보았습니다. "까라"하고 마구 외칩니다. 대체 무엇을 까란 말입니까? 사람을 어찌 깐단 말입니까? 짐승이 아니고야? 도살장인줄 압니까?(만장박수)

(다시 높게 외치면서) 운동과 경기는 엎지 못할 것입니다. 운동과 경기는 깨끗하고도 건전한 정신을 가진 인민을 만들며 그리고 우리의 용맹심을 북돋워주며 사회생활 단체생활에 철칙이 될 책임감을 양성하여 줍니다.

이제 우리의 자랑인 축구단 일행이 세계의 화려한 무대인 상해로 황해 바다의 물결을 차며 원정의 길에 오르고 있습니다. 내가 애타는 마음으로 열성을 가지고 바라는 것은 이 일행이 이 빛나는 자리에 나아가 아까 말한 희생심 단결력을 가지고 최후 5분간까지 잘 싸워서 조선 사람의 의기를 해외 열강에 알리고 개선가를 부르며 돌아오기를 바라 마지않습니다. (박수 소리는 장내가 무너지는 듯)

(―《삼천리》, 1936년 1월호 부록)

[위 연설은 몽양이 1935년 2월 16일 평양 백선행기념대강당에서 거행한 강연을 월간 《삼천리》가 1936년 1월호 부록에 실은 것을 옮긴 것이다―편자]

세계 제1위를 목표로 (연설)

　오늘밤, 세계적 선수 서정권[90] 군을 환영하는데 있어서 먼저 개회사에서 그에 대한 환영의 의미와 여러 가지 찬사를 하였기에 이 자리에서 내가 다시금 환영사라고 별다른 찬사를 한대야 그것을 거듭하고 중복하는 것이니, 서군이 오늘날까지 국제 무대에서 어떻게 빛나게 싸웠다던가 하는 과거에 대해서는 나로서 말하지 않으려 하는 바이며, 다만 아래에 말하려는 세 가지 의미에서 서군을 환영하는 바입니다.

　첫째로 서군이 반도의 한 어린 소년으로써 복싱에 있어서 세계 무대에 제6위를 점하기까지 싸운데 대해서는 그의 과거를 먼저 위로해야 할 것이며, 둘째로는 이 세계적으로 빛나는 서군의 장래가 더욱 맹렬히 꾸준하게 분투하여 나아가기를 비는 바이며, 셋째로는 권투 조선의 기개를 널리 세계 무대에서 빛내고 있는 오늘날에 와서 서군과 같이 전도가 유망한 선수들이 그 뒤를 계속해서 반도에서 많이 나와 주기를 바란다는 의미에서 오늘 이 서군 환영의 밤이 의의 있을 줄로 믿습니다.

---

90) 徐廷權 : 권투 선수. 1929년 도일하여 일본 복싱의 창시자 와타나베(渡邊) 밑에서 수련하였고, 1930년 전일본선수권대회에서 플라이급 챔피언이 된 것을 시작으로 많은 경기에서 연승했다. 이후 일본 라이트급 챔피언 피스톤 호리구치(堀口), 전 플라이급 챔피언 가시와무라(柏村)를 물리침으로써 '복싱의 신'이라 불렸다. 1932년 한국 선수로는 최초로 미국 원정을 하여 명성이 높았다.

어떠한 과학이나 어떠한 예술이나 어떠한 스포츠를 막론하고, 그것으로 하여금 한 민족, 한 사회를 빛나게 하려면 오로지 피와 땀의 길을 밟아오지 않고는 도저히 바랄 수 없는 사실입니다.

더구나 권투라는 운동은 실로 그 어떤 때에는 피와 땀으로 싸우는 스포츠입니다.

오늘밤 우리가 환영하는 서군은 일찍이 20세도 못된 어린 약관의 몸으로 머나먼 외국으로 건너가, 더구나 그 체구라든지 모든 것이 우리보다 훨씬 우월한 백인들을 상대하여 다만 맨주먹 싸움인 권투로서 피와 땀을 흘려가며 재미 3년 반이라는 짧은 시일에 일약 제6위의 영예를 얻게까지 되었다는 것이 용이한 일은 아닙니다.

아직 나이 20세의, 더구나 직업 선수로서 그렇게 세계적으로 빛나는 전적을 남겨놓았다는 것은 여간 어려운 일이 아니라고 믿습니다.

그가 만약 외국 사람들과 같이 훌륭한 지도자와 여러 가지로 도와주는 사람을 가졌었다면 그렇게까지 어렵지는 않았겠지만, 서군이야말로 훌륭한 지도자도 없이 오직 단신 두 주먹으로 피와 땀을 흘려서 싸운 결과도 미국의 달러리즘[91]에 희생이 되고 제물이 된 것밖에는 아무것도 없었음을 알 수 있습니다.

이를 증명하는 예로는 우리는 그가 재미 3년 반 동안 전 미국을 흔드는 인기 속에서 연전연승하여 가면서 수많은 돈을 모았고, 그가 귀국할 때는 적어도 수십만 원의 돈을 안고 돌아오리라는 소식을 여러 소식통을 통하여 늘 들어왔던 것입니다.

그러나 오늘 돌아온 서군은 아무 소식이 없음을 볼 때, 그가 재미 3년 반 동안 실로 피와 땀을 흘려가며 50회 가까운 게임에서 얻은 수십만의 황금은 두말 할 것도 없이 그의 뒤에 숨은 어떤 기업가에게 자기의 기술과 노

---

91) dollarism : 미국 달러에 기초한 상업주의라는 뜻으로 여운형 선생이 만들어 사용한 말.

력을 빼앗기고 돌아왔음이 사실인 듯합니다.

과연 오늘에 승리의 기록을 국제 무대에 남겨놓고 돌아온 서군으로 말하면, 전 세계적인 선수들을 상대하여 용감하게 잘 싸운 결과 반도남아의 의기를 빛냈을 뿐이고, 그의 땀과 피와 이익을 빨아먹은 사람은 따로 있다는 것을 알아야 하겠습니다.(만장박수)

서군은 다만 두 주먹의 빛나는 투지 때문에 그들에게 환영된 것이 아니고, 상품 취급의 한낱 이용물로서 그들에게 모든 피와 노력을 바쳐왔던 것입니다. 서군이 얼마 전 처음으로 하얼빈에 내려, 동경에서 필리핀(比島)의 제1인자와 일전을 치르기로 되었을 때, 일본 권투연맹과 일본 권투구락부의 두 단체는 서로 그 주최권을 앞에 놓고 싸우는 추태를 보이고 말았습니다.

더구나 그때의 서군으로 말하면 오랜 항해 여행의 피로와 다리에 난 종기로 해서 동경 순천당병원에서 2주일의 치료를 요하는 진단서를 받고 이 시합을 중단하려고 하였으나, 주최 측에서는 폭력단을 사용하는 등 모든 추악하고 언어도단의 만행을 행하였으므로 서군은 병중의 몸으로 2백여 명의 경찰에 포위되어 부득이 출전하게 된 사실만 보더라도, 실로 오늘날의 스포츠계는 한심하기 짝이 없는 바이며 통탄할 노릇입니다.

더욱이 요사이 조선의 신문사들을 바라보면 그 내용이야 더욱 한심스럽고 부끄러운 현상입니다.(이것은 내가 신문사에 관계한 사람으로서 말하는 바입니다.)

서군을 환영한다든지, 어떤 선수를 환영한다고 떠드는 그 이면을 바라보면 그에 대한 기술이나 공세나 노력을 널리 알리고 환영함이 아니고, 모두가 자기의 선전용구로서 그들을 이용함이 사실인가 합니다.

아무리 현 이기주의 사회에 있는 신문사라 하더라도 그렇게도 자가의 선전과 이익을 위함은 실로 한심한 일입니다.

그러므로 해서 오늘밤 여기에 모인 우리들은 참말로, 진실로, 성심으로 서군이 과거에 피와 땀으로 싸워 올린 승리와 영예를 축복하는 동시에 오늘날 세계 6위라는 세계적 지위를 찬탄하는 바이며, 더욱 그 전도양양한 앞길에 조금도 쉬지 말고 세계 제1위를 점할 때까지 굳세게 싸워나가기를 바라는 바입니다.

끝으로 이 복싱의 각급을 통해서 반도의 남아들이 모조리 전 세계 무대에 나가 제1위를 뺏어오기 위해 우리는 이 모임을 가졌고, 이 서군을 환영하는 바입니다.(박수 속에 퇴장)

(―《신동아》, 1936년 1월호 부록)

[이 연설은 여운형이 1935년 서정권 선수 귀국환영의 밤에서 행한 내용을 《삼천리》라는 잡지가 1936년 1월호 부록으로 실은 것 중의 하나다―편자]

새 일꾼을 환영하노라 (연설)

며칠 전 주최자 측에서 오늘 저녁 이곳에서 신입생 환영회를 하니 나더러 꼭 와 주기를 바란다는 말을 하기에 처음 이 말을 들을 때 나는 퍽이나 기뻤어요. 그것은 다름이 아니라 신입생 제군들을 만나보고 싶고, 또 음악도 있고 하니 퍽 좋다고 생각하였어요.

그러나 날더러 와서 무슨 말을 여러 신입생들에게 해 달라고 하기에 나는 퍽 주저하고 겁이 났어요. 그것은 내가 이 자리에 나오고 싶은 성의가 없어서 그런 것이 아니라 여러 신입생이 이렇게 한 자리에 모여서 무슨 좋은 음악이나 많이 하여서 들려주면 기뻐나 할 것을 괜히 내가 제군들한테 쓸데없는 말이나 혹은 나쁜 말을 들려주지나 않을까 하는 두려운 생각에 사양하여 보았습니다만 부득이 꼭 말을 해 달라기에 신입생 제군들에게 정성을 표하는 의미에서 이 자리에 서게 되었습니다.

해마다 지내온 것을 보면 워낙 이 신입환영회 모임이란 것은 제1부, 제2부 모두가 전부 음악으로만 하던 것을 금년에 와서 비로소 제1부에다 연설이란 것을 넣어서 나에게 꼭 와서 신입생 제군들에 무슨 말을 하여 달라고 간청함으로, 또한 제군들을 환영하는 의미에서 부득이 이 자리에 나오지 않을 수 없었습니다.

신입생 제군!

오늘밤 이 자리에 모인 여러분에게 대하기는 처음이나, 여러분은 중학 시대나 혹은 여러 경과에서 학생 청년 여러분과 접촉이 많았으므로 어떤 사람들은, 혹은 여러분 중에서도 나를 말을 좋아하는 사람이려니 또는 말이 많은 사람이려니 생각할 분이 있을는지도 모르겠습니다. 그러나 맹자의 말 가운데 이런 말이 있지요.

"내 어찌 말하기를 좋아하리오. 부득이하게 하게 된다"하는 말과 같이 내 이런 경우에 말을 많이 하였을 뿐입니다.

저 자연계를 돌아다 볼 때에 그는 무언의 침묵 가운데 있건만 우리 인생에게는 배울 것이 많으며 깨달을 것이 많습니다. 참으로 말없는 가운데 위대한 교훈을 많이 줍니다.

또한 군자君子!

말없는 군자에게서 우리는 행동에 있어서 배울 것이 많습니다. 그러기 때문에 말이 많으면 허물도 많고, 불유쾌한 말도 하기가 쉬운 것이며 부지불식간에 좋지 못한 말을 하는 경우가 많을 것이므로 나는 본래 말을 않기를 원합니다. 그러나 좀 외람된 말 같으나 맹자의 말한 바와 같이 부득이한 경우에는 하는 수없이 말을 하게 됩니다.

아까 사회자의 말과 같이 내가 바쁜 것은 사실이었습니다. 그러기 때문에 생각도 충분히 못하여 보았습니다. 그러나 신입생 제군이 잘 들어주면 다행이겠어요.

조선 청년이나 학생들은 근래에 와서 퍽이나 지도자를 목마르게 찾고 있습니다. 혹 나를 찾아와서는 조선은 어떠한 지도자를 찾느냐, 우리는 어떠한 지도자를 구하지 않으면 안 되겠느냐고 묻는 사람들을 많이 대하게 됩니다. 그럴 때마다 나는 그들에게 솔직하게 고백합니다.

"그대들은 지도자를 가지지 못한 불행한 사람들이니라!" 이렇게 늘 대답하여왔습니다. 사실 조선의 청년들은 지도자를 가지지 못한 가장 불행한 사람들임이 사실입니다.

그러나 과학!

우리가 늘 말하는 근대의 과학시대는 분업시대입니다. 모든 것을 분업적으로 하여 가지고 있는 시대입니다. 금일 우리 후진 청년에게 있어서는 이 분업이 가장 필요할 줄로 압니다. 농촌의 청년은 농촌에서, 도시의 청년·노동자·학생들은 도시에서 각자 자기의 환경에서 꾸준하게 배우고 개척하고 일하여 나간다면 여러분들의 이상은 가장 충실히 실현될 것이며, 이렇게 하는 데서 여러 청년 학생들은 여러 청년 학생들 가운데서 지도자를 구하게 될 것입니다. 이런 의미에서 제군들은 사회의 지도자를 못 가졌다는 것을 역설하는 동시에 분업의 필요를 강조하는 것입니다.

나는 여러분의 지도적 입장, 즉 지도권을 벗어난 지가 오랩니다. 그대들은 목적의식과 생활환경이 같은 자들 가운데서 지도자를 구하여야 할 것을 재삼 강조하고 싶습니다.

오늘 저녁의 이 모임이 별로 지도적 의식은 못 가졌다 하더라도 여러분이 한자리에 모여서 음악도 듣고 서로 기쁘게 하룻밤을 맞이한다는 것이 학생 제군들의 스스로의 지도가 아닐까 생각합니다. 나는 이 자리를 감히 기뻐하며 여러분과 같이 의미 깊게 맞기 위하여 나온 것입니다.

여러분! 신입생 제군!

우리는 '배우는 것', 그것이 가장 귀한 것입니다. 많이 보고 많이 들어서 넓고 깊게 배우고 개척하는 것만이 가장 중대한 일입니다. 우리가 배우는 데에 가장 귀한 것은 눈과 귀입니다. 눈과 뒤를 통해서 내 마음의 지식을 보충케 됩니다. 이렇게 하는데서 우리의 눈과 귀는 정관, 직관, 똑바로 보고, 똑바로 깨달을 수가 있습니다.

그럼으로 해서 자연의 모든 아름다운 현상을 바라볼 때도 우리는 거기에서 위대한 느낌과 교훈을 받게 됩니다.

가까운 최근의 예를 하나 들겠습니다. 바로 지난 일요일인데, 일기도 좋고 해서 나는 가족들을 데리고, 일가족들이래야 우리 마누라하고 아들놈

둘 딸 셋하구 조카……누구누구 하여 한 10명 가까운 식구가 산보를 갔었어요.

그 산 입구에서 두 대隊로 나누어 나는 가족 몇을 데리고 나물 뜯는 대가 되고 다섯 살 먹은 아들놈은 고기 잡는 대의 대장이 되어 나물도 뜯고 고기도 잡아서 찌개도 만들고 고기도 구어 먹으며 하루 종일 대단히 유쾌하게 지냈어요.

조용하고 깨끗한 심산유곡에서 흘러내리는 시냇물이며 나뭇가지에서 지저귀는 새들이며 이 모든 아름다운 자연 속에서 나의 마음은 대단히 유쾌하였어요. 그렇게 유쾌하던 나의 온 마음을 저녁 때 차가 청량리역에 가까이 왔을 때, 극히 짧은 순간인 한 찰나에 그만 완전히 다 깨뜨려버리고 말았어요. 그 순간 그렇게 유쾌하던 나의 마음은 아주 괴로워졌어요.

그것은 한 20세가량 되어 보이는 전문학교생 비슷하게 차림을 하고 캡을 쓴 젊은 청년 두 사람이 어떤 여학생들에게 자기가 쥐었던 꽃을 주며, 그 여자의 쥐었던 꽃을 탈취하면서, 희롱을 하며 강압적 조롱까지를 하는 것을 보았어요. 그때의 나의 마음은 아주 괴로워 견딜 수가 없었어요.

그래 나는 분한 마음에 그들과 싸우고 싶은 생각도 들었으나 그냥 보고만 있었어요, 그 여학생들은 그 젊은이들에게 그냥 가만히 모욕을 당하고 있었던 모양입니다. 이 얼마나 더럽고 추하고 쓰라린 일입니까? 아름다운 자연계에서 대단히 유쾌하던 나의 마음은 여기서도 사회의 추하고 더러운 일면을 보았습니다.

이와 마찬가지로 우리의 사회상을 한번 돌아 볼 때에도 모든 추하고 더럽고 고약한 것만 가득합니다. 동대문 쪽에 오니 라디오에서 노랫소리가 흘러나오는데 '어애라 뒤여라' 하는 소리가 아까 산에 떴던 새소리, 물소리만 못하고, 그 속에는 나쁜 것 고약한 것만이 가득하였습니다.

온 자연계의 아리따운 생각은 그만 다 사라져버리고 지금 이 사회상을 한 번 돌이켜볼 때 나는 모든 고약하고 더럽고 허위와 가면만이 가득함을 봅니다. 참으로 고약한 것만이 온 세상에 가득합니다.

그러면 우리가 이 세상에 좀 더 의의 있게, 좀 더 잘 살자고 하면 '듣고도 듣지 않은 것 같이 하며 보고도 보지 않은 것 같이' 할 것인가? 아니다! 그러면 "눈 먼 놈이 잘 들으며, 귀머거리가 보기를 잘 본다!" 우리는 그럼 이런 사람이 되어야 할까? 아니다! 우리는 보기 싫은 물건이 너무 많고 듣기 싫은 것이 하도 많습니다!

신입생 제군! 그러면 우리는 어찌할 것인가? 근래 국가는 국방을 위하여 무장을 하고 있습니다. 여러분! 우리들은 귀를 막을 수도 없고 눈을 감을 수도 없습니다! 제군들은 귀와 눈에 무장을 해야 합니다.

이 귀와 눈에 무장을 하란 말은 무슨 말인가요? 좀 막연한 말 같으나 학생 제군! 여러분들의 판단력을 무장하라고 말합니다,

이 사회, 이 세상에는 직업적 거짓말이 하도 많습니다. 허위와 가면이 가득합니다! 제군들은 귀를 무장하라! 또는 눈을 무장하라! 고 나는 부르짖고 싶습니다.

아름답고 깨끗한 저 자연계에서 한번 눈을 들어 이 세상, 이 사회를 굽어볼 때 거기는 위선자들이 가득 차 있습니다. 여러분이 보는 눈과 귀가 여러분 자신을 속이기 쉬우니 눈과 귀에 무장을 단단히 하여야 합니다! (장내는 떠나갈 듯한 박수소리!)

시간이 많이 갔으므로 끝으로 전문학교에서 학구에 힘쓸 학생 제군들에게 한마디 부탁으로서 끝을 맺을까 합니다.

미국 대통령 월슨이 말한 바와 같이 "학원에서 배운 과학은 아무 소용이 없다. 졸업하고 4,5년 후에는 완전히 잃어버린다"라는 말이 있으나, 여러분이 전문학교에 들어가서 배우는 과학, 사이언스(Science)가 과연 얼마나 한 효과를 나타내겠는가는 문제입니다.

다만 제군들은 전문학교를 졸업하기까지 프린시플(Principle)을 배우라고 나는 말하고 싶습니다. 프린시플을 만들고 하여 자기의 확고한 견지에 딱

서서 굳센 감상안感賞眼과 비판력을 가지고 눈과 귀에 '무장'을 하라고 외칩니다. 이 사회에는 너무나 고약함과 추함과 더러움과 허위와 가면과 위선자가 가득합니다!

현명한 신입생 제군들에게 '무장!'을 다시금 부탁하고 싶습니다. (장내가 깨어질 듯한 박수소리에 싸여 힘 있게 강단)

(―《삼천리》, 1936년 1월호 부록)

[이 연설은 몽양이 1935년 5월 9일 경성중앙청년회관에서 열린 '전문학교 신입생 환영의 밤' 대회 석상에 연설한 것을 월간지 《삼천리》가 1936년 1월호 부록으로 실은 것 중의 하나다―편자]

올림픽 대회에 나가는 용사여! (연설)

나는 오늘밤에 '빙상 조선'의 의기를 국제 무대에 휘날릴 우리가 낳은 김
정연 · 이성덕 · 장우식[92] 이 세 선수를 맞이하여 그들을 멀리 독일 백림에
서 내년 2월에 열리는 (동계)올림픽에 보내면서 무슨 부탁의 말이라도 해달
라기에 이 자리에 나오기는 하였습니다만, 다만, 올림픽이라는 제목의 강
연으로서 간단하게 한마디로 그들의 빛나는 앞길을 비는 동시에 최후의
일각까지 씩씩하게 싸워 승리의 월계관을 얻기를 비는 바입니다.

오늘밤은 다만 올림픽의 역사에 대하여 간단하게 말하고자 합니다.

올림픽이 비로소 생기기는 지금으로부터 2500년 전의 일입니다.

여러분이 아시는 바와 같이 옛날 희랍(그리스)이란 나라에서는 올림피아
여신이라는 것을 숭배하여 왔습니다.

이 희랍이란 나라는 많은 섬과 섬으로 형성된 나라로서 각각 섬과 섬의
인종들은 서로 친목하지 못하였고 그들은 역사에서 보는 바와 같이 한 번도

---

92) 김정연金正淵/이성덕/장우식張祐植 : 1936년 가르미슈 바르텐키르헨 동계대회에 일본 대표로 참석했던
우리나라 선수들. 이 대회에서 김정연은 스피드 스케이트 남자 1,500미터와 5천 미터에 나가 각각 15
위(2분25초0), 27위(9분08초7)를 기록했으며, 장우 식은 스피드 스케이트 남자 5천 미터와 1만 미터에
나가 각각 27위(9분08초7), 26위(19분00초1)를 기록했다.

통일이란 것을 못한 나라이었습니다. 그러한 희랍이지마는 오직 이 올림피아 여신을 축하하는, 1년에 한 번씩 있는 이날만은 전 희랍의 국민은 한자리에 모여 이 여신을 숭배하는 의미에서 여러 가지 경기를 하여 왔습니다.

이렇게 시작된 습관이 그 후부터 매년 계속되어서 기원전 66년부터 천여 년 동안을 내려오면서 4년에 한 번씩 전 희랍의 국민은 한자리에 모여 굉장한 올림픽 경기를 하여 왔음이 오늘날 올림픽의 근원입니다.

그때에 올림픽에는 전 희랍의 씩씩한 용사들이 모여, 한 번도 통일이 없었던 그 나라에 이 경기가 진행되는 닷새 동안만은 전 국민이 대동단결을 하게 됩니다. 이만치 그때의 올림픽이 그때의 희랍이란 나라의 전 국민에게 주는 힘이란 여간 큰 것이 아니었습니다.

우리가 과거의 역사를 살펴보면 서양의 어떤 사람이 말한 바와 같이 과연 '인류의 역사는 투쟁의 역사'라는 말이 사실인 줄로 압니다.

옛날에는 가장 훌륭하고 씩씩한 용사들이라고 하면 그들은 사자나 맹호의 목을 툭 칼로 갈겨서 거기에서 시뻘건 피가 뚝뚝 떨어지는 대가리를 허리에 차고 다니는 것을 그들은 무상의 영광으로 알았고, 또한 용감한 사나이의 할일인 줄 알아 왔습니다. 이러한 것을 보더라도 생물의 역사는 투쟁의 역사입니다. 모든 생물이나 동물은 날 때부터 벌서 투지를 가지고 내려오는 동안 여러 가지 형태로 투쟁이란 것은 있어 왔습니다.

이 올림픽이 국제적 경기로 되기는 1895년부터의 일입니다. 전 세계의 여러 나라에서는 이 올림픽을 희랍 일국에서만이 할 것이 아니라 국제적인 올림픽을 만들어 전 세계의 용감한 용사들이 한자리에 모여서, 가장 정당하게 규율 있게, 싸우는 인간의 투지를 옳은 방면으로 이끌어 나가자는 데서 비롯하였던 것입니다.

그리하여 오늘날에 와서는 4년에 한 번씩 모여 전 세계 스포츠의 용사들이 한자리에서 싸우게 되었습니다.

동물이 서로 자기의 생명을 바쳐 가지고 싸우는 것이나, 인간이 서로 전쟁을 일으키는 것은 모두 자기의 이익을 위함에서 싸움입니다.

내년 독일에서 열리는 올림픽에 빙상 조선의 세 선수를 보내는 오늘밤 이 자리에서 한 가지 말할 것은 올림픽도 일종의 전쟁이며, 또한 인류가 싸우는 참말의 전쟁도 일종의 게임이라고 하겠습니다. 그러나 인류가 서로 싸우는 전쟁에는 아무런 제재도 없고, 아무런 심판도 없지만은 우리가 싸우는 경기에는 일정의 규칙이 서 있고 레프리(심판)가 있습니다.

스포츠를 가지고 전 세계의 용사들이 한자리에 모여서 싸우는 마당에서 오직 세 가지로 적을 정복하여야 하겠으니, 첫째는 상대방을 이겨야 하겠습니다. 상대방을 대하자 벌써 그 적을 이기겠다는 자신과 용기가 있어야 할 것이며, 둘째로는 적의 시간을 이겨야 하겠으니 그 말은 즉 적의 미약한 틈을 타서 돌격으로 일거에 쳐들어가겠다는 생각 밑에서 늘 적의 미약한 순간을 살피는 힘을 가져야 하겠으며, 셋째로는 자연을 한 가지 적으로 알고 주의해야 한다는 말이니, 그 싸우는 날의 천기라든가 바람이라든가 자기에게 어떠한 영향을 주며, 또한 적으로 알아야 하며 그 날의 자연을 또한 적으로 알아야 한다는 것입니다.

이 세 가지만을 깊이 주의하여 싸운다면 어떠한 국제 무대에서 싸운다 하더라도 조금도 실패하지 않을 줄로 믿는 바입니다.

옛날에 용감한 무사들이 짐승의 대가리를 잘라 허리에 차듯이, 억 천만의 인류는 어떠한 이익을 위하여 전쟁으로 피를 흘려가며 싸울 것이 아니라, 우리 빙상 조선의 세 용사들은 오직 스포츠를 가지고 정정당당하게 싸워 인간의 투지를 옳은 방면에로 돌리는 전 세계에 빛나는 세계 평화의 모범자가 되어 돌아오기를 바라는 바입니다. (관중의 우레 같은 박수 속에 강단)

(─《삼천리》, 1936년 1월호 부록)

[이 글은 몽양이 1935년 9월 10일 조선일보사 대강당에서 개최된 '올림픽의 밤'에서 행한 강연 내용으로 《삼천리》라는 잡지가 1936년 1월호 부록으로 실은 것 중의 하나다─편자]

전쟁은 나고 마느냐 (연설)
-주로 이태리–에티오피아 전쟁과 열국의 향후 동향

나는 그동안 오랜 여행의 길을 나섰다가 서울에 오늘 돌아왔고 또 건강도 상한데다가 이제 오늘 밤 강연에 기어이 와 달라 하여 쉬지도 못하고 인천역에 내린 지가 겨우 20분밖에 아니 됩니다. 목소리조차 잃어버렸습니다.

본시부터 강연이라고 잘하지 못하는데다가 몸에까지 고장이 생겨 심히 미안합니다.

오늘 저녁은 지금 세계 각국에 한창 화제거리에 오른 이태리와 에티오피아 사이에 일어난 전쟁을 중심으로 하고 열국의 정치적 또는 경제적 동태를 말씀드리려 합니다.

여러 해전이라면 모르겠습니다만 오늘날은 이 지구덩이가 마치 우리가 안고 있는 이 공회당만치 좁아진 터에 세계의 한 모퉁이에서 일어난 이 전쟁을 바라볼 때는 제일 먼저 우리 경제계에 큰 영향을 끼쳐주고 있음을 말씀하지 않을 수 없습니다.

여러분께서도 아시다시피 선전포고가 정식으로 되지는 아니하였으나 이 달 3일부터 이태리는 전투행동을 개시하고 아주 내어놓고 마구 덤벼들어 싸우고 있습니다. 대체 작년 11월 이태리와 에티오피아 사이에 문제가 발생된 이후로 전쟁이 날 것 같기도 하고 아니 날 것 같기도 하더니만 갑

자기 대포소리가 쾅쾅하고 울려나고 거기 따라서 전 세계의 온갖 신문 잡지에서도 호외로 사설로 그 이유를 각양각색으로 기재하고 있습니다.

여기에 오신 분은 이미 신문 잡지에서 이 전쟁이 어떠한 성질의 것임을 잘 아실 줄 알기에 지금 다시 말한대야 별다른 것이 있을 수 없겠지만, 문자로 보는 것보다 말로서 이 긴 가을밤 졸음이나 깨뜨려 드릴까 해서 이 연제演題를 건 터입니다.

에티오피아란 것은 '에비시니아' 즉 검둥이, 야만이란 것인데 이것이 듣기에 좋지 못해서 에티오피아라고 부르게 된 것입니다.

국정國政과 역사

에티오피아에서는 오랜 역사를 가졌고 또 애급(이집트)을 제외하고는 아프리카에서 가장 오래인 나라입니다.

수천 년 전에 벌써 애급과 교통하면서 애급의 문물을 본받았고, 애급 태고의 왕조인 쓰탄가멘에게 금은재보를 드린 사실이 있었던 것이며, 역사적으로는 성경에 있는 저 기원전 일천육백 년 전에 이스라엘 백성이 모세에게 인솔되어 애급을 탈출하여, 가나안 복지로 향해 나올 때에 그 이스라엘 무리 중에 한 무리가 있어서 에티오피아 지방에 들어가 토인과 혼인하여 지내던 터이라 하며 성경에 말한바 구스사람 시바 여왕이 솔로몬에 지혜와 명철함을 듣고 와서 예물을 드렸다 하며 솔로몬왕은 여왕과 상관하여 한 아들을 낳아주었으니, 이 황자가 즉 에티오피아 시조인 메네릭 제1세라고 합니다.

그리하여 오늘까지 만세일계[93] King of Kings 즉 '왕중왕'의 흑인제국이 된 터입니다.

그러나 이 왕국에는 인신매매의 악습이 있었는데 이것을 금지하고 제45

---

93) 萬世一系 : 한 핏줄로 죽 이어져 내려옴.

대 왕에 있어서는 그 나라 명성이 세계에 떨치게 된 것입니다.

인구종족과 언어

그 나라의 인구는 정확하게는 알 수 없으나 소금 즉 식염 소비량을 보아 추측한 것에 의하면 이는 1천만 인이라고도 하고, 어떤 이는 1천 4백만 인이라고도 하는데 대체로 7,8백만 내지 1천3백만 인으로 보아서 과히 틀림이 없다고 봅니다.

인종은 순수 에티오피아 이외에 피정복 번족[94]이 많고 지방에 다른 종족이 잡거하고 있습니다.

산업으로 보아서 에티오피아의 산업은 저 나일강 상류 기름진 땅에 주먹 같은 곡식 이삭, 외국에 많이 수출하는 커피는 이태리의 야심을 가장 많이 일으키게 하며, 세계 유일이란 나일강 상류에 많이 나는 애급 면화는 또한 견디지 못하게 탐스러운 터이며, 저 사막 근처는 물 맑고 푸른 물이 우거진 그 곳엔 또 방축을 하는데 소, 양, 산양을 많이 치기에 적당하며, 말, 낙타 등이며 무성한 고무야자 나무와 그밖에 무성한 임목은 이것 역시 이태리의 침을 흘리게 만들며 발달되지 못한 공업은 얼마든지 발전성이 있는 것과 쏟아져 나오는 석탄, 금, 철, 석유, 가성가리 등등은 배고픈 이태리를 용솟음치게 하여 나중에는 전쟁에게까지 그을게 한 터입니다.

종교와 교육

에티오피아의 종교는 예수교회가 국교로서 전 인구의 약 반수가 콥트[95] 계係이고 그밖에는 가톨릭교회와 신교계의 그리스도 교회가 포교에 열중하고 있고, 또 인도교와 회교가 있지만 즉 말하자면 예수계의 나라입니다.

교육 정도는 전국에 중학 정도의 학교가 세 학교이고 각국 영사관 자제

---

94) 蕃族 : 식민지 백성.
95) Copts : 이집트의 토착 기독교.

를 위한 외국어 학교가 있고 그밖에는 소학교인데, 이 학교는 모두가 예수 교회의 경영 학교입니다. 대체로 보아서 면학심이 빈약한 사람들이라고 보게 됩니다.

교통으로 봐서는 에티오피아가 지세가 불편하게 생긴 만큼 교통기관이라고 볼 만한 것이라고 하면 프랑코에티오피아 철도 한 줄과 몇 개의 자동차 도로밖에 없는 것이고, 오직 한 개의 철도가 있다는 것이 소말릴란드(소말리아의 옛 이름) 프랑스령 더푸리모부터 아디스아베바[96]까지 불과 480리의 단선운전인데, 이것도 자기 것이 못되고 프랑스의 경영으로 1주일에 겨우 2회 왕복할 따름이라니 그 교통 불편은 더 말 아니하여도 알 바입니다.

우편은 정부의 사업이 되어 프랑스인의 감독 하에 있고 우편국이란 것이 전국에 3개소라고 하며 전신 전화도 자기네의 경영이 못 된다 하여 군대란 것이 즉 군인이 맨발로 창과 칼을 가졌으며, 5년 전에 벨기에 교관에게 현대적 훈련을 받은 군대가 전국에 약 1만 5천 명이 있을 뿐 특별 교육을 받은 이가 5백 명인데, 이 사람들은 이번에 모두 장교로 뽑히어 나간 이들이라고 합니다.

이 1만 5천인의 군인의 내역을 보면 아디스아베바에 있는 황제 폐하 곁에 근위대가 5천명, 하라루 주지사의 수병이 3천명, 남부와 북부지사 수병이 7천명이 있으며 그밖에는 토민병土民兵이 얼마 있다고 합니다.

즉 30만은 상비병으로 그밖에는 비상소집병인데 현대 무기를 가진 이보다 창과 칼을 가졌고 그밖에 보총 60만 자루, 비행기 10여대, 탱크 4,5대, 소총이 있을 뿐 근대 무기가 많지 못하고 항공도 프랑스 교관입니다.

이런데다가 요즈음 신문에 입이 쭉 째진데다가 눈을 부릅뜨고 있는 저 무솔리니는 파쇼 정책을 써서 이태리를 통치하고 있는데, 이 세계의 주목을 끄는 독재 무솔리니 때에 특별히 대중의 시선을 끄는 것이 저 유명한

---

96) 아디스아베바 : 에티오피아의 수도.

'검은셔츠단'이라 함이외다. 즉 검은 셔츠를 입고 의기양양하게 휘두른 것이외다.

이때에 생각나는 일은 20년 전 (1차)세계대전 때 일인데 그때 세계대전이 있었을 때, 이태리는 참전하였으나 전승국인 영국과 프랑스 등이 모두 혼자 나누어 먹어버리고 이태리에는 많이 주려고 하지 아니하니까 보따리를 싸 짊어지고 강화 회의장에서 돌아가기로 한 터이외다. 그래서 급기야 전쟁에 불만을 품은 무솔리니는 조국의 국위를 회복하게 한다고 검은셔츠단을 조직하고 제 스스로가 검은 셔츠를 입고 야수같이 비상한 활동을 개시하여 끝끝내 파쇼 정권까지 확립시킨 것이 아닙니까.

그러면 한마디로 말하면 어찌해서 이태리는 이번에 전쟁을 일으키는가.

그는 세계대전에서 얻어먹지 못한 까닭에 몹시도 배고파서 견디지 못할 지경에 놓인 채로 금일에 이르러 왔습니다.

더구나 지금부터 39년에 이태리가 에티오피아에게 아도아 패전의 참패를 받고 이를 바득바득 갈면서 복수의 기회를 엿보고 있던 즈음이라. 이 까닭 저 까닭으로 식민지 분할에는 눈이 어두워 모두 다 으르렁거리는 열국列國이 있는 줄 알면서도 군사행동을 일으킨 터이외다.

실로 이태리는 가난한 나라외다. 세계 열강 중에 그 같이 물자가 빈약한 나라도 드물 것이외다. 공업을 일으키기에 필요한 석탄과 철이 국내에는 없고, 석유도 없고, 면화가 없고, 양모가 없고 어쨌든 화약재료, 군함이나 대포 만들 자료가 다 부족한데 마침 지중해 바로 저 편에 이 모든 원료를 무진장으로 가지고 있는 약소국 에티오피아가 있습니다그려.

그래서 구실을 걸겠는데, 이태리가 에티오피아를 향해서 분명히 먼저 대포 질을 하였건만 도리어 에티오피아가 이태리를 침격하였다 하여 백주의 생떼를 쓰고 일어섬은 여러분도 이미 아시 듯, 저 유명한 왈—왈 사건이외다.

여러분 우리는 기억하지 않습니까.

나폴레옹이 "알프스만 넘어라, 그 곳에 꿀이 흐른다"고 외치면서 수십만 대군을 동방으로 진격시키듯이 지금 무솔리니는 "지중해만 넘어라, 에드워드만 빼앗아라. 그러면 이태리를 강하고 부하게 만들 철과 석탄이 산같이 있다. 어서 나가자. 자멸이냐 식민지 획득이냐. 발칸 실패 유일한 혈로가 되어 있다" 하고 외치고 있습니다.

이 통에 제일 괴로운 것은 흑인제국 에티오피아이죠. 대체로 나라가 부하여지자면 현대에 있어 자본주의 국가치고 먼저 원료시장의 획득이 있어야 합니다. 아까 말씀한 모양으로 철이나 석탄이나 석유나 면화를 생산하는 지방을 절대로 필요로 합니다.

둘째는 소비 시장, 이태리는 식민지가 많지 못한지라 무슨 상품을 만들어 내어도 그것을 팔아버릴 소비 시장이 필요한데 이태리는 그것이 없습니다.

셋째 투자 시장인데 이익이 많이 나는, 예를 들면 철도, 항만 등 이익이 많이 나는 투자 시장이 있어 제 나라 돈을 가져다가 투자해야겠는데 그러한 경제적으로 세력 범위 안에 들 시장이 또한 없습니다.

즉, 이태리는 원료 시장, 소비 시장, 투자 시장의 세 가지가 모두 있어야 하겠다는데, 그것이 없어서 마치 목구멍에서 불이 날 지경으로 그를 갈망하던 즈음, 이에 에티오피아로 말하면 이 세 가지가 다 구비하여 있기 때문에 예의 침략정책을 발휘하기로 결심하고 나섰습니다.

여러분도 아시다시피 영국으로 말하더라도 이 세 가지를 다 구비한 식민지를 세계 각처에 가지고 있고 불란서도 다 가졌지요. 말하자면 스페인, 포르투갈 같은 3등 국가에서까지 광대한 식민지를 영유하고 있는 터인즉, 설사 영·불이 입이 광주리 구멍 같이 가지고 있다손 치더라도 이태리의 약육강식의 이 행동을 나무라지 못할 것이외다. 어쨌든 이런 배짱으로 의기충천하여서 지금부터 약 한 달 전에 호령을 한번 하였더니 굴할 줄 알았던 에티오피아가 세계 여론에 호소하여 전쟁도 불사하겠다는 의기를 보이나, 이태리는 내친걸음인지라 지중해에 함대를 모으고 아드와 일대에는 수십만의 정병 30만을 동원시키고 야단났지요.

이때에 생각나는 일은 파나마 운하 때에 모기가 어떻게 많은지, 코 큰 서양인들은 도무지 모기에 견디지 못하여 모두 달아나버렸습니다.

이 에티오피아로 말할지라도 산악과 사막 지대가 많고, 모기가 많아서 물과 땅은 도저히 문명인이라는 이태리 국민이 있을 수 없는 곳입니다. 최근에 들으니 이태리 군대는 에티오피아 땅에 쏟아지는 몹시 뜨거운 햇빛과 불결한 물과 살인적 모기에 아주 골머리를 앓는다고 합니다.

어떤 때 외국 신문기자가 에티오피아의 시라시에 왕을 만났더니 왕은 "강적 이태리를 방위할 방법은 첫째 세계의 공정한 여론에 호소하여 이태리의 불법 행동을 응징할 일이요. 둘째는 하늘이 준 모기와 진흙을 이용하여 침략군대를 자멸케 할 것이다"라고 하였다 하니 모기와 진흙과 사막이 얼마나 유용한 방전무기인줄 알겠습니다.

원래 에티오피아는 미개국으로서 주권과 영토를 방위하는 군대라는 것도 활과 창을 가진 중세식 군인들이며 과학적 병기라고 하여야 비행기며 경기관총이 150정, 중기관총이 30정, 야포와 고사포가 50문이라 하며, 탄약도 많지 못하고 비행사는 외국인을 초빙하여다 쓰는 터이니 오늘날 열강 중에도 그 무기의 정례로 제1선에 가는 이태리를 당하여 내는 수야 있겠습니까? 과학전에서 참패할 것이외다.

이때에 생각나는 것은 국제연맹의 태도외다. 한마디로 말하면 국제연맹의 태도가 도무지 시원치 못합니다. 연맹의 주석인 영국은 자국의 이익을 주로 삼은 행동을 하고 불란서 또한 그러하여 그저 영불이英佛伊 세 강국이 에티오피아를 삼분하여 나눠먹자는 이론에 불과합니다. 그러면서 한쪽으로 약국을 보호해야 한다고 헛소리만 텅텅 치고 있으니 이것은 말하자면 체코슬로바키아나 덴마크나 약소국 등 38개나 되는 연맹가입의 약소국가를 사탕발림하자는 수작에 불과하지요.

그러면 이제는 예정한 시간도 거의 다 닥쳐왔으므로 이제는 이번 이태리 전쟁에 대하여 세계 열강들은 어떠한 태도를 가지고 있는가를 살펴보기로 하겠습니다. 여기서 가장 주목을 끄는 것은 영국인데, 영국은 무어니 무어니 하고 표면으로는 떠들면서도 실상은 이태리가 이기고, 흑인 미개국인 에티오피아가 지기를 바랍니다. 그것은 어째 그런가 하면 흑인이나 우리네 같은 황인종이 백인을 이겨서는 안 된다는 인종적 우월감 때문이외다.

황인종이나 흑인종은 백인 아래에 서야 옳고, 백인의 노예가 되어야 옳다고 보는데, 이제 만일 흑인종이 이긴다면 자기의 치하에 있는 흑인과 황인 여러 인종이 창을 거꾸로 들고 반기할 것이외다. 식민지의 이반, 그것은 곧 영제국의 멸망을 의미합니다.

그러니까 백인인 이태리가 꼭 이겨야 하는데 그렇다고 이태리가 다 먹어서도 안 됩니다. 조금 남겨 놓아서 영국이 먹을 것도 남겨달라는 운동에 불과합니다. 연맹규약의 발동이니 무어니 하여도 실상 진의는 거기 있는 것이지요.

그러면 독일은 어떠한고? 1918년 11월 11일 세계대전이 끝나고 강화회의에서 독일은 오스트리아 합병과 베를린서 바그다드까지라는 카이젤 대독일주의를 버리고 그 뒤 춘추 20여 년을 기회만 엿보아 오던 터에, 이제 만일 유럽에 전쟁이 툭 터지면 대번에 이태리와 합병을 할 것이외다.

이태리에는 실로 독일인이 반수나 살고 있기에 독일도 이태리도 서로 합병하기를 원하지만 열강이 허락지 않는 터인데 전쟁이 나면 좀 좋은 기회를 붙잡는 것이 되겠습니까.

그러고 이번 전쟁은 세계 제2의 전쟁이다. (중략) 미국은 이태리를 꾸짖고 에티오피아에 동정하는 듯하면서 군기를 비밀히 팔아먹고 장사라도 하여 가는 중이니 대체로 세계대전은 알 것 같기도 합니다.

그러나 노동자, 농민의 의사가 따로 있습니다. (중략) 벌써 이태리 전국에는 내 남편을 내놓으라 하고 정부에 대하여 출정군인을 도로 반환시켜 달라는 부녀의 소리가 높다 하니, 제1차 세계대전 때의 쓰디쓴 경험이 아직도 머릿속에 환한 이 국면이 장차 어떻게 될는지요. 주목할 거리일줄 압니다. (하략, 강단)

(―《삼천리》, 1936년 1월호 부록)

[이 연설은 몽양이 1935년 10월 하순 인천공회당에서 행한 내용을 《삼천리》라는 잡지가 1936년 1월호 부록으로 실은 것 중의 하나다―편자]

청년에게 보내는 말

1936년 비상시非常時는 왔다.

이 비상시는 어떠한 민족, 어떠한 국가에 국한된 것이 아니고 세계적인 비상시다. 비상시이기 때문에 세계는 비상한 사람을 찾게 된다. 이 비상한 사람은 반드시 청년 가운데로부터 나오게 될 것이다.

"장래의 세계는 청년의 세계다."

장래의 세계가 청년의 세계라 한 말이 확실히 진리가 있다고 하면 장래의 조선은 청년의 조선이다. 그러므로 나는 언제나 청년 문제에 크게 관심을 가지며 또 청년과 함께 하려 한다. 이는 장래의 주인공인 우리 사회의 상속자가 될 청년 가운데서도 비상한 인물이 나오기를 기다리는 때문이다.

이 비상한 인물은 소수의 비상한 영웅을 부르는 것이 아니라 시대가 비상하니만큼 비상한 사업을 이룰 비상한 대중청년을 말하는 것이다.

이 비상시는 반동기적反動期的 비상시요, 우리 청년의 활동기적 비상시는 아직 장래에 속해 있다. 그러면 현금(지금) 세계적으로 모든 것이 극도로 반동기에 처한 모든 조선 청년의 객관적 정세가 과연 비상한 청년을 나오게 할 수 있는가?

가정으로부터 학교 · 사회에까지, 부친으로부터 스승 · 친구 · 선배에까지, 기타 경제·도덕·관습 모든 것이 조선 청년이 나아갈 길에 짙은 안개가 되지 않으면 장애가 되는 것이라고 생각한다.

객관적으로 이러한 환경에 처한 동시에 주관적으로는 그들의 생활상태가 또 각각 다르다. 그러므로 나는 이제 조선 청년을 농촌 청년, 도회의 노력(근로) 청년, 학원 청년, 종교 청년의 몇 부분으로 분류하고 싶다.

우리 청년의 최대다수를 점하는 이는 농촌 청년이다. 본래 농촌에서 생활하니 만큼 질박하고 억센 기운이 있는 청년인데, 최근에 그대들의 형태를 보면 그러한 성질에서 한번 변하여졌다. 그 변한 것은 아주 악화 중에서도 가장 악화된 것이다. 내가 보기에 제일 큰 것은 퇴폐적 축음기 노래와 예술적으로 한 푼의 가치도 없는 흥행극에 그 억센 기운과 질박한 것을 잃고 있는 것이다. 통념하고 애석하다.

조선 청년에 대한 우리 기대의 6,7할이 그대들에게 있건만, 그대들이 그것을 인식 못하는 것은 슬프다.

그러한 유혹에 침식되지 말고 일할 때 힘써 일하고 틈이 있는 때는 지식의 향상과 공동생활을 훈련하여 억센 기운에 광명한 지식을 얻고 용기를 가지어 과연 우리 장래에 주인공이 되기를 스스로 기약하고 힘쓰기를 바란다.

그 다음 숫자 상으로는 농촌 청년에게 지지만 질적으로 큰 촉망을 갖기 때문에 노력 청년에 대한 기대가 적지 않다.

그러나 그대들의 생활 장소는 도시다. 그대들의 최근 동태는 노력자의 긴장이 없고, 타락한 룸펜의 기상이 보이는 것은 섭섭하다. 바라는 바는 노력 여하에 지식을 얻고 같이 노력하는 친구들과의 그 공동 이익을 위하는 데 힘써주기를 바란다.

학원 청년 그대들은 일반 다른 청년에 비하여 활동조건이 여러 가지로 훨씬 낫다. 부친의 경제 형편이 여유가 있어 학창에 몸을 던지고 배움을 닦고 있으니 농촌 청년이나 노력 청년에 비하여 행복한 자라고 할 수 있다.

그러나 다른 나라 학생에 비하여 불쌍한 점이 많다. 첫째로 지식욕이 가장 강한 그대들에게 지식을 얻을 조건이 구비되지 못하여 그네들도 다 마찬가지로 지식 기근에 빠진 사람이다. 모방심이 가장 강한 시기에 모방할 지도자를 반개도 가지지 못하고 있다. 오히려 반개를 가지지 못할 뿐 아니라, 낭심양피(狼心羊皮: 양두구육)를 가지고 그대의 모든 것을 그르치게 하는 사람이 오히려 많다. 그대들은 무엇을 배울까, 누구를 닮을까 과연 방황하는 양과 같다.

그러므로 한마디 간절한 부탁을 전하려는 것은 아무쪼록 부형이나 선배를 닮지 말고 독립적으로 '너 갈 길을 스스로' 택하라는 것이다. 그뿐 아니라 조선 청년이 진리를 탐구함에 용기가 없다. 그것은 무슨 말이냐 하면 과학을 연구하는 가운데 어떤 진리를 발견할지라도 용감히 그를 믿고 주장하지 못하는 것이다. 이것은 그대들의 큰 약점이다. 부탁하는 말은 진리를 탐구하는 데 용기를 가지고 그 파악한 바에 충실할 것이다. 동시에 그대들보다 불우한 처지에 있는 농촌 청년과 노력 청년에 대한 '지적 공급'의 책임을 망각해서는 아니 된다.

그 다음 종교 청년들에게 한마디 전하고 싶다.

조선의 종교를 말하자면 기독교와 불교 두 가지를 들겠는데, 현대 종교란 것은 세상과 간음한 종교다.

말하자면 오늘의 예수교 안에는 '벌거벗은 나사렛 예수' '골고다의 희생의 예수'는 잊어버리고 성전을 강도의 소굴로 만든 매매의 예수교인들이 가득 차 있다. 이러한 현상은 직업적 예수교인인 목사와 일반 교역자들에게 더 그러하다. 그러므로 그 안에 있는 청년들은 마치 소경을 따라가는 소경과 같고, 이리를 따라가는 양의 무리와 같다. 불쌍한 처지에 있는 조선 청년 중에서도 가장 불쌍한 조선 청년이다.

그러므로 이들에게 보내고자 하는 말은 이러한 현상에서 탈퇴하지 못하겠거든 하루 바삐 이 현상을 파괴하고 '참그리스도' '벌거벗은 나사렛 예

수' '골고다의 희생예수', 그의 정신을 다시 부흥시키지 아니 하면 현상의
조선기독교의 존재는 그 종교 자체의 존재가 불가능할 뿐 아니라 존재하
면 존재할수록 조선 사회에 해독만 줄 것이다.

불교 또한 그렇다. 불교의 정통은 '셀론(錫蘭)'을 제한 이외에 없고, 세계
각지에 흩어져 있는 불교는 석가의 진종眞宗을 다 잃고 각각 그 국가의 환
경에 따라 속화해버렸다. 더욱이 조선에 있어서는 석존(釋尊: 석가)의 대승의
진리를 찾아볼 곳이 없을 뿐 아니라, 그 타락한 현상은 예수교의 그것보다
도 몇 배 더 심하다.

최근 도시 근교의 사찰은 청정해야 할 곳이 유흥장으로 화하여버리고,
각 본산주지의 지도계급에 있는 이들의 대다수는 그 사생활의 추태는 말할
것도 없고, 공公생활의 '밥 싸움'은 예수교의 그것과 조금도 다름이 없다.

그 안에 있는 청년들은 이것을 답습하여 더욱 타락의 길을 밟는다면 불
교 개체의 운명은 조종弔鐘을 울릴 뿐이다.

만일 그대들이 이 추잡한 세계를 정토로 만들 능력이 없다면 그 모순된
생활에서 빨리 탈퇴함이 자비 용감한 석존의 본뜻일 것이다.

이상의 각층 청년에게 보내는 말은 남녀를 구별치 아니 하고 말한 바이
다. 그러나 특별히 중학 이상의 교육을 받은 인텔리 여성들에게 다시 한마
디 보태고 싶다.

그대들이 학창에서 배움을 구할 때와 같은 여성들과 모여서 그대들의
장래와 조선 부녀 문제에 관한 담화를 엿들어보면 어떠한 이상, 어떠한 주
장, 어떠한 결심이 상당한 바 있었건만, 한번 학창을 떠난 후에는 다시 '제
2의 인형' 노릇을 즐겨하여 '약한 자여 너의 이름은 여자라' 함을 면치 못하
고 있다.

다만 부탁하고자 하는 것은 학창에서 가졌던 좋은 결심을 변치 말고 또
진리를 탐구하기에 용감하고 파악한 진리에 충실하여 현금 당면한 조선
여성에게 닥쳐 있는 난관에 굴복하거나 패주하지 말고 가정에서 부르는

'현모양처'가 되기보다 조선 여성사회가 찾는 '용감한 X(전)사'가 되기를 바란다.

다시 말하거니와 장래의 세계는 청년의 것이다. 그러므로 장래의 조선의 조선청년의 것이다. 그대들의 이와 같은 청년의 운명을 X X X X 낙망, X X , 방랑――X X X X X하여 억센 X X X X 건설하는데 억센 X청목이 되기를 바란다.

(―《중앙》, 4권 1호, 1936년 1월호)

[글 가운데 X X 등은 일제의 검열에 의해 삭제된 부분이다―편자]

동경기행 (여행기)

신문사가 나에게 동경, 대판 등지에의 여행을 권한 것은 어제 오늘의 일이 아니었다. 벌써부터 신문 경영의 중요한 경제적 공작으로서 주요한 광고주의 방문 계획을 세운 신문사는 동경을 위시한 중요 도시에서 이 계획을 수행키 위하여 나에게 필요한 사무적 여행을 요구하여 왔던 것이다.

그러나 제반의 정치적 정세에 대한 고려도 있었거니와 내가 정치인으로서 일찍이 이와는 판이한 입장에서 찾아갔던 그 땅을 밟기를 쉽사리 허락지 않았던 것이다. 그러나 생각해보면 이러한 고려도 그대로 용인될 수는 없는 것 같았다. 적어도 그것이 부자연한 태도인 것이 반성되지 않을 수 없었다. 사람은 그를 지배하는 환경의 제 조건에 대하여 자유롭고 신축성 있는 적응의 힘을 가질 줄 알아야 할 것이 아닌가.

이리하여 나는 3개년 간을 두고 현안이 되어 왔던 그 여행을 쾌락하고 일개 상인의 자격으로 나의 생애에 다양한 인상과 감명을 남겨준 그 땅에 세 번째로 발을 딛게 된 것이다. 최초는 25,6년 전에 일개 야구선수로서, 그 다음에는 3·1운동의 고조된 동요가 전국을 휩쓸던 때에 일개 정치인으로서 그 땅을 방문한 일이 있는 나에게 이번은 실로 세 번째의 길이었다.

나의 사명은 물론 순전히 상업적 사무로서 광고주들의 초대에 응한 것에 불과하였다. 신문의 광고 효과를 선전하고 동경, 대판 등지의 상인들에게 우리 신문의 지면을 통한 광고를 권하는 것이 내가 할 일이었다. 그래서 나는 동경, 나고야, 대판의 3대 도시에서 열린 광고주 초대연을 통하여 이 사무적 직책을 다하느라고 하였다.

그러나 사무적 임무를 위하여 다소간의 날짜를 머물지 않을 수 없었던 이곳이 고국에서 유랑해 가 있는 수많은 형제들의 거류지인 것을 염두에 두지 않을 수 없었던 나는 출발할 때부터 이 여행을 통하여 수행된 다른 한가지의 일을 스스로 마음속에 계획하지 않을 수 없었던 것이다. 그것은 이들 각지의 재류 동포들을 방문하는 일이었다.

근 3주간에 달하는 여행을 다 마치고 귀로에 올랐을 때에 나는 이 말하자면 부대적 계획을 가지고 갔던 것을 마음속으로 기뻐하지 않을 수 없었다. 재류 동포들의 방문은 그렇게 나에게 교훈적이었다. 그러나 여기에 쓰는 짧은 수기는 내가 얻은 유형무형의 깊은 교훈과 감동에 비할 때 극히 단적이고 부분적인 묘사에 불과하다.

거부할 수도 없고 피할 수도 없는 생활의 철편鐵鞭에 몰려 현해탄을 건너기는 하였으면서도 이곳의 노동시장에 흘러들어가 있는 조선인 노동자는 그 생활에 대한 태도, 그 가지고 있는 인생관, 세계관에 있어서 아직도 아시아적 농민이었다.

오랜 세기를 통하여 그들에게 그렇게 견디기 어려운 고난과 굴욕의 멍에를 씌워오던 온갖 풍습과 그들의 황당한 미신, 몽매한 무지가 보장하여 온 가지가지의 무의미한 관습과 의식의 전 계열의 어느 하나이나마 그들은 버리려고 하지 않는 것 같았다.

그리하여 사람이 죽으면 순 조선식의 상여를 매고 '저 건너 북망산'의 몇 세기를 통하여 변하지 않은 조선식 만가를 부르며 전차와 자동차가 오가는 근대적 포도를 태연하게 정거장이나 혹은 항구를 향하여 행진하고, 거기서 그들은 시체를 고향의 묘지로 운반하기 위하여 혼례가 있을 때에는 역시 그들의 고향에서 그렇게 좋아 보이던 고래의 풍습은 한 번 더 시험하고 맛볼 좋은 기회로 생각한다.

사모관대를 한 신랑과 족두리를 머리 위에 얹은 신부를 중심으로 한 순 조선식 결혼 행렬의 일대가 그들 X(일)인의 호기심과 조롱의 대상이 된다 하더라도 그것은 그들에게 아무 상관도 없는 일이었다.

물론 이곳 근대적 대도시의 한 모퉁이에 그 특이한 존재를 주장하고 있는 이 '조선인 거리(鮮人街)'에 볼 수 있는 이러한 옛 생활 양식의 강렬한 잔존은 결코 특수한 현상은 아니다. 그것은 오늘날 왜곡된 문명의 오히려 가장 일반적인 특질이라고도 할 수 있을 것이다. 마이클 골드의 '돈 없는 유태인'을 읽은 사람은 아메리카의 노동시장으로 몰려간 중국과 각국의 농민들이 뉴욕의 한 모퉁이에 형성하고 있는 극히 뒤떨어진 농민적 생산양식에서도 용이하게 '센징마치(조선인거리)'의 미국형을 볼 수 있을 것이다.

그러나 만일 이 '조선인거리'에 다만 이러한 뒤떨어진 옛 생활양식의 기묘한 지배만을 보았다면 나의 관찰은 확실히 불확실한 것이었을 것이다. 그리하여 이곳에 이미 수십여 년의 광휘 있는 역사를 가진 진보적 노동운동과 그 운동의 성장과 발전을 위하여 헌신과 희생을 주저하지 않았던 선구자들에게 조소의 대상이 되더라도 나는 일언반구도 항의할 권리를 가지지 못할 것이다.

낡은 생활습관에의 집요한 그들의 애착에도 불구하고 이곳에 머물고 있는 조선 민중은 확실히 진보적 운동의 광범한 저수지였다. 최근 이곳의 좌익운동에 있어서 조선의 노동대중이 표시한 한두 가지가 아닌 히로이즘은 그들의 강렬한 정치적 의욕과 자체의 역사적 사명에 대한 예민한 감수성의 좋은 예증이었으며, 또 조선의 사회운동사에 남긴 재류 조선 노동운동의 X X한 X X과 역사적 역할은 그들의 이곳 노동시장에의 유입이 다만 이곳의 자본가에게 값싸고 저항력 없는 노동력만을 제공한 것이 아님을 웅변으로 말해주고 있는 것이다.

내가 이 '조선인거리'를 찾았을 때도 이러한 진보적 정신의 맥박은 이 악취가 코를 찌르고 위생시설이 도무지 없고 기묘한 옛 생활관습이 완강히 잔존하고 있는 거리의 이곳저곳에서 느낄 수 있었다. 물론 이 땅을 풍미하고 있는 파쇼적 ＸＸ과 모든 진보적 운동의 완전한 지하적 잠복의 정세는 이 조선인 사회에도 그 특수한 표현을 발견하여 내가 접촉할 수 있는 것은 다만 생명 있는 전체의 편린적 표현에 불과하였으나, 그래도 나는 ＸＸＸＸＸ 질식할 듯한 그들의 참담한 생활을 꾀고 흐르는 ＸＸＸＸＸＸ 광선을 볼 수 있었던 것이다.

대중의 생활에 미래를 약속하는 이러한 진보적 동향과 아울러 오직 노동대중을 지배계급을 위하여 또는 지도자들의 도량이 대중을 괴롭게 하고 있는 것도 물론 부인할 수 없는 사실이었다. 조선인 대의사(국회의원)의 선거를 위하여 광범한 노동대중을 이용해먹은 ＸＸＸ(박춘금)을 비롯하여 실로 다종다양한 ＸＸ적 여러 집단이 그 집아執牙를 벼르고 있는 것이었다.

그러나 나날이 그 자신의 계급적 지위와 역사적 사명에 눈뜨기 시작한 대중은 더욱더욱 이들 가증한 무리에게서 자신을 방어할 현명과 예지를 배우고 있는 것도 나는 그다지 곤란 없이 인정할 수 있었다. 내가 담화를 같이 나눌 수 있었던 몇 사람의 꼭 같은 나에게의 부탁은 무엇보담도 이들 비열한 ＸＸ배의 폭로와 박멸을 위하여 우리의 신문이 일하여 달라는 것이었다.

고故 김문준[97] 씨의 노력의 결정인 《민중시보》와 같은 진보적 신문이 이미 그들의 사이에 광범한 침투력과 영향을 획득하고 있지 않은 것이 아니나, 그래도 조선에서 발행되는 일간신문의 그들을 위한 진보적 역할의 가능성은 실로 무한에 가까운 것임을 나 역시 맘속으로 느끼고 스스로 생각

---

97) 金文準 : 호는 목우木牛. 1915년 수원농림학교를 나와 정의공립보통학교 교사로 재직하다가 1927년 오사카(大阪)로 건너가 신간회新幹會 오사카지회를 창립했고, 1930년에는 일본화학산업노동조합 오사카지부장을 역임하면서 기관지 《뉴스》, 《제2노동자신문》, 《민중시보》 등을 발행했다. 2000년에 건국훈장 애족장이 추서되었다.

하는 바 없지 않다.

노동자 대중과 아울러 이곳에 가 있는 조선 사람에 유학생들이 있다. 나는 그들의 일반적 동향을 주로 동경에서 볼 수 있었다.

동경 유학생이란 것은 조선의 모든 진보적 운동과 불가분의 관계에 있다. 3·1운동 전후의 저 낭만적 계몽기에 있어서, 또 그 뒤를 이은 사회주의의 성장기에 있어서, 또는 최후의 사회주의의 노동자 대중화……있어서 동경 재류의 조선 학생 대중은 실로 후세사에 남길 만한 ……공적과 역할을 수행한 것이며 조선 지식계급의 모든 진보적 운동을 위하여 동경 유학생계는 확실히 ……온상이었던 것이다.

그리고 금후의 그들에게 기대되는 것도 결코 과거 그들의 선배가 남기고 간 Ｘ Ｘ에 지지 않을 만큼 중대하고 광휘 있는 것임을 믿는 나는 이러한 의미에서 많은 기대와 희망을 가지고 그들을 대한 것이었다. 내가 이번 여행을 통하여 직접 대할 수 있었던 것은 일부분의 학생들에 지나지 않았으나, 일부와의 접촉과 교담交談을 통하여서도 일반적으로 전체 동향의 주요한 제 경향을 짐작할 수는 있었다.

동경 유학생계를 확연히 양대 진영으로 분할하는 하나의 선이 있었다. 그 선이란 표현의 막연을 두려워하지 않는다면 진보적 운동에의 지식인적 의욕이라고 부를 수 있는 것이었다. 이 굵은 선을 중심으로 하여 학도와 노는 이의 양대 분야로 나누인 것이 동경의 조선 유학생계였다.

낡은 시민적 학문이 젊은 학생들의 관심과 흥미의 권외로 쫓겨 간 지는 이미 오래다. 그러나 학교가 가르치려는 정통적 학문이 한가지로 동경에 가 있는 조선 유학생들의 무관심한 경멸의 대상이 되고 있다고 하여 그대로 그들 전체가 학문 일반에 대하여 무관심하거나 태만하다고 속단하여서는 안 될 것이다. (중략) 내가 접촉하고 이야기를 같이 한 학생 제군은 주로 전자의 진영에 속한 청년들이었다. 그러나 그들에게 있어서도 전반적으로 냉정한 정체적 기분의 일반적 지배가 느껴지는 것은 나에게 마음 괴로운

일이었다. (중략)

그러나 그 대신에 보다 더 견실하고 침착하고 집요한 저력이 그들의 동정에 느껴지는 것은 심히 고마웠다. 이러한 변화는 물론 객관적 정세의 변화가 그들에게 요구한 적응의 새로운 형태일 것이다. 그리고 더욱이나 금년 초 이래로 그들 사이에 새로운 노력을 발견할 수 있음도 무던히 기쁜 소식이었다.

나는 이들 학생 제군 이외에 수인의 성실한 청년 학구자를 동경에서 만날 기회를 가졌었다. 그 중에는 벌써 조선 역사에 관한 그 처녀 업적을 이곳과 조선의 X X X 대중 앞에 선보인 유능한 청년학도도 있었으며, 또 오랫동안 영어圄圖의 고통에 시달리던 병약한 몸으로 조선의 제 문제에 대한 진보적 견해의 노작을 진보시키고 있는 약속 많은 젊은 학자도 있었다. 진보적 입장에 선 문학비평가도 있었다. 이들 수효는 적으나⋯⋯오늘의 조선의 문화를 위하여 확실히 약속하는바 많은 귀중한 우인들과의 접촉은 확실히 나의 이번 여행의 중요한 수확의 하나인 줄 믿는다. 그들의 부탁은 주로 우리가 계획 중인 중앙학단에 관한 것에 집중되었다.

이 외에 나는 고도 나라(奈良)의 여자고등사범학교에서 배우는 일단의 여학생들과 만날 기회를 가졌다. 그들의 여성다운 예민하고 순결한 감정에 시대의 선풍이 던져주는 파문이 상당히 심각한 것임을 발견한 것도 나에게는 감명이 깊었다. 나는 조선의 젊은 지식 여성의 임무와 사명에 대하여 그들과 이야기를 나누었다.

(ㅡ《중앙》, 제4권 2호, 1936년 2월호)

조선농촌문제의 특질 (시론)

1

금일 조선의 생활체제가 내포하고 있는 모든 모순, 또 그것이 민중의 운명에 과하는 저 참을 수 없는 고난과 질곡은 그 어느 곳보다도 농촌에 있어서 가장 첨예하게 집중되어 있으며, 가장 광범하게 또 심각하게 뿌리박혀 있는 것이다.

오늘날 이 땅의 생활을 문제 삼을 때에 우리의 관심과 열정이 주로 농촌의 문제로 달음질치는 것은 오로지 그에 기인하는 자연스런 경위이다.

조선의 농업 인구는 전 인구의 80퍼센트 이상을 차지하고 있으며, 민중의 경제 생활이 주로 의존하는 곳은 농업 생산일 뿐만 아니라 이 땅의 정치관계가 가지고 있는 저 특수히 암담한 중세적 형태는 이것 또한 조선의 독특한 농업 관계를 그 경제적 토대로 하고서 성립되어 있는 것이다. 이리하여 '조선 문제는 본질적으로 농업 문제이라'는 이미 대중화된 명제가 성립된다. 실로 금일 조선의 농촌에 축적되어 있는 모든 모순을 근저로부터 소탕함이 없이는 조선의 민중은 오늘날 그들의 생활을 낙인찍고 있는 저 저주할 운명의 멍에를 벗어날 수 없는 것이다.

조선의 운명과 이 땅이 포함하고 있는 저 행복스럽지 못한 민중의 내일을 우려하는 자에게 대하여 조선 농촌문제가 표시하는 의의는 실로 중대하고 결정적이다. 따라서 금일 조선의 선구적 사상가이며 민중의 지도자임을 자각하는, 또 자처하는 모든 사람 혹은 기관이 각각 여러 가지 측면과 의미에 있어서 이 문제를 취급하게 되는 것도 자연스러운 일이라 할 것이다.

2

조선에 있어서 정치적 운동이 낭만적인 기분시대를 벗어나 현실적 정세에 대한 뚜렷한 과학적 비판과 그에 입각한 과학적 전술 위에 그 기초를 구하게 된 이후, 농촌 문제에 대한 진지한 관심과 노력이 실로 역사의 내일과 민중의 운명을 우려할 줄 아는 이 나라의 양심 있는 젊은 학도의 일부분을 편달하여 조선 농업문제의 특질에 관한 가치 있는 비판과 규정이 극히 희소하나마 우리의 눈앞에 출현하기 시작했으며, 뿐만 아니라 농촌생활의 궁핍의 나날의 심화에 따라 기하급수적으로 늘어가는 농민쟁의의 값비싼 경험과 귀중한 교훈은 이제, 희미하게나마 조선에 있어서의 농민문제의 본질이 여하한 것인가를 우리의 눈앞에 방불하게 하여 주면서 있다.

그러나 나는 이제 기왕에 전개되고 있는 일반화되면서 있는 이 방면의 이론은 반복 부연하거나 또는 내 자신의 창견에 유래된 어떠한 새로운 이론적 전개를 시험하기 위하여 이 짧은 소고의 성질상 도저히 불가능한 이 문제의 전반적 전개를 여기에 기도하려고는 하지 않는다.

이 소고에 있어서의 나의 기도는 근간 이 문제를 둘러싸고 나타나기 시작한 가지가지의 유해한 경향과 견해 또는 무의미한 요설에 반대하면서 이미 이 땅의 가장 진보적인 학도들과 당파에 의하여 탐구되고 규정되었다고 볼 수 있는 성과를 이곳에 집약적으로 재현, 강조하는데 있는 것이다.

3

금일 조선의 농촌생활을 지배하는 저 가지가지의 암담한 모순은 오로지 그 경제 관계의 독특한 반봉건적 성질에서 유래되는 것이다. 토지소유 관계에 있어서의 근대적 자본주의적 양식과 소작료 징수 형태에 있어서의 봉건적 양식과의 결합에 의하여 구성된 농촌경제의 저 유니크한 반봉건적 특질을 투철히 파악함이 없이는 오늘날 조선의 농민생활을 뒤덮고 있는 모순과 질곡의 청산해결에의 여하한 방도도 발견할 수는 없을 것이다.

조선 농촌의 생산관계를 결정하고 있는 이 반봉건적 특질에의 확고한 인식의 결여가 오늘날 조선 농민생활에 관한 저 가지가지의 개량주의적 견해, 무의미한 '명사'의 요설을 산출하는 모체가 되고 있는 것이다.

공연히 그 존립 연수의 많은 과부誇負할 만한 전통인 것처럼 여기고, 그 시대에 뒤떨어진 보수주의와 민중의 고뇌와 원망에의 둔중한 무감각을 견실로, 권력에의 민첩한 추종과 더러운 타협을 신중으로 오인하여 근래 더욱더욱 존대하고 방만한 태도로서 민중을 눈 아래 내려다보기 시작한 이 땅의 언론기관과 이 기관을 둘러싸고 그칠 줄 모르는 요설에 자기도취 되고 있는 일련의 소위 '명사'에 의하여 실로 다종다양한 형태로서 제창되고 있는 저 가지가지의 개량주의적 농촌 문제관은 이러한 인식 부족이 산출하는 무의미한 잡언雜言의 가장 손쉽게 얻어 볼 수 있는 표본이며 전형일 것이다.

이들의 개량주의적 농촌 문제관은 주로 두 가지로 나누어 다룰 수 있을 것이다. 첫째로 소위 농촌문화 운운하며 오늘날의 극도로 곤궁하고 고난스러운 농촌의 경제 관계에는 전혀 눈을 감고서 마치 이러한 경제 관계 위에서도 이 경제 관계와는 무간섭하게 농민의 생활이 개선되고 그들의 정신생활이 소위 문화적으로 향상되어 나갈 수 있는 것 같이 주장하여 그칠 줄 모르는 여러 견해와 둘째로는 농촌생활의 경제적 지반을 문제 삼기는 하나 이 경제적 지반이 내포하고 있는 일체의 모순과 곤란을 금일 조선이 ××××××××××××××××××해소해 나갈 수 있는 것처럼 주장하는 여러 견해가 이것이다.

4

조선 농촌문제에 대한 개량주의적 제諸 견해의 이 두 가지 그룹 중에서 첫째 그룹에 속하는 견해, 곧 오늘날 조선 농촌의 극도로 모순된 경제 관계와는 아무런 관련도 없이 농촌문화를 운운하는 제 견해가 얼마나 황당하며, 근거를 결한 것인가는 다시 이곳에 말할 필요조차 없을 것이나, 둘째 그룹에 속하는 제 견해, 곧 금일 조선의 농촌경제가 내포하고 있는 저 근본적 제 모순을 잊고 우리를 그 통제 하에 지배하고 있는 생활체계의 내부에서 해소할 수 있다는 전제 없이는 도저히 성립되지 못하는 제 견해의 오류와 민중에 대한 그 사이비적 역할도 이미 명백히 폭로된 지 오래이다.

조선 사회의 특수한 역사적 발전은 구래의 농업에 있어서의 봉건적 징수관계를 청산함이 없이 토지소유의 근대적 자본가적 형태를 확립시킴에 의하여 이 땅의 농민에게 불행과 비참의 곤액(困厄: 곤란과 재액)을 부과한 것이다. 봉건적 경제체제 하에서 심한 소작료 징수제도가 그대로 잔존하여 금일의 토지 소유자와 소작인의 관계를 지배하고 있다. 금일의 토지 소유자는 벌써 옛날의 봉건적 영주가 아니다. 그럼에도 불구하고 그의 토지를 경작하는 소작인은 옛날의 봉건적 농노와 동일한 경제적 조건 하에서 신음하고 있다.

조선의 농촌에 광범히 잔존하고 심각하게 뿌리박고 있는 봉건적 아시아적 생산양식은 그것이 토지 소유자에게 가져다주는 기름진 이익에 의하여 농업의 자본주의적 경영을 전연 불가능하게 하고, 인간 생산력의 다시없는 낭비와 가증할 혹사에 의하여서만 존립되는 아시아식의 영세경영을 조선에 있어서의 농업 경영의 지배적 형태로 하고 있다.

이 영세경영은 조선 농촌의 생산력을 언제까지나 저열한 수준에 정체시키고, 이 생산력의 저열은 조선에 있어서의 공업의 미발달과 아울러 농촌 인구의 과잉화를 촉진할 뿐 아니라, 이 과잉을 참을 수 없는 부담으로 만들고 있다. 이리하여 나날이 참담한 궁지로 떨어져가는 조선농민의 운명

은 오늘날 조선 농촌을 마치 거미줄처럼 얽어매고 있는 저 고리대금의 날
뜀에 그 구체적 표현을 발견하고 있다.

5

이러한 심각한 고난과 궁핍에서 조선의 거대한 농민대중이 구출되는 행
복을 가질 수 있다면 그것은 오직 금일 조선 농촌경제의 암이 되고 있으며
그로 인하여 조선의 전 농민대중이 저주의 운명을 따르게 되는 저 반봉건
적 관계를 소탕하여 농촌경제의 완전한 사회화와 경영의 과학화를 확립함
에 의하여만 비로소 가능할 것이다.

그러나 금일 조선 농촌경제에 광범하게 잔존되어 있는 봉건적 유제의
근본적 소탕은 그것이 원래 자본주의적 생활체계가 그 자신의 임무로서
수행할 것이었음에도 불구하고 아직 수행되지 않았을 뿐만 아니라 벌써
초기의 진보적 시대를 지난 지 이미 오랜 금일의 자본주의에게 이 역사적
임무의 수행을 요구하는 것은 엄청나게 무지한 일이라고 할 것이다. 오늘
날 조선의 통치계급에 의하여 시험되고 있는 각종의 농촌정책은 적어도
이 점에 있어서는 가르치는 바 없지 않다.(6행 삭제)

1년간 소작쟁의 건수는 근 1천 건 미만이었음에도 불구하고 X X X X 작
년도 통계는 2천 건 돌파의 엄청난 숫자를 보여주고 있다. (2행 삭제) 그것이
여하한 것일망정 도저히 금일 조선의 절박한 농촌문제 해결에의 길을 개
척할 수 없다는 것을 웅변으로 말하여 주고 있다.

이 땅의 진보적 사상가, 진실한 민중의 선구자, 또 오늘의 참을 수 없는
고난과 굴욕에도 불구하고 오직 내일의 희망에서만 생의 무거운 짐을 꾸
준히 등지어 나가는 민중, 그들은 여하한 개량주의적 설교에도 귀를 기울
여서는 안 된다. 아무리 약속이 많아 보이고 광채 찬란한 황금을 보고나서
라도 일체의 개량적 프로그램과 X X 운운하는 '명사'진의 천속한 공상에
속아서는 안 된다. 오직 오늘 조선의 농촌경제의 특질에 대한 X X X 과학

적 비판에 입각한 진실한 과학적 행동과 프로그램에 의해서만 그들은 귀
를 기울이고 손을 높이 들고 그래서 전진하여야 한다.

(-《중앙》, 4권 2호, 1936년 2월호)

지도자가 할 일 (연설)

감기가 있는 데다가 성대를 자꾸 썼더니 고장이 났습니다. 의사 말이 말을 가만가만히 하되 집에서도 성대를 쓰지 말고 종이에 써서 표시하라고 하나 오래 전부터의 부탁이고 오늘밤 시간을 약속하였음으로 오기는 왔습니다만, 목이 아파서 맘대로 말할 수 없는 것은 크게 유감입니다.

다만 인사의 말이나 하려고 왔습니다. 집에서 좀 준비한 것은 다음 기회로 미루고 여기 청년들도 많이 왔고 하니 청년들에게 몇 마디 부탁이나 하겠습니다.

나는 성질이 별나서 남이 무서워하는 것은 무서워하지 않고 남이 무서워하지 않는 것을 무서워합니다. 흔히 권세를 무서워하지만 권세를 가지고 정당히 쓰지 않고 도용하는 것은 어디까지나 대항하고 싶단 말이지요. 돈! 돈을 가지고 잘 쓰면 좋으나 못된데 쓰거나 잔뜩 움켜만 쥐고 있는 수전노! 즉 돈 지키는 종놈에게 머리를 숙일 게 무에냐 말이지요.

나는 다만 청년들이나 이 앞에 앉은 소년들 같은 사람을 보면 그만 겁이 나 어쩔 줄 모르겠습디다. 그들을 만나면 어쩐지 두려운 생각이 나서 내 몸을 두루두루 살피는구려. 양복이나 똑바로 입지 않았나. 넥타이나 바로 매지 않았나. 그들이 나의 잘못을 본받지나 않을까 해서 두려워 못 견디겠단 말이요. 그저 나는 이 세상 아무것보다 청년들이 제일 두려워. 그리고 그들을 만나면 어쩐지 기쁘고 든든한 생각이 난단 말이우.

신문사에 있자니 하루에도 4,50명씩 손님들이 찾아오는구려. 그 중에도 청년들이 오는 게 나는 가장 반가워요. 그들이 오면 모두들 기운차게 얘기도 하고 어떤 때는 팔씨름도 하고 그리고 나면 그만 맘이 다 시원해진단 말이죠. 그들이 좋은 일을 하는 것을 보면 달려가서 부둥켜안아도 주고 싶지만 밉살맞게 굴 때는 뺨이라도 한 대 때렸으면 좋겠어요.

나는 오랫동안 해외에 있다가 5,6년 전에 조선에 돌아와 우리 청년들을 대할 때 기쁜 생각도 나지만 한편 늘 섭섭한 생각이 나요. 그것은 조선의 청년들은 좀 씩씩하고 기운차지 못하고 헤벌어져 보인단 말이오. 좀 나가려는 힘이 없고 자존심도 없고 성질들이 나약해서 고종故縱이나 일삼고 비관들을 하는 것을 보니 내 눈에서 피눈물이 나와요.

여러분의 조상은 두뇌로나 육체로나 결코 남에게 뒤지지 않았던 겁니다. 옛날 중국 놈들이 조선을 가리켜 동이라고 하였는데, 그것은 오랑캐라는 글자가 아니고 큰 활 가진 사람들이라고 해서 이夷라고 한 거예요. 우리들의 할애비는 기운들이 좋고 용기가 있어 큰 활을 메고 북방 놈들을 쏘아 이겼던 거예요.

머리도 대단히 좋아 지략 많은 인물들이 많이 나서 요즘 체육계에 세계적 선수들이 자꾸 나는 것을 보니까 아직도 선조의 좋은 피가 그대들 혈관 속에 흐르고 있는 것을 알 수 있단 말이오.

그대들을 생각하면 불쌍하기도 하지만 그대들은 저 희랍의 알렉산더의 한 말을 생각하오. "아버지가 세상을 다 정복하면 나는 무엇을 정복하란 말이오" 하고 한탄하지 않았소. 보시오 만일 그대들의 사회가 순경順境에 있다면 일거리가 있겠소? 순경에 있는 그대들이기 때문에 할 일이 많지 않소. 그러므로 그대들은 할 일이 많은 것을 행복으로 여겨야 될 것이오.

작년 일인데 학생들이 밤이면 술집으로 카페로 많이 돌아다닌다기에 사실 그런가 하고 어떤 친구가 비용도 내므로 시내에 있는 카페를 모조리 토벌하였는데 머 기막히단 말이지요. 대부분 청년들인데 모두 술을 처먹고 눈이 새빨개져서 그야말로 눈에 술꽃이 피었더란 말이오.

한 사회의 성쇠를 짊어진 청년들이 이 꼴이니 우리 사회의 장래는 어떡하란 말이요. 한곳에 가니 밤 서너 시는 되었는데 사각모 쓴 학생들이 잔뜩 앉아 술이 취해 가지고 주정들을 대는데, 나는 술과 담배는 냄새만 맡아도 골치가 아프므로 우유나 달래 마시고, 그놈들의 노는 꼬라지를 바라보고 있자니 한 녀석이 "이 놈의 늙은이 술 먹으러 왔으면 술이나 먹지 왜 사람을 빤히 보는 게야." 그걸 그대로 보고 있을 수 있어야지. 그만 어깻죽지를 부서져라 하고 후려갈겼더니 꼬꾸라지더군.

멱살을 바싹 잡아 일으키며 "학생, 이게 무슨 짓이요? 부형이 애써 보낸 돈으로 술을 먹어치우다니……." "아! 여선생님이 아닙니까?" "글쎄, 나야 누구든 요다음엔 이런 짓 말아" 하니 "전들 왜 이 짓을 좋아하겠습니까, 참으로 말 못할 억울한 사정이 있어 그렇습니다." "그런 억울한 사정이 있다면 술 깬 다음 내일이라도 나한테 와서 의논해주어" 하였더니 정말 그 이튿날 왔단 말이요. 그의 말을 들어보니 참 술 먹고 화풀이할 만도 하더군요, 하하.

한번은 아메리카에 갔다 온 친구 부부가 한강에 배 타러 가자고 해서 수박을 몇 덩이 사가지고 배를 타고 있자니 저쪽의 일본 내지(본토) 애들은 저희끼리 배를 저으며 본 체 만 체 노는데, 이쪽의 조선 애들은 수십 명이 쭉 돌아서서 "얘 좋구나. 그 여자 상당히 이쁜데" 하면서 히야카시(희롱)를 하는 모양이여!

그 중의 사각모 쓴 몇 녀석이 배를 저어 우리 탄 배로 오더군. 그래 나는 얼른 배 밑에 머리를 숙이고 숨어 있자니 우리 배에 가까이 와서는 "배 좀 같이 탑시다" 한다 말이오. 그때 내가 선뜻 일어나니 이놈들이 "아, 여 뭐……" 하고 어쩔 줄 모르고 모두 꽁무니를 빼려고 한단 말이요. "이놈들 아, 올 적에는 어찌 와서 가기는 왜 가느냐. 저기 일본 내지 애를 봐라. 부끄럽지 않나.”

“잘못했습니다.” “자, 이왕 왔으니 여기 와서 수박이나 먹고 가거라.” “아닙니다. 좋습니다.” 갈려고 한단 말이오. “아니다, 너희들이 수박 한 조각이라도 먹어야 가지 그전에는 못 보내겠다.” 그래 수박 한쪽씩 먹여 보낸 일이 있습니다.

또 한 번은 수송동 골목을 지나노라니 쬐그만 놈이 여학생을 둘러싸고 히야카시들을 한단 말이오. 그냥 지날 수 없어 이놈 모자 벗기고 저놈 모자 벗겨 주머니에 넣고 한 대씩 먹였더니 잘못했다고 하길래 모자들을 도로 주어 보냈습니다. 그런 것을 볼 때에는 어떻게 기분이 안 나는지 몰라요.

여기 앉은 청년들 그대들이 잘하면 조선 사회는 빛나고 그대들이 잘못하면 조선사회는 어두운 줄 모르느냐. 나는 그대들만 나무라고 싶지 않아.

여기 나이 먹은 이들도 많이 계시지만 청년들을 지도하려면 선진자先進者들부터 잘해야 되겠습니다. 자기들이 잘못하면서 아무리 청년들에게 말로만 잘하라고 해보시우 그들이 잘 듣는가, 양의 가죽을 입고 이리의 행동을 하는 위선자들……말로 글로는 잘 떠들지만 뒷골목에서는 별 고약한 짓을 다하는 놈들같이 가증한 것은 없어요.

지도자라는 것은 말로만 글로만 어떻게 하라는 것뿐이 아니고 자기가 친히 앞장을 서서 괴로우나 어려우나 앞길을 헤치고 나가는 게 참 지도자입니다.

여기서 말하는 나부터 이것을 생각하니 스스로 부끄러워요. 오늘 조선의 진정한 지도자가 있느냐 하면 나는 없다고 생각합니다. 이것을 생각한다면 여기 앉은 청년들이 앞길이 얼마나 가여운지 몰라요.

내가 한번은 경성서 여럿이 청년지도 문제를 의논하는 회석에 가본 일이 있는데 모두들 청년들의 흉만 말한단 말이여. 가만히 있으니 “왜? 여선생은 말 한마디 안 하고 가만히 있소?” 하겠지요. “나는 보는 데가 당신들과 다르니 말하지 않는 게요.” “보는 점이 다르면 다른 점을 말하지요. 나는 당신들로부터 흉을 봐야 되겠습니까, 당신들이 청년들의 흉을 보지만 당신들부터 잘하고 그러우. 그러기에 우리들 선진자들부터 잘하지 않고는 도무지 될 말이 아니오.”

한 사람이 눈 위로 걸어가는데 자기는 뒤에서 올 사람을 생각하여 허투루 갈 수 없다고 해서 발을 조심조심해서 디뎌놓았다고 합니다. 언제든지 뒤에 오는 사람은 앞에 가는 사람의 발자국을 밟고 가는 것입니다.

선생은 잘못하면서 학생더러 잘하라고 하는 것은 무리입니다. 어느 학교 교무주임 송별회에 학생들이 회비 2원 50전씩 낸다고 하기에 나는 회비가 너무 많다고 하였더니 술도 마시고 기생도 몇 부르자면 그것도 부족하다는 게야. 보시우, 교육계에서 이렇다고 하면 얼마나 가증한 일이오.

또 근래에 서울 시골 할 것 없이 거리에 되지도 않은 유행가가 어떻게 많이 퍼지는지 모르겠소. 노래 한마디 빛깔 하나가 사람에게 어떠한 영향을 끼치는지 아십니까? 더러운 노래 한마디 색채 하나로 청년의 기개를 꺾어버리는 줄 모르시오.

이 못된 유행가는 단연 방지해야 할 것입니다. 아마 얼마 안 있어 가두의 라디오나 축음기의 못된 소리는 못하게 될 것입니다.

오늘날 조선의 형편을 본다면 청년 지도에 대하여 생각하지 않을 수 없습니다. 청년들이 미혹에 들어 방황하기 대단히 쉽게 되었습니다. 그러면 어찌 할까. 그대들이 그대들의 지도자가 되어야 될 것이야. 무슨 말인고 하니 선진자라고 덮어놓고 따를 것이 아니고 그대들 가운데서 지도자가 나서 앞길을 뚫고 나가지 않으면 안 되게 된 현금의 정세이란 말이오.

한걸음 더 나가 말하면 학생계의 지도자는 학생에서 나고, 공장의 지도자는 공장에서 나고 농촌의 지도자는 농사하는 사람이라야 되겠단 말이오. 생각해 보오. 양복이나 입고 글이나 쓰는 사람이 어떻게 농부의 실생활을 체험할 수 있겠느냐 말이지. 현지 체험 없이 어떻게 진정한 지도자가 될 수 있느냐 말이오.

　　나의 오늘 저녁 말한 요점도 여기 있소. 현금現今 조선에는 진정한 지도자가 없으니 청년들 스스로 판단해서 앞길을 헤치고 나가란 말이오.
　　그러다 보니 시간도 퍽 지났소. 부탁하는 것은 이 자리의 청년들! 좀 씩씩하며 기운차게 나아가기를 바라는 것입니다. 이만.

(-《삼천리》, 72호, 1936년 4월호)

[이 연설은 의용선교회가 1936년 1월 30일 밤 회기리교당(안식일교)에서 주최한 강연대회에서 여운형 선생이 행한 것이다-편자]

출전할 용사들에게 (훈시)

[공전의 장거長擧로서 12일 오후 3시를 기하여 동서 양군이 일제히 스타트하게 된 본사 주최 조선 동서철도 계주 경기는 별하과 같이 그제 1주자를 떠나보내었거니와, 이번 경기의 출발을 앞두고 양군에 대하여 본사 여사장呂社長으로부터 다음과 같이 간곡한 주의사항이 있었던 바, 이제 간략히 이것을 소개하면 다음과 같다.]

"반도를 종단하여 양군이 싸움터를 주파하면서 최단 기간에 결정하게 될 것이다. 승리에 소요되는 것은 최대의 스피드를 요하는 것이며, 그밖에 각지의 기문이담奇聞異談, 풍속습관, 농촌과 도시의 현상 등을 가장 명료하게 정찰 보고하는 데 있을 것이다. 건강한 자에게 영예의 월계관은 우승을 보낼 것인즉 먼저 위생에 만전을 기하여 쓰러지지 말 것, 청량음료의 주의 또는 알코올성 음료를 멀리할 것이며, 길 이슬을 탐내지 말 것, 그리고 잠을 완전히 자야 유종의 미를 보게 될 것이라 믿는다."

(―《조선중앙일보》, 1936년 7월 13일)

노구교사건에 대하여

　이 사건은 일본이 스스로 무덤을 파는 것이다. 그 이유는 일영미가 중국에서 장거리 경주를 하는데 제1차 세계대전 전까지는 영국이 패권을 잡았고, 전쟁 중에는 일본이 잡았고, 전쟁 후에는 미국이 패권을 잡아 미국의 차관이 단연 증가하니 일본은 자기가 독점하지 못한 데 분개하여 노구교 사건을 일으킨 것이다.

　그러나 일본의 독점은 영미가 절대 불허한다. 이때에 양국은 반드시 합작하여 일본에 대항할 것이다.

　자본주의의 대요소인 원료시장 · 소비시장 · 투자시장 이 3가지가 중국에는 구비되어 있다. 이런 좋은 시장인 중국이 경제적 자립을 못하였으니 저기압이 생긴 곳에 공기가 밀려들 듯 자본주의 세력은 이 저기압 시장으로 밀려들어갈 것이고, 어느 일국의 독점은 불가능할 것이다.

　각국이 침입하는 중에 일국의 세를 제지하고 중국은 갱생의 길을 찾게 될 것이다. 자본주의 국가인 미국이나 영국이 이런 시장을 어느 한 나라의 독점에 맡겨둘 리가 없는데 더욱이 저들이 만만히 보고 있는 일본국의 독점이야말로 허용할 리가 절대 없다. 영미는 반드시 중국의 운동을 빌려가지고 일본과 싸울 것이다. 미국 혼자서도 일본을 대항하기에 넉넉할 터인데 황차 3국이리오. 그러므로 일본은 자멸하고 조선은 해방될 것이다. 우리는 자신을 가지고 기다리고 준비하여야 한다.

(─이만규, 《여운형투쟁사》)

[이 글은 일본이 중국 본토를 침략하기 위한 계략으로 일으킨 소위 노구교사건이 일어난 1937년경 여운형 선생이 주변에 말한 내용이다─편자]

나와 조선중앙일보

　《비판》 8월호 지상에서 조선중앙일보의 소위 자진폐간 문제와 주식회사 청산문제로 하여 박상준朴祥俊, 김계림金桂林 양군이 각각 간부들에게 항변을 쓰고 사회인의 입장에서 안동수岸冬水 군이 나에게 공개장을 보냈다.

　중앙일보가 폐간된 데 대하여서나 또는 주식회사 청산문제에 대해서는 당연히 그 사실의 시시비비가 사회적으로 토의되어야 한다고 생각한다.

　이번에 나를 보더라도 뒤통수를 한 대 얻어맞은, 이를테면 피해자의 한 사람이지만, 진지한 태도로서 간부와 나에게 항변하고 책망한 박, 안 양군에 대해서는 조금도 원망을 가지지 않았으며, 도리어 다소 미온적인 듯한 김계림 군의 태도에 불만을 가졌다.

　박상준, 김계림 양군의 항변에 대하여는 주식회사 청산위원인 소완규蘇完奎 씨 측에서 모종의 대책을 강구중이라니 앞으로 그 대책의 구체적인 발동을 기다리기로 하고, 나는 우선 이곳에서 안동수 군의 공개장에 대하여 몇 마디 대답하기로 한다.

　안군의 그 공개장에 나타난 논지는 대략 세 가지로 나눌 수가 있다. 첫째, 신문속간 문제에 있어 내게 성의와 노력이 부족하다는 것을 비난하였고, 둘째 퇴직사원의 대우문제에 있어 나의 방관적인 태도를 책망하였고, 셋째 내가 지금 살고 있는 집 문제에 대한 항의였다고 본다.

첫째, 신문속간을 위해서 왜 좀 더 애쓰지 않았소, 하는 이 비난에 대해서는 나는 할 말이 없다. 나 자신부터도 내게 성의가 부족했고, 노력이 부족했다고 생각하고 있으니 사회적으로 볼 때 그 같은 비난과 공격을 받는 것은 당연 이상의 당연이라고 생각한다.

그러면 왜 나는 내게 부족한 노력과 성의를 적극화, 행동화시키지를 못했던가? 아니 안 했던가? 하는 문제에 봉착할 것인데, 이 점에 대해서는 나는 아무 말도 하고 싶지 않다. 물론, 내 개인의 입장에서 하고 싶은 말, 해야 될 말이 없는 것은 아니지만 그런 말을 지금 한 대도 하등의 소용될 것이 없을 뿐 아니라, 도리어 내가 내 자신을 변명하는 꼴이 될 것이니, 나는 무조건하고 신문을 속간하지 못한, 책임자로서 져야 할 일체의 책임을 지고 사회를 향하여 그 죄를 사(謝)하련다.

다음, 퇴직 배당금 문제에 있어 먼저 생각해야 할 것은 왜 오늘날 이 같은 문제가 일어나게 되었느냐 하는 점이다. 가령 주주들이 최초의 약속대로 주식회사 청산 후의 잔액 전부를 개인들끼리 나눠먹지를 않고, 문화사업이라든지 기타 사회사업에 내놓는다면 누가 감히 퇴직 배당금 문제를 운운할 것이며, 우리는 왜 돈 좀 안 주느냐고 나설 사람이 있을 것인가. 오로지 이 문제는 주주들이 최초의 약속대로 남은 돈을 문화사업이나 사회사업에 쓰려 하지 않고 몇몇 개인이 나눠먹으려고 하기 때문에 일어난 것이다. 그러니까 이 문제는 주주들의 양심문제에 귀착되는 것이라고 하겠다.

안군은 이 같은 그들의 부당한 소행의 시정을 위하여 왜 성의 있는 행동을 구체화하지 못했느냐고 책망하고 비겁하다고까지 극언하였으나, 하등의 실질적인 발언권을 가지지 못한, 다시 말하면 다수의 주권을 가지지 못한 내가 단지 안군이 말하는 최대한의 성의와 성실만으로는 도저히 청산위원회의 결의를 좌우할 수는 없었다.

그 다음 집 문제인데, 내가 지금 이 집에서 살고 있기는 하나, 사실은 가시방석에 앉은 것 같이 여간 불안한 바가 아니다. 현재 주주들의 입장을 보더라도 세상에서는 남은 돈을 최초의 의도대로 유용하게 쓰지 않고, 개인의 사욕만을 채우려 한다느니 어쩌느니 하고 말이 많지만, 그 사람 각 개인이 이속으로 따진다면 처음 큰돈을 내었다가 이제 적은 돈을 찾아가니 결국은 중앙일보로 해서 손해를 본 사람들이요, 다른 사원들도 직업을 잃고 실업자의 통계 속으로 편입되었으니(그 후 취업된 사람도 있지마는 그만한 손실을 입었고) 이 같이 중앙일보의 중역이고 사원이 죄다 신문이 속간되지 못한 때문에 적고 큰 손실을 입었는데, 유독 여운형 한 사람만이 신문이 폐간된 덕으로 집 한 채가 공으로 생겼다는 것은 누가 생각하든지 듣기 좋은 일은 못된다.

사실은 처음부터 나는 이 집의 처분에 대한 일정한 플랜이 있었다. 물론 애당초부터 안 받았으면 좋았겠지만, 무슨 이유에서인지 청산위원회로부터 이 집을 내 명의로 하지 않고, 내 아내 명의로 등기를 내어왔고, 또 그 당시에 소위 그들이 이 호의를 거절한다면 결국 그만큼 주주들의 주머니를 채우게 되는 이외에 하등 의의 있는 일도 못됨으로 받아두기는 했으나, 나는 나대로 다른 방침이 있었다.

나는 14세 때 고향을 떠나 해내, 해외로 방랑생활을 하는 동안 아직 쌀 한 되 떨어질 토지나 한 칸 오막살이집도 가져본 일이 없다. 그러고도 나는 지금까지 살아왔다. 이제 새삼스럽게 내가 6,70원짜리 집 한 채에 욕심을 낸다면 그것은 망령이다.

가령 내가 이 집을 영구히 내 집으로 지닌다면 당장 집 걱정은 안 할지언정, 그 대신 나는 언제까지나 불안 속에 초조히 사는 고통을 가져야 할 것이 아닌가?

그렇다면 청산위원회가 나에게 보인 이번의 호의는 나로 보면 결코 고마운 호의는 아니다. 거듭 말하거니와 나는 애초에 세운 플랜대로 이 집을 내놓겠다. 신문사에 같이 있던 동무들에게 내맡겨서 단 한 푼씩이라도 나눠가지겠다. 그것이 애초에 내가 가진 설계인 것이다.

(―《비판》, 1938년 10월호)

[이 글은 손기정 선수의 일장기 말소사건이 빌미가 되어 정간 당했다가 자진폐간 형식으로 문을 닫은 《조선중앙일보》를 두고 나온 공개항의서에 대해 여운형이 답변 형식으로 쓴 글이다―편자]

꿈은 과거생활의 재현 (수필)

나는 꿈이 많은 사람이외다.

몸은 튼튼하지만 신경이 약해서 어느 날이나 꿈이 없는 날이 없고, 또는 하룻밤에도 꿈을 몇 가지씩 꿉니다. 그러나 나는 원래 꿈에 대하여 관심이 없기 때문에 모두 깨끗이 잊어버립니다. 별로 기억에 남는 꿈은 없습니다.

요컨대 꿈이란 자기 과거생활의 재현입니다. 내가 상해서 갓 나와 XX(감옥)에 있을 때에는 항상 상해가 보이고 남경이 보이고 또는 시베리아가 보입디다. 옛날 일방 방랑생활 그대로 혹은 지나(중국) 여관(旅舍)에 내가 누워 있기도 하고 혹은 고비사막을 지나가기도 하고 또는 시베리아를 헤매기도 합디다.

그러나 조선에 나와서 오래 있으니 이젠 조선 꿈이 많이 보이죠. 한강이 보이고 삼각산이 보이고 또는 신문사가 보이고 친구들이 보이고. 요컨대 꿈이란 지나온 생활의 축도입니다.

그런데 바로 얼마 전 한 가지 꿈을 꾸었구려. 장소는 어딘지 알 수 없으나 많은 군중을 모아놓고 노상 호기豪氣가 나서 소리를 치며 연설했지요.

“여러분, 여러분은 ······”

하고 만장 군중을 한 입으로 삼킬 듯이 주먹으로 책상을 치고 발로 땅을 굴렀죠. 그러고 보니 내 손이 내 자는 침상을 치두구려, 놀래 깨어보니 꿈이 아니겠습니까? 아내가 와서 왜 소리를 치느냐고 하며 묻겠지요. 그래서 꿈 이야기를 하며 그 날을 새운 일이 있습니다. 사실 나는 하루에 몇 시간을 자지 못합니다. 요새는 스케이트를 타고 운동을 하고 몸이 좀 곤하여야 좀 수면을 하는데 언제나 꿈이 나를 떠나지 않는 것은 이상합니다.

(―《조광》, 4권 2호, 1938년 2월호)

현대청년론 (인터뷰)

청년을 이야기한다는 것, 그것은 내게는 언제나 희망을 이야기하는 것과 같이 즐거운 일이오. 그러나 벌써 적지 않은 기회에 이런 이야기를 해왔고, 또 내가 청년에게 혹은 청년들과 더불어 이야기할 것이 무엇이냐 하는 것은 이미 그러한 기회에 짐작되었을 것이오만, 특별히 이번 기회에 다시 현대의 조선청년을 이야기해달라는 간곡한 청을 물리치기 어렵고, 더욱이 여러 가지 구체적 조목을 들어 물으니 내 평소 소감의 일단을 말하는 것이오.

먼저 청년이란 것, 다시 말하면 사람이 나이 젊었을 때의 가치가 무엇이냐 하면 그것은 무엇보다도 청년만이 언제나 헤아릴 수 없이 원대한 이상을 가지고 있는 것이며, 또 그 커다란 이상을 좌우에 아무것도 거리끼지 않고 대담하고 용감하게 실현해 나가는 진실로 약동하는 힘이 있는 까닭이오.

청년들은 노회한 중년이나 일의 원대한 온갖 곳에 정열을 잃고 목전의 자질구레한 일(些事), 먹고살고 자식이나 기르고 돈푼모아 소위 노후나 편안히 지내려는 소인배의 세속적인 타산을 떠나 오히려 그것을 업신여기고 나아가 그런 것을 알고자 하지 않으며 한길로 곧장 사회나 국가의 장래라든가 제 겨레의 운명이라든가 혹은 그것들을 위한 가치 있는 공헌을 통하여 청사에 제 이름을 빛내 보겠다든가 하는 고귀한 소이요, 가치요, 성격이오. 다시 말하면 나이든 사람들이 영리한 타산의 사람인 대신에 청년은 어디까지나 이상의 사람, 정열의 사람인 것이오.

그러므로 어느 시대, 어느 사회를 막론하고 그 시대와 그 사회가 청년에게 특별한 것을 요구하는 것은 실로 청년이야말로 다른 모든 사람들이 제 일신의 이익이나 한 가정의 안락밖에는 생각지 않음에 불구하고, 그들은 한 몸과 한 집의 좁은 한계를 훌쩍 뛰어넘어 정말 시대나 사회가 요구하고 희망하는 바를 성실히 생각하며 실현할 의욕과 정열을 가지고 있기 때문이오. 그러기에 청년을 가진 사회는 미래를 가진 사회라 하고, 미래는 청년의 것이라는 말이 있지 않소?

그것은 청년들이 항상 장래를 몽상하고 앞을 향하여 정열과 행동의 설계를 세우는 대신, 다른 사람들은 과거를 꿈꾸고 지나간 것을 회상하며 끝끝내 이미 과거의 것만 지키는 보수의 정신을 가지고 있기 때문이오.

그런 의미에서 미래는 청년의 것인 동시에 청년은 또한 미래의 상징, 전진의 정신이라 할 수 있소.

그러므로 어느 시대, 어느 사회의 청년이 무엇을 이상하고 있으며, 어떤 곳에 행위의 정열을 경주하고 있느냐 하는 것에 그 시대나 사회의 다음 국면이 어떻게 전개될 것인가를 예측할 수 있는 것이오.

그러면 현대의 조선 청년들의 행동이나 사고나 기질이나 성격 혹은 그들이 꿈꾸고 이상하는 곳에서 우리는 다음 시대의 무엇을 짐작할 수 있는가 하면, 여기에 대하여는 온갖 사람들이 청년을 꾸짖고 나무라고 애를 써 도학자적인 설교만 하려 드는데 반하여 나는 그들 청년을 믿는 사람이오.

그 전에도 그런 말을 듣고 또 지금도 그런 이야기를 듣소만, 오늘날의 청년을 보고 그 속에서 올 날의 싹을 발견할 수 없다는 것은 믿을 수 없는 말이오.

청년은 어느 시대, 어느 곳의 청년을 막론하고 아름다운 싹이오. 이곳의 싹도 남의 것에 못지않게 좋은 싹이오. 나은 싹이라 할 수 있소.

그 다음으로 현대 청년이 괴로움 끝이라든가 혹은 그릇되게 데카당이나 향락주의에 빠지는데 대하여 그 전에도 말이 많았고, 요즈음도 학생의 풍기문제니 청년의 기풍의 타락이니 하는 소리가 들리고 하지만, 나는 이런 경우에 덮어놓고 청년만을 책망하는 사람들과 의견을 같이 할 수가 없소.

대체로 청년뿐만이 아니라, 인간이, 아니 생물 전체가 생리적인 욕구를 갖고 있고, 즐겁게 살며 향락하겠다는 것이 본능인데 그것을 모두 나쁘다고 크게 나무라는 것은 청년을 옳게 가르치는 것이 아니라 그들의 바른 향락의 길을 발견하는 것까지 방해하는 것이오.

단지 그게 정도가 지나쳐서 나쁠 따름인데, 그것도 특별히 요즈음 청년이라든가 이곳 청년만이 나빠서 그렇다기보다 그들의 자연스런 욕구를 정도를 맞추어 길러주고 그들을 만족시켜줄 만한 적절한 시설이 없기 때문에 자연히 부자연한 방법으로 흐르게 되는 것이오. 청년을 나무랄 것이 아니라 다른 곳에 있는 결함을 생각해야 할 것이오.

연전에도 어느 좌담회에서 이런 이야기가 나와서 참석한 선배 모모 씨와 논쟁까지 한 일이 있는데, 하다못해 청년들이 일신이나 가사를 돌보지 않고 부질없는 일에 열중하여 저지른 일까지를 책망한다.

다음으로 현대청년은 확고한 신념을 갖지 못했다는 것이 방금 청년에 대한 공통된 비난의 하나인데, 신념이 없다는 것은 청년뿐만 아니라 모든 인간에게 있어 큰 불행이요, 어떤 의미에서는 깊은 타락이라 할 수 있는데, 차라리 종교라도 믿어서 구함을 받을 수 있느냐고 묻지만 나는 이렇게 생각하오.

종교의 이상이란 상식적으로 말하면 소위 안심입명[98]인데, 원시불교와 석가의 고결한 고행과 해탈의 정신이나 '벌거벗은 예수' '골고다의 희생자

---

98) 安心立命 : 마음을 편안히 하여 하늘의 명을 따른다. 믿음으로 마음의 평화를 얻어 세속 일에 흔들리지 않는 경지에 도달한다. (불교)

예수'의 정신은 오늘날의 종교에선 찾아보기가 어렵지 않은가 하오.

어느 종교도 그 창설자들의 진정한 정신은 상실되고 세속적으로 문을 두드리기엔 너무나 적당치가 않소. 그렇기 때문에 종교의 탈을 쓴 영리사업이나 범죄자까지 만들어내는 유사종교가 생기지 않소?

그러므로 신념이란 누구에게 구해서 타력으로 세울 것이 아니라 지식과 생활의 정열을 통하여 자력으로 만들어가야 할 것이오.

그 다음에 나는 최근 일부 청년들의 기풍으로 아무것도 마음대로 안 될 바에는 돈이라도 모으자!

그래서 서툰 장사를 합네, 나아가선 투기를 하고 요즈음 흔한 금광을 한다고 다니는 것까지 보는데, 이것을 무엇이라 말할 것이냐 하면 한마디로 돈은 돈이 있어야 번다는 속담을 생각하지 않을 수 없소. 돈 없는 사람에겐 길도 안 열리고 찬스도 없는 법으로 돈을 모으기는커녕 그에게 유일의 자산인 인간성까지 파멸하고 마는 것이오. 그것으로 마음만 열에 뒤어서 어느새 '매몬(mammon: 배금)'을 숭배하는 괴팍한 사상에 빠져 점점 사람으로 타락해가고 말고 성공의 기회도 없을 것이며 양부良否는커녕 도대체 실현 가능성이 없는 것이요.

그리고 또 비교적 성실하다고 볼 청년층의 일부가 지식 편중에 빠져 실제생활이나 정열과 행동 같은 것을 경멸하고 고답주의에 흐르는 경향이 있는데, 이것은 물론 인텔리 중에서도 국한된 인텔리 층이라 할 수 있는데, 일언이폐지하면 역시 일종의 고급 '타락'이지.

그리고 또한 현대 청년은 많이 방황하고 고민한다고 하는데, 그들은 고답주의에도 만족할 수 없고 뜻 있는 실제생활도 손에 잡히지 않고 하여 그렇다 하는데, 이것이야말로 어떻게 하면 좋겠느냐? 나는 사람이란 자기의 생활을 충실히 못 해나가는 데 방황의 미로가 열린다 생각하오.

나는 그들을 어떻게 하면 이상理想의 활기를 줄 수 있을까를 생각하고, 그들은 어디서 그런 것을 얻을까를 생각할 것이 아니라 고요히 앉아 눈을 감고 귀를 기울인다면 마치 빙산을 만나 파선의 비극을 호소하는 SOS의 소리와 같이 각자의 귀에 들리는 소리가 있으리라 믿소. 이 말을 결코 이상하게 오해해서는 아니 되오. 이는 종교적인 의미나 무슨 별다른 의미가 아니고 세계 안에서, 국가 안에서, 사회 안에서 생활하는 모든 개인에게 직무로서 요구되는 한 개의 단순한 부르짖음에 불과하오.

다른 고장의 청년들이 움직이는 것을 보면 궤도가 놓였고 꼴도 정해져서 다만 요구되는 것은 추진력뿐인데, 우리 청년들은 이 3가지를 모두 겸해야 하오. 이것이 주어진 조건의 특수성인 동시에 청년들에겐 제 자신이 모든 것을 해야 한다는 무거운 짐이 돌아가는 것이오.

방황하고 탐구하고 '꼴'도 정해야 하고 '레일'도 놓아야 하고 추진의 힘도 있어야 한다.

그러나 책무가 무겁다는 것은 더 광영스러운 일임을 알아야 하오. 선인이 안 해놓았기 때문에 한꺼번에 더 큰 성과를 이룰 수 있다는 것도 진실이오.

예전 알렉산더 대왕이 어렸을 때 부왕이 전승했단 첩보를 듣자 "부왕이 자꾸 이기면 내가 할 일이 전혀 없어지지 않는가" 하고 혼자 탄식했다는 말은 뜻 깊은 바가 아닐 수 없다.

그런 때문에 아무것도 하지 않은 부친을 가진 청년은 불행하다 하나 나는 오히려 복되다고 생각하는 것이며, 내 아들에게 나는 "얘들아, 너는 자라서 부디 나를 닮지 마라"할 작정이오.

그것 내가 자식을 교육하는 최대의 표어라고 나는 믿소.

[선생의 가치 있는 말씀과 웅대한 웅변을 다 옮기지 못함이 유감일 뿐더러 오히려 욕되게 했음을 선생과 독자에게 깊이 사죄하노라—기자]

(—《사해공론》, 4권 2호, 1938년 10월호)

[이 글은 《사해공론》의 기자가 1938년 가을 몽양을 자택으로 찾아가 현대청년에 대한 이야기를 듣고 글로 옮긴 것이다─편자]

방랑가의 이동 좌담기

기자 : 여러 선생이 방랑의 길을 떠나시게 된 동기를 먼저 말씀 해주시
   지요.

몽양 : 동기야 별것 있소. 나는 그저 놀러 다닌 것이 아니요, 모두 일이
   있어서 다니었소. 한가한 방랑자의 길만은 아니었소.

기자 : 선생들이 다니신 코스는 어디 어디입니까?

몽양 : 나는 상해를 중심으로 중국은 대개 다니고, 그 외에 비율빈(필리
   핀), 남양군도, 몽고, 시베리아 등지를 다녔습니다.

기자 : 방랑생활 중 고생한 이야기는 없습니까?

몽양 : 많지요. 수두룩합니다. 방랑생활 그 자체가 원래 고생을 의미하
   는 것이니까. 그런데 그 중에 이야기를 하나 하자면 몽고의 고비
   사막을 지나던 때의 이야기입니다. 낙타를 타고 사막을 지나는데
   인가는 없고 춥기는 추워서 영하 30여 도나 되는데, 양의 가죽을
   뒤집어쓰고 사막에서 나흘 밤이나 지내었죠. 밤은 캄캄하고 바람
   은 살을 에는 듯하여 참 견디기가 어렵더군요. 마른 빵을 씹으면
   서 양의 가죽 속에서 하늘을 쳐다보면 별만 반짝반짝하고, 몸은
   꽁꽁 얼어 들어오고, 더운 물 한잔 마실 수 없고 그야말로 꼭 죽
   겠더군요. 이렇게 사막에서 밤을 지내고 아침에 일어나 또 가고,

약 1주일 동안이나 사막생활을 하였는데 지금 생각하여도 잊혀지지를 않는구려. 아마 내 반생을 통하여 고생이라면 꽤 고생이었습니다.

기자 : 방랑생활 중 가장 재미있던 이야기를 하여주십시오.

몽양 : 그런 이야기두 많습니다. 내가 금릉대학의 선생으로 있을 때 지나(중국) 학생단의 축구팀을 데리고 비율빈과 마래(말레이시아)반도를 순회하며 축구시합도 하고 연설도 하고 구경두 하였는데 아마 내 반생 중에 제일 재미있던 때였습니다. 간 곳마다 환영도 굉장하였지만은 남국의 진기한 꽃들을 보고 이상한 과일들을 먹으면서 유유히 지내던 때가 매우 기뻤습니다.

기자 : 여러 곳을 다니셨으니 그 중에 또 한 번 가보고 싶은 곳은 없습니까?

몽양 : 중국 강서성에 있는 여산폭포[99]도 또 한 번 가보고 싶습 니다. 폭포도 폭포려니와 그 근방 경치가 어찌나 좋던지. 그리고 복건성에 있는 무이구곡[100]도 경치가 좋은 곳인데, 그곳은 옛날 주자朱子가 놀던 곳입니다. 지금껏 잊혀지지 않는 곳입니다.

기자 : 여러 곳을 다니시던 중 혹 진기한 것을 보신 이야기가 있습니까?

몽양 : 많죠. 첫째 몽고를 가니까 그네들의 쾌활하고 원시적인 생활이 진기합디다. 그들은 외국인이 가면 전 동민이 일을 하다말고 모두 모여드는구려. 그들이 모여들어서는 술이 있느냐, 담배가 있느냐 묻고, 만약 술 한 잔과 담배 한 대만 주면 수십 사람이 돌려가며 마셔보고 빨아보고는 아주 좋다고 칭찬이 자자하죠. 그리고

---

99) 廬山瀑布 : 중국 강서성江西省에 있는 폭포 이름. 이 폭포를 읊은 '망여산폭포望廬山瀑布'라는 이태백의 시가 유명하다.

100) 武夷九曲 : 중국 복건성福建省에 있는 무이산武夷山의 36개 봉우리와 37개 바위 사이로 흐르는 계곡과 양안의 절벽이 유명하다. 구곡九曲은 승진동升眞洞 옥녀봉玉女峯 선기암仙機岩 금계암金雞岩 철적정鐵笛亭 선장봉仙掌峯 석당사石唐寺 고루암鼓樓岩 신촌시新村市를 가리킨다.

는 고맙다는 말없이 또 획들 달아나버립니다그려. 생각하면 그들이 어리석은 듯하고도 천진스러운 점에 재미가 있습디다.

기자 : 여행 중에 혹 별나게 인상 깊은 친절한 사람을 만나본 일이 있습니까?

몽양 : 있습니다. 내가 비율빈에 가서 연설한 일이 있는데, 그것이 말썽이 되어 여행권(여권)을 빼앗기고 10일 간 거류제한을 당한 일이 있습니다. 그런데 그때 연설한 이야기가 각 신문에 게재되고 일시는 센세이션을 일으킨 일이 있는데, 그 신문기사를 보고 인도 여자가 한 분 찾아왔군요. 그래서 나는 내 포부를 이야기하였더니 그 여자는 아주 여간 공명하지를 않더군요. 그래서 그 여자와 이야기두 하고 그 여자의 초대두 받고 또는 같이 산보(산책)두 하고 종국에는 해변에서 밤을 새우며 이야기하고 산보한 일이 있습니다.

기자 : 그러면 그 여자와 연애를 한 셈이네요.

몽양 : 참 연애까지 한 셈이죠. 하하.

기자 : 혹 만나보신 중 고약한 사람두 있었습니까?

몽양 : 나는 꼭 한 사람 있군요. 내가 차를 타고 시베리아를 지나는데 어떤 놈이 내 옆의 유리창을 깼구려. 그러나 나는 그가 누군지두 모르고 있었죠. 그러나 조금 있더니 노경군(路警軍: 도로경비군)이 와서 내가 유리창을 깼다고 호통을 치며 나를 차에서 끌어내려 벌금 6원을 물리는구려. 나는 그때 노어(러시아어)란 한마디두 모르는 터라 그만 울며 겨자 먹기로 그 벌금을 내고 말았습니다. 지금 생각해두 그놈이 여간 고약하지 않아요.

기자 : 혹 망신당하신 이야기가 있습니까?

몽양 : 나는 망신한 이야기가 몇 가지 있죠. 그 중에 하나만 이야기할까요? 언젠가 내가 시베리아를 가서 어떤 모임자리에 들어갔구려.

그 모임자리에는 사람이 많이 모이고 어떤 사람이 연설을 합디
다. 그러자 내가 들어가니 그 연설하던 사람은 그만 말을 그치고
군중은 와하며 손뼉을 치더군요. 그러나 나는 노어는 한마디도
모르는 터라 영문을 몰라 나두 그저 손뼉을 쳤지요. 그랬더니 옆
에 사람이 자꾸 일어서라고 하더군요. 그래서 일어섰더니 또 군
중이 와하고 손뼉을 치는구려. 나도 또 영문 없이 손뼉을 치지 않
았겠습니까? 그러나 만장이 하하 하고 그만 웃더군요. 나는 영문
을 몰라 그만 앉았죠. 나중에 옆 사람이 영어로 이야기를 하는데
그 모임에서는 내가 들어가니까 예의적으로 환영을 표하기 위해
손뼉을 쳤는데, 자기 환영에 자기가 손뼉을 친다고 만장이 웃은
것이라고 합디다. 말하자면 망신을 한 셈이죠. 외국을 다니면 말
을 몰라서 이런 망신을 하는 일이 종종 있습니다.

기자 : 혹 이밖에 또 재미있는 이야기가 있습니까?

몽양 : 별로 없습니다.

기자 : 좋은 말씀을 많이 하여 주셔서 고맙습니다.

(―《조광》, 4권 4호, 1938년 4월호)

운둔생활의 우울: 나의 생활보고서

최근 생활 말씀입니까? 요새 나의 생활은 우울, 한 자로 끝 막을 수 있습니다. 늘 우울하게 지내니까 신경통까지 납디다.

나의 성격이 늘 쏘다니기를 좋아하고 또는 일하고 활동하기를 좋아하는데 최근 나의 생활은 그러지를 못하니 왜 신경통이 아니 나겠습니까? 그러나 운동과 산보(산책)로 늘 그날그날의 우울을 잊고 지냅니다.

나는 언제나 집에서 가방을 들고 여행을 떠날 때처럼 기쁜 때가 없고 또는 국경에서 국경으로 쏘다니며 방랑하기를 좋아합니다. 좌우간 여간 고생이 있을지라도 모험과 방랑을 좋아합니다. 이것은 요컨대 내가 나의 반생을 이렇게 지낸 까닭이겠지요.

그러나 요새 시국이 시국이니만치 당국에서도 좀 조용히 지내기를 구하고 나 자신도 역시 그렇게 하기를 힘씁니다. 그런데 나의 일상생활 말씀입니까.

1. 오전 6시 기상, 밤 10시 취침.

1. 낮에는 방문 또는 독서, 산보.

1. 운동회나 기타 회합에 가끔 갑니다.

1. 나 자신이 등산 또는 운동을 합니다.

그런데 밤만은 언제나 11시에 잡니다. 이것은 나의 습관도 습관이지만은 첫째는 나의 건강 비결입니다. 어느 때 어느 경우를 막론하고 11시를 지나서 자는 일이 없습니다. 신문사에 있을 때에도 연회나 무슨 회합에 갔다가 11시만 지나면 만사를 제쳐놓고 집으로 돌아옵니다. 그래서 나를 11시 친구라고 하는 이도 있습니다.

그렇기 때문에 나는 별로 병을 앓는 적이 없고 또 심한 겨울이라도 방에서 자지 않고 마루에서 잡니다. 나는 1년 365일을 언제나 마루에서 대기를 쏘이며 침상을 놓고 자지요. 아무리 추운 엄동이라도 따듯한 온돌에서는 몸이 끈적끈적해서 잠이 오지 않습니다. 사람은 누구를 막론하고 언제나 신선한 대기 속에서 지낸다면 건강에 여간 좋지 않고 따라서 심신이 상쾌합니다.

그런데 요새 지내는 생활 말씀입니까? 그저 그럭저럭 지내죠. 말하자면 여러 친구들의 도움으로 지내갑니다. 그러나 별로 불안은 느끼지 않습니다. 사람이 사는 이상 어떻게든지 지내겠죠. 금년에 새로 여고에 입학하는 딸도 있고 또 동경에 가 있는 아들도 있어서 책임은 무겁습니다.

장차 나의 할 사업 말씀입니까? 글쎄요. 별 계획이 없습니다. 기회 있는 대로 무엇이든지 해야 하겠는데요. 그러나 아직은 묘연합니다. 속히 좋은 기회가 오기를 기다릴 뿐입니다.

(―《조광》, 4권 5호, 1938년 5월호)

몽양의 축구 관전평 (인터뷰)

"전반에 게이오대학(慶大)이 보여준 예각적이고 능동적인 공격은 참으로 배울 만했다. 전원이 항상 다음 순간을 생각하여 움직이며 찬스를 보면 맹호같이 내달린다. 수비에 있어서 쓰다(津田) 선수의 과감함과 정확함은 일찍 조선에서 못 보던 놀라운 존재이다. 경성의 슛은 거의 다 쓰다를 유명케 하는 호재였다. 조선 축구도 과학적으로 나가야 한다."

(─《동아일보》, 1938년 8월 12일)

[1938년 8월 11일, 2대2로 비긴 경성 선발군과 일본 게이오대학 팀과의 축구경기를 관전하고 나오는 여운형에게 당시 동아일보 기자가 관전 소감을 물었다. 이 인터뷰 기사는 여운형이 당시 조선 체육계에서 어떤 위치를 차지하고 있었는지를 보여주는 좋은 자료라 하겠다─편자]

동경에서 유학하는 아들에게 (편지)

봄이라고 하나 아직 일기가 쌀쌀한 이때 몸 평안하고 학과에 재미가 있느냐? 이곳 애비는 편안하고 집안도 무고하니 다행한 일이다.

전에 네 편지를 받고 곧 학비를 부치려 하였으나 사정이 있어서 오늘에야 일금 270원을 부치니 취取X하여라.

그런데 언제나 하는 말이지만 건강에 주의하고 친구들을 삼가거라. 이 세상에 사람이 사는 데는 건강이 제일이다. 명예도 사업도 좋지마는 건강이 아니고는 이것을 얻을 수가 없다. 적당히 공부하고 때로는 적당히 쉬는 것이 필요하다.

언제나 이 애비의 교훈을 명심하고 악한 친구들을 삼가는 동시에 인격 수양에 치중하기 바란다.

도회란 언제나 유혹물이 많으니라. 그러니 주의하여 네 양심의 거울에 일점의 흐림도 없는 굳은 신념을 가지고 생활의 순수성을 지키기 바란다. 그리고 여가만 있으면 학과 외에 과외독서도 많이 하는 것이 좋다. 사람은 반드시 학교에서만 배우는 것이 아니니까. 또한 사람은 어떤 경우를 막론하고 상식이 필요하니까.

네 나이 벌써 약관을 넘게 되고 내년이면 졸업이니 좀 더 높은 이상과 위대한 기백을 가지고 앞날을 예비하기 바란다.

이만 총총.

1939년 3월 11일

부父 서書

(一월간《대화》, 1977년)

[이 편지는 여운형이 1939년 당시 일본 호세이(法政)대학에 유학중이던 차남 홍구鴻九에게 보낸 것으로 1977년 월간《대화》편집부에서 펴낸 '일제하 독립운동가들의 서한문집'에서 재인용한 것이다. 몽양은 슬하에 4남 3녀를 두었는데, 장남 봉구鳳九는 여운형이 출옥한 직후인 1933년 상해에서 죽었고, 차남 홍구는 여운형이 이 편지를 보낸 1939년 말 병사했다. 3남은 영구鸚九이며, 4남은 붕구鵬九였다. 한편 장녀는 난구鸞九로 이화여전에 다니다가 심장병 때문에 학교를 중퇴했으며, 차녀 연구鷰九와 3녀 원구鴛九도 이화여전을 다녔는데, 모두 구九자 돌림에 가운데 글자는 새 조鳥자가 들어간 특색 있는 이름들이었다—편자]

자연교육 (수필)

교육이란 여러 가지 종류가 있지마는 그 중 가장 필요한 것이 자연교육이라고 나는 생각한다. 분명해질수록, 과학과 기계가 발달해질수록 이 자연교육을 누구나 등한히 취급하는 경향이 많은 것은 유감이다. 그래서 인류의 두뇌가 기계화하고 아무런 여유와 윤택이 없으며 신체도 허약해지는 것이다.

나는 여기에 통절히 느낀 바 있어 시간 있는 대로 아이들을 데리고 하이킹을 하며, 산으로 물로 끌고 다니면서 내가 아는 도정의 자연교육을 지성껏 해본다.

자연 속에는 모든 진리가 풍부히 감추어 있고, 자연에서 배울 것이 무진장이다. 과학이니 학문이니 생각하면 결국 자연 속의 진리에서 나온 일 부문에 지나지 않고, 곧 자연은 지식의 원천이다.

그리고 자연을 사랑하고 친할 줄 알면, 거기서 훌륭한 지식을 얻을 뿐 아니라, 고결한 인격이 함양되고 고상한 사상을 가지게 되며 대자연을 자주 접촉하면 티끌세상(塵世)에 때 묻은 가슴이 정화되고, 이욕에 좁아진 마음이 넓어지는 것이다.

나는 큰 아이들을 데리고는 높고 험한 산에 올라가고, 어린아이들을 데리고는 풀이 우거지고 맑은 물이 흐르는 들로 간다. 가서는 유쾌히 뛰놀면서 지나가는 이야기 삼아 자연에 대한 교육을 하고, 아이들의 질문에 대답해준다. 그것은 아이들을 기쁘게 하고 나 자신도 즐거우며, 나 역시 자연교육을 받는 것이다.

나는 내 몸이 죽어 이 세상을 떠날 때 물론 자녀라든지 친구라든지 이 세상 여러 가지를 하직하는 것이 섭섭한 바 아닌 것이 아니지마는, 그 중에 가장 서운한 것은 이 아름다운 자연을 떠나는 것이다.

종교가들이 극락세계나 파라다이스를 미화시켜 말했지마는 나는 이 세상의 자연보다 더 아름다운 데가 없을 것 같다. 그러매 나는 죽어 세상을 떠나기 전에 좀 더 아름다운 자연을 보고 친하려는 것이요, 그것을 자녀에게도 실행을 시키는 것이다.

이 자연교육이야말로 가정교육, 학교교육을 원활히 해주는 것이다.

(-《학우구락부》, 1939년 9월호)

나의 결혼주례기 (수필)

　내가 조선으로 돌아와서 이 5년 동안 결혼주례를 한 것이 어언 3백여 쌍이나 됩니다. 그런데다 나는 예복을 다른 연회에는 입지를 않고 결혼주례에만 꼭 입는 것이므로 시골사람 의관하면 장에 가느냐고 묻듯이 내가 예복을 입으면 친지들은 또 주례를 가느냐고 묻지요.

　그런데 무슨 내가 그걸 하고 싶어 하는 것은 물론 아닙니다마는 그것이 인생의 즐거운 일이요, 또한 의의 있는 일이기 때문에 친지로부터 하여달라는 부탁을 받으면 막을 수도 없는 일입니다. 친지뿐 아니라 친지의 친지를 통해서도 그러한 주례의 부탁이 많은데 이 또한 친지를 통해서의 부탁이니만치 거역할 수가 없는 일이어서 그럭저럭 하여온 것이 그렇게 되나봅니다. 그러나 그렇다고 또한 친지의 부탁이라고 해서 덮어놓고 다 듣는 것도 아닙니다. 아무리 친지의 부탁이라도 그 당자가 결혼을 하여서 가히 가정을 이루고 살만한 위인인가를 물색해보아 그럴듯하다면 승낙을 하거니와 그렇지 못하게 보이는 경우이면 단연히 거절을 합니다.

　이것은 하필 친지를 두고 하는 말도 아니고 어떠한 계급의 어떠한 인물이냐를 따질 것 없이 내게 주례를 청하면 나는 그 결혼 당사자의 위인을 우선 저울질을 해보아 주례의 태도를 결정합니다.

　그러면 그럼 청탁하는 결혼에 있어서 그 당자만 똑똑하면 나는 주례를 승낙하느냐 하면 그렇지도 않습니다. 귀족들이 숭엄崇嚴하게 하는 결혼식 주례는 하지 않습니다. 현대인의 자유결혼으로 간단한 예식의 주례이어야 마음이 내킵니다. 옳은 것을 버리고 그른 것을 애써 우기는 그러한 꼴이 눈에 거슬리기 때문입니다.

귀족의 심리란 어떻게 된 것인지 영국이나 미국까지 가서 몇 해씩 유학을 하고 돌아왔다는 그 소위 인텔리 청년들도 가령 자기의 자식의 결혼에 고천문을 외이고 기도를 하고 폐백을 받고 어쩌고 합니다. 이러한 결혼에는 단연히 주례를 안 합니다.

식장은 없어도 좋습니다. 예복이 없어도 좋습니다. 그 결혼 상대자가 그저 장엄한 맹서만 하였으면 그들의 결혼은 완전히 되는 것입니다. 나는 이러한 결혼을 좋아하는 것입니다.

내가 해외에 있을 때 일이지만 그때엔 하필 조선인의 결혼주례뿐이 아니라 중국인, 미국인 이런 외국인들의 결혼에 주례도 하여본 일이 있는데, 어떤 여관에서 한 일도 있고 사랑방에서 한일도 있습니다. 물론 그때 그들에게는 특수한 사정도 있었지만, 요즘 돈을 벌기 위하여 예식부에서 만들어 세를 놓는 울긋불긋한 꽃을 사다 장식을 해놓고 하는 것보다는 오히려 신성한 맛이 있었습니다.

결혼에 식장이 문제가 아니고 의복이 문제가 아닙니다. 근래의 결혼식에 한 가지 폐풍癈風은 결혼식에 빚을 내다가 굉장히 하는 그것입니다. 그래서 그달그달 월급으로 생계를 도모해가는 박봉 월급쟁이에게는 이 결혼식만 한번 치르고 나면 그 빚을 막을 길이 없어 쩔쩔매어 지나는 꼴입니다. 그러지 말고 있는 대로 간단하게 지내고 살면 어때서 그러는지 이건 단연히 폐지하여야 할 것입니다.

그리고 또 한 가지 폐풍은 신랑을 달아매는 그것입니다.

최근 어느 결혼에 주례를 하고 나는 그 연회석을 탈퇴하고 나와 버린 일이 있습니다. 결혼이 끝나자 신랑신부는 신혼여행을 떠나려고 차를 타려 경성역으로 나갔습니다. 그런 걸 그 소위 신랑의 친구들이라는 작자들이 신랑을 달아매겠다고 잡아 들여왔지요. 글쎄 그게 무슨 야만의 행동이겠습니까. 그래서 나는 이런 연회에는 참례를 못 하겠다고 자리에서 일어나려니까 그들은 잘못했다고 만류를 하기는 하나, 나는 너희들 같은 야만들과는 자리를 도저히 같이 할 수 없다고 종내 자리를 빠져나온 일이 있습니다. 그렇지 않아도 내 인제 지상에다 이런 이야기를 하려고 했는데, 마침 이 이야기를 할 기회를 얻은 것입니다. 그런 야만풍습(蠻風)은 하루바삐 청산하지 않아서는 안 될 것입니다.

그런데 내가 주례를 하기 전에 미리 그 결혼당자의 위인을 보고 주례를 하는 것이 되어서 그런지는 몰라도 내가 지금까지 하여온 3백여 쌍의 부부가 하나도 파탄이 없이 원만한 가정들을 이루고 있습니다. 그것이 여간 반가운 일이 아닙니다.

자기가 그 결혼에 주례를 하고 보면 그들에게 이상하게 애정이 가서 늘 그들을 돌보게 되고 멀리 떠나면 그들의 소식이 궁금도 하여지는 것입니다. 한데 얼마 전에 3백여 쌍의 가정에서 단 두 가정이 좀 재미롭지 못한 일이 생기었던 일이 있습니다. 재미롭지 못하다니까 혹 달리 해석할지 모르나 그런 것은 아니고 사상의 충돌에서 파탄이 생길 뻔한 걸 알고 내가 나서서 화해를 시킨 일이 있습니다. 지금은 그들도 아주 원만하지요. 그리고 아직까진 이혼한 사람도 한 사람 없고 그 흉한 결혼식장에서의 풍파도 나의 주례에 있어선 한 번도 없었습니다.

내가 주례한 그들 3백여 쌍의 부부가 이렇게들 원만하게 가정을 이루고 사니까 주례에 대한 무슨 이렇닷 감상이 없습니다. 앞으로도 물론 조건만 좋은 결혼이면 주례를 하게 되겠지요. 지금도 평양이나 진남포 같은 그런 지방에서 주례를 청하는 친지가 많으나 갈 자유가 없어서 가지를 못합니다.

(―《조광》, 5권 10호, 1939년 10월호)

검사에 대한 답변

"그대가 나를 어린 아인 줄 알고 꼬이느냐. 우습다. 내가 남양을 시찰할 때 싱가포르에서 영국을 욕하고 추방을 당하고 필리핀에서의 백인의 자본주의를 욕하고 약소민족을 선동하였다고 여(행)권을 빼앗긴 것은 그대도 잘 알 것이다. 나는 그때 칼 한 자루도 없고 군함 한 척도 없었다. 나는 정의면 목에 칼이 들어와도 말한다. 일본의 육군이니 해군이니 운운하는 것은 나를 위협하는 말이다. 동양 민족이나 일본을 위해 인류정의의 싸움이라면 나는 죽도록 협력하고 죽어도 좋다. 그렇지 않다면 군대와 군함의 위력에도 나는 굽히지 않는다. 굽히지 않다가 죽어도 좋다. 나는 영미가 동양을 침략하는데 분개하는 한 사람이다. 왜 일본이 영미와 겨루어보지 못하고 동양인과 싸우는가?"

(―이만규, 《여운형투쟁사》)

[이 말은 1940년 겨울 신임 사상검사 사이토, 전 보호관찰소장 나가사키 유우조오, 골수 친일파 정훈 소좌, 조선인 판사 백윤화의 동석 자리의 대좌에서 여운형이 한 말이다―편자]

갈 곳 없는 나그네 (한시)

川澤魚龍國 (강과 못은 고기와 용이 사는 나라요)

山林鳥獸家 (산과 숲은 새들과 짐승의 집이건만)

孤舟明月客 (달밤에 나그네는 외로운 배 탔으니)

何處是生涯 (어디다 이 생애를 맡기면 좋으리오)

− 강준식 역

(−강준식, 《혈농어수》, 2006)

　[여운형 선생은 1940년 3월 동경에 건너가 다나카 류우기치(田中隆吉) 소장과 회담한 뒤 그의 소개로 당시 일본 파시즘 이론의 최고 지도자로 일본 군부의 추앙을 받고 있던 육군대학 교수 오오카와 슈메이(大川周明)와 동경 긴자의 한 찻집에서 만나 대담을 하게 되었다. 이때 회담에 앞서 여운형 선생은 상대가 "요즘 어떻게 지내십니까?"하고 물으니, 탁자 위의 메모지에 위와 같은 한시를 적어 말없이 내밀었다고 한다. 이 시고詩稿는 대구의 유한종 옹이 갖고 있던 것을 시인 이기형 선생이 필사해 옴으로써 최근에서야 세상에 알려지게 된 것으로 강준식의 '혈농어수'에서 옮긴 것이다─편자]

나의 전진목표 (수필)

조선중앙일보사를 나온 이래 나는 하는 일 없이 그날그날을 덧없이 보내고 있다.

직업을 잃은 지 이미 3년. 몇몇 친구들의 우의적 원조로 말미암아 생활하고 있는 나의 마음은 모래 위에 쌓은 탑 기둥같이 언제나 불안하다.

자기 심신을 건전하고 상쾌하게 만들어주는 직업상의 정열적 행복감을 아침저녁으로 절실히 느끼는 요즈음의 내 자신을 문뜩 발견하고, 남모르게 놀라는 때가 한두 번이 아니다.

나의 친구들은 이러한 나의 심리적 변화를 알아줌인지 혹은 금광에 손대라고도 하고, 혹은 금광회사의 조직체 속에 나의 이름을 넣어주기도 한다.

그러나 나의 뜻은 금광이라는 실업적 색채를 띤 세계와는 너무나 거리가 멀고, 그러한 무아경에 자아를 집어넣어 흥분적 시각을 소모시키기에 내 정신은 너무나 소극적이고 사색적이다.

그러나 이러한 나의 심리상태는 비단 여기서만 발견하는 것이 아니다. 무릇 상업, 교육—이러한 것에서는 먼 거리에 서 있는 나다. 내가 교육 방면으로 전신하거나 상업 방면으로 옮긴다 해서 세상에서 나를 나무라거나 물리칠 리는 없을 것이다. 또 그러한 나를 사회에서 반기거나 기대할 리도 없을 것이다. 얼른 말하자면 그러한 일을 하지 못할 나를 누구보다도 내 자신이 역력히 인식한다.

그렇다고 내 앞에 마땅한 직업이 나타날 리도 없을 것이요, 또 그러한 기회도 없지 않을까 하는 생각도 든다. 주관적 사업의욕에서 출발하는 나의 생활기도는 객관적 제 정세의 불리한 조건 아래 낱낱이 거부되고 만다.

위에 쓴 것 같은 말을 어떤 청년에게 하였더니, "그러나 선생의 정신력만 굳세다면 능히 그러한 객관적으로 불리한 요소를 물리치고 자진해서 무슨 사업이든지 하실 수 있지 않겠습니까?"하는 반문을 받았다.

이 말을 할 때 그 청년의 눈에는 열이 있었다. 불타는 듯한 인간적 극복심이 있었다. 가장 굳세게 인생을 탐구하고 가장 대담하게 세상을 호흡하려는 기백이 있었다.

나는 이 반문을 듣고 미소를 금치 못했다. 왜 그런고 하면 이 청년의 물음 그 자체가 내가 항상 품고 있는 생각이기 때문이며, 또한 언제나 내 두뇌를 떠나지 않고 깊이 깊이 함축되어 있는 나의 평상시의 준비적 문구이기 때문이다.

과연 그렇다. 객관적 제 정세를 대담하게 물리치고 팔을 걷고 나선다면 이루어지지 못할 일이 없을 것이다.

그러나 그것은 어떠한 사업이나 계획에 대한 실천 이전의 심적 준비를 말하는 것이다. 그 의도하는 사업을 성취시키려면 계획과 심적 준비만으로는 도저히 될 수 없는 일이다. 거기에는 반드시 사회적 후원(유형무형을 막론하고)과 물자적 기본이 있어야 하기 때문이다.

그러나 나는 이 청년의 말을 듣고 다시금 내 마음에 타이르는 것이었다. "정신력만 건전하다면 어떠한 객관적 불리한 입장에 서 있다 해도 능히 극복할 수 있으리라."

나는 금광이나 상업이나 교육이나 이 모든 것이 내 자신에게 도저히 이루어지지 못할 일이라고는 생각하지만, 사업 그 자체와는 별개의 관점에서 이러한 사업을 좋아한다.

곧 금광에 있어서 평생에 두 번 얻기 어려운 기회를 남 먼저 파악하는 그 기민성과 그리고 자아를 황홀경에 유입시키는 단적이나마 빛나는 그 순간.

또 상업에 있어서는 어떠한 경우에도 개인의 의사를 일단 조절하는 인내력과 그리고 차기의 성공을 위한 목전의 소리를 물리치는 함축성.

그리고 교육에 있어서는 완전히 자기를 죽이고 남을 위하여 몸을 바치는 희생적 정신과 거기 부대되는 지도적 노력.

이것이다. 이상 별기한 중의 어느 것이나 내 마음에 비추어 스스로 내 좌우명으로 삼고 일상의 심경연마의 벗으로 삼는다. 비록 시간적으로 보아 짧을지라도 전지전능을 경주하여 꾸미는 일의 아름다움과 기쁨! 나는 이것을 좋아하고 이것을 부러워한다. 내가 평생 찾아 헤매는 것은 말할 것도 없이 나의 심금토로의 도화선이 될 이러한 정열이다.

현재 정신적으로 불규칙한 생활을 하니 답답하고 괴롭기가 짝이 없다. 일정한 사업을 하고 있을 때에는 한가한 시간이 몹시 그립더니 이렇게 놀고 있으니 고통 됨이 한두 가지가 아니다. 사람에게 있어서 가장 기쁘고 행복한 때는 일하는 순간이요, 가장 슬프고 괴로운 때는 할 일이 없어 노는 때일 것이다.

아직도 청년에 지지 않을만한 정열과 의욕을 가지고 있다고 자부하는 나. 얻음이 많고 느낌이 많은 이 땅에서 나는 내 힘이 다할 때까지 장차 나에게 과제될 바 무슨 일이든지 힘 미치는 데까지 애써보려고 한다.

모래 위에 탑을 쌓는 노력과 불안. 나는 짐 실은 수레를 끄는 말 등에 채찍질하듯 내 마음에도 채찍질하련다.

(―《신세기》, 1940년 1월호)

건국동맹

1) 조선인민공화국을 지지하자

조선인민공화국은 북위 38도선을 초월한 조선의 통일국가요, 그 인민위원은 3천만 조선 민족을 대표하는 동시에 조선 인민의 동무이다. 신뢰하고 모든 일을 맡기며 그 지시를 받자!

소련, 미국, 중경, 연안에서 활동하던 모든 인물과 요소를 총망라하고 조선의 총 민의에 기초한 나라! 인민공화국정부를 절대 지지하자. 조선민족 완전 해방의 날까지 우리는 투쟁의 각오를 가지자.

2) 중경에 있는 우리 임시정부의 방송 내용

3천만 총집결의 강력 정부를 기대, 고국에 외치는 재중경 임시정부의 방송내용.

대망의 조선인민공화국은 드디어 탄생되었다(昨報). 전 인민의 열광적 환호리에 구성이 결정된 것이다. 국가의 주권은 인민의 손에 있다는 근본 성격이 결정되자, 전 국민의 다대수를 점하고 있는 노동자 · 농민 · 도시 소시민 등 일반 근로계급은 물론 전 국민은 단연 우리의 나라, 인민의 나라, 조선인민공화국의 깃발 아래로 총집결하였다. 전국 인민의 중심으로 방금 신정부 조작공작은 착착 진행 중이다. 이 인민공화국의 위원에는 중경 임시정부의 각료가 거지반 그 수위에 선거되어 있는 것을 보면 이 새로이 탄생된 조선인민공화국은 신정부와 악수하고 미리부터 모든 국가 기구의 기초준비를 해두자는 것을 명백히 이해할 수 있다. 그러나 일부에 있어서는 연합군이 진주하여 올 때까지 정관하고 있다가 중경 임시정부가 입경하면 이 임시정부와 신정부의 관계에 대하여 중경 임시정부 8월 26일 방송을 보면 다음과 같다.

오늘 우리의 가장 급한 임무는 우리가 우리의 손으로 국가를 건설한다는 것이다. 친일파를 철저히 박멸하고 일본 제국주의가 영유하고 있는 일체를 우리의 손으로 몰수하고 정치·경제·사상의 자유 밑에서 국내에 대표회를 열고 정식 정부를 수립하여야 할 것이다. 한국 임시정부는 고국 3천만 동포의 총의를 집결한 강력한 정부가 수립될 것을 기대하고 있다.

우리 임시정부를 지지해준다면 우리가 그 책임을 맡아도 좋고 이미 국내에 그것이 수립되어 있다면 우리는 혼연히 물러설 것이요, 또 정식 정부가 수립될 때까지 우리가 국가의 형衡에 당할 용의도 있다.

3) 우리 3천만 동포여, 자중하자!

40년간 우리 동포의 가슴을 누르고 우리 민족을 결박하였던 일본 제국주의의 철쇄는 마침내 끊어지고 말았다.

조선민족해방 만세!

조선독립 만세 !

얼마나 감격한 일이냐. 우리 3천만 동포는 한을 손에 뭉치여 새로운 건설로 매진하자!

우리 이상의 실현은 멀지 않다!

머지않은 장래에 우리는 완전한 해방과 생활의 안족安足을 얻으리라. 여기에 큰 문제가 있다. 우리 땅 안에 치안이 확립될 때까지 오늘날 독립은

40여 년 동안 우리의 선배 우리의 동지들의 숭고한 의사와 용감한 투쟁의 결과이며 그네들의 흘린 피와 땀의 결정인 것은 물론이나, 연합군의 승리라는 국제 정세도 부인할 수 없는 시간적 요인임으로 우리는 그를 막지 않는다.

3천만 동포여! 우리 땅에 잠시적이라도 연합군이 주둔함은 사실이다. 우리는 대국민성을 가진 아량으로 자중하자!

무력이나 금력에 조금이라도 현황하지 말자! 민족 제 체면을 높이고 우리의 특색을 자랑하자!

백의동포의 겸손하면서 고결한 본질을 지키자! 우리 동포의 친절하면서 청렴한 특색을 지키자!

4) 건국동맹 정책세목

1. 자주정권의 수립.
2. 인민대표회의의 급속 결성.
3. 만 20세 이상 남녀의 선거권 및 피선거권 확립.
4. 언론·출판·집회·결사·거주·신앙의 유有자유.
5. (누락)
6. 자본가, 부호가 소지한 국가 소요 물건의 은닉 및 탈세 행위에 대한 엄벌.
7. 식민지문화정책의 잔재에 대한 소탕과 자주적 문화의 건설.
8. 최저임금제의 확립.
9. 8시간 노동제의 확립.
10. 부인 및 소년 노동자의 야간 작업·갱내 작업·위험 작업의 금지.
11. 고도의 누진소득세의 부과와 노동자를 위한 제 세제의 개혁.
12. 신 관리통화제 확립과 신속적 시행.
13. 국군 편서의 신속화.

14. 원칙적으로 토지는 농민에게로.

15. 중요 생산 교통 통신기관은 국유로.

16. 중요기업 상업기관은 국영으로.

17. 근로자로 중심한 기업관리의 실시.

18. 농촌협동조합의 촉진과 농업생산 부문에 과학기술의 적극적 도입.

19. 공업 · 광업의 계획적 확충과 기술자의 계획적 동원, 신기술자의 대량 양성.

20. 부인 해방과 남녀 평등권의 확립.

21. 봉건적 인습의 타파.

22. 실습 · 양로 · 질폐疾廢보험 등 각종 사회보험 실시.

23. 공영세탁소 · 유치원 · 양로원 · 임산부 보양소의 설립 확충.

24. 교육기관의 대확장, 근로자교육 실시와 그 교육비의 국가 보조 또는 부담.

25. 진료기관의 공유화와 사회 위생시설의 확충.

26. 공영주택 공영식당의 증설.

27. 건실한 대중 오락기관의 보급.

5) 성명

1. 일본인 관헌의 조선 인민에 대한 살상 폭행 등 일체의 비적 행위를 우리의 손으로 방어 배격하자.

2. 일본 제국주의 침략의 잔재 세력을 깨끗이 구축하고 빼앗겼던 재산을 조선인민에게로 반환시키자.

3. 우리는 잡색 파벌, 정당 싸움의 추태를 청산하고 오직 '억센 조선' 건설에 매진하자.

4. 우리는 3천만 인민의 정부 '조선인민공화국 정부'에 모든 힘을 집중하자.

5. 우리는 미 · 소 · 영 · 중 연합군을 환대하고 망명한 조선민족해방의
   은인 · 선배를 엄숙히 받들어 모시자.
   조선 완전 독립 만세!
   조선 완전 해방 만세!
   조선인민공화국 만세!

6) 무제無題

청년 학생 제군!
농민 노동자 제군!
남녀 동포 동지 제군!
때는 왔다! 자유의 날이 왔다!
민족의 광영을 누리자!
생활의 행복의 찾자!
그러나 동포여! 동포여! 자중하라. 관대하라.
하나 우리의 준비는 되었다. 쓸데없는 마찰을 피하라.
대국민의 금도를 잊지 말고 질서 있게 각자의 직장을 지켜라.
내 동리는 내 손으로 보전하여 명랑하고 굳센 건설에 노력하자!

7) 민의를 날조하는 도배들의 암약 아닌가

"우리는 신탁관리를 절대 반대한다. 조선 3천만 총 민의를 무시하고 국제신의와 약속을 변화 개장하고 나온 배신적 신탁관리안을 절대 반대한다" 하였으며, 문제는 제창자와 배격자의 각자 입각한 현실적 논거의 정당성 여하에 있는 것이며, 이에는 첫째로 단시간에 관찰한 조선의 이지적 통찰력이 충분히 있었는가 의문이며, 또는 이에 따른 전 민중의 의사를 왜곡하지 않고 전달된 여부가 대단히 의문시된다. 이것은 의식적으로 민의를 왜곡하며 말살하며 심지어는 날조하는 도배들까지 있으나, 이들을 단연코

물리치고 자신 있게 매진하는 민족 대변자들을 동정과 이해의 눈으로 재인식한다면 신탁관리의 제창 운운에까지는 안 했을 것이니 여기서 우리는 다시 이 오류된 해석에 입각한 신탁관리안을 절대로 배격한다는 것이다.

(―《자유신문》, 1945년 10월 31일)

[여운형 선생은 1942년 치안유지법, 육해군형법, 조선임시보안령 위반으로 경성헌병대에 연행, 구속되어 서대문형무소에서 건국동맹에 대한 구상을 했다고 하며, 1943년 8월 10일 조동호 · 이상도 · 이상백 · 최흥국 · 구소현 · 전사옥 등과 '조선민족해방연맹' 조직을 결의했고, 1944년 4월에는 향리인 봉안에서 거짓 환갑잔치를 열어 조선건국동맹 조직을 위한 예비모임 가진 뒤 그해 8월 10일 경성부 경운정 삼광한의원에서 '조선건국동맹朝鮮建國同盟'을 정식 결성하고 10월에는 중앙과 지방조직을 결성했다. 윗글은 바로 그 건국동맹에서 작성한 것이나 작성 시기는 해방 전이 아니라 해방 후다―편자]

제2부 해방 후

해방의 날은 왔다 (연설)

조선민족 해방의 날은 왔다.

어제 15일에 원등[101]이가 나를 불러가지고 "과거에 두 민족이 합하였던 것이 조선에게 잘 잘못은 다시 말하고 싶지 않다. 오늘날 나누는 때에 서로 좋게 나누는 것이 좋겠다. 오해로 피를 흘리고 불상사를 일으키지 않도록 민중을 지도하여 주기 바란다"고 하였다.

나는 다섯 가지 조건을 요구하였다. 첫째, 전 조선의 정치범, 경제범을 즉시 석방하라. 둘째, 집단 생활지인 경성의 식량을 8, 9, 10, 3개월분을 확보하라. 셋째, 치안유지와 건설사업에 아무 구속과 간섭을 말라. 넷째, 조선에 있어서 추진력이 되는 학생의 훈련과 청년의 조직에 간섭을 말라. 다섯째, 전 조선에 있는 각 사업장의 노동자들을 우리 건설사업에 협력시키며 아무런 괴로움을 주지 말라. 원등이는 이 다섯 가지 요구사항을 수락하였다.

우리 민족해방의 제1보를 내디디게 되었으니 우리가 지난날에 아프고 쓰렸던 것은 이 자리에서 다 잊어버리고 이 땅에다 합리적, 이상적 낙원을

---

101) 遠藤柳作 : 엔도 류사쿠. 해방 당시 조선총독부 정무총감. 동경제대를 거쳐 1918년 조선총독부 총독 비서관, 만주국 국무원 총무청장, 아이치현 지사, 아베 내각 서기관장을 거쳐 1944년 조선총독부 정무총감으로 부임.

건설하여야 한다.

　이때 개인의 영웅주의는 단연 없애고 끝까지 집단적으로 일사불란의 단결로 나아가자! 머지않아 연합군 군대가 입성할 터이며, 그들이 오면 우리 민족의 모양을 그대로 보게 될 터이니 우리들의 태도는 조금도 부끄럼이 없이 하자.

　세계 각국은 우리들을 주목할 것이다. 그리고 백기를 든 일본의 심흉을 잘 살피자. 물론 우리는 통쾌한 마음을 금할 수 없다. 그러나 그들에 대하여 우리들의 아량을 보이자. 세계문화 건설에 백두산 밑에서 자라난 우리 민족의 힘을 바치자. 이미 전문, 대학, 중학생의 경비대원은 배치되었다. 이제 곧 여러 곳으로부터 훌륭한 지도자가 들어오게 될 터이니 그들이 올 때까지 우리는 힘은 적으나마 서로 협력하지 않으면 안 될 것이다.

(－이만규, 《여운형투쟁사》)

[1945년 8월 16일 여운형 선생이 서대문 형무소의 수인들을 석방시키자 해방이 된 것을 실감한 서울 시민 약 5천 명이 계동의 휘문중학 교정에 모여들었다. 여운형 선생의 계동집은 휘문중학의 뒷담과 맞붙어 있었다. 시민들이 "여 선생은 나오시라"고 외치자 그 소리를 들은 여운형 선생은 이날 예정에도 없는 연설을 하게 되었다. 그러나 당일 일본군과 경찰 공작대가 소련군이 경성역에 당도했다는 유언비어를 퍼뜨려 교정에 모였던 청중이 소란해지면서 이 연설은 중단되고 말았다. 그 때문에 이만규의 《여운형투쟁사》에 기록된 당일의 연설문도 반 토막만 전한다─편자]

건준위원장 담화

조선에는 지금 묵은 정권이 물러가려 하고 있는데, 새 정권은 아직 서지 않고 또 갑자기 설 수도 없습니다.

그러나 정권이 물러나고 대중이 헤매는 이때 가장 걱정되는 것은 대중이 형편없이 날뛰는 것이고, 가장 필요한 것은 대중을 잘 이끌어가면서 그 역량을 살리고 잘 육성하여 나가는 일입니다.

이 사명을 띠고 나온 것이 조선건국준비위원회입니다. 그리고 이 건국 준비에 가장 필요한 것은 첫째 치안을 유지함이요, 둘째는 모든 건국의 소요되는 힘과 자재와 기구 등을 잘 보관하고 육성하여 새로 탄생되는 국가를 되도록 건전하게 건설하자는 것입니다.

치안유지에는 치안대와 무위대武衛隊를 차례로 조직 사용하는 한편, 기왕에 있는 정리[102] 조직도 활용할 수 있을 것이오. 대중의 식량 확보에는 최대한 노력을 하기로 합니다. 그 외에 일반 생활 필수품도 되도록 원활을 도모하는 터인데, 각 방면에 잠겨 있는 모든 물품은 되도록 빠지지 않도록 각각 그 현지에서 보관하는 방침을 진행 중입니다.

또 교통, 통신, 금융기관에 대하여서도 이미 책임 있는 지위에 있는 제

---

102) 町里 : 일제 강점기에는 도회지의 동洞을 일본식으로 정(町 : 마치)이라 했다. 따라서 여기서의 정리는
    도시의 동洞과 시골의 리里를 가리킨다.

씨의 자발적 협력을 얻어서 지금도 매일같이 그 대책을 강구하는 도중에 있는데, 이 문제는 상당한 난관에 부닥칠 것을 각오한 바이나, 반드시 뚫고 나갈 길이 있을 것입니다.

연합국의 상륙이니 경성 도착이니 하는 문제는 그 동안에도 군중 측에서 유언비어에 가까운 소동도 있었고, 또는 경성역까지 환영하러 몰려간 일도 있었으나, 멀리 오는 손님을 일정한 예의로 맞이함은 옳겠지만, 거기에는 면목과 체통이 있으니까 우리 위원회서 그러한 경솔한 지휘를 한 일은 없었습니다.

또 오래 기를 못 펴고 눌려 있던 대중인지라 여러 가지 간판과 명목을 걸고 어지간히 움직이는 현상이나, 아무리 그 목적이 좋다 할지라도 모두 일원적으로 통일할 방침이고, 만일 아직 합류되지 아니한 방면에 대하여는 되도록 성의를 다하여 그 협력을 구하려고 합니다.

또 치안상태와 기타의 조건에서 아직 유감되는 점도 있으나 이는 금후의 노력으로 갈수록 개선될 줄 믿습니다. 이 외에 미진한 점은 이 다음 다시 발표하기로 합니다.

(―《매일신보》, 1945년 8월 18일)

건준 위원장 연설

모진 더위에 수고하는 제위에게 감사를 드립니다.

나는 5,6일간 일사병 같은 병세로 정양하고자 시골에 가 있었습니다. 시골 가 있는 동안에 향촌의 농민 제씨들의 노력 즉 근로대중들의 조금도 동요함이 없이 식량증산의 중요한 임무에 진력하고 있는 것을 볼 때에 나 자신은 감사의 눈물을 금치 못하였습니다.

그들은 아무 욕심도 없고 다만 자기들의 맡은 임무에만 묵묵히 노력하고 있는 것을 볼 때에 진실로 감사하였으며, 또 한편 부끄러움을 느꼈습니다. 우리는 과거 36년 동안 이민족의 통치를 받아온 울분에서 해방되니까 참으로 기쁘며 광희작약하는 모양이 혹 무질서 무통제한 것 같지만은 실질적으로 이를 검토하고 정확히 관찰한다면 우리들의 문화적 수준은 가장 높았다고 볼 수 있습니다.

같은 정세에 있는 만주의 여러 가지 정보를 들어보면 우리와 같이 통제가 있고 질서가 정연한 것을 볼 수 없었다고 할 수 있습니다. 이러함에도 불구하고 혹 방관자들의 비판이 있으나, 지금 우리가 하는 일보다도 더 할 사람은 없었을 것이며, 이것은 오로지 일반대중의 문화정도가 높아서 질서가 유지된 것입니다. 진실로 우리 동포들의 자중한 태도에 대하여서는 감격을 금할 수 없습니다. 농촌의 농부나 노동대중은 오로지 자기의 그 직책을 이행해가면서 그 임무를 수행함으로써 우리 조선 건설에 기여하고 있습니다.

이때에 헛되이 질서를 문란케 하거나 또는 비판을 일삼는 사람이 있다면 5백 년 동안 우리 민족의 혼을 마비시킨 소위 글자나 안다는 지식층 인텔리라고 하겠습니다. 때는 많은 제갈량보다도 한 사람의 충실한 병졸이 필요합니다. 우리가 우리 대중을 성취하여 나가는 데에 기탄없이 적극적인 현명한 의견을 제안하는 것은 대단히 좋은 일입니다. 따라서 2,3인의 소수라도 동일한 의견으로 결합하여 공고한 단결을 배양치 아니하면 안 될 것입니다. 지금 우리가 할 일이 정부조직이 아니고 또 어떠한 기성세력을 형성하려는 것도 아니니 물론 무슨 정권의 쟁투도 아닙니다. 다만 신정권이 수립될 때까지의 준비를 위한 것과 치안을 확보하는 것뿐입니다. 과언묵행[103]이 오직 이 실행에 있습니다.

나는 임무를 마치면 곧 농촌으로 가겠습니다. 나 자신이 농촌 출생이고 또 농부들과도 귀농을 약속하였습니다. 나는 지식계급에 득죄할지언정 결단코 노농대중에게는 득죄하고 싶지 않습니다. 여러분 중에 단 한 사람이라도 우리 위원회라든지 혹은 내 내 자신의 직책에 불평이 있고 내 책무를 잘 이행 못하는 점이 있다고 지적한다면 나는 이 자리에서 물러가겠습니다. 그렇지 않으면 서로 협심육력[104]하여 우리의 사명인 조선 건설의 대업을 위하여 매진하지 않으면 안 될 것입니다.

(—이만규, 《여운형투쟁사》)

[이 글은 몽양이 1945년 8월 18일 테러를 당하여 정양하고 있다가 완쾌되지 못한 몸으로 건국준비위원회에 나타나 집행위원들을 상대로 격려연설을 한 내용이다—편자]

---

103) 寡言黙行 : 말없이 묵묵히 일함.
104) 協心戮力 : 마음을 합해 서로 협력함.

건준 선언과 강령

선언

인류는 평화를 갈망하고 역사는 발전을 지향한다. 인류사상의 공전적 참사인 제2차 세계대전의 종결과 함께 우리 조선에도 해방의 날이 왔다.

지난 반세기 동안 우리 조선은 제국주의 일본의 식민지로서 봉건적 착취와 억압 하에 모든 방면에 있어서 자유의 길이 막혀 있었다.

그러나 우리는 과거 36년 동안 우리의 해방을 위하여 투쟁을 계속하여 왔다. 이 자유 발전의 길을 열려는 모든 운동과 투쟁도 제국주의와 및 그와 결탁한 반동적 반민주주의적 세력에 의하여 완강히 거부되어 왔다. 전후 문제의 국제적 해결에 따라 조선은 제국주의 일본의 기반(굴레)으로부터 벗어나게 되었다.

그러나 조선 민족의 해방은 다난한 운동사상에 있어 겨우 새로운 일보를 내딛었음에 불과하나니 완전한 독립을 위한 허다한 투쟁은 아직 남아 있으며, 새 국가의 건설을 위한 중대한 과업은 우리의 전도에 놓여 있다.

그러면 차제에 우리의 당면 임무는 완전한 독립과 진정한 민주주의의 확립을 위하여 노력하는 데 있다. 일시적으로 국제세력이 우리를 지배할 것이나, 그것은 우리의 민주주의적 요구를 도와줄지언정 방해치는 않을 것이다. 봉건적 잔재를 일소하고 자유 발전의 길을 열기 위한 모든 진보적 투쟁은 전국적으로 전개되고 있고, 국내의 진보적 민주주의적 여러 세력은 통일전선의 결성을 갈망하고 있나니 이러한 사회적 요구에 의하여 우리의 건국준비위원회는 결성된 것이다.

그러므로 본 준비위원회는 우리 민족을 진정한 민주주의적 정권에로 재조직하기 위한 새 국가건설의 준비기관인 동시에 모든 진보적 민주주의적 제 세력을 집결하기 위하여 각계각층에 완전히 개방된 통일기관이요, 결코 혼잡된 협동기관은 아니다. 왜 그런고 하면 여기에는 모든 반민주주의적 반동세력에 대한 대중적 투쟁이 요청되는 까닭이다.

과거에 있어서 그들은 일본 제국주의와 결탁하여 민족적 죄악을 범하였다. 금후에도 그들은 해방조선을 그 건설 도중에서 방해할 가능성이 있나니 이러한 반동세력 즉 반민주주의적 세력과 싸워 이것을 극복 배제하고 진정한 민주주의의 실현을 위하여 강력한 민주주의 정권을 수립하여야 할 것이다.

이 정권은 전국적 인민대표회의에서 선출된 인민위원으로서 전취戰取될 것이며, 그동안 해외에서 조선해방운동에 헌신하여 온 혁명전사와 그 결집체에 대하여서는 적당한 방법에 의하여 전심적專心的으로 맞이하여야 할 것은 물론이다.

그리하여 조선 전 민족의 총의를 대표하여 이익을 보호할만한 완전한 새 정권이 나와야 하며, 이러한 새 정권이 수립되기까지의 일시적 과도기에 있어서 본 위원회는 조선의 치안을 자주적으로 유지하며 한걸음 더 나아가 조선의 완전한 독립국가 조직을 실현하기 위하여 새 정권을 수립하는 한 개의 잠정적 임무를 다하려는 의도에서 아래와 같은 강령을 내세운다.

강령

1. 우리는 완전한 독립국가의 건설을 기함.

1. 우리는 전 민족의 정치적 경제적 사회적 기본요구를 실현할 수 있는
   민주주의적 정권의 수립을 기함.
1. 우리는 일시적 과도기에 있어서 국내질서를 자주적으로 유지하며 대
   중생활의 확보를 기함.

1945년 8월 28일
조선건국준비위원회

(─《매일신보》, 1945년 9월 3일)

[이 성명서는 1945년 9월 2일 오후 3시 건국준비위훤회 서기국에서 발표한 것이다─편자]

하지 사령관에게 보낸 메시지

하지 사령관 및 연합군 여러분!

나는 조선인민공화국을 대표하여 국제 파쇼 군국주의에 대하여 세계평화 민주주의 승리를 위하여, 따라서 우리 조선 민족의 해방을 돕기 위하여 영웅적으로 싸워준 여러분께 최대 경의의 감사를 드립니다.

우리 인민공화국은 조선 전 민족, 해내 해외의 각계각층의 대표자를 망라한 전국인민대표대회에서 선출한 인민위원 50명에 의하여 민주주의 조선의 건설을 위하여 조선 인민대중의 생활을 확보하고 더 나아가 국제평화의 유지와 민주주의의 국제적 연대성의 확보를 위하여 충실히 노력하려 합니다. 여러분의 특별한 협력과 원조를 희망하려 합니다. 또 여러분을 통하여 연합국의 국민·병사·대중에게 우리의 최선의 인사를 전하여주기 바랍니다.

1945년 9월 6일 여운형

(—이만규, 《여운형투쟁사》)

[이 글은 1945년 9월 6일 쪽배를 타고 인천 앞바다로 나가 입항하려는 미군 함대에 백상규, 여운홍, 조한용 3인이 전달한 여운형의 환영 메시지이다—편자]

전국인민대표대회 연설

어제 저녁 급히 전국인민대표대회를 개최한 데 대하여 여러분에게 미리 알리지 못한 나로서는 사과한다. 그러나 지금은 건국의 비상시이니 비상조치로서 그렇게 할 수밖에 없었다.

선출된 인민위원은 각계각층을 망라하였다고는 하나, 완전하다고 할 수 없고 이제부터 국민 총의에 의한 대표위원이 나올 때까지의 잠정적 위원이라고 볼 수 있다. 선출된 위원은 대개는 승낙한 것으로 생각한다.

말할 것도 없이 건국의 대업은 곤란하다. 그러나 로마는 하루에 이루어진 것이 아니라고 하는 것과 같이 건국의 대업이 일조에 되는 것은 아니다. 그러나 연합군의 진주가 금명에 있을 것이요, 연합군과 절충할 인민 총의의 집결체가 없으면 안 될 것이니 그 집결체의 준비공작으로 이리 급히 전국대표회의를 개최하지 않으면 안 된 것이다. 대표위원들은 일치단결하여 힘 있는 대로 건국사업에 노력하여 주기를 바란다.

앞으로 사태의 진전에 따라서는 건준(건국준비위원회)은 그 사무가 종료될 것이니 그때까지는 일치단결하여 불면불휴[105]로 일하여 주기를 바라며 또 외부 동지들도 함께 분투하여 주기를 바란다.

---

105) 不眠不休 : 잠도 자지 않고 쉬지 않음.

이제부터 우리 사업은 외국인을 상대해야 한다. 3천만 민중의 자격이 그들의 앞에 드러나게 된다.

또 우리는 두 분의 손님을 맞이하게 되어 난처한 것도 있다. 그러나 어느 때라도 과거 5백 년 동안 우리의 치욕이요 통폐인 사대사상은 단호히 버려야 한다. 우리 민족의 체면을 손상시키는 일이 있어서는 안 될 것은 물론, 여러분 위원들은 민중의 진두에 서서 민중 지도에 노력해야 할 것이다.

끝으로 우리는 세계지도世界指導의 원칙에 입각하고 거기에 우리 조선의 특수조건을 참작하여 건국 대업에 가장 공고한 기초를 세워야 할 것이다.

조선인민공화국의 강령

1. 우리는 정치적 · 경제적으로 완전한 자주적 독립국가의 건설을 기함.
1. 우리는 일본 제국주의와 봉건적 잔재세력을 일소하고 전 민족의 정치적 · 경제적 · 사회적 기본유구를 실현할 수 있는 진정한 민주주의에 충실하기를 기함.
1. 우리는 노동자 · 농민 및 기타 일체 대중생활의 급진적 향상을 기함.
1. 우리는 세계 민주주의 제국의 일원으로서 상호 제휴하여 세계평화의 확보를 기함. (1945년 9월 14일)

(—《백민》, 1권 1호, 1945년 12월호)

기자 인터뷰

문 : 인민공화국의 탄생 경위는 어떠하며, 그 뒤에는 어떻게 되었으며, 앞으로는 어떻게 할 것인가?

답 : 건준(건국준비위원회)은 새 조선건설을 위하여 8월 15일 이후로 치안에 힘썼다. 이때에 38선 이북에는 소련군이 온 후로 허다한 풍설과 세평이 있었으나, 시일이 지날수록 전광석화적으로 질서를 회복하고 인민에게 줄 것을 착착 주고 있다. 그러므로 38선 이남에도 반드시 동일한 처치가 있을 줄로 알았었다. 그러나 1개월이 지났는데 기대에 어긋난 것은 유감이다.

문 : 어째 조선인민공화국을 이름하였는가?

답 : 먼저 인민공화국을 만들고 다음으로 인민위원회를 조직하였다. 조선은 단군 이래의 고유명사요, 인민이란 문자에 변론이 많은 듯하나 나라의 주권이 인민에게 있다는 것은 백년 전의 미국은 인민을 주권의 본위로 보지 않았는가?

대체 조선 독립이 단순한 연합국의 선물이 아니다. 우리 동포는 과거 36년간 유혈투쟁을 계속하여 온 혁명으로 오늘날 자주독립을 획득한 것이다. 그러므로 혁명에는 기탄(거리끼고 삼감)이 필요치 않다. 혁명가는 먼저 정부를 조직하고 인민의 승인을 받을 수 있다. 급격한 변화가 있을 때에 비상조치로 생긴 것이 인민공화국이다. 인민이 승인한다면 인민공화국과 정부는 그대로 될 수 있다. 당초에 연합국이 진주한다면 국권을 받아들일 수 있도록 준비한 것이 즉 인민공화국이다. 약체이면 보강하여 난국에 처할 수 있게 하겠다. 혁명 초에 혁명단체가 조각하는 것이 아님은 손문을 보아서도 알 것이다.

문 : 한민당이 인민공화국과 건준을 반대하는데 어찌하겠는가?

답 : 대단히 좋다. 민주주의니까 의견과 이론이 다 같은 사람끼리 정당을 조직하는 것이 당연하다. 8월 15일 이후 각 단체, 정당이 족출하였다. 그러나 그 수가 절대 많지 않다고 생각한다. 압박에서 해방하여 정치적 호흡을 하게 되니까 자연발생적, 필연적 현상이 아닌가. 앞으로 시일이 지나면 동일한 목적을 위하여 합일될 것은 기정한 운명이다. 결국 2,3 당만이 남게 될 것이다.

문 : 중경정부를 유일무이로 보기 때문에 인공(인민공화국)을 반대하는 듯한데?

답 : 임시정부 환영은 여운형이가 가장 강하다. 사람은 감정이 있는 것이다. 동고동락하면서 굶고 애쓰고 일하던 사람들의 정부임으로 동지애로 가장 사랑하게 된다. 제1차대전이 끝난 후 기미년에 상해에서 파리에 대표자를 보내고 임시정부를 수립한 것은 대일 반항 목적이었다. 10년 5개월 동안 전력하다가 조선에 잡혀왔다. 그러므로 임정에 경의를 표한다. 임시정부만을 지지하라는 법은 없을 줄로 생각한다. 중경임정만을 절대 지지할 필요는 없다. 국내에 있는 모든 정치활동을 무시할 그네들이 아니다. 나는 해외정권을 환영한다. 현재 중경 외에 미국에도 2파가 있다. 연안에도, 시베리아에도 정당이 있어 5개 정부가 있다. 따라서 한 정부만 지지하면 해외동지를 그만큼 분규시킬 뿐이다. 그러므로 모든 해외동지를 환영해 드려서 국내 정부를 조직하여야 한다.

문 : 미군 당국이 인공을 정당으로밖에 안 보는데?

답 : 인공뿐 아니라 임정도 승인하지 않는다. 이것이 미군으로서는 당연한 일이다. 페어플레이를 해야 된다. 미군정 당국은 인공이 파울을 하는 경우에는 간섭을 할지라도 그 외에 모든 것은 일일이 간섭하지 말아 달라고 요청하고 싶다. 더티 플레이를 하지 말라. 게임에서도 남의 대가리를 까는 짓을 하지 말라. 나는 절대로 외국 의존을 반대한다.

문 : 인공은 붉다고 보는데?

답 : 포복절도할 일이다. 일본으로부터 해방된 오늘날 민주주의의 새 조선을 건설하는데 있어서 조선에 적색赤色이 어디 있느냐? 대체 공산주의자들을 배제할 필요가 어디 있느냐. 다 같이 민주주의 국가로 건설하면 그만 아니냐. 많고 적은 것은 결국 인민투표로 결정할 것이다. 영국을 보라. 6,7년 간 전쟁의 공로자 처칠이 물러나고 노동당이 승리했다. 그러나 적색은 아니다. 영국 내각에 공산당이 3인밖에 없다. 노동자 · 농민 및 일반대중을 위하는 것이 공산주의냐? 만일 그렇다면 나는 공산주의자로 되겠다. 노동대중을 위하여 여생을 바치겠다. 우익이 만일 반동적 탄압을 한다면 오히려 공산주의 혁명을 촉진시킬 뿐이다. 나는 공산주의자를 겁내지 않는다. 그러나 급진적인 좌익이론은 나는 정당하다고 보지 않는다. 인공이라면 적색으로 아는 사람은 소학교 1학년생과 같은 사람이라 하겠다. 나누면 무너지고 합하면 이룬다. 한민당 · 국민당 · 건준이 모두 국민총력을 집결해야 할 터인데 이것을 인민이 하여야 한다. 사대주의 · 배외拜外 사상은 절대 배격하여야 한다.

문 : 모 정당에서 임정과 연락하고 있다는데 여씨는 연락하고 있는가?

답 : 나는 3년간이나 연안 독립독맹과 연락하고 지하운동을 해 왔다. 독립동맹은 40여 분맹分盟이 있고 5,6만 명의 맹원이 있다. 그리고 그

중에는 군대도 있다. 임정과 직접 연락은 없으나 소식은 끊어지지
않는다.

(—이만규, 《여운형투쟁사》)

[이 글은 1945년 10월 1일 여운형이 인공에 대해 신문기자들과 회견한 내용이다—편자]

각 정당 수뇌 간담회

양근환[106] : (발언생략)

최근우[107] : (생략)

양근환 : (생략)

여운형 : 최근우 씨 말씀도 계셨지만 오늘의 이 회합이 양(근환) 선생 개
　　　　인의 주최이신지 또는 단체인지 이것을 묻고자 합니 다.

양근환 : (생략)

송진우[108] : (생략)

양근환 : (생략)

송진우 : (생략)

---

106) 梁槿煥 : 1913년 경성공업전습소京城工業傳習所를 졸업한 뒤 일본에 건너갔으며, 1921년 2월 참정권운
　　　동을 표방하여 중의원의원 선거법시행 청원운동을 전개하기 위하여 일본에 온 조선총독부중추원
　　　부참의 민원식閔元植을 암살했다. 이후 무기징역을 선고받았으나 1933년 출옥했다. 해방 후 '각정당수
　　　뇌간담회'를 개최하였고, 1950년 6·25 때 피랍되었다가 처형당했다.

107) 崔謹愚 : 호는 우당愚堂. 동경고상東京高商 졸업. 1919년 '2·8독립선언'의 11인 대표중의 한 사람으로 이
　　　후 상해에 건너가 임정 임시의정원 제헌 의원. 해방 후 건준 총무부장으로 몽양의 측근이었다.

108) 宋鎭禹 : 호는 고하古下, 언론인·정치가·독립운동가. 일본 명치대학 법과를 나온 뒤 중앙학교 교장,
　　　동아일보 사장을 역임했으며, 해방 후 한민당을 결성, 수석총무로 활동하다가 1945년 12월 한현우에
　　　게 암살당했다.

김병로[109] : (생략)

조동호[110] : (생략)

송진우 : (생략)

양근환 : (생략)

여운형 : 주최자 측의 의도는 임시정부 지지문제 여하가 아니라고 생각
합니다. 미군이 진주하여 군정을 실시하고 있으나, 이것은 그
리 오래 가리라고는 생각 안 됩니다. 어제도 군정청에서 그네
들과 만났지만 그네들도 이렇게 말합디다. 진주한 우리들은 미
국사람이지만 이것은 4개국 대표로 온 것이다. 하루 바삐 국가
를 건설해서 우리들이 고국으로 돌아갈 수 있도록 해달라고.
미군이 고마운 손님이며 여기 와 있는 것은 좋을지 모르되 우
리 살림은 우리 손으로 하는 것이 옳을 것입니다. 그리하여 손
님들이 하루 바삐 돌아가실 수 있도록 초당파적 견지에서 우리
는 국가건설에 힘을 합하는 것이 오늘의 이 모신 이의 취지이
지, 결코 정당을 통일하자는 것은 아닐 줄 압니다. 지금 송(진
우) 선생 말씀에 지식 있는 사람을 외국에 파견하여 연구조사
를 하게 한다고 하셨는데, 그것은 매우 지당한 말씀으로 압니
다. 그러나 그러한 것은 완성된 국가가 된 후에 하는 것이 더 옳
은 일이 아닐까 생각합니다. 동일 민족 사이에서 더구나 국가
건설 도중에 국민대회를 두 군데서 소집한다는 것이 과연 옳은
일인지요? 중경에 계신 임시정부 선배들의 여러 가지 일을 모

---

109) 金炳魯 : 법률가, 정치가. 호는 가인街人. 일본 명치대학 법과를 나온 뒤 변호사로서 광주학생사건,
6·10만세운동 등을 변호했으며, 1927년 〈신간회〉의 중앙집행위원장을 역임했다. 해방 후 한민당 중
앙감찰위원장으로 활동하다가 1948년 초대대법원장이 되었다.

110) 趙東祜 : 독립운동가. 중국 금릉대학 중문학부를 나와 여운형과 함께 '신한청년당'을 창당했으며, 일시
동아일보 중국 특파원, 귀국 후 조선중앙일보 논설위원 등을 역임했다. 해방 후 건준 선전부장, 민전
중앙위원 등을 역임했다.

르는 것이 아닙니다. 인민공화국을 조직하였다는 한 사람인 이
여운형이로서도 모든 것을 국민의 총의에 물어 하루 바삐 의견
을 일치하게 하는 것이 옳다고 생각합니다. 국민대회를 소집해
야 임시정부를 지지하느냐, 인민 공화국이냐, 또는 새로운 무
엇을 만들 것이냐를 국민의 총의에 물을 것입니다. 즉 최후의
재판은 반드시 국민이 내려야 할 것입니다. 무슨 주장이나 명
령보다 지금의 조선에는 복종이라는 것이, 즉 결의에 따라간다
는 것이 필요하다고 생각합니다. 어떤 대표가 뽑히든 간에 하
루 바삐 국민의 총의를 듣는 것이 긴급한 문제라고 생각합니
다. 오늘 이 자리에서 무슨 결의라도 나는 것이 있다면 나는 여
기에 절대 복종하겠습니 다.

송진우 : (생략)

허헌[111] : (생략)

여운형 : 어저께 하지 중장을 만나니까 다른 말은 다 제쳐놓고 당신 일
본사람한테 돈을 얼마나 받았느냐고 묻습디다. 하도 어이가 없
어서 얼른 대답도 못했습니다. 아주 액수까지 말합디다. 3백만
원이라구. 그리고 민주당 성명서에도 나를 보고 일본 제국주의
의 주구라니 말이 됩니까. 어떠한 의미로 하시는 말씀인지 모
르나 조선을 사랑하는 동지로서 차마 입 밖에 낼 수 없는 말이
아닌가 합니다.

송진우 : (생략)

최근우 : (생략)

---

111) 許憲 : 독립운동가·정치가. 일본 명치대학 법과를 나와 변호사로 독립운동가들을 변호했다. 1927년
신간회 중앙집행위원회 위원장을 역임했고, 해방 후 건준 부위원장, 민전 수석의장, 남로당 초대 위원
장을 역임하다 월북 후 1948년 최고인민회의 의장, 김일성종합대학 총장 등을 역임했다.

이현상[112] : (생략)

허 헌 : (생략)

송진우 : (생략)

장덕수[113] : (생략)

최근우 : (생략)

여운형 : 임시정부 이야기가 나왔으니 하는 말입니다. 여기 계신 최근우 씨나 조동호 씨도 그 정부조직의 내용을 잘 아시지요. 여기서 잠깐 그 경과를 말씀드리고자 합니다.

1919년 동경 유학생들이 독립을 선언함으로써 도화선이 되어 이에 호응하여 상해에서 정부를 조직하게 되었습니다. 그때 나도 만주, 시베리아를 경유하여 상해로 갔었습니다. 거기서 정부로 하느냐, 의정원으로 하느냐는 것이 문제가 되었지만, 운영의 편의상 정부라는 명칭을 사용하게 되었습니다. 그리고 국호는 뭐라 하느냐 하는 때도 여러 가지 설이 나왔었지요. 대한이냐, 조선이라구 하느냐, 또는 고려·동진, 이렇게 설이 구구했습니다만 잃어버린 한국을 다시 찾는다는 일본에 대한 정치적 의미에서 대한민국이라고 국호를 지었지요. 그러한 경우 그런데 경성에 한성정부라는 것이 손병희 씨 그 외 동지로 성립되자

---

112) 李鉉相 : 공산주의 운동가. 중앙고보 재학 중인 1925년 조선공산당 창설에 참여했고, 1927년 보성전문 법과에 다니면서 반일동맹 휴학을 주도하다 투옥되었다. 출옥 후 박헌영·김삼룡 등과 경성콤그룹을 결성했다. 해방 후 조선공산당 간부, 남로당 연락부장 등으로 활동하다가 1948년 지리산으로 들어가서 빨치산 투쟁을 전개. 남부군 총사령관으로 활동하다가 1953년 휴전후 지리산 토벌작전 때 사살당했다.

113) 張德秀 : 독립운동가. 정치가. 호는 설산雪山. 일본 와세다대학을 나온 뒤 상해로 망명하여 여운형과 함께 '신한청년당'을 결성했으며 이후 《동아일보》 초대 주필, 1923년 미국 컬럼비아대학에서 경제학 박사 학위를 받고 귀국, 보성전문학교 교수 및 《동아일보》 부사장 등을 지냈으나 일제 말기는 친일했다. 해방 후 송진우·김병로 등과 함께 한민당을 외교부장·정치부장 등으로 활동하다가 1947년 12월 암살되었다.

이것을 어떻게 하느냐가 문제가 되어 토의한 결과 대한민국 임
시정부는 해외에서 된 것이고, 한성정부는 국내에서 13도 대표
가 모여 그 총의로 된 것이라 하여 국내 동포의 의지를 존중하
자고 한성정부를 상해로 모시어 받들었지요. 그랬는데 그 후 상
해에서 만든 정부는 상해에서나 승인받았지 북경·시베리아·
만주에서는 승인을 안 했습니다. 그리하여 정부의 개조파改造派
가 생기어 창조냐 개조냐 하고 격론했으나 나중엔 피스톨까지
등장하였었지요. 그런데 만주·서간도에서는 이것을 승인하고,
이상룡[114] 씨가 대통령 노릇을 하셨지만, 그 후 헤어진 후에는
간판도 못 걸고 당시의 애국자로서 제1인자이던 노백린[115] 씨가
굶어 돌아가실 때에는 그이에게 밥 한 그릇 갖다드리는 동지 한
사람도 없었고, 돌아가신 후에는 중국 사람한테 돈을 빌려서 장
례를 지냈지요. 시라카와(白川)[116] 살해사건에 윤봉길 씨 이름이
퍼지자 중국 사람의 조선 사람에 대한 태도의 인기가 갑자기 달
라져 극장 같은 데서까지 무료로 조선 사람을 입장시키곤 하였
지요.

송진우 : (생략)

최근우 : (생략)

---

114) 李相龍 : 독립운동가. 한일합방 후 의병항쟁을 전개하다가 1907년 협동학교를 설립하였고, 서간도로
　　　망명한 뒤 1912년 부민단扶民團을 조직하여 동포들을 결속시키고, 1919년 3·1운동이 일어나자 임시
　　　군정부를 수립하고 신흥무관학교에서 독립운동 간부를 양성하였다. 그 후 상해 임정이 수립되자 이
　　　를 지지하고 군정부를 서로군정서로 개칭하고, 1921년 서간도 일대의 독립운동 단체를 통합하여 대
　　　한통군부를 수립한 뒤 1925년 임정 국무령이 되었다. 그러나 임정 분규가 계속되자 국무령을 사임하
　　　고 서간도로 돌아와 만주 지역 독립운동 단체들의 통합운동을 전개하였다.

115) 盧伯麟 : 독립운동가. 호는 계원桂園. 1899년 11월 일본 육사를 나온 뒤 구한말 관립무관학교 교장을
　　　역임하다가, 한국 군대가 해산되자 1914년 미국 캘리포니아로 망명하여 항공학교를 설립하고 공군 용
　　　사를 육성했다. 1919년 3·1운동이 일어나자 상해로 가서 임정 군무총장, 국무총리를 역임했다.

116) 시라카와 요시노리(白川義則) : 1932년 4월 29일 상해 홍구공원에서 거행된 일본 천황의 생일인 천장절
　　　식장에 참석했다가 윤봉길 의사가 던진 폭탄에 맞아 사망했던 일본군 대장.

송진우 : (생략)

최용달[117] : (생략)

송진우 : (인공을 배척하고 임정을 받들자는 요지의 발언)

최용달 : (생략)

양근환 : (생략)

김병로 : (생략)

이현상 : (생략)

여운형 : 남조선에 있는 일본군이 문제가 큽니다. 미군이 지금 각지에
진주 중이지만 그것 가지고도 모자라지요. 어제 군정청에 갔었
을 때 본 일이지만, 조선의 생산기구 문제에 관한 포스터를 많
이 놓았습니다. 거기에는 산 공장과 죽은 공장이라는 두 가지
를 그려 놓고, 이 공장의 기능을 운용 발휘하자면 조선 사람은
기술이 없고, 미국사람은 수효가 적으니 일본 사람하고 일해야
겠다, 공원들은 모두 나와 일하라고 되어 있더군요. 이것은 다
행히 조선 사람들의 반대로 군정청도 즉시 그것을 찢어 불태워
버렸다 합니다.

이현상 : (생략)

김병로 : (생략)

일 동 : (생략)

송진우 : (생략)

양근환 : (생략)

(—《조선주보》, 1권 1호, 1945년 10월 15일)

---

117) 崔容達 : 경성제대를 나와 보성전문 교수를 역임하다가 1938년 박헌영의 경성콤그룹 사건으로 피검되
었다. 해방 후 건준 치안부장을 역임했으며, 재건파 조선공산당의 보안부장 등을 역임한 공산주의 운
동가.

[이 기사는 테러리스트 양근환 등의 열혈지사와 청년들이 주축이 되어 해방 당시 각파로 갈려 혼미한 정국을 수습해보기 위해 당시 정계 핵심인사들을 초청하여 1945년 10월 5일 경성 시내 모처에서 '각정당수뇌간담회'를 개최했었다. 이 자리에 초대된 인사는 여운형(인공 부주석), 안재홍(국민당 당수), 송진우(한민당 수석총무), 백관수(한민당 총무), 최근우(건국동맹), 장덕수(한민당), 김병로(한민당), 이현상(조선공산당), 조동호(조선공산당), 김형선(조선공산당), 최용달(인공 치안부장), 허헌(인공 국무총리) 등이었다. 이들의 발언 중 여운형 선생만의 발언을 발췌하여 옮긴 것인데, 당시 주최자의 한 사람이었던 이영근의 회고록에는 이 자리에서 인공을 비난하는 송진우의 항의에 몽양 여운형이 통합을 위해서라면 인공을 백번 해산해도 좋다는 발언을 했다고 한다. 여운형은 이 약속을 지켜 그 후 인공에서 탈퇴하여 조선인민당을 창당하게 된다—편자]

학병동맹 강연

　여러분이 모여 신조선 건설의 추진력이 되리라고 온갖 활약을 한다는 소식을 듣고 나는 여러분과 같이 생활하고 일하고 싶은 마음은 간절하나, 하는 일 없이 분주하여 일찍이 여러분을 뵈지 못한 것을 사죄합니다.

　오늘은 우리나라의 정치적 진로를 간단히 말해보고 여러분의 질문에 답할까 합니다.

　여러분은 학병입니다. 조선을 위하여 싸우든지 피를 흘리는 것이면 조선 사람 누가 아낄 리 있으랴. 그러나 모든 것이 일본 제국주의의 부정한 목적 하에 할 수 없이 나간 학병의 광경은 나도 잘 압니다.

　학병 여러분이 입대후 혹은 희생당하고 혹은 탈출하고 하여 직접간접 일본군과 싸우다가 일본이 패배한 후 고국에 돌아와서 건국에 힘쓰려고 훈련공부하고 있는데 대하여서는 먼저 경의를 표하여 마지않습니다.

　오늘 여러분에게 여쭐 말은 우리나라의 정치적 진로이나 자세히 말하자면 수주일 강좌를 계속하여야 되겠지만, 약 30분 동안에 간단히 말씀하여 드리리다.

　조선 민족이 일본 제국주의 하에서 해방되어 건설하는데 민주주의 원칙에서 건설하여 높고 낮고 부하고 강함이 없는 완전한 무계급 상태가 되기 전에는 혁명적 사명은 끝나지 않을 것입니다. 우리의 해방은 연합국의 승전 선물이라고만 생각하는 것은 착각입니다. 40년 전부터 독립을 위하여 투쟁한 지사가 있는 것을 아는 이상, 독립은 우리 자체의 노력과 연합국의 승리에 의하여 된 것입니다. 대체 우리 국가의 조직은 정치적, 경제적, 문화적으로 무계급 상태의 출현으로서 완성됩니다. 그 구성분자는 여러분과 같은 혁명을 위하여 싸우는 청년일 것입니다.

중국 국부인 손문이 임종에 하는 말이 '혁명상미성공, 동지적 필수노력'[118]이라고 하였습니다. 흥한멸만[119] 후에는, 즉 광복한 후에는 문화 · 정치 · 경제상에도 혁명을 위하여 광복당을 국민당으로 발전시켰습니다. 혁명이란 무엇인가?

그것은 구질서를 물리치고 새로운 질서를 세우는 것이라 하겠습니다. 조선의 현 단계에서는 부르주아지 민주주의 혁명입니다. 민주주의 혁명이 제일입니다. 우리의 큰 혁명은 장래에 있습니다. 저 러시아를 보십시오. 무산자 독재이던 나라가 되었으나 문화, 경제 시행에 들어가 수습할 수 없었던 것이 저 '스탈린헌법'입니다.

그러나 이번 전쟁을 통하여 10여 민족이 조국을 위하여 싸워 완전히 통일됨으로 인하여 노농독재는 해소되고 민주주의화하였으며, 자본주의 민주주의의 본산인 영국에서도 6,7년 고생하여 승전한 처칠 수상은 물러가고, 대신 인민의 총의에 의하여 노동당의 애틀리[120]가 정권을 잡게 되었습니다.

그러나 그것은 노동당 독재정치가 아니라 의회를 통하여 순 민주적인 입장에서 개혁하는 것입니다. 그 정권의 공산당원은 각료에 3사람밖에 끼

---

118) 革命尙未成功, 同志必修努力 : "혁명은 아직 성공하지 못했으나 같은 뜻을 가지고 반드시 노력해야 한다"는 뜻.

119) 興漢滅滿 : '한(漢: 중국)을 일으키고 만주(滿州)를 멸망시킨다'는 뜻.

120) Clement Richard Attlee : 영국 정치가. 옥스퍼드대학을 졸업하고 변호사가 되었다가 1922년 노동당 하원의원이 되었다. 1935년 노동당 당수가 되어 2차대전 중에는 처칠 연립내각 부총리를 역임했으며 1945년 7월 선거에서 노동당이 승리한 결과 총리에 올라, 1951년까지 국정을 담당하였다.

지 않았다는 것을 보아도 알 것입니다. 지금이야말로 세계의 온갖 정세가 민주주의로 화하여 갑니다. 즉, 인민대중이 요리하는 정치가 되는 것입니다. 그러므로 조선에 적합한 정치도 당연이 새로운 민주주의로 나가지 않으면 안 됩니다.

조선인민공화국의 주권은 한 계급의 독점이 아니고 전혀 인민에게 있는 것입니다. 강령 제2조에 '주권은 인민에게 재함'이라고 함과 같이 여기서 무계급 사회까지 끌고 나가는 것이 우리의 진로입니다.

그러면 민주주의 혁명을 말하렵니다. 대체 사물에는 진리가 있는데, 그 진리의 발전·보호에는 형식이 필요합니다. 형식은 진리를 보호하기 위하여 있는 것이니, 종속국적 존재에 있습니다. 조선의 정치도 3천만 동포를 보호·발전시키기 위하여 정치·문화, 기타 여러 가지 형식으로 옷 입혀야 합니다. 3천 년 전에도 중국에서 '민방본'[121]이라 하여 백성이 나라의 근본이라는 것은 누구나 주장하는 것입니다.

그러나 그 시대의 형식이 백성을 잘 보호하지 못하면 곧 파괴되고 마는 것입니다. 형식이 나쁘면 백성은 살 수가 없습니다. 이때에 형식을 때려 부수고 새 형식, 즉 백성이 가장 살기 좋은 형식을 세우는 것을 혁명이라고 합니다.

예를 들면 우리가 신체를 보호하고 모양 좋게 옷을 입게 되는데, 그 옷에 때가 묻고 추하여지면 새 옷을 갈아입는 것이 좋지만, 다만 애착심으로 벗어버리지 않고 그 위에 새 옷을 거듭 입게 되면 나중에는 덥고 무겁고 가렵고 불편하여 새 옷을 갈아입지 않고는 못 견디게 됩니다.

그러므로 다만 애착심에 고집하며 헌옷을 벗지 못하는 것, 즉 보수주의의 헌옷을 벗어버리고 새 옷을 갈아입는 것이 혁명이올시다. 혁명은 처음에는 모두 무서워하고 싫어합니다. 그리고 혁명은 홍수와 같고 맹수와 같

---

121) 民邦本 : 백성이 나라의 근본.

습니다. 이 홍수 같고 맹수 같은 임무는 청년에게 있습니다.

그러나 혁명에는 인민의 굳은 단결이 필요합니다. 현재 조선의 상태를 보건대 마치 기적을 울린 기관차와도 같습니다. 기차는 가자고 기적을 울려 놓았으되 아직 물도 끓지 않고 나아가 궤도에는 온갖 장애물이 가로놓여 있으며, 각 차량은 연결되어 있지 않습니다. 민중이란 차륜을 끌고 나갈 정부란 기관차는 언제나 출발을 할는지!

이 기관차의 물을 끓이고 앞길에 가로놓여 있는 장애물을 벗어버리고, 궤도를 완전히 하고 각 차륜의 연결을 마친 후 씩씩한 출발을 할 것은 오직 청년의 임무올시다. 이 혁명의 추진력은 여러분 청년의 두 어깨에 있으며, 청년 중에서도 사선을 돌파하고 나온 학병은 가장 위대한 혁명아일 것입니다. 여러분은 위대한 지도자나 선배를 갖지 못한 까닭에 불행합니다. 그러나 여러분은 불행한 것 같으나 행복합니다. 여러분이 할 위업을 선배가 다 한다면 여러분이 할 일이 없으니 얼마나 불행한 것이겠습니까?

여러분의 선배가 없다고 내가 말하는 것은 누구를 원망하는 것은 아닙니다. 다만 여러분이 지도자가 없고, 선배가 없는 관계로 우리 사회는 여러분이 문패를 걸고 요리를 하여야 합니다. 즉, 청년 자신이 혁명 지도자가 되어야 합니다.

알렉산더의 부왕 필립의 대업을 보고 아버지가 일을 다 하면 나는 무엇을 하라고 하며 말하였다는 그 기개를 회상하여 봅시다. 여러분은 탄탄한 길을 나갈 시대의 총아올시다. 중대한 사명을 가진 여러분은 주저 말고 자신 있게 돌진하시오.

약 백 년 전에 이양연[122]이란 학자가 있었으니, 그의 시 '설중행雪中行' 속

---

122) 李亮淵 : 19세기 조선 후기 문신. 호는 임연臨淵. 1830년(순조 30) 음보로 선공감첨정에 제수되고, 1834년 사용원봉사에 임명되었으나 나가지 않았다. 1838년(헌종 4) 충청도도사를 지냈으며, 1850년(철종1) 동지중추부사에 올랐고, 이듬해 호조참판·동지돈녕부사 겸 부총관이 되었다. 시에 뛰어났으며 많은 저술을 남겼다. 저서에 〈석담작해石潭酌海〉〈침두서枕頭書〉〈가례비요嘉禮備要〉〈상제집홀喪祭輯笏〉 등이 있다.

에 내가 가는 길은 뒷사람이 밟고 올 길이니 함부로 길을 걷지 못하겠다는 의미의 시를 읊었습니다. 여러분이 가는 길도 눈길과 같아서 여러분이 밟고 간 발자국을 보고 여러분의 후배도 뒤따라올 것이외다. 그러므로 여러분은 어찌 함부로 길을 하여 자숙자중하지 않을 수 있겠습니까?

그런 까닭에 나는 누구보다도 일본 헌병이나 형사보다도 더 중학생을 무서워합니다. 그것은 그네들은 모방심과 감수성이 가장 강한 까닭에 그네들 앞에선 나의 모양이 나쁘지 않은가, 옷이 흐트러지지 않았는가, 나의 몸을 다시 돌아보지 않을 수 없습니다. 여러분은 행동상 뒤에 따라오는 사람을 위하여 자중하고 정정당당한 태도로 겸손하고 씩씩하게 허위 민주주의의 종이 되지 마십시오!

〈문답〉

— 청년 혁명운동에 대하여 군정당국의 탄압이 있을 때엔 어떠한 방법으로 나갈 것입니까?

답 : 나는 절대탄압은 없으리라고 생각합니다. 제1차 세계대전이 끝난 후 윌슨 대통령이 제창한 민족자결설과 또 여러분이 잘 아는 of the people, for the people, by the people, 즉 인민의 국가, 인민을 위한 국가, 인민으로서 나아가는 국가라든지 이러한 민주주의 신조 밑에서 나아온 미국이며, 하지 중장도 누차 말한 일도 있고, 또 자주독립을 위하여 노력하는 여러분을 탄압은 하지 않으리라고 믿습니다. 다만 예를 들면 암거래하는 악덕상인을 설교·계몽하는 것은 좋으나 폭력 등을 사용한다면 안 됩니다.

— 북한 38도 경계선에 관한 소견은?

답 : 대체 북위 38도가 문제된 것은 포츠담회담에 의한 것인데, 소련의 참가로 전술상 조선을 38도로 경계하여 소련은 만주로부터 38도선의 조선까지 이르고, 미국은 오키나와 점령 후 일본 본토 상륙을 함

과 동시에 조선에도 38도선까지 한정하여 작전한다는 것에서 생긴 것이라고 합니다. 이것은 작전상의 경계이고, 정치적으로 하등 관계는 없는 것이라고 합니다. 하지 중장은 4국의 결정이 없으면 자기만으로는 이것을 어찌 할 수 없다고 하였습니다.

— 민족통일전선에 관한 소견 여하?

답 : 통일이 하루 바삐 되어야 할 것입니다. 우리들이 다 같이 잘 살 수 있는 낙원은 노동자 · 자본가 · 민주당 · 공산당 등 각계 각파가 모여서 인민의 총의에 의하여 처음으로 될 것입니다. 내가 전일 일본 헌병대에 잡혀갔을 때에 왜 창씨를 안 하였느냐고 묻기로 나는 이렇게 대답한 적이 있습니다. 공원을 꾸미는데 사쿠라(벚꽃)도 심고 소나무도 심고 무궁화도 심고 산도 만들고 못도 만들고 해야 좋은 공원이 될 것이지, 전부 사쿠라만 심는다면 잘 될 것입니까. 그러니 당신들이 대동아공영권이라고 하는 낙원을 만들려면 일본인만 있어도 안 될 것이오. 조선인도 중국인도 다 같이 생존하여야 하지 않겠는가고 한 적이 있습니다. 이와 같이 조선도 각 정당이 존재하는 것이 나쁜 것은 아닙니다. 다만 이것이 국가의 건설 발전에 조 화를 하지 않고 그것을 저지시킨다고 하면 안 될 것으로 오늘날 같아서는 무엇보다도 통일전선을 꾸며 대동단결, 완전 자주독립에 전력을 다해야 한 것입니다.

— 인민공화국 정부를 일층 강력히 진전시킬 의향 여하?

답 : 인민공화국 정부는 문자 그대로 인민대중의 정부이니 장차 여러분의 지지 여하에 있습니다. 다만 현재는 비상조치로 세운 것이니 인민의 총으로서 언제든지 명칭도 내용도 갈 수 있는 것입니다.

— 인민공화국의 중경임시정부에 대한 태도 여하?

답 : 중경임시정부는 기미년 만세 때에 상해에서 수립한 것인데, 그때 나도 참가한 것입니다. 그 후 같이 활동하다가 나는 일본 관헌에게 잡

혀 와서 그 후의 자세한 사정은 모르나, 그네들과 신고를 같이 하였고, 현재 임시정부에 있는 분은 내가 잘 아는 선배이며 동지들이니 그네들의 개선은 누구보다도 이 여운형이가 두 손을 벌려 맞이할 것이며, 그들과 같이 민의에 의한 정부를 만들 것은 두말할 것도 없습니다.

— 인민공화국과 건국준비위원회의 관계.

답 : 건국준비위원회는 신정부 수립의 모체요, 산파역의 사명을 가진 것이며, 일방 혼란한 과도기의 치안을 맡은 것입니다. 그러니 오늘날 인민공화국이 수립되었으며, 미군정으로 하여금 치안도 확보되어 가며, 또 한편 지방의 지부조직에 건준과 인민위원회 지부 사이에 알력도 있으므로, 이제는 그 존재의 필요성을 느끼지 않음으로 발전적 해소를 결의하였습니 다. 아마 오늘쯤은 건준이 해산되는 것 같습니다.

— 일본인 철거와 일본재산 문제에 관하여.

답 : 이때까지 그들의 죄악을 생각하면 당장이라도 때려죽여야 하지만, 그렇지 않아도 불쌍한 처지에 있는 그들이니 수송이 되는 대로 우리 눈앞에서 사라질 것이니, 대국민의 금도로 또 일본에 있는 우리 동포를 생각하여 가해치 말아야 합니다. 그리고 일본인 재산은 조선 사람의 고혈을 짜서 만든 것이니 당연히 이것을 몰수하여야 할 것입니다.

(—《학병》, 1권 1호, 1946년 1월호)

[이 글은 몽양이 1945년 10월 9일 학병동맹에서 강연한 내용의 요지를 실은 것이다—편자]

신조선 건설의 대도大道 (시론)

40년 간이라면 거진 반세기에 가까운 세월이다.

이 장구한 기간에 끔찍한 침략 일본 제국주의 하의 노예생활에서 우리는 기어코 빛나는 자주독립을 획득하고야 말았다.

3천만 동포는 오늘에 있어서 누구나 할 것 없이 일체 사리사욕을 버리고 오직 동일한 민족적 이상인 신조선 건설을 목적하여 각자의 임무를 충실히 이행해 나가야 할 것이다.

내 자신 8월 14일 이후로 열성 부족과 시국에 대한 관찰이 미치지 못한 것과 또 귀중한 시기에 병상에 누워 있었던 관계로 원만하지 못하게 진행된 여러 가지 일이 있다. 나는 이에 대하여 어디까지든지 책임을 지련다.

조선인민공화국을 조직하여 발표한 데 대해서 많은 논의가 있는 모양인데, 내가 본 그 당시의 정세로는 당연한 조치라고 생각할 수밖에 없다.

중화민국의 청천백일만지홍기[123]도 국민의 총의 집결로 제정된 것은 아니다. 혁명 지도자들의 투철한 이지와 정열에서 나온 것이다.

어느 혁명 국가를 막론하고 혁명 초기에 있어서는 반드시 적법, 즉 법리에 가까운 혁명적 수단으로 모든 일을 처리해 나가는 것이다.

---

123) 靑天白日滿地紅旗 : 붉은 바탕에 왼쪽 위에 청천백일을 그린 중화민국의 국기.

조선 북위 38도 이북에 소련군이 진주하여 결연하게 모든 질서를 회복시키고 인민에게 줄 것을 착착 주었다. 그래서 38도 이남에 미군이 진주하면 38도 이북의 소련군과 같은 처리를 할 것이라고 기대되었기 때문에 시급한 비상조치로 연합군이 진주하면 즉석에서라도 국권을 받아들일 수 있도록 준비한 것이 즉 조선인민공화국이었다. 인민이 승인한다면 조선인민공화국은 그대로 성립될 수 있는 것이다. 결국에 있어서는 미국 진주군의 생각에 대한 우리의 착오가 있었지만은 이것을 곧 남의 견해 일처럼 우리의 탈선이라고 단순히 보는 것은 가당치 않다. 또 이 조선인민공화국 조직에 대하여 인민이라는 두 글자를 곧 적색赤色이라고 보는 일부 사람들도 있는데 이것은 가소로운 일이다.

일본의 압박으로부터 자유 해방된 오늘날 민주주의 조선을 건설하는 데 있어 적색이고 무엇이고 있을 까닭이 없다. 또한 공산주의자를 배격할 필요가 조금도 없다. 나는 믿는다. 다 같이 손을 잡고 민주주의 국가를 건설하면 그만이라고.

다소의 문제는 결국 인민투표에 의해서 결정될 것이다. 영국을 보라. 6,7년간 전쟁에서 승리한 공로자 처칠이 물러나고 영국의 노동당이 들어앉았다. 그러나 적색은 아니다. 영국 내각에는 공산당이 3인밖에 없다. 노동자·농민·일반 근로대중을 위하는 것이 공산주의라면 나를 공산주의자라 해도 좋다. 근로대중을 위하여 여생을 바칠 각오이다.

우익이 만약 반동적 탄압을 한다면 오히려 공산주의 혁명을 촉진시킬 것이다. 나는 공산주의자를 겁내지는 않는다. 그러나 급진적 좌익 이론에는 나는 정당하다고 찬성 못한다. 인민이라면 곧 적색이라고 함은 정치에 있어서의 무지의 표현이다.

현재 정치적 호흡이 자유로우니 정견을 같이 하는 사람끼리 모인 각 정당이 속출됨은 자연발생적 현상이다. 많이 생길수록 좋다. 앞으로 시일이 경과됨에 따라 동일한 목적을 위하여 합일될 것은 기정의 운명이다.

중경에 있는 임시정부가 들어오면 곧 조선 정부가 될 수 있다고 관측하는 분이 있는데 그것은 그렇지 않다.

임시정부를 지지하고 환영하는데 있어서 나는 결코 누구에게도 뒤지지 않는다.

제1차대전이 끝난 후 기미년에 상해에서 파리로 대표를 보내고 조선민족 지도기관을 설치하자, 3월 1일 국내에서 일어난 독립운동에 호응하여 임시정부를 수립하고 대일 반항의 깃발을 든 것이다. 그리하여 10년 5개월 동안 같이 힘을 합하다가 나는 조선으로 체포되어 나왔다. 그 후로도 나는 연안에 있는 독립동맹과 연락하여 지하운동을 해왔으므로 임시정부에 대한 경의는 언제든지 변하지 않는다.

그렇다고 해서 임시정부만을 지지하라는 법은 없으리라고 생각하며, 또 임시정부에서도 임시정부를 절대지지하기를 요망하고 있지는 않을 것이다. 국내의 정치운동을 무시할 그 분들도 아니다. 나는 해외에 있는 모든 정권을 환영한다.

앞으로 조선의 운명은 우리의 노력 여하에 달렸다.

나는 연합국에 대한 우리의 태도를 처음부터 이렇게 생각하고 있다. 즉 만났으니 "하우 두 유두(안녕하세요)?"라 인사할 것이고, 둘째 번에는 "생큐"라고 감사의 뜻을 표해야 할 것이고, 셋째로는 "굿바이!"가 있을 뿐이다. 절대로 멀리서 온 연합군을 괴롭혀서는 안 된다. 또 잘 모르는 국내사정을 호소, 의뢰해서도 안 된다. 외래 세력 의뢰심은 우리의 결점의 하나였다. 사대주의와 배외사상은 절대로 배척하지 않으면 안 된다. 그리고 우리는 우리 민족 자주의 힘으로 신 국가를 건설하여야 하고 꿋꿋하게 키워 나가야 할 것이다. 우리 앞에 열려진 이것이 단 하나의 길이요, 그리고 단 하나밖에 없는 길이다.

(―《조선주보》, 제1권 2호, 1945년 10년 22일)

나의 정견 (연설)

금일로 탄생을 보게 된 인민당이 아직까지 자당의 정견이라고 할 것을 대중에게 발표하지 못하였다. 개인으로 몇 가지 생각한 바는 있으나 우리 당의 정견이라고 부르기에는 준비가 부족하다. 앞으로 우리가 실행할 것 몇 가지를 말하고자 한다.

우리의 역사는 오천년간 쉴 사이 없이 우여곡절하여 내려왔다. 자연에 일식과 월식이 있는 것과 같이, 조선은 어느 때는 침략과 정복을 당하였던 일도 있지마는 그래도 원래 우수한 우리 민족은 엄연히 그늘 속에서 발전하여 왔다. 그리하여 고도의 문화를 가졌음에도 불구하고 이조 말엽에 정치적으로 미약하여, 타민족의 침략을 받아 36년간 이국의 지배하에 놓여 있었다.

위대한 인도의 시인 타고르의 시에 "동쪽 모퉁이의 등불이 꺼져 세계는 희미하다"라는 말이 있으니 이것은 내가 해외에 있을 때 안 것이지만, 과연 기름이 부족하여 컴컴한 어둠속에서 36년간이란 긴 세월을 지내왔다.

그러나 8월 15일에 적의 항복으로 말미암아 우리는 무너진 등대를 고칠 기회를 얻었고 앞으로 세계문화에 큰 공헌이 있을 줄 안다.

그러나 해방 후 3개월이 지난 금일의 사정을 보면 여러 가지 답답한 일이 많다. 생각이 짧은 정객들은 생각 없이 떠드는 것 같고, 투기업자들은 염치 없이 발호하며 따라서 모든 생산은 파괴되고 민중은 질병과 기아 속에서 헤매며 자기의 갈 길을 찾지 못하고 있다.

농촌을 본다면 각처에 형언할 수 없는 컴컴한 그림자를 볼 수 있다. 강도, 절도, 더구나 타락된 청년들이 도박으로 날을 보내고 있는 현상은 실로 한심한 일이다. 집안의 도적은 쫓았으나 생활의 곤경을 여하히 극복할 것인가.

그러나 우리는 이 현상에 낙담할 것은 없다. 그 이상으로 다른 좋은 조건도 많이 있다. 하늘을 찌를 듯한 애국심과 기개가 그것이다. 한편에서는 좁은 사랑 구석에서 벌벌 떨고 있는 이들도 많으나 건설을 위하여 일하는 이도 많은 듯하다. 더구나 연합군 손님들도 우리의 완전 해방을 위하여 조석으로 쉴 사이 없이 일하고 있다. 이러한 조건을 들어 볼 때 우리의 앞날은 환하다. 오직 광명이 있을 뿐이다.

이때에 우리 인민당은 지하에서 나타났고 앞으로 우리의 할 일이 있다면 그것은 우리 조선을 위하여 우리 민족을 위하여 이바지하는 것뿐이다.

우리 어깨의 짐은 무겁고 길은 멀다. 그러나 우리의 각오와 결심을 하고 이 길을 떠나야 할 것이며 또 이미 떠났다. 우리의 큰 길은 민주주의이겠고 우리의 최고 이념은 우리 민족의 완전 해방에 있다.

우리는 자본 제국주의에서 해방되었으나 사람이 사람을 부리고 사람이 사람을 속이며 착취하는 비인도적인 모든 기구가 없어져야 하겠다. 이것이 우리의 최고 이념이지만 현실은 어떠하냐.

우리는 이러한 차별과 이러한 모든 불순한 점을 타파하기 위하여 싸워야 하겠는데 이것을 타파하자면 여러 가지 길이 있을 줄 안다. 앞에는 물도 있을 것이요, 산도 있을 것이다. 완전한 길을 가자면 그 물을 건너야 하고 그 골을 지나야 한다. 우리는 과거 일제 밑에서 지하운동을 하였으며 지하운동 시대에는 철두철미한 동지만으로 결합하였었다.

그러나 이제는 사상운동이 아니고 정치운동으로 행동을 옮기게 되었으며 이제는 정치운동인 까닭에 때로는 양보가 있어야 할 것이요, 포섭이 있어야 할 것이다. 지나치게 고집하는 것이 오히려 방해가 된다.

그러므로 과거와는 다르다는 것을 인식해야 한다. 그리고 건맹建盟[124]이 금번 전쟁에 참가했다는 것을 믿는 사람이 적을지 모르나, 이것은 뚜렷한 사실로 건맹은 일본 제국주의와 용감히 싸웠다는 사실을 선언하는 바이다.

우리의 당기黨旗로 말하면 붉은 세 줄이 있으니 하나는 정치를 의미함이요, 하나는 경제를 의미함이요, 또 하나는 문화를 가리키는 것이다. 또 태극은 이것이 과거의 태극과는 그 뜻을 달리하는 것이고 홍紅은 근로와 열정을 표하는 것이며, 청淸은 과학과 이지를 표하는 것이다. 태극을 그대로 쓰게 된 것은 과거에 찬란하던 우리의 문화와 전통을 앞으로 세계의 문화상에 빛내자는 뜻이다.

우리는 과거에 삼강오륜을 배우고 지켜 나왔으니 우리 당에도 삼강오륜이 있어 우리는 그것을 지켜 나가겠다.

삼천만 동포가 단결하면 우리의 자주독립은 하등 문제가 없을 것이고 또 우리는 반드시 단결하여야 할 것이다.

우리는 자치를 전제로 한 가장 평등한 입장에서 입법, 사법, 행정을 세워 국제 정세를 따라 타국과 어깨를 가지런히 하여 전 세계의 평화를 위하여 나아가야 하겠다.

정신으로 본다면 자치와 평등을 기본 전제로 하여 과거의 남존여비 사상을 철저히 버리고 일체가 평등하여야 할 것이며, 또 관리되신 분들도 과거의 개념을 떠나 대중이 관리의 종노릇 하는 것이 아니라 관리 자신이 인민 대중의 철저한 종노릇을 해서 심부름꾼이 되어야 할 것이다.

행정 방면에 있어서는 번거롭고 까다로운 조건과 조목이 많은 일제의

---

124) 建盟 : 건국동맹. 1944년 8월 10일 여운형 선생이 조직한 독립운동 단체.

잔재를 버려야 할 것이며, 행정구역으로 말하더라도 앞으로는 조선의 13도를 4도쯤으로 줄여 즉 서북, 동북, 서남, 동남쯤으로 하였으면 좋을 줄로 생각한다.

또 만주·화북·연해주 등지에 산재하여 있는 동포들로 말하면 이를 간도 방면 혹은 두만·압록의 연안 등지로 집결시켜, 장차 주권국인 중국에 교섭하고 국제헌장에 호소하여 그곳에 거주하는 인민 의사로서 자치권을 얻도록 할 수도 있을 것이고 또 혹은 인민 의사라면 주권국에 교섭하여 조선 본토에 합하여 오도록 하면 좋을 것이다.

또 약한 무리로는 외교에 중점을 두어야 할 것이고 이웃과 친하자는 것은 평등조약에 의하여 모든 권리를 행사하자는 것이다.

경제 부문에 있어서는 조선인을 가리켜 말하되 게으른 사람이라고 말하나 이것은 일제의 악선전과 아울러 일을 하려 해도 일터가 없어서 이러한 악평이 있을 것이며, 그 근본은 절대로 그렇지 않은 것이다.

우리는 개로공영(皆勞共榮: 모두 노력하여 함께 번영)하고 무이독존(無而獨存: 도움 없이 홀로 섬)하여야 할 것이다. 장차 앞날에 조선 건국에 있어 가장 중대 부문이라 할 것은 공업이라 하겠는데, 과거 일본이 남기고 간 공업시설은 대부분 파괴되어 복구까지는 시일이 필요할 것이나 우리 삼천만의 정열과 애국심으로 한다면 아무 지장도 없을 것이다.

현재 제일 중요한 것은 섬유공업·화학공업·식료품공업·제약·비료공업 등이며 현재 시설 중에 대大는 국영으로 소小는 민영으로 하여야 할 것이다. 그리고 현 단계에 있어서 당장 급한 것은 군정과 협력하여야 하겠다.

앞으로 조선의 기계공업은 크게 유망할 것이다. 조선의 풍부한 원료라든지 삼천만의 노동력이라든지 모든 점으로 보아 그 조건이 구비되었다고 볼 수 있는 까닭이다.

조선은 아직까지 농업 방면에 치중하였으나 그것도 대부분은 동척[125] 기타 일본 재벌 또는 군 등이 소유 관리하였는데, 그것을 몰수하여 농민에게 적정 분배하고 대농장은 국가가 경영하고 과학적 지도하에 질과 양을 향상시킬 것이다. 쌀 생산(産米)에만 치중하지 말고 목축 등에도 힘을 써야 한 것이다.

산업정책에 있어서는 국제 상업은 국가에서, 국내 상업은 민간에서 경영토록 하겠으며, 어업 같은 것은 어선 문제 등이 있을 것이나 금차今次 세계대전에 의하여 미국에서는 어선이 다수 남을 것임으로 그것을 외상으로 매입한다면 해결할 수 있을 것이다.

문화 방면을 본다면 문화라는 것은 때때로 고하가 있고 이것은 인류의 장식품이라고 할 수 있는 것이며, 우리는 우리의 민족문화를 중심으로 장차 세계문화에 이바지하여야 할 것이다. 그러나 거기에 때가 묻었다면 그것을 씻어버려야 할 것이니 이런 것을 혁명이라고 할 수 있을 것이다.

교육 문제로 말하면 모든 사람이 주장하고 있으나 국가에서 의무교육으로 8년쯤 초등교육을 시키도록 하여야 할 것이며, 종합대학을 한성에 두어 4~5만 명 수용하도록 하고 대구·평양 같은 대도시에는 적당히 단과대학을 설치하도록 하고, 특종학교를 두어 기술을 습득하도록 하여야 할 것이다. 그리하여 우리 조선에는 문맹한 사람이 없도록 하여야 할 것이다.

오락과 예술 방면에 있어서는 과거에는 특권계급에 독점되었으나 앞으로는 대중이 누구나 다 같이 즐겨야 할 것이다.

조선의 윤리와 도덕은 세계에서 가장 뛰어나다(冠絶)고 하겠으나 계급도덕은 절대로 없어야 할 것이고 남녀노소가 일체 평등하게 되어야 하겠다. 더구나 과거의 한 전통이라고 볼 수 있는 노예제도, 공창 등은 이를 철저히 폐지하여야 할 것이다.

---

125) 東拓 : 동양척식주식회사. 1908년 일제가 한국 경제를 착취하기 위해 세운 회사.

우리가 앞으로 건설할 조선사회에는 오륜이 있어야 하겠는데 먼저도 말한 우리의 오륜이란 것은,

1. 국민개로國民皆勞 : 우리는 노는 것도 보기 싫고 또 그렇다고 혼자 일하는 것도 역시 보기 싫다.
2. 국민개병國民皆兵 : 우리는 장차 외적의 침략을 받을 때든지 또 우리의 치안확보를 위하여서든지 삼천만이 다 같이 모름지기 나아가서 국가의 간성이 되어야 할 것이다.
3. 상호신뢰 : 우리는 앞으로 상호간에 절대 신뢰를 가지고 서로가 겸양한 태도를 가져야 될 것이다.
4. 공동협력 : 우리는 어디까지나 서로 협력하고 협조해야 할 것이다.
5. 일치단결 : 우리는 서로서로 직업은 다르다고 할지라도 전체에 있어서는 한 뭉치가 되어 단결의 힘으로 나아가지 않으면 안 된다.

마지막으로 우리는 그동안 폭풍이 심하고 파도가 높아서 배를 내지 못하였으나 이제야 바람이 멎고 따스한 햇빛이 비쳐 우리는 진정한 민주주의의 배를 만들어 이것을 공화호共和號라 이름 짓고 장차 이 배로 수평선 저쪽 피안에 순항 도착할 수 있을 것을 믿어마지 않는 바이다.

(-조선인민당, 《인민당의 노선》, 시문화연구소출판부, 1946)

[이 연설문은 1945년 11월 12일 서울 경운동 천도교회관에서 거행된 인민당 결당식에서 여운형 선생이 연설한 내용이다-편자]

인민당의 신념

우리 인민당은 그저 건국동맹을 개칭한 것은 아닙니다. 건국동맹은 과거 수년 전부터 지하에서 독립운동을 계속해 온 것은 여러분도 잘 아실 줄 믿습니다.

8월 15일 이후 건국동맹이 흙을 털고 일어나게 되자 이에 향응하는 각층 각계의 좋은 동지는 날로 달로 불어 마침내 진보적 민주주의 대중정당으로 나타나게 되었는데 그것이 곧 조선인민당이올시다.

우리 인민당은 전 노동대중을 중심으로 하는 것은 물론이요. 진보적이요, 양심적인 자본가나 지주까지도 포섭하고 제휴해서 광범한 혁명적 민족전선을 지어 현 단계에 적응한 가장 대중적 정당으로 긴급한 국내문제를 현실적으로 해결하려는 것입니다.

현재 조선 여러 정당과 우리 정당과의 관계적 지위로서는 다시 말하면 각 정당세력의 분야가 좌우의 두 날개로 대립되어 있다고 해서 우리 인민당을 좌익 중간당이라고 규정하는 경향이 있는데, 이것으로는 우리 당의 진실한 성격을 표현할 수 없습니다.

우리는 과거 수년간 지하운동시대로부터 내외 혁명동지의 규합과 대중조직에 힘쓰는 가장 예리한 이론을 결집하여 조선의 현실을 엄격하고 정확한 과학적 분석을 통하여 파악하려 하였고, 정당으로 출발한 지금에 있어서도 이러한 방법론에서 유도되는 가장 현실적인 정치적 지도이념을 세워 나가고 있으니, 이 구체적 표현이 즉 우리 당의 선언 강령 내 30개조 정책입니다. 이는 이미 인쇄물이 되어 세상에 선포된 바 있으므로 여기에 다시 논술함을 생략합니다.

그러나 여기에 한 가지 천명하여야 될 것이 있습니다. 이번 세계대전이 민주주의의 승리로 끝나서 바야흐로 온 세계가 민주주의화 하려는 역사적 단계가 되어 있고, 또 우리의 민족해방도 민주주의의 승리로 달성한 것이기 때문에 국내의 모든 정당이 그 강령에 민주주의를 내걸지 않은 당이 없습니다.

그러나 같은 말로 표현된 민주주의이지만 그것을 말하는 사람의 해석에 따라 그 내용과 구체적 실현 방법에 있어 의도가 근본적으로 다르다는 것입니다. 우리가 말하는 진정한 민주주의는 경제적 민주주의를 그 전제로 하는 정치 형태를 말함이니, 즉 국민의 대다수의 노동층의 경제적 해방을 위하여 그것을 달성할 수 있는 정치 방법으로서의 민주주의를 부르짖는 것입니다.

따라서 진정한 민주주의는 정치 형태의 형식 과정이 반드시 대중으로부터 조직되어 올라오지 않으면 안 되는 것이니 대중에 뿌리박지 않고 위에서 형성된 정치의식을 민중의 이름을 빌려 합리화하려는 일개 수단으로서의 민주주의는 이번 연합국의 힘으로 타도된 가면 쓴 파시즘에 지나지 않는 것입니다. 특히 지금 우리 민족의 일반 정치적 의식 수준이 얕기 때문에 이러한 민주주의의 가면을 쓴 파시즘의 정체를 배격할 바입니다.

다음 우리나라의 당면한 긴급한 기본 문제는 민족통일 문제입니다. 이 통일 문제는 우리 당으로서는 3년 전 지하운동시대부터 고심 노력해 온 문제이니, 과거 우리 민족운동사에 있어 지장이 되어 있던 민족분열을 어떻게 되풀이하지 않고 해방되는 그날부터 전 3천만 동포가 한 덩어리가 되어 완전한 독립국가를 이상적으로 건설해 나갈 수 있을까 고심하여 왔

고, 그럼으로써 국외에 있는 혁명 선배 동지들과의 연락에 최선을 다해 왔
던 것입니다.

그러나 가혹한 일본 제국주의 전쟁에 방해되어 연락 임무에 당한 동지
들이 혹은 도중에서 희생되고, 혹은 여로가 단절되어 사명을 충분히 달성
치 못하여 우리의 목적을 완수하지 못한 것이 유감이었습니다. 그러나 다
행히 만주 내 화중 화북의 동지들과의 연락에는 2년 전부터 성공하고, 완
전한 의견일치 하에 내외 호응하여 해방운동을 전개하여 왔고, 지금도 긴
밀히 연락하고 있습니다.

그런데 지금 국외에서 다년 분투하던 선배와 동지들이 속속 입국하여
옴으로 통일문제가 구체적으로 진전될 모든 조건이 성숙되어 있음을 전
민족 통일을 위하여 기쁘게 생각합니다.

그 동안 국내에서는 혁명동지들과 또 진보적 대중이 동원되고 건국사업
에 참가하여 필사의 노력으로 국내의 통일이 거의 완수되어 그 표현으로
38도 남북을 통하여 전국 각 도 · 군 · 면에 이르기까지 인민위원회를 비롯
하여 노동자 · 농민과 도시의 지식자 · 소시민층까지 다 견고한 조직체가
수립되고 있지 않습니까?

이제 우리의 혁명 제 세력이 한곳에 집결된 이때 전 민족의 통일과 독립
의 완성을 위하여 서로 믿고 서로 돕고 타협과 양보로 하루라도 빨리 목적
을 달하여야 합니다. 만일 자기의 공만을 내세우고 자기의 주장만 고집하
여 독선적 배타적으로 한다면 민족통일은 절대 불가능하고 이 기회를 놓
치어 천추의 한을 우리나라 역사에 남기게 될 것이니, 이 점을 절대로 삼
가야 될 것입니다.

그럼에도 불구하고 과거의 일본 제국주의와 봉건세력의 잔재인 일부 반
동분자가 이 존명을 유지코자 암중에 교묘히 음모를 농하여 우리 민족 통
일에 커다란 지장이 되고 있는 것도 사실이니 우리는 이 성스러운 건국사
업에 이러한 불순분자의 발호를 절대로 배격하고 민족통일의 대업을 달성

하려고 합니다.

우리 당은 민족통일 문제에 대하여 그 구체적인 방법으로는 최단 기간 내(약 6개월 내에) 인민대표회의의 소집을 주장하고, 지금 일어나고 있는 여러 가지 문제를 모두 이 인민대표회의에서 결정하기를 요구하는 것입니다. 가장 간단한 이유로는 우리 국가가 장차 민주주의 국가로 될 것이며, 우리 국가의 주권이 우리 인민에게 있을 것도 이미 결정적 사실로 되어 있다면 국가의 중대문제 해결을 그 주권자에게 묻는 것이 가장 적당할 것입니다.

현재 중앙인민위원회에서는 명년 3월경에 인민대표회의 소집을 공포한 바 있었고, 임시정부의 영수領首 김구도 상해에 있을 때부터 총선거의 단행을 언명하였습니다. 이것으로서도 족히 건국의 공론이 여하한가를 관찰할 수가 있습니다. 이 회의는 국민 대헌장회의라 가칭하고 국호 국기 등 일체 국가의 중요 사항을 포함한 헌법을 제정하고, 현재 가장 주목되어 있는 인민공화국이라든지 임시정부의 문제도 이 회의에서 해결하자는 것입니다. 인민은 어느 나라에 있어서든 자기의 소원하는 정부를 선택할 권리가 있는 것입니다.

그런데 현재 우리 국론은 인민공화국과 임시정부를 에워싸고 서로서로 일방을 지지하고 일방을 반대하여 두 가지로 분열되어 있으니, 이 문제의 해결은 오직 전국의 민의에 물어보는 것이 가장 정당할 뿐 아니라 다른 아무 방법도 없는 것입니다. 그리고 만일 이 총선거에 대하여 일종의 회의와 불안을 갖는다면, 그것은 소위 '오민불능일적'[126]으로 이미 이러한 종류의 인물에 대하여서는 더 설명할 필요조차 없고, 이런 사람들이 정권을 향유한다면 그 결과는 차마 상상조차 하고 싶지 않습니다.

인민대표회의의 소집 방법에 대하여서는 세 가지로 생각할 수 있습니다.

---

126) 吾民不能日賊 : '우리 민족은 일본의 적을 이기지 못한다'는 뜻.

첫째로 각 정당의 대표로서 소집위원회를 조직 구성하거나, 둘째로 중앙인민위원회와 임시정부 요인들이 서로 타협하여 공동으로 주최하여도 좋을 것입니다. 그러나 가장 효과적인 방법으로서 셋째로 중앙인민위원회와 임시정부의 진용을 떠나 정당을 초월할 방법으로 동 위원회를 조직할 수도 있을 것입니다.

이 셋째 방법을 가장 공정하고 정당한 방법이라 생각하여 적극적으로 주장하는 바입니다. 이 소집위원회를 조직 구성하여 정식 정부가 수립될 때까지는 소집위원회 내에 정적 부서를 결정하여 군정의 공정하고 호의 있는 협력으로서 긴급한 당면 민생문제를 처리 해결해 가야 할 것입니다. 이 점에 있어서 군정 당국의 적극적 원조를 바라는 바입니다.

끝으로 우리 당은 건국 도정에 있어 국민생활상 긴급한 해결을 요하는 여러 가지 문제에 관하여 그 해결책을 강구 수립하고 있습니다. 즉 물가 내 통화문제, 식량 기타 생활 필수품 문제, 일본인 소유의 토지 재산의 관리분배안, 물자교류 및 교통정책, 외지 동포 안정대책 등등에 관하여 본당本黨으로서의 기 실천방법을 소개하고 싶으나 시간 관계로 생략하고 본당의 정치 · 경제 · 사회 · 문화 등 모든 방면의 구체적 건국 방략의 소개와 함께 다음 기회로 미루겠습니다.

(―《조선인민보》, 1945년 12월 8일)

[이 연설문은 여운형 선생이 1945년 12월 7일 라디오 방송으로 말한 것을 옮긴 것이다―편자]

통일전선에 낙관 (기자회견1)

민족통일에 관하여 현 단계에서 제일 어렵고 중대한 사명을 가지고 있는 임시정부 요인들이 3, 4일 전에 회담이 있었고, 금일도 회담이 있는 모양이다. 그리고 또 한편으로는 이승만 박사를 중심으로 한 중협[127]에서도 제2차 회합이 있었다 하니, 이상의 두 집회를 통하여 명안이 나올 것이라 믿는다.

나는 중협의 제1차 회합에 참가한 이후 불참가를 성명하였다. 통일전선의 근본문제는 장애물 제거라고 생각한다. 통일이라면 콘크리트의 시멘트와 모래와 같은 작용에서 결성되는 것이다. 그러므로 독선적으로나 폭력적으로는 절대 불가능한 것이다. 그리고 만일 우익에서 좌익을 경시 혹은 무시하고 민족통일전선을 결성한다면 그것은 언어도단의 행동이다. 원래 좌익은 혁명적이고 우익은 반동적인 것이다. 그러므로 혁명적 좌익을 무시한다면 비민주주의적이고 파쇼적이다. 이러한 경향에 대하여 우리는 절대로 항쟁할 것이다.

---

127) 中協 : 독립촉성중앙협의회獨立促成中央協議會의 약자. 1945년 10월 이승만 박사가 미국에서 귀국한 뒤 그를 중심으로 해방 후 난립한 좌우의 정당과 단체 2백여 개를 한데 모으기 위해 만든 단체 이름. 그러나 이 단체 총재인 이승만이 한민당을 중심으로 한 우익 편을 들어 그해 11월 16일 박헌영의 조선공산당이 탈퇴하면서 좌우통일전선은 무너지고, 우익만의 단체로 남게 되었다.

우리 인민당으로서는 임시정부를 배척하고 거부하고 인민공화국을 지지하는 것은 아니다. 나라는 둘이 될 수 없는 것이고, 또는 임시정부와 인민공화국을 양대 세력으로 보는 것도 잘못이다. 인민당은 인민공화국을 지지하는 것이 아니고, 인민공화국의 정책을 지지한다는 것을 오해치 말기를 바란다.

원래 정당이라는 것은 국가를 지배하려고 결성하는 것이고, 국가에 종속되려는 것은 아니다. 어떠한 정부라도 정책이 합치된다면 그것을 지지하는 것이고, 그보다 더 좋은 정책을 가진 정부……(삭제)……인민당은 공산당과 그 조직에 있어서는 흡사하고, 정치적 성격에 있어서는 애매하다는 것은 인민당의 정강과 건국동맹으로 인민당까지의 발전과정을 이해치 못한 것이라고 생각한다. 건국동맹은 8·15 전까지는 비밀결사였었고, 그 정치적 투쟁은 지하조직을 통하여 일본 제국주의의 패전 조장을 목표로 하였다.

그러므로 그 조직과 투쟁 분야에 있어서는 공산당원과 같은 감옥에 투옥당한 동지들도 많았다. 그러던 것이 8·15 이후 출옥한 동지가 건준을 중심으로 결집하였고, 한편 공산주의자들은 소위 장안파를 중심으로 한 공산당을 조직한 것이다. 그 후 건준은 그 자체의 전략적 입장에서 조선인민당으로 발전한 것이니, 우리의 전략이 우리 당의 정치적 성격을 규정한다.

인민당은 그 정치적 이념에 있어서는 공산당과 일치하고 있으나, 현 단계에 있어서의 전략상의 차이가 있을 뿐이다. 8·15 전까지 우리의 역사적 특수성은 조선인 전체가 그 계급을 편성하여 일본 제국주의 압박 하에 있었다는 것이다. 그리고 또 한 가지는 조선에 있어서의 공산주의 운동은 국내의 계급적 대립을 중심으로 한 투쟁은 비교적 적었고, 일본 제국주의에 대한 투쟁이 강렬하였다는 사실이다.

이러한 조선의 역사적 특수성으로 노동자, 농민은 프롤레타리아적 정치의식이 박약하다. 전 농민의 75%를 점하고 있는 빈농의 대부분은 금일 공산당의 전략과는 거리가 있다. 이러한 층을 계몽하여 다음에 오는 정치적 조직화에 대한 전前단계적 훈련을 하는 것이 우리 당의 역할이다.

그러므로 대중 획득에 있어서도 공산당과 결코 마찰되는 것이 아니다. 정치적 수준이 높은 층은 공산당 산하로 집결될 것이고, 그 이외의 층은 우리 산하로 모이게 될 것이라 생각하기 때문이다.

끝으로 강조할 것은 민족통일전선은 결코 지도자 몇몇 개인의 협동과 결렬로 좌우되는 것이 아니라는 것이다. 주권은 인민의 것이라는 민주주의 철칙 하에 최후의 심판자는 인민대중이고, 지도자의 분열과 과오가 생길 때에는 인민 그 자신의 손으로 모든 것을 해결할 것이니까 나는 모든 문제에 대하여 절대로 자신을 가지고 있다.

(―《조선인민보》, 1945년 12월 7일)

[이 글은 몽양 선생이 1945년 12월 6일 기자회견 석상에 말한 것이다―편자]

통일전선에 낙관 (기자회견2)

　일본이 정식으로 항복을 발표하던 8월 15일 전날 당시의 정무총감 원등유작[128]이가 "우리는 이제 모든 것을 상실하였음으로 행정권도 없다. 그러므로 여러분이 우리 행정권을 맡아 가지고 치안을 유지하여 조선과 일본 민중 사이에 쓸데없는 유혈극을 되도록 피해 주시오" 하는 간청을 나는 응낙하였다.

　그런데 최근 어찌해서 그 청을 들었는가, 그 청을 들었음으로 여운형이는 친일파요, 민족반역자라고 공격악매(攻擊惡罵: 공격하고 나쁘게 매도함)하는 일부 정치인의 소리가 있다.

　그러나 지금 당시의 정세를 회고해볼 때 원등이에게서 행정권을 전취해 받으려고 한 것이 과연 잘못이었던가? 우리는 과거 오랫동안 총독정치를 타도하려고 많은 동지들이 지하에서 싸워 왔고 나 자신은 건국동맹원들과 함께 싸워 왔음으로 일본이 패주하는 그 순간에 행정권을 완전히 전취해 보려고 했던 것은 잘못이 아니라고 생각한다. 그렇기 때문에 나와 안재홍 씨는 첫째로 사상범들의 즉시 해방을 요구하여 15일에 전국에서 7,8천명이 감옥 문을 나서게 되었던 것이다.

---

128) 遠藤柳作 : 엔도 류사쿠. 해방 당시 조선총독부 정무총감(부총독). 동경대 법학부를 나와 1918년 조선총독부 총독비서관, 일본 지바현 내무부장, 만주국 국무원 총무청장, 아오모리, 가나가와 현 지사를 역임한 후, 1939년 아베내각 서기관장을 거쳐 1944년 조선총독부 정무총감.

문 : 최근에 운위되는 통일운동을 어떻게 보는가?

답 : 낙관한다. 분열해 있는 것은 소위 지도자들뿐이요, 민중은 통일되어 있다. 주인은 민중인데, 주인의 심부름꾼인 지도자들이 주인의 의사를 무시하고 분열만 일삼으면 주인이 쫓아낼 수밖에 없을 줄 안다.

문 : 통일전선에서 좌익분자는 제외한다는 일부 견해가 있는 모양인데?

답 : 그것은 무식이라기보다 무지다. 혁명분자를 제거하고 노동 대중을 무시하고 통일은 있을 수 없다.

문 : 인민당은 공산당과의 주의주장이 혼동되는 느낌이 있는데?

답 : 그렇지 않다. 과거 지하운동 때에 우리 당원은 공산주의자와 결국 동일한 목표, 즉 일본 제국주의 타도라는 점에서 일치하였으므로 개인적 교분도 두텁고 하여 혼동되었을지 모른다. 그러나 현재는 근로층과 노동자, 농민을 위한 정당인 점에서는 동일하나 그 방법에서 차이 있음은 우리 당의 정강이 명시하는 바이다.

문 : 대한민국 임시정부와의 관계는?

답 : 우리는 국호나 명칭에 결코 구애하지 않는다. 국호는 무어라 해도 좋지 않은가? 결국 인민을 위한 정부, 인민의 대부분인 빈농과 근로층을 위해 존재하는 정부, 인민의 종노릇을 충실히 하려는 정부이면 국호야 무어라 해도 상관없을 줄 안다.

문 : 현재 당세는 어떤가?

답 : 조사, 정리중이므로 당원수를 자세히 모르겠으나, 건국동맹 때에는 7만여였으므로 아마 현재는 12.3만 명가량일 것이다.

(―《자유신문》, 1945년 12월 8일)

[이 글은 몽양이 1945년 12월 6일 기자회견 때 말한 것이다―편자]

통일전선에 대한 인민당의 견해

통일완수에는 모든 정치적 집결체가 몰교섭하게 떨어져 있어서는 안 된다. 우리는 서로 부지런히 찾고 만나서 우선 서로가 무엇인지를 알고 그 차이점과 공통점이 또 무엇인지를 알아야겠다.

우리는 이런 의미에서 독립촉성중앙협의회(중협)에까지 관심을 가지고 있었는데, 중협은 드디어 반反통일적 노선을 걷고 말았다. 그러므로 이제는 임정의 태도를 주시하게 되었다. 전에도 말한 바와 같이 일방에서 군림적 태도를 가지고 어디까지나 내 것만으로 통일을 진행하겠다고 한다면 그것은 파쇼적 독단이요, 반통일적 행동이라 하겠다.

또 서로 찾고 만나 서로 이해가 생긴 뒤에는 또 이는 성스럽게 한 자리에 모이도록 하여야 되겠다. 이런 모임이 성립되어야 유일한 통일국이 될 것이다. 이 코스를 걸어 나가자는 것이 나의 주장이다. 그리고 이 회의는 우리 동포의 모든 순수한 혁명적, 정치적 응집체가 되어야 한다.

지금은 국제적 정치정세는 반드시 낙관할 수 없다. 국내의 경제적 정세는 극도로 긴박하였다. 38도선 문제해결은 아직 갈피를 잡을 수 없다. 우리도 실로 중대한 위기에 봉착하였다. 통일운동은 제2의 해방운동이 되고 있는 사실을 잊어서는 안 된다.

(—《서울신문》, 1945년 12월 25일)

[이 글은 이승만의 독립촉성중앙협의회가 우익중심으로 편성되자 1945년 12월 24일 여운형이 당시 인민당 정치부장이던 이여성[129]을 통해 기자들에게 발표한 성명문이다—편자]

---

129) 李如星 : 독립운동가·학자. 1918년 김원봉金元鳳·김약수金若水와 함께 중국 남경으로 건너가 금릉대학金陵大學에서 공부하다가 1919년 3·1운동이 일어나자 귀국, 대구에서 혜성단彗星團을 조직하여 활동하다가 그 해 7월 체포되었다. 출옥 후 일본 릿교대학(立敎大學) 정경과를 졸업한 뒤 동경에서 김약수와 북성회를 조직했다. 귀국 후 조선일보, 동아일보 조사부장을 역임하면서 1944년 건국동맹에 참가했다. 해방 후 건준 선전부장, 인민당 정치부장, 민전의장단 부의장을 역임했으며, 월북 후 1948년 김일성대학 교수가 되었다. 저서로는 《숫자 조선연구》와 《조선복식사고朝鮮服飾史考》가 유명하다.

여성해방의 이념

옛 혁명가의 한 구절에 "피압박 민족이 해방되면 그 혜택은 여성이 남성의 배를 입는다"고 하였다. 민족이 해방되면 그 혜택을 남녀 공평히 향유하게 되는 동시에 여성은 따로 남성으로부터도 그 해방되는 이중적 해방이 있는 까닭이다.

과거의 조선 여성을 고찰할 때에 그들은 피압박 민족이 당하고 있는 굴욕에다가 같은 민족인 남성에게도 천대를 받고 있었던 것이다. 남권독존의 굴레 속에서 여성들은 명일의 발전과 광명을 거부당해 왔고, 여성 그 자신은 자기의 존재 이유조차 발견하고 느끼지 못했던 것이니, 사위공론(四圍公論: 각계각층의 여론)의 간섭이 그들에게 한결같이 순종을 강요하였고 여성은 남성을 기다리고 따름이 더없이 신성한 의무요, 의당 그래야 될 것으로 알았었다. 이러한 조직의 사회 형태 아래에서 그들은 자아의 인생관과 세계관을 완전히 말살당한 채 민족의 상실을 전연 알지 못하였으니 세기의 귀속에야 어찌 생각이나 하였으랴. 이 강산의 일대 과제이었던 민족해방 운동에 있어서도 일부 선각 여성을 제하고는 그 동태가 도무지 봉쇄된 양 고갈된 생애에의 집념과 인형적인 형태 속에 안주하면서 개별적인 조언에까지도 반응이 없었던 것이 사실이라 아니 할 수 없다. 과거 조선 민족해방에 있어서 여성의 업적이 얼마나 미약하였던가를 생각할 때에 유감이나마 긍정을 아니 할 수 없게 되었다.

다른 나라에 비하여 우리 여성처럼 무력했던 일이 또 어디 있었던가.

그러나 우리는 여기서 결코 낙심하거나 비관할 것이 없다. 계몽과 교육과 훈련에 의하여 우리의 장래를 얼마든지 개척해 나갈 수가 있는 것이다. 낙심과 비관 그 자체가 우리 자신을 불행의 심연으로 떨어뜨리는 것이라는 것을 잊어서는 안 된다. 물론 거기에 노력 여하가 큰 관계가 있다는 것은 두말 할 필요조차 없다.

이제 우리는 피압박 민족이라는 명예스럽지 못한 명사를 떼어버리고 본연의 자세로 돌아갈 단계에 처했다. 따라서 여성은 남성으로부터도 해방된다는 이중의 자유를 획득하게 되었다. 그러나 여기에 한 가지 절대로 망각해서는 아니 될 조건이 있으니 그것은 즉 권리와 의무는 병립된다는 것이다. 이중의 속박을 벗어나느니 만큼 여성은 남성보다 배가의 노력을 지불치 않을 수 없다는 것이다. 민주주의 국가는 남녀 동참이 주장된다. 아무 장애도 시비도 없이 여성 또한 남성과 동일한 각도에서 전진이 있을 것이니 봉건적 여성관을 깨끗이 일소하고 새 생명의 여성으로서 지닌바 실력을 발휘해야 될 것이다. 요약해 말하면 여성 진로의 기복은 여성 자신이 개척해야 될 것이며 타력 간섭에 대하여는 냉철히 비판해야 할 것이다. 그리고 의타주의 사대사상의 불가한 것도 우리가 체험한 바이지만 배타주의 독립사상의 무력함도 일본 제국주의의 붕괴만으로 넉넉히 실천하고도 남음이 있다. 해방도 이론 그대로 병행하는 실태는 아니다. 그 주체가 내포하는 것을 완전히 분석한 다음에 가능할 것은 물론이다.

건국일로에 있는 우리는 물론 남녀 혼연 융합하여 생사를 초월한 조국 광복의 대원에 모인 것이다. 그러나 당연히 도래할 여성의 완전해방에 있어서는 여성 자체의 힘이 연차적으로 첨가되지 않고서는 지난할 것이다.

(─《여성문학》, 1권 1호, 1945년 12월호)

건국과 정치문화, 노선

민주주의 정치의 장점은 그 수량에 의존한다. 또한 그 약점은 양극의 차이의 커다란 거리에 있다. 그러므로 오늘날 우리 조선 민족의 국가건설에 있어서는 각인의 이익을 전적으로 만족시킬 수 없는 처지에서 민주주의적 정치의 약점을 광구(匡救: 바로잡음)할 수 있는 인민 대다수의 이익과 행복을 위한 정부수립과 정책을 요청하고 있는 것이다.

그러므로 오늘 수많은 정당의 강령도 또한 이 점을 망각한 독선적인 주장은 하나도 없으리라 믿는다.

내가 지금 관계하고 있는 조선인민당은 위와 같은 금일 조선 정치의 기본적 조건에 입각한 것이니, 그러므로 필연적으로 인민 대다수를 점한 부류의 이익을 옹호하고 그들의 행복을 위하여 노력한다는 것에 그 본질적 성격이 있으며, 또한 이것은 처음 말한 바와 같이 여하한 정당도 이러한 기본적인 조건을 떠나서 존재할 수는 없음으로 제3자가 우리 당의 우월성을 운위한다는 것은 모르나, 절대로 인민당만이 타당보다 우월하다고는 의식적으로 생각할 수 없는 것이다.

8월 15일 이후 건국 초두에 있어서 조선이 연합군에 의하여 양분되었음은 또 그것이 어떠한 성격과 역할을 하고 있는가는 천하주지의 사실이며, 나는 나의 상식과 국제공약에 의해서 군정은 어디까지나 일반적 정치문제를 떠나 일본인의 무장해제와 치안을 확보 유지하는 데 군정의 본질적 사명이 있고, 드디어 우리 인민 생활의 속 깊이 만연하고 있는 파시즘 혹은 일본 군국주의적인 정신, 사상의 잔재를 우리 인민의 생활로서 타파하고 삼제(제거)해나가는 데에 군정은 우리들에게 적극적으로 원조해줄 것이라 믿고 또한 강조하는 바이며, 이러한 군정에 대해 우리 인민도 우리의 복지를 위하여 전폭적인 협조를 해야 한다고 생각한다.

그리하여 우리는 하루 바삐 우리 인민의 총의가 나변에 있는가를 꿰뚫어보고, 인민 전체의 생활 향상을 가능케 하며, 전체적인 지지를 받을 수 있는 정부를 수립해야 할 것이다. 그리고 이러한 진정한 진보적 민주주의를 표방함으로써 세계 각국이 조금도 주저없이 승인해줄 수 있는 국가를 건설해야 할 것이라고 믿는다. 또한 군정은 우리가 하루 바삐 이러한 정부를 수립하고 자주독립을 수행하도록 하는 노선에서 전적으로 그 협력행동을 해줄 것은 물론이다.

새로운 정부가 수립되고 인민 생활의 확고한 기반이 서면 우리 인민은 그 정신문화에 있어서 우리들의 고유한 전통문화를 기초로 하고 외국의 세계적 조류를 가진 제 문화를 흡수하여 이를 변증법적으로 우리의 독자적인 우리 체질과 성격에 맞는 종합적인 문화로 전화하여, 나아가 그것이 우리 조선의 독자적인 문화가 산출될 것이고, 세계평화에 기여할 진정한 일환으로서 위대한 역할을 하게 될 것이라고 굳게 믿는다.

소를 버리고 대를 취한다는 것은 금후 우리들이 어떠한 방면을 막론하고 부단히 노력하지 않으면 안 될 뚜렷한 지표일 것이다.

전 조선 방방곡곡 우리 조선 3천만 인민이 다 한가지로 우렁찬 보조로 조선 건국의 위대한 성업盛業에 일로매진하고 있는 오늘날 반만년 역사를 지나고 유유히 뻗어 내려온 우리 조선은 과거 36년 동안 일본 제국주의의 무참한 압박 아래 그 진정한 궤도를 빼앗기고 오직 굴욕과 노예적 위치로 시종하였으나, 이제부터는 단지 우리의 무사적無私的 봉사로서 새로운 의

식 아래 3천만 우리 민족 대다수가 만족할 수 있는 정치와 문화를 건설하
는 한 길이 남았을 뿐이라고 나는 믿는다.

(―《문화창조》, 1권 1호, 1945년 12월호)

농군이 되라

과거 일본 제국주의의 압박 밑에서 가장 착취와 고통을 당한 이가 농민이었기 때문에 조선의 해방은 농민의 해방이어야 한다.

정치적으로 해방된다고 해도 농민의 해방이 없다면 그 해방은 가치가 없는 것이다. 이 해방은 농민 자신의 손으로 수행하여야 한다. 농민은 전투력이 약하다고 하나, 이 땅에 사는 농민의 전투력은 역사적으로 보아 강하다는 것을 인식하고 또 크게 평가하지 않으면 안 된다. 천도교가 이조 말엽에 농민운동에 뿌리를 박고 생긴 것은 누구나 다 아는 사실이다. 조선에서는 혁명운동의 주력분자가 농민이 되어야 할 것을 나는 주장한다.

농민운동은 농민의 옷을 입고 농민의 밥을 먹고 농민의 말을 함으로써 비로소 전개된다. 농민조합이나 인민공화국이나 노동조합이 대중과 안 나간다면 그는 공중에 뜬 구름과 같은 것이다.

우리는 열신劣身이 되지 말고 전위대가 되어야 한다.

농민운동은 생활운동이어야 한다.

먹어야 한다.

먹기 위해서는 토지문제를 해결해야 한다.

영국에서는 농민의 선거로 농민의 대표로 의회에 나간 대의사(의원)가 실크모자에 양복을 입고 귀족화한 전례가 있다.

우리는 농민 귀족화해서는 안 된다.

이 회會가 굳히고 각 지방에 돌아가면 참뜻으로 농민의 근본문제를 해결하도록 해야 하며, 그들의 생활 정도를 향상시켜야 한다. 계몽운동도 하여 농민들을 강철같이 단결시켜야 한다.

나도 멋쟁이 신사가 아니다. 농민과 더불어 살 것을 맹서한다.

(─《건설》, 6호, 1946년 1월호)

탁치를 정시[130]하라 (연설)

　우리 겨레는 과거나 현재에 이르기까지 선배, 지도자들의 혜택을 입은 (蒙) 것은 한 번도 없었다. 이조 5백년 간은 사대부 층의 파쟁으로 한일합방 후는 양반 잔재층의 일제와의 야합에 의하여 유린되었고, 8 · 15해방 이후에도 후안무치한 지도자들로 말미암아 늘 도탄에 빠지고 있다고 생각한다.

　나 개인의 고충을 말하면 자기 역량과 포부도 없이 중요한 자리에 남아 있는 것은 후안무치한 일이고 자기가 아니라도 할 수 있는 일을 남아 있는 것은 이기주의자라고 볼 것이며, 또 자기가 아니면 안 될 일을 회피하고 안 나오는 것도 무책임한 지도자라고 본다.

　이상과 같이 과거 지도자층의 한 사람으로 지목받은 나는 참으로 참괴함을 느끼고, 나와 비슷한 비지도층은 총퇴각할 때로 생각한다. 우리 같은 지도자층이 없었던들 조선의 통일은 벌써 성공하였을 것이다. 대중의 요망에 응하지 못하는 지도자들은 모름지기 물러나 노동대중 속에 들어가 그들의 요구가 무엇인가를 알기에 힘쓰고 독서에 힘써 새로운 공부를 하여야 할 것이다.

---

130) 託治 : 신탁통치의 준말 / 正視 : 바로 본다는 뜻.

조선의 지도자는 제1차 시험에 전부 낙제다. 다음 조선이 당면한 중대문제인 '탁치'에 대하여 일언하면, 과거 미 극동부장 빈센트 씨의 이야기를 듣고 나는 우리 자체의 통일과 역량이 없으면 우리에게 당연히 닥쳐 올 문제로 생각하였다. 그러나 막부(莫府: 모스크바) 삼상회의 결정을 자세히 모르고 덮어놓고 피로 싸운다는 것은 너무 경솔한 것으로 생각된다. 삼상회의는 단순한 조선 문제만이 아니고 전 세계적 전체 문제이므로 개중에 지지할 점도 있고 배척할 점도 있다. 덮어놓고 지지한다는 것도 너무 지나친 줄 안다.

지난번 하지 중장[131]과 회견하고 "조선 사람은 탁치도 좋아하지 않는다, 또 나는 금일이라도 속히 우리의 완전독립을 요망하다"고 하였더니, 하지 중장은 그 말은 원어로 보아서 '돕는다'는 말이라 하고 또 탁치가 결정된 것도 아니고 다만 제의된 것이므로 앞으로 탁치가 실현되지 않도록 노력하겠고, 만일 탁치가 된다면 그 기간이 가장 짧게 되기를 바란다고 말하였다.

나는 이에 대하여 점령군의 장관이 신탁(통치)이 없도록 노력하여 주기를 바란다고 하였다. 하지 중장은 끝으로 말하기를 조선이 세계 독립국가의 일원으로 참가하려면 전 민족적 통일이 있어야 한다고 부언하였다.

이 탁치문제를 중심으로 우리 지도자층은 또 한 가지 과오를 범하였다고 생각한다. 그것은 '탁치'라는 문제를 정확히 파악치 못하고 대중을 어지럽게 하는 것은 큰 과오이다. 과거에는 정당 싸움으로 민중을 두 갈래로 분립시켰던 것을 이번엔 탁치를 이용하여 민족을 재분열시킨 것은 중대한 과실이다.

앞으로 개최될 미소공동위원회에 대하여는 삼십팔도선이 철폐됨에 따라, 38이북 정치단체가 들어와서 잘되어 갈 것 같은데 미소와 부단한 의사

---

131) 존 R. 하지 : 해방 후 남한에 진주하여 대한민국 정부 수립시까지 남한을 통치한 미군 사령관 .

유통이 있어야만 할 것이므로, 미소공동위원회에는 우리가 가진 자료를 제공하여야 될 것이고 우리가 신탁통치를 구구히 해석하고 있으니, 미소 공동위원회에서는 공동 코뮤니케를 발표하여 조선 민중의 구구한 의혹을 일소하여 주기를 요청할 필요도 있다.

(―《조선인민보》, 1946년 1월 16일)

[이 글은 1946년 1월 14일 기자회견에서 몽양이 연설한 내용이다―편자]

피 묻은 필봉에 기대가 크다

조선 민족의 해방 또는 근로대중의 해방을 위하여 싸우다가 그 악랄하기 세계에 비유가 없던 일제의 관헌에게 붙들려 철창 안에서 그 무서운 악형을 겪어오던 동지들이 이제 그 어떤 탄압과 악형에도 굴하지 않고 오히려 쇠사슬 안에서 연마하여 온 혁명적 이념과 건국의 방략을 인민대중 앞에 제시하려고 한낱 집단을 만들고 그 기관지를 발행함에 있어 조선의 인민은 누구나 머리를 숙여 엄숙한 경의를 표하지 않을 수 없을 것이다.

우리나라는 해방은 되었으나 아직 완전독립은 찾지 못하였다. 그것은 저들 낭패한 일본 제국주의자나 또는 그 잔재세력이 세계에 향하여 선전하는 바와 같이 우리 인민의 자주독립한 정치적 능력의 부족이나 또는 인민을 통일할 만한 정치적 이면의 결핍에서가 아님은 물론이다.

우리 인민에게는 이미 오래 전부터 조선 민족의 완전해방을 목표로 하는 정치적 이념이 성장되어 왔으며 그 이념을 중심으로 인민이 결집되어 왔다. 그것은 1919년 이래 그 무서운 탄압과 투옥과 악형 밑에서 온갖 영웅적인 선배들이 참살을 당하면서 그 시체 위에서 이루어진 혁명투사들의 머리와 가슴 속에서 이루어진 이념이며 이 이념을 중심으로 한 인민대중의 결집인 것이다.

이러한 이념을 중핵中核으로 한 인민의 결집이 있음으로 해서 우리는

8·15 이래 지금까지 최단기 내에 전 인민의 가장 근본적인 분자를 인민전선적으로 총결집시켜 놓은 것이다.

그럼에도 불구하고 정치적 현실의 혼란을 초래한 이유는 무엇인가? 그것은 과거에 있어 다소 민족주의나 혹은 계급사상에 감염되었던 사람들로서, 그 뒤 일제의 탄압에 못 이겨 혹은 은퇴 혹은 전향하여 혹은 일제의 주구 노릇도 불사하여 오던 일인바, 사회 유지층이 자기들의 죄상을 덮기 위해 혹은 자기들이 인민에게 제외되는 것이 통분해서 인민의 집결과 대립하는 정치 브로커 집단을 만들게 되었으며, 거기서 인민의 분노 때문에 각지에서 도피해 온 민족 반역자들이 서울로 몰려들어 저들 정치 브로커 집단과 합세하여 당파를 난립시킨 데서 초래된 것이다.

그러므로 오늘 민족통일의 과제는 실황은 무원칙한 통일이어서는 안 되고 오직 인민전선을 방해하는 모든 불순한 정치 브로커와 민족 반역자를 제거하는데 있다고 우리는 생각한다.

그런데 이에 대한 최대한의 발언권을 가진 것은 두말할 것도 없이 출옥 동지들에게 있다. 왜 그러냐. 위에서 말한 바와 같이 조선 해방의 정치적 이념과 그 방향은 오로지 조선 해방을 위해 영웅적 투쟁을 계속해 온 혁명 동지들에 의해 축성築成 또는 제시되어 온 까닭이다.

출옥 동지들의 강렬한 선언에 항거한 자는 오직 조선의 완전독립을 방해하려는 반역자밖에 없을 것이다. 출옥 동지들의 정당한 필봉에 조선인민의 기대는 실로 크다고 생각한다. 출옥 동지들의 피 묻은 필봉은 온갖 불순한 행동을 격멸하는데 위대한 능력을 가질 것이니 모름지기 건필을 축하하는 바이다.

(―《혁명》, 제1권 1호, 1946년 1월호)

테러 후의 기자회견

기자: 경과는 좀 어떠한지요?

여운형: 잠을 자지 못하고 음식을 먹지 못하여 곤란할 뿐 대단치 않다.

기자: 사건발생 당시의 경위를 간단히 말씀하여 주셨으면?

여운형: 김진동 씨 집에 가는 도로 상에서 키가 큰 청년이 다정스러운 어조로 나를 부르더니 악수를 청하였다. 그래서 악수를 하니 손을 잡으며 피스톨을 겨누고, 옆에서 다시 두 사람이 나타나 피스톨로 위협하며 산골짜기로 끌고 가서, "수차 경고를 하였는데 왜 이러는 것이요? 여기다 서명을 하시오" 하고 존칭을 쓰며 매우 침착한 어조로 한 청년이 말하였다. 그래서 나는 그것이 무엇이냐고 물었더니 "자기의 죄악을 인정하고 국가 민족에 죄를 많이 범했으니 앞으로 다시 정계에 나오지 않겠다는 것을 당신 스스로 맹서하는 것이요"라고 하기에 나는 불가불 우선 서명하지 않을 수 없었다. 이러자 다시 눈을 가린 채 상당히 먼 거리를 끌고 어느 지점에 이르더니 세 청년이 돌연 나의 허리를 껴안고 나의 가죽 혁대를 풀어서 양쪽다리를 둘러매기 시작하며 다시 노끈으로 목을 졸라 매기 시작하였다.

이때 나는 위급함을 느끼고 전력을 써서 반항하던 중 바로 머지 않은 곳에 전등불이 희미하게 켜 있는 것을 발견하고는 더욱 힘과 용기를 얻어 최후의 힘을 다하여 반항한 끝에 산비탈로 굴러 떨어지게 된 것이다.

기자: 이번 조난사건으로 말미암아 앞으로 좌우합작운동에 미치는 영향은?

여운형: 이번 사건은 좌우합작을 방해코자 한 계획적 행동인 것은 틀림이 없으나, 이는 어디까지나 나 개인이 당한 일이니 이로서 민족통일운동이 방해될 리도 없으며 방해되지도 않을 것이며 앞으로 좌우합작 공작은 그대로 추진해야 될 줄로 생각한다.

기자: 이번 사건을 어떻게 보십니까?

여운형: 어느 방면 혹은 어느 측에서 한 것이라고 의심하고 싶지 않다. 건국공작이 시급한 이때 이와 같은 일은 도움보다 해밖에 없을 것이니 앞으로는 없기 바란다. 경찰 혹은 미군에서도 나 개인의 보호나 이번 사건의 범인체포에 노력하는 것보다 이와 같은 테러를 전반적으로 박멸시켜서 사회가 명랑하게 해주기 바란다. 그런데 오늘 아침 6시경 우리 집(계동)에 어떤 청년이 자전거를 타고 와서 다시 협박장을 던지고 갔는데, 그 내용은 "만약 또 출두하면 다시 용서치 못하겠다. 더욱 앞으로는 너의 가족까지도 해치겠다"는 것이었으나 이런 것은 염두에 두지 않고 초지대로 나갈 것이다.

(—《서울신문》, 1946년 7월 21일)

전국문학자대회 축사

그동안 나는 수일간 감기로 누워 있었기 때문에 어제부터 대회가 열리는 줄 알면서도 나오지 못했습니다. 오늘 이 자리에 나온 것은 무슨 축사를 하러 온 것이 아니라 여러분이 조선의 가장 중대한 문제인 문화건설을 위하여 훌륭한 토의를 듣고 나도 여러 가지를 배우려고 말하자면 방청객으로 나온 것입니다.

아까 사회하시는 분이 나를 소개할 때에 선생이란 말을 붙여주시었는데, 나는 여러분의 선생 될 아무런 자격도 없을 뿐 아니라 오히려 여러분을 진심으로 선생님이라고 생각하고 또 존경하고 있는 바입니다. 그러니 내가 여러분 앞에 무슨 말씀을 드려야 할지 모르겠습니다.

여러분은 저 혹독한 일본 제국주의의 가진 압박 밑에서도 그 고결한 지조와 높은 사상을 굽히지 않으려고 마지막에는 붓을 꺾고 혹은 해외로 몸을 피한 이도 있고, 혹은 농촌에 숨어 길쌈을 매고 또는 거리에서 꽃을 팔면서 갖은 고생을 하셨습니다. 그러다가 이제 이 자리에 한데 모여서 또다시 우리 국가와 민족의 새로운 건설을 위하여 붓을 들고 나설 것을 의론하시니 어찌 공경하는 마음이 나오지 않겠습니까.

나도 지난날 여러 번 생각하였지만 내가 무슨 운동가로서 등산을 한다거나 무엇을 하고 다니는 것을 오락으로 한다고 생각할지 모르나, 나 자신은 문학가가 되지 않은 것을 퍽 후회하였습니다. 그리고 정치객이 된다고 날뛰기보다는 차라리 문학계에 들어갔었더라면 내 답답하고 서러운 시절에 시라도 한 구절 지으면서 즐길 수 있었을 걸 하고 생각하였습니다.

만약 여러분이 이제라도 나무라지 않으신다면 책 상자를 짊어지고 여러분의 뒤를 따르며 배우고 싶습니다.

그런데 여러분도 잘 아시겠지만 우리의 적은 밖으로부터 오는 수도 있지만, 안에서도 움직이고 있다는 것을 잊어서는 아니 됩니다. 밖으로부터 오는 적에 대하여서는 총이나 칼을 들고 막아야 하겠지만, 안에 있는 적은 곧 내환은 혓바닥이나 붓으로 막아내야 할 것입니다. 옛날부터 붓을 드는 사람이 나라를 위하여 피를 흘리고 싸운 일이 많지만, 우리가 적을 하루 속히 퇴치하기 위하여서는 무인도 총과 칼을 버리고 붓을 쓸 때라고 생각합니다.

40여 년간 일본 놈들이 짓밟아 놓고 간 여러 가지 흠집 때문에 우리에게는 아직도 내환이 많아서 새로운 문학건설의 새 살림을 괴롭히려고 하지 않습니까? 이러한 모든 독소를 먼저 깨끗이 물리치고 새 조선의 건설에 병이 되는 것을 뽑아버려야 합니다. (박수)

국가의 혼란기에 있어서는 문인들의 붓끝이 총칼보다도 더 힘이 있는 것이니 여러분은 그 정당한 필봉으로 이 모든 장애물을 정복하고 청소해 주십시오. 나 자신도 문학을 하고 싶은 생각이 끊어질 때가 없습니다.

우리 선배인 단재 신채호 씨가 외국으로 떠나가실 때 시를 한 구 적었는데, 그 시구에 이런 것이 있습니다.

行到山窮水盡處 (걸어서 도착하니 산 막히고 물 마른 곳)

任情歌哭亦難爲 (님의 정 읊을래도 이 역시 어렵더라)

이렇게 한탄하셨지만 나도 이렇게 노래하고 싶은 때가 시시時時로 일어
납니다.

저번에 우리 혈육의 어린 동무들이 무참하게도 거꾸러진 저 학병 3분 말
입니다. 이 건국의 꽃이 되어 사라진 세 학병을 장사 지내는 날 나는 삼청
동 골짜기를 향해 혼자 울다가 참지 못해 망우리까지 따라갔습니다. 씩씩
하고 젊은 세 어린 동지를 땅속에 묻어놓고 돌아서며 나는 차라리 시인이
되었던들 이 쓰라린 심정을 노래로나 지었을 것을 하고 한탄했습니다. 나
는 주먹보다도 붓을 들고 나서서 이분들의 높은 뜻을 이어주고 싶었습니
다. 저 유명한 빅토르 유고가 나폴레옹에게 쫓겨나갈 때 무어라고 하였습
니까?

내가 붓을 버리지 않은 한 아무 때고 너를 넘어뜨릴 날이 있을 것이다.

이제라도 늦지 않았다고 생각합니다. 내가 여러 선생의 뒤를 따라간다
면 혹 후학이라고 만학이라고 나무라지 마시오. 이때까지는 문학의 문외
한이었지만 이제부터는 여러분의 문하생이 되어서 죽기 전에 여러분 앞에
훌륭한 글 한 줄 써 보이겠습니다.(박수)

우리 조선 문학은 말은 우리말이면서 글자는 남의 나라 글을 썼기 때문
에 읽기에 곤란하고 익히기에 힘들었습니다. 소위 진서眞書니 한문이니 해
가지고 그것만 숭상하면서 정작 제나라 글을 천대했으며 또 글을 배운다
하더라도 옛날에는 벽돌에 새겨서 쌓아두거나 댓가지에 써서 도가니에 찰
만큼 간직해 두어야 했고, 또 종이가 나와서도 그 값이 비싸기 때문에 글
을 한다는 것은 일부 특권계층에 속한 사람들만이 저이들의 계급적, 정신
적 이익을 옹호하기 위하여 혹은 그 생활을 향락하기 위하여 발달시켰을
뿐입니다. 조선 사람들에게 사대주의적 사상을 부어준 데도 이 한문 문학
이 얼마나 많은 해독을 끼쳤는지 모르겠습니다.

3·1운동을 계기로 하여 우리 민족이 수십만의 피를 희생하고 겨우 제 나라 문학을 언문일치로 바른 길 위에 세우기는 하였으나, 나는 우리 문학 작품 속에서 가끔 이런 말을 보게 됩니다. "무슨 숙종대왕이 수라를 자시고⋯⋯." 혹은 "상감마마가 ⋯⋯ 받자와⋯⋯" 이런 따위의 묵어빠진 옛 낱말을 그냥 쓴다고 하면 여러분이 부르짖는 봉건적 잔재는 없어지겠습니까?

나는 여기서 이것만은 확신합니다. 우리는 가장 급선무가 우리 민족문학을 세워야 합니다. 거기에는 큰 혁명적 각오가 필요합니다. 중국의 호적[132]이도 언문일치의 문학혁명을 부르짖었고, 서양에서도 스펠링이 많다고 해서 문학혁명을 일으킨 일이 있지만은, 우리 조선이야말로 우리 문학의 혁명을 일으켜야 할 때가 왔습니다.

즉, 언문일치는 되었다고 하더라도 그것이 노동자나 농민이 읽을 수 있고 알 수 있는 문학, 다시 말하면 평민문학으로서 발전시켜야 할 것입니다. 모든 계급적 언어를 떠나서 대중적으로 되어야 할 것입니다. 물론 우리 민족 고유의 문학을 찾고 지켜야 하겠지만, 그렇다고 특권계급이 사용하던 그 따위 봉건적 존칭같은 여러 가지 거북스러운 표현은 우리 생활에서 하루 속히 없애버려야 하겠습니다.(박수)

우리가 우리 주위를 살펴본다면 우리 사람이 우리말을 잘 모르는 사람이 많습니다. 더욱이 일본 놈들이 우리말을 못 쓰게 한 악독한 정책 때문에 더욱 그러합니다.

우리 문학은 그러므로 우리 민족이 다 같이 알아볼 수 있고 즐길 수 있도록 하여야만 원만한 발전이 될 줄로 생각합니다. 우리말 가운데는 또 외

---

132) 胡適 : 중국 학자·사상가. 1917년 미국 컬럼비아대학에서 철학박사 학위를 받고 귀국하여 북경대학 교수로 활동하면서 〈언문일치言文一致〉를 주장한 〈문학개량추의文學改良芻議〉를 《신청년新青年》에 발표하면서 문학개혁의 대표적 인물이 되었다. 저서로는 《중국철학사대강》 《백화문학사白話文學史》 《호적문존胡適文存》 등이 있다.

국 말이 들어와서 이미 국어화한 것도 있고 또 한문 문자가 많이 우리말 속에 생활화되어 있는데, 이런 것을 무턱대고 배척하는 것 같은 경향은 소위 국수주의로 나타나는 것이고, 나아가서는 파쇼적인 행세를 하려고 하니 우리 진보적 문학인들은 이 점에 있어서도 싸우지 않으면 아니 되겠습니다. 이런 모든 싸움을 통해서 여러분은 우리 조선 문학이 진실로 조선 인민대중의 문학이 되도록 해 주시기 바랍니다.(박수)

나는 시나 소설의 기교와 방법을 잘 모릅니다만 때로는 부심해서 훌륭히 쓴 시도 보았습니다. 그 중에는 굳이 글이 꼬불꼬불하고 말이 까다로워서 잘 알아볼 수 없는 것이 많은데, 물론 작자는 고매한 사상을 나타냈겠지만, 나 같은 독자는 무슨 말인지 몰라서 그 감흥을 받을 수가 없는 일이 많습니다. 시나 소설이 정말 훌륭하려면 우리 민족이 아무나 다 같이 느끼고 그 혜택을 받을 수 있게 써야만 할 것입니다. 옛날 백낙천[133] 같은 시인도 시를 써 가지고는 꼭 이웃집 노파를 찾아가서 보였다고 합니다. 아무것도 모르는 노파가 읽고도 흥이 난다고 해야만 그것을 발표했다고 합니다.

그런데 우리 조선 사람의 대부분은 즉 농민이나 노동자들은 하두 고생하고 시달리며 살아왔기 때문에 자기의 감정을 표현할 줄 모릅니다. 기뻐도 웃을 줄 모르고 슬퍼도 울 줄 모릅니다.

말하자면 정서적인 세계가 그만 딱딱한 조약돌 밭처럼 굳어졌다는 말씀이에요. 그러니 이 딱딱한 조약돌 밭에다가 부드러운 거름을 하고 아름다운 예술의 물을 부어주었으면 그 물의 생명이 약동하는 인간성이 다시 회복할 수 있지 않을까 합니다.

이런 점을 생각하시어서 문학가 여러분들은 우리 문학을 일반대중의 문학으로 육성시키도록 근본적으로 혁명해서 어느 특권계급에 이용되지 말게 하고 참으로 우리 근로인민과 같이 싸워주시기를 바라는 바입니다. 나

---

133) 白樂天 : 본명은 백거이白居易, 자는 낙천, 당나라 중기(中唐期)의 시인. 〈장한가長恨歌〉와 〈비파행琵琶行〉이 유명하다.

는 죽기 전에 한 편의 시나 짧은 소설 한 토막이라도 써서 여러분 앞에 내
놓을 것을 약속합니다. (환호 갈채 박수)

(―《건설기의 조선문학》, 1946년 2월호)

[이 축사는 1946년 2월 8~9일에 걸쳐 서울 YMCA에서 개최된 제1회 전국문학자대회에서 여
운형이 연설한 내용이다―편자]

탈퇴 통고문

본당本黨은 굿펠로우 씨로부터 민생문제에 관한 하지 중장의 개인 자문위원회의 대표파견을 요청 받았을 때,

① 우리는 하지 장군 개인의 자문위원회가 시급한 민생문제에 한한 자문기관인 것을 인정함.

② 본 자문위원회가 결의제가 아님을 인정함.

③ 본 자문위원회가 임시정부 수립 등 정치문제에 언급하지 않을 것을 인정함. 등의 조건하에 참가하였으나 금일 결성된 귀하는 여실히 차此 취지에 배치됨으로 본당 대표 여운형, 백상규[134], 황진남[135] 3인을 소환하기로 결의하여 이에 통고함.

1946년 2월 14일
조선인민당 중앙집행위원회
여운형

---

134) 白象圭 : 미국 브라운대학을 졸업한 뒤 보성전문, 연전 영어교수, 은행장 등을 역임하다 해방 후 건준 영접위원, 인민당 등에 관계했다. 1950년 민의원, 대한적십자사 부총재를 하다 6.25 때 납북되었다.

135) 黃鎭南 : 미국 캘리포니아대학과 베를린대학에서 정치학을 공부한 뒤 함흥의전 교수. 해방 후 인민당 중앙상임위원, 민주의원 의원, 남조선과도입법의원 의원.

[1945년 남한에 진주한 미군은 장차 한반도의 정부를 구성하기에 앞서, 소련 점령하의 북한에 대처하기 위해서는 남한의 모든 정당과 단체를 합쳐야 한다고 생각했다. 그래서 1945년 10월 중순에 귀국한 이승만을 중심으로 이러한 단일단체(독립촉성중앙협의회)를 결성시켜보려고 했으나, 이승만이 한민당 등의 우파만을 싸고도는 바람에 좌익인 박헌영의 조선공산당과 중도파인 여운형의 인민당이 탈퇴함으로써 실패로 끝나게 되었다. 이에 이승만의 개인 참모이자 하지 중장의 정치고문인 굿펠로우는 1946년 초 좌익인 박헌영 일파는 빼고 중도파인 여운형 일파만을 가세시킨다는 계획 하에 여운형에게 접근하여 하지 중장의 개인 자문위원이 되어 달라고 요청했다.

여운형은 미군정의 정치적 의도를 의심했으나, 이승만과 김구도 개인자격으로 참가하여 민생문제와 민족통일 문제를 논의한다고 하여 수락했다. 그러나 1946년 2월 13일 임정 선전부장인 엄항섭이 당시 임정이 결성한 비상국민회의에서 여운형을 그 최고정무위원에 임명했다는 방송을 했다. 이에 여운형은 측근인 황진남을 시켜 굿펠로우에게 자신이 참가하기로 한 것은 하지 중장의 개인 자문위원인데, 임정 최고정무위원은 무엇인가를 질문케 했더니, 굿펠로우는 비상국민회의와 자문위원회는 아무 관계가 없다고 답변했다.

그러나 그날 밤 하지 중장은 군정의 자문위원회가 바로 남조선대한민국대표민주의원(민주의원)이라는 내용을 방송으로 발표했다. 민주의원은 결국 이승만의 독립촉성중앙협의회와 김구의 비상국민회의가 결합하여 만들어진 기구였고, 여기에 여운형을 구색으로 끼워 넣었던 것이다. 이에 여운형은 군정―이승만―김구가 끼워 넣은 인민당의 자신과 백상규, 황진남 3인이 민주의원에서 탈퇴한다는 성명을 발표하게 되었다―편자]

민전의장으로서의 연설

감기로 몸이 좀 괴로워 시외에 가 있다가 어제 개회하는 날에 참석치 못하여 죄송합니다. 교통도 불편하고 일기도 추운데 불구하고 각지에서 많이 출석한 이 자리에 서울서 사는 사람으로서 출석치 못한 태만을 여러분 앞에 사죄합니다.

오늘 이 자리에서 여러분과 함께 소회를 말씀하려 하는 것은 여러분과 다른 생각이나 계획이 있음은 아니고, 오직 우리가 해방된 조선에 새로운 민주주의 국가를 위하여 싸우는 이 전선의 대편대를 조직하는 여기에 한 병졸로 싸우려고 참가한 것입니다.(박수)

머리가 회고 나이가 먹은 늙은 몸이 여기에 참가할 기력이 있을까? 의심하실 분도 계시겠지만 여러분 노동자 · 농민, 즉 노동대중과 혁명청년들이 행진하는 그 자리에 일개 병졸이 창을 끌고 뒤들 따르는 그 풍경도 보기 싫지는 않을 것입니다.(박수)

여러분!

이 땅이 해방이 되어 3천만 대중은 누구나 하루라도 속히 독립이 되기를 바라는데, 우리는 어찌해서 독립을 하기 위한 통일로 하지 못하였느냐고 지방의 여러분에게 공격을 받을 것입니다. 여러분의 책망에 변명할 말이 없습니다. 그러나 용이히 염가로 통일되지 아니하고 또 그렇게 되어서는 못씁니다. 지나간 역사를 회고하면 길게 말씀 안 드려도 다 아실 것입니다.

병인양요[136] 때에 불란서 병사가 강화도에 와서 문을 열고 세계와 교제를 하고자 할 때에 요망한 무리들은 가장 애국적인 문구로서 붙인 것이 있었습니다. "서양인과 화친하는 놈은 매국노라고……" 그리하여 신조류에 대하여 문을 열려고 아니 하였습니다.

그러나 안에서는 새 살림을 하기 위하여 그때부터 일어나는 새로운 노력이라고 하는 것이 노도와 같이 일어났습니다. 그 후 갑신정변[137]에 김옥균[138]을 수반으로 한 혁신운동이 있었으나, 그는 대중을 지반으로 하고 일어난 것이 아니고 특수계급·귀족세력이었기 때문에 결국은 정권쟁탈·정권독점의 야욕에 그치고 실패하고 말았습니다.

갑오년 청일전쟁 후 청나라가 패한 후에 마관조약[139] 제1조에 '조선국지 자유독립이라' 하여 독립의 껍데기 이름을 얻어 대한이라고 국호를 부르고 조금 독립의 행세를 하려 하였으나, 이것은 청나라와 일본의 싸움에서 얻은 사생아의 독립이었습니다. (박수)

그리하여 대한이라는 이름으로 독립을 지지해 왔으나 농민을 대표하는 동학당과 밑으로 일어나는 새 힘이 일어날 적에 이조의 왕가와 보수당들은 야합하여 자기 땅 전체를 왜놈들에게 헐값으로 팔아먹었던 것입니다.

---

136) 丙寅洋擾 : 1866년에 대원군의 천주교도학살과 탄압사건에 대한 보복으로 프랑스군이 강화도로 침입한 사건.
137) 甲申政變 : 1884년 10월 김옥균을 중심으로 한 개화당이 왕조의 내정을 개혁하기 위하여 일으킨 정치적 변란. 청나라의 무력개입으로 이 거사는 3일만에 실패로 끝났다.
138) 金玉均 (1851~1894) : 호는 고균古筠. 1872년 알성문과謁聖文科에 장원급제하고 홍문관 교리에 올랐다. 이후 개화사상과 신학문을 배운 뒤 개화당을 조직했으며, 1884년 12월 우정국 낙성연에서 수구파를 제거해 갑신정변을 일으켰으나 사흘 만에 거사가 실패로 돌아가자 일본에 건너가 10년간 망명생활을 했다. 1894년 상해로 건너가다가 자객 홍종우洪鍾宇에게 피살되었다.
139) 馬關條約 : 청일전쟁에서 패전한 청나라가 1895년 4월 17일 일본 시모노세키(下關)에서 일본과 체결한 강화조약.

그 후 3, 40년 동안 민중은 갖은 고통을 당하고 지배층과 새로 일어나는 소위 재벌 등 일제의 도야지(돼지) 새끼 같은 놈들이 이 땅을 유린하여 온 것입니다. 그러다가 이번 민주주의 대 반민주주의의 전쟁에서 세계 파쇼가 타파됨에 따라 독립은 약속되었습니다. 그 후 해방된 지 8 · 15 이후 반 년과 이틀이 지난 오늘날까지의 현상은 어찌 되었습니까?

새 세력과 구세력의 싸움이 계속되었습니다. 이것은 반드시 있어야 할 것이 있는 것입니다. 이 땅은 우리 힘으로 해방되지 못하였습니다. 여기에는 두 가지 조류가 흐르고 있으니 민주주의와 보수세력입니다. 그런데 지금 세계의 민주주의 국가와 보조를 같이 하며 민주주의 국가를 건설하려는 이 땅에 반민주주의 세력이 방해한다면 단연코 싸워야 할 것입니다.(박수)

우리는 민주주의 국가 생활을 해본 적이 없다. 나는 오늘까지 면장도 해본 일이 없습니다. 우리 자체가 진정한 민주주의자인가 아닌가를 검토해야 한다. 우리가 근로대중의 이익을 위하여 싸우는 것이냐, 혹은 정치욕에 날뛰는 것은 아닌가?

자기비판을 하지 않으면 안 된다고 생각합니다. 독립을 완성하려면 땅의 남북과 사상의 좌우를 가릴 필요가 어디 있습니까? 좌우간의 사상문제는 중대한 문제입니다. 먼저 좌익을 말해 보기로 합시다. 혹자는 이 회합을 공산당의 합동대회와 같이 말하고 있습니다. 그러나 이 자리의 모든 대표자들 중에 공산당원은 몇 안 되리라 생각합니다. 과거 지하운동 시대를 생각해보라. 어둠컴컴한 감방에서 더듬더듬 걷다가 탁 부닥친 후에 "너는 누구냐?"고 묻고 보면 "나는 공산주의자다", "나는 민주주의자다" 말하며 껴안고 어쩔 줄 모르던 혁명투사들 간에는 민주주의자도 공산주의자도 없었던 것이 아닌가.(박수)

우익에서는 인민당을 공산당의 행랑방이라(청중웃음) 말하고 있는데, 인민대중을 위하여 싸우려면, 근로대중의 이익을 위하여 투쟁하는 인민의 복

리를 위하여 싸우려면 공산주의자와 손 잡지 않을 수 없지 않은가?(박수)

노동대중을 위하여 싸우는 공산주의자가 왜 나쁘다 하는가? 조선 인민이 조선 인민의 이익을 위하여 싸우려 하는 이 자리가 왜 공산주의자만 모인 것이라고 말하여 나쁘다 하는가? (박수)

만담은 신불출[140] 씨의 전매특허가 아닌 이상, 나도 만담을 한마디 해보겠습니다. 유행어가 되어 있는 반탁이니 찬탁이니 하는 문제에 대하여 몇 마디 말씀 드리려 합니다. 국제 파시스트가 자빠진 후 카이로회담에서 일본 처리문제를 의논할 때 조선에 대하여 적당한 시기에 적당한 방법으로 독립을 시킨다고 막연히 약속받은 바이다. 그것이 이번 3상회의[141]에서 민주주의를 원칙으로 구체적 방법과 시기를 결정했었던 바입니다.

외국 기자가 나와 만났을 적에 3상회의 결정을 카이로선언에 의하여 조선에 독립을 주려하는 것이었는데, 왜 너희들은 반탁 운운하느냐. 그 이유를 모르겠다고 말할 적에 나는 뭐라 대답을 해야 좋을지 몰랐습니다. 앞으로 사실이 증명할 것이나 지방에 가서서도 3상회의 결정은 탁치도 아니고 위임통치도 아닌 동시에 조선의 독립은 이 길을 통하여야만 가능한 것을 알려 주시기 바랍니다. 절대로 3천만 민중을 불행하게 하는 것이 아니니 의심할 필요가 없습니다.

그리고 14일에 거행된 남조선대한민국민주의원[142]과 나와의 관계를 말

---

140) 申不出 : 1905년생. 일제시대 최고의 만담가로 인기가 높았다. 1930년대 초 단성사에서 공연 중 '동방이 밝아오니 잠을 깨고 일터로 나가자' 라는 대사를 '동방이 밝아오니 조선독립을 위해 모두 떨쳐 일어나자!'라고 하여 구속되었다. 해방 후 태극기의 팔괘를 한반도를 둘러싼 4대 세력, 그리고 가운데의 태음원을 남북으로 한 만담을 하다가 곤경을 치르기도 했다.

141) 三相會議 : 카이로회담에서 독립을 약속한 조선 문제를 결정하기 위해 1945년 12월 16일 모스크바에서 개최된 미영소 3국 외무장관회의.

142) 남조선대한민국대표민주의원 : 이승만·김구·미군정이 1946년 초 발족시킨 일종의 입법기구. 우파일색으로 대표성이 없다며 미 국무성이 반대하자 미군정은 이를 해산하고 다시 1946년 12월에 결성한 것이 김규식 의장 체제 하의 '남조선과도입법의원'이었다.

씀드리려고 합니다. 하지 중장[143]의 정치고문 굿펠로우[144]가 찾아와서 하는 말이 민생문제를 중심하여, 장래는 민족통일을 위하여 노력할 목적으로 하지 중장 고문을 둔다고 그에 참가하라고 하기에 나는 감사히 생각했습니다. 우리 자신이 해결하기 곤란한 민생문제와 민족통일 문제를 외국 손님이 해결해 준다니 참으로 고마운 일입니다.

그러므로 나는 개인 자격으로 참석하였고, 인민당 대표로 몇 분이 참석했던 것입니다. 그런데 14일의 발표를 보고 깜짝 놀랐습니다. 단순한 민생문제를 위한 고문격인 자문기관이라고만 생각했었는데, 최고정무위원이다, 남조선대한민국 무엇이라는 것이 대체 뭐기에 내가 참석했나 하고 놀랐습니다. 권고나 명령도 받은 일이 없는데 웬일인가 생각했습니다. 남조선대한민국대표민주의원은 민주주의를 내세웠으나 실은 비민주주의였습니다.

그 회합의 소집과 의장 선거를 민주주의적로 해야 할 것인데도 불구하고 회합 소집과 의장 선거에 있어서 의장이 김구 씨와 이승만 씨가 되었는데, 이것은 민족의 추천도 아니고 인민의 선거도 아니니 그러면 자립인가? 비상국민회의나 최고정무회의는 비상시인 만큼 비상조치로서 용인한다 하더라도, 민주의원만은 무식한 나무꾼이라 할지라도 민주주의적인 것이 아님을 알 것입니다.(박수)

민주주의민족전선[145]은 민주주의와는 합할 수 없고 민주주의 요소와만 합할 수 있는 바입니다. 민주통일이란 값싼 외상外上 통일을 하는 것보다도 시간이 길더라도 완전한 통일을 해야 할 것입니다.(박수) 청일전쟁 당시

---

143) John R. Hodge : 1945년 9월 남한에 진주한 미 제24군단 사령관. 1948년 대한민국 정부수립 때까지 남한을 통치했다.
144) Millard Preston Goodfellow : 뉴욕타임즈 특파원, 브루클린 데일리 사장 등을 역임하다 2차대전 발발후 OSS 작전국장. 이때 이승만과 가까워졌고, 대전후 하지 중장의 정치고문으로 한국에 나왔다.
145) 民主主義民族戰線 : 우익의 민주의원이 설립되자 이에 대항하여 좌익 및 중도좌파 세력이 1945년 2월 19일 총집결하여 결성한 단체.

의 사생아 독립을 하지 말고 새로운 세계에 영웅적이고 건전한 우리의 새 자식을 낳기 위하여 고통을 견딥시다.

　민주주의 국가에는 국부(이승만)도 없고 영수(김구)도 없습니다. 국부가 있다면 전 인민의 행복을 위하여 투쟁하는 노동대중만일 것입니다. 우리는 민주주의적으로 나가는데서만 모든 문제를 해결하리라고 나는 믿는 바입니다. (박수 그치지 않음)

(―《조선해방연보》, 민전결성대회 의사록, 1946년)

4대강령 발표

인민당 여운형 당수 발표

1. 인민당은 근로대중을 중심으로 진보적이고 양심적 자본가와 지주를
   껴안음으로써 혁명적 민족전선을 형성한다.
2. 38도 남북을 통하여 전국 각 도군면에 인민위원회를 두고 노동자·
   농민·도시지식인·소시민층까지 견고한 조직체가 수립되었다.
3. 민족통일의 달성은 반동 불순분자를 배격해야 한다.
4. 군정의 적극적 원조 하에 민생의 당면문제를 해결해야 한다.

(―《국제보도》, 2호, 1946년 3월호)

민주국가 건설의 급선무

국제적 파시즘은 민주주의의 승리로 파멸되었고 조선의 해방은 일본 제국주의의 패전으로 성공되어 수십 년 동안 많은 희생을 바치며 싸우고도 쉽사리 획득치 못하였던 우리의 독립은 실현되게 되었다.

그러나 신생 조선의 전도에는 아직도 허다한 난관이 산재하였으니, 이조 5백 년 동안 착근 성장하여 온 봉건의 잔재는 완전히 소탕되지 못하였고, 과거 36년간 일본 제국주의 악정의 부식으로 발아된 신생 재벌은 교묘히 변태 가장하여 완고무뢰頑固無賴한 파쇼를 꿈꾸는 정치적 광상가狂想家들의 반민주 일파와 합류하여 민주국가의 출현을 극력 방해하고 있다.

그러므로 종래부터 조선의 해방을 위하여 투쟁하여 온 혁명세력의 나머지 과업은 이와 같은 독소를 참초제근(斬草除根: 풀을 베고 뿌리를 제거함)하고, 건국의 기초인 민주주의적 대중계몽에 주력하여야 될 것이 급선무이다.

해방된 금일의 조선 민족은 하루라도 속히 국제헌장에 약속되어 있는 조선 독립이 실현되기를 갈망하고 있으며, 이 갈망하는 독립의 실현은 오직 민족통일전선 결성에 있는 것도 모르는 이가 없을 것이다. 민중의 요청이 이러하고 애국자들의 노력도 적지 않건마는 통일운동이 속히 주효되지 못하는 이유는 무엇일까.

이는 각 정당과 그 영수 대다수의 무정견한 쟁집爭執에 있고, 그 무정견한 쟁집은 그들의 정치이념이 비민주적인 까닭이니, 이 비민주적이란 것은 본래부터 가졌던 민주주의를 어떠한 충동에서 상실하여서가 아니요, 원래부터 가지지 못한 결핍에 연유된 것이라 할 것이다.

우리 조선의 현실이 지도자로부터 대중에 이르기까지 아직도 민주주의 국가생활의 경험이 없어서, 각 정당과 그 지도자들은 현하 건국과정에 있어 국가의 주권인 인민대중의 이익을 위하여 투쟁하지 않고, 자신의 정권과 지위를 위하여 싸우고 있으며, 인민은 그들을 감시 편달할 만한 지식과 역량이 부족하여 우리 민족통일은 지연되는 것이다.

이 비민주주의적 경향은 반동이요, 반동정치는 파쇼적 독선적으로 흐르며, 대중을 억압하고 기만하는 것이다. 또 반동정치의 음모는 굶주린 호랑이와 같아 자신의 배부름을 위해서는 수단과 방법을 가리지 않고 무소불위 하는 것이다. 독선적인 까닭에 사물판단이 독선적이며, 사회적 접촉 범위가 협애하고 자기본위로만 모든 일을 처리함으로 이기적이 되어 자기 내지 자기와 뜻을 같이 한 집단의 이익을 위해서는 대중의 이해관계는 전혀 무관심할 뿐 아니라 도리어 대중을 억압하고 심지어는 기만행위까지도 감행하며, 대중이 조직적으로 그것을 폭로 분쇄하려 하면 그 행동을 분열시키기 위하여 음모까지도 기탄 없이 행하고 있다.

그러므로 우리는 신 국가건설 단계에 있어서 이 반동정치의 기만 행위를 주의해야 될 것이며, 그 음모에 대하여 예의 징계치 않으면 안 될 것이니, 이 반동정치를 방지함에는 오로지 민주주의에 입각하여 대중을 조직하고 훈련하여 인민대중의 민주주의적 정치의식과 역량을 고양함에 있다.

중국의 혁명 역사를 보라. 손문, 송교인, 황여 등 위대한 지도자들의 힘에 의하여 혁명이 성장되기는 하였으나, 각성한 민중이 동원 참가한 연후에야 비로소 혁명을 성공으로 이끌어 들였던 것이다.

그러나 그 후 중국은 다시 신흥 군벌이 곳곳에 할거하여 토착재벌 및 비신사적인 토호와 합류하여 대중의 이익을 유린하고 신 국가건설을 난항에 걸리게 하여 손문으로 하여금 임종에 "혁명은 아직 성공하지 못했다(革命尚未成功)"고 탄식하게까지 되었다.

그 후에 항일전쟁을 통하여 전 민중의 항일 통일전선이 결성됨에 이르러 노동자·농민 등 근로대중이 민주주의 혁명의 추진력이 되었음으로 일본 제국주의의 패퇴, 국제 파시즘의 파멸과 국내 반동세력도 재기의 원동력을 상실하게 되었으니, 금후 중국의 전선 건설은 반드시 민주노선으로 일로매진하게 되리라고 생각된다.

인류 역사는 때로 역류逆流가 있으나, 그것은 반드시 잘못된 흔적을 남기고 사라지고 마는 것이다. 여기서 나는 언제나 조선 혁명의 주력은 해외에서 들어오거나 또는 신사복 또는 지식에 있지 않고 전원에서 공장에서 근로하는 대중에 있다고 믿는다. 해방된 조선의 건설 과정이 다기다난할 것은 예측되는 바이지만, 근원이 있는 샘물은 흘러서 시냇가가 강물이 되고 마지막에는 바다에까지 도달되는 것이 자연의 법칙이므로 흘러 내려가는 동안에 허다한 곡절과 파란이 있음과 같이 건설 과정에 있어서 많은 난관이 있더라도 정치적 의식에 각성하고 분기한 3천만 대중이 주력이 되어 있는 조선의 건국은 모든 장애로 난관을 극복, 돌파하고서 3천만 대중을 기초로 하며 그들의 이익을 확보할 수 있는 진정한 민주주의 국가가 기필코 건설되고야 말 것을 추호두 의심치 않는 바이다.

그러나 로마가 하루아침에 건설되지 못한 것과 같이 우리의 건국사업도 상당한 시일을 요하게 될 것이며, 복잡한 관문을 경과한 연후에라야 소기의 목적을 달하게 될 것이다. 따라서 이와 같이 지난한 건국 공사에는 충실한 일꾼과 용감한 지도자를 필수로 하는 동시에 대중의 정치의식이 급속하게 고양되어야 할 것을 필수조건으로 한다.

8·15 이후의 경과된 사실을 회고하건대 너무나 큰 희열과 무계획 등의 착종으로 인하여 여러 가지 점에 있어서 본의 아닌 과오도 있었고, 전술상의 졸렬도 있어서 우리의 건국사업을 많이 지연시켰다.

그러므로 지도자들은 침착냉정하고 또는 엄숙한 태도로 자가비판을 엄정히 또는 부단히 하여 그 지도력을 강화함에 따라 대중의 정치 능동력을 향상시켜야 할 것이다. 그뿐 아니라 현하 초미의 급선무는 나라의 정세를 정확히 파악하고 모든 재료를 정리하여 이것을 근거로 한 민주주의적 기본국책을 입안하여 주권수립의 지침을 만들고 그 기초공사에 있어서는 무용의 장애물과 노후한 잔재를 제거하며 대중을 조직 훈련하여 능히 주권자로서의 권력행사를 완전히 할 수 있도록 하는 것이 민주주의 국가건설의 급선무이다.

(─《인민과학》, 제1권 1호, 1946년 3월호)

미소공동위 환영사 (일부)

"외교정책에 있어서는 엄정중립을 지킨다. 우리가 통일국가를 수립하기 위해서는 미국도 소련도 방해를 하지 않는 경우에만 가능한 것이다. 이 시점에서 우리에게 가장 중요한 것은 통일이지 어떤 이론이 아니다. 이념은 자주통일이 되고 난 뒤에 그때 가서 인민에게 물어서 택하면 된다."

"우리가 미소공동위원회를 환영하는 것은 배외적 노예근성에서가 아니고 우리 문화민족이 연합국과 어깨를 같이 하려는 국제적 협조정신에서입니다. 우리가 덕수궁 석조전에 전해 둘 말은 우리의 옷은 우리 몸에 맞도록 하여야겠다는 것입니다. 그리고 여러분에게 말하고 싶은 것은 독립도 모든 생활상의 곤란도 우리 정부가 수립되는 데서 해결된다는 것입니다."

[이 글은 1946년 서울운동장에서 거행된 미소공위 대표 환영 민주주의 정부수립 촉성시민대회 개회사의 일부이다—편자]

미소공위에 관한 담화

1) 불원간 수립될 신정부는 조선인이 주인이요, 주체가 된 정부이어야만 된다. 외국인의 원조는 받을망정 그 괴뢰가 되어서는 절대로 안 된다.

2) 미곡문제, 생산과 물가와의 문제, 38도선 문제 등의 근본적 해결책은 우리 정부가 급속히 수립됨에 있다. 조선 인민은 다 같이 공동위원을 부단히 격려하지 않으면 안 된다.

3) 민족이 자율적 통일 없이는 참된 자주독립 정부는 없을 것이다. 우익이라 하여 전적으로 반대하는 것은 아니다. 그 중에 있는 비민주적 파쇼적 친일파적 요소들을 반대할 뿐이다. 우리의 통일이 여의치 못한 것은 이 같은 악질적 요소 때문이다. 이것만 배제 정화하면 민족통일은 완성될 것이며 또 결코 시기도 늦지 않다.

4) 친일파 · 정상政商 · 모리배 · 테러단들도 조선인이다. 연이나 그들은 애국자와 그 운동을 중상 · 이간 · 방해 · 파괴하고 있으니 조선의 혁명세력은 언제나 이것과 싸울 것이며 장래 국가에서 처단이 있을 것이다.

5) 미소공동위원회는 삼상회의의 결정에 따라 본 궤도에 오르고 있으므로 성공할 줄로 믿는다. 그러나 위원회의 임무라고 말하고 싶다.

(―《서울신문》, 1946년 4월 6일)

[이 글은 몽양이 1946년 4월 5일 오전 11시 인민당사 출입기자단과 회견하면서 발표한 담화문
이다―편자]

편향과 의존은 금물

1. 조선의 건설은 조선인이 맡아야 된다. 불원 수립될 신정부도 조선제(메이드 인 코리아)가 되어야지 외국제가 되어서는 안 되겠다. 우리는 어디까지나 조선인이니까 언제든지 조선의 주인이요, 조선정치의 주체다. 외국인의 원조는 받을 망정 그 괴뢰가 되어서는 안 되겠다. 우리는 원조를 받아 자립할 뿐 편향과 의존은 절대금물이다.

2. 이제야 민주주의 국가 간의 국제신의는 미소공동위원회에서 잘 실행되고 있다. 우리는 그 협의적 노력에 충심으로 감사하여야 할 것이다. 따라서 우리는 이와 잘 협력하여 거룩한 우리 민주 신정부 수립에 유감이 없도록 하여야 할 것이다. 쌀의 문제, 생산과 물가의 문제, 38도선 문제도 다 우리 정부가 어서 수립되는데서만 해결되나니 그 급속한 수립을 위하여 조선 민중은 소리를 같이 하여 위원회를 부단히 격려하지 않으면 안 될 것이다.

3. 우리는 우리의 자율통일이 없는 곳에 조선제 정부도 없을 것을 잊지 말자. 되면 좋고 안 되어도 그만이라는 미온적인 태도로 나가서는 안 되겠다. 우익이라 하여 반대하는 것이 아니라 그 가운데 작용하고 있는 악랄한 비민주적 요소, 파쇼적 요소, 친일파 요소들을 반대하는 것

이다. 이는 조선인의 양심이 죽지 않는 이상 그 반대는 기리 계속될 것이다. 이 불순한 요소들 때문에 통일이 못되고 합작이 못되는 것은 참으로 통분하다. 우리의 통일은 결코 늦지 않고 절망도 아니다. 오직 공동하여 비민주주의와 싸울 각오라면 곧 통일될 수 있다. 우리 인민당은 민주주의적 자주적 통일을 위해서 지금도 계속하고 있으며 앞으로도 계속할 것이다.

4. 친일파 정상들, 모리배들 테러단들도 조선인들이다. 그러나 신 국가 건설을 그들에게 맡겨도 좋다는 조선인은 한 사람도 없을 것이다. 따라서 자기비판으로 자숙하여야 할 그들이지만 적반하장 격으로 애국자 및 그 운동을 중상·이간·방해·파괴하는 것은 참을 수 없는 파렴치적 반동이니 조선와 혁명세력은 언제든지 이것과 싸울 것이다. 물러서는 자에게 양심이 있고 동포의 관대한 처분이 있을 것이며, 가장하고 기만하려는 자에게 죄악이 자라고 냉혹한 인민의 처단이 있을 것이다.

5. 국제적 회의는 국제간 이해에서 성공될 수 있고 오해에서 실패할 수 있다. 그러나 금반 미소공동위원회는 이미 3상회의에서 결정된 궤도를 달리는 것이니 반드시 성공될 것을 믿는다. 만약 위원회가 세력균형 외교로 부질없이 그 시일을 천연시킨다면 급속한 신정부 수립을 열망하는 민중의 실망이 어떠할 것이냐. 조선을 위한 신정부 수립에로만 직진하는 것이 위원회의 임무다. 우리는 특히 조선인민의 이름으로 이 말을 위원회에 보내고 싶다.

그리고 우리 민족의 주체성을 망각하지 말고 이 공동위원회가 성공되도록 추진시켜야 한다. 이것은 우리 민족의 장래를 위해서도 세계평화의 촉진을 위해서도 절대로 성공시켜야 하는 것이다.

미소공동위원회에 대해 다소 국제 객관정세로는 낙관을 불허하는 점도 없지 않으나, 낙관하도록 우리는 노력하고 또 그런 신념을 가져야 한다. 그러기 위해서는 인민 절대다수의 통일된 의견을 공동위원회에 반영시켜야 한다. 그리고 우익 정당의 통일 기운이 성숙하였다는데 대해서 나는 경하하여 마지 않는다. 다만 이 기회에 비민주주의적 제 요소를 정화하는 일대 용단이 있기를 바란다. 우익이 내포하고 있는 불순한 비민주주의적, 반민족적 요소를 완전히 청소하지 않는 한 양 적 통일은 무의미한 일이다.

(―《조선인민보》, 1946년 4월 6일)

[이 글은 몽양이 제1차 미소공위 개회기간 중이었던 1946년 4월 5일 담화로 발표한 것이다― 편자]

정국과 우리의 임무

　왜인 학정 하에서 조선 민족 자신이 해온 해방투쟁이 조선을 해방시키는 결정적 요소가 되지 못하였다. 하여도 결코 조선의 정부수립을 포함한 모든 건설의 주도권이 조선 민족 자신의 것이 될 수 없다고 결정짓는 것은 못된다.

　미소 양군의 국내 진주는 당초부터 그들 자신이 말하는 것과 같이 조선에 있는 일본군의 무장해제를 수행하기 위한 것이었다. 전쟁 과정의 일부분으로서 또 조선을 그들의 독아毒牙에서 구출하기 위해 불가피한 행동이었다.

　이제 양군의 임무는 대부분 완료되었다. 목적이 완료된 양군의 수많은 군대가 조선을 분할 주둔하고 있으므로 조선은 사실에 있어서 양군의 점령된 바와 같아지고 이것이 조선 신건설의 진보를 비상히 저해하고 있음을 우리 민족은 솔직히 고백하지 않을 수 없었다.

　조선 신 건설사업은 무엇보다도 먼저 정부수립부터 출발된다. 해방 후 오늘까지의 우리 정치행동의 모든 동작도 결국은 이 기본토대를 축조하기 위한 노력이었다. 그러나 외부적으로는 전후 세계문제 처리를 위한 연합국의 방침이 미비하였다는 것, 즉 연합국의 세계 처리문제에 있어서 국제 상호 간의 권역 분계에 관련되는 전 지구적인 문제와 해방된 조선의 문제가 무관할 수 없는 까닭에 카이로회담의 막연한 결정문은 조선 문제 처리에 만족한 조문이 되지 못하였던 것이다.

연합국의 입장으로는 조선문제 해결을 위하여서도 세심한 외교사무적 과정을 거쳐 국제평화 안정을 보장할 수 있는 상호협정이 필요하였던 것이다.

그러나 이러한 연합국의 경우와 조선민족의 욕망과는 너무도 거리가 있으므로 국내의 정치동향은 심히 조급성을 띄게 되고 그 동작에는 무리와 과오가 있었으며 그 결과가 또한 국제관계와 상호작용하여 정부의 수립은 오늘까지 지연되게 된 것이다. 한편으로는 자주적 정부수립의 필요조건인 민족통일도 양군의 지역적 분거, 내부문제 간여 등, 이에서 섭발涉發되는 조선 사람 자신의 의타적 편향성으로 인하여 지연되고 그 동안에 불순한 친일파와 봉건적 파쇼적 요소가 날뛸 여지를 주어 그들이 민족통일을 방해하고 있는 것이다.

그러나 오늘에 있어서는 전술한바 국제 간에 필요한 방침도 3상회의에서 결정되었고, 그것이 민주주의 원칙을 밝혀 어그러짐 없이 국내의 민주주의를 애호하는 대중 각층이 그 방침에 찬동하고 협력하고 있으며, 동 협정을 실현하기 위한 미소공동위원회가 방금 개최 중에 있고 동 위원회가 친선리에 신의를 지켜 정부수립 원조공작에 진척을 보여 왔다.

따라서 정부수립의 모든 조건은 이미 갖추어진바 되고 이제야 국제간이나 책인策因한 협조로서 원칙의 궤도 위에서 하루라도 속히 우리 정부를 실현시키기 위하여 정성을 기울이지 않으면 아니 된다.

국내 모든 사정은 바야흐로 위기에 직면하고 있다. 해방 후 9개월 동안 근본 적절한 대책이 없이 방임된 조선의 경제상태, 사회상태, 민생상태 등 모든 당면문제는 긴급한 해결을 요구하고 있다. 그리고 이 모든 문제는 우리 민족의 정부가 서서 우리 자신이 우리의 문제를 처리할 수 있도록 되지 않고는 해결될 수 없다. 시책상의 근본문제가 외국인의 손에서 계획되고 실시되려 하는 데에 조선의 실정이 삐뚤어지기 쉽고 국제간 혹은 내외간에 오해를 유래하여 파생적인 지장과 혼란을 초래하게 되는 것이니, 조선의 현실이 요청하는 것도 정부의 시급한 실현이요, 조선 민족 전체가 갈망하는 것이 이것이다.

그리고 정부수립은 어디까지나 조선 민족이 주체가 되어야 한다. 외국인의 원조는 받을망정 결코 외국의 괴뢰가 되어서는 아니 된다. 우리는 원조를 받아 자주할 모든 준비를 게을리 말 것이요, 편향과 의지는 절대금물이다. 그것은 정부수립을 오히려 방해하여 지연시키고 국제간의 불화를 조성하고 또 우리 민족의 불행을 가져오는 것이다. 그것은 다만 자기의 지위와 자파의 권력횡취를 꾀하여 대중의 의사에 역행할 때만 필요한 비굴한 행동으로 이것을 국내 대중과 연합국 국민이 용납해서는 안 될 것이다.

우리가 주체가 되어 정부를 수립하려면 우리 민족의 자율적 통일이 없어서는 아니 된다. 미소공동위원회에 모든 문제를 전가한 채 수수방관함은 무책임한 행동임에 일국一國편향, 일국一國배격을 섬거 밖으로는 국제불화를 야기하고 안으로는 민족을 분열시키며 공동위원회의 불행한 결과를 초래하게 하여 자파만의 간교한 이익을 도모하는 것은 민족의 장래를 위태롭게 하는 반민족적 행동이다.

조선의 우익은 그 건전성을 회복해야 한다. 우익의 일부가 껴안고 있는 그 악랄한 비민주적 요소와 파쇼적 요소, 친일파적 요소의 허세에 유혹되고 모략에 휩쓸리며 불순한 인간적 연계에 매어 그들과 공모자가 되어 반민족적 죄과를 범하고 있는 병든 자체의 건강을 도로 찾아 병원을 뿌리 뽑고 비민주주의와 싸울 각오를 가져야 된다. 그렇게 하면 우리 민족의 통일은 곧 실현될 것이다.

그리고 우리 민족 내부에 침투하고 있는 친일파 정상, 파쇼분자, 모리배, 테러단들은 자기를 반성하여 죄과를 청산하고 마땅히 자숙하여 후죄後罪를 끊어야 될 것이다. 적반하장 격으로 애국자와 그 운동을 중상모략,

방해, 파괴를 획책하는 것은 파렴치한 반동이며, 그들의 기만, 허세의 불의는 여지없이 민중에게 간파되어 인민의 가차 없는 처단이 있을 것이다.

끝으로 조선의 독립을 원조하는 연합 제국은 공약된 임무를 충실히 실행주기 바라는 것이다. 그리고 우리는 우리의 준비를 갖추어 적극적으로 국제원조 공작을 격려 협력하지 않으면 아니 된다. 국제간의 회담은 상호 이해에서 성공할 수도 있고, 오해에서 실패할 수도 있다. 방금 개최 중인 미소공동위원회는 이미 결정된 방침의 궤도를 달리고 있으므로 반드시 성공할 것을 믿는다.

그러나 만약 위원회가 국제간의 세력균형 외교에 급급하여 조선에 대한 미래의 사명을 망각하거나 지연시킨다면 조선 민족의 실망이 클 뿐 아니라 전 세계 약소민족의 낙망이 또한 지대할 것이다. 이때는 오로지 내외 협력하고 한 가지 목적을 달성하기 위하여 일로매진하지 않으면 아니 될 때다.

(―《인민평론》, 제2권 1호, 1946년 7월호)

[이 글은 1946년 4월 8일 몽양이 집필한 것이다―편자]

민전 의장단 회담 발표문

이번 제5호 공동코뮈니케는 3상회의 결정과 전일 스티코프 대장과 하지 중장의 성명을 더욱 구체화한 것이며, 그 목적과 방법에 있어 진실로 민주주의적이며, 또한 조선의 독립국가로서의 재건이 민주주의 원칙을 기준으로 하고 조선에서 일본통치로 생긴 손해를 속히 회복할 것이다.

뿐만 아니라 3상회의 결정을 1조一條만이 아니라 2조, 3조, 즉 후견제後見制까지를 전적으로 지지하고 그 실천을 공약했으며 또한 진정한 민전 측과 산하 참가단체들이 일치하게 주장하고 고집하던 바이다.

이번 제5호 공동코뮈니케가 겨우 이제 발표되었다는 것은 우익 완고파에서 쓸데없는 고집과 반동을 한 까닭이다. 만약 우익 완고파들이 일찍이 그 반동성을 버리고 민주주의를 진실로 이념화하여 진보적 이상을 깨닫고 저들이 범한 과오를 버려 자기비판하고 통일전선을 민주적으로 했다면 민족통일은 벌써 되었을 터이며 미소공위도 일사천리로 진행되었을 것이며 우리의 임시 민주주의 정부 조직도 벌써 완료되었을 것이다.

(―《중외신보》, 1946년 4월 19일)

[1945년 말 조선에 신탁통치를 실시한다는 모스크바 3상회의 결정에 따라 1946년 3월 20일

서울 덕수궁에서는 제1차미소공동위원회가 열렸다. 그러나 동 위원회는 신탁통치를 반대하는 남한의 우익세력을 앞으로 세워질 임시정부에서 배제해야 한다는 소련군과 이들을 포함시켜야 한다는 미군 사이의 의견을 좁히지 못한 채 동 위원회는 1946년 4월 17일 공동 코뮈니케 제5호를 발표했다. 윗글은 몽양이 바로 그 공동코뮈니케를 보고 민전 의장으로서의 소감을 밝힌 담화문이다─편자]

《독립신보》의 창간에 즈음하여

8·15의 해방 이래 8개월여 이제 '독립'의 제호를 붙인 신문의 발간을 보게 된 것은 오인吾人에게 심심한 감개를 품게 하는 바이다. 왜 그러냐 하면 그것은 우리에게 혁명기에 특유한 격동과 혼란의 8개월여의 과거를 다시금 냉정하게 회고하게 하며, 이 시기에 우리의 공적과 죄과를 다시금 돌아보게 하는 계기를 제공하는 까닭이다.

혁명은 범속의 안목에는 단순한 기적과 비약으로 보인다. 그러나 역사에 기적은 존재하지 않는다. 그리고 비약이란 필연의 제 과정의 압축된 경우를 의미함에 지나지 않는 것이다. 8·15해방이 주로 외적 노력에 의하여 재래齎來된 것이라면 이에 적응할 우리의 주체적인 요건의 성숙이 내적으로 압축된 과정에서나마 반드시 전취되어야 할 것은 필연한 일이다.

8·15 이래 우리 민족 사회의 모든 정치적 혼란의 제 현상을 우리는 이 필연적인 자기성숙을 위한 진통의 표상으로 간주한다. 이러한 의미에서 우리는 8·15에서 출발한 것이 아니라 오히려 아직 8·15를 향하여 막 달리고 있다고 하여야 할 것이다. 8·15의 현실적인 골(goal)에 들어가기 위하여 아직도 우리에게는 주파하여야 할 일정한 거리가 남겨져 있는 것이다.

독립을 제호로 하는 이 신문은 첫째로 민족의 전도에 남겨져 있는 이 주파거리에 대한 정당한 자각의 반영인 것이다.

8·15 이래 우리민족에게 곤란을 가져온 주요 원인의 하나는 우리나라의 민주주의적 재건을 위한 국제민주주의의 우호적인 원조가 미소美蘇가 공동으로 진주하는 형태를 취하였다는 점에 있음을 우리는 솔직하게 지적하지 않을 수 없다. 세계사의 금일의 정세는 일 국가 일 민족의 문제가 고려적인 해결의 방향을 취하는 것을 용인하지 않는다.

그러나 그 반면에 여하한 국가 여하한 민족에도 성자적 박애주의를 고취할 만큼 세계는 여유에 충만되어 있지 않으며, 또 여하한 국가 여하한 민족에게도 의타적인 구제에 희망을 둘 만큼 나태의 권리가 부여되어 있지 않은 것을 우리는 명심하여야 할 것이다. 통일 불가분의 조국건설을 지향하고 《독립신보》가 금일 조선에 탄생되는 이유를 우리는 수긍하지 않을 수 없는 바이다.

그러나 《독립신보》는 조국의 독립을 위한 신문인 동시에 또한 동시에 언론의 독립을 위한 신문이 될 것을 우리는 기대한다. 금일 조선과 같이 첨예한 정치정세에서 언론의 존귀한 사명이 독자적인 창의와 공정불편한 견지에서 확보되고 실현됨은 용이치 않은 일이다.

더욱이나 무색투명의 공정이 본질적으로는 왕왕 대중의 자연생장성自然生長性에 대한 추구와 보수적인 현실파악에 대한 아부에 떨어지기 쉬운 경향을 고려하고, 그 반면 언론의 지향성에 대한 기계적 인식이 흔히 언론의 소아병적 당파성에 대한 안일한 영합에 떨어지기 쉬운 경향을 경계할 때에 진실한 언론 독립의 과제는 그 실천의 구체면에서 수많은 곤란한 문제를 제기하는 것이다.

이제 우리는 《독립신보》가 조선 언론의 민주적 재건을 위한 전열에 참가함에 제하여 특히 이 문제에 대한 심각한 연구와 정진이 있기를 열망하여 마지않는 바이다. 언론에 부과되는 본래적인 공정한 정신을 혼연히 조화하여 민주주의 조선재건의 전선에 《독립신보》의 기치가 찬연히 빛나기를 우리는 심사하여 마지않는 바이다.

　　언론의 독립은 민주주의의 바로미터인 것을 항상 잊어서는 안 된다. 공정하고 광범한 시야와 눈앞의 소리에 구애되지 않는 투철한 전망에서 평가되는 확고부동한 신념으로서 전 국민이 한가지로 신뢰할 수 있는 보도를 제공하고 당파와 주장의 장벽을 넘어 민족 전체의 동향이 그대로 반영되고 금일과 명일을 종합하는 전체적인 관점에서 포착되는 민족의 이익이 그대로 반영되는 신문, 이러한 신문이 되기를 나는 《독립신보》에 기대하는 바이다. 평소에 신뢰하는 동지들이 《독립신보》를 일으킴에 제하여 고문의 영예를 보내준 호의에 답하여 소감의 일단을 피력하는 바이다.

(─《독립신보》, 1946년 5월 1일)

미소공위의 재개촉구 (담화문)

1. 미소공동위원회는 무기휴회가 되었으나 우리는 결코 실망치 않는다. 조선의 독립을 승인하고 원조하겠다는 3상회의 결정이 엄연히 존재하고 있는 이상, 현재 외교 절충에서 생겨진 일시적 저어(齟齬: 어긋남)쯤은 크게 문제될 것이 없다. 워싱턴(華盛頓), 모스크바(莫斯科)는 반드시 이 문제의 타개점을 발견하게 될 것이다.

1. 그러나 미소공동위원회는 7주간을 계속하였으되 조선인을 한 번도 그 협의에 참가시킨 일도 없이 그들끼리 이야기하다가 헤어졌다. 그리하여 대망의 임정수립은 드디어 지연되고 말았으니 그 직접책임이 미소 두 나라에 있다는 것을 지적치 않을 수 없다.

   우리는 위원회와 협의할 만반의 준비를 가지고 있는 자이니 조선인의 의사를 듣기 위해서라도 위원회는 속개되어야 할 것이다. 주인이 말할 터이니 손은 모여라.

1. 이때 우리도 또 한 번 자기를 비판하여보아야 되겠다. 민주주의 연합 열국이 다 같이 보장하여주겠다는 조선의 독립을 왜 그리 의심해야만 되는가. 조선 독립은 세계적으로 완전히 보장받고 있으니 우리는 그 보장받은 독립을 완수하기 위하여 돌진할 뿐이 아닌가. 우선 정부를 만드는 일에 주저 없이 나아가야 될 것이요, 정부를 만든 뒤에는 자주

독립과 부강이익을 위하여 열국과 협조하면서 모든 문제를 얼마든지
해결할 수 있을 것이 아닌가. 호의적 국제협정을 호의로 맞자.

1. 그러므로 근본문제는 이 뜻에서 뭉친 통일 이외에는 아무것도 없다.
모든 감정과 오해와 곡해와 시기가 모략들로서 윤색되어진 민족분열
주의와 국제 고립주의는 언제든지 우리의 적이다. 이 정치적 진공상
태에 처하여 우리는 반드시 자율통일을 각자가 열심히 준비하여야 되
겠다고 나는 또 한 번 제창하고 싶다.

(―《자유신문》, 1946년 5월 11일)

[이 글은 미소공위가 무기 휴회된 데 대해 몽양이 1946년 5월 10일 그 재개를 촉구하면서 우
리가 자율적으로 통일해야 한다는 내용의 담화를 발표한 것이다―편자]

미소공위 무기휴회에 대해

미소공동위원회는 무기휴회가 되었으나 실망치 않는다.

3상결정이 엄연히 존재하는 이상 문제의 타개점이 발견될 것이다. 공위는 7주간 회담계속 중 조선 사람은 협의에 참가치 않았으니 임정수립 직접책임은 미소양국에 있다.

조선인을 부르지 않은 위원회의 무기휴회는 반대다. 위원회는 속개되어야 하며 이제는 주인이 말할 터이니 손님들은 모여라. 우리는 자기비판해야 된다. 연합국이 조선 독립을 보장하는 호의적 협정을 호의로 받자. 우선 정부를 만들고 그 다음에 자주독립과 민족이익을 위하여 열국과 협의하자.

모든 감정과 오해와 시기와 모략으로서 윤색된 민족분열주의와 국제 고립주의를 버리고 자율적 통일에 힘쓰자.

(―《중외신보》, 1946년 5월 11일)

좌우합작의 필요성 (기자회견1)

문 : 6·10만세 시민대회에 불참한 이유는?

답 : 별 이유는 없고 우연히 가지 못했다.

문 : 대한독촉의 단독정부 조직에 여운형 씨 이름이 있다는데?

답 : 나는 모르는 일이다. 러치 장관 또는 우익 측 요인과 회견 시에도 언
급한 바이지만 단독정부 수립은 불가능한 것이요, 또한 연합국에서
도 승인을 하지 않을 것이다. 공동위원회가 재개되어 남북 통일정부
가 수립될 것을 확신한다. 만일 단독 정부가 출현한다면 나뿐 아니라
전 민족이 반대할 것이다. 나는 민전(좌)이나 민주의원(우)을 초월한
통일기관의 필요를 적극적으로 제창한다. 미소 양국이 지도 없이 일
방적으로 자율정부를 수립한다면 남북이 통일될 수 없을 것이다.

문 : 정치적 근본이념이 상위할 때 어떠한 수단으로 민전과 민주의원을
초월하는가?

답 : 우익의 탁치 반대는 국제회의에 대한 잘못된 믿음 등에서 나온 것이
다. 샌프란시스코회의에서 신탁통치할 지역에 대한 규정은 ①옛 위
임통지 지역 ②패전국에 속한 식민지 ③자립할 수 없는 약소국 등인
데 조선은 그 어느 것에도 해당하지 않는다.

우익의 반탁운동은 조선은 전기 샌프란시스코회의[146] 규정 제2항에 속한다고 잘못 믿는 데서 나온 것이다. 현재 좌우익은 악화된 감정과 경제적 이해에 관한 문제로 대립되어 있다. 감정은 피차에 풀고 좌우익이 합작하여 우리 민족 전체의 의사를 대표하는 통일기관을 만들어야 할 것이다.

(―《중외신보》, 1946년 6월 12일)

[몽양은 1946년 6월 11일 인민당 사무실에서 기자단과 회견을 갖고 좌우를 포함한 조선 민족 전체를 대표할 수 있는 통일기관의 필요성을 제창했다―편자]

---

146) 샌프란시스코회의 : 1945년 4월 25일~6월 26일 연합국 50개국 대표가 참가하여 개최된 국제회의. 이
　　회의에서 2차대전의 전후처리와 국제평화 문제를 토의했다.

좌우합작의 필요성 (기자회견2)

최근 소위 자율정부 혹은 단독정부에 내가 각료로 들어갔다 하나, 나는 그런 교섭이 있다 하더라도 반대할 것이며 또 수립될 수 없을 것이다. 미소공위의 소극적 재개 촉진달성보다 우리가 주체가 되어 영웅적으로 운동을 전개하여야 될 것이다.

이런 기회에는 민족을 대표한 기관이 필요한데, 이러한 기관을 수립하기 위해서는 개인의 노력으로 될 수 있는 공통점을 발견하여 좌우익 간에 개재되어 있는 나쁜 이해와 감정을 초월한 대표적 기관을 설치하여 미소공위 재개에 열중하고 완전한 임정이 수립될 때까지 임정에 협력하여 가야 될 것이다. 이 감정과 이해가 해결되면 좌우통일은 용이한 것이다.

여기에 문제되는 '신탁'이라는 것은 우익에서는 헌법의 제2장에 기재된 패전국에 대한 신탁으로 오인하고 있으나, 나의 해석으로는 3상회담 결정은 우리 주권과 내정을 침범치 않는 것으로 믿고 있다. 진실한 통일정부는 좌우의 완전한 합작에서 수립될 것이다. 결국 좌나 우나 단독으로는 수립되진 않을 것이며, 수립된다 하더라도 지속성이 없을 것이다.

그런데 우리는 우익 전체를 비민주주의라 하는 것은 아니고, 봉건잔재와 파쇼를 배척하는 것이니 이것이 반동자이다. 우익도 애국자이며, 우리 독립정부를 민주적으로 수립하자는 것이지만 보수적이라 볼 수 있다. 그

러나 모든 것을 초월하여 오늘 이 때에 좌우합작하여 통일정부를 수립 못
하면 민족분열을 점점 초래하게 될 것이며, 우익 자체가 불리할 것이니 현
명한 우익진영의 고찰을 바란다.

끝으로 경제문제에 있어 현 단계를 부르조아 혁명이라고 규정하면 진보
적 자본주의를 실시하기 위하여 봉건적 소작제 등은 일소할 것이고, 또 토
지는 농민에게 주어야 한다. 이 경제문제가 곧 좌우익 간에 대립되고 있는
이해관계이다.

38도 이북에서 토지개혁을 실시하여 통일정부가 수립되면 이것을 강력
히 추진하려고 하겠지만, 민주주의적으로 볼 때 투표한 국회헌법으로 작
정될 것이니 좌우 어느 편이 국회세력을 장악하느냐에 따라 정책이 시행
되는 것이니 이북의 시책은 잠정적이라 볼 수 있다. 우리는 끝까지 근로대
중과 국가적 경제시책에 노력할 것이다.

(―《독립신보》, 1946년 6월 12일)

(―《자유신문》, 1946년 6월 12일)

입법기관 설치에 반대 (기자회견)

문 : 어제 버치 중위[147]와 만났다고 들었는데?

답 : 오후 5시경에 민전측 몇 사람이 버치 중위를 만나 사담한 일이 있다.

문 : 항간에 인민당이 입법기관에 들어간다는 풍설이 돌고 있는 데 사실
인가?

답 : 너무 심한 속단이다. 우리는 아직 이에 대한 의사표명도 너무 시기
가 이르다고 생각해서 가부도 표명하지 않았는데……. 그리고 이 문
제는 서면으로 결정된 것도 아니겠고 또 정부가 서기 전에 입법기관
이란 있을 수 없는 것이니까.

문 : 좌우합작의 진전은?

답 : 이때까지 개인의 자격으로 몇 번 만났지만 쌍방이 성의 있게 대하고
있고 민족정부가 열의를 갖고 성원하고 있으니 성공되리라고 믿는
다. 여러 가지 잡음을 없애고 성립시키자니까 시일이 좀 걸리는 것
같다. 통일의 원칙은 민전에서 수십 차 표명하였으니까 새삼스럽게

---

147) Leonard Bertsch : 계급장은 중위를 달고 있었으나, 실은 미 육군성에서 파견한 하지 중장의 정치고
문. 미국 하버드 법대를 나온 신진 변호사였다. 굿펠로우가 이승만과 공작하여 만든 '민주의원'이 미
국무성의 지시로 해산된 뒤, 버치 중위는 1946년 상반기부터 민주의원을 대신하게 될 '남조선과도입법
기구'의 대표성을 확보하기 위해 중도파인 여운형을 끌어들이는 정치공작에 전념했었다.

말할 필요도 없다. 그리고 구체적으로는 나타나지 않았으나 우측 내
에서도 어떠한 기운이 보이니 수일 내로 어느 정도 진전이 있을 것
같다. 그때는 공동코뮈니케로 발표할 것이다.

(―《독립신보》, 1946년 6월 15일)

통일공작에 대한 관점

　건국공작의 지연은 밖으로 관계 연합국의 견해 불일치에 기인하는 바도 없지 않지만, 안으로 민족적 정치역량의 분열대립이 그 주원인임을 인정한다. 그러므로 건국공작의 금후 추진은 이 정치역량의 민족적 제휴와 통일을 기다려서만 실제적 진전이 있을 것으로 인정한다.

　금년 봄 이래 정치 분야의 대립에는 3상결정에 대한 견해와 태도의 불일치가 큰 원인의 하나인데, 나는 그 결정과 그 결정의 의도가 하나인 이상, 그것에 대한 견해와 태도도 오직 하나이어야 하며, 금후 진지한 연구와 정확한 이해로서 꼭 귀일될 것으로 믿는다. 조선 문제에 관한 3상결정은 샌프란시스코에서 제기된 국제헌장이 지적한 대對약소민족 조항에 비하면 국제 민주주의적 방향과 민족적 권리 인정에로 향하여 일단의 전진을 보인 것으로 인정하며, 더욱이 민주주의적 조선 자주독립 정부의 수립과 그 자주의사에 의거한 4국의 공동원조 표시는 국제헌장에 규정된 신탁통치의 지배적 특질을 거세하고 그들의 연후 성명과 같이 후견제가 실질적 원조인 성격을 명확히 규정한 것으로 인정한다.

　따라서 3상결정은 기존 문헌 중에서는 조선에 적용될 가장 유리한 국제적 문건이요, 합법적 문서이며 3국 간에 실천될 기본적 약속임을 확인하여, 우선 그것을 수락 실천하면서 4국과 협조하여 우리의 자주성을 더욱 발전 앙양시켜서 가급적 최단 기간에 완전독립을 달성하여야 한다고 생각한다.

즉, 4국으로서 할 원조의 요항과 방법과 기한은 우리 민족의 민주주의적 총의를 대표할 우리 정부의 자주적 의사와 요구에 의거하도록 하면서 나아가야 할 것임으로 후견제를 식민지화나 침략이라고 전제한 반탁운동은 자연 소멸되어야 할 것으로 본다.

그러므로 3상이 민족문제에 대하여 샌프란시스코 때보다 일단 개선 진보된 태도로서 한 모스크바에서의 지배적 신탁통치 규정에 의한 것이라고 우기고, 또 자주와 독립의 실현성을 구체적으로 지적 보장한 모스크바 결의에 반기를 들고 겨우 약소민족 독립에 대한 방향을 추상적으로밖에 지적하지 아니한 "대서양헌장에 의하여 독립한 권리가 있다"느니 "언론자유" 운운하고만 있는 것은 하등 건설적 결과가 없을 것으로 본다.

민주주의 임시정부 수립은 민주주의 정당과 사회단체를 기초로 하여 그것이 제휴 합작함으로써 정치적 총역량을 집중적으로 표현시킬 것이므로 금후 합작운동도 마땅히 이 당과 단체를 기준으로 하여야 할 것으로 생각한다.

그리고 종래에 말썽이 된 비율 문제에 대하여서는 실제로 인민과 결부된 정치조직, 즉 실재한 민주주의 제 정치세력을 표준하면 공평 정당할 것이요, 외국간의 세력균형을 우리 정부 내에 반영시킴으로써 유리하게 생각하는 의존적 경향은 자체의 공허를 자인하는 것이며, 우리 민족의 정치적 자결력에 대한 치욕을 의미하는 것이 된다.

이번 합작 성공의 전前 단계에서는 우선 각 정당과 단체의 주요 책임자가 개인자격으로 하나의 연석협의체를 구성하고 그것이 격의 없는 이해와 성의를 보일 때 구체적 합작의 제2단계로 들어가야 할 것으로 생각한다.

이러한 협의체는 우선 서울에 있는 주요 정당세력을 포괄할 수 있는 범위로 구성한 뒤 그 사절을 북조선으로 보내어 38이북의 여러 주요 정치세력까지 여기에 합류시킴으로써 구성을 확대하고, 소련 대표단과도 접견하여 공위속개를 촉진할 것을 의도한다.

이렇게 하여 좌우, 남북의 민주적 주요 정치세력을 대표할 수 있는 요인들의 이해와 의견의 일치를 보게 되면 다시 구체적으로 공위와 보조를 맞추면서 각 정당과 단체 대표로서 임시정부 수립을 할 수 있는 회의를 구성할 준비에 착수할 것을 의도한다.

그러므로 근자에 공위속개의 무망無望을 전제로 한 소위 자율표방이나 공위재개를 기다려서만 전진하려는 수동적 태도는 둘 다 능동적이라 할 수 없으며, 더욱이 정당과 단체에 근거를 두지 아니하고 군중과 조직에서 유리된 분자와 망명 중인 지역대표, 즉 지방인민과 연락이 없는 자칭 대표 등으로 민족통일총본부 운운함은 의연 합작의 본부에 대하여 스스로 반기를 드는 유해한 수고로 인정한다.

(─《현대일보》, 1946년 7월 2일)

(─《중외신보》, 1946년 7월 2일)

(─《서울신문》, 1946년 7월 3일)

[이 글은 몽양이 1946년 7월 1일 인민당사에서 출입기자단에게 회견한 내용이다─편자]

합작거부는 통일의 방해 (인터뷰)

1. 통일정부의 수립은 민족의 정치적 역량의 합작을 요청하는 것이다. 합작을 아직 거부하거나 혹은 방해하는 것은 즉 통일정부 수립의 반대요, 방해다.
1. 연합국의 협조와 승인으로서만 독립할 수 있게 된 처지의 조선이 차제에 조선독립을 위하여 제정된 모스크바협정의 범위에 따르자는 것은 만부득이한 일이다. 이 궤도 외의 기도가 가능한 것 같이 생각하는 것은 결국 점령지 현상만 연장시킨다.
1. 조국광복의 대업을 앞두고 역량을 상호잔멸에 두는 것은 역량의 낭비요, 민족통일의 비극이라 마음 아픈 일이다.
1. 군경 방면은 금차 사건의 부분적 규명에 치중할 것 없이 전체적으로 이 같은 사태의 제거를 요망한다.
1. 힘써 조심하여 여러분의 걱정을 덜고 나의 소임을 다하려 한다.

(―《자유신문》, 1946년 7월 22일)

국치일의 회고 (수필)

햇수로 37년 전!

내 나이 그 때 25세, 혈기왕성한 때였습니다. 누구나 그 나이를 경험해 보았겠지만 그 나이에 그러한 일을 당함에 실로 천지가 아득하고 주먹이 불끈 쥐여지며 땅을 치고 울어도 시원치 않고 펄펄 날뛰어도 별도리가 없었습니다. 그때의 분노와 원한이란 어찌 다 필설로 그릴 수 있으리까!

지금에 그때를 회고하니 어느덧 37년, 악착한 지나간 일이거니 가장 고통스런 악몽이라고나 할까, 악몽이라기에는 너무나 무서운 현실이었습니다.

1910년 8월 29일!

이날은 조선을 위하여 불행한 날이었을 뿐만 아니라 동양, 한걸음 더 나아가 전 세계의 평화를 교란할 씨를 뿌려놓은 날이었습니다. 그때의 소위 열강이 일본의 이러한 행동을 묵인한 죄로 이번 전쟁에서 받은 인과응보가 얼마나 컸고 파괴적이었나 하는 것을 깨달았으리라고 생각합니다. 엄숙한 현실입니다.

러일전쟁의 결과 러시아(俄羅斯)가 패배하고 보호조약이 체결됨에 그때의 전 국민은 나라는 이미 기울었고 합병이라는 것도 이미 시간문제라고

생각하였습니다. 조선천지는 물 끓듯 하였습니다. 그때의 조선 형편이란
개인에 비한다면 흡사 몸은 병들고 외부의 시달림은 심하였으나 병은 이
미 골수에 사무치는지라 약효도 있을 리 없고, 또는 애를 써서 약을 써보
려고 동정하는 동네사람조차 하나 없이 멍하니 운명하는 것을 내려다보고
있을 뿐이었다고나 할는지요.

　옆에서 울고불고하는 것은 어린 아이들 뿐이었습니다. 그러나 그들은
힘이 없었습니다. 땅을 치며 방성대곡하는 사람, 기가 막혀 껑충껑충 뛰
는 사람, 나라를 구할 길이 없다 하여 자결하는 사람, 때는 늦었지만 의거
하려고 의병을 모으는 이, 해외로 망명하는 이, 세상을 싫어하여 입산하는
이, 그야말로 형형색색의 눈물겹고 가슴 미어지는 정경이었습니다.

　이보다 5년 전 보호조약[148] 시에 나는 내가 다니는 흥화학교[149]의 교장으
로 계시던 고 민영환[150] 선생이 천추의 한을 품은 채 순절하시게 됨에, 당
년 스무 살의 젊은 몸은 전신이 의분으로 떨리게 되어 통곡하며 복수를 결
심하고 경성을 떠났습니다. 그것이 나의 제1차 결심이었습니다. 그때 나의
생각은 사립학교를 세워가지고 인재를 양성하겠다는 것과 다른 한편으로
는 의병과 연락하여 때가 오게 되면 나라를 위하여 의거하겠다는 것이었
습니다. 그래서 강원도 강릉으로 가서 '초당의숙'[151] 이라는 조그마한 학교
를 만들어서 그야말로 열과 성과 의로 모든 고난과 싸우며 경영했던 것입
니다. 때로는 경비가 넉넉지 못하였으나 열과 의로 뭉쳐진 사제師弟는 고

---

148) 보호조약 : 을사보호조약乙巳保護條約. 1905년 11월 일본이 한국의 외교권을 빼앗기 위하여 강제로 위
　　협하여 체결한 늑약.
149) 興化學校 : 민영환閔泳煥이 특명전권공사로 미국과 유럽 여러 나라를 시찰하고 돌아온 뒤 1895년 외
　　국어와 선진기술을 가르치기 위해 설립한 근대식 학교.
150) 閔泳煥 : 조선 말기의 문신·순국지사. 조정의 특명전권공사로 중국 상해와 일본을 거쳐 구미제국을
　　순방한 뒤 흥화학교를 설립했다. 독립협회를 적극 후원하다가 1905년 11월 을사늑약이 체결되자 자결했
　　다. 시호는 충정忠正.
151) 草堂義塾 : 을사늑약(을사조약) 후 여운형이 교육사업에 뜻을 두고 세운 강릉의 학교 이름. '홍길동'으로
　　유명한 허균의 아버지 허엽許曄의 호가 '초당'이어서 그런 이름이 붙었다.

난이 더하면 더할수록 더욱더 단단히 뭉쳐지는 것 같았습니다. 지금 생각만 하여도 참으로 비장한 광경이었습니다.

합병되는 바로 그해 하기휴가에는 오랫동안 연락 못하였던 동지들을 만나볼 겸 교사도 더 초빙하려는 여러 가지 포부를 가지고 귀향했다가 합병의 비보를 접했습니다. "올 것이 기어이 오고야 말았구나" 하는 탄식과 함께 정신이 아득했습니다. 새로 초빙한 교사 5인과 다시 강릉으로 가서 여전히 교육에 종사하며 서로 동지를 규합하여 장래를 도모하기로 하였으니, 이것이 재차의 결심이었습니다.

그래서 목적을 달성코자 열심노력 중 이것이 당시 강릉서장이던 안등겸순安藤兼純이란 자에게 탐문된바 되어 그해 겨울 학교는 폐쇄되고 우리들은 강릉 밖으로 축출되어 경영하던 모든 일은 허사로 돌아가고 말았습니다. 이에 뜻을 굳히고 국외로 나아가 기회를 기다리기로 하고 우선 만주로 향하기로 하였으니, 이것이 제3차 결심이었습니다.

겨울은 가고 따듯한 어느 봄날 혈기방장한 청년 3인이 술에 취한 듯 미친 듯 기뻐서 울고 어이없이 웃어가면서 금강산 계곡으로 다리를 끌었으니, 이것이 강릉을 쫓겨나 경성으로 향하던 우리 일행 3인의 정경이었답니다. 외국으로 가면 언제 고국에 돌아와 금강산을 보겠느냐고 금강산을 지나 춘천을 거쳐 경성으로 코스를 잡았던 것입니다.

그때 어찌나 인상 깊었던지 지금까지 잊혀지지 않는 일이 한 가지 있습니다. 만두 같은 달이건만 보는 이의 심경에 따라 기쁘기도 하고 슬프기도 한 격이라고 할는지요. 원체 감개 격분한 청년들이었으므로 산을 보아도 격하고 물을 보아도 울던 터인데다가, 유점사[152]를 거쳐 내무재[153]를 지나

---

152) 楡岾寺 : 금강산에 있는 4대 사찰의 하나였으나 6·25 때 소실되었다.
153) 內霧在 : 금강산에 있는 내무재 고개(內霧在嶺)를 가리킨다.

만폭동[154]으로 가던 도중에 매월당[155]의 시를 보고는, 우리의 심경을 그리도 묘사해 놓은 것 같아서 세 놈이 서로 부둥켜안고 시를 읽다가 울고, 울다가 시를 읽고 몇 시간을 울었는지 모릅니다. 그 시는 이러합니다.

산 즐기고 물을 즐기는 것이 인지상정이겠지만, 내 산에 올라 울고 물에 임하여 우니, 어찌 산을 즐기고 물을 즐기는 정이 없어서 그런 것이랴, 아, 슬퍼 그러함이 아니랴!

(樂山樂水 人之常情 予登山而哭 臨水而哭 豈無樂山樂水之情而然歟 悲否)

일본이 조선을 경유하여 대륙침략을 꾀한 것은 멀리 임진왜란 때 일은 그만두고라도 명치유신 후의 소위 정한론[156]이 적극적으로 진전되어 청일, 러일의 양 전쟁을 거쳐 보호조약에까지 발전되었다가 끝내 이 기막히는 민족적 대치욕을 당하고 말았던 것입니다.

우리는 언제나 역사를 읽을 때에 그 연대, 인명, 사건의 나열만을 기억하는데 그칠 것이 아니라, 한 국가의 흥망성쇠의 원인과 결과를 구명하여 국가운영에 산 교훈을 삼아야겠다는 것이 식자들이 주창하는 바가 아닙니까.

과거를 해부함으로써 현재 당면하고 있는 건국사업에 실제적으로 참고, 활용되는 바 있어야 되리라고 생각하며, 또는 이날을 회고하는 의의도 이 점에 있으리라고 믿습니다. 해방된 지도 이미 1년이 지나간 오늘, 완전 자주독립 정부가 수립되기까지는 아직도. 절대적인 노력이 요청되는 이때에

---

154) 萬瀑洞 : 금강산 표훈사 부근에 있는 지명. 1만 개의 폭포가 있는 곳이라는 데서 만폭동의 이름이 유래했다.

155) 梅月堂 : 본명은 김시습金時習. 3살에 〈소학小學〉을 읽어 뜻을 통달했으며, 5살 때 세종대왕 앞에서 글을 지어 칭찬을 들었다는 신동으로 수양대군이 어린 단종을 몰아내고 왕위에 올랐다는 소식을 듣고 읽던 책을 모두 불태워버린 뒤 중이 되어 방랑길에 올랐다. 한평생 절개를 지키며, 불교와 유교의 사상을 아울러 포섭한 사상과 탁월한 문장으로 한 세상을 풍미했는데, 주요 저서로는 《금오신화金鰲新話》《매월당집梅月堂集》 등이 있다.

156) 征韓論 : 1870~1873년 무렵 일본정부 내에서 고조된 한국 침략론.

이 날을 회고함에 당하여 감상적 추억에만 흐르지 말고 산 역사로서 앞으로의 건설에 이바지함이 있어야 되겠다는 것을 강조하는 바입니다.

(1946년) 7월 11일

(―《신천지》, 제1권 7호, 1946년 8월호)

합당 제안문

우리 현 단계의 민족적 과업은 자주독립의 완수와 민주주의 국가의 건설에 있다. 이것은 오로지 민주주의적 세력의 강대화에 의하여서만 가능한 것이다.

우리나라는 아직 자주독립을 달성치 못하였으나 연합국의 호의로 자주독립이 보장되어 있으며 불과 1년간에 민주주의 발전은 커다란 성과를 보여주고 있다. 북조선에서는 토지개혁, 중요산업의 국유화, 노동법, 남녀동등권법 등의 실시로서 민주주의의 근본 과업을 실현하는 도정에 있으며, 남조선에 있어서도 민주주의민족전선을 중심으로 한 8백여 만의 인민대중이 집결되어 진정한 민주주의 운동의 거대한 세력을 형성하여 그 과업 완수에 매진하고 있다.

이에 반하여 조선의 반동세력은 민주주의를 가장하고 온갖 위선적 수단을 농하면서 우리 민주 진영의 파괴와 대중을 오도하기에 급급하면서 화급한 민생문제는 오히려 도외시하고 있다.

이러한 정세는 우리 애국적 민주진영으로 하여금 일층 더 강고한 결속을 요청한다. 우리는 민주주의적 건설을 현 단계의 과업으로 하고 있는 이상 그 세력을 분산시키고 때로는 무용의 마찰을 가져올 우려가 없지 않는 정당의 별립剛立은 무의미하다고 생각한다. 더욱이 반동배들의 이간과 모략을 봉쇄하는 의미에 있어서도 우리 민주주의 각 정당은 별립할 것이 아니라 한 개의 거대한 정당으로 합동되어야 한다고 인정하는 바이다. 진정한 애국자들은 조선민족의 통일을 위해서 노력해야 할 것이다. 노동자, 농민, 소시민, 인텔리 등 모든 근로인민의 이익을 옹호하는 신민당, 공산당, 인민당의 합동은 조선 민족통일의 기초를 구축하고 민주진영의 주도체主導體를 완성하는 것이다.

이러한 견지에서 인민당 중앙집행위원회는 신민당 중앙위원회와 공산당 중앙위원회에 3개당을 하나의 대정당으로 통일할 것을 제안하는 바이니 우리의 제안을 토의한 후 이에 회답이 있기를 요망하는 바이다.

1946년 8월 3일

(—송남헌, 《해방 3년사》)

민주정당 활동의 노선 (시론)

문제의 유래

1. 4년 전 우리가 건국동맹을 결맹할 때에 조선의 당면한 단계, 지금으로 현 단계에는 조국을 외국의 기반(羈絆: 굴레)에서 해방함과 동시에 자민족自民族으로서도 대다수 인민을 봉건적 토지제도와 대재벌의 독점적 착취에서 해방하고, 유산계급만의 정치적 특권이 행사될 수 없고 구성원의 절대다수인 광범한 인민의 모든 자유와 기회균등이 보장될 수 있는 민주주의적 국가로 재건하여야 할 시기이기 때문에, 당시의 동지 중에는 20년 내의 공산주의자도 있었지마는 현 단계의 민주주의적 과업의 수행을 위하여 투쟁할 진보적 민주주의자를 널리 포섭할 수 있는 성격의 건국동맹 체제와 계급적 정강이 아닌 광범한 인민적 민주주의 건국을 위한 현단계적 정강을 가지고 나가자는 데에 동지들은 완전히 합의하여 그 노선을 실천하여 오던 중, 작년 4월 연안 독립동맹과 연락이 있었을 때에 무정[157] 장군으로부터도 "조선에는 무산계급 혁명 단계가 아니고 공산당의 명칭을 가지고 나갈 단계가 아니기로 조직을 독립동맹이라 하고 진보적인 민주주의의

---

157) 武亭 : 본명은 김무정金武亭. 중앙고보를 다니다 19세 때 중국으로 건너가 하북성 보정군관학교(강무당) 포병과를 졸업한 뒤 1935년 홍군의 대장정에 참여했고, 1938년 팔로군 최초의 포병연대 연대장을 거쳐 1942년 조선의용군 대장을 역임했다.

강령을 채택하였으니 앞으로 입국하여서도 건국동맹이라는 이념과 실천이 모든 점에서 완전히 합류된 것이라"는 의사가 전하여 왔기로 관점과 실천이 미리 의논한 것처럼 일치한데에 매우 유쾌하였던 것이다.

그리하고 오던 중 작년 8·15를 당하자 과거의 공산당원을 중심으로 공산당을 재건하면서 당면의 단계가 '부르주아 민주주의 혁명단계'라 규정하여 이 단계에서 달성할 당면 강령을 채택하였으나, 종래 우리의 건국동맹은 공산당과는 그대로 합의한 성격이 되지 못하기로 동맹을 확대 강화하여 인민당으로 하였으나, 의연 우리의 종래 노선을 더욱 명확하게 파악하고 오면서 입국 발전하는 신민당(전 독립동맹)과 공산당으로 더불어서는 현 단계의 민주주의적 공통과업을 완수하기에 맹군적盟軍的 관계를 취하여 오던 중이다.

1. 그런데 지난 1년의 실천상 경험이 공통한 민주주의 과업을 달성하기 위한 주도체가 수개의 체계로 별립하여 있는 것이 비능률적인 것을 우리에게 교훈하였고, 금년 봄에 결의된 민전 체계는 정당 내부활동에까지는 중앙집권적 일원화를 할 성격을 가지지 아니한 것이기로 이에 당면 정치 강령의 공통한 정당이 통합하여야 할 필요를 여러 가지 각도에서 절감하게 된 것이다.

1. 그리고 일방으로 공산당으로서도 그 1년의 실천이 대체로 역시 그 당면 강령에 의하여 광범한 민주주의적 건설과업 수행에 있었음에도 불구하고 그 개개의 활동을 현 단계를 뛰어넘는 무산계급 혁명투쟁인 것으로 무비판한 군중이 오인하기도 하고, 또 반동진영이 의식적으로 그렇게 오인시키기에 노력하고 있기 때문에 그 활동에는 한 지장을 입어 왔다.

공산당은 이러한 정세를 재인식하고 실천할 노선을 자비판하여 당명과 강령과 모든 전술을 현 단계의 실정과 당면 수행과업에 대중적으로 응하면서 신민당, 인민당으로부터 통합하는데 동의를 가지게 된 것이다. 그러므로 우리가 종래에 의향하고 실천하여 오던 현 단계의 광범한 인민적 정당과 정치노선에로의 주로 일원화 조건이 이에 무르익은 것으로 간주하고 금번 그 실현을 기하여 감히 양당을 향하여 합동을 제의한 것이다.

합동의 의의와 노선

1. 합동은 현 단계의 민주주의적 과업을 가장 확실히 또 능률적으로 수행하기 위하여, 주도력을 프롤레타리아로의 전위만이 아닌 광범한 인민의 정당으로 일원화함으로써 민주주의 전체 역량의 일층 능동적 강화를 기하는 것이다.

1. 합동은 민주주의 진영의 내재적 능률 손실요인을 제거함과 동시에 민주진영에 대한 외래적인 모든 약체화 모략을 봉쇄하는 것이다.

1. 합동은 현 단계의 광범한 인민적인 민주주의 건국과업을 수행하는 노선을 더욱 뚜렷이 인식시키면서 나가는 것이며, 그러기 위해서는 절대다수의 이 광범한 인민 층을 보다 열의 있게 이 인민적 민주노선에 참가시키려는 것이다.

1. 우리가 광범한 인민적 민주주의 과업이라 함은 이것이 즉 진정한 애국적인 민주주의 민족과업을 지칭하는 것이니, 즉 조국으로 하여금 외국의 정치적·경제적·군사적 기반(羈絆: 굴레)에서 완전 해방됨과 동시에 민족 중의 절대다수인 광범한 인민 층을 자민족 내의 극소수 독점 대지주, 대재벌과 특권 야망가들의 경제적 정치적 군림에서 해방되는 조국을 건설하려는 과업이기 때문이다.

1. 그러므로 이 노선에는 자력의 빈약 때문에 외력에 의존하여서까지 개인적 야망을 달성하려는 극소수의 악질적인 비애국분자와 자기네 종래의 반민족적 범과에 의한 처단을 두려워하는 극소수 친일분자만이 반대할 수 있는 것이고, 적어도 애국자라면 그것도 말로서만이 아니고 진실로 도탄에 빠진 이 민족생활을 가장 합리적이고 가장 가능한 방법에 의하여 꼭 구출하려는 언행일치의 애국자라면 모두 다 이 노선에 참가할 것이며 또 참

가하지 않을 수 없는 것이다.

1. 그러함에도 불구하고 극소수의 반민주주의적이고, 극우적인 민족적 요소는 잘못을 저지른 친일요소와 한패가 되어 패망 일제가 남기고 간 반공사상의 체계와 문구까지 사용하여 과거와 현재를 통해 가장 애국적인 민주운동을 실천하고 있는 좌익의 투쟁사와 그 활동을 지칭하여 조선의 현실에서 껑충 뛰어넘어 무산계급 독재와 공산사회를 즉시 실현하는 것이라고 민중에 무고誣告하여 아직 정치적 의견이 분명치 못한 일반대중의 판단을 현혹케 하기에 전력을 경주하였기로, 그들의 이러한 모든 유업계승적 활동은 과연 다대한 성과를 거두어 자기의 해방을 얻기 위하여 당연히 우리의 민주노선에 참가하여야 할 인민의 일부까지 그들 위장적 오도에 추종하여 민족적 적에게 던져야 할 돌을 진정한 애국자의 행렬에 던지는 불상사를 초래하고 있는 것이니, 사태가 여기에 이르게 된 것은 오직 그들 반동적 음모가의 역량과 소치만이 아니고 기실 우리 민주진영 내의 미숙과 전술상의 빈궁과 전세의 미정비 등과 소인素因이 반동가의 활동을 더욱 성과적이게 한 점이 또한 없지 않은 것이다.

1. 그러므로 우리는 이러한 일련의 쓴 경험에서 모든 내재적 불리한 조건을 극복하면서 현 단계의 민족적이고 광범한 민주과업을 달성함에 가장 적응한 진영다운 진영으로 강화정비하고 주도세력을 일원화하면서, 각 계층의 애국적 요소를 이 민주노선에 민족적으로 결집하여 과감하게 대외, 대내의 과업수행에 매진하려는 것이다.

1. 그러므로 외세에 부합의존함으써만 반민족적인 자기 야망을 달성하려는 극소분자 외에는 당연히 모두가 이 민주노선에 참가하여야 하며, 또 참가시키기에 성공하지 아니하면 아니 될 것이다. 지금 민족적 상공업자까지 조선이 외국 경제의 굴레와 외국 시장화를 벗어나지 못하고서는 독자적인 상공업을 존립 발전시킬 수 없음으로 해서 조국의 경제적 자립만을 위하여서도 당연히 우리의 애국적인 민주노선에 참가하여야 할 것이

며, 의식적 친일분자가 아니었던 다수의 일제 관리도 각자의 행정상, 사무상 경험과 기술을 인민을 위한 민주조국에 바치기 위하여 당연히 이 애국적인 민주노선에 참가하여야 할 것이며, 돌연 적극적 참가 태도를 취하지는 못한다 하더라도 반동적 영수들에 우롱되어 새로운 반민족적 잘못을 저지르지 않는 데까지는 인도하지 아니하면 아니 될 것이니, 지금껏 반동 지도자들은 그러한 모든 층을 자기네 세력권에 집결시키기 위하여 좌익에서 극소분자만을 지목하는 '친일파 · 민족반역자 제거'의 주장을 마치 과거의 관리와 타협적 상공기업자 전체를 처단하려는 것처럼 경고하고 있기 때문이다.

1. 과거 1년간에 있어서는 민주진영에 당연히 부담하여야 할 이러한 임무, 민족 다수성원이 각자 가진 지능과 기술과 모든 역량을 인민적인 민주건국공작에 바치게 하는 임무를 수행하기에는 자체의 진영도 불비하였거니와 활동과 역량과 전술이 옳지 못했던 것도 진실히 비판하지 아니하면 아니 되며, 또 우리가 애초에는 재외 망명객과 재내 유산계급과 그 대변자들의 애국적 충성과 민주주의적 정치의식을 과대 판단하여 그들을 조국재건의 지도하에 퇴참(退參: 퇴진과 참여)시키려 한 것이 그 후 실천을 통하여 그들의 일부가 예상 밖의 각도로 반동적으로 나오게 된 데 우리의 오산이 있었던 것을 명실 공히 비판하지 않을 수 없는 것이다.

1. 그리고 여기에 한 가지 극히 상투적인 문제이나마 재확인하여 둘 것은 우리의 이번 진영정비와 전술전략의 대승적 비약은 결코 민족 내부의 계급적 투쟁을 부정 또는 시기함을 의미함이 아니라는 점이다. 대체로 보아 계급적 이해대립이 엄존한 사회에서 각양 형태의 계급적 투쟁이 없을 수 없는 것이니, 그 이해관계에 국가적인, 법적인 귀결이 있기 전에는 그저 도의적으로만 그 대립을 협조한다는 것은 아직껏 전 인류사가 가져보지 못한 일이다. 그것이 가능할 것처럼 운위하는 것은 오직 미망과 아집일 뿐이기 때문이다.

더욱이 우리 조선의 현재로서는 무산계급은 전 민족적인 대외적 과업을 앞에 두고 극소량이나마나 이탈될 수 있는 계급적 성질의 내부대립을 즐겨하는 것이 아니고, 유산계급이 그들의 단계적 당을 형성하여 가지고 민족 절대다수를 실질적으로 해방시키고 행복되게 할 수 있고, 그리하여 조국을 실질적으로까지 완전독립하게 할 수 있는 정당한 제 민주주의 과업을 거절하고 민족 대다수 성원을 종전대로 불행한 생활에 둔 채로 자기네만 자본적 독점과 착취와 정치적 특권을 행사할 수 있는 유산계급의 전제적 조국을 재현하려는 기도를 외력에 의존해 가면서까지 추진하면서, 부분적으로는 각종의 기업기관에서 실제 종사하고 있는 근로자를 혹사하고 그들의 최저생활도 보장하지 않고 자기네의 모리에만 급급하고 있기 때문에, 근로대중은 우선 모든 생활보장을 위하여 부분적으로 직장투쟁을 아니할 수 없는 것이며, 또 조국의 그러한 소수 전횡을 불허하는 민주국가가 되게 하기 위한 전체적인 투쟁을 아니 할 수 없는 정세이기 때문이다.

그러므로 우리 민주노선은 민족적으로는 대외 해방투쟁의 길이며, 대내적으로는 소수독점 및 특권욕에 대한 극복투쟁을 내포하면서 가는 길이 되는 것이다.

1. 그리고 관계 연합국에 대하여는 그들이 이미 조선을 그 점령관리에서 풀어놓기 위한 순서로 법문화되어 있는 3상결의의 성실한 실천을 요구하되, 우리는 가장 우리의 국가에 적용하기 유리한 구체적 세목으로 할 것을 명확히 채택하는데 주저함이 없어야 할 것이다.

1) 연합국은 우리의 민주조국 재건을 위하여 친일잔재를 숙청하고 민주주의 발전을 원조할 것을 결정하였으니, 우리는 이러한 내용의 원조는 쾌히 수락하고 그 실천을 요구하면서 반동 영수들이 도리어 연합국의 힘을 빌려가지고 모든 일제적日帝的 의식과 기술을 진정한 민주주의의 억압에 사용하고 있는 것은 3상결정에 역행하는 것임을 지적, 투쟁하여야 하며,

2) 연합국은 민주조선의 완전한 독립을 보호하기 위하여 4국이 공동으

로 원조할 것을 결의하였으니, 우리는 조국에 대한 외국의 개별적 공세를 방해하기 위한 4대국의 공동원조는 조선을 국제적 불침不侵 지역화하는 것으로 하여 건국 당초에는 우리에게 유리한 점도 있는 것으로 간주하고 그러한 내용의 보장과 원조만은 요구할 수 있는 것이며, 정치적·경제적·군사적 공세·지배·구속·간섭·전략기지화 등은 원조결의에 위반되는 것이므로 그러한 기도에는 거부 항쟁하여 할 것이다.

3) 이러한 조선에 대한 모스크바결정 국제헌장이 결정한 신탁통치를 그대로 적용하려는 것이 아니고 조선 민족의 자주권을 인정한 독립의 보장과 원조라는 문면과 언질을 전제로 하고서의 우리의 태도인 것이다.

1. 이렇게 하여 우리는 연합국에 협조하고 요구하되 연합국의 결의와 언질로서 할 것이요, 그 결의와 성명에 위배되는 모든 기도와 실천에는 단호히 항쟁하여야 할 것이니, 이러한 점에서는 우익이라도 비의존적인 애국자이면 당연히 이 문제에서 우리와 합작할 것이요, 그리하여 같이 통일적 임시정부 수립에 매진하여야 할 것이며, 친일적인 반민주주의적 제諸 요소를 배제하고 다수 인민을 위한 진정한 민주주의적 제 기본단체를 세우면서 명실상부한 애국적 민주주의 임시정부를 수립하려 함에 의연히 동참하여야 할 것이다

1. 이렇게 되면, 또 이렇게 됨으로써만 북조선의 민주주의적 제 건설을 같이 조정하여 남북통일 가능의 직전상태에 들어갈 것이요, 북조선의 그것을 부정 또는 찬성하려는 태도로서는 남북통일, 통일적 임시정부의 수립은 전연 불가능한 것이니 우리가 고심하여 추진하는 좌우합작도 이러한 점에 주안을 두는 까닭이 여기 있는 것이다.

1. 이러한 점으로서도 우선 남북의 민전 주도 정당이 각기 단일체계화하는 것은 민주전선 남북통일의 직전단계로 돌입하는 건설적이고 비약적인 공작이 되는 것이다.

민주주의 진영의 동지에 대한 요망

1. 우리는 민주주의 진영의 주도체 일원화를 위한 이번의 비약적 공작은 위와 같은 유래와 노선을 가진 현명하고 대승적인 공작이며, 전체 민주주의 역량의 일층 극대화, 일층 능동화 공작인 것이니, 모든 민주주의 전열의 동지들은 이러한 기본적 규정을 명확히 하여 이 공작의 완수와 이 노선 위에서 금후의 모든 실천을 통하여 이러한 기본적 규정에 위배됨이 없고 소기의 성과에 오산됨이 없도록 일층 더 동심협력하기 바란다.

1. 그리고 이 회동의 기초적 추진은 각 당 중앙이 최종적 합의를 보는데 적절한 준비기간을 두고 문제의 규정과 경위를 당과 당원 전체에 제시하여 각 지방 단위조직에서부터 결의하고 대표가 모여 전체 대표대회에서 비로소 민주주의적 결당을 보게 될 것이다.

1. 제 정당의 생성 때 호기豪期에서 집결된 모든 성원은 물론 전적으로 각당의 역량을 유쾌하게 십일 분 발휘할 수 있어야 하며, 아직 제당 외에 있는 모든 열성적 민주주의자도 성의 있게 영입 집결하여야 하고, 모든 애국적 민주주의 대내대외의 과업을 공동 수행하기 위해서는 타당의 진영을 향해서도 열의 있게 제휴협동의 손을 내밀고, 비민주적 분야에 이르기까지 가능한 역량을 다하여 그들의 착오인 정치관과 비애국적인 편견을 버리고 이해를 가지고 민주노선에 가담하도록 꾸준한 인내와 노력이 있어야 할 것이니, 방금 우리 민족이 불행하게 내포하고 있는 모든 반민주적 요소를 제거하고, 반동영수와 악질 친일분자는 별문제로 하고 그들을 모두 일거에 구축하거나 타도함으로써만 극복 해소될 것이 아니고, 장구한 세월에 걸쳐 그들을 교화하고 순화시킴으로써만 가능할 것이니, 도를 지나친 적극적 배타적 태도와 공격을 삼가키로 하자.

1. 약속된 조국독립과 민주주의의 구체적 건설은 오랜 시일을 요하는 대업이니, 그것이 완수되기 전에 있어서도 고난이 극에 달한 모든 민생문제의 개혁과 해결을 위하여 모든 동지는 배전 노력하자. 그리하여 우리는 언

행일치하여 인민 사이에서 인민과 호흡을 같이 하면서 모든 점에서 인민에 모범이 되고 친애와 심복을 받들 수 있는 실생활을 하면서 부단히 그들을 교도하자.

1. 금후의 모든 진영기관에 있어서는 가급적 신진의, 과감한 열성적 일꾼을 주요임무에 교대케 하고, 모든 능숙하고 경험 있는 일꾼들은 널리 그들을 보도補導하는 입장에서 미풍을 세우면서 당원 전원으로 하여금 모든 일에 과감한 능동적 일꾼이 되도록 상호육성 훈련하기에 힘쓰고, 일을 위하여 유해하고 민주주의에도 위배되는 독선적·배타적 경향과 무궤도한 자유주의적 경향과 책임회피와 문약성文弱性까지를 모두 제거하고 또 종래 각 당별 입장의 협애한 기류가 합동되려는 단일당單一黨에 파급 반영되는 일이 없도록 힘쓰자.

1. 정당은, 더욱이 민주주의 정당은 당 자체 내에서부터 민주주의가 실행되어야 한다. 그러나 그것도 전투적 당의 추진력과 운동성을 둔화하는 자유주의적, 밸러스트[158]적 그것이어서는 아니 되고, 철률(鉄律: 강철 같은 규율)에 의한 강력한 중앙집권적인 것이어야 하며, 또 수난기의 민주주의 진영에서는 실무의 적절한 정당성만이 확보되는 한 때로는 비상방법도 택할 수 있는 것이나 그것도 독단을 의미하여서는 아니 되고 전체적 책임하에서만 행하여져야 한다.

1. 부단한 자아비판은 새로운 추진과 비약에 식량이 되나 일상 실천투쟁의 내일은 회피하거나 태만하고 발언의 권리만을 주장하는 것도 우리가 숭상할 수 없는 바이다. 아무리 당연한 언행이라도 그것이 전체적 역량을 증대시키고, 전체적 일을 더욱 효과적이게 할 수 있을 때만 민족적 가치를 가질 수 있을 것이다.

(―《조선인민보》, 1946년 8월 11~12일)

---

158) ballast : 모래나 자갈 주머니.

황야의 탄식 (한시)

정치인과 인민은 생각이 다르다네
명예욕 묻지마는 내 마음 비운 것을
이 몸이 어디 있나 당원들이 묻거든
황야를 헤매면서 탄식한다 전하게

(Politician and the people do not have the same thing in mind
 When they come to me and ask for glory, empty in my mind
 If my party members ask about my address
 Tell them I am lamenting in the wilderness)

(-강준식, 《혈농어수》)

[이 한시는 1946년 8월 16일 3당합당에 대한 인민당 확대위원회에서 몽양이 장건상에게 대독시켰던 것으로, 당시 G-2 요원들이 영어로 번역한 것을 다시 한글로 옮긴 것이다. 원래의 한시는 전해지는 것이 없고, 강준식의 《혈농어수》에 실린 이 영역 한시를 옮겨온 것이다-편자]

노병졸로서 분투하겠다

　3대 민주정당의 합당은 현하 민족적 요청이다. 우리 당에 부과된 지상의 임무이다. 그러니 만큼 신중히 검토하여 가장 옳은 방법으로 수행하지 않으면 금일의 정치적 난국을 돌파할 수 없다.

　그러므로 신중히 이 문제를 검토하여 우당友黨과의 관계도 적정適正히 조절하여 인민대중의 신뢰와 지지 밑에 원만히 해결하려고 생각하였던 것이다. 그럼에도 불구하고 금일의 혼란 미묘한 정세와 모든 조건을 무시하고 시급히 합동만을 주장하는 동지가 우리 당내에 생기게 되고 그 뿐만 아니라 당의 체면과 권위를 무시하고 합당문제를 자기들의 단독으로 보존하려는 옳지 못한 견해를 가진 14인의 동지가 밀회를 거듭하여 당의 결속을 파괴하고 당의 분파작용을 일으켜 결과에 있어서 합당공작에 지장을 가져오게 한 것은 극히 유감으로 생각한다.

　이러한 당 안팎의 혼란은 나의 부덕한 탓이며 나의 통솔의 능력이 없다는 것을 실증하는 것이기 때문에 당수의 책임을 감당키 어려워 사표를 제출한 것이다. 혹자는 내가 인민당에서 탈당한 것같이 말하고 있는데 이는 전연 근거 없는 데마이다. 나는 한 노병졸로서 일층 더 굳게 창을 쥐고 여러분과 함께 민주독립을 전취키 위하여 민주전선의 대로를 매진할 각오이다. 비록 당수의 자리에서는 떠날지라도 여전히 인민당에 머물러 있어 우리 민족해방을 위하여 혈투를 계속하겠다.

(—《독립신보》, 1946년 8월 30일)

[1946년 당시 미국은 남한이 소련 점령하의 북한과 차후 통일정부를 수립하는 문제를 두고, 남한의 모든 정당—단체를 단일화하기 위해 좌우합작을 측면 지원하고 있었다. 이러한 방침은 미 국무성의 지령이기도 했다. 미 국무성은 장차 소련과의 협상에서 남한의 우익만이 아닌 대표성 있는 기구가 필요하다고 판단했던 것이다. 이에 따라 미군정은 극우의 이승만—김구, 극좌의 박헌영을 배제하고 온건우익인 김규식과 온건좌익인 여운형을 내세워 좌우합작을 추진하려고 했다.

미 국무성의 지령을 받아 미군정이 추진하려던 이 정책은 종래 여운형이 추진해 오던 좌우합작 운동과 일정 부분 맥을 같이 하는 것이었다. 이에 여운형은 좌파 지도력을 확대하기 위해 인민당, 신민당, 공산당의 3당 합당안을 내놓았다. 이에 반발한 것이 조선공산당의 박헌영이었다. 그는 인민당 안에 프락치를 넣어 인민당원 중 상당수를 회유하여 합당안을 반대토록 했다.

마침내 1946년 8월 16일 인민당 중앙위원회는 여운형이 제안한 3당합당 안을 두고 투표를 행했다. 투표 결과 여운형의 합당안에 찬성표를 던진 사람은 건국동맹 계를 중심으로 한 여운형의 측근 31명이었고 박헌영의 사주를 받아 반대표를 던진 사람은 48표였다.

이렇게 되어 여운형은 3당합당 안이 부결되자 당수직을 사임한 여운형이 1946년 7월 27일 인민당 중앙위 확대위원회에 참석한 간부 50여명 앞에서 위와 같이 발언한 것을 《독립신보》가 보도한 것이다—편자]

기자 인터뷰 (1)

당 결정의 발표가 있었다는 것은 금시 처음 듣는 말이다. 나는 9월 1일 서울을 떠나왔기 때문에 그런 사실은 전혀 알지도 못하며 그 경과를 알지도 듣지도 못하였다.

나도 누구에게 지지 않게 화급한 당의 필요를 주장한 사람이나 이러한 결정과 발표에는 무어라고 말하기 딱한 것이 있다. 내가 없는 동안의 당무 일체는 장건상 위원장이 대행하기로 되어 있으니 정식 성명이 있을 것으로 믿는다.

(—《독립신보》, 1946년 9월 7일)

[1946년 8월 30일 해방통신은 평양발로 북한의 북로당이 남한의 공산당, 신민당, 인민당을 합당키로 결정했다는 기사를 보도했다. 이것은 여운형의 3당합당 안과 모양은 같으나, 그 내용은 조선공산당이 신민당과 인민당을 개인자격으로 흡수하여 남로당으로 발족시킨다는 것이었다. 이러한 북로당—박헌영의 공작이 진행되는 동안 몽양은 좌익의 테러를 받아 시골에서 요양하고 있다가 기자가 와서 묻기에 위와 같이 발언한 것이다—편자]

기자 인터뷰 (2)

문 : 당수 사임철회에 대하여는?

답 : 사실 나로서는 자신의 역량 부족을 깨닫고 당수의 자리를 떠나 시골
에 가서 잠시 쉬고 있었으나 돌연 우리 진영에 큰 수난이 오고 보니
고생하는 동지들과 같이 할 작정으로 올라온 것이다.

문 : 그간 속개 중에 있는 민전 의장단 회의 결과는?

답 : 결정된 것은 아무것도 없다. 19일 오전 중에 다시 회의를 열어 그 결
과가 발표될 것이다.

문 : 좌우합작에 대하여는?

답 : 그 동안 회합을 시작한 이래 좌측의 5원칙과 우측의 8원칙이 제시되
었을 뿐 김(규식)박사의 병과 나 또한 병으로 쌍방의 구체적 토의를 하
지 못한 채 지내왔으나 오는 금요일에는 다시 회담이 있을 것 같다.

문 : 입법기관에 대하여는?

답 : 아직 나로서는 백지다. 나로서는 딴 의견을 가지고 있으나 아직 발
표할 것은 못 된다.

문 : 3당합동에 관하여는?

답 : 3당합동은 말하자면 동일한 목적지를 향하여 세 배에 탔던 사람이
다시 한 배로 옮겨 타는 것이나, 어떠한 험악한 풍우와 격랑과도 싸

우며 한 사람도 낙오자가 없이 생사를 같이 하는 항해의 길이라 함
은 나의 일관된 지론인데 변함이 없다.

문 : 일반에게 보낼 무슨 말은 없는가?

답 : 무슨 낯으로 일반에게 전하는 말을 할 것인가? 오직 미안할 뿐이다.
얼른 보면 나는 어려운 일이 있으면 피하고 손쉬운 일이 있을 때 기
어 나오는 인물 같은 인상을 줄지 모르나, 이번엔 참으로 어려운 일
에 직면하러 나온 것이니 나의 노구에 캄풀주사[159]가 되는 편달을 기
다릴 뿐이다.

(―《독립신보》, 1946년 9월 18일)

[이 인터뷰 기사는 몽양이 인민당 당수를 사임한 후 1946년 9월 17일 낮 인민당사에서 출입기
자단과 가진 기자회견을 기사화한 것이다―편자]

---

159) kamfer注射 : 캠퍼(camphor) 주사. 심장마비를 막기 위해 놓는 강심제 주사. kamfer는 본래 강심제라
는 뜻의 네덜란드어.

합작노선을 절대지지 (성명서)

조선 국민에게 동족상잔은 언제나 죄악이다. 그는 다만 민족의 역량을 소모하고 조국의 재건을 더디게 할 뿐이다. 더구나 도에 넘는 잔인한 행위는 국제적으로 조선 민족의 위신을 떨어뜨리어 독립을 방해하는 결과를 가져올 뿐이다. 얼마나 비탄할 일이냐?

여러분!

지금부터 여러분은 정치상 경제상 어떠한 불평불만이 있는지 또는 좌거나 우거나 어떠한 악질의 선동이 있든지 그 선동에 속지 말고 여러분의 불평불만은 합법적으로 해결을 얻기로 하고 각각 고생스러운 생활을 찾고 지켜가면서 동포끼리 서로 싸우는 비극은 그쳐라!

살벌과 파괴의 방화 등은 가장 큰 죄악이요, 민족의 대불행이다. 여러분은 다만 합작에 의한 고심참담한 건설을 함께 신뢰하고 지지하면서 총역량을 집합하여 이 중대한 시국을 수습키로 하자!

합작노선을 절대지지하는 것만이 민생문제의 해결과 임시정부 수립과 자주독립 촉성에 유일한 길이다. 여러분이시여! 명심하라! 안정하고 모든 직장에서 정진하자!

1946년 10월 2일

한미공동회담 대표 하지 중장 대리

알버트. S. 브라운 소장
좌우합작위원회 주석 김규식·여운형

(−정시우,《독립과 좌우합작》, 1946)

합당과 좌우합작 (담화)

1. 합당문제

한동안 합당의 급추진 공작으로 말미암아 발생된 인민당 내의 의견대립은 9월 21일 쌍방의 의견을 대표하는 간담회 석상에서 쌍방의 찬동을 얻어 완전히 해결되었다.

인민당은 인민당이 뜻하는 정당한 합당을 실현하기 위하여 그 공작을 원만한 방법으로 추진하는 것이며, 간판개조식 합당이나 기계 구합식(機械苟合式: 기계적으로 짜맞추는 식) 합당을 해서는 안 된다. 그러기 위하여서는 선행조건으로 각 당이 내포하고 있는 상극성을 제거하여야 할 것이다. 합당될 우당友黨에서도 점차 원만한 진척이 있는 모양이므로 불원 새로운 대당大黨이 탄생될 것을 기대한다.

1. 좌우합작 문제

좌우합작 문제를 처음 제기하였을 때 목적은 3상회의 결정에 의하여 미소공동위원회를 속히 속개시켜 남북이 통일된 정부로서 독립완성을 실현하자는 것과 이를 위하여 공위속개에 지장되는 모든 조건을 제외하자는 것이었는데, 이 점에 있어서 좌우 쌍방이 매우 접근되다가 그 뒤 여러 가지 사정으로 공작이 정체된 것은 유감이다. 그러나 나의 생각은 불변이나 민족 공동이익을 위하여서는 좌우협의가 필요할 줄 알며 나 자신 협의에 나갈 것이다.

1. 파업문제
이미 파업은 당국의 식량정책과 물가정책의 파탄에서 기인된 것임을 솔직히 승인하여야 된다. 그러므로 가장 성의 있는 대책을 강구해서 노동대중의 생활안전을 도모함으로써 근본문제는 해결될 수 있다.

(─《독립신보》, 1946년 10월 5일)
(─정시우, 《독립과 좌우합작》, 1946)

[이 담화는 몽양이 1946년 9월 22일 서울을 출발하여 1주일간 북한 여행을 마치고 귀경한 10월 1일 당일 김규식을 방문하고, 다음날인 10월 2일과 3일 인민당 긴급회의를 소집하여 당면한 각 문제를 협의한 뒤 발표한 것이다. 몽양은 좌우합작의 성공을 위해 3당합당안을 내놓았으나, 이것이 박헌영의 조선공산당에 의해 무산되자 이 3당합당 문제를 논의하기 위해 북한을 방문했던 것이다.

여기서 김일성은 일단 몽양 주도의 3당합당안에 찬성했다. 남한 내에 정치적 기반이 없던 김일성은 몽양과 같은 대중적 정치지도자와 손잡는 것이 필요했기 때문이었을 것이다. 그러나 김일성의 동조는 그 후 몽양이 미군정의 편을 들어 남한의 입법기구를 만들기 위해 좌우합작을 진행하는 것이라는 박헌영의 보고를 받고 다시 바뀌게 된다─편자]

좌우합작 7대원칙 (성명서)

조선의 좌우합작은 민족독립의 일 단계요 남북통일의 관건인 점에 있어서 3천만 민족의 지상명령이며 국제민주화의 필연적 요청이 있음에도 불구하고, 저간의 복잡다단한 내외정세로 오랫동안 파란곡절을 거듭해 오던 바, 드디어 10월 4일 김규식 박사 댁에서 좌우대표가 회담한 결과, 지난번 발표한 좌익의 5원칙과 우익의 8원칙을 절충하여 다음과 같은 7원칙을 결정하였는데, 다시 7일 오전 중에 우익대표 5인과 좌익대표 장건상(여운형 대리), 박건웅 씨가 김박사 댁에 회합하고 이를 최종결정한 후 비서국을 통하여 발표하였다.

그리고 우리는 다음과 같은 합작원칙과 입법기구에 대한 요망을 작성하여 다음과 같이 발표한다.

1946년 10월 4일

좌우합작 7대원칙

본 위원회의 목적(민주주의 임시정부를 수립하여 조국의 완전독립을 촉성할 것)을 달성하기 위하여 기본원칙을 아래와 같이 인정함.

1) 조선의 민주독립을 보장한 3상회의 결정에 의하여 남북을 통한 좌우합작으로 민주주의 임시정부를 수립할 것.

2) 미소공동위원회 속개를 요청하는 공동성명을 발표할 것.

3) 토지개혁에 있어 몰수, 유조건 몰수, 체감(遞減: 차등)매상 등으로 토지를 농민에게 무상으로 나누어주고, 시가지 등의 기타 및 대건물을 적정히 처리하며, 중요산업을 국유화하고, 사회노동법령 및 정치적 자유를 기본으로 지방자치제의 확립을 속히 실시하며, 통화 및 민생문제 등을 급속히 처리하여 민주주의 건국과업 완수에 매진할 것.

4) 친일파·민족반역자를 처리할 조례를 본 합작위원회 등에서 입법기구에 제안하여 입법기구로 하여금 심리 결정하여 실시케 할 것.

5) 남북을 통하여 현 정권 하에 검거된 정치운동자의 석방에 노력하고 아울러 남북, 좌우의 테러적 행동을 모두 즉시 제지토록 노력할 것.

6) 입법기구에 있어서는 일체 그 기능과 구성방법, 운영 등에 관한 대안을 본 합작위원회에서 작성하여 적극적으로 실행을 기도할 것.

7) 전국적으로 언론·집회·결사·출판·교통·투표 등의 자유를 절대 보장되도록 노력할 것.

단기 4279(1946)년 10월 4일
좌우합작위원회

(−정시우, 《독립과 좌우합작》, 1946)

건설에 매진하는 북조선 (기자회견1)

문 : 이번 북조선을 방문한 목적은?

답 : 남조선에 있어서 합당문제 등 당면 정치공작이 원만히 진척되지 못
하는데 반하여, 또 북조선의 소식이 구구함으로 직접 가서 북조선
지도자와 만나보고 피차의 정치적 당면과제에 대하여 의견을 교환
하였다.

문 : 북조선의 인상은?

답 : 이번 내가 북조선에 간 것은 각 지역을 널리 시찰한 것도 아니고 평
양에만 가서 노동당 위원장 김두봉[160] 씨와 부위원장 김일성 씨를 만
났을 뿐으로 견문한 범위는 극히 작을지 모르나 첫째로 공산당과 신
민당이 합당한 후의 인상은 내가 상상한 것보다는 퍽 좋았다. 그저
간판을 덧칠한 것이 아닌 것은 양당이 별립하여 있을 때 쌍방 당원
이 도합 17만밖에 안 되던 것이 합당후 노동당이 되어서는 현재 80
만 당원을 획득하였다는 것으로 그 합당의 의의를 능히 증명할 수

---

160) 金枓奉 : 독립운동가·정치가·한글학자. 호는 백연白淵. 주시경周時經에 사사하여 조선어문을 연구하
다가 3·1운동 후 상해로 건너가 이동휘李東輝 등을 통하여 공산당에 입당하였다. 1935년 이후 김원봉
金元鳳의 조선민족혁명당에 가입하였다가 1942년 연안으로 옮겨 조선독립동맹을 결성하고 그 위원장
이 되었다. 광복 후 입북, 연안파 중심의 조선신민당朝鮮新民黨을 조직하였으며, 1946년 8월 김일성金日
成의 조선공산당과 합당, 북로당이 창당되면서 당위원장에 추대되었다.

있으며, 과거 1년 동안 범한 과오를 신속히 시정함으로 착착 인민의
홍망은 당세를 확장하고 일로 건설에 매진하는 것이 힘차게 보였다.

문 : 식량문제는?

답 : 금년은 대단히 풍년이 들어 쌀값은 현재 소두 1되에 240원인데, 앞
으로는 70원 대가 되리라 한다. 도시에는 최소한도의 생활이 보장되
어 있으며 어디나 인민은 아무 공포를 느끼지 않고 안심하고 생활하
고 있는 것을 볼 수 있었다. 들은 바에 의하면 새 곡식이 나기 전에
는 만주에서 잡곡을 약 10만 톤 수입하여 식량난을 퍽 완화시켰다는
말도 들었다.

문 : 팔로군[161]과 소련군대가 많이 주둔하고 있다는데?

답 : 전연 낭설이다. 도시에서는 소련군은 볼 수 없고 그저 가족을 데리
고 온 사람이 보이며 군대는 산간에서 천막생활을 하게 하여 민가와
접근을 엄중히 한다고 하였다. 그리고 국경 경비는 전부 우리 조선
사람 손에 맡겼으며 소련군 당국에서는 우리 인민정치의 인사문제
에는 절대로 간섭이 없다 한다. 무엇보다도 가장 좋은 인상은 청년
들이 고용으로 일하지 않고 의무제로 일하는 것이며 요즘 북조선에
서 요구하는 사람은 기술을 가진 사람이었다.

(―《독립신보》, 1946년 10월 5일)

[이 기사는 몽양이 1946년 9월 22일 서울을 출발하여 평양을 방문하고 돌아온 뒤인 1946년
10월 4일 오전 인민당 당사에서 출입기자단과 회견한 내용이다―편자]

---

161) 八路軍 : 중일전쟁 때 중국공산당에 속한 국민혁명군 제8로군. 조선독립동맹 산하의 조선의용군은
　　연안에 본부를 둔 팔로군과 깊은 관계를 맺었다.

북조선 시찰담 (기자회견2)

　북조선의 금년 농사는 대풍이었다. 쌀은 1되에 2백 원 정도이며, 영세민의 최저생활은 보장되어 있음을 간취할 수 있었다. 식량은 만주에서 추곡이 10만 섬 입하되어 부족이 없는 것 같으나, 기타 물자는 남조선보다 적은 느낌이 있었다.

　북조선은 각 방향에 걸쳐 건설의욕이 작열하여 특히 청년층의 활동은 왕성한 것이 믿음직하였다. 북조선 노동당 당수 김두봉 씨와 김일성 씨 등 정계요인들과 흉금을 열고 현하 긴급한 제 문제에 관하여 의견교환을 하였는데, 남조선의 합당문제, 좌우합작 문제, 그리고 입법기관 문제 등에 대하여서는 어느 정도 의견일치를 보게 되었다.

　특히 북쪽에서는 미소공위 속개를 부르짖는 소리가 점차 높아지고 있어 3천만이 요구하는 공위를 가급적 속한 기간 내에 재개를 하지 않는다면 우리는 미소 양 주둔군의 철퇴를 남북이 거족적으로 절규하는 운동을 전개하여야 할 것이다. 금번 기회에 요인들과도 만나려고 하였으나 사령관은 시베리아로 여행중이며 스티코프[162] 장군은 입원중이어서 만나지 못하

---

162) T. E. Stikov : 소련군 육군 중장. 1945년 12월 모스크바 3상회의의 합의에 의하여 설치된 미소공동위원회의 소련 측 대표.

였다. 이강국[163] 씨와는 만났었다. 팔로군이 북조선에 들어와 있다는 소문
은 전연 거짓말이었다.

(―《서울신문》, 1946년 10월 5일)

---

163) 李康國 : 경성제대 3대수재의 한 사람이라는 별명을 들었던 사람으로 여운형과 가까운 사이였다. 1932년 독일 베를린대학에 수학한 후 1935년 귀국과 동시에 적색교수 사건으로 체포되었고, 1936년 이주하(李舟河) 등과 원산에서 좌익노조를 결성, 활동하다가 체포되어 옥고를 치른 후 1941년 출옥하였다. 해방 직후 조선공산당 중앙위원, 민주주의민족전선 사무국장 등을 역임하다가 체포령이 내리자 월북, 1947년 북조선인민위원회 외무국장, 1948년 최고인민회의 대의원, 상업성 법규국장, 1950년 인민군 야전병원장 등을 지내다가 1953년 남로당사건에 관련되어 1955년 사형되었다.

3당합동에 대한 결정서

1946년 10월 15일 조선인민당, 조선공산당은 3당합동에 대하여 아래와 같이 결정한다.

1. 현하 복잡 무쌍한 내외정세는 민주진영의 굳은 결속을 무조건적으로 요청한다. 강화된 반동공세를 분쇄하고 조국을 위기로부터 구출하며 민주독립을 달성하기 위하여 근로인민 대중은 단일한 체계와 통일의 지도하에 단결하여야 한다.

2. 지난 1년간 우리 3당은 실천과정에서 투쟁목표와 그 방법의 공통성을 이해하게 되었고 동지적, 전우적 결맹을 얻게 되었다.

3. 동일한 목표와 동일한 요구를 가진 우리는 3당이 분립되어 있는데서 얻을 것은 지도계통의 혼잡과 역량의 분산과 당파의식의 조장과 불필요한 정력의 낭비란 것을 과거의 투쟁경험으로서 체득한 바이다.

4. 더욱이 현금 남조선 전체에 일어나고 있는 대중적 투쟁은 조국의 완전독립을 위한 혁명적 궐기이다. 역사는 외래 독점자본과 결탁한 반동진영의 공세에 대하여 투쟁을 요청한다. 이때 근로인민을 지도하는 3당의 급속한 조직의 통합은 보다 광범한 민주적 통일과 반파쇼 전선의 강화를 위한 기초가 될 것을 확신하다.

5. 조선인민당, 남조선신민당, 조선공산당은 국내 국외에서 일본 제국

주의와 또는 그 잔재에 대하여 가장 용감하게 싸워 온 조선 민족의 훌륭한 자손과 애국자들의 집합체이다. 이러한 역사적 전통과 혁명가적 긍지와 인적 구성의 전체를 들어 신당으로 융합할 것을 이에 엄숙히 선언한다.

1946년 10월 16일

(—《경향신문》, 1946년 10월 17일)

[3당합당에 대한 이 결정서는 인민당의 여운형, 남조선신민당의 백남운, 조선공산당의 윤일 등이 합의한 것이다. 그러나 신민당의 당수는 본래 김두봉이고, 조선공산당의 당수는 박헌영이 었다. 여운형은 강진姜進을 평양에 파견하여 3당합당의 취지를 설명시켰으나, 박헌영의 반대로 이 3당합당 결정은 받아들여지지 않았다. 이후 박헌영은 조선공산당을 중심으로 남로당을 결성 하면서 인민당과 신민당의 당원을 개인 차원에서 흡수했다—편자]

미소공위 속개 요청 성명서

모스크바(幕府) 3상회의 결정에 따라 미소 양국은 조선 민족에 대한 임무를 마치기 위하여 공동위원회가 조직되어서 회의를 진행하던 중 저간에 휴회되었던 것은 유감일 뿐더러 조선 민족의 갈망하는 바 조선 국가건설에 지장이 되므로 해당 위원회의 즉각 속개를 전 민중의 요망을 대표하여 상기 양국 주둔군 사령관과 각 해당 정부에게 요청함.

1946년 10월 18일
합작위원회
주석 김규식, 여운형

(―《경향신문》, 1946년 10월 18일)

건국과업에 대한 사견 (시론)

　나는 근자 수일을 병석에서 와병하게 됨에 뜻하지 않은 한가를 얻게 된지라, 이 기회에 평소의 사색을 정리하고 측근의 동지에게 부탁하여 아래에 한 자 적으니, 이는 건국 도정의 제 문제에 관한 내 평소의 소회를 피력하고 한 가지로 건국의 험로를 걸어가는 동포 제위 앞에 널리 비판과 검토를 받고자 하는 까닭이다.

1

　현하 우리 민족에게 부과된 건국의 제 과제를 고찰함에 제하여 우리는 무엇보다도 먼저 금일 우리가 처하고 있는 국제적 환경에 대한 정확 공정한 인식을 파악하여야 할 것이니, 이는 일국 내의 여하한 문제도 국제적인 연관에서 고립될 수 없다는 일반적인 원칙론에서만 말함이 아니다.

　우리 민족의 해방 자체가 벌써 카이로, 포츠담 등 일련의 국제헌장을 배경으로 하는 국제관계의 구체적 소산일 뿐 아니라 전후 약소민족 문제해결의 중요한 일환으로서 조선 문제는 이미 전승 민주연합국의 가장 중요한 관심사가 되어 있으며, 전후 세계재건에 있어서 연합국간 제 관계의 추이는 그대로 우리나라 건국의 운명에 결정적 영향을 미치게 되어 있는 까닭이다.

그러나 이것은 결코 우리의 자주성을 말살하고 건국 제 문제의 해결을 단순히 국제관계의 귀추에서 기대함을 의미하여서는 안 될 것이니 오히려 우리의 자주 능동적인 노력이 금일의 국제관계를 규정하는 일개의 새로운 인자因子로서 전후 세계사의 발전방향에 중요한 역할을 부하負荷할 수 있는 것을 간과하여서는 안 될 것이다.

요컨대 우리가 당면하고 있는 건국과업이 내포하고 있는바 국제적 제약성을 십분 인식함과 동시에 나아가서 우리 민족의 자주적 노력의 방향 및 성질 여하는 이 역시 전후 세계정국에 대하여 일개의 중요한 요인으로서 엄연한 일방의 발언권을 확보할 수 있는 점을 공고하게 쥐고 있어야 할 것이다.

물론 구세계의 낡은 유습은 아직 우리 민족에게 이러한 국제적 역할을 주는 데 인색할 것이며 우리 내부에 남아 있는 노예적 전통의 잔재는 이에 대한 우리의 지위를 스스로 비하할 바도 있겠으나 이러한 내외의 장해를 타파함이야말로 오히려 건국도상 우리의 제1과업이 아니면 안 될 것이다.

이상과 같은 견지에서 나는 건국도상에 있는 우리 민족의 국제정책으로 대략 다음과 같은 제항을 제시하는 바이다.

1) 우리는 각개 민족의 완전한 자유와 평등을 원리로 하는 신세계의 평화기구를 제창하는 동시에 우리 민족의 통일, 부강한 독립을 주장하며 전후 세계평화를 위한 여러 국제기관에 대한 우리의 당면한 참여권을 요구한다.

2) 우리는 우리나라의 민주적 재건과 우리 민족 생활수준의 급격한 향상을 위하여 필요한 제 과업의 수행에 있어서 연합 제국의 원조의 필요와 필요성을 확인하고 이를 적극적으로 요청한다.

　그러나 이러한 국제적 원조가 우리 민족의 자주성을 침해하거나 우리나라를 전략기지화 혹은 상품시장화 함에 의하여 일방적으로 이용하

려는 여하한 의도에 대하여서도 우리는 철저히 항쟁할 권리를 보유하
는 것이다. 왜 그러냐 하면 이는 민족의 자주를 위하여서뿐만 아니라
실로 세계의 평화를 위하여 우리에게 부하된 신성한 임무인 까닭이다.

3) 우리는 연합국의 전승 제 권리를 흔연하게 인정하나, 조선에 있는 시
설이나 자재의 여하한 부분도 이를 패망 일제에 대한 전리품이나 배
상물로 취급하는 데는 단호히 반대할 것이다. 왜냐하면 이들은 우리
나라의 자연과 우리 민족의 노동의 소산이며 제국주의 침략자의 부당
한 권리는 이미 소멸된 것이기 때문이다.

4) 항구적인 세계평화의 가능성에 대한 확신과 노력은 우리 민족의 국제
정책의 부동한 원리가 되어야 할 것이다. 그러므로 우리는 어떤 한 나
라에 치우쳐 타국을 배척하고 혹은 각국 간의 분쟁을 이용, 소리질러
어부지리를 구하는 등의 외교정책은 절대로 배격하고, 불편부당한 태
도로 민주주의 제국에 대한 공정한 친선관계를 확립 지속하지 않으면
안 될 것이다. 단견자短見者 류의 편향외교는 우리 민족의 자주를 위
험케 할뿐만 아니라 제3차 대전의 도발을 음모하는 세계 파시스트 잔
재 진영에 가담함을 의미하는 것이다.

그러므로 세계문제 처리에 관한 연합국간의 대립 제 현상에 대해서도
우리는 자주적 입장에서 보다 진보적인 정책을 지지할 것은 물론이
나, 이러한 대립은 결코 전쟁에까지는 발전될 성질이 아닌 것을 확신
하고, 우리의 정책이 국제간의 대립을 심화시키는 방향을 취함이 없
도록 신중 경계하여야 할 것이다.

2

그러나 이상과 같은 국제정책의 실현은 오직 우리 민족사회의 민주적 재
건과 독립·부강을 통하여서만 보장되는 것이니, 나는 다음에 우리나라의
민주적 재건을 위한 국내적 과업에 대하여 약간의 고찰을 시도하려 한다.

1) 첫째로 우리는 진정한 민주주의적인 정부를 수립하여야 할 것이니,
이는 입법과 집행의 기능을 통일한 최고기관으로서 일원제一院制의 민
주의회를 철저한 인민선거의 기초 위에 확립하고, 중앙집권제에 의한
권력의 집약과 지방자치제에 의한 하부기관의 창의성을 종합 통일한
행정기구를 구성함에 의하여 실현될 수 있는 것이다.

이 정부는 인민의 정치적 자유를 위한 기본 제 권리를 보장할 뿐만 아
니라 광범한 민중을 국가생활의 제 문제에 직접적으로 능동적으로 동
원 참여시키는 방도를 열어야 할 것이다. 그러므로 중앙과 지방의 의
회는 당시 인민대중 속에 광범한 직접 연계를 확보하고 정부기관의
임면·감시의 권한을 장악하여 인민주권을 실질상으로 보장하는 기
관이 되어야 할 것이다.

이렇게 함으로써 비로소 우리 신국가의 민주주의는 선진제국이 봉착
한 민주주의의 형해화形骸化와 기만적 마비의 해독에서 예방될 수 있
는 것이다.

2) 둘째로 일체의 제국주의적 봉건잔재의 숙청은 우리 민족의 경제생활
면에서도 철저히 수행되어야 할 것이니, 이것은 일제 시설인 산업운수
기관 등의 몰수와 토지문제의 평민적 해결에 의하여 실현될 것이다.

그러나 이러한 소탕공작은 어디까지나 신국가의 부강과 민족생활의
향상을 위한 경제정책의 방향을 지향하여야 할 것이니, 산업의 특수
한 부문이나 기관을 국영·공영으로 하는 이외에는 광범한 사영私營
을 용인하여 이윤의 자극과 개인의 창의에 의한 자본주의적 발전의
상당한 기간을 허여하는 것은 현하 조선 사회의 발전단계로 보아 필
요한 정책인 것이며, 토지개혁에 있어서도 토지에서 유리되는 지주
에게 생계의 개척과 근로의 기회를 열어주는 국가적 시책이 있어야
할 것이다.

더욱이 우리나라의 소시민의 다대한 부분이 그 중소 재산을 토지의

형태로 소유하고 있는 실정과 토지개혁의 건설적 의의를 연결하여 고려한다면, 이 문제는 중요한 의의를 가져야 되는 것이며 다양한 시책이 구상되어야 할 것이다.

그러나 이들의 경제정책과 아울러 근로인민 대중을 위하여 조직된 광범하고 전체적인 노동입법의 제 정책은 신 국가건설의 기본문제로서 절대한 중요성을 가져야 할 것이다. 국가의 모든 성원에게 노동의 권리를 보장하여 실업을 절멸하고, 8시간 노동제와 노동 제 보험, 단체계약권의 확립을 위시한 노동조합 활동의 국가적 보장 등 근로인민의 행복과 자유를 위한 일체의 조치가 강구되어야 할 것이다.

이상과 같은 경제정책과 동시에 조선을 현재에 낙후된 농업국 원료생산지의 지위에서 조속히 탈각하고 고도의 공업국에의 증진과 인민생활의 향상을 실현하기 위한 종합적인 계획경제의 노선이 준수되어야 할 것이다.

3) 그러나 우리의 민주건국은 우리나라 문화의 민주적 재건 없이는 완성될 수 없는 것이니, 제국주의 하에서 질식되었던 우리 민족문화를 급속히 발전시켜서 금일의 고도한 국제문화의 특수한 일환으로서 과부誇負할 수 있게 하는 것과 광범한 인민생활의 전 분야에 문화적 계몽을 침투시켜서 우리 민족 전체의 문화적 향상을 실현하는 것은 일개의 거대한 통일적 과제로서 제기되는 것이다.

신 민족문화의 건설; 우리는 새로운 민족문화의 건설을 위하여 노력하여야 할 것이니 우리 민족의 역사와 전통과 생활의 특수성을 반영하면서도 인류의 연대적 정신과 세계사의 전체적 지향을 섭취하여 민족적이면서도 동시에 세계적인 신문화가 건설되어야 할 것이며, 신화적인 독단주의와 배외적인 편애주의를 배격하여 과학과 자유평등과 우호의 정신을 기조로 한 고매하고 청신한 우리 민족의 새 문화가 건설되어야 할 것이다.

민족의 문화적 향상; 민족 전체의 문화적 향상 특히 근로인민 대중의 문화적 향상을 위한 광범한 시책이 필요하다. 민중생활의 전 영역에서 일체의 봉건적 유습을 숙청하고 민중을 정신적으로 해방하기 위하여 광범한 계몽운동을 조직하여야 할 것이며, 의무교육과 성인교육에 의한 전국적 문맹퇴치 운동, 각종 유사종교 및 미신타파 운동 등이 특히 필요한 것이다.

이와 동시에 국가에 의한 민중문화의 제 시설, 국립도서관, 극장, 출판소 등의 활발한 발전이 있어야 할 것이며, 각종 학교를 위시한 교육 연구 기관의 충실을 꾀할 뿐만 아니라 이들의 기관이 전 민중에게 균등하게 공개될 수 있도록 빈부·직업·지역 등의 차로 인한 장해를 배제할 수 있는 현명한 시책이 고려되어야 할 것이다. 그러나 이러한 교육 문화의 모든 정책은 그 내용뿐만 아니라 그 방법과 형태에 있어서 완전한 민주주의 노선이 엄수되어야 할 것이다.

최근 서울대학 안에 표시된 것과 같은 관료적인 통제는 학문의 자유를 무시하는 파시스트적 방법이며, 이러한 방법으로서는 건전한 민주문화 건설은 도저히 불가능함을 지적하는 것이다.

3

최근 내가 관계하게 된 좌우합작 운동은 이상에 제시한바 내 소신의 실천적 표현의 일부인 것이다. 현하 우리 민족이 처하고 있는 내외정세에 근본적인 변화가 생기지 않는 이상, 우리 자주정부의 수립이 민족통일과 좌우연립을 전제로 함은 명백한 일이다.

현재 우리 내부의 분열과 대립은 우리에 대한 연합국의 국제원조를 대행하는 미소 양국의 대립과 미묘한 상호작용을 계속하면서 미소공위를 중단시키고 과도정부의 수립을 암담한 천연 속에 매몰시킨 중요원인이 되어 있으니, 밖으로 미소의 일치가 있거나 안으로 민족의 통일이 성취되기 전에는 국면의 전환을 바라기 어렵게 되어 있는 것이다.

따라서 밖으로 미소 간에 타협이 먼저 성립될 때에는 우리의 내부적인 통일 혹은 연합은 외적 유도 하에서 실현될 것이며, 만일 우리가 자주적으로 일정한 형태의 내부적 연합을 먼저 실현할 수 있을 때에는 오히려 조선문제에 관한 미소의 일치를 촉진하면서 건국의 과업을 전진시킬 수 있을 것이다.

그리고 어느 경우에나 우리에게 부여되는 결과는 우선 좌우연립의 과도정권인 것이다.

그러므로 우리의 좌우합작은 그 주요 목표를 미소공위 속개의 요구와 이것을 통한 민주임시정부의 수립촉진에 두는 것이다. 이 기본요구를 내세우고 전민족의 환시環視와 비판 앞에서 미소공위를 정체시킨 제 원인을 다시금 검토하고 그 장해를 제거하기에 노력할 것이며, 임시정부수립에 이르는 과도기간에 있어서의 남조선의 시급한 민생 제 문제를 위한 민의의 반영과 과도조치의 역할을 주장하는 것이다.

그리고 이 합작은 원래가 계급적 기초와 정치적 이념을 달리하는 당파와 세력 간에 성립되는 일정한 한계성을 가진 정치적 협상이 아닐 수 없는 만큼 합작에 참가한 각 성원은 각기 자체의 독자성을 보류하는 동시에 서로 양보하고 협조하는 공동정신을 발휘하여야 할 것이며 중대한 문제에 관하여 견해의 차이가 생길 때에는 광범한 전 민족 대중의 비판에 맡겨 그 옳고 그름을 결정할 아량과 자신을 가져야 할 것이다.

그러나 이 합작의 사명이 민주적 건국에 있는 만큼 일체의 반민주적 요소·친일파·민족반역자·봉건잔재의 소탕이라는 우리 민족 당면의 투쟁과제를 수행함에 있어서는 대국적으로 상호제휴를 견고히 하고, 이들 반민주적 요소가 좌우분열을 이용하여 자체의 잔명을 유지하려는 일체의 책동을 엄연 봉쇄할 줄 알아야 할 것이다.

이와 동시에 미군정이 제시하는 정책에 대하여서도 그것이 민중생활에 미치는 현실적 영향을 고려하여 적극적으로 관여할 기회를 포착하고, 그 반동면의 억제와 그 진보면의 조장을 위하여 굴신자재(屈伸自在: 신축적인) 태도를 취하여야 할 것이다.

이리하여 친일파·민족반역자·봉건잔재 등을 군정에서 분리 추방하도록 현명한 방책을 취하여야 할 것이다.

미군정에서 제시한 입법기관의 문제에 대하여서도 기계적으로 반대함은 현명한 정책이 아니다. 오히려 이것이 군정에 대한 보조적인 자문기관화 하는 것을 방지하여 이 기관이 진정한 민주적 원칙에 선 민족적 발언과 감시를 실행할 수 있는 권위를 보장하는 일방, 과도정부 수립에 대한 민족적 요망을 이것으로 대행 해소함이 없도록 엄중 경계하여야 할 것이다. 그리고 현재의 사법과 경찰을 숙청하여 민중에게 주고 있는 심리적 강압을 일소하지 않고는 공정한 선거는 도저히 불가능함을 지적하고 진정한 민주주의적 대안과 요구를 제시하여 입법기관이 반민주주의 분자에게 장악 이용되지 않도록 노력함이 중요한 일이다.

최후에 미소공위가 이대로 중지되고 과도정부 수립이 이 이상 지연된다면, 민족의 운명에 중대한 위기가 도래할 것은 남조선 일대의 최근의 불행한 상태가 이미 경고하는 바이다. 그러므로 미소에 공위속개와 과도정부 수립을 급속 실행하기를 요구하는 동시에 이 국제적 책무를 실현하는 능력과 성의가 없다면 양국은 당연히 우리 국토에서 즉시 철퇴하여 우리 건국문제를 우리 민족의 완전한 자주에 일임할 것을 강경하게 주장하여야 할 것이다.

(―《독립신문》, 1946년 10월 18~22일)

김일성, 김두봉 동지에게 (편지1)

민주 건설에 투쟁하시느라고 얼마나 바쁘오?

나는 잠시 병석에 있었으나 지금 건강을 완전 회복하고 보니 정치상황이 아주 나쁘오. 이 편지를 다시 보낼 기회가 생겼기 때문에 이곳의 현재 조건을 간략히 적고 싶소.

좌익 3당합당의 문제는 희망적인 전망이 보이지 않고, 남조선노동당(남로당) 세력의 반은 지하로 잠적해 들었소. 서울에서도 그렇지만 지방에서도 옛 공산당 간부들은 파벌집단과 연합하여 남로당을 조직했지만, 전체적으로는 지하활동을 하고 있기 때문에 공개적으로 나오지는 못하고 있소.

인민당 조직부서는 공산당 세포집단(반박헌영 집단)의 관리 하에 있었기 때문에 지방조직은 모두 공산당의 통제하에 있소. 세포집단은 강하나 당의 훌륭한 지도력이 결여되어 성공적이질 못하오.

이 집단은 남로당에 가담하고 싶어 했지만 지금은 사회노동당(사로당)의 토대를 이루고 있소. 남로당은 지방의 군지부와 도지부를 설치했으나 아직까지 중앙본부를 설립하지 못했소. 준비위원회가 중앙본부의 설립을 책임지고 있지만, 실제로는 조선공산당의 전 중앙본부가 그 책임을 지고 있소. 지방 동지들의 보고를 들으면 내가 그 준비위원회의 위원장이고 지방으로 내려 보내는 모든 지령에 내 이름이 들어 있는 모양이오.

사로당은 파벌집단 당원들과 동일한 강령을 가진 공산당의 반동집단 당원들에 의해 조직되었소. 내가 이 당의 형성을 허용한 것은 이 당이 정치적 문제를 해결하는 첫 단계가 되리라고 믿었기 때문이오. 정치에 대한 내 생각은 좌익진영에 하나의 당을 가져야 한다는 것이오. 나는 이 같은 생각에 기초를 두고 행동하면서 (사로당의) 중앙부서 창설을 중단하라는 명령을 내렸고, 준비위원회를 통해 양당이 그 구성을 협상하도록 했소. 사로당은 남로당에의 가입을 요청했고, 이 조치는 현재 양당이 서로 협의 중에 있소.

양당 사이에 정책에 대한 견해가 다르고 옛 파벌 간의 불화가 심지어는 젊은이들에게까지 퍼져 있는 것은 유감이오. 병석에 있는 동안 나는 양당의 통합진전을 위해 젊은이들에게 이 파벌주의의 잘못된 점을 가르치려고 했소. 나는 젊은 그룹(파벌주의는 제거되어야만 하오)과의 공동투쟁을 통하여 이 것을 성공시키려 분투하고 있으나, 그 결과가 어떻게 될는지는 지금 말씀 드릴 수가 없소.

나는 북조선의 동지들이 이 투쟁에 있어 우리에게 도움을 주기를 희망하고 있소.

좌우합작에 대하여

(좌우)합작위원회는 내가 병석에 있는 동안 입법의원[164]의 조례로 어려움을 겪었으나 점차 문제가 해결되고 있소. 합작위원회의 원칙이 공표되자마자 이 입법기관의 조례도 발표되었소. 입법의원이 합작위원회의 지지를 받고 있다는 인상을 국민에게 심어주려는 미군정의 선전과 그들의 테크닉 때문에, 일반대중과 우리 동지들은 사실상 합작위원회가 입법기관과 협력할 목적으로 조직되었다는 의심을 품고 있소.

---

164) 입법의원 : 남조선과도입법의원南朝鮮過渡立法議院. 1946년 12월 12일 개원開院한 미군정 시대의 입법기관으로 의장은 김규식이었다.

따라서 대중은 혼동되어 있소. 당연한 일이지만 이 합작위원회는 미소 공위의 재개를 촉구하고 반동적인 경찰을 개혁하는데 있어 우익의 협조를 얻기 위한 정치적 조치로서 구성된 위원회요. 미국인들이 입법기관의 협조를 요청하였을 때, 합작위원회는 처음에 그것을 거절했었소. 나중에 하지 장군과 회담을 가진 후 우리는 조건부로 도움을 주기로 약속했소. 그 조건은 경찰을 재조직하고, 정치범을 석방하며, 반동적인 테러를 중단시키고, 군정의 부패를 일소하며, 입법기관에 참가하는 좌우 의원의 숫자를 동일하게 하라는 것이었소.

미국인들은 그들의 약속을 지키지 않고 입법의원 총선거를 실시했소. 병석에 있을 때 찾아온 브라운 장군과 버치 중위에게 나는 이 문제를 항의했소. 김규식 박사 또한 브라운 장군과 랭던(고문)에게 선거중단을 요구했소. 그들은 선거를 중단하지 않았고, 그래서 합작위원회는 입법의원에 주기로 했던 협조를 철회하기로 결정하고 군정이 임명하기로 되어 있는 입법의원들의 추천을 거부했소. 그렇게 함으로써 군정 정책과 격리되기를 원했던 것이오.

김박사는 개인자격으로 몇몇 선거구에 수사관들을 보내 선거부정을 수사하도록 했소. 이것은 한동안 대중에게 오해를 불러 일으켰소. 그러나 수사관들이 올린 보고서를 통해 김박사는 선거부정을 지적하고 군정 정책에 반대하여 선거결과를 취소할 것을 주장했소. 미국인들 또한 선거결과를 재조사하기 위하여 입법의원의 개원을 연기하길 원한다고 말했소. 그들은 선거를 새로 치르게 할지도 모르오. 그러나 합작위원회는 임명직 의원의 추천을 거부했고, 입법의원은 대표민주의원[165]의 재판에 지나지 않게 될 것이오. 따라서 계획은 무기한 연기되어야만 한다고 생각하오.

---

165) 대표민주의원 : 남조선대한국민대표민주의원. 1946년 2월 14일 개원한 미군정의 자문기관. 의장은 이승만이었으나, 우익만으로 결성된 이 기구가 대표성이 없다는 미 국무성의 지령에 따라 얼마 후 해체되었다.

병석에 있을 때 김박사의 제안으로 경상도 지방에서 일어난 사건(즉 대구 10·1사건)의 진상을 조사하기 위하여 한미공동회담이 열렸소. 처음 이 공동회담은 준 정부조직 같은 인상을 주었으나 나는 그에 대해 불안감을 느꼈소. 그러나 현재 그들은 경찰문제를 진지하게 ○○○하고 있소.

이 회담을 통해 김박사는 군정 안의 친일파를 소탕, 특히 경찰부서의 고문과 학살에 대한 사례에 구체적인 수사를 위해 용감히 싸우고 있소. 관련자들이 소환되어 그들의 범죄가 밝혀지고 있소. 김박사는 경찰문제를 성공적으로 해결하지 못한다면 합작위원회를 가져도 소용이 없고, 이를 중단해야만 할 것이라고 말하고 있소. 나는 김박사가 우익의 대표이기 때문에 이 경찰문제를 누구보다도 더 잘 처리할 수 있을 것으로 확신하오.

미군정으로 말하자면 일반 국민은 군정이 처음부터 반동적이었기 때문에 이를 반대하고 있소. 그들의 정책은 정치나 경제 양쪽에서 실패를 가져왔소. 현재 군정은 조선의 정부를 조선인들에게 넘겨주려고 계획하고 있고, 미국인들은 국무성의 새로운 정책이 실패하자마자 미국으로 돌아갈 준비를 하고 있소. 이러한 정책에 따라 그들은 입법의원을 개원하고 민주주의를 과시하기 위해 총선을 실시하여 의원을 선출하고 있는 것이오.

또한 미국은 김규식 박사와 여운형을 조선정부의 최고관리로 임명하여 그 자문기구로서 입법의원과 함께 행정권을 그들에게 넘겨줄 것을 계획하고 있소. 미국인들은 정자옥[166]이라는 건물로 이전하여 러치[167] 장군과 기타 미국인 고문들의 감독 하에 자문기구를 설치하게 될 것이오. 그들은 모든 사무실을 이 (백화점) 건물에 준비하고 있고, 이 사무실들과 조선인들을 연결하는 통신시설이 설치될 것이오.

미소공동위원회과 관련하여 우리는 우리가 앞에 한 주장을 고수하려고

---

166) 丁子屋 : 1921년 일본인이 현재의 롯데백화점 맞은편에 연 '죠지야' 백화점. 전 미도파 백화점 건물 이름.

167) Archer L. Lerch : 미 육군 소장으로 1945년 12월 제2대 조선 군정장관에 취임했다.

하오. 소련이 공위 회담을 재개하지 않으리라는 것을 알고 우리는 두 가지 일을 할 작정이오. 첫째, 회담연기의 책임은 우익에 돌려져야 하며, 둘째 우리가 소련과 함께 방책을 강구하는 것이오. 정부 문제를 조선인에게 이전하는 것은 미국의 입장에서는 실패의 책임을 조선인에게 전가하는 수단이오. 만일 우리가 이 지연작전을 연장시킨다면 군정은 반드시 실패하고 말 것이오. 우리의 ○○○ ○○○ ○○○은 그렇게 되는 것을 입증하게 될 것이오.

나는 정부 일의 일부를 담당하도록 김 박사로부터 요청을 받았으나 그 자리를 수락하지 않았소. 나는 미국인들을 설득하여 모든 권한을 김박사에게 주고, 그로 하여금 모든 정부 일을 다루게 하여 우리의 혁명적인 ○○의 정치적 자유가 회복될 수 있도록 했소. 만일 우리가 반동적인 경찰의 문제를 해결하고 김박사의 영향력을 통해 전반적으로 반동적인 정부권력을 제거한다면 말이오.

남조선에서의 봉기는 잠시 잦아들었으나 전라남도와 강원도에서 다시 시작되었소. 강력한 반동 권력 때문에 봉기는 지방에서만 일어나고 대규모로는 존재할 수가 없소. 그러나 ○○ 보상인 것처럼, 남조선에서의 봉기는 정부와 개별 반동집단이 전력을 다해 좌익 조직을 ○○하고 파괴하기 때문에 파괴와 희생을 피할 도리가 없소.

경찰은 활동적인 좌익 당원들에 대한 대대적인 체포를 진행하고 있소. 나는 대중의 전위 전선이 지리멸렬하다고 느끼고 있소.

미군정은 모든 반동적인 사건들을 공산당의 술책과 선동으로 몰고 있소. 이것은 군정이 반동분자들의 파괴활동을 공개적으로 지지하고 있다는 것을 의미하오.

나는 합작위원회의 결과를 아무것도 보장할 수 없소. 내가 남조선에서 매우 어려운 상황에 처한 좌익의 분쇄를 막을 수 있을는지 모르겠소. 내 견해로는 공위의 재개만이 나라를 구할 수 있는 유일한 방법이오. 공위의

재개만이 좌익을 하나의 당으로 형성하는데 도움을 줄 것이오. 동지들이
공위 개재에 모든 노력을 기울여주기 바라오.

1946년 11월 10일
여운형

[이 편지는 1946년 11월 남한에서 3당합당이 진행되고 있을 때, 몽양이 북로당 위원장 김두봉과 부위원장 김일성에게 보낸 것으로 본래는 워싱턴 국립문서보관소 슈틀랜드 분소에 소장된 미군정 문서중 Record Group 332에 포함되어 있던 것을 옮긴 것이다. 원래는 몽양이 한글로 보낸 편지이나, 당시 미군정 G-2가 이 사본을 입수하여 군정청 요원들이 영어로 번역한 것이기 때문에 독자의 편의를 위해 편자가 그들이 영어로 번역한 것을 다시 한글로 번역한 것이다—편자]

사로 · 남로의 합당 제의

사로당, 남로당 병합의 사실은 남조선 비상사태에 대한 오늘 미소공동위원회 재개를 앞두고 우리 민주진영의 약체화의 위험을 초래하고 있으므로 진실로 이를 우려하여 사로당 결성준비위원회 동지들과 상의하고, 사로당 결성준비위원회의 이름으로 남로당 결성준비위원회에 양당 무조건 합당을 제의한 바 있었으나, 남로당 측에서는 동 준비위원회의 의사를 표시치 아니하고 어떤 개인 및 몇 사람의 의사라고 하여 사로당 해체 권고와 남로당에 굴복하라는 통지가 왔었다.

이러한 태도는 혁명동지적 입장에서 대단히 옳지 못한 것임을 지적하지 않을 수 없다. 이 교섭의 유종의 미를 위하여 나는 성의를 가지고 역시 아래와 같이 주장한다.

1. 대국적 견지에서 즉시 사로 · 남로 양당이 동시에 해체하고 무조건 합동할 것.
2. 제1안의 즉시 실행이 기술상 불가능하면 독자적 입장에서 사로당으로 출발하되 합동할 것을 전제로 하고 모든 성의를 다하여 남로당 측에 합동교섭을 적극 추진시킬 것.
3. 제2안도 불가능하다면 분열자를 규명 배제하면서 사로당만으로 민주진영의 통일체를 삼을 것.

(―《동아일보》, 1946년 11월 14일)

[이 글은 1946년 11월 12일 몽양이 사로당 임시중앙위원회에서 발표한 제안서이다―편자]

김일성, 김두봉 동지에게 (편지2)

모두 강녕하시기를 바라오. 지난 10월 28일자 및 11월 10일자의 내 서한을 받으셨는지요? 이것은 또 다른 보고서요.

남로당과 사로당의 합당은 만족스럽게 진행되지 않고 있소. 사로당은 남로당에게 그리고 다음에는 이승엽[168]에게 제안했소. 둘은 결속되어 있소. 아무 조건 없이 민주적인 통일이 이루어져야 한다고 모두 생각하고 있소. 남로당은 박헌영 지도하에 있는 하나의 공산당으로 간주되어야 하지만, 사로당은 여운형 지도하에 있는 인민당으로 간주되어서는 안 되오.

만일 사로당이 남로당과 결합한다면 사람들은 그것을 공산당으로 간주하게 될 것인데, 이는 아직 조직되지 않은 대중에 큰 영향을 주고 군정을 포함한 미묘한 상황을 야기하게 될 것이오. 우리는 이 문제를 신중히 생각해야 하오. 우리는 이미 사로당이 해산하고 남로당과 결합하라는 명령을 내렸지만, 그 과정에 어려움이 있소이다. 2차협상이 지금 진행 중에 있지만 간부들 간에 당의 경쟁이 심한 편이오. 그러나 나는 그에 대한 어떤 진

---

168) 李承燁 : 인천상업학교를 중퇴하고 1925년 화요계 공산당에 가입, 그 후 3차례 피검되어 옥살이를 했고, 해방 후 박헌영의 재건파 공산당 핵심인물로 활약했다. 1946년 10월 박헌영이 월북한 후 그 대리 임무를 수행했고, 1948년 월북 후 북한 사법상을 역임했으며 훗날 남로당 출신의 숙청 때 같이 처형당했다.

전을 얻기 위해 노력하고 있소.

남조선의 문제에서 얻는 것보다 잃는 것이 더 크오. 자세한 사정은 추후 다시 말씀 드리겠소.

군정은 입법기관을 개원시키려 하지만 큰 실패로 끝날 것이며, 그 실패는 민주의원(남조선대한민국대표민주의원)보다 더 클 것이오.

그들은 행정권의 일부를 조선인에게 넘겨주어 책임을 피하려고 하지만, 입법기관의 관리 하에 있는 군정의 관리들은 모두 극우파가 차지하게 될 것이오. 나는 김규식 박사에게 우리가 이 계획을 무산시켜야 한다고 말했소.

상황을 ○○하는 미군정의 몇몇 지도자들은 민중들이 이승만 박사와 그의 조직인 한민당과 대한독립촉성회에 반감을 갖고 있다는 것을 깨닫기 시작했소. 좌우합작위원회는 현재 입법의원의 선거 문제와 경찰력 문제를 논의 중이오.

모든 정치 지도자들은 공위 재개를 위한 대중집회를 계획하고 있소.

1946년 11월 16일
여운형

[이 편지 또한 미공문서기록보관소에 소장된 미군정 문서 중 Record Group 332에 포함되어 있던 영문 번역서한을 편자가 다시 한글로 번역한 것이다—편자]

김일성, 김두봉 동지에게 (편지3)

두 분 다 강녕하시길 바라며, 우리 조국을 건설하는데 큰 업적을 이루신 것을 축하드리오.

1946년 11월 16일자로 보내 드린 서한을 받아보셨을 줄로 생각하며, 이것은 그에 대한 계속이오. 더 자세한 정보를 원한다면 전달자인 미스터 벤이 그 점을 보충해줄 수 있을 것이오.

사회노동당(사로당)은 남로당(남조선노동당)과의 조건 없는 합당을 제의했으나 받아들여지지 않았고, 사로당은 해산할 준비가 되어 있소. 나는 좌익의 합당은 중요한 ○○라고 생각하며, 사로당의 해산이 내부갈등을 중단시키는 최선의 방법이라고 생각하오.

나는 사로당의 해산을 충고했지만, 합당이 신당 발전을 위해 좋은 방법이라고는 말할 수는 없소. 은퇴한 몇몇 공산주의자들은 당원을 이끌고 당으로 복귀할 것이오. 합당엔 신중한 연구와 검토가 필요하오. 사로당의 공산당원들이 당을 해산한 뒤에 남로당에 가입할지 어떨지는 보증할 수 없소.

우리 계획은 조직되지 않은 모든 당원들을 망라하는 대중정당을 만든다는 것이었으나 이는 실패하고 말았소. 나는 조직된 사람보다 조직되지 않은 모든 사람을 당에 가입시키려고 노력해 왔소. 남로당이 사로당을 흡수통합하면 그 결과는 혁명적인 형태가 되지 않고, 자존심 있는 당원을 증가시키는데 도움이 될 뿐이오.

사람들은 남로당이 공산당이며, 남로당과 합당하면 공산당에 가담하는 것이라 믿고 있소. 공산당에서 떨어져 나오려고 시도해온 사람들은 그 동안 격리되어 왔소. 이번에 남로당은 지난번에 그랬던 것과 마찬가지 방법으로 제휴를 거부했소. 이것은 공산당식의 행동이오. 이러한 개념이 존속하는 한 신당의 성공가망은 없소. 근로인민이 가담할 생각을 하면 우리는 성공할 수 있지만, 그들은 공산당을 두려워하고 싫어하오.

새로운 남로당은 근로인민이 환영하는 당이 되어야만 하오. 근로인민이 이 개념을 수용하는 데는 오랜 시간이 걸리오.

남로당에 대한 북로당의 성명은 3당합당의 어려움을 야기했소. 남로당 안에 내분이 생긴 이유는 당내의 알지 못하는 분파의 존재 때문이고, 북로당(북조선노동당)이 출간한 어떤 기사 때문이기도 하오.

강진과 백남운 동지는 제휴에 관심이 없으며, 그 제휴에 끝까지 싸울 준비가 되어 있소. 마찬가지로 사로당도 제휴에 관심이 없소. 상기 두 동지가 이러한 행동들 때문에 비난을 받아서는 안 되오. 그들의 행동은 그들이 남한의 정세를 모른다는 점에 의해 야기된 것이오.

제휴에 대한 모든 책임은 내가 지겠으며, 이 책임을 다른 사람에게 전가하지 않을 것이오. 나는 3당합당준비위원회 위원징이나 그 일에 성공하지 못했고, 그 자리에 대한 자격도 없으므로 정계로부터 은퇴할 것인데, 이는 내가 오래 전부터 희망해온 것이기도 하오.

이제부터 나는 혁명군의 한 병사로 백의종군할 것이오.

1946년 11월 30일
여운형

[이 편지 또한 미공문서기록보관소에 소장된 미군정 문서 중 Record Group 332에 포함되어 있던 영문 번역서한을 편자가 다시 한글로 번역한 것이다—편자]

정계은퇴 성명서

조국 건설에 충성을 다하고자 적은 힘이나마 바쳐 여러 선배와 동지들의 뒤를 따르리라고 해방 후 1년 이상 노력해 왔으나, 역량과 덕망이 없을 뿐 아니라 지식과 준비가 부족하여 그동안 본의 아닌 과오를 많이 범하였다.

조선의 독립완성에는 국제적 관련성이 적지 않으므로 독립을 갈망하는 조선 인민은 미소공위가 재개되어 모스크바(幕府) 결정이 속히 실현되기를 거족적으로 여망하고 있다.

그러므로 미소공위 휴회의 원인과 재개의 장애가 되는 모든 요소를 제거하고, 자력으로 해야 할 건국준비를 위해 진보적 민주주의자가 회담하여 공통된 조건을 발견하려고 노력한 합작운동이 속칭 좌우합작 그것이었다.

이 운동을 통해 무슨 건설적 효과가 있기를 무한 기대하였으나, 아직까지 소기의 목적을 달할 만한 물질적 조건이 모이지 않으므로, 좌익진영에서는 이를 반대 규탄하여 나의 행동은 제재되었다.

좌익 3당합동 문제가 제기된 이래 지도층의 경험부족과 기술빈궁으로 일어난 오해와 충돌은 결국 좌익진영에 커다란 분열을 초래하였으니, 이에 관하여 누구보다도 내 자신이 그 책임을 느끼게 되어 남로·사로 양당의 무조건 통일을 주장했으나 성공치 못하고, 최후로는 사로를 해체하고 남로에 통일하기를 간청하여 이것마저 실패하고 말았다.

합작운동은 전 민족통일을 의도함이요, 좌당합동은 혁명 역량을 단일화하려 함이다. 그러나 현상은 근본 의의와는 정반대 방향으로 나아가고 있다. 이러한 국면을 타개치 못한다면 우리의 전도는 실로 암흑하다. 이러한 난국에 처하여 역량 없고 과오 많은 내가 이 중임을 지려다가 일보도 전진 못하고 넘어져서 이를 그르치는 것보다는 차라리 민중 앞에 사죄하여 이 중책에서 물러감이 옳다고 생각한다.

나는 미군이 남조선에 군정을 포고한 후, 군정이 조선의 민주건국에 원조하고 성공하기를 바라고 부당협력하려 하였다.

그러나 현금 남조선에서 일어난 모든 사태는 혼란이 극도에 달하였고, 좌익투사는 거개가 투옥되었다. 그리하여 일반 민중은 나의 정치적 행동이 애매하다 지적하고 의심 또는 원망한다. 나는 이를 변명할 도리가 없어 책임을 지고 물러가기로 하는 것이다.

미국의 친우들 중에는 나의 태도를 소극적이라 하여 불만을 가질는지는 모르나, 무능한 나로서는 이 이상 더할 수 없음을 이해하기 바란다. 이것은 내가 혁명전선에서 이탈하려는 것이 아니라 지도자의 자리에서 내려서는 것이요, 나의 여생을 민주진영의 한 병졸로서 건국사업에 바칠 것을 맹세한다.

근자 나의 명의로 회담성명, 담화 등이 발표되는데 그 태반은 본인이 알지 못하는 것이다. 금후는 내가 직접 혹은 친필로 발표하지 않은 것은 책임지지 않겠다.

1946년 12월 4일
좌우합작공작을 단념하면서,
여운형

(―《조선일보》, 1946년 12월 5일)
(―《동아일보》, 1946년 12월 5일)

(─《서울신문》, 1946년 12월 5일)

(─《중외신보》, 1946년 12월 5일)

(─《독립신보》, 1946년 12월 5일)

수락거부 성명

　입법의원 문제에 관하여서는 지난번 수차에 걸쳐 소속기관 혹은 나 개인으로서 소견을 발표한 바 있고, 5일 자기비판을 공개하여 정개에 대한 나의 태도를 충분히 표명한 바 있으므로 반복치 않는다.

　금일 신문지상에 입법 관선의원으로 나의 이름이 발표된 데 대하여서는 본인은 사전에 거부하여 태도를 명시한 바 있었으므로 의외로 생각하며, 이것이 추천을 의미하는 것이라면 수락의 뜻 없음을 선명宣明한다.

(―《독립신보》, 1946년 12월 10일)

미소공위 재개 촉구 (성명서)

미소공동위원회는 일시 휴회를 보게 되었다. 그러나 미소양국의 공고한 협조와 조선 문제 해결에 있어서의 양국의 ○○한 성의는 반드시 공동위원회의 속개를 단시간 내에 실현하리라고 우리는 확신하는 바이며, 또 그 방향으로 최대의 노력을 경주하여 이것을 요망, 촉진하지 않으면 안 될 것이다

민주주의 연합국의 승전에서 비로소 조선의 해방이 있는 것이며, 전후 문제의 국제적 해결의 일환으로서 조선의 자주독립은 약속되는 것이다. 조선 문제 고립적으로는 제기될 수도 없는 것이며, 따라서 해결될 수도 없는 것을 우리는 깊이 인식하여야 할 것이다.

3천리 강산에 생을 누리고 조선의 피를 받은 자 뉘 있어 자주독립을 갈망하지 않으랴? 문제는 오직 이 염원을 달성하기 위하여 옳은 길을 찾느냐, 호언장담으로 그 길을 그르치느냐에 달려있는 것이다. 민주주의 임시정부 수립을 원조하려는 미소공동위원회의 성공적 진전만이 조선 문제 해결에의 서광이며 그 관건임을 인정해야 되는 것이다. 그러므로 우리는 3상회의 결정을 지지하는 것이며 미소공동위원회에 적극 협력하는 것이다.

공소한 반탁구호로 3상회의 결정을 거부하여 국제적 고립과 민족적 분열로 민심을 혼란케 하고 독립달성을 지연시키는 자 누구이며, 유령단체

를 날조하여 3상결정을 지지선언서에 서명까지 하고 또다시 반탁문제를 야기하여 미소양국 대표의 의견에 어긋남이 생기게 한 자 과연 누구인가?

미소공동위원회의 진전에 지장을 유발하여 놓고도 자성 자숙함이 없이 휴회에 쾌재를 부르며 이 기회를 이용하여 자파세력 부식에 급급하니 이 어찌 애국우족의 도리이며 자주독립을 원하는 자이랴?

이들 반동 제 단체 및 언론기관의 ○제에로 행로 등은 그들의 반동적 정체를 ○락 없이 폭로하는 것이다. 그 반연합국적 폭언, 악선전은 미소 이간의 간책이며 민족상잔을 선동하고 하여 일제 그대로의 반공反共 데마를 답습하여 남북분단의 영구화를 꾀하여 민족통일을 저지하면서 '자주정부의 자율적 수립' 운운하는 것은 남북통일의 민주정부 수립의 길을 파괴하려는 기도이다.

우리 민주주의민족전선은 그 목적과 방법에 있어서 진실로 민주주의적인 정당과 단체의 총연합체로서 공통되는 민주주의 강령의 실현을 위한 행동통일 기관이며, 최고 정치협의기관이니 즉 민주주의를 원칙으로 하는 우리민족의 통일전선이다.

금일과 같은 긴박한 시국에 우리 민주주의민족전선에는 다음과 같은 몇 가지 긴급한 임무가 서고 있다.

첫째로 3상결정의 의의가 주권침해나 내정간섭이 아니고 민주주의 건국을 우호적으로 원조하는 데 있다는 것을 더욱 광범히 선전 교양하여 전 민족적 지지운동을 일으킬 것과 반탁의 빈 외침으로 사실상 독립을 방해하는 반동을 방지할 것.

둘째는 일체 연합국 특히 반소운동을 배격하고, 친소친미운동을 전개하는 동시에 테러단체와 반동적 언론기관을 보이콧 내지 해산하는 공론을 널리 환기시킬 것.

셋째 민주주의 세력의 총집결과 그 협력의 ○○을 ○○할 것.

3천만 조선 민족은 사실을 직시하고 정세를 구체적으로 비판하며 반동

거두反動巨頭의 정체를 분석하고 자력을 성찰하여 옳은 길로 과감하고 집요한 실천의 거보를 내딛어야 할 중대한 계기에 임하고 있다. 인식을 깊게 하여 결의를 새롭게 하기를 열망하여 마지않는 바이다.

(―《조선인민보》, 1946년 12월 22일)

근로대중을 위해 투쟁 (기자회견)

인민당 재건문제에 대하여

강원도는 비교적 인민당의 세력이 침투되지 못한 곳인데 이번 우연한 기회에 강연회에 참석하게 되어 많은 군중이 인민당 깃발 아래로 모이겠다는 열정적 부르짖음을 보았다.

또 전북, 전남을 위시하여 남조선 각지에서도 인민당의 존속을 희망하고 있다는 정보가 있으며 생명을 걸고 맹세하고 나의 재출마를 요청하는 사람도 있으나, 나는 이미 정계에 대한 흥미를 잃었고 노병졸로서 일생을 민족에게 바치려고 생각하고 있으므로 내가 나가야만 꼭 독립이 된다든지 또는 민족의 활로가 개척된다든지 하는 특수한 경우가 아니면 일선에 나설 생각은 없다.

사로당에 대하여

사로당에서는 나의 출근을 희망해 왔으나 아직까지 사로당에 나갈 의사는 없다.

자신의 공격에 대하여

일부에서는 나를 기회주의자, 또는 심지어 미국 제국주의의 주구라고까지 선전을 하는 모양인데, 나는 혁명가로서 양심적으로 근로대중을 위하여 투쟁해온 사람이다. 근로대중을 위하여 싸우는 것이 미국 제국주의의 주구라면 달게 받겠다.

공위 속개와 미국 대외정책에 관하여

마셜[169] 씨가 국무장관으로 취임한 것은 미국 대외정책의 강화를 의미하는 것이며, 외교의 중점이 구주에서 동아로 옮겨온 것을 의미하는 것이다. 미국은 구주에서는 소련에게 양보하여 왔지만 동아에서는 일제 타도의 주역할을 한 만큼 절대로 양보할 것 같지 않으며, 미군 당국자도 그렇게 말하고 있다. 하지 중장은 공위 속개에 대하여 3상결정 지지단체만을 대상으로 하되, 반소·반미 단체는 동시에 제외할 것을 요구한 모양인데, 양대 국가의 강경외교가 존속하는 한 단시일에 원만한 해결이 있을 것 같지는 않다. 우리는 더욱 단결하여 민족의 운명을 개척하는 데 헌신해야 될 것이다.

(―《중외신보》, 1947년 1월 12일)

[이 기사는 정계은퇴 후 침묵을 지켜오던 몽양이 1947년 1월 11일 기자들에게 말한 내용이다―편자]

---

169) George C. Marshall : 미국 군인·정치가. 미국 육사를 나와 1939년 미 육군 참모총장, 1944년 미국 원수, 1947년 트루먼 행정부에서 국무장관에 임명되었다. 유럽경제부흥정책인 '마셜플랜'으로 유명하다.

반탁운동을 하지 말라 (기자회견)

1. 40년간 일제 착취에 모든 것을 잃어버린 조선이 적수공권으로 건국하려 할 때, 우리는 연합국의 원조를 유리하게 받아들여야 할 것이다. 조선의 독립은 카이로회담에서 공약되었고, 모스크바 3상회의에서 구체화되었으며, 이를 실천하기 위한 미소공동위원회가 작년 1,2월에 열린 바 있었은즉 세계의 모든 문제 중에 조선 문제가 제일 먼저 해결될 수 있었던 것이나, 반탁운동으로 인하여 1년이나 지연된 쓰라린 경험이 있음에도 불구하고 공위속개의 기운이 성숙한 이때, 또다시 반탁운동을 획책하는 것은 도연徒然히 ①국제고립 ②민족분열 ③독립지연을 초래하고 말 것이다. 반탁 지도자들은 태도를 바꾸어 자성하고 즉시 중지하기를 애국적 입장에서 바라는 바이며, 혹 그들이 기어이 한다면 대중은 또다시 속지 말기를 갈망한다.

2. 작년 10월 인민봉기는 물가정책, 식량정책의 실패와 경찰의 억압에 대한 반대투쟁이며, 이는 인민의 생존권의 투쟁이었다. 내 자신은 투쟁대열에 참가하여 인민과 더불어 싸우지 못하였음에 책임을 느끼고 인민 앞에 사과하는 바이다. 작금의 반탁운동을 계기로 다시 반동 테러가 날뛰는 모양인데 민주진영은 강고한 조직력으로서 이에 대처하여 극복해야 할 것이다.

(―《독립신보》, 1947년 1월 28일)

[이 기사는 정계은퇴 후 침묵을 지켜오던 몽양이 1947년 1월 11일 기자회견을 한 내용이다―
편자]

반탁중지 요망 (담화)

미소공동위원회가 반탁운동으로 인하여 1년이나 지연된 쓰라린 경험이 있음에도 불구하고 공위속개의 기운이 성숙한 이때도 다시 반탁운동을 토의하는 것은 도연히 국제고립, 민족분열, 독립지연을 초래하고 말 것이다.

반탁 지도자들은 번연히 자성하여 즉시 중지하기를 애국적 입장에서 바라는 바이며 혹 그들이 기어이 한다면 대중은 또다시 속지 말기를 간원한다.

차제에 전국의 민주주의자는 통일전선을 결성하고 이를 극복해야 한다. 현재의 민주주의민족전선은 좌익전선의 영역을 넘지 못하였으며, 최근에는 공산주의자 전선으로 선화한 감이 있으니, 편협싱을 돌연 해소하고 전 민주주의자의 통일 전선화全鮮化 하기를 다 같이 노력할 것이다.

(—《서울신문》, 1947년 1월 28일)

[이 글은 몽양이 1947년 1월 11일 기자회견을 한 내용이다—편자]

북조선에 있는 한 친구에게 (편지)

좌우합작은 여운형의 개인적인 행동이 아니었소.

그것은 좌우로 갈라진 뒤 민주주의민족전선(민전)이 가져온 결과였소. 나는 그 작업을 포기했는데, 그 이유는 내가 힘이 약하고 ○○공산당이 만든 최근의 변화 때문에 내가 ○○를 획득하기 어려웠기 때문이오.

입법의원 문제에 대하여 나는 협상을 요구했지만, 내가 바라는 대로 다루어지지 않았기 때문에 참가를 거부했소. 박헌영이 여운형과 기타 친구들의 이름을 남조선과도입법위원의 팸플릿에 집어넣어 악선전을 한 것은 잘못이오. 우리는 입법기구에 아무런 힘도 없소. 박헌영이 '군정의 첫 번째 사냥개'가 송진우와 김성수요, 두 번째가 이승만과 김구이고, 세 번째가 김규식과 여운형이라 한 것은 용서할 수 없는 일이오.

3당합당에 관해 나는 우리가 바라는 대로 최선의 노력을 기울였으나 유감스럽게도 우리 몇몇 동지들의 행동 때문에 실패로 끝나고 말았소. 내 최후의 노력은 남로당과 사로당을 합당하는 것이오. 이를 위한 내 마지막 노력은 무산되고 말았소. 인민당과 신민당, 중도인사들과 미조직 일반대중들은 대체로 남로당에 대해 악감을 품게 되었소.

반미주의자와 남로당의 우파에 대한 무조건적인 모욕은 미군정의 압제보다 더 사회적인 고립을 가져왔소. 남로당이 역량 있는 좌파를 당에서 배제하고, 자기검열을 통해 정신적 품성을 개조하지 않은 채 방랑자들을 설득하여 당에 가입시킨 것은 잘못이오.

나는 그 사람, 지도자가 좌익진영을 통합하리라고는 전망할 수 없소. 사로당의 붕괴 때문에 당원들의 반 이상이 참가하는 것을 멈추었다고 할 수 있소. 남로당은 혁명에 있어 진정성을 보여주고 있지 못하오.

그들은 분열의 책임을 져야 하오. 나와 내 동지들은 당에 가담하기를 원했지만, 그들은 단지 자기들의 역량을 증대시키는데 우리를 이용하려고 들기 때문에 그들과 협력하는 것이 매우 어려운 일이외다.

최근 그들은 자아비판을 발전시켰지만, 나는 근본적인 수정을 하도록 북조선의 친구들에게 요청했소. 민전 또한 그 정책을 고쳐 강력하고 진보적인 정당이나 조직들과 협력해야 하오.

우리는 우파 정당의 진보적인 경향을 격려하여 김규식, 윤기섭과 협력해야만 하오. 만일 우리의 북선 친구들이 우리에 동의한다면 그때 나는 남로당이 우파의 길을 걷도록 당신에게 요청할 것이오.

우리는 과거의 나쁜 버릇을 고쳐야만 하오. 왜냐하면 조국의 통일은 앞으로 나아가야 하고, 우리는 최대의 노력을 기울여 이 통일을 도와야 하기 때문이오.

1947년 2월 17일
여운형

[이 편지 또한 미공문서기록보관소에 소장된 미군정 문서 중 Record Group 332에 포함되어 있던 영문 번역서한을 편자가 다시 한글로 번역한 것이다—편자]

공위재개를 촉구 (기자회견)

여 : 나와 우리는 이번 하지 중장의 재차 성명에도 표시한 바와 같이 공
위속개를 촉진하는 것만이 통일정부 수립에의 길임을 재인식하고
그 촉진운동을 맹렬히 일으키지 않으면 안 된다.

문 : 최근 남조선 단독정부니 자율 통일정부니 하는 풍설이 감히 떠돌고
있고, 또 그 각료 중에 여운형 씨의 이름도 들어 있다고 하는데 그에
대한 교섭을 받으신 일이 있는가? 또 그에 대한 소견은?

여 : 그간 우익의 몇 분과 만난 일이 있고 요사이 외국 기자단과 만난 일
과 러치 군정장관과 만난 일이 있을 뿐, 그런 교섭을 받은 일은 전혀
없다. 단독정부니 자율 통일정부니 하는 말은 나는 지금 처음 듣는
바이나, 그런 것은 성립될 수 없는 일이다. 북에 북조선 임시인민위
원회가 있고 남에는 미군정이 있는데 자율 통일정부가 있을 수 없을
것이다.

설혹 남조선에만 단독정부가 실현된다면 그 결과는 조선인민을 분
열로 오도하고, 이 형태로 1,2년만 경과한다면 10년이라도 고칠 수
없는 민족분열의 병근病根이 될 것이다. 그러니 나는 이 단독정부에
참가치 않을 뿐더러 적극적으로 반대하겠다.

문 : 미소공동위원회 재개와 민족통일에 대한 구체적 의견은?

여 : 미소공위가 조선의 임시정부를 수립하기 위하여 회의를 거듭하다가 마침내 일시적이나마 휴회를 하면서 주인인 조선 사람에게 대해서 한마디 의논도 없음은 유감이다. 대표기관이 없으니까 누구에게 물을 수도 없기는 하나 누구에게나 한번 물어봄이 좋지 않은가 생각한다. 이런 의미에서 민전(민주주의민족전선)이나 민의(민주의원)를 초월한 좌우를 통일한 대표기관을 만들어 가지고 미소공위의 재개를 알선하고 싶다. 이에 대하여서는 노력을 아끼지 않겠다.

문 : 좌우통일을 기도한다고 하나 좌익과 우익 사이에는 감정과 이해의 대립이 심각한데 이것을 어떻게 통일하겠는가?

여 : 좌우익 간에는 심각한 대립이 있는 것은 사실이다. 그러나 국내외 정세로 보아 좌익이나 우익이 단독으로 정권을 장악할 수는 없는 것이고, 공산당 하나만 빠져도 안 될 것이다. 그러한 정부는 국내적으로도 승인을 받을 수 없을 것이다. 그러면 결국 여기서 좌우익을 망라한 연합정권만이 있을 수 있을 것이다. 이 정세를 밝히 살피고 양익 중 하나가 단독으로 정권을 전횡하려는 생각을 버려야 할 것이고, 반드시 버려야만 될 운명에 있다. 그리고 통일의 암은 신탁문제가 아니고 결국 이해관계에 있다고 볼 수 있다.

그러나 우익 정당은 지주, 자본가를 대변하는 당이라고 볼 수 있는데, 동 진영에 서로 급속히 통일정부를 수립하고 국회를 성립시켜 투표를 통하여 자기의 정책을 수립해야만 될 것이오. 통일정부의 수립이 선결문제일 것이다. 통일정부와 국회의 확립을 원조하는 미소공동위원회를 급속히 재개하는 것이 필요한 유일의 민족대표기관의 설치에 두 진영에서도 찬성하게 될 것이고 나 개인은 이를 적극적으로 제창하고 노력할 터이다. 다만 여기서 부언할 것은 조선을 망국으로 유도한 양반계급이 그 경제적 토대로 한 봉건적 토지관계를 유지하려는 반민주주의 분자와 파쇼분자를 제외하고는 애국자로 자처하는 사람이라면 나의 제창에 찬성할 것이다.

내가 말하는 통일기관에 이러한 반민주주의자까지도 참가시키자는 것은 아니고 그 자들과는 금후로 싸워 나가야만 한다. 그럼으로써 조선은 경제적으로 급속히 향상될 것이요, 독립도 전취될 것이다.

또 하나 통일이 될 구체적 가증성은 정국이 금일과 같은 혼돈하고 현재와 같은 경제상태가 계속되면 될수록 좌익에게는 유리하게 될 것이다. 그는 생활이 핍박해지면 해질수록 민중은 좌익화하고 우익의 테러는 오히려 좌익을 견고케 할 것이다.

그는 민중은 부득이하면 부득이할수록 약해지는 까닭이다. 이러한 사실로 보아도 우익은 급속히 협약을 나오게 될 것이고 그러니 민족 통일기관의 성립은 나 자신으로는 약간(?) 문제가 있을 뿐이라고 생각한다.

(―《조선인민보》, 1947년 2월 22일)

민주진영 강화에 대한 사견

민주진영의 강화는 반동진영을 포위 공격하여 민중에게서 고립화시키고 이어서는 완전히 절멸시키는 데 있는 것이다. 이러기 위하여 우리는 민주진영 자체를 항상 반성, 비판하여 적은 오류라도 발견되는 대로 청산해야 할 것이며, 동시에 민심의 기미를 잘 통찰하는 정치를 해야 할 것이다.

정치는 과학인 동시에 예술이라고 어느 정치가는 말하였다. 지금 조선에 있어서 민주진영 확대강화와 또 그 통일을 위하여 이 명제의 실천이 가장 요구되고 있다.

과학적이란 말은 감정적에서가 아니고 구체적인 사실을 엄격한 비판 하에 체계화한다는 말이요, 예술저이란 말은 감정에 기초하되 허위나 과장에 입각한 것이 아니요, 진실성에 입각하여 생명의 다양성을 무시하지 않는 창의적 방법을 말하는 것이다.

더욱이 비참한 전쟁과 잔혹한 압제 하에 쪼들려 온 인민에게는 정치의 이 양면성의 통일적 실천이 요구되고 있다.

해방 후 벌써 1년 7개월이 넘은 오늘에도 아직 조선의 정계는 혼란을 말하게 되고 또 민주진영의 통일을 운위하게 되는 것은 정치행동에서 형식적인 과학주의와 감정적인 격동주의를 강요하는 오류를 범하였기 때문이다.

사물을 파악할 때 형식적으로 할 것이 아니요, 그 내면과 표면의 전체적 연관성을 주시해야 되는 만큼 민주진영 통일과 강화라는 문제도 형식적인 관찰이나 감정대립 문제에서 취급될 것이 아니요, 민주진영 자체 내부에 내포한 모순을 과학적으로 파악, 비판하는 동시에 상호 진지한 태도로 각자의 오류를 겸허하게 승인하고 청산하는 데서 출발하여야 하리라고 생각한다.

민주진영 강화문제와 관련하여 신당 문제가 논의되고 신당과 여운형은 불가분의 관계가 있는 듯이 말하는 편도 있는 듯하나, 이것은 전혀 피상적 관찰이다.

여운형이 있으니 신당이 나오고 여운형이 없으면 신당이 안 나온다면 이런 신당은 나올 수도 없고 또 민주진영 강화에 하등 기여될 바도 없을 것이다. 신당이 출발된다는 것은 인민의 속에서, 즉 공장에서 농촌에서 학교에서 가두에서 인민 자신의 솟구쳐 올라오는 인민의 혁명적 세력이 결집되어야만 비로소 출발되는 것이다.

이러한 혁명적 세력의 결정으로 인민의 정당이 출발된다면 나는 대오를 같이 하여 분발할 각오를 가졌다. 다만 문제는 여운형이 없으면 신당이 안 나온다고 하면, 이는 마르크스가 없었다면 공산주의가 없었겠다는 논리와 통하는 것이다. 자본주의가 내포한 모순이 있는 한 마르크스가 없어도 공산주의는 있었을 것이다.

더욱이 민주진영 자체에 내포한 모순이 있고 또 객관적 제 정세가 반동진영의 고립화를 위한 최선의 방법이라면, 여운형의 존재가 있건 없건 민주진영의 확대강화를 위한 신당의 출발이란 것은 당연의 귀추라고 믿는 바이다

좌우간 민주진영의 강화를 위하여서는 모든 행동에 있어서 특히 동지 간에 있어서 하나에도 진실이 요청되고, 둘에도 진실이 요청되고, 셋에도 진실이 요청된다는 것을 강조하고 싶다. 이러한 진실을 토대로 하여 모든

운동의 독자성과 창의성을 잘 살림으로써 또 민주진영의 정신을 인민의 각계각층에로 침투되도록 해야 할 것이니, 예컨대 전평·전농·여맹·민청·문련 등 대중단체도 그 독자성을 살려 각자에 부과된 민주과업을 독자적으로 실천하도록 해야 할 것이다.

신당이 출발한다고 하면 이 같은 대중단체의 독자적 운동방침을 구체화하며 대중운동을 일층 더 광범하게 강화할 것이요, 민전 산하에서 민전기구도 좀 더 광범하고 대담한 처치가 있도록 실천할 것이다. 이러한 과정을 통해서만 민주진영이 명실공히 강화될 것이라고 확신한다. 그러므로 이 과업을 위하여서는 민주진영 내 동지들은 상호 동지적 신의를 가지고 과도한 신경과민이나 감정적 대립을 피해야 할 것을 강조한다.

(―《중외신보》, 1947년 3월 24일)

근로인민당(가칭) 중앙준비위 구성경위

1. 합당문제를 계기로 민주진영은 오히려 혼란 속에 빠졌었다. 이를 수습하기 위하여 사로당·인민당 재건준비위원회까지도 해소하였으니 이것은 민주진영 강화를 위한 용감한 자기청산이었다.

1. 이 청산과정을 지나서 인민의 정당한 혁명력이 앙양되어 격화되는 반동공세에 항抗하여 민주진영의 재정비 강화가 요청되었다. 남조선 각지에 있는 농촌, 공장, 가두街頭 등 온갖 군중 속에서 진정한 인민의 전위당 수립을 요청하는 대소 군중 조직체의 대표자가 수십 인이나 찾아왔고 백여 통의 건의서와 조직체, 명부 등이 제출된 바 있었다.

1. 이에 장건상, 김진우, 조동호, 김항규, 이임수, 강응진, 이여성, 김성숙, 오석균, 이상백(무순) 외 20명과 이 문제를 진지하게 토의한 나머지 동지들은 본인에게 출마의 결의를 촉구한 바 있었는데, 본인은 한 병졸로서 동지들을 따를 결심을 표명하였고, 즉시 이 동지들과 더불어 신당 발기회를 구성하였다.

1. 발기회 동지들은 신당 준비를 활발히 추진키 위해서 해방 전후를 통하여 시종일관 군중 속에서 일해 온 신진 청년 동지들을 중심으로 중앙준비위원회를 구성하였다.

1. 중앙준비위원으로부터 선배들의 정당한 교시와 지도를 받아야 하겠

다는 요청이 있어 준비위원장 직속으로 정치협의회를 다음과 같이 구
성하였다.

여운형 장건상 조동호 이만규 김항규 이임수
강응진 이여성 김성숙 오석균 이상백 (무순)

1. 준비위원회를 즉시 개최하여 부서와 강령(초안)을 1주일 내로 발표할
   것이다.
1. 금후 대외 발표는 중앙준비위원회에서 할 것이고 그 이외의 발표에
   대하여는 일체 책임을 지지 않을 것이다. 과거 신당에 관한 구구한 신
   문기사는 일체 사실과 상위되는 것이다.

(-《독립신보》, 1947년 4월 13일)

통일정부 수립에 조력 (담화)

1. 하지 중장이 귀임 후 아마 내가 제일 먼저 만난 것 같은데, 그는 미국의 정책이 남북통일 민주정부를 수립하는 데 있으므로 적극적 협력을 요청한바 있었다. 나도 모스크바협정에 의한 조선 통일정부 수립이라면 적극 협력할 것을 언명하였다.

2. 이승만 박사의 외교성공 환국이라고 하는 말이 돌고 있는데, 이에 대하여 하지 중장에게 질문한 즉 그는 이박사의 외교성공이라는 것은 이해할 수 없다고 말하고, 이박사는 개인자격으로 도미, 활동하였으나 국무장관 또는 트루먼 대통령과는 회견한 일이 없으니 미국정책이 이박사를 통하여 변경되었다는 것은 생각할 수도 없다고 말하였다.

   나는 이박사의 외교성공이라는 것이 만일 남조선 단독정부 수립문제라면 이를 절대 거부하는 바이며, 이박사가 과거의 태도를 일변하고 민주주의적으로 통일정부 수립을 기도한다면 나도 흔연 협력할 각오이다.

3. 마셜 장관의 대조선 문제 서한제출에 대해서는 하지 중장 체미중 조선 문제의 절충이 있었을 것이므로 미국 자신이 3상결정 원칙에 의해서 조선 문제를 속결할 의사가 있을 것을 표시한 듯한데, 공위 속개가 어느 때 실현된다고 용단할 수는 없으나 가까운 장래에 서광이 비칠

것이다.

4. 남로당이 신당과 공동투쟁을 기대한다는 데 대해서는 정치적 제스처로서 대단히 환영하는 바이며, 우리는 밑으로부터 끓어오르는 민주주의적 세력을 토대로 남로당과 제휴하여 통일정부 수립에 매진할 것이다.

5. 중국 영사 유어만 씨와도 회견한 일이 있는데, 중국 측 의견도 남북분단 점거를 반대하고 통일정부 수립을 요망하고 있다.

(-《중외신보》, 1947년 4월 16일)

[이 글은 몽양이 1947년 4월 15일 기자회견에서 발표한 것이다-편자]

공위재개는 염려 없다 (기자회견)

문: 전문한 바에 의하면 신당은 5월 중순에 결당대회를 연다는 데 당시
의 당 세력은 어찌되는가?

답: 지방보고가 아직 도착하지 아니한 관계로 확답키는 곤란하다. 중순
경에 발당 예정중이나 준비결과 여하로는 변경될는 지도 모르겠다.

문: 미소공위 재개에 대해서 협의대책 초청문제에 양측 견해가 대립된
채로 있다는데, 이에 대한 견해는? 타협이 된다면 그 타협점은 무엇
인가?

답: 해당 문제에 대하여서는 마셜─몰로토프 씨의 서한을 싸고 미·소 등
언론계의 논평도 구구한 바 있는데, 나 개인으로는 조금도 염려 없다
고 본다. 왜 그러냐 하면 3상결정을 반대하는 정당·사회단체 문제
에 있어 의사표시의 자유가 문제되고 있는 듯하나, 3상결정을 반대
하는 정당·사회단체 등은 임정에 들어오지 않을 것이라고 본다. 5
호성명 취소를 주장한 정당 및 개인은 공위에 참가할 리 만무하리라
고 보니까 의사표시의 자유는 문제가 안 될 것이다.

문: 앞서 발표된 행동강령에 의하면 기본 정치노선에 있어서 남로당과
차이점이 없는 듯한데, 그 정책의 차이되는 점은 무엇이며, 신당과
사로당 또는 인민당 재건파와의 노선 차이는?

답: 인민당 재건파는 결당되지 않으니까 노선이 없고, 전 인민당과 사로
당 등의 노선은 참고 정도일 행동강령들이 남로당과 같다든가 다르
다든가 하는 문제는 의의적으로 그러할 성질의 것이 아니다.

(―《중외신보》, 1947년 5월 7일)

독선주의 배제

1. 방금 신당에 관하여 항간에서는 미군정, 북조선 등등의 외부 지시에
   의하여 출현한다는 풍설이 돌고 있는데, 이 모두 아당我黨을 모함하려
   는 분자의 모략적 소위임을 지적한다. 근로인민당을 명령하고 지시할
   자는 오직 인민대중이 있을 뿐이다.
2. 준비위원회에서 선언강령 초안이 발표되었는데, 이것은 결당대회에
   서 가장 정확한 선언강령을 채택하기 위하여 대중토의에 회부한 것이
   다. 우리는 일체 독선주의를 배제하고 당 내외에 집결된 순수한 세력
   의 옳은 의견은 언제든지 이를 따르려는 자들이기 때문이다. 열성적
   제위는 적극적으로 전 인민의 정당한 의사가 이 선언강령에 반영되도
   록 협력하여 주기를 간망한다.

(─《조선일보》, 1947년 5월 25일)

근로인민당 창당 개회사 (요지)

조선의 해방이 조선인민의 힘으로 된 것이 아니고 연합국의 승리로서 된 것인 만큼, 조선의 민주독립도 국제문제가 연결되어 있는 것이다.

그럼에도 불구하고 과거 우리 민족을 팔아먹고 지금도 민족을 팔아먹으려는 친일파, 민족반역자들은 통일정부가 수립 안 된다면 남조선만이라도 정부를 세워서 자기들의 야욕을 채우려 하고 있다.

근로인민당의 목적과 사명은 이 반동분자들의 계획과 음모와 모략을 분쇄하고 완전 자주독립을 찾자는데 있는 것이다. 노동자와 농민만이 민주조선을 건설할 수 없을 것이고, 소시민만으로 조선 건설이 되지는 않을 것이다. 조선의 건국은 오로지 이 긱계각층이 한데 뭉쳐야 할 것이며, 미소공위 재개의 찰나에 있어서 출현되는 우리 당은 과거 3당합동의 실패를 수습하기 위하여 나온 만큼 새로운 역사 창조에 노력하여야 할 것이다.

(―《중외신보》, 1947년 5월 25일)

기자회견

문 : 좌우합작 강화설이 있는데 선생은 거기 관계가 있는가?

답 : 오늘 아침 신문을 보고 민주합작이란 이름으로 강화할 계획이라는 것을 알았다. 김박사에게서도 전에 그런 말을 들은 일이 있으나 관계가 있는 것은 아니다.

문 : 남북을 통일하기 위한 계획을 개시한다는데?

답 : 초문이다.

문 : 민전이 제안한 5대5 안에 대하여 어떻게 생각하는가?

답 : 별로 찬성할 것이 못된다. 내 욕심으로는 좌익은 고사하고 우리 당만이라도 나뿐 아니라 얼마든지 많이 참가하고 싶다. 그리고 협의대상에 있어서 비율을 정한다는 것은 있기 어렵다. 전부 구성하였다. 논의될 수도 있다.

문 : 귀당에서는 원칙으로 민전가입을 결정하였다는데 진척 정도는?

답 : 아직 진척이 없다.

문 : 귀당의 당세는?

답 : 날로 늘어가니까 잘 모르겠다. 결당 전에는 약 15만이었다. 결당 후 급속히 증가하고 있다.

문 : 근민당 혁신동지회는 무엇인가 ?

답 : 그러한 단체명으로 당을 혁신하는 취지인데, 거기에 참가한 사람에
　　 는 당원도 있지만 비당원이 많다. 당외에서 당을 혁신한다는 것이 무
　　 슨 말인지 모르겠다. 애당적이라는 것보다는 파괴적 의도라고 본다.
　　 2,3일 중 정식 발표가 있겠지만 거기 참가한 당원은 제명할 것이다.
문 : 장건상 선생이 당대표 대회에서 사표를 표하였다는데 ?
답 : 다만 사표의 뜻을 말하였을 뿐이다. 동지들의 요청이 강하였으므로
　　 당과 생명을 같이 할 것을 맹서하고 나가고 있다. 장동지뿐만 아니
　　 라 다른 부위원장 동지나 위원장인 나 자신도 당과 생사를 같이 할
　　 것이다.
문 : 공위의 성공을 위하여 당책을 강구하고 있는가?
답 : 공위의 성공은 3천만 동포가 다 같이 열망하는 것이다. 지금 우리
　　 당이 밤낮으로 부심 노력하는 것도 공위의 성공을 위해서다. 또 우
　　 리 당도 공위에 제안할 우리 당의 의견을 작성중이다.

(─《중외신보》, 1947년 6월 11일)

[이 기사는 몽양이 1947년 6월 10일 정례 신문기자단 회견 석상에서 발언한 내용이다─편자]

근로인민당의 탄생과 금후의 사업 (연설)

당 출생의 경위

참된 인민의 나라를 세운다는 것은 결코 쉬운 일이 아닙니다. 그와 마찬가지로 인민의 정당도 그것이 완성되기에는 복잡한 우회와 곡절이 필요한 것입니다.

작년 가을에 인민·신민·공산 3당이 합하여 남조선 인민의 모든 세력을 한 곳에 통일 집중하는 합동당이 계획되었던 사실은 전국의 동지 여러분이 이미 잘 아시는 바일 줄 압니다마는, 그 결과는 거기 참여하였던 나 자신의 불만함도 있었고, 우리들 민주진영 전체로서의 미숙과 결함도 원인이 되어서 기대하였던 것과 같은 성과를 거두지 못하였던 것입니다.

이 합당문제에 있어서 책임 있는 일자리에 있었던 만큼 나는 가장 그 결과의 불만함을 생각지 않을 수 없었으며, 또 거기에 대한 책임도 남보다 더 깊게 느끼지 않을 수 없어서 일시 인퇴하여 정세를 정관하면서 한 병졸로 전 민주세력의 통일의 성취를 돕고 싶어 하였던 것입니다.

그러나 금년에 들어서 더욱이나 최근 일각에는 경향 각지에서 신당을 조직하여 민주역량의 통일과 증대에 적극적으로 참여하여야겠다는 동지들의 요망이 팽배하게 표현되기 시작하였던 것입니다. 내 앞에 송달된 건의서만 하여도 수 천통에 달하였으며, 일부러 찾아와서 권하고 요구하는 이는 지방과 서울을 통하여 헤아릴 수 없을 만큼 빈번하였는데, 이 모든 동지들의 주장은 다 같이 반동의 공세는 나날이 강화되는데 민주세력은 아직도 분산 분열되어 있고 민주역량의 통일조직을 위한 활동은 현저하게 부족되고 있으니 신당을 발족시켜야 한다는 점에 귀착되는 것이었습니다. 이렇게 신당을 요구하는 이들 중에는 공장에서 일하는 노동자도 있었고, 농촌에서 일하는 농민도 있었고, 도시의 상인, 지식계급 등에 속하는 동지들도 있었습니다. 또 공산주의자도 있었고 자유사상가라고 지목되는 이도 있었습니다.

요컨대 남조선의 근로인민 전체라고 볼 수 있는 노동자·농민·시민과 학생·지식계급 전체를 통하여 신당에 대한 요망이 나날이 고조되고 나와 및 주위 동지에게 이 사업을 실천할 것을 권하게 되었던 것입니다.

근로인민당이 나오게 된 것은 그 사명을 다하려는 우리나라 근로인민 대중의 누를 수 없는 요청을 등지고 나오게 된 것이므로 이 당은 여운형이가 만든 것도 아니고 그 외의 누가 만든 것도 아닙니다. 근로인민들 자신이 근로인민의 당을 결성한 것입니다.

당의 조직

근로인민당은 전全 근로인민의 공동의 요망을 걸머지고 노동자·농민·일반 소시민·인텔리 등 3계층의 인민이 단결하여 발족한 것인 만큼, 이 3자의 당연한 통일적 조직으로서 나타나야 될 것은 당연할 일입니다. 뿐만 아니라 이 3자의 공고한 제휴와 단결이 없이는 우리나라가 당면하고 있는 민주혁명의 과업은 결코 성공될 수 없습니다.

노동자 여러분! 당신네들의 힘만을 가지고서 우리나라가 당면하고 있는 민주혁명을 완성할 자신이 있습니까?

농민 여러분! 당신네들만으로서 우리나라의 민주혁명을 실현할 수 있습니까?

소시민 · 지식계급 · 청년학생 여러분! 당신들만으로서 우리가 당면한 민주과업을 실행할 수 있다고 봅니까?

3자가 각개의 단독의 힘만으로는 결코 성취될 수 없는 것입니다. 3자가 굳게 합하고 단결한다면 다 같이 이 싸움에 승리할 것이겠지만 서로 떨어지고 따로 서게 되면 각개가 다 망할 수밖에 없는 것입니다.

우리 근로인민당은 우리나라의 민주혁명이라는 커다란 목표 앞에 남조선의 노동자 · 농민 · 소시민 · 인텔리의 3자가 공동의 승리를 위하여 혼연일체의 당 생활과 당 사업에 통일될 수 있으며, 또 통일되어야 한다는 것을 표시하는 정당입니다.

그러나 이것은 당면의 목표와 이익이 공통되기 때문에 단순히 과도적으로 일시적으로 3자가 공동전선을 취한다는 정책적인 조직으로 생각해서는 안 될 것입니다. 근로인민당에 집결된 우리나라의 근로인민은 민주혁명에서 결합되고 일치될 뿐만 아니라, 이 제1과업이 끝난 다음에 보다 더 높은 과업을 향하여 전진하게 될 것입니다. 또 우리나라의 사회적 발전은 민주혁명의 완성과정에서 이 3개의 근로인민들이 공동이익이 더 앞선 사회단계에서 뚜렷하게 발견될 기초를 닦아 줄 것입니다.

때문에 근로인민당은 정치적으로 과도적인 당이 아니라 우리나라의 혁명과 함께 전진하고, 우리 사회의 역사와 함께 성숙하고, 우리 민족의 이상과 함께 완성될 전 노동인민의 정당이 될 수 있는 것입니다.

당의 이러한 정신은 간부의 구성에도 표현되도록 노력하였습니다. 당의 수뇌부에 관하여 말씀드린다면 천학미력한 제가 위원장의 중책을 맡게 된 것은 당원 동지 여러분에게나 또 널리 동지 제위 앞에 그 참월함(과분함)을 사죄하지 않을 수 없는 바입니다마는, 다행하게도 장건상 씨, 백남운 씨, 이영 씨와 같은 경력과 학식이 풍부한 동지의 신망 높으신 분들을 부위원장으로 모시고 같이 일을 보게 되었으니까, 이분들의 힘을 얻어서 나 역시 대과 없기를 자신할 수 있게 되는 바입니다.

여러분도 아시다시피 이영 씨는 동지들 사이에 조선의 '깔리닌'이라는 호칭이 있는 사회운동의 장로이시고, 백남운 씨로 말씀하면 전 남조선신민당 위원장이시요, 우리나라 경제학의 권위로서 특히 전국의 양심적 학도의 경모의 표적이 되어 있는 분이시요, 또 장건상 씨는 합병 전에 미국에 유학하여 법학을 연구하시고 그 후 중국과 해외 각지에서 조선 혁명운동으로 시종일관하신 고명한 혁명가이시며 전 인민당 부당수로서 같이 일하여 오던 동지입니다.

나는 이 3분과 또한 이여성, 손두환, 김성숙, 이임수 씨 등과 함께 근로인민당의 선두에서 공복의 책무를 다할 수 있으리라고 자신하는 바입니다.

공위에 대한 책무

다음으로 우리 민족의 목전에 당면하고 있는 가장 중요하고 중심적 정치과업인 미소공동위원회에 대한 우리 당의 대책을 말씀드립니다.

우리 당은 현재 서울에서 개최 중인 공위의 사업에 대하여 적극적으로 이에 참가하고 협력하며, 이것을 추진시키는 것을 중대한 당면임무라고 생각합니다.

이것은 작년 5월에 공위가 휴회된 이래 남조선에서 우리가 경험한 모든 고통과 곤란을 회고하여 본다면 명백한 일입니다.

공위휴회 1년의 쓰라린 경험은 우리에게 공위를 기어코 성공시켜야 할 절실한 필요를 가르쳤습니다. 뿐만 아니라 그 경험은 만일 공위가 다시 실패하는 날에는 우리가 남조선에서 당하여야 할 손실과 고통과 희생을 예고하는 것입니다.

물론 공위가 우리나라 근로인민의 당면한 모든 곤란을 종국적으로 해결하여 주는 것은 아닙니다.

그러나 공위가 성공되고 임시정부가 수립된다면 이것은 우리가 수행할 민주혁명의 곤란한 첫걸음을 내딛는다는 것을 말하는 것이고, 우리가 단행할 민주과업의 제1차적인 기본적 노선이 확립되는 것을 의미하게 되는 것입니다. 그러므로 우리 근로인민당은 미소공위와 협력하여 이러한 사명을 다할 수 있는 진정한 민주주의적 성격을 가진 임시정부가 수립되도록 노력하려고 하는 것입니다.

그러기 위하여서는 첫째로 우리는 공위를 방해하려는 모든 반동적 책동에 대하여 투쟁할 것입니다. 여러분도 아시는 바와 같이 오늘날 남조선에는 공위사업에 대한 반대는 직접간접의 방해 혹은 반탁운동으로 전개되고 있는 형편입니다. 반탁의 지도자들은 반탁만이 즉시 독립의 길이라고 주장합니다마는, 반탁과 독립 사이에는 아무런 공통점도 없는 것입니다. 반탁이라는 것은 탁치의 의의와 또 연합국의 호의를 모르는 무모한 배외주의에 불과한 것이며, 조선의 민주독립을 위한 세계 4대강국의 호의적 보장을 거절하려는 것인데, 이것은 실질적으로는 오히려 독립을 더디게 하는 것밖에는 안 되는 것입니다.

다음에 우리는 공위에 대하여 이렇게 밖에서 반대하고 방해하려는 세력을 물리치는 동시에 공위 안에 들어가서 안으로 공위사업을 파괴하려는 계획도 있는 것을 경계하고 이것을 미연에 방지하도록 하여야 하겠습니다. 이리하여 내외의 공위 반대세력을 방지하고 공위를 성공시키는 데는 우리는 반드시 모든 반동적 반민주적 요소를 제외하고, 그 반면에 진정한 인민의 기관이며 민주주의적 정당과 단체라면 하나도 빠짐없이 다 망라된 광범한 민주세력이 공위사업에 적극적으로 참여하여야 할 것입니다. 그리고 공위를 통하여 이번에 수립되는 민주주의 임시정부도 이러한 민주주의 제 세력을 기초로 하는 인민의 정부가 되어야 할 것입니다. 일체의 민주세력을 총망라한 민주주의 각당각파의 연합에서 구성되는 정부가 되어야 할 것입니다.

이러한 정부는 물론 우리나라의 민주혁명의 최고목표를 완성시킬 인민정권에 비하여서는 아주 한 걸음 못 미친 정부일 것이겠지만, 그것은 모든 반동적 파시스트적 요소를 일소하고 우리나라를 민주정책의 대도 위에 추진시키고 인민의 완전한 자유선거에 기초를 둔 완전한 인민정부에 도달하는 길을 닦아주는 정부가 될 수 있을 것입니다.

그러므로 우리는 공위사업의 역사적 제약성을 정확하게 인식하여 과대한 요구나 지나친 주장으로서 도리어 공위의 사업을 곤란하게 하는 일이 없도록 용의해야 할 것입니다.

당원의 임무

우리 근로인민당은 결코 정치적 권력을 획득하기 위하여 인민을 이용하는 당이 되어서는 안 될 것입니다. 우리 당이 정권을 획득하는 날이 있더라도 그것은 오직 정치의 주권을 인민들에게 돌려주기 위한 방법인 것입니다. 당원 각층 인민 속에 있어서 인민들과 함께 생활하고 인민들의 고통과 비애와 희망을 자기의 것으로 하는 인민의 충실한 벗이 되어야 할 것입니다. 인민을 지도한다는 것은 결코 인민대중보다 일단 높은데 서는 것을 말하는 것이 아닙니다. 인민 속에서 인민의 이익과 희망에 충실하는 자만이 인민과 함께 나가고, 인민과 함께 물러갈 줄 아는 자만이 즉 나아가 인민의 이익을 위하여 싸우고, 물러가 인민의 속에서 살 수 있는 자만이 진실한 인민의 지도자가 될 수 있는 것입니다.

이와 동시에 우리는 우리 당 이외의 다른 우당과 민주주의 인사들과 항상 겸손하게 제휴하고 협력할 줄 알아야 될 것이요, 독선주의나 독단주의는 어떤 경우에나 민주주의자의 태도가 될 수 없는 것입니다. 이렇게 인민대중에 대하여서나 민주주의 우당에 대하여서나 일반 애국 정의인사에 대하여서나 성실하고 겸손한 포용적 태도를 취하고, 반동적 진용에 속하는 인사 중에서도 항상 동지를 만들고 동지를 발견하기 위하여 부단히 노력하는 것이 근로인민당의 특색이 되어야 할 것입니다.

우리 민주역량이 공고하게 집결되지 않고는 우리 선열들의 부단의 희생

과 세계인민의 정의의 피가 우리에게 보내준 해방이라는 고귀한 선물도
허사가 되기 쉽습니다. 이 귀중한 역사적 순간에 우리 근로인민당의 깃발
은 인민의 단결과 인민의 해방의 상징이 되기 위하여 당원 제군의 충실하
고 용감한 투쟁을 절대로 요청하고 있는 것입니다.

(―《중외신보》, 1947년 6월 21~22일)

[이 연설은 몽양이 1947년 6월 21일 라디오방송으로 발표한 것이다―편자]

미소공위에 대한 메시지

브라운 장군 귀하

미합중국과 소비에트사회주의연방공화국의 성실한 협력이 미소공동위원회의 적극적인 노력에 의해 입증되었습니다. 우리는 우리나라가 단기간 내에 정부수립의 기회를 갖게 될 것을 확신하고 있습니다. 우리는 공위의 작업완수를 위해 적극적으로 협력할 준비가 되어 있고 또 고대하고 있습니다. 내적으로 협력하는 좌우합작의 대표로서 우리가 이 메시지를 귀하에게 보내는 것은 귀하의 현재 성공을 축하고 위대한 과업의 궁극적인 성취를 기원하기 위함입니다.

여불비례,
1947년 7월 8일
김규식 좌우합작위 공동위원장
여운형 좌우합작위 공동위원장

[이 편지는 여운형과 김규식이 1947년 7월 8일 덕수궁의 미소공위 미국대표단 단장인 앨버트 E. 브라운 미 육군 중장에게 보낸 메시지로 미국 NARA에 보관되어 있는 문서를 편자가 번역한 것이다―편자]

공위의 협상대상

친일파·민족반역자 제외문제에 대하여

새로 수립되는 국가건설에 그들이 협의대상이 되는 것은 옳지 않다. 모스크바 3상결정에 명시된 일제 잔재세력의 숙청은 국제협약이니 만치 원칙적으로 제외되어야 한다. 친일파·민족반역자들의 규정은 인민대중의 냉엄한 판단에 의하여 규정된 것이며, 협의 대상에서 제외하라는 것이 인민의 요구이다.

반탁운동자 공위참가에 대하여

모스크바 3상결정의 진의가 판명된 금일에 있어 국제지식의 빈궁과 정권욕에 불타, 대의명분을 떠들고 순수한 애국 인민을 오도하는 반탁진영의 죄과는 참으로 크다.

반탁운동은 결과에 있어 조선을 국제적으로 고립화하고 국가인민에게 불이익 가져올 뿐이다. 더욱이 반탁진영에서 일부는 공위 참가를 보류하고 일부는 반탁하기 위해 공위 참가를 한다는 것은 공위분열을 조장하는 것이므로, 우리 민주국가 건설의 일대 관문인 공위에 참가한다는 것은 불가하다.

유령단체 참가에 대하여

427개 단체가 참가를 신청함에 대하여 공위 대표들은 처음에는 경악하였을 것이며 다음에는 민소憫笑하였을 것이다. 그러나 이제 공위 대표들은 3상결정에 의하여 사무적으로 정리하고 있을 줄 믿는다. 미소 양국의 대표가 조선사정에 어두운 것도 사실이다. 비민주정당과 단체는 스스로 참가를 취소할 것이며, 우리는 양국 대표의 사무적 처리에 일대 협조를 아끼지 않을 것과 유령단체를 반드시 제외하기를 강조한다.

(―《우리신문》, 1947년 7월 9일)
(―《독립신보》, 1947년 7월 9일)

공위는 성공한다

조선을 해방시킨 미·소 양국이 3천만 민족이 갈망하는 민주 통일정부 수립의 방법을 토의하다가 자기네들의 의사 불합의만으로 이 사업을 포기할 이유도 없는 것이며 그럴 수도 없는 것이다. 조선이 적국이나 패전국이 아닌 이상, 또 조선 문제에 대한 국제공약이 정당하고 엄존해 있는 이상, 이러한 일시적 사태는 어떠한 방법으로든지 반드시 극복되고 말 것이다.

그러므로 일시적 난관에 지나치게 실망하거나 비관할 필요는 없는 것이다. 따라서 우리 민족 자체로서는 성공할 것을 기대하며 반드시 성공시켜야 할 것임으로 대세의 조류열潮流熱에 순간으로 일어나는 과도적 현상에 지나치게 동요하지 말고 세계대세의 추이를 냉정히 파악하면서 굳은 신념을 가지고 문화민족의 금도를 지켜 공위 성공을 위하여 꾸준히 노력을 계속해야 할 것이다.

(―《부산신문》, 1947년 7월 18일)

[이 글은 몽양이 1947년 7월 16일 담화로 발표한 것이다―편자]

마지막 편지

김선생에게,

남조선의 미군정과 나와의 관계를 설명해 달라는 부탁을 받았으니 기꺼이 말씀드릴까 하오.

미국인과 조선인 가운데는 내가 믿을 수 없고 우유부단하고 꾸물거리기를 좋아하는 사람, 그리고 군정청에는 비우호적인 사람으로 생각하는 이들이 꽤 많은 것 같소. 그러나 실정을 들어보면 사실이 그렇지 않다는 게 입증될 것이오. 일의 자초지종과 적절한 배경설명을 위해 처음부터 이야기를 시작하리다.

미군이 서울에 입성한 것은 1945년 9월 9일이었소. 미군의 상륙 전 나는 내가 위원장으로 있는 건국준비위원회의 대표로 동생 여운홍과 백상규, 조한용 씨를 인천에 파견했었소. 나는 하지 장군 앞으로 보낸 편지에서 우리가 해방된 데 대한 기쁨을 표현하고 조선 인민은 미군과 협력하길 원한다고 썼는데, 이 편지는 하지 장군의 보좌관에게만 전해졌고 그에게는 전달되지 않았소. 그렇소, 미군의 상륙 전부터 음험한 영향력 때문에 형세는 내게 불리하게 움직였소.

조선에 진주한지 한 달도 더 지난 10월 중순경에 하지 장군과 아놀드 장군은 나를 짐짓 친절하게 맞이했소. 나는 상해의 3·1운동 시절부터 알고 지내던 황진남 씨를 데리고 갔었소.

하지 장군은 악수를 나눈 뒤 내게 첫 질문을 던졌소. "왜놈(Jap)과는 무슨 관계가 있느냐?"

내 대답은 "아무것도 없다"였소. 나는 그의 질문과 불친절한 태도에 기가 막혔소. 다행히 성명서를 준비해 갔기 때문에 이것을 그에게 건네주었소.

내가 자리를 뜨려고 하니까 하지 장군은 '군정청고문회의'의 고문을 수락하겠느냐고 물어 나는 "아주 기꺼이 수락하겠다"고 말했소. 나는 옆방으로 안내되었소. 그 방안에는 나를 포함하여 열 명의 조선인들이 있었소. 아홉 사람 가운데 조선인들에게 알려진 사람이라곤 현 한민당 당수인 김성수, 당시의 한민당 당수였던 송진우 씨밖에 없었소. 그 밖의 사람들은 서울에서조차 알려진 사람들도 아닐 뿐 아니라, 대개는 평판도 나쁜 자들이었소.

서로 간에 소개인사가 끝난 뒤 고문회의 의장 선거가 실시되었소. 나는 윤기익이라는 사람에게 투표했소. 그런데 개표를 해보니까 김성수 씨의 표가 9표더란 말이오.

이 선거 뒤에 다시 경기도지사를 뽑는 투표가 실시되었소. 이번에도 표는 9대 1이더란 말이오. 이쯤 되면 내가 고문회의에 남아 있어보았자 무용하다는 걸 깨닫게 되었소. 저쪽은 똘똘 뭉치고 내 견해는 완전히 묵살되는 것이었소. 그래서 나는 사표를 내놓게 된 것이오.

그 다음에 중요한 사건은 이박사와 굿펠로우 대령의 작품인 소위 '남조선 민주의원'에 내가 불참한 일이오. 굿펠로우 대령이 내게 민주의원을 만들자는 제의를 해온 것은 46년 2월이었는데, 그때 나는 이것이 앞서 말한 군정청 고문회의를 대신하는 하지 장군의 최고 고문회의라 이해했고, 각계각층의 의견을 반영하는 것인 줄로 알았소.

그러나 민주의원의 개원식이 있기 바로 전날, 중국 중경에서 돌아온 이른바 임시정부 김구 일파의 선전부장인 엄항섭 씨가 언론에 성명을 발표하고, 예정된 민주의원을 자기들의 '비상국민회의'의 결과라 주장하면서 의원 명단을 내놓은 것이오.

명단을 보니 민주의원 의원 30명 가운데 좌익정당의 의석은 겨우 2개밖에 없더란 말이오. 나하고 황진남 씨하고. 실정이 이와 같다면 이는 굿펠로우 대령이 내게 한 말과는 정반대가 되니까, 나로선 민주의원에 들어가는 것을 거절할 수밖엔 없었던 거요.

나는 또 '남조선과도입법의원'의 참가도 거절했는데, 그 이유는 선거방법이 공정하지 않았기 때문이오. 재선거를 실시해야 한다는 요구가 있었소. 그러나 재선거가 치러진 곳은 겨우 강원도와 서울뿐이었소. 서울에서는 K씨와 그의 부관격인 C모씨가 첫 번째 선거에서는 당선되었는데, 재선거에서는 낙선되었소. 만일 조선인 경찰이 선거에 개입하지 않았더라면 그 결과는 어디서나 다르게 나타났을 것이오. 나에 대한 마지막 주요 비난은 내가 뉴델리를 가겠다 해놓고 안 갔다는 것이오. 그 제안을 받았을 때 나는 대구에 있었소. 미국영사 랭던 씨가 장거리 전화를 걸어왔는데, 나는 근로인민당의 반응을 미리 알지 못했던 처지라 가겠다고 승낙했던 것이오. 나는 곧바로 귀경했소. 그런데 내가 재조직을 막 끝낸 근로인민당은 내가 가는 것을 극구반대하면서 당을 위해서는 내가 서울에 있어야만 한다는 것이었소. 게다가 하필 그때 내 집이 폭파되어 반이 허물어졌소. 나는 나만이 아니라 가족 또한 정적들의 공격대상이 되고 있다는 걸 느꼈소. 그러니 가족을 놔두고 길을 떠난다는 것이 괴로웠던 것이오. 심사숙고도 하지 않은 채 가겠다고 승낙했던 것에 대해서는 내 자신이 충동적이었다는 것을 시인하오.

이상과 같은 이유들로 해서 내가 미군정에 적대적이라고들 생각하는 모양이지만, 내 쪽에서 미리 협력을 거부한 적은 한 번도 없었소. 언제나 상황이 내게 불리하게 돌아갔던 것이오. 반면에 내가 분명히 말할 수 있는 것은, 군정청은 초기부터 내게 부드러운 감정을 지니지 않았다는 점이오. 현재의 상태를 말하더라도 내가 하고 있는 《중외일보》는 해방 후 줄곧 들어있던 그 건물로부터 축출 당했다는 점이오.

나와 나의 보조자들은 군정청의 성실성과 선의를 의심하지 않을 수 없는 일에 부닥칠 때가 많소. 북의 소련인들이 극좌분자를 선호하는 경향이 있다면 이곳 미국인들은 또 극우분자를 두둔하오. 좌파면 누구나, 아니 극우가 아닌 사람은 누구나 공산주의자로 낙인찍히고 그 활동에 방해를 당하고 있소.

이 몇 줄의 짧은 글이 김 선생에게 얼마간이라도 도움이 되기를 바라오. 할 말은 더 많지만, 오늘은 긴요치 않은 장광설로 폐를 끼치고 싶지 않소.

여불비례,

1947년 7월 18일
여운형

(-강준식, 《혈농어수》)

[이 글은 몽양이 암살되기 하루 전날 미국에서 《Voice of Korea》라는 영문 주간지를 발간하던 김용중에게 준 영문서한으로 그 사본이 미공문서기록보관소의 G-2문서 가운데 보관되어 있는 것인데, 강준식의 '혈농어수'에 한글로 번역된 것을 옮긴 것이다-편자]

8대 유훈

[형님 생존시 집필한 원고 중에서 근로인민당 중앙위원회 정치위원회에서 형님의 8대 유훈을 선정 발표하였는데 그 내용은 다음과 같다. (아우 여운홍 주註)]

1. 인류의 종국적 목적인 평화와 행복은 인간에 의한 인간의 압박과 착취가 완전 소멸되는 데서만 비로소 실현되는 것이다. 인류는 역사의 발전에 따라 이로서 완전한 평등과 자유를 보장할 수 있는 무계급 사회의 실현을 지향하고 매진한다.

2. 우리나라는 세계 각 민족의 자유독립으로서 항구적 세계평화의 기초를 세우는데 노력하며, 안으로는 일체 민주세력을 망라한 민족통일의 지반 위에 우량한 내외문화를 소화하여 민주주의의 신경제를 수립함으로써 만인이 다 자유 평등한 번영생활을 할 수 있는 고급적 신사회로 발전하는 국가로 재건되어야 할 것이다.

3. 민족반역자 · 친일파 등 일제 잔재와 독점 자본가 · 모리배 · 간상배奸商輩 · 악덕지주 · 일하지 않고 놀고먹는(不勞遊閑) 특권계급층 등 봉건잔재를 숙청하고, 그 정치적 대변기관과 모든 형태의 파시스트 반

동파의 책동을 격파하는 데서만 민주 통일적 임시정부의 수립이 보장된다.

4. 노동자·농민·소시민·인텔리의 각계각층 중에 어느 하나만으로는 우리나라의 민주혁명이 결코 성공적으로 될 수 없다. 이들은 민주혁명을 위하여 한 깃발 아래 모두 집결·통일되어야 한다.
근로인민당은 이들을 굳게 단결시켜 각계각층 노동인민의 공동이익이 일전에 새로운 사회계급에서 뚜렷하게 전취戰取할 확실한 기초를 닦아줌으로써 우리 사회의 역사와 함께 성숙하고 민족의 이상과 함께 완성한다.

5. 우리의 민주역량이 집결되지 않고는 끊임없는 우리 선열의 희생과 세계인민의 정의의 피가 허사가 되기 쉽다. 이 귀중한 역사적 순간에 있어서 우리 근로인민당의 깃발은 인민단결과 인민해방의 상징이 되기 위하여 당원 제군의 충실하고 과감한 투쟁을 절대로 요청한다. 당원은 인민 속에서 인민과 함께 생활하고 인민의 고통과 비애와 희망을 자기의 것으로 아는 충실한 인민의 벗이 되어야 한다.

6. 끊임없는 자기비판은 추진과 비약의 양식糧食이다. 일상적 실제 투쟁의 업무에 태만하면서 자기권리만 주장하는 것은 우리가 숭상할 수 없는 일이다. 당원 전원으로 하여금 매사에 과감한 능동적 일꾼이 되도록 서로 훈련하기를 힘쓰고 독선적 경향과 투쟁 회피적 문약성文弱性을 모조리 청산하라.

7. 아무리 당연한 언행이라도 그것이 전체적 역량을 증대강화하고 전체적 이를 더욱 성과적으로 되게 하는 때에만 건설적 가치를 가질 수 있

다. 더욱 일을 비판함에는 혁명적 도의를 엄수하여야 하며 전우戰友를
충고할 때는 애중심愛重心과 저성면담低聲面談으로 하여야 한다. 건설
적 충고도 일정한 율의律儀와 한계를 넘으면 객관적으로 역효과가 있
을 수 있다.

8. 인민대중에게나 일반 애국인사에게나 또는 민주주의의 우당友黨에게
나 늘 충실하고 겸손한 포용적 태도로써 그들과 제휴하고 협조하여
반동진영 중에 속하는 인사 중에서도 동지를 만들고 그를 발견하기
위하여 끊임없이 노력하는 것이 근로인민당의 특색이 되도록 하라.

(―《세계일보》, 1947년 11월 6~7일)

[근로인민당은 통일 임시정부의 수립을 민족 자체의 민주주의적 총 단계와 미소양국 민주주
의적 협조 아래에서만 가능할 것이라고 보았다. 따라서 민주역량의 총집결이 되지 않고서는 해
방도 허사가 되기 쉬우므로 인민대중에게나 민주주의 우당에게나 늘 충실하고 겸손한 포용적
태도로서 제휴하고 협조하며, 반동진영 내에서도 동지를 만들고 이를 발견하기 위해 끊임없이
노력하는 것이 근로인민당의 특색이 되도록 하라는 취지의 문건이다―편자]

추모가

1.
유구한 이 땅이 어둠에 잠기며
짓밟힌 겨레의 피에 얽힌
40년 희망의 불빛이 은하에 아롱질 때
오, 님이시여! 여명의 종을 울리시다
해방의 이 땅에 봉화를 울리고
새나라 건설에 태양이 되셨건만
바람아 묻노라 가신 곳이 어디냐
님이시여! 민족의 나라 길이 지키소서

2.
이슬에 일표음 가시밭이었건만
태백의 그 기개 동해의 그 정열이
황해에 물들고 그에 떨쳤으니
오, 님이시여! 인민의 참된 아버지외다
해방이 이 땅에 봉화를 울리고
새나라 건설에 태양이 되셨건만

바람아 묻노라 가신 곳이 어디냐
님이시여! 민족의 나라 길이 지키소서

[이 노래는 몽양이 피살된 1947년 7월 19일부터 장례식이 거행된 그해 8월 3일 사이에 작사,
작곡되어 식장에서 불린 노래다—편자]

봉도가奉悼歌

아! 우리의 몽양선생
위대한 지도자 인민의 벗
땅위에 떨어진 거룩한 피는
여기 인민의 가슴에 뭉쳐 있나니
고이 잠드시라 우리의 몽양선생
우리는 기어코 원수를 갚으오리다

[이 노래는 몽양 여운형 선생이 피살된 1947년 7월 19일부터 장례식이 거행된 그해 8월 3일 사이에 여운형 선생 장의위원회가 작사하고 이전 교수를 역임했던 당대의 음악가 안기영安基永이 작곡하여 식장에서 불린 노래다—편자]

상여를 좇으며

1천9백4십7년 8월 3일 오전 1시 15분
하늘에 조기를 올리고 종을 울려라
기적은 공중을 향하여 스스로의 비애를 뿜어라
이날! 한 사람의 위대한 시민이 우리 곁을 떠난다
서울 한 복판을 피로 물들인 7월 19일부터
우리는 얼마나 울어 왔더냐
계동을 지나
종로를 지나

남대문을 지나
끊어진 국토와
황폐한 제방에서 들려오는
통곡 속으로
지금은
한낱 침묵의 수레 위에 실려 가는 그를 위하여
우리들은 다시 무슨 노래를 불러야 하랴
차라리

진달래와 봉선화와 민족의 탄식으로
하나의 화환을 엮어
이 영원한 선험자의 이마를 에워싸라
민족의 수난과 더불어 걸어온
예순 두 해의 발자국
원수의 모습 아울러 우리 가슴에 오래 간직하리니
세 발의 탄환은 차라리 억센 신호이리니
눈물을 거두고 씩씩한 노래로 그를 보내라
깃발을 모아 그의 가는 길을 심심치 않게 하여라
다만 때 묻은 인민의 손으로
그의 관을 덮으라
일월과 파도가 고요한 그곳에 그를 쉬게 하라

―김광균

[이 조시는 1930년대 모더니즘 시론을 실천, 이미지즘 시를 즐겨 쓴 김광균金光均 시인이 몽양의 죽음을 애도하여 1947년 8월에 쓴 것이다. 도시적 소재와 공감각적共感覺的 이미지를 즐겨 사용하여 이미지의 공간적인 조형을 시도했던 그의 대표 시집으로는 《와사등瓦斯燈》(1939), 《기항지寄港地》(1947) 등이 있다―편자]

피에 젖은 깃발 나부끼며
— 몽양 선생 애도의 노래

하루 낮 꿈같은 님의 소식을
젊은 나더러
어떻게 믿으란 말인가

은하수는 서천으로 흘러가고
뻐꾹새도 뒷산에서 울잖는가
이 강산 골짝 골짝마다
불행한 형제들의 서러운 눈이
님을 믿어 찾지 않는가

무엇이랴 이 땅 위에 님이 없다고
별빛 스러지듯 아주 가신 것
다시는 뵈올 길 다시 없다고
믿으랴 안 믿으랴 안 믿을 수 없는 것일까
아니다, 님은 여기 계시네
피에 젖은 깃발을 나부끼며
지금 젖은 형제들의 노호 속에

님은 함께 나가시네
저어기 함께 나아가시네

—동령東嶺

몽양을 곡하다(哭夢陽)

較長差短互爭先 (길고 짧음 재면서 잘났다 서로 다투지만)

如木出林君卓然 (그대는 숲에 솟은 나무처럼 우뚝했지만)

面帶春風胸次起 (얼굴의 봄바람은 가슴에서 일었고)

辯傾河水舌端懸 (변설은 혀끝에서 강물이 쏟아지듯)

名聲雷震三千里 (명성은 우레처럼 온 나랄 흔들어도)

世路漚浮六十年 (육십년 인생사는 부침도 심했는데)

戕賊斯人竟何事 (이런 분을 죽여서 어쩌자는 것인가)

可哀蠻觸兩難全 (슬프다 좌우 모두 성키는 어려우니)

—강준식 역

(—강준식, 《혈농어수》, 2006)

몽양 여운형의 삶과 정치활동

강준식

이념논쟁과 편 가르기로 국론이 갈라진 오늘날, 경쟁은 하면서도 서로 협력하는 통합사회를 만들어 나가기 위해 우리는 분단의 원점에 섰던 우리 선진들이 어떤 노력을 기울였던가를 다시 살펴볼 필요가 있습니다.

흔히들 8·15와 함께 분단이 왔던 것으로 뭉뚱그려 말하는 경향이 있지만, 당시를 들여다보면 1945년에는 미소 양군의 진주에 의한 지리적 분단이 있었고, 1946년에는 신탁통치를 둘러싼 사회적 분단이 있었으며, 1948년에는 남북의 정권수립에 따른 정치적 분단이 있었고, 1950년에는 6.25의 열전에 의한 민족적 분단이라는 점진적 과정이 있었던 것을 알 수 있습니다. 따라서 해방직후에는 외세에 의한 지리적·사회적 분단은 얼마든지 통합할 수 있다는 분위기가 팽배해 있었고, 이 때문에 몽양 여운형 선생이 암살되는 1947년도까지는 여러 레벨에서 여러 차례의 통일운동이 시도되었는데, 그 중심에는 늘 몽양 선생이 있었습니다.

당시의 통일론을 살펴보면 우파의 중심인 한민당은 좌파배제의 통일론을 부르짖었고, 좌파의 중심인 공산당은 우파배제의 통일론을 부르짖었습니다. 이것은 말만 통일하자는 것이고 실제로는 통일하지 말자는 이야기였습니다. 뒤에 한민당을 수용하는 이승만의 초기 통일론은 좌우 모두가 그를 중심으로 뭉치면 된다는 것이었고, 임정 그룹은 초기에는 좌파와 대립관계에 있었으나 그 내부에는 통일의 필요성을 공감하는 분위기도 있었습니다.

　해방정국에서 통일작업을 주도한 것은 중도세력이었습니다. 그러나 이 가운데서도 허헌으로 대표되는 좌파적 중도세력은 통일은 하되 주도권은 좌파가 쥐어야 한다는 것이었고, 안재홍으로 대표되는 우파적 중도세력은 통일은 하되 주도권은 우파가 쥐어야 한다는 것이었습니다.

　여기서 좌도 실체가 있고 우도 실체가 있으니 서로의 존재를 1대 1로 인정하면서 서로간의 상이점을 줄이고 공통점을 늘려나감으로써 통일하자고 했던 것이 몽양 선생입니다. 극우와 극좌파를 움직인 심적 동인은 상대에 대한 증오였으나, 몽양의 통일론은 서로를 아우르는 사랑의 정신에 기초한 것이었습니다. 이 통일론에 합세했던 것이 우사 김규식입니다. 따라서 당시의 민중은 서로를 아우르는 통합사회를 만들어보자는 몽양 여운형 선생의 통일론을 가장 많이 지지했습니다.

　그러나 냉전시대로 돌입하는 당시의 국제환경은 통합의 선을 위해 애쓰던 이들의 정신과 정열과 노력을 이념의 거대한 수레바퀴 밑에 가차 없이 깔아뭉갭니다. 이 와중에서 분단이라는 대세의 격류를 막을 수 있는 통로에 위치하여 좁게 열려 있는 가능성의 공간을 체현하고자 했던 몽양의 암살과 함께 해방 국면에서의 통일운동은 사실상 종식되고, 우파를 껴안기 위해 좌파로부터 수없는 공격을 받았던 몽양은 사후 반공 이데올로기 하에서 '빨갱이'로 몰리는 수모를 당하게 됩니다.

　개인이든 국가든 "어떻게 살아나가느냐?"하는 방법론을 앞세우게 되면 서로 분열하게 마련입니다. 그러니 우리는 삶의 방법이나 방향에 앞서 우리가 누구이며 누구로서 살아야 하는가 하는 아이덴티티의 문제로 다시 돌아가야 한다고 몽양은 생각했습니다.

　그랬기에 일본과 협상했지만 그는 '사냥개의 이빨처럼' 깨끗할 수 있었고, 미국과 협상했지만 '미국 놈에게 놀아나지' 않았을 수 있었으며, 소련과 접촉했지만 '붉어지지' 않을 수 있었던 것입니다. 그의 중심에는 언제나 민족이 있었습니다. 좌우이념의 한가운데에서 좌우 양쪽을 아우르려 한 그의 합작정신도 바로 이 같은 정체성 확인에서 비롯된 것입니다.

최근 학계에서는 몽양은 공산주의자가 아니라 '진보적 민족주의자'였다는 학설을 내놓고 있는데, 이것은 피는 물보다 진하다는 혈농어수(血濃於水)의 휘호를 남긴 몽양의 기본적인 생각이고 자세이기도 했습니다. 여기서 피는 '민족'이며, 물은 '이념'입니다.

몽양은 좌파로부터는 기회주의자나 친미주의자라 매도되었고, 우파로부터는 공산주의자나 빨갱이로 몰렸습니다. 그러나 이러한 비난들은 열린 마음의 소유자였던 몽양을 몽양이 죽고 나서야 본격적으로 도래하는 냉전 구조의 어떤 '틀'에 집어넣으려 했기 때문에 생긴 현상이기도 합니다.

그가 남긴 글들을 읽어보면 그가 얼마나 폭넓은 인물이었는지를 실감하게 됩니다. 이정식 교수 같은 분은 몽양은 우리가 1990년대에나 와서 경험하게 되는 세계화(Globalization)를 일찍이 체현한 지도자였다고 정의합니다. 그 같은 열린 마음으로 그는 조선의 자주독립과 통일을 위한 일이면 무엇이든 이용하려고 했던 것입니다. 젊은 시절 그가 고려공산당에 잠시 가입했던 것도 당시 조선의 독립을 도와주었던 나라는 소련밖에 없었기 때문입니다. 그래서 레닌으로부터 상해임정이 2백만 루블의 독립운동자금을 받아오게 교섭한 것도 몽양이었는데, 돈을 전달받은 김립이라는 사람이 그 돈의 1차분 60만 루블을 사적으로 유용하게 됨으로써 재정지원은 그치게 되지만, 어쨌든 몽양은 그 후 일제의 법정에 섰을 때, 자신은 하나님을 믿기 때문에 유물론을 신봉할 수 없다는 진술을 함으로써 자신이 공산주의자인 것을 부정하고 있습니다.

그는 한때 승동교회의 전도사를 거쳐 목사가 되려고 평양신학교에 다니기도 했는데, 종교 또한 몽양에게는 조선의 독립을 위한 방편이었다고 할 수 있습니다. 그의 마음을 붙들고 있었던 것은 이념도 아니고 종교도 아니고 오직 민족이었던 것입니다. 그는 평생의 꿈은 '인민의 벗'이 되는 것이었다고 합니다.

청년들을 좋아했고, 그들의 말에 귀를 기울일 줄 알았기 때문에 그가 길거리를 지나가면 청년들이 우르르 모여들었습니다. 그래서 해방 직후 미국의 한 기자는 몽양이 '조선의 베이브 루스(야구선수)'라는 기사를 쓰기도 했습니다.

그는 사람들을 사랑했던 것입니다.

이수성 전 국무총리는 열 살 때 몽양을 만난 일이 있는데, 자신에게 "사람을 사랑해라. 평생 어려운 친구나 사람들을 도와주라"는 말을 들려주었다고 술회합니다. 그러한 사랑의 정신이 그의 글에도 엿보입니다.

관심도 폭넓어서 몽양은 단순히 정치만 한 분이 아니고, 체육인, 언론인, 교육자 등으로도 활동했습니다. 따라서 이 자료집에 모은 몽양의 글들은 관심사가 광범위합니다. 만일 조선이 식민지가 아니었다면 자신은 문필가로 살고 싶었다는 이야기도 하고 있습니다. 그 말이 수긍이 갈 정도로 유려한 문장을 구사합니다. 특히 그가 쓴 '자서전'이나 '여행기'나 한시 같은 것에서는 문학적 향기 같은 것도 느낄 수 있습니다.

결국 통합을 향한 몽양의 꿈은 이루어지지 못했습니다.

그러나 '억사의 현실에 남길 수 있었던 흔적 이상의 이상적 지표'를 마련했다는 점에서 몽양의 존재는 다시 요구되며, 그런 의미에서 그의 사상과 언행을 엿볼 수 있도록 연도순으로 편집한 이 자료집이 연구자들에게 작은 도움이라도 된다면 편자로서는 더없는 보람이라고 생각합니다.

1886년   4월 22일(음력) 경기도 양평군 양서면 신원리 묘꼴 출생.

1900년   배재학당 입학.

1901년   흥화학당으로 전학.

1903년   흥화학당 중퇴, 통신원 부설 우무학당郵務學堂 입학.

1907년   사립 기독교 학교인 광동학교 설립. 양평에서 국채보상운동 지회를 설립.

1908년   부친 탈상 후 집안의 노비 해방시킴. 기독교 입교. 장로교 C. H. 클라크(곽안련) 목사의 조수(전도사)가 됨.

1910년   강릉 초당의숙에 교사로 초빙됨.

1911년   평양의 장로교회연합 신학교 입학.

1913년   신흥무관학교를 비롯한 서간도 각지를 순방하며 조국 광복의 웅지를 품음.

1914년   중국 남경 금릉대학 영문과 입학.

1917년   금릉대학 수료 후 상해로 가서 협화서국에 취직, 동포 자제들의 구미 유학과 도항절차 알선에 주력. '자림보'기자 진한명陳漢明의 소개로 손문을 처음 만남.

1918년   상해 고려민친목회 총무.
          11월, 장덕수와 함께 파리강화회의에 보낼 독립청원서를 미국 대통령 특사 찰스 크레인과 상해 영자신문 사장 밀러드에게 전달.

1919년   한국 최초의 현대정당인 신한청년당을 조직.
          1월, 김규식金奎植을 파리강화회의 파견대표로 결정. 이와 함께 김철, 장덕수 등을 국내와 일본에 파견, 파리강화회의에 조선대표를 파견한다는 사실과 독립운동 전반에 관한 의견을 전달. 이 시기, 여운형 자신은 간도 시베리아 방면을 순회하며 독립운동 지도자들에게 파리강화회의에 조선 대표를 파견했다는 사실을 알림.

2월, 이 소식에 고무된 동경유학생들이 '2 · 8 독립선언'을 발표.

3월, 조선대표가 파리강화회의에 파견되었다는 소식에 고무된 국내 지도자들이 거족적으로 3 · 1운동을 일으킴.(이 불씨는 결과적으로 몽양이 지핀 것임)

4월, 지금까지의 독립운동 근거지는 만주였으나, 몽양이 파리 강화회의에 대표를 파견한 이후 각지의 지도자들은 몽양이 있는 상해로 집결함. 여기서 이곳 터줏대감이던 몽양이 사실상 이들 망명자들을 물심양면으로 뒷바라지하며, 뒤이어 이들에 의해 상해임정이 탄생하게 됨. 그러나 당시 몽양은 아직 30대 초반의 청년에 지나지 않았으므로 명망가들이 큰 감투를 차지하고, 몽양은 외무부 차장에 취임하게 됨. 같은 해, 상해 교민단장으로 활동하면서 교포자제들에게 독립사상과 애국정신을 고취하기 위해 인성학교仁成學校를 설립하고 교장에 취임함.

11월, 일본 수상 하라 다카시(原敬)의 초청으로 장덕수, 최근우, 신상완 등과 함께 적의 심장부인 동경을 방문, 일본 고위관리들과 수차례 회담하여 조선 자치제 안을 공박하고 즉시독립을 주창. 특히 '제국 호텔'의 사자후 연설은 유명함.

12월, 상해로 귀환, 《독립신문》 등에 일본 활동상이 대서특필되면서 광범한 여론을 불러일으킴.

1922년 모스크바에서 열린 원동피압박민족대회에 참석, 대회운영 의장단에 선출, 개회식에서 연설함. 레닌을 두 차례 만나 조선 독립에 대한 방안을 논의함.

3월, 상해로 돌아와 국민대표회의를 추진.

10월, 김구, 손정도 등과 함께 한인노병회韓人勞兵會 조직.

1923년   상해 동방대학東方大學 영문교사로 취직.

1925년   북경주재 소련대사 카라한을 만나 중국 혁명운동 동참을 요청받고 국공
        합작에 일조. 이 무렵 모택동과도 만남. 한편 손문의 권유로 중국 국민
        당에 입당.

1926년   국민당군의 무한·삼진 점령시 20만 군중 앞에서 내빈으로 축사.

1928년   상해 복단대학復旦大學에 취직. 체육 담당으로 축구부와 함께 필리핀 등
        지로 원정여행. 마닐라에서 아시아 민족의 단결을 주장하다 현지 경찰
        에 체포.

1929년   7월, 상해 야구장에서 일본 경찰에 체포, 국내로 압송. 징역 3년형을 선
        고받고 대전형무소에서 복역.

1932년   출감.
        7월, 조선총독부로부터 농촌진흥운동 지원을 요청받았으나 거절.

1933년   《조선중앙일보》 사장.

1934년   조선체육회 회장.

1935년   충무공 이순신 장군의 묘소재건 추진. 조동하, 양하석을 해외로 탈출시
        키다 신의주사건에 연루되어 경찰취조 받음. 김구의 모친인 곽낙원 여
        사와 아들 김인, 김신 형제의 상해 탈출을 도와줌.

1936년   손기정 선수의 일장기말소사건으로 《조선중앙일보》 자진폐간.

1939년   이상백을 통해 임시정부와의 연계 시도.

1940년   동경 왕래(1942까지 5차례). 일본 수뇌부는 중국 모택동과 장개석 양쪽과
        가까운 여운형의 특이한 존재를 이용하여 중일화평공작을 시도해 보려
        고 했음. 여연구의 회고록에 따르면 이 무렵 몽양은 일본 천황까지 만났
        다고 함. 그만큼 일제는 중국에 투입된 병력을 태평양 전선으로 빼돌리
        고 싶었던 것이나 몽양이 이를 거절. 하지만 이들과 회담하면서 몽양은
        일제가 패망할 것을 확신하게 됨.

1942년   이정구에게 식량조사와 그 대책을, 그리고 장권에게는 치안대 조직에

대한 상세한 계획을 지시함.

2월, 주변에 '일본이 패망한다'는 발언을 했다가 경성헌병대에 연행, 구속됨. 서대문형무소에서 건국에 대비한 결사체를 구상함.

1943년 가출옥 후 경성요양원에 입원. 여기서 조동호, 이상도, 이상백, 최홍국, 구소현, 전사옥 등과 '조선민족해방연맹' 조직을 결의하고, 중앙과 지방 조직의 건설 준비작업 돌입.

1944년 봉안에서 만군滿軍에 소속된 박승환 대위를 만나 군사조직 문제를 논의. 해방시 일본군에게 대항하려는 것이었음. 이와 함께 염윤구, 이혁기 등 학병·징병 거부자들을 집결시켜 군사훈련과 무장투쟁을 준비시킴.

8월, 경성 경운정의 삼광한의원에서 '건국동맹'을 결성.

10월, 용문산에서 농민동맹 결성. 보광당, 조선민족해방협동단, 산악대 등 여러 조직과 직간접 접촉을 통해 건국동맹의 기반을 다짐.

1945년 3월, 건국동맹 산하에 군사위원회를 조직하고 일본군의 후방교란과 노농군 편성을 계획. 경기도 주안 조병창의 채병덕 중좌와 두 차례 접촉, 유사시에 무기공급에 대한 약속을 받음.

4월, 샌프란시스코회담과 관련해 연안 독립동맹과 구체적인 연계를 위해 이영선을 파견.

5월, 임시정부와 접촉하기 위해 최근우를 북경에 피견.

8월초, 건국동맹 간부 이걸소, 황운, 이석구, 조동호 등이 검거 됨에 따라 최근우, 김세용, 이여성, 이상백, 김기용, 이만규 등을 중앙위원으로 선출.

8. 15 엔도 류사쿠 정무총감을 만나 다섯 가지 요구조건을 내걸고 치안권을 위임받음. 조선건국준비위원회 결성, 동 위원장에 취임.

8. 16 건국치안대를 조직.

8. 17 건준 1차 조직 완료.

8. 22 건준 2차 조직 확대개편.

9. 4 건준 3차 조직 개편.

9. 6 전국인민대표자회의에서 임시의장으로 선출됨. 인공 부주석.

10. 5 청년들이 주도한 좌우합작 수뇌회담에 참석.

10. 15 군정장관 아놀드와 하지 중장 만남.

10. 17 귀국한 이승만을 방문.

10. 23 이승만 주도의 독립촉성중앙협의회에 참가.

11. 12 조선인민당 결성. 이후 이승만, 김구와의 합작모색.

12월, 이승만의 독립촉성중앙협의회에서 탈퇴.

1946년 2월, 이승만의 참모인 굿펠로우로부터 미군정 지문위원에 참여해줄 것을 권유받고 승낙했으나, 이 자문위원회가 결국 이승만과 친일파 일색의 민주의원으로 전환되자 즉시 탈퇴함. 비상국민회의 최고정무위원, 임명과 동시에 탈퇴. 민주주의민족전선 공동의장.

5월, 미 국무성의 지령으로 미군정이 주도한 좌우합작 운동에 김규식 박사와 함께 참여.

7월, 좌우합작위원회 회담 참석.

8월, 하지 사령관, 합작격려친서를 보냄. 인민당 당수직 사임.

10월, 김규식과 만나 좌우합작 입법기구 문제 의견교환.

11월, 또 다른 '민주의원'이 된 입법기구에 협조할 수 없다는 내용의 기자회견.

12월, 3당합당의 과정에서 극좌파에 시달린 몽양은 정계은퇴 의사를 신문에 발표.

1947년 4월, 제2차 미소공위의 성공 가능성이 높아지자, 몽양은 신당을 새로 결성하기로 함.

5월, 근로인민당 위원장.

6월, 미소공위 협의규정에 따라 개최된 서울 합동회의에 참가, 통일 임시정부의 필요성을 역설하며 통일전선 운동을 전개.

7월, 서재필 박사 귀국 환영준비위원회 위원으로 인천항에 출영나감.

7. 19. 혜화동 로터리에서 피살됨.(향년 62세).

〈논문/잡지〉

강문구 · 김영주, 〈몽양 여운형의 현실주의 정치노선과 변혁사상 간의 갈등구조에 대한 연구: 중간적 대중정당론,신민주주의론 대 좌우합작론,통일전선론〉, 동북아연구, 8권, 2003.

강준식, 〈하지와 이승만 · 김구 · 여운형의 암투〉, 신동아, 312~332쪽, 1989.

강준식, 〈몽양 여운형〉, 월간 인물계, 1988년 12월호~1989년 1월호.

고도원, 〈여운형의 정치활동과 정치노선〉(석사논문), 연세대 대학원, 1998.

고항규, 〈비밀결사 조선건국동맹 과 여운형〉, 목회, 1978.

구인규, 〈몽양 여운형 연구—중국에서의 독립운동을 중심으로〉(석사논문), 성신여대 교육대학원, 2001.

김광식, 〈몽양 여운형의 정치사상에 관한 연구〉(석사논문), 연세대 대학원, 1985.

김동규 · 주동진, 〈몽양 여운형의 체육문화활동〉, 한국체육학회지 43권, 3호, 2004

김동성, 〈해방 직후 민족주의의 행태적 특성: 건준 · 인공 · 반탁운동의 현대적 함의〉, 신아세아 제13권, 제1호, 2006. 3

김두백, 〈철창리의 거물들〉, 동광(동광사) 46~47쪽, 1931.

김삼웅, 〈여운형과 서대문형무소〉, 순국, 90~99쪽, 1999

김영식, 〈언론인 여운형 연구〉(석사논문), 한국외국어대 대학원, 1993.

김원덕, 〈건준과 인공을 중심으로한 여운형과 박헌영의 노선 갈등〉, 건국대정정, 87~114쪽, 1995.

김원덕, 〈여운형의 민족통일전선운동 연구〉(박사논문), 건국대 대학원, 1996.

김을한, 〈열차중의 여운형〉, 삼천리, 36~39쪽, 1930.

김학준, 〈여운형과 건국준비위원회〉, 월간조선, 430~445쪽, 1985.

남광규, 〈건국준비위원회 중앙조직의 약화과정과 요인〉, 한국정치외교사논총 28권, 1호, 2006.

남광규, 〈해방초 임정, 인공 정치기반의 동질성과 대립원인: 임정, 건준의 중간파 성격과 좌파의 인공수립배경을 중심으로(1945. 8~11)〉, 국제정치논총 45권, 3호, 2005.

노경채, 〈8·15 후 여운형의 정치노선과 활동〉, 고려대 사총 48권, 단일호, 1998.

문재윤, 〈여운형의 정치노선에 관한 일 연구〉(석사논문), 경북대 대학원,1993.

박성수, 〈건국준비위원회의 조직과 와해〉, 교육월보, pp40~45, 1992

박용규, 〈여운형의 언론활동에 관한 연구: 일제하《조선중앙일보》사장 시기를 중심으로〉, 한국언론학보, 168~200쪽, 1997.

박종구 외, 〈다시 교회를 성장시키자〉, 대담, 48~67쪽, 1996.

박찬승, 〈1910년대 말~1920년대 여운형의 민족해방운동론〉, 역사와현실 제6권, 1991. 12.

박찬승, 〈일제 지배하 한국 민족주의의 형성과 분화〉, 한국독립운동사연구, 35~95쪽, 2000 .

방혜정, 〈여운형과 좌우합작운동〉(석사논문), 단국대 교육대학원, 1990.

서중석, 〈국내 독립운동세력의 해방 후 국가건설방향－여운형의 인민공화국,인민당, 신탁통치 관련 문제를 중심으로〉, 대동문화연구, 56권, 단일호.

송건호, 〈몽양 여운형(下)〉, 마당, 1983.

송인국, 〈해방 초기 한국정치엘리트의 정치적 갈등에 관한 연구 : 여운형의 건준과 송진우의 한민당을 중심으로〉, 27~45쪽, 1987.

송재헌, 〈몽양 여운형에 대한 사회사상사적 연구: 식민지시대 한국근대 사에 있어서 지식인의 한 유형〉(석사논문), 연세대 대학원, 1985.

신병식, 〈한국현대사와 제3의 길－여운형, 김구, 조봉암의 노선을 중심으로〉, 한국정치학회보 제34집 제3호, 2000. 12.

신복룡, 〈해방정국 정치지도자들의 사상과 행동 : 한국 정치이념의 모색; 제1회의/ 해방정국의 정치 지도자 – 해방 정국에서의 중도파의 좌절 , 여운형의 활동을 중심으로〉, 정치리더십기획학술회의, 단행권, 단일호, 2000.

신형철, 〈여운형의 정치활동과 이념에 관한 연구〉(박사논문), 경남대 대학원, 1990.

심지연, 〈해방40년 한국인물 40선; 여운형〉, 정경문화, 384~385쪽, 1985.

안민세, 〈몽양 여운형 씨의 추억〉, 민성民聲, 68~71쪽, 1949.

양기선, 〈김규식과 여운형: 근대민주주의사회관〉, 제6회 합동학술대회 논문집 6권, 단일호, 1985.

양재인, 〈몽양 여운형의 정치노선과 민족관〉, 경남대 대학원 논문집, 145~165쪽, 1988.

연규홍 , 〈해방 정국과 기독교 건국운동〉, 한국교회사학회지 14권, 단일호, 2004.

우윤, 〈통일에 기여한 역사속의 인물: 몽양 여운형〉, 통일한국, 2000년 12월호.

윤원태, 〈정치지도자들의 해방정국 인식과 대응에 관한 연구: 이승만, 김 구, 김규식, 여운형, 박헌영을 중심으로〉(박사논문), 경남대 대학원, 1989.

윤해동, 〈여운형은 일제에 협력하였나〉, 역사비평, 217~222쪽, 1991.

윤해동, 〈우리역사 바로알자—여운형 암살과 이승만 · 미군정〉, 역사비평, 1989년 가을호.

윤해동, 〈우리역사 바로알자—여운형은 일제에 협력하였나?〉, 역사비평, 1991년 겨울호.

이규태, 〈해방 직후 건국준비위원회의 활동과 통일국가의 모색〉, 한국근현대사연구 제36집, 2006. 3.

이기형, 〈원적은 상해 , 현주소 현저동; 몽양 여운형에의 인간기행 3〉, 정경문화, 293~313쪽, 1983.

이기형, 〈인간 여운형 기행; 독립 담판하러 동경에 왔오〉, 정경문화, 284~309쪽, 1983.

이기형, 〈지하조직 건국동맹 결성하다; 몽양 여운형에의 인간기행 4〉, 정경문화, 282~301쪽, 1983.

이기형, 〈파란의 거목 북망으로 가다; 몽양 여운형에의 인간기행(완)〉, 정경문화, 252~275쪽, 1983.

이기형, 〈현대인물탐구:몽양 여운형의 건국이념과 통일노선〉, 북한, 1988년 5월호.

이동화, 〈몽양 여운형의 정치활동: 그 재평가를 위하여〉, 창작과비평, 120~142쪽, 1978.

이동화, 〈몽양 여운형의 정치활동: 재평가를 위하여〉, 창작과비평, 316~336쪽, 1978.

이동화, 〈여운형; 격동기의 진보적 지도자〉, 민족지성, 240~251쪽, 1986.

이동화, 〈몽양 여운형과 우리의 민족통일〉, 민족통일, 29~39쪽, 1988.

이영근, 〈여운형《건준》의 좌절; 통일일보 회장 고 이영근 회고록 (上)〉, 월간조선, 432~448쪽, 1990.

이영민, 〈좌익들의 과거사 : 여운형은 누가 죽였는가─국가 생기기도 전에 국가가 죽였다〉, 한국논단, 197권, 단일호, 2006.

이정식, 〈해방기 한국의 정치 지도자 4인에 관한 연구; 이승만 · 김구 · 김규식 · 여운형〉, 사상, 96~146쪽. 1992.

이정식, 〈여운형과 건국준비위원회〉, 역사학보 134권, 단일호, 1992

이정식, 〈일제말기 여운형과 일본〉, 신동아, 404~427쪽, 1992.

이정식, 〈The Personality of Four Korean Political Leaders; 이승만, 김구, 김규식, 여운형〉, 아세아연구, 181~226쪽, 1984.

이종태, 〈몽양 여운형의 정치이념과 정치노선 연구〉(석사논문), 국민대 정치 대학원, 2000.

이현경, 〈해방 후 남한 정치세력의 외국군에 대한 인식과 양군철퇴 논쟁〉, 한국정치외교사논총 27권, 1호, 2005.

전기욱, 〈몽양 여운형에 관한 고찰: 기독교적 측면에서 본 그의 생애와 사상〉, 기
독교사학연구, 167~204쪽, 1996.

전기욱, 〈여운형의 생애와 사상에 대한 기독교적 조명〉(석사논문), 총신대 신학대
학원, 1995.

정경환, 〈신탁통치안에 대한 정치지도자의 인식과 대응에 관한 연구; 이승만 · 김
구 · 김규식 · 여운형 · 박헌영을 중심으로〉, 부산외대 국제문제논총, 1994.

정경환, 〈일제하 민족지도노선의 방법론과 그 성격; 이승만 · 김구 · 김규식 · 여
운형 · 박헌영을 중심으로〉, 순국, 105~119쪽, 1995.

정병준, 〈1946~1947년 좌우합작운동의 전개과정과 성격변화〉, 서울대한국사론,
249~305쪽, 1993.

정병준, 〈여운형 사거 50주년-남북을 함께 고민한 사람들 여운형의 좌우합작 남
북연합과 김일성〉, 역사비평, 1997년 가을호.

정병준, 〈여운형의 좌우합작 · 남북연합과 김일성〉, 역사비평, 17~33쪽, 1997.

정병준, 〈진보적 민주주의자 여운형〉, 내일을여는역사 제1호(창간호), 2000.

정병준, 〈해방직후 몽양 여운형의 노선과 활동〉, 한국현대사연구, 57~99쪽,
1998.

정윤재, 〈민족주의적 사회주의자 몽양 여운형〉, 순국, 36~47쪽, 1997.

정태영, 〈조선인민당 연구; 정치적 갈등과 이데올로기적 분화를 중심으로〉, 건국
대 대학원 학술논문집, 143~164쪽, 1994.

정해구, 〈여운형과 박헌영; 해방정국과 좌파의 진로〉, 세계와나, 288~ 295쪽,
1992.

조성대, 〈해방 직후 몽양 여운형의 정치활동에 관한 연구: 1945. 8~1946. 12를 중
심으로〉(석사논문), 연세대 대학원, 1993.

조용관, 〈몽양 여운형의 정치사상에 대한 소고〉, 공안연구, 127~144쪽, 2000.

조유식, 〈여운형 암살 배후에 노덕술 있었다〉, 월간 말, 1992년도 6월호.

최상용, 〈여운형의 사상과 행동; 원칙과 타협의 지도자〉, 사상, 71~95쪽, 1992.

최석추, 〈몽양 여운형의 정치이념 분석〉(석사논문), 한국교원대 대학원, 1997.

최정렬, 〈해방후 여운형의 정치활동에 대하여〉(석사논문), 한국외국어대 교육 대학원, 1994.

취공鷲公, 〈여운형 씨 연설평: 반도의 웅변가들〉, 삼천리, 1934.

허헌 외, 〈정치가·사상가 논평회〉, 삼천리, 18~28쪽, 1934.

홍기빈, 〈21세기 아시아의 진보이념으로서 몽양 여운형의 사상〉, 월간 말, 2004년도 8월호.

홍정자, 〈평양에서 만남 여운형의 딸 여연구〉, 월간말, 1989년도 8월호.

황미주, 〈吉野作造の韓國觀の化とアジア主義の影響〉, 일본문화연구 제14집, 2005. 4.

황의서, 〈해방 후 좌우합작운동과 미국의 대한정책—합작운동의 결과적인 실패와 관련하여〉, 한국정치학회보 제30집 제3호, 1996. 12.

황의서, 〈해방후 좌우합작운동에 대한 국내 정치세력의 입장 비교분석〉, 한국정치학회보 제31집 제1호, 1997. 6

〈단행본〉

강덕상姜德相, 《朝鮮3·1獨立運動》, 新幹社, 東京, 2002.

강덕상姜德相, 《呂運亨評傳2, 上海臨時政府》, 新幹社, 東京, 2005.

강준식, 《적과 동지》(7권), 한길사, 1993.

강준식, 《혈농어수—몽양여운형일대기》(상중하), 아름다운책, 2006.

강홍수, 《조선독립혈투사》, 고려문화사, 1946.

경성지방법원검사국[조선총독부], 《呂運亨訊問調書判決書》, 1930.

국사편찬위원회, 果軒日記 外》, 국사편찬위원회, 2000.

김덕형, 《양자강은 말하라: 상해임정과 광부작전 비화》, 조선일보사, 1987.

김동환, 《평화와 자유》, 삼천리사, 1935.

김두한, 《피로 물들인 건국전야》, 연우출판사, 1966.

김 섭, 《여운형 살해사건 진상기》, 세문사, 1950.

김일성, 《려운형의 자녀들과 한 담화》, 조선로동당출판사, 2000.

김학준, 《해방공간의 주역들》, 동아일보사, 1996.

김현욱, 《용기있는 사람들: 한국사 한국인을 찾아서》, 동서문화사, 1988.

김흥수, 《일제하 한국기독교와 사회주의》, 한국기독교역사연구소, 1992.

로빈슨(Richard D. Robinson: 정미옥 역), 《미국의 배반: 미군정과 남조선》, 과학
　과사상, 1988.

몽양여운형선생전집발간위원회, 《몽양여운형전집》1, 한울, 1991.

몽양여운형선생전집발간위원회, 《몽양여운형전집》2, 한울, 1993.

몽양여운형선생전집발간위원회, 《몽양여운형전집》3, 한울, 1997.

몽양연구소, 《여운형 노트》, 학민사, 1994.

몽양여운형선생기념사업회, 《몽양 여운형과 평화통일》(몽양추모학술심포지엄 논문자
　료집), (사)몽양여운형선생기념사업회, 2007.

문화방송시사제작국, 《이제는 말할 수 있다:제46회 비밀결사 백의사》, 2002.

박성환, 《파도는 내일도 친다: 박성환 기자 20년의 공개수첩(제1부)》, 동아출판
　사, 1965.

박순여, 《변호사를 만나서…》, 신광, 1998.

박태균, 《현대사를 베고 쓰러진 거인들: 해방정국과 4인의 요인 암살, 배 경과 진
　상》, 지성사, 1994.

송건호, 《한국현대인물사론: 민족운동의 사상과 지도노선》, 한길사, 1984.

신생활협회출판부, 《나의 포부와 희망》, 신생활협회, 1946.

심지연, 《조선 혁명론연구》, 실천문학사, 1987.

여(려)연구, 《애들이 려운형 선생의 자녀들이요》, 조선로동당출판사, 1957.

여연구, 《나의 아버지 여운형: 잃어버린 거성의 재조명》, 김영사, 2001.

여운홍, 《몽양 여운형》, 청하각, 1967.

여효규 외, 《역사의 길목에 선 31인의 선택: 삼국시대부터 해방 공간까 지 전환기

의 인물들》, 푸른역사, 1999.

역사문제연구소,《한국 현대사의 라이벌》, 역사비평사, 1992.

이기형,《몽양 여운형》, 실천문학사, 1985.

이기형,《여운형 평전》, 실천문학, 2000.

이기형,《여운형》, 창작사, 1988.

이기형,《역사의 진실》, 녹두, 1990.

이만규,《여운형 투쟁사》, 민주문화사, 1947.

이석태,《사회과학대사전》, 문우인서관, 1948.

이수인,《한국현대정치사》, 실천문학사, 1989.

이정식,《몽양 여운형》, 서울대출판부, 2008.

이현희,《임시정부의 숨겨진 뒷이야기》, 학연문화사 2000

이현희,《3·1독립운동과 임시정부의 법통성》, 동방도서, 1987.

이호재,《한국인의 국제정치관: 개항후 100년의 외교논쟁과 반성》, 법문사, 1994.

임철·서경식·조경달,《二〇世紀を生きた朝鮮人: 在日から考える》, 大和書房, 東京, 1998.

장을병,《인물로 본 8·15공간: 여운형·김구·이승만》, 범우사, 2007.

전대수,《세계의 명연설》, 범우사, 1988.

정경모,《찢겨진 산하: 김구·여운형·장준하: 구름 위의 정담》, 서름, 1986.

정병준,《몽양여운형평전》, 한울, 1995.

정우택,《江石의 여운》(사설·논문집), 삼성기획, 1985.

정진석,《역사와 언론인》, 커뮤니케이션북스, 2001.

조선민족운동사연구회,《조선민족운동사연구》제8,9호, 청구문고, 1992.

조선사상운동연구자료출판부,《여운형 선생에 대한 판결서》, 군서당서점, 1946.

중앙일보특별취재반,《(비록)조선민주주의인민공화국》하, 중앙일보사, 1993.

한겨레신문사,《발굴 한국현대사 인물》3, 한겨레신문사, 1992.

한국인문과학원 편집부,《(국외)한국사관계논문선집》v.4, 한국인문과학원, 1987.

한국인물5천년편찬위원회, 《한국인물5천년》 6-10, 일신각, 1978.

한국일보사, 《재발굴 한국독립운동사》 I -IV, 한국일보사, 1987.

한길사, 《제3세계 연구》 1-2, 한길사, 1984.

한민, 《울지 못해 웃고 간 한국의 거인들》, 청년정신, 2001.

한민성, 《(추적)여운형: 전화협박자에게 답한다》, 갑자문화사, 1982.

홍순옥 교수 화갑기념론집간행위원회, 《홍순옥 교수 화갑기념론집》, 동국대학교
　출판부, 1989.

희망출판사, 《정계비사: 사실의 전부를 기술한다》, 희망출판사, 1966.

책임편집 강준식

작가. 서울에서 태어나 서울대학교 문리대와 미국 일리노이대학 등에서 공부했다. 1969년 동아일보 신춘문예로 등단했으며, 이후 언론계, 정치권, 공기업 등에 몸담기도 했다. 저서로는 《서양바람 동양바람》, 《김우중의 대도전》, 《다시 읽는 하멜표류기》, 《연개소문을 생각한다》, 《혈농어수-몽양 여운형 일대기》, 《일본사는 없다》 등이 있고, 평역서로는 《모택동의 시와 정치》, 《쓸모없는 것이 쓸모있다-장자》 등이 있다.

범우비평판 한국문학 · 46-❶

조선독립의 당위성(외)

초판 1쇄 발행 2008년 7월 20일

지은이   여운형
책임편집   강준식
펴낸이   윤형두
펴낸데   **종합출판 범우(주)**
기 획   임헌영 · 오창은
편 집   김영석
디자인   김왕기
등 록   2004. 1. 6. 제406-2004-000012호
주 소   413-756 경기도 파주시 교하읍 문발리 525-2 출판문화정보산업단지
전 화   (031)955-6900~4
팩 스   (031)955-6905
홈페이지 http://www.bumwoosa.co.kr
이메일   bumwoosa@chol.com
ISBN   978-89-91167-36-0 04810
        978-89-954861-0-8 (세트)

*책값은 뒤표지에 있습니다.
*잘못된 책은 바꾸어 드립니다.

현대사회를 보다 새로운 시각으로 종합진단하여
그 처방을 제시해주는

범우사상신서

범우사　경기도 파주시 교하읍 문발리 525-2 출판문화정보산업단지 전화) 031-955-6900~4
http://www.bumwoosa.co.kr (이메일) bumwoosa@chol.com

범우고전선

시대를 초월해 인간성 구현의 모범으로 삼을 만한 책을 엄선

▶ 계속 펴냅니다

범우사 경기도 파주시 교하읍 문발리 525-2 출판문화정보산업단지 전화 031-955-6900~4
http://www.bumwoosa.co.kr 이메일 : bumwoosa@chol.com

＊ 범우문고가 받은 상

제1회 독서대상(1978), 한국출판문화상(1981), 국립중앙도서관 추천도서(1982), 출판협회 청소년도서(1985), 새마을문고용 선정도서(1985), 중고교생 독서권장도서(1985), 사랑의 책보내기 선정도서(1986), 문화공보부 추천도서(1989), 서울시립 남산도서관 권장도서(1990), 교보문고 선정 독서권장도서(1994), 한우리독서운동본부 권장도서(1996), 문화관광부 추천도서(1998), 문화관광부 책읽기운동 추천도서(2002)

범우비평판한국문학

잊혀진 작가의 복원과 묻혀진 작품을 발굴, 근대 이후 100년간 민족정신사적으로
재평가한 문학·예술·종교·사회사상 등 인문·사회과학 자료의 보고──임헌영(한국문학평론가협회 회장)